Le jeune Jonathan Har
château des Carpates
d'acheter pour lui en
autochtones qu'il rencontre
son but et manifestent une inquiétude véhémente
d'abord que l'expression d'une superstition locale ridicule : on lui parle de loup-garou et de vampire, on lui offre des gousses d'ail pour le protéger des "maléfices"… Arrivé au château, son attention est alertée par la physionomie du comte Dracula. Peu à peu, l'inquiétude gagne Jonathan Harker, jusqu'au jour où trois jeunes femmes pénètrent dans sa chambre pour lui prodiguer des baisers qui sont autant de morsures. Alors qu'il entreprend une exploration du château, il découvre, gisant dans une caisse, le comte Dracula…

A Whitby, en Angleterre, où l'histoire se déplace, Lucy, l'amie de Mina, la fiancée de Jonathan, sera la première victime du vampire.

Dès lors, une course de vitesse s'engage entre Dracula et ses poursuivants, menée par le professeur Van Helsing, bien déterminé à l'empêcher de nuire.

Coupures de journaux, lettres et télégrammes viennent tour à tour attester la réalité du vampire.

BRAM STOKER

Bram Stoker est né en 1847 à Dublin. Après des études à Trinity College, marquées par la découverte de la poésie, il publie ses premiers textes dans le *Dublin Mail* en 1871, se marie en 1878 avec Florence Balcombe – qui suivra de près son travail –, prend la direction du Lyceum Theatre à Londres, et voyage aux Etats-Unis où il rencontre Walt Whitman. Son maître livre, *Dracula*, paraît en 1897.

Stoker meurt en 1912, après avoir publié une vingtaine d'ouvrages, parmi lesquels *La Dame au linceul* (Babel n° 181).

ÉLÉMENTS BIBLIOGRAPHIQUES

Le Joyau aux sept étoiles, traduction J. Parson, Néo, 1982.
La Trappe étoilée, traduction J.-P. Gratius, Futuropolis, 1984.
Le Repaire du ver blanc, traduction F. Truchaud, Néo, 1986.
L'Invité de Dracula (et autres nouvelles reprenant les textes parus dans le recueil *Under the Sunset*), 10/18, 1990.
La Dame au linceul, traduction C. Doizelet, Babel, 1995.

SUR BRAM STOKER
Harry Luckam, *A Biography of Dracula, the Life Story of B. Stoker*, London, Foulsham, 1962.

DRACULA

Collection dirigée par Hubert Nyssen et Sabine Wespieser

Titre original :
Dracula

ISBN 2-7427-1268-2

Illustration de couverture :
John White Alexander, *Isabel et le pot de basilic* (détail), 1897
Museum of Fine Arts, Boston

BRAM STOKER

DRACULA

roman traduit de l'anglais
par Lucienne Molitor

BABEL

FANTASTIQUES

Guy de Maupassant, *Les Horlas*, n° 165.
Bram Stoker, *La Dame au linceul*, n° 181.
Sheridan Le Fanu, *Carmilla*, n° 206.
Matthew G. Lewis, *Le Moine*, n° 214.
Polidori, *Le Vampire*, n° 228.
Théophile Gautier, *Les Mortes amoureuses*, n° 242.
Robert Louis Stevenson, *L'Etrange Affaire du Dr Jekyll et de Mr Hyde*, n° 263.

Série dirigée par Alain Chareyre-Méjan
et Guillaume Pigeard de Gurbert

AVERTISSEMENT DES ÉDITEURS

Je ne pourrais dire ce qu'ils sont, mais je pourrais toujours signaler leur présence.

MAUPASSANT, *Lettre d'un fou**.

Centenaire cette année, *Dracula* a déjà une belle mort derrière lui. Mais au moment de lire (ou de relire) le roman de Stoker, le lecteur se souviendra qu'il trouve son origine dans *Carmilla* (1871, Babel n° 206), la longue nouvelle de Sheridan Le Fanu parue un quart de siècle avant lui. On y retrouve une évocation identique d'un sentiment de la nature antérieur au christianisme, plein d'une sensualité farouche dans laquelle s'exprime tout autre chose que la spiritualité anxieuse des romantiques**. Avec *Le Vampire* (1819, Babel n° 228) de Polidori, *Carmilla* et *Dracula* constituent le triptyque dans lequel la littérature fantastique du XIXe a trouvé son épanouissement autour de la figure fascinante du mort-vivant.

* In *Les Horlas*, Babel n° 165.
** Le "nez aquilin" de Dracula est par ailleurs directement emprunté au *Moine* de Lewis, Babel n° 214.

Eluard avait vu dans l'émergence du roman noir anglais, au XVIIIe siècle, un événement majeur : "L'apparition pour la première fois de la chose comme héros*." A partir de là, les choses remplacent les situations, les présences remplacent les significations. "Les vivants disparus, les morts surgissent**" : Stoker, avec *Dracula* et *La Dame au linceul* (Babel n° 181), et avant lui Gautier, avec *La Morte amoureuse* (Babel n° 242), prennent effectivement la formule à la lettre. C'est que tout, chez eux, n'a plus tendance qu'à surgir et "être là" sans raison, comme l'incroyable casque gigantesque tombé à l'origine dans la cour du château d'Otrante chez Horace Walpole. *Chose* : le mot fantastique par excellence. La littérature fantastique exalte l'insolite des choses dès lors que religion et métaphysique ont perdu l'autorité sans partage qui était auparavant la leur sur elles.

L'exemple du vampire est précieux : la nouvelle fantastique supplante le conte merveilleux lorsque *le* mort remplace *la* mort comme thème littéraire éminent. La mort ne "passe" plus, elle n'est plus la médiation du surnaturel. Restent les morts que l'image du mort-vivant porte à leur comble. Le vampire ne prouve pas l'existence de l'au-delà ; il est – bien au contraire – le symptôme d'une incapacité nouvelle à se représenter la "résurrection glorieuse***" des corps. A l'opposé du féerique et du merveilleux, c'est la sensibilité au monde matériel extérieur qui devient, dans le fantastique, absolue.

La série "Fantastiques" de Babel voudrait signaler un paradoxe : les grandes réussites en la matière – *Le Horla*

* Préface au *Château d'Otrante* d'Horace Walpole, éd. J. Corti.
** *Ibid*.
*** *Dracula*, page 132 de la présente édition.

de Maupassant, *L'Etrange Affaire du Dr Jekyll et de Mr Hyde* de Stevenson (Babel n° 263), ou *Qu'était-ce ?* d'O'Brien (à paraître) –, loin de débrider l'imagination (comme fera la science-fiction), restituent l'inquiétante étrangeté du réel dans son indépendance absolue à l'égard des représentations et des finalités humaines.

Du reste, si le fantastique sollicite dans son écriture l'imaginaire créateur de possibles rassurants, c'est dans l'unique but de rendre ensuite d'autant plus insoutenable le surgissement du réel. Ainsi s'explique sa prédilection pour la forme du récit policier qui lui offre naturellement les moyens d'un tel suspense. A cet égard, l'entremêlement de coupures de presse, de lettres et de journaux intimes qui forme le corps de *Dracula* confère sa force à la course de vitesse menée par Van Helsing contre le vampire et l'apparente à une intrigue policière.

La rencontre saisissante d'une réalité inimaginable constitue le véritable centre de gravité de la littérature fantastique. Le lecteur finit toujours par se voir acculé au constat monstrueux d'un quelque chose qu'il ne parvient pas à identifier et qui le laisse muet. C'est notamment la stupéfaction du Dr Jekyll devant la main poilue de Mr Hyde. La chose fantastique se reconnaît, paradoxalement, à ceci qu'elle répudie la question "Qu'est-ce que c'est ?"

De là le prodige de la littérature fantastique qui parle de ce dont elle ne sait pas comment parler et s'abandonne, ce faisant, aux choses d'avant les mots.

A. C.-M. et G. P. de G.

DRACULA

Comment ces documents ont été classés les uns à la suite des autres, c'est ce que leur lecture rendra clair. Tout le superflu a été éliminé, afin qu'une histoire qui contrevient à tout ce que la croyance juge possible de nos jours s'impose comme une réalité pure et simple. Il ne s'y trouve, du début jusqu'à la fin, aucune déposition où la mémoire ait été susceptible de se fourvoyer, car tous les récits retenus sont contemporains des faits qu'ils décrivent, et sont rapportés du point de vue de ceux qui les ont écrits et dans les limites de leurs connaissances*.

* Cet avertissement qui figure dans l'édition anglaise originale était jusqu'ici absent des traductions françaises. (Traduction G. P. de G.)

L'INVITÉ DE DRACULA*

Lorsque je partis en excursion, un beau soleil illuminait Munich, et l'air était rempli de cette joie particulière au début de l'été. La voiture s'ébranlait déjà lorsque *Herr* Delbrück (le patron de l'hôtel des Quatre Saisons où j'étais descendu) accourut pour me souhaiter une promenade agréable ; puis, la main toujours sur la portière, il s'adressa au cocher :

— Et, surtout, soyez de retour avant le soir, n'est-ce pas ? Pour le moment, il fait beau, mais ce vent du nord pourrait bien finir, malgré tout, par nous amener un orage. Il est vrai qu'il est inutile de vous recommander la prudence : vous savez aussi bien que moi qu'il ne faut pas s'attarder en chemin cette nuit !

Il avait souri en disant ces derniers mots.

— *Ja, mein Herr,* fit Johann d'un air entendu et, touchant de deux doigts son chapeau, il fit partir les chevaux à toute vitesse.

Lorsque nous fûmes sortis de la ville, je lui fis signe d'arrêter, et lui demandai aussitôt :

— Dites-moi, Johann, pourquoi le patron a-t-il parlé ainsi de la nuit prochaine ?

En se signant, il me répondit brièvement :

— *Walpurgis Nacht !*

* Première partie du journal de Jonathan Harker, publiée en dehors de l'édition originale

Puis, de sa poche, il tira sa montre – une ancienne montre allemande, en argent et de la grosseur d'un navet ; il la consulta en fronçant les sourcils, et haussa légèrement les épaules dans un mouvement de contrariété.

Je compris que c'était là sa façon de protester assez respectueusement contre ce retard inutile, et je me laissai retomber au fond de la voiture. Aussitôt, il se remit en route à vive allure, comme s'il voulait regagner le temps perdu. De temps à autre, les chevaux relevaient brusquement la tête et reniflaient – on eût dit qu'une odeur ou l'autre qu'eux seuls percevaient leur inspirait quelque crainte. Et chaque fois que je les voyais ainsi effrayés, moi-même, assez inquiet, je regardais le paysage autour de moi. La route était battue des vents, car nous montions une côte depuis un bon moment et parvenions sur un plateau. Peu après, je vis un chemin par lequel, apparemment, on ne passait pas souvent et qui, me semblait-il, s'enfonçait vers une vallée étroite. J'eus fort envie de le prendre et, même au risque d'importuner Johann, je lui criai à nouveau d'arrêter et je lui expliquai alors que j'aimerais descendre par ce chemin. Cherchant toutes sortes de prétextes, il dit que c'était impossible – et il se signa plusieurs fois tandis qu'il parlait. Ma curiosité éveillée, je lui posai de nombreuses questions. Il y répondit évasivement et en consultant sa montre à tout instant – en guise de protestation. A la fin, je n'y tins plus.

— Johann, lui dis-je, je veux descendre par ce chemin. Je ne vous oblige pas à m'accompagner ; mais je voudrais savoir pourquoi vous ne voulez pas le prendre.

Pour toute réponse, d'un bond rapide, il sauta du siège. Une fois à terre, il joignit les mains, me supplia de ne pas m'enfoncer dans ce chemin. Il mêlait à son allemand assez de mots anglais pour que je le comprenne.

Il me semblait toujours qu'il allait me dire quelque chose – dont la seule idée sans aucun doute l'effrayait –, mais, à chaque fois, il se ressaisissait et répétait simplement en faisant le signe de la croix :

— *Walpurgis Nacht ! Walpurgis Nacht !*

Je voulus un peu discuter, mais allez donc discuter quand vous ne comprenez pas la langue de votre interlocuteur ! Il garda l'avantage sur moi, car bien qu'il s'appliquât chaque fois à utiliser les quelques mots d'anglais qu'il connaissait, il finissait toujours par s'exciter et par se remettre à parler allemand – et, invariablement alors, il regardait sa montre pour me faire comprendre ce que j'avais à comprendre. Les chevaux aussi devenaient impatients et ils reniflèrent à nouveau ; voyant cela, l'homme blêmit, regarda tout autour de lui, l'air épouvanté et, soudain, saisissant les brides, conduisit les chevaux à quelques mètres de là. Je le suivis et lui demandai ce qui le poussait soudain à quitter l'endroit où nous nous étions d'abord arrêtés. Il se signa, me montra l'endroit en question, fit encore avancer sa voiture vers la route opposée et, enfin, le doigt tendu vers une croix qui se trouvait là, me dit, d'abord en allemand puis dans son mauvais anglais :

— C'est là qu'on a enterré celui qui s'est tué.

Je me souvins alors de la coutume ancienne qui voulait qu'on enterrât les suicidés à proximité des carrefours.

— Ah oui ! fis-je, un suicidé… Intéressant…

Mais il m'était toujours impossible de comprendre pourquoi les chevaux avaient été pris de frayeur.

Tandis que nous parlions de la sorte, nous parvint de très loin un cri qui tenait à la fois du jappement et de l'aboiement ; de très loin, certes, mais les chevaux se montraient maintenant véritablement affolés, et Johann eut toutes les difficultés du monde à les apaiser. Il se retourna vers moi, et me dit, la voix tremblante :

— On croirait entendre un loup, et pourtant il n'y a plus de loups ici.

— Ah non ? Et il y a longtemps que les loups n'approchent plus de la ville ?

— Très, très longtemps, du moins au printemps et en été ; mais on les a revus parfois… avec la neige.

Il caressait ses chevaux, essayant toujours de les calmer, lorsque le soleil fut caché par de gros nuages sombres qui, en quelques instants, envahirent le ciel. Presque en même temps un vent froid souffla – ou plutôt il y eut une seule bouffée de vent froid qui ne devait être somme toute qu'un signe précurseur car le soleil, bientôt, brilla à nouveau. La main en visière, Johann examina l'horizon, puis me dit :

— Tempête de neige ; nous l'aurons avant longtemps.

Une fois de plus, il regarda l'heure, puis, tenant plus fermement les rênes, car assurément la nervosité des chevaux pouvait lui faire redouter le pire, il remonta sur le siège comme si le moment était venu de reprendre la route.

Quant à moi, je voulais encore qu'il m'expliquât quelque chose.

— Où mène donc cette petite route que vous refusez de prendre ? lui demandai-je. A quel endroit arrive-t-on ?

Il se signa, marmonna une prière entre les dents, puis se contenta de me répondre :

— Il est interdit d'y aller.

— Interdit d'aller où ?

— Mais au village.

— Ah ! Il y a un village, là-bas ?

— Non, non. Il y a des siècles que personne n'y vit plus.

— Pourtant vous parliez d'un village ?

— Oui, il y en avait un.

— Qu'est-il devenu ?

Là-dessus, il se lança dans une longue histoire où l'allemand se mêlait à l'anglais dans un langage si embrouillé que je le suivais difficilement, on s'en doute ; je crus comprendre cependant qu'autrefois – il y avait de cela des centaines et des centaines d'années – des hommes étaient morts dans ce village, y avaient été enterrés ; puis on avait entendu des bruits sous la terre, et lorsqu'on avait ouvert leurs tombes, ces hommes – et ces femmes – étaient apparus pleins de vie, un sang vermeil colorant leurs lèvres. Aussi, afin de sauver leurs vies (et surtout leurs âmes, ajouta Johann en se signant), les habitants s'enfuirent vers d'autres villages où les vivants vivaient et où les morts étaient des morts et non pas des… et non pas quelque chose d'autre. Le cocher, évidemment, avait été sur le point de prononcer certains mots et, à la dernière seconde, il en avait été lui-même épouvanté. Tandis qu'il poursuivait son récit, il s'excitait de plus en plus. On eût dit que son imagination l'emportait, et c'est dans une véritable crise de terreur qu'il l'acheva – pâle comme la mort, suant à grosses gouttes, tremblant, regardant avec angoisse tout autour de lui, comme s'il s'attendait à voir se manifester quelque présence redoutable sur la plaine où le soleil brillait de tous ses feux. Finalement, il eut un cri déchirant, plein de désespoir :

— *Walpurgis Nacht !*

Et il me montra la voiture comme pour me supplier d'y reprendre place.

Mon sang anglais me monta à la tête et, reculant d'un pas ou deux, je dis à l'Allemand :

— Vous avez peur, Johann, vous avez peur ! Reprenez la route de Munich ; je retournerai seul. La promenade à pied me fera du bien.

La portière étant ouverte, je n'eus qu'à prendre ma canne en bois de chêne dont, en vacances, j'avais toujours soin de me munir.

— Oui, rentrez à Munich, Johann, repris-je. *Walpurgis Nacht*, ça ne concerne pas les Anglais.

Les chevaux s'énervaient de plus en plus, et Johann essayait à grand-peine de les retenir, cependant qu'il me priait instamment de ne rien faire d'aussi insensé. Pour moi, j'avais pitié du pauvre garçon qui prenait la chose tellement à cœur. Cependant, je ne pouvais m'empêcher de rire. Sa frayeur lui avait fait oublier que, pour se faire comprendre, il devait parler anglais, de sorte qu'il continua à baragouiner de l'allemand. Cela devenait franchement ennuyeux. Du doigt, je lui montrai sa route, lui criai : "Munich !" et, me détournant, je m'apprêtai à descendre vers la vallée.

Ce fut, cette fois, avec un geste de désespoir qu'il fit prendre à ses chevaux la direction de Munich. Appuyé sur ma canne, je suivis la voiture des yeux : elle s'éloignait très lentement. Alors, apparut au sommet de la colline une silhouette d'homme – un homme grand et maigre ; je le distinguais malgré la distance. Comme il approchait des chevaux, ceux-ci se mirent à se cabrer, puis à se débattre, et à hennir de terreur. Johann n'était plus maître d'eux : ils s'emballèrent. Bientôt je ne les vis plus ; alors je voulus à nouveau regarder l'étranger mais je m'aperçus que lui aussi avait disparu.

Ma foi, c'est le cœur léger que je m'engageai dans le chemin qui effrayait tant Johann – pourquoi ? il m'était vraiment impossible de le comprendre ; je crois que je marchai bien deux heures sans m'apercevoir du temps qui s'écoulait ni de la distance que je parcourais, et, assurément, sans rencontrer âme qui vive. L'endroit était complètement désert. Ceci, toutefois, je ne le remarquai que lorsque, à un tournant du chemin, j'arrivai à la lisière d'un bois dont la végétation était clairsemée. Alors seulement je me rendis compte de l'impression qu'avait faite sur moi l'aspect désolé de cette partie du pays.

Je m'assis pour me reposer – observant peu à peu toutes les choses autour de moi. Bientôt, il me sembla qu'il faisait beaucoup plus froid qu'au début de ma promenade et que j'entendais un bruit ressemblant à un long soupir entrecoupé de temps à autre d'une sorte de mugissement étouffé. Je levai les yeux et je vis que de gros nuages, très haut, passaient dans le ciel, chassés du nord vers le sud. Un orage allait éclater, c'était certain. Je me sentis frissonner, et je crus que j'étais resté trop longtemps assis après ces deux heures de marche. Je repris donc ma promenade.

Le paysage devenait réellement merveilleux. Non pas que l'œil fût attiré particulièrement par telle ou telle chose remarquable ; mais, de quelque côté que l'on se tournât, tout était d'une beauté enchanteresse.

L'après-midi touchait à sa fin ; le crépuscule tombait déjà lorsque je commençai à me demander par quel chemin je retournerais vers Munich. L'éclatante lumière du jour éteinte, il faisait de plus en plus froid et les nuages qui s'amoncelaient dans le ciel devenaient de plus en plus menaçants, accompagnés d'un grondement lointain, duquel surgissait de temps à autre ce cri mystérieux que le cocher croyait reconnaître pour celui du loup. Un instant, j'hésitai. Pourtant, je l'avais dit, je voulais voir ce village abandonné. Continuant à marcher, j'arrivai bientôt dans une vaste plaine entourée de collines aux flancs complètement boisés. Du regard, je suivis la sinueuse route de campagne : elle disparaissait à un tournant, derrière un épais bouquet d'arbres qui s'élevaient au pied d'une des collines.

J'étais encore à contempler ce tableau, quand, soudain, un vent glacé souffla et la neige se mit à tomber. Je pensai aux milles et aux milles que j'avais parcourus dans cette campagne déserte, et j'allai m'abriter sous les arbres, en face de moi. Le ciel s'assombrissait de minute en minute, les flocons de neige tombaient plus serrés et avec une rapidité vertigineuse, si bien qu'il ne fallut pas longtemps pour que la terre, devant moi, autour de moi, devînt un tapis d'une blancheur scintillante dont je ne distinguais pas l'extrémité perdue dans une sorte de brouillard. Je me remis en route, mais le chemin était très mauvais ; ses côtés se confondaient ici avec les champs, là avec la lisière du bois, et la neige ne simplifiait pas les choses ; aussi ne fus-je pas long à m'apercevoir que je m'étais écarté du chemin, car mes pieds, sous la neige, s'enfonçaient de plus en plus dans l'herbe et, me semblait-il, dans une sorte de mousse. Le vent soufflait avec violence, le froid devenait piquant, et j'en souffrais véritablement, en dépit de l'exercice que j'étais bien forcé de faire dans mes efforts pour avancer. Les tourbillons de neige m'empêchaient presque de garder les yeux ouverts. De temps en temps un éclair déchirait les nues et, l'espace d'une ou deux secondes, je voyais alors devant moi de grands arbres – surtout des ifs et des cyprès couverts de neige.

A l'abri sous les arbres et entouré du silence de la plaine environnante, je n'entendais rien d'autre que le vent siffler au-dessus de ma tête. L'obscurité qu'avait créée l'orage fut engloutie par l'obscurité définitive de la nuit… Puis la tempête parut s'éloigner : il n'y avait plus, par moments, que des rafales d'une violence extrême et, chaque fois, j'avais l'impression que ce cri mystérieux, presque surnaturel, du loup était répété par un écho multiple.

Entre les énormes nuages noirs apparaissait parfois un rayon de lune qui éclairait tout le paysage ; je pus de la sorte me rendre compte que j'étais parvenu au bord de ce qui ressemblait vraiment à une forêt d'ifs et de cyprès. Comme la neige avait cessé de tomber, je quittai mon abri pour aller voir de plus près. Je me dis que peut-être je trouverais là une maison, fût-elle en ruine, qui me serait un refuge plus sûr. Longeant la lisière du bois, je m'aperçus que j'en étais séparé par un mur bas ; mais un peu plus loin, j'y trouvai une brèche. A cet endroit, la forêt de cyprès s'ouvrait en deux rangées parallèles pour former une allée conduisant à une masse carrée qui devait être un bâtiment. Mais au moment précis où je l'aperçus, des nuages voilèrent la lune, et c'est dans l'obscurité complète que je remontai l'allée. Je frissonnais de froid tout en marchant, mais un refuge m'attendait et cet espoir guidait mes pas ; en réalité, j'avançais tel un aveugle.

Je m'arrêtai, étonné du silence soudain. L'orage était passé ; et, en sympathie eût-on dit avec le calme de la nature, mon cœur semblait cesser de battre. Cela ne dura qu'un instant, car la lune surgit à nouveau d'entre les nuages et je vis que j'étais dans un cimetière et que le bâtiment carré, au bout de l'allée, était un grand tombeau de marbre, blanc comme la neige qui le recouvrait presque entièrement et recouvrait le cimetière tout entier. Le clair de lune amena un nouveau grondement de l'orage qui menaçait de recommencer et, en même temps, j'entendis les hurlements sourds mais prolongés de loups ou de chiens. Terriblement impressionné, je sentais le froid me transpercer peu à peu et, me semblait-il, jusqu'au cœur même. Alors, tandis que la lune éclairait encore le tombeau de marbre, l'orage, avec une violence accrue, parut revenir sur ses pas.

Poussé par une sorte de fascination, j'approchai de ce mausolée qui se dressait là, seul, assez étrangement ; je le contournai et je lus, sur la porte de style dorique, cette inscription en allemand :

COMTESSE DOLINGEN DE GRATZ
STYRIE
ELLE A CHERCHÉ ET TROUVÉ LA MORT
1801.

Au-dessus du tombeau, apparemment fiché dans le marbre – le monument funéraire était composé de plusieurs blocs de marbre –, on voyait un long pieu en fer. Revenu de l'autre côté, je déchiffrai ces mots, gravés en caractères russes :

LES MORTS VONT VITE

Tout cela était si insolite et mystérieux que je fus près de m'évanouir. Je commençais à regretter de n'avoir pas suivi le conseil de Johann. Une idée effrayante me vint alors à l'esprit. C'était la nuit de Walpurgis ! *Walpurgis Nacht !*

Oui, la nuit de Walpurgis durant laquelle des milliers et des milliers de gens croient que le diable surgit parmi nous, que les morts sortent de leurs tombes, et que tous les génies malins de la terre, de l'air et des eaux mènent une bacchanale. Je me trouvais au lieu même que le cocher avait voulu éviter à tout prix – dans ce village abandonné depuis des siècles. Ici, on avait enterré la suicidée et j'étais seul devant son tombeau – impuissant, tremblant de froid sous un linceul de neige, un orage violent menaçant à nouveau ! Il me fallut faire appel à tout mon courage, à toute ma raison, aux croyances religieuses dans lesquelles j'avais été élevé pour ne pas succomber à la terreur.

Je fus pris bientôt dans une véritable tornade. Le sol tremblait comme sous le trot de centaines de chevaux, et, cette fois, ce ne fut plus une tempête de neige, mais une tempête de grêle qui s'abattit avec une telle force que les grêlons emportaient les feuilles, cassaient les branches si bien que, en un moment, les cyprès ne m'abritèrent plus du tout. Je m'étais précipité sous un autre arbre ; mais, là non plus, je ne fus pas longtemps à l'abri, et je cherchai un endroit qui pût m'être vraiment un refuge : la porte du tombeau qui, étant de style dorique, comportait une embrasure très profonde. Là, appuyé contre le bronze massif, j'étais quelque peu protégé des énormes grêlons, car ils ne m'atteignaient plus que par ricochets, après être d'abord tombés dans l'allée ou sur la dalle de marbre.

Soudain, la porte céda, s'entrouvrit vers l'intérieur. Le refuge que m'offrait ce sépulcre me sembla une aubaine par cet orage impitoyable et j'allais y entrer lorsqu'un éclair fourchu illumina toute l'étendue du ciel. A l'instant même, aussi vrai que je suis vivant, je vis, ayant tourné les yeux vers l'obscurité du caveau, une femme très belle, aux joues rondes, aux lèvres vermeilles, étendue sur une civière, et qui semblait dormir. Il y eut un coup de tonnerre, et je fus saisi comme par la main d'un géant qui me rejeta dans la tempête. Tout cela s'était passé si rapidement qu'avant même que je pusse me rendre compte du choc – tant moral que physique – que j'avais reçu, je sentis à nouveau les grêlons s'abattre sur moi. Mais en même temps, j'avais l'impression étrange de n'être pas seul. Je regardai encore en direction du tombeau dont la porte était restée ouverte. Un autre éclair aveuglant parut venir frapper le pieu de fer qui surmontait le monument de marbre, puis se frayer un chemin jusqu'au creux de la terre tout en détruisant la majestueuse sépulture. La morte, en proie à d'affreuses souffrances, se souleva un moment ; les flammes l'entouraient de tous côtés, mais ses cris de douleur étaient étouffés par le bruit du tonnerre. Ce fut ce concert horrible que j'entendis en dernier lieu, car à nouveau la main géante me saisit et m'emporta à travers la grêle, tandis que le cercle des collines autour de moi répercutait les hurlements des loups. Le dernier spectacle dont je me souvienne, est celui d'une foule mouvante et blanche, fort vague à vrai dire, comme si toutes les tombes s'étaient ouvertes pour laisser sortir les fantômes des morts qui se rapprochaient tous de moi à travers les tourbillons de grêle.

....

Peu à peu cependant, je repris connaissance ; puis j'éprouvai une si grande fatigue qu'elle m'effraya. Il me fallut longtemps pour me souvenir de ce qui s'était passé. Mes pieds me faisaient terriblement souffrir, et je n'arrivais pas à les remuer. Ils étaient comme engourdis. Ma nuque me semblait glacée ; toute ma colonne vertébrale, et mes oreilles, de même que mes pieds, étaient à la fois engourdis et douloureux. Pourtant j'avais au cœur une impression de chaleur véritablement délicieuse comparée à toutes ces sensations. C'était un cauchemar – un cauchemar physique, si je puis me servir d'une telle expression ; car je ne sais quel poids très lourd sur ma poitrine me rendait la respiration difficile.

Je restai assez longtemps, je pense, dans cet état de demi-léthargie, et je n'en sortis que pour sombrer dans le sommeil, à moins que ce ne fût une sorte d'évanouissement. Puis je fus pris d'un haut-le-cœur, comme lorsqu'on commence à éprouver le mal de mer ; en moi montait le besoin incoercible d'être délivré de quelque chose… je ne savais de quoi. Tout autour de moi régnait un silence profond, comme si le monde entier dormait ou venait de mourir – silence que rompait seulement le halètement d'un animal qui devait se trouver tout près de moi. Je sentis quelque chose de chaud qui m'écorchait la gorge, et c'est alors que m'apparut l'horrible vérité. Un gros animal était couché sur moi, la gueule collée à ma gorge. Je n'osais pas remuer, sachant qu'une prudente immobilité pourrait seule me sauver ; mais la bête, de son côté, comprit sans doute qu'il s'était fait un changement en moi, car elle redressa la tête. A travers mes cils, je vis au-dessus de moi les deux grands yeux flamboyants d'un loup gigantesque. Ses dents blanches, longues et pointues, brillaient dans sa gueule rouge béante, et son souffle chaud et âcre m'arrivait jusque sous les narines.

Une fois de plus, il se passa un bon moment dont je n'ai gardé aucun souvenir. Enfin, je perçus un grognement sourd, et une sorte de jappement – ceci à plusieurs reprises. Puis, très loin, me sembla-t-il, j'entendis comme plusieurs voix crier ensemble : "Holà ! Holà !" Avec précaution, je levai la tête pour regarder dans la direction d'où venaient ces cris ; mais le cimetière me bouchait la vue. Le loup continuait à japper d'étrange façon, et une lueur rouge se mit à contourner le bois de cyprès ; il me semblait qu'elle suivait les voix. Celles-ci se rapprochaient cependant que le loup hurlait maintenant sans arrêt et de plus en plus fort. Plus que jamais je craignais de faire le moindre mouvement, de laisser échapper ne fût-ce qu'un soupir. Et la lueur rouge se rapprochait, elle aussi, par-dessus le linceul blanc qui s'étendait tout autour de moi dans la nuit. Tout à coup surgit de derrière les arbres, au trot, un groupe de cavaliers portant des torches. Le loup, se levant aussitôt, quitta ma poitrine et s'enfonça dans le cimetière. Je vis un des cavaliers (c'étaient des soldats, je reconnaissais la tenue militaire) épauler sa carabine et viser. Un de ses compagnons le toucha du coude, et la balle siffla au-dessus de ma tête. Assurément, il avait pris mon corps pour celui du loup. Un autre soldat vit l'animal qui s'éloignait, et un deuxième coup de feu fut tiré. Puis, tous les cavaliers partirent au galop, certains vers moi, les autres poursuivant le loup qui disparut sous les cyprès lourds de neige.

Une fois qu'ils furent près de moi, je voulus enfin remuer bras et jambes, mais cela me fut impossible : j'étais sans forces, encore que je ne perdisse rien de ce qui se passait, de ce qui se disait autour de moi. Deux ou trois soldats mirent pied à terre et s'agenouillèrent pour m'examiner de près. L'un d'eux me souleva la tête, puis mit sa main sur mon cœur.

— Tout va bien, mes amis ! cria-t-il. Son cœur bat encore !

On me versa un peu de brandy dans la gorge ; cela me fit revenir complètement à moi, et j'ouvris enfin les yeux tout grands. Les lumières et les ombres jouaient dans les arbres ; j'entendais les hommes s'interpeller. Leurs cris exprimaient l'épouvante, et bientôt ceux qui étaient partis à la recherche du loup vinrent les rejoindre, excités tels des possédés. Ceux qui m'entouraient les questionnèrent avec angoisse :

— Et bien ! l'avez-vous trouvé ?

— Non ! Non ! répondirent-ils précipitamment, et l'on sentait qu'ils avaient encore peur. Allons-nous-en, vite, vite ! Quelle idée de s'attarder en un tel endroit, et précisément cette nuit !

— Qu'est-ce que c'était ? demandèrent encore les autres, la voix de chacun trahissant l'émotion qui lui était propre. Les réponses furent assez différentes et surtout me semblèrent fort indécises, comme si tous les hommes avaient d'abord voulu dire la même chose, mais que la même peur les eût empêchés d'aller jusqu'au bout de leur pensée.

— C'était… c'était… oui ! bredouilla l'un d'eux qui n'était pas remis du choc.

— Un loup… mais pas tout à fait un loup ! dit un autre en frissonnant d'horreur.

— Il ne sert à rien de tirer sur lui si l'on n'a pas une balle bénite, fit remarquer un troisième qui parlait avec plus de calme.

— Bien nous a pris de sortir cette nuit ! s'exclama un quatrième. Vraiment, nous aurons bien gagné nos mille marks !

— Il y avait du sang sur les éclats de marbre, dit un autre – et ce n'est pas la foudre qui a pu l'y mettre. Et lui ? N'est-il pas en danger ? Regardez sa gorge ! Voyez, mes amis, le loup s'est couché sur lui et lui a tenu le sang chaud.

L'officier, après s'être penché vers moi, déclara :

— Rien de grave ; la peau n'est même pas entamée. Que signifie donc tout ceci ? Car nous ne l'aurions jamais trouvé sans les cris du loup.

— Mais cette bête, où est-elle passée ? demanda le soldat qui me soutenait la tête et qui, de tous, paraissait être celui qui avait le mieux gardé son sang-froid.

— Elle est retournée chez elle, répondit son camarade. Son visage était livide et il tremblait de peur en regardant autour de lui. N'y a-t-il pas assez de tombes ici où elle puisse se réfugier ? Allons, mes amis ! Vite ! Quittons cet endroit maudit !

Le soldat me fit asseoir, cependant que l'officier donnait un ordre. Plusieurs hommes vinrent me prendre et me placèrent sur un cheval. L'officier lui-même sauta en selle derrière moi, passa ses bras autour de ma taille et à nouveau donna un ordre : celui du départ. Laissant derrière nous les cyprès, nous partîmes au galop dans un alignement tout militaire.

Comme je n'avais pas encore recouvré l'usage de la parole, il me fut impossible de rien raconter de mon invraisemblable aventure. Et sans doute tombai-je endormi, car la seule chose dont je me souvienne à partir de ce moment, c'est de m'être retrouvé debout, soutenu de chaque côté par un soldat. Il faisait jour, et, vers le nord, se reflétait sur la neige un long rayon de soleil, semblable à un sentier de sang. L'officier recommandait à ses hommes de ne pas parler de ce qu'ils avaient vu ; ils diraient seulement qu'ils avaient trouvé un Anglais que gardait un grand chien.

— Un grand chien ! Mais ce n'était pas un chien ! s'écria le soldat qui tout le temps avait montré une telle épouvante. Quand je vois un loup, je sais sans doute le reconnaître d'un chien !

Le jeune officier reprit avec calme :

— J'ai dit un chien.

— Un chien ! répéta l'autre d'un air moqueur.

De toute évidence, le soleil levant lui rendait du courage ; et, me montrant du doigt, il ajouta :

— Regardez sa gorge. Vous me direz que c'est un chien qui a fait ça ?

Instinctivement, je portai la main à ma gorge et, aussitôt, je criai de douleur.

Tous m'entourèrent ; certains, restés en selle, se penchaient pour mieux voir. Et, de nouveau, s'éleva la voix calme du jeune officier :

— Un chien, ai-je dit ! Si nous racontions autre chose, on se moquerait de nous !

Un soldat me reprit en selle avec lui, et nous poursuivîmes notre route jusque dans les faubourgs de Munich. Là, nous rencontrâmes une charrette dans laquelle on me fit monter et qui me ramena à l'hôtel des Quatre Saisons. Le jeune officier m'accompagnait, un de ses hommes gardant son cheval tandis que les autres regagnaient la caserne.

Herr Delbrück mit une telle hâte à venir nous accueillir que nous comprîmes tout de suite qu'il nous avait attendus avec impatience. Me prenant les deux mains, il ne les lâcha pas avant que je ne fusse entré dans le corridor. L'officier me salua et il allait se retirer quand je le priai de n'en rien faire ; j'insistai au contraire pour qu'il montât dans ma chambre avec nous.

Je lui fis servir un verre de vin, et lui dis combien je lui étais reconnaissant, ainsi qu'à ses hommes si courageux, de m'avoir sauvé la vie. Il me répondit simplement qu'il en était lui-même trop heureux ; que c'était *Herr* Delbrück qui, le premier, avait pris les mesures nécessaires et que ces recherches, en définitive, n'avaient pas été désagréables du tout ; en entendant cette déclaration ambiguë, le patron de l'hôtel sourit cependant que l'officier nous priait de lui permettre de nous quitter : l'heure le rappelait à la caserne.

— Mais, *Herr* Delbrück, demandai-je alors, comment se fait-il que ces soldats soient venus à ma recherche ? Et pourquoi ?

Il haussa les épaules, comme s'il attachait peu d'importance à sa propre démarche, et me répondit :

— Le commandant du régiment dans lequel j'ai servi m'a permis de faire appel à des volontaires.

— Mais comment saviez-vous que je m'étais égaré ?

— Le cocher est revenu ici avec ce qui restait de sa voiture : elle avait été presque complètement démolie quand les chevaux s'étaient emballés.

— Pourtant ce n'est certes pas à cause de cela seulement que vous avez envoyé des soldats à ma recherche ?

— Oh ! non… Regardez… Avant même que le cocher ne soit revenu, j'avais reçu ce télégramme du boyard dont vous allez être l'hôte…

Et il tira de sa poche un télégramme qu'il me tendit. Je lus :

Bistritz.

Veillez attentivement sur celui qui sera mon hôte ; sa sûreté est pour moi très précieuse. S'il lui arrivait quelque chose de fâcheux ou s'il disparaissait, faites tout ce que vous pouvez pour le retrouver et lui sauver la vie. C'est un Anglais, donc il aime l'aventure. La neige, la nuit et les loups peuvent être pour lui autant de dangers. Ne perdez pas un instant si vous avez quelque inquiétude à son sujet. Ma fortune me permettra de récompenser votre zèle.

DRACULA

Je tenais encore cette dépêche en main, quand j'eus l'impression que la chambre tournait autour de moi ; et si le patron de l'hôtel ne m'avait pas soutenu, je crois que je serais tombé. Tout cela était si étrange, si mystérieux, si incroyable, que j'avais peu à peu le sentiment d'être le jouet et l'enjeu de puissances contraires – et cette seule et vague idée en quelque sorte me paralysait. Certes, je me trouvais sous une protection mystérieuse. Presque à la minute opportune, un message venu d'un pays lointain m'avait préservé du danger de m'endormir sous la neige et m'avait tiré de la gueule du loup.

I

JOURNAL DE JONATHAN HARKER
(Sténographié)

Bistritz, 3 mai – Quitté Munich à huit heures du soir, le 1er mai ; arrivé à Vienne, de bonne heure, le lendemain matin. Nous aurions dû y être à six heures quarante-six, mais le train avait une heure de retard. A en juger d'après ce que j'en ai pu apercevoir du wagon et, d'après les quelques rues où je me suis promené, une fois débarqué, Budapest est une très belle ville. Mais je craignais de trop m'éloigner de la gare : malgré ce retard, nous devions repartir comme prévu… J'eus l'impression très nette de quitter l'Occident pour entrer dans le monde oriental. Après avoir franchi les magnifiques ponts du Danube, ces modèles d'architecture occidentale – le Danube ici est particulièrement large et profond –, on pénètre immédiatement dans une région où prévalent les coutumes turques.

Ayant quitté Budapest sans trop de retard, nous arrivâmes le soir à Klausenburg. Je m'y arrêtai pour passer la nuit à l'hôtel Royal. On me servit au dîner, ou plutôt au souper, un poulet au poivre rouge – délicieux, mais cela vous donne une soif ! (J'en ai demandé la recette à l'intention de Mina.) Le garçon m'a appris que cela s'appelait du *paprika hendl*, que c'était un plat national, et donc que j'en trouverais partout dans les Carpates. Ma légère connaissance de l'allemand me fut fort utile en cette occasion ; sans cela, vraiment, j'ignore comment je m'en serais tiré.

A Londres, quelques moments de loisir m'avaient permis d'aller au British Museum et, à la bibliothèque, j'avais consulté des cartes de géographie et des livres traitant de la Transylvanie ; il me paraissait intéressant de connaître certaines choses du pays puisque j'aurais affaire avec un gentilhomme de là-bas. Je m'en rendis compte ; la région dont il parlait dans ses lettres était située à l'est du pays, à la frontière des trois Etats – Transylvanie, Moldavie, Bukovine – dans les Carpates. Une des parties de l'Europe les moins connues, et les plus sauvages. Mais aucun livre, aucune carte ne put me renseigner sur l'endroit exact où se trouvait le château du comte Dracula, car il n'existe aucune carte détaillée de ce pays. Mes recherches m'apprirent toutefois que Bistritz où, me disait le comte Dracula, je devrais prendre la diligence, était une vieille petite ville, très connue. Je noterai ici mes principales impressions – cela me rafraîchira la mémoire quand je parlerai de mes voyages avec Mina.

Quatre races se sont implantées en Transylvanie : au sud, les Saxons auxquels se sont mêlés des Valaques qui eux-mêmes descendent des Daces ; à l'ouest, des Magyars ; à l'est et au nord, enfin, les Szeklers. C'est parmi ceux-ci que je dois séjourner. Ils prétendent descendre d'Attila et des Huns. Peut-être est-ce vrai, car lorsque les Magyars conquirent le pays au XIe siècle, ils y trouvèrent les Huns déjà établis. Il paraît que toutes les superstitions du monde se retrouvent dans les Carpates, et ne manquent pas de faire bouillonner l'imagination populaire. S'il en est ainsi, mon séjour pourra être des plus intéressants. (Je ne manquerai pas d'interroger le comte au sujet de ces nombreuses superstitions.)

Je dormis mal ; non que mon lit ne fût pas confortable, mais je fis toutes sortes de rêves étranges. Un chien ne cessa, durant toute la nuit, de hurler sous ma fenêtre : est-ce la cause de mon insomnie, ou fut-ce le paprika ? car j'eus beau boire toute l'eau de ma carafe, la soif me desséchait toujours la gorge. Vers le matin, enfin, je me suis sans doute profondément endormi, car je me suis réveillé en entendant frapper à ma porte, et il me sembla qu'on devait frapper depuis longtemps. Au petit déjeuner, j'eus à nouveau du paprika, ainsi qu'une espèce de porridge fait de farine de maïs qu'on appelle *mamaliga* et d'aubergines farcies – plat excellent qui porte le nom de *impletata*. (J'en ai noté également la recette pour Mina.) Je déjeunai en hâte, car le train partait quelques minutes avant huit heures ; ou, plus exactement, il aurait dû partir quelques minutes avant huit heures mais, lorsque, après une véritable course, j'arrivai à la gare à sept heures et demie, j'attendis plus d'une heure dans le compartiment où je m'étais installé, avant que le train ne démarrât. Il me semble que plus on va vers l'est, plus les trains ont du retard. Qu'est-ce que cela doit être en Chine ?

Nous roulâmes toute la journée à travers un fort beau pays, d'aspects variés. Tantôt nous apercevions soit des petites villes, soit des châteaux juchés au sommet de collines escarpées, comme on en voit représentés dans les anciens missels ; tantôt nous longions des cours d'eau plus ou moins importants, mais qui tous, à en juger par les larges parapets de pierre qui les bordent, sont sans doute sujets à de fortes crues. A chaque gare où nous nous arrêtions, les quais fourmillaient de gens vêtus de costumes de toutes sortes. Les uns ressemblaient tout simplement à des paysans comme on en voit chez nous ou en France ou en Allemagne – ils portaient des vestes courtes sur des pantalons de coupe assez grossière, et des chapeaux ronds ; mais d'autres groupes étaient des plus pittoresques. Les femmes paraissaient jolies pour autant que vous ne les voyiez pas de trop près, mais la plupart étaient si fortes qu'elles n'avaient pour ainsi dire pas de taille. Toutes portaient de volumineuses manches blanches et de larges ceintures garnies de bandes de tissus d'autres couleurs, et qui flottaient tout autour d'elles, au-dessus de leurs jupes. Les Slovaques étaient bien les plus étranges de tous, avec leurs grands chapeaux de cow-boy, leurs pantalons bouffants d'un blanc sale, leurs chemises de lin blanc et leurs lourdes ceintures de cuir, hautes de près d'un pied et cloutées de cuivre. Ils étaient chaussés de hautes bottes dans lesquelles ils rentraient le bas de leurs pantalons ; leurs longs cheveux noirs et leurs épaisses moustaches noires ajoutaient encore à leur aspect pittoresque mais sans leur donner, en vérité, un air très agréable. Si j'avais voyagé en diligence, je les aurais pris aisément pour des brigands, bien que, m'a-t-on dit, ils ne fassent jamais de mal à personne ; au contraire, ils sont plutôt pusillanimes.

Il faisait déjà nuit lorsque nous arrivâmes à Bistritz qui, je l'ai dit, est une vieille ville au passé intéressant. Située presque à la frontière – en effet, en quittant Bistritz, il suffit de franchir le col de Borgo pour arriver en Bukovine –, elle a connu des périodes orageuses dont elle porte encore les marques. Il y a cinquante ans, de grands incendies la ravagèrent coup sur coup. Au début du XVIIe siècle, elle avait soutenu un siège de trois semaines, perdu treize mille de ses habitants, sans parler de ceux qui tombèrent victimes de la famine et de la maladie.

Le comte Dracula m'avait indiqué l'hôtel de la Couronne d'or ; je fus ravi de voir que c'était une très vieille maison, car, naturellement, je souhaitais connaître, autant que possible, les coutumes du pays. De toute évidence, on m'attendait : lorsque j'arrivai devant la porte, je me trouvai en face d'une femme d'un certain âge, au visage plaisant, habillée comme les paysannes de l'endroit d'une blouse blanche et d'un long tablier de couleur, qui enveloppait et moulait le corps. Elle s'inclina et me demanda aussitôt :

— Vous êtes le monsieur anglais ?

— Oui, répondis-je ; Jonathan Harker.

Elle sourit et dit quelque chose à un homme en manches de chemise qui l'avait suivie. Il disparut, mais revint aussitôt et me tendit une lettre. Voici ce que je lus :

Mon ami,

Soyez le bienvenu dans les Carpates. Je vous attends avec impatience. Dormez bien cette nuit. La diligence part pour la Bukovine demain après-midi à trois heures ; votre place est retenue. Ma voiture vous attendra au col de Borgo pour vous amener jusqu'ici. J'espère que depuis Londres votre voyage s'est bien passé et que vous vous féliciterez de votre séjour dans mon beau pays.

Très amicalement,

Dracula.

4 mai – Le propriétaire de l'hôtel avait, lui aussi, reçu une lettre du comte, lui demandant de me réserver la meilleure place de la diligence ; mais lorsque je voulus lui poser certaines questions, il se montra réticent et prétendit ne pas bien entendre l'allemand que je parlais ; un mensonge, assurément, puisque, jusque-là, il l'avait parfaitement compris – à en juger en tout cas par la conversation que nous avions eue lors de mon arrivée chez lui. Lui et sa femme échangèrent des regards inquiets puis il me répondit en bafouillant que l'argent pour la diligence avait été envoyé dans une lettre, et qu'il ne savait rien de plus. Quand je lui demandai s'il connaissait le comte Dracula et s'il pouvait me donner certains renseignements au sujet du château, tous les deux se signèrent, déclarèrent qu'ils en ignoraient tout et me firent comprendre qu'ils n'en diraient pas davantage. Comme l'heure du départ approchait, je n'eus pas le temps d'interroger d'autres personnes ; mais tout cela me parut fort mystérieux et peu encourageant.

Au moment où j'allais partir, la patronne monta à ma chambre et me demanda sur un ton affolé :

— Devez-vous vraiment y aller ? Oh ! Mon jeune monsieur, devez-vous vraiment y aller ?

Elle était à ce point bouleversée qu'elle avait de la peine à retrouver le peu d'allemand qu'elle savait et le mêlait à des mots qui m'étaient totalement étrangers. Quand je lui répondis que je devais partir tout de suite et que j'avais à traiter d'une affaire importante, elle me demanda encore :

— Savez-vous quel jour nous sommes ?

Je répondis que nous étions le 4 mai.

— Oui, fit-elle en hochant la tête, le 4 mai, bien sûr ! Mais quel jour est-ce ?

Comme je lui disais que je ne saisissais pas sa question, elle reprit :

— C'est la veille de la Saint-Georges. Ignorez-vous que cette nuit, aux douze coups de minuit, tous les maléfices régneront en maîtres sur la terre ! Ignorez-vous où vous allez, et au-devant de quoi vous allez ?

Elle paraissait si épouvantée que je tentai, mais en vain, de la réconforter. Finalement, elle s'agenouilla et me supplia de ne pas partir, ou, du moins, d'attendre un jour ou deux. Chose sans doute ridicule, je me sentais mal à mon aise. Cependant, on m'attendait au château, rien ne m'empêcherait d'y aller. J'essayai de la relever et lui dis sur un ton fort grave que je la remerciais, mais que je devais absolument partir. Elle se releva, s'essuya les yeux puis, prenant le crucifix suspendu à son cou, elle me le tendit. Je ne savais que faire car, élevé dans la religion anglicane, j'avais appris à considérer de telles habitudes comme relevant de l'idolâtrie, et pourtant j'aurais fait preuve, me semblait-il, d'impolitesse en repoussant ainsi l'offre d'une dame âgée qui ne me voulait que du bien et qui vivait, à cause de moi, des moments de véritable angoisse. Elle lut sans doute sur mon visage l'indécision où je me trouvais ; elle me passa le chapelet autour du cou en me disant simplement : "Pour l'amour de votre mère", puis elle sortit de la chambre. J'écris ces pages de mon journal en attendant la diligence qui, naturellement, est en retard ; et la petite croix pend encore à mon cou. Est-ce la peur qui agitait la vieille dame, ou les effrayantes superstitions du pays, ou cette croix elle-même ? Je ne sais, mais le fait est que je me sens moins calme que d'habitude. Si jamais ce journal parvient à Mina avant que je ne la revoie moi-même, elle y trouvera du moins mes adieux. Voici la diligence !

5 mai. Au château – La pâleur grise du matin s'est dissipée peu à peu, le soleil est déjà haut sur l'horizon qui apparaît comme découpé par des arbres ou des collines, sans que je puisse le préciser, car il est si lointain que toutes choses, grandes et petites, s'y confondent. Je n'ai plus envie de dormir, et puisqu'il me sera loisible demain, de me lever quand je le voudrai, je vais écrire jusqu'à ce que je me rendorme. Car j'ai beaucoup de choses étranges à écrire ; et, pour que le lecteur ne croie point que j'ai fait un trop bon repas avant de quitter Bistritz, qu'il me permette de lui en donner exactement le menu. On me servit ce qu'on appelle ici un "steak de brigand" – quelques morceaux de lard accompagnés d'oignons, de bœuf et de paprika, le tout enroulé sur des petits bâtons et rôti au-dessus de la flamme tout simplement comme, à Londres, nous faisons des abats de viande de boucherie. Je bus du Mediasch Doré, vin qui vous pique légèrement la langue mais, ma foi, ce n'est pas désagréable du tout. J'en pris seulement deux verres.

Lorsque je montai dans la diligence, le conducteur n'était pas encore sur son siège, mais je le vis qui s'entretenait avec la patronne de l'hôtel. Sans aucun doute ils parlaient de moi car, de temps à autre, ils tournaient la tête de mon côté ; des gens, assis sur le banc près de la porte de l'hôtel, se levèrent, s'approchèrent d'eux, écoutant ce qu'ils disaient, puis à leur tour me regardèrent avec une visible pitié. Pour moi, j'entendais souvent les mêmes mots qui revenaient sur leurs lèvres – des mots que je ne comprenais pas ; d'ailleurs, ils parlaient plusieurs langues. Aussi, ouvrant tout tranquillement mon sac de voyage, j'y pris mon dictionnaire polyglotte, et cherchai la signification de tous ces mots étranges. J'avoue qu'il n'y avait pas là de quoi me rendre courage car je m'aperçus, par exemple, que *ordog* signifie Satan ; *pokol*, enfer ; *stregoica*, sorcière ; *vrolok* et *vlkoslak*, quelque chose comme vampire ou loup-garou en deux dialectes différents.

Quand la diligence se mit en route, les gens qui, devant l'hôtel, s'étaient rassemblés de plus en plus nombreux, firent tous ensemble le signe de la croix, puis dirigèrent vers moi l'index et le majeur. Non sans quelque difficulté, je parvins à me faire expliquer par un de mes compagnons de voyage ce que ces gestes signifiaient : ils voulaient me défendre ainsi, me dit-il, contre le mauvais œil. Nouvelle plutôt désagréable pour moi qui partais vers l'inconnu. Mais, d'autre part, tous ces hommes et toutes ces femmes paraissaient me témoigner tant de sympathie, partager le malheur où ils me voyaient déjà, que j'en fus profondément touché. Je n'oublierai jamais les dernières images que j'emportai de cette foule bigarrée rassemblée dans la cour de l'hôtel, cependant que chacun se signait sous la large porte cintrée, à travers laquelle je voyais, au milieu de la cour, les feuillages des lauriers roses et des orangers plantés dans des caisses peintes en vert. Le cocher, dont les larges pantalons cachaient presque le siège tout entier – le siège, cela se dit *gotza* –, fit claquer son fouet au-dessus de ses quatre chevaux, attelés de front, et nous sommes partis.

La beauté du paysage me fit bientôt oublier mes angoisses ; mais je ne pense pas que j'aurais pu m'en débarrasser aussi aisément si j'avais saisi tous les propos de mes compagnons. Devant nous s'étendaient des bois et des forêts avec, çà et là, des collines escarpées au sommet desquelles apparaissaient un bouquet d'arbres ou quelque ferme dont le pignon blanc surplombait la route. Partout, les arbres fruitiers étaient en fleurs – véritable éblouissement de pommiers, de pruniers, de poiriers, de cerisiers ; et l'herbe des vergers que nous longions scintillait de pétales tombés. Contournant ou montant les collines, la route se perdait dans des méandres d'herbe verte, ou se trouvait comme enfermée entre deux lisières de bois de pins. Cette route était des plus mauvaises, et pourtant nous roulions à toute vitesse – ce qui m'étonnait beaucoup. Sans doute le conducteur voulait-il arriver à Borgo Prund sans perdre de temps. On m'apprit que la route, en été, était excellente, mais qu'elle n'avait pas encore été remise en état après les chutes de neige de l'hiver précédent. A cet égard, elle différait des autres routes des Carpates : de tout temps, en effet, on a eu soin de ne pas les entretenir, de peur que les Turcs ne s'imaginent qu'on prépare une invasion et qu'ils ne déclarent aussitôt la guerre qui, à vrai dire, est toujours sur le point d'éclater.

Au-delà de ces collines, s'élevaient d'autres forêts et les grands pics des Carpates mêmes. Nous les voyions à notre droite et à notre gauche, le soleil d'après-midi illuminant leurs tons déjà splendides – bleu foncé et pourpre dans le creux des hauts rochers, vert et brun là où l'herbe recouvrait légèrement la pierre ; puis c'était une perspective sans fin de rocs découpés et pointus qui se perdaient dans le lointain, où surgissaient des sommets neigeux. Quand le soleil commença à décliner, nous vîmes, ici et là, dans les anfractuosités des rochers, étinceler une chute d'eau. Nous venions de contourner le flanc d'une colline et j'avais l'impression de me trouver juste au pied d'un pic couvert de neige lorsqu'un de mes compagnons de voyage me toucha le bras et me dit en se signant avec ferveur :

— Regardez ! *Istun szed !* (Le trône de Dieu !)

Nous continuâmes notre voyage qui me paraissait ne jamais devoir finir. Le soleil, derrière nous, descendait de plus en plus sur l'horizon, et les ombres du soir, peu à peu, nous entourèrent. Cette sensation d'obscurité était d'autant plus nette que, tout en haut, les sommets neigeux retenaient encore la clarté du soleil et brillaient d'une délicate lumière rose. De temps à autre nous dépassions des Tchèques et des Slovaques, vêtus de leurs fameux costumes nationaux, et je fis une pénible remarque : la plupart étaient goitreux. Des croix s'élevaient au bord de la route et, chaque fois que nous passions devant l'une d'elles, tous les occupants de la diligence se signaient. Nous vîmes aussi des paysans ou des paysannes à genoux devant des chapelles ; ils ne tournaient même pas la tête en entendant approcher la voiture : ils étaient tout à leurs dévotions et n'avaient plus, eût-on dit, ni yeux ni oreilles pour le monde extérieur. Presque tout était nouveau pour moi : les meules de foin dressées jusque dans les arbres, les nombreux saules pleureurs avec leurs branches qui brillaient comme de l'argent à travers le vert délicat des feuilles… Parfois nous rencontrions une charrette de paysan, longue et sinueuse comme un serpent, sans doute pour épouser les accidents de la route. Des hommes s'y étaient installés, qui rentraient chez eux – les Tchèques étaient couverts de peaux de mouton blanches, les Slovaques de peaux de mouton teintes, ces derniers portant leurs longues haches comme si c'eût été des lances. La nuit s'annonçait froide, et l'obscurité semblait plonger dans une brume épaisse chênes, hêtres et sapins, tandis que, dans la vallée au-dessous de nous qui maintenant montions vers le col de Borgo, les sapins noirs se détachaient sur un fond de neige récemment tombée. Parfois, quand la route traversait une sapinière qui semblait se refermer sur nous, de gros paquets de brouillard nous cachaient même les arbres, et c'était pour l'imagination quelque chose d'effrayant ; je me laissais de nouveau gagner par l'épouvante que j'avais déjà éprouvée à la fin de l'après-midi : dans les Carpates, le soleil couchant donne aisément des formes fantastiques aux nuages qui roulent au creux des vallées. Les collines étaient parfois si escarpées que, malgré la hâte qui animait notre conducteur, les chevaux étaient obligés de ralentir le pas. Je manifestai le désir de descendre et de marcher à côté de la voiture, comme, en pareil cas, c'est la coutume dans notre pays, mais le cocher s'y opposa fermement.

— Non, non, me dit-il, ici, il ne faut pas faire à pied même un bout de route… Les chiens sont bien trop dangereux !

Et il ajouta ce qu'il considérait évidemment comme une sombre plaisanterie, car il consulta du regard tous les voyageurs l'un après l'autre, pour s'assurer sans doute de leur sourire approbateur :

— Croyez-moi, vous en aurez eu suffisamment, de tout ceci, quand vous irez au lit, ce soir.

Il ne s'arrêta que lorsqu'il lui fallut allumer ses lampes.

Alors, les voyageurs devinrent fort excités ; chacun ne cessait de lui adresser la parole, le pressant, à ce que je pus comprendre, de rouler plus vite. Il se mit à faire claquer son fouet sans pitié sur le dos des chevaux, et à l'aide de cris et d'appels les encouragea à monter la côte plus rapidement. A un moment, je crus distinguer dans l'obscurité une pâle lueur devant nous – mais ce n'était sans doute rien autre chose qu'une crevasse dans les roches. Cependant, mes compagnons se montraient de plus en plus agités. La diligence roulait follement, ses ressorts grinçaient et elle penchait d'un côté puis de l'autre, comme une barque sur une mer démontée. Je dus me retenir à la paroi. Cependant la route se fit bientôt plus régulière, et j'eus alors l'impression que nous volions bel et bien. Elle devenait aussi plus étroite, les montagnes, d'un côté et de l'autre, se rapprochaient et semblaient, à vrai dire, nous menacer : nous traversions le col de Borgo. Tour à tour, mes compagnons de voyage me firent des présents, gousses d'ail, rose sauvage séchée… et je vis parfaitement qu'il n'était pas question de les refuser ; certes, ces cadeaux étaient tous plus bizarres les uns que les autres, mais ils me les offrirent avec une simplicité vraiment touchante, en répétant ces gestes mystérieux qu'avaient faits les gens rassemblés devant l'hôtel de Bistritz – le signe de la croix et les deux doigts tendus pour me protéger contre le mauvais œil. Le conducteur se pencha en avant ; sur les deux bancs de la diligence, les occupants tendaient le cou pour examiner le rebord extérieur. De toute évidence, ils s'attendaient à voir surgir quelque chose dans la nuit ; je leur demandai de quoi il s'agissait, mais aucun ne voulut me donner la moindre explication. Cette vive curiosité persista un bon moment ; enfin, nous parvînmes sur le versant est du col. Des nuages noirs s'amoncelaient, le temps était lourd comme si un orage allait éclater. On eût dit que, des deux côtés de la montagne, l'atmosphère était différente et que nous étions maintenant dans une région dangereuse. Pour moi, je cherchais des yeux la voiture qui devait me conduire chez le comte. Je m'attendais d'un moment à l'autre à apercevoir ses lumières ; mais la nuit demeurait d'un noir d'encre. Seuls les rayons de nos lampes cahotantes projetaient des lueurs dans lesquelles s'élevait l'haleine fumante des chevaux ; elles nous permettaient de distinguer la route blanche devant nous – mais nulle trace d'autre voiture que la nôtre. Mes compagnons, avec un soupir de soulagement, reprirent une position plus confortable – je le ressentis comme une raillerie : ils se moquaient de mon propre désappointement. Je réfléchissais à ce que j'allais faire, en cette situation embarrassante, quand le conducteur consulta sa montre et dit aux autres voyageurs quelques mots qu'il me fut impossible de saisir, mais j'en devinai la signification : “Une heure de retard...” Puis, se tournant vers moi, il me conseilla dans un allemand encore plus mauvais que le mien :

— Aucune voiture en vue ; c'est que l'on n'attend pas monsieur. Continuez le voyage avec nous jusqu'en Bukovine, et vous reviendrez ici demain ou après-demain, cela vaudra mieux.

Tandis qu'il parlait, les chevaux se mirent à hennir et à ruer, et l'homme les maîtrisa à grand-peine. Puis, tandis que tous mes voisins poussaient des cris d'effroi et se signaient, une calèche attelée de quatre chevaux arriva derrière nous, nous dépassa presque, mais s'arrêta à côté de la diligence. A la lueur de nos lampes, je vis que les chevaux étaient splendides, d'un noir de charbon. Celui qui les conduisait était un homme de haute taille, doté d'une longue barbe brune, et coiffé d'un large chapeau noir qui nous cachait son visage. Au moment même où il s'adressait à notre conducteur, je distinguai pourtant ses yeux, si brillants que, dans la clarté des lampes, ils semblaient rouges.

— Vous êtes bien tôt, ce soir, mon ami, lui dit-il.

L'autre répondit sur un ton mal assuré :

— Mais ce monsieur, qui est anglais, était pressé...

— Voilà pourquoi, je suppose, répliqua le nouveau venu, vous vouliez l'emmener jusqu'en Bukovine... Non, mon ami, impossible de me tromper... J'en sais trop, et mes chevaux sont rapides...

Il souriait en parlant, mais l'expression de son visage était dure – il était maintenant tout près de la voiture ; on voyait ses lèvres très rouges, ses dents pointues, blanches comme de l'ivoire. Un voyageur murmura à l'oreille de son voisin le vers fameux de *Lenore* de Burger :

— *Denn die Todten reiten schnell...* (Car les morts vont vite...)

Le cocher de la calèche l'entendit certainement, car il regarda le voyageur avec, de nouveau, un étrange sourire. L'autre détourna la tête tout en se signant et en tendant deux doigts.

— Qu'on me donne les bagages de monsieur, reprit le cocher, et, en moins de temps qu'il n'en faut pour le dire, mes valises passèrent de la diligence dans la calèche. Puis, je descendis moi-même de la diligence et, comme l'autre voiture se trouvait tout à côté, le cocher m'aida en me prenant le bras d'une main qui me sembla d'acier. Cet homme devait être d'une force prodigieuse. Sans un mot, il tira sur les rênes, les chevaux firent demi-tour, et nous roulâmes à nouveau et à toute vitesse dans le col de Borgo. En regardant derrière moi, je vis encore, à la lueur des lampes de la diligence, fumer les naseaux des chevaux ; et se dessinèrent une dernière fois à mes yeux les silhouettes de ceux qui, jusque-là, avaient été mes compagnons de voyage : ils se signaient. Alors le conducteur fit claquer son fouet, et les chevaux prirent la route de la Bukovine. Comme ils s'enfonçaient dans la nuit noire, je frissonnai et me sentis en même temps affreusement seul – mais aussitôt un manteau fut jeté sur mes épaules, une couverture de voyage fut étendue sur mes genoux, et le cocher me dit, en un excellent allemand :

— Mauvais temps, *mein Herr*, et le comte, mon maître, m'a recommandé de veiller à ce que vous ne preniez pas froid. Le flacon de *slivovitz* (l'eau-de-vie de la région) est là, sous le siège, si vous en avez besoin.

Je n'en pris pas une goutte, mais ce m'était déjà un réconfort de savoir qu'il y en avait dans la voiture. Mon inquiétude, cependant, était loin de se calmer. Au contraire. Je crois que si j'en avais eu la possibilité, j'aurais interrompu ce voyage de plus en plus mystérieux. La calèche, elle, roulait de plus en plus vite, tout droit ; soudain, elle tourna brusquement, prit une autre route, de nouveau toute droite. Il me semblait que nous passions et repassions toujours au même endroit ; aussi y appliquai-je mon attention, essayant de retrouver tel ou tel point de repère, et je m'aperçus que je ne m'étais pas trompé.

J'aurais voulu demander au cocher ce que cela signifiait ; toutefois, je préférai me taire, me disant que, dans la situation où j'étais, j'aurais beau protester, s'il avait reçu l'ordre de traîner en route. Bientôt, cependant, j'eus envie de savoir l'heure, et je fis craquer une allumette afin de consulter ma montre. Il était près de minuit. Je tressaillis d'horreur : sans doute les superstitions à propos de tout ce qui se passe à minuit m'impressionnaient-elles davantage après les événements insolites que je venais déjà de vivre. Qu'allait-il arriver maintenant ?

Un chien se mit à hurler au bas de la route, sans doute dans une cour de ferme ; on eût dit un hurlement de peur, qui se prolongeait... Il fut repris par un autre chien, puis par un autre et encore un autre jusqu'à ce que, portés par le vent qui maintenant gémissait à travers le col, ces cris sauvages et sinistres parussent venir de tous les coins du pays. Ils montaient dans la nuit, d'aussi loin que l'imagination pouvait le concevoir... Aussitôt les chevaux se cabrèrent, mais le cocher les rassura en leur parlant doucement ; ils se calmèrent, mais ils tremblaient et suaient comme s'ils avaient fait une longue course au galop. Ce fut alors que des montagnes les plus éloignées nous entendîmes des hurlements plus impressionnants encore, plus aigus et plus forts en même temps : des loups. Je fus sur le point de sauter de la calèche et de m'enfuir, tandis que les chevaux se cabraient et ruaient à nouveau ; le cocher n'eut pas trop de toute sa force pour les empêcher de s'emballer. Mes oreilles, pourtant, s'accoutumèrent bientôt à ces cris, et les chevaux laissèrent le cocher descendre de la voiture et venir se placer devant eux. Il les caressa, les tranquillisa, leur murmura toutes sortes de mots gentils, et l'effet fut extraordinaire : aussitôt, quoique ne cessant pas de trembler, ils obéirent au cocher qui remonta sur son siège, reprit les rênes et repartit à toute allure. Cette fois, parvenu de l'autre côté du col, il changea de direction et prit une route étroite qui s'enfonçait vers la droite.

Bientôt, nous fûmes entre deux rangées d'arbres qui, à certains endroits, formaient réellement une voûte au-dessus du chemin, si bien que nous avions l'impression de traverser un tunnel. Et, de nouveau, de part et d'autre, de grands rochers nous gardaient, sans rien perdre cependant de leur air menaçant. Abrités de la sorte, nous entendions toutefois le vent siffler et gémir entre ces rochers, et les branches des arbres s'agiter violemment. Il faisait pourtant de plus en plus froid, une neige très fine commençait à tomber – il ne fallut pas bien longtemps pour que tout fût blanc autour de nous. Le vent nous apportait encore des hurlements de chiens, encore qu'ils nous parvinssent de plus en plus faibles à mesure que nous nous éloignions. Mais, à entendre les loups, on eût dit, au contraire, qu'eux se rapprochaient sans cesse, qu'ils finiraient par nous entourer complètement. J'en étais, je l'avoue, fort effrayé, et je voyais que l'inquiétude recommençait à s'emparer des chevaux également. Le cocher, cependant, restait parfaitement calme, regardant à gauche puis à droite, comme si de rien n'était. J'avais beau essayer de distinguer quelque chose dans l'obscurité, je n'y parvenais pas.

Tout à coup, assez loin sur notre gauche, j'aperçus une petite flamme bleue qui vacillait. Le cocher dut la voir en même temps que moi, car aussitôt il arrêta les chevaux, sauta à terre et disparut dans la nuit. Je me demandai ce que j'allais faire… Les loups hurlaient de plus en plus près de la voiture… J'hésitais encore quand le cocher réapparut soudain et, sans dire un mot, remonta sur son siège et se remit en route. Peut-être m'étais-je endormi et cet incident ne cessait-il de m'obséder en rêve, car il me semblait qu'il se renouvelait indéfiniment. Oui, quand j'y pense maintenant, j'ai l'impression d'avoir fait un cauchemar horrible. A un moment donné, la flamme bleue jaillit si près de nous sur la route qu'elle me permit, dans l'obscurité profonde, de suivre chacun des gestes du cocher. Il se dirigea d'un pas rapide vers l'endroit où brillait la flamme – éclat bien faible, malgré tout, puisque c'est à peine si l'on distinguait le sol alentour –, ramassa quelques pierres qu'il entassa de manière assez étrange. Une autre fois, un effet d'optique à peine croyable se produisit : se tenant entre la flamme et moi, il ne me la cachait pourtant pas le moins du monde ; je continuais à voir parfaitement la lueur vacillante et mystérieuse. J'en restai un moment stupéfait, mais je me dis bientôt qu'à force de vouloir percer l'obscurité, mes yeux m'avaient trompé... Alors, nous roulâmes un bon moment sans plus apercevoir de flammes bleues, mais les loups hurlaient toujours, comme s'ils nous encerclaient et comme si leur cercle avançait avec notre calèche.

Le cocher mit de nouveau pied à terre et, cette fois, s'éloigna davantage. Pendant son absence, les chevaux tremblèrent encore plus fort qu'ils ne l'avaient fait jusque-là, commencèrent à s'ébrouer, à hennir de peur. Je cherchai en vain la cause de cet effroi, puisque, justement, plus aucun loup ne hurlait, quand soudain la lune, qui voguait à travers les gros nuages noirs, apparut derrière le sommet dentelé d'un pic d'une hauteur impressionnante, et je vis, à sa lueur blafarde, les loups qui nous entouraient, montrant leurs dents blanches et leurs langues rouges – et le poil hérissé. Dans ce silence menaçant, ils étaient cent fois plus effrayants que lorsqu'ils hurlaient. Je commençais à mesurer le danger que je courais. La peur me paralysait.

Puis, tout à coup, ils recommencèrent à pousser leurs hurlements comme si le clair de lune avait sur eux quelque effet particulier. Les chevaux se démenaient d'impatience, promenaient autour d'eux des regards à faire pitié ; mais le cercle vivant, le cercle d'horreur, restait fermé autour d'eux. J'appelai le cocher, je lui criai de revenir. Il me semblait que la seule chance qui me restait était d'essayer de briser le cercle pour faciliter son retour. Je criai donc encore et frappai sur la portière de la voiture, espérant effrayer les loups qui se trouvaient de ce côté-là et permettre ainsi à l'homme d'approcher.

Comment il fut là, je n'en sus rien, mais j'entendis sa voix autoritaire et, regardant dans la direction d'où elle venait, je le vis au milieu de la route. Tandis que de ses longs bras il faisait le geste de repousser un obstacle invisible, les loups reculaient peu à peu. A ce moment, un gros nuage couvrit la lune et, de nouveau, l'obscurité fut complète. Lorsque mes yeux y furent accoutumés, je vis que le cocher remontait dans la calèche et que les loups avaient disparu. Tout cela était si étrange, si inquiétant que je n'osai ni parler, ni faire un seul mouvement. Le voyage me sembla interminable dans la nuit que la lune n'éclairait même plus. Nous continuions à monter, et la route monta encore longtemps, bien que parfois, mais rarement, la voiture prît de courtes descentes rapides, pour, aussitôt, gravir une nouvelle côte. Tout à coup, je m'aperçus que le cocher faisait entrer les chevaux dans la cour d'un grand château en ruine. Des hautes fenêtres obscures ne s'échappait aucun rai de lumière ; les vieux créneaux se découpaient sur le ciel où la lune, en ce moment, triomphait des nuages.

II

JOURNAL DE JONATHAN HARKER

(Suite)

5 mai – Sans doute m'étais-je endormi ; sinon, comment aurais-je pu ne pas être frappé par le spectacle qu'offrait ce vieux château ? Dans la nuit, la cour paraissait grande et comme, en outre, plusieurs passages obscurs partaient de là et conduisaient sous de grandes arches, cette cour paraissait peut-être encore plus grande qu'elle n'était en réalité. Je ne l'ai pas encore vue pendant la journée.

La calèche s'arrêta, le cocher en descendit, puis me tendit la main pour m'aider à descendre à mon tour. De nouveau, je ne pus m'empêcher de sentir sa force prodigieuse. Sa main ressemblait véritablement à un étau d'acier qui, s'il l'avait voulu, aurait bel et bien écrasé la mienne. Il prit ensuite mes bagages, les posa à terre, près de moi qui me trouvais près d'une grande porte ancienne, toute cloutée de caboches de fer ; l'embrasure était de pierre massive. Malgré l'obscurité, je remarquai que la pierre était sculptée, mais que le temps et les intempéries avaient considérablement usé ces sculptures. Le cocher remonta sur son siège, agita les rênes, les chevaux repartirent, et la voiture disparut sous un des passages obscurs.

Je restai là, ne sachant que faire. Pas de cloche pour sonner, pas de marteau pour frapper ; et il n'était pas vraisemblable que l'on pût entendre ma voix de l'autre côté de ces murs épais et de ces fenêtres noires. J'attendis de longs moments qui me semblèrent sans fin, sentis revenir toutes mes appréhensions, toutes mes angoisses. Où donc étais-je venu, et devant quels gens allais-je me trouver ? Dans quelle sinistre aventure m'étais-je engagé ? Etait-ce un incident ordinaire dans la vie d'un clerc de *solicitor* qui arrivait ici pour expliquer l'achat d'une propriété sise près de Londres ? Clerc de *solicitor*. Voilà qui n'aurait pas plus à Mina. *Solicitor*, plutôt ! Car quelques heures à peine avant de quitter Londres, j'en ai été informé, j'avais réussi mes examens. J'ai donc le titre de *solicitor*... Je me mis à me frotter les yeux, à me pincer un peu partout pour m'assurer que j'étais bien éveillé. Car je croyais au contraire faire un horrible cauchemar, je me disais que j'allais bientôt rouvrir les yeux pour constater que j'étais chez moi, que l'aurore éclairait peu à peu mes fenêtres : ce n'aurait pas été ma première nuit de sommeil agité après une journée de travail excessif. Mais non ! J'avais mal partout où je me pinçais, et mes yeux ne me trompaient point ! J'étais parfaitement éveillé et me trouvais dans les Carpates ! Je n'avais qu'une chose à faire : patienter, attendre le matin.

J'en étais arrivé à cette conclusion, lorsque j'entendis un pas lourd approcher derrière la grande porte ; en même temps, je vis, par une fente, un rai de lumière. Puis ce fut le bruit de chaînes que l'on détachait, de gros verrous que l'on tirait. On mit quelques instants à tourner une clef dans la serrure – dans doute celle-ci n'avait-elle plus servi depuis longtemps ? – et la grande porte s'entrouvrit.

Devant moi, se tenait un grand vieillard, rasé de frais, si l'on excepte la longue moustache blanche, et vêtu de noir des pieds à la tête, complètement de noir, sans la moindre tache de couleur nulle part. Il tenait à la main une ancienne lampe d'argent dont la flamme brûlait sans être abritée d'aucun verre, vacillant dans le courant d'air et projetant de longues ombres tremblotantes autour d'elle. D'un geste poli de la main droite, l'homme me pria d'entrer, et me dit en un anglais excellent mais sur un ton bizarre :

— Soyez le bienvenu chez moi ! Entrez de votre plein gré !

Il n'avança pas d'un pas vers moi, il restait là, semblable à une statue, comme si le premier geste qu'il avait eu pour m'accueillir l'avait pétrifié. Pourtant, à peine avais-je franchi le seuil qu'il vint vers moi, se précipitant presque, et de sa main tendue saisit la mienne avec une force qui me fit frémir de douleur – d'autant plus que cette main était aussi froide que de la glace ; elle ressemblait davantage à la main d'un mort qu'à celle d'un vivant. Il répéta :

— Soyez le bienvenu chez moi ! Entrez de votre plein gré, entrez sans crainte et laissez ici un peu du bonheur que vous apportez !

La force de sa poignée de main, en outre, me rappelait à tel point celle du cocher dont, à aucun moment, je n'avais vu le visage, que je me demandai alors si ce n'était pas encore au cocher que j'étais en train de parler. Je voulus m'en assurer :

— Le comte Dracula ? fis-je.

S'inclinant courtoisement, il répondit :

— Oui, c'est moi le comte Dracula, et je vous souhaite la bienvenue dans ma maison, monsieur Harker. Entrez, entrez. La nuit est froide ; vous avez certainement besoin de vous reposer, et aussi de manger quelque chose…

Tout en parlant, il posa la lampe sur une console fixée au mur et, descendant le seuil, il alla prendre mes bagages ; avant que j'eusse pu l'en prévenir, il les avait mis dans le corridor. J'ouvris la bouche pour protester, mais aussitôt il m'imposa silence :

— Non, monsieur, vous êtes mon invité. Il est tard, tous mes domestiques sont couchés. Permettez-moi de vous conduire moi-même à votre appartement.

Il insista, voulant à tout prix porter mes valises ; il traversa le corridor, prit un grand escalier en colimaçon, puis un autre couloir, sur le pavé duquel chacun de nos pas résonnait longuement. Arrivé au bout, il poussa une lourde porte, et je fus tout aise de me trouver dans une chambre bien éclairée où la table était dressée pour le souper et où un grand feu de bois flamboyait dans l'imposante cheminée.

Le comte s'arrêta, déposa mes bagages, ferma la porte et, traversant la chambre, se dirigea vers une autre porte qui ouvrait sur une petite pièce octogonale éclairée par une seule lampe ; je n'y vis aucune fenêtre. Passant par cette pièce, mon hôte alla vers une autre porte encore, la poussa, et m'invita d'un geste à franchir ce nouveau seuil. Ah ! L'agréable spectacle ! C'était une vaste chambre à coucher, bien éclairée et chauffée, elle aussi, par un grand feu de bois. Visiblement, on venait de l'allumer, mais il ronflait déjà dans la haute cheminée. Ce fut encore le comte lui-même qui apporta mes valises dans cette chambre, puis il se retira et me dit au moment de refermer la porte :

— Vous désirez certainement, après ce voyage, vous reposer un peu et changer de vêtements. J'espère que vous trouverez ici tout ce dont vous avez besoin. Lorsque vous serez prêt, revenez dans l'autre chambre. Votre souper vous y attend.

La lumière et la bonne chaleur, la courtoisie du comte aussi – tout cela semblait avoir mis fin à mes angoisses. Rassuré, je m'aperçus tout à coup que j'étais à demi mort de faim. Je fis rapidement ma toilette, et retournai dans l'autre chambre, comme m'y avait invité le comte.

Le repas était déjà servi. Mon hôte, appuyé à l'un des côtés de la cheminée, me désigna la table d'un geste aimable :

— Je vous en prie, dit-il, prenez place et soupez à votre aise. Vous m'excuserez, j'espère, si je ne partage pas votre repas ; mais, ayant dîné, je ne pourrais point souper.

Je lui tendis la lettre scellée que Mr Hawkins m'avait remise pour lui. Il l'ouvrit et la lut, l'air grave ; puis, avec un charmant sourire, il me la donna pour que je la lise à mon tour. Un passage au moins de cette lettre me combla de joie :

Je regrette vraiment qu'une nouvelle attaque de goutte m'empêche de voyager en ce moment, et m'en empêchera pendant un bon bout de temps, je le crains ; néanmoins, je suis heureux de pouvoir vous envoyer à ma place quelqu'un en qui j'ai une entière confiance. Ce jeune homme est plein d'énergie, il connaît parfaitement son métier. Je le répète, on peut avoir confiance en lui ; il est la discrétion même, et je pourrais presque dire qu'il a grandi dans mon étude. Pendant son séjour chez vous, il sera à votre disposition chaque fois que vous le désirerez, et en toutes choses il suivra vos instructions.

Le comte quitta la cheminée pour venir lui-même ôter le couvercle d'un plat, et, l'instant d'après, je mangeais un poulet rôti qui était un vrai délice. Ajoutez à cela un peu de fromage, une salade et deux verres de vieux tokay, et vous connaîtrez le menu de mon premier repas au château. Pendant que je soupais, le comte me posa de nombreuses questions sur mon voyage ; et je lui racontai l'un après l'autre les incidents, pour moi étranges, qui l'avaient marqué.

Quand j'arrivai à la fin de mon récit, j'avais également terminé mon souper ; et, mon hôte en ayant exprimé le désir, j'approchai une chaise du feu de bois pour fumer confortablement un cigare qu'il m'offrit tout en s'excusant de ne pas fumer lui-même. C'était, en vérité, la première occasion qui m'était donnée de pouvoir bien l'observer, et ses traits accentués me frappèrent.

Son nez aquilin lui donnait véritablement un profil d'aigle ; il avait le front haut, bombé, les cheveux rares aux tempes mais abondants sur le reste de la tête ; les sourcils broussailleux se rejoignaient presque au-dessus du nez, et leurs poils, tant ils étaient longs et touffus, donnaient l'impression de boucler. La bouche, ou du moins ce que j'en voyais sous l'énorme moustache, avait une expression cruelle, et les dents, éclatantes de blancheur, étaient particulièrement pointues ; elles avançaient au-dessus des lèvres dont le rouge vif annonçait une vitalité extraordinaire chez un homme de cet âge. Mais les oreilles étaient pâles, et vers le haut se terminaient en pointe ; le menton, large, annonçait, lui aussi, de la force, et les joues, quoique creuses, étaient fermes. Une pâleur étonnante, voilà l'impression que laissait ce visage.

J'avais bien remarqué, certes, le dos de ses mains qu'il tenait croisées sur ses genoux, et, à la clarté du feu, elles m'avaient paru plutôt blanches et fines ; mais maintenant que je les voyais de plus près, je constatai, au contraire, qu'elles étaient grossières : larges, avec des doigts courts et gros. Aussi étrange que cela puisse sembler, le milieu des paumes était couvert de poils. Toutefois, les ongles étaient longs et fins, taillés en pointe. Quand le comte se pencha vers moi, et me toucha, je ne pus m'empêcher de frémir. Peut-être son haleine sentait-elle mauvais ; toujours est-il que mon cœur se souleva et qu'il me fut impossible de le cacher. Le comte, sans aucun doute, le remarqua, car il recula en souriant d'un sourire qui me parut de mauvais augure et qui me laissa encore mieux voir ses dents proéminentes. Puis il alla reprendre sa place près de la cheminée. Nous restâmes un bon moment sans parler ; et comme, en regardant autour de moi, je levai les yeux vers la fenêtre, je la vis qui s'éclairait des premières lueurs de l'aube. Un lourd silence semblait peser sur toutes choses. Pourtant, en écoutant attentivement, j'eus l'impression d'entendre des loups hurler dans la vallée. Les yeux de mon hôte brillèrent, et il me dit :

— Ecoutez-les ! Les enfants de la nuit... En font-ils une musique !

Lisant sans doute quelque étonnement sur mon visage, il ajouta :

— Ah ! monsieur ! Des citadins comme vous ne pourront jamais éprouver les sentiments du chasseur...

Pensant soudain à autre chose, il se leva.

— Mais vous devez être fatigué, fit-il. Votre chambre est prête, et demain vous dormirez aussi tard que bon vous semblera. Pour moi, je devrai m'absenter jusque dans l'après-midi. Dormez donc autant que vous en avez envie, et faites de beaux rêves !

S'inclinant courtoisement – toujours si courtoisement – pour me laisser passer, il ouvrit la porte de la petite pièce octogonale et, de là, je gagnai ma chambre à coucher...

Je suis plongé dans une mer de doutes, de craintes... Je pense à toutes sortes de choses étranges, bizarres, que je n'ose même pas évoquer clairement. Dieu me garde, ne serait-ce que pour ceux qui me sont chers !

7 mai – Le matin, à nouveau. Mais je suis bien reposé maintenant, et les dernières vingt-quatre heures se sont, à tout prendre, très bien passées. Je fais la grasse matinée, je me lève quand je veux. Une fois habillé, le premier jour, je suis allé dans la pièce où j'avais soupé la veille, et où le petit déjeuner était servi ; pour que le café reste chaud, on avait posé la cafetière dans l'âtre. Sur la table, je trouvai une carte, portant ces mots :

Je dois m'absenter. Ne m'attendez pas. D.

Je déjeunai confortablement. Lorsque j'eus terminé, je cherchai des yeux une sonnette, pour avertir les domestiques qu'on pouvait desservir. Mais je ne vis de sonnette nulle part. A considérer les richesses extraordinaires étalées un peu partout dans cette maison, il est difficile de ne pas s'étonner qu'y manquent des objets tout simplement utiles. Le service de table est en or, admirablement ciselé, sans aucun doute d'une très grande valeur. Les rideaux sont faits des tissus les plus somptueux, les plus coûteux, de même que les tentures de mon lit, et ce sont de semblables étoffes également qui recouvrent toutes les chaises et tous les fauteuils. Bien qu'anciennes de plusieurs siècles, elles sont encore en excellent état ; j'en ai vu de pareilles à Hampton Court, mais là, elles sont pour la plupart fort usées et rongées par les mites. Mais il n'y a pas un seul miroir – pas un seul, dans aucune des chambres. Il n'y a même pas une glace sur ma table de toilette, et, quand je veux me raser ou me brosser les cheveux, je dois me servir du tout petit miroir de mon nécessaire de voyage. Pas de domestiques non plus – du moins, je n'en ai pas encore aperçu un seul ; du reste, je n'ai pas entendu le moindre bruit depuis que je suis ici, si ce n'est le hurlement des loups. Après mon repas – je ne sais vraiment s'il faut l'appeler petit déjeuner ou dîner, car il devait être cinq ou six heures quand je le pris –, je laissai passer quelques moments, puis j'eus envie de lire, ne voulant pas explorer le château avant d'en avoir demandé la permission au comte. Mais dans la pièce où je me trouvais, il n'y avait ni livre, ni journal, ni même de quoi écrire. Aussi, allai-je ouvrir une des portes, et je me trouvai précisément dans une sorte de bibliothèque où j'essayai d'ouvrir encore une autre porte, vis-à-vis de celle par laquelle je venais d'entrer. Mais elle était fermée à clef.

Quelle agréable surprise de trouver là bon nombre de livres anglais – il y en avait des rayons entiers – ainsi que plusieurs collections de revues et de journaux. Une table, au milieu de la pièce, était couverte de revues et de journaux anglais également, mais aucun de ces imprimés n'était récent. Les livres traitaient des sujets les plus divers : histoire, géographie, politique, économie politique, botanique, géologie, droit ; et tous concernaient l'Angleterre, la vie et les coutumes anglaises.

J'étais en train d'examiner tous ces titres lorsque la porte s'ouvrit et le comte entra ; il me salua d'une façon très cordiale, me demanda si j'avais passé une bonne nuit.

— Je suis fort aise que vous soyez venu dans la bibliothèque, dit-il alors, car vous trouverez tout cela fort intéressant, j'en suis sûr. Ces livres – il promenait la main sur le dos des volumes – ont toujours été pour moi de précieux amis ; et depuis quelques années, c'est-à-dire depuis que m'est venue l'idée d'aller à Londres, ils m'ont procuré bien des heures de réel plaisir ! Ils m'ont fait connaître votre beau, votre magnifique pays ; et connaître l'Angleterre, c'est l'aimer. Je voudrais tant me promener, parmi la foule, dans les rues de Londres, cette grande ville imposante, me perdre dans la cohue de ces hommes et de ces femmes, partager l'existence de ce peuple et tout ce par quoi il passe, et jusqu'à la mort même ! Mais hélas ! Jusqu'ici, c'est uniquement par les livres que je connais votre langue. J'espère, mon ami, que vous m'apprendrez à la parler !

— Mais, comte, lui dis-je, vous connaissez, vous parlez parfaitement l'anglais !

Il s'inclina, le visage très grave.

— Merci, mon ami ; votre appréciation est flatteuse, mais je crains fort d'être encore très loin de mon but. Il est vrai que je connais le vocabulaire et la grammaire, mais quant à parler convenablement !

— Encore une fois, vous parlez parfaitement !

— Non, non... fit-il. Je sais bien que si j'étais à Londres, personne, à m'entendre parler, ne pourrait me prendre pour un Anglais. C'est pour cela que la connaissance que j'ai de l'anglais ne me suffit pas. Ici, je suis un gentilhomme, un boyard ; les petites gens me connaissent ; pour ces petites gens, je suis un seigneur. Mais être étranger dans un pays étranger, c'est comme si on n'existait pas ; personne ne vous connaît, et donc ne se soucie de vous le moins du monde. Tout ce que je demande, c'est d'être considéré comme un homme semblable aux autres, c'est que personne ne s'arrête en me voyant ou n'interrompe sa conversation en m'entendant parler pour jeter un dédaigneux : "Ah ! C'est un étranger !" J'ai été maître pendant tant d'années que je veux le rester – du moins, je veux que personne ne soit mon maître... Vous arrivez chez moi non seulement comme l'agent de mon ami Peter Hawkins, d'Exeter, afin de me mettre au courant de tout ce qui concerne ma nouvelle propriété londonienne ; votre séjour chez moi, je l'espère, se prolongera, et ainsi, de conversation en conversation, je me familiariserai avec l'accent anglais ; je vous demanderai de relever la moindre des fautes que je ferai en parlant. Je suis navré d'avoir dû m'absenter aussi longtemps aujourd'hui ; vous m'excuserez, n'est-ce pas, si je vous dis que j'ai à m'occuper de plusieurs affaires importantes.

Je répondis que, évidemment, je l'excusais, et lui demandai s'il m'autorisait à venir dans la bibliothèque chaque fois que j'en avais envie.

— Certainement, fit-il.

Et il ajouta :

— Vous pouvez aller partout où vous voulez dans le château, excepté dans les pièces dont vous trouverez les portes fermées à clef, et où, naturellement, vous ne désirerez pas entrer. Il y a une raison à ce que toutes les choses soient comme elles sont, et si vous les voyiez comme je les vois, si vous saviez également ce que je sais, peut-être comprendriez-vous mieux.

Je dis que je n'en doutais pas, et il poursuivit :

— Nous sommes en Transylvanie, et la Transylvanie n'est pas l'Angleterre. Nos us et coutumes ne sont pas les vôtres, et il y aura bien des choses qui vous paraîtront insolites. Cela, du reste, ne vous étonnera nullement si je m'en réfère à ce que vous m'avez dit des incidents de votre voyage.

L'allusion fit rebondir la conversation ; comme il était évident que le comte désirait parler, ne fût-ce que pour le plaisir de parler, je lui posai maintes questions au sujet de ce que j'avais déjà pu remarquer dans son pays ou de ce que j'y avais déjà vécu. Parfois, il éludait le sujet ou détournait l'entretien en prétendant qu'il ne comprenait pas ce que je voulais dire ; en général, pourtant, il me répondit franchement. Au bout de quelques moments, me sentant plus assuré, je lui parlai de la fameuse nuit où j'étais arrivé au château et je le priai de m'expliquer, entre autres choses, pourquoi le cocher descendait de la voiture chaque fois qu'il voyait une flamme bleue et pourquoi il allait vers l'endroit même où elle brillait. Il m'apprit que selon une croyance populaire, pendant une certaine nuit de l'année – la nuit où les mauvais génies sont supposés être les maîtres du monde –, on voit une flamme bleue à chacun des endroits où un trésor est caché sous terre.

— Sans doute, poursuivit-il, un trésor a-t-il été enterré dans la région que vous avez parcourue l'autre nuit, car c'est un pays que se sont disputé pendant des siècles les Valaques, les Saxons et les Turcs. Vraiment, il n'y a pas un morceau du sol qui n'ait été enrichi du sang de tous ces hommes, patriotes ou envahisseurs. Ce fut une époque extraordinaire. Les hordes autrichiennes et hongroises nous menaçaient ; et nos ancêtres allaient bravement à leur rencontre – les femmes comme les hommes, les enfants comme les vieillards –, tous attendaient l'ennemi, perchés au sommet des rochers, et là ils provoquaient d'artificielles avalanches, qui engloutissaient l'envahisseur. Quand, malgré tout, l'ennemi victorieux parvenait à passer, il ne trouvait à peu près plus rien dans le pays, car tous les habitants avaient enfoui dans la terre tout ce qu'ils possédaient.

— Mais, demandai-je, comment se fait-il que ces biens soient restés cachés aussi longtemps, alors que les petites flammes bleues indiquent l'endroit où ils se trouvent à tout homme qui veut seulement prendre la peine de regarder ?

Le comte eut un sourire qui découvrit ses gencives et ses longues dents pointues.

— Ah ! fit-il, c'est que votre homme est tout ensemble un imbécile et un poltron ! Ces flammes apparaissent, je vous l'ai dit, pendant une seule nuit de l'année – une nuit seulement – et, cette nuit-là, il n'y a pas un homme dans ce pays qui voudrait mettre le nez dehors, à moins d'y être obligé. Et, cher monsieur, croyez-moi, s'il sortait de chez lui, alors, il ne saurait que faire… Cet homme dont vous me parlez et qui aurait marqué l'endroit de chaque flamme, eh bien ! il lui serait impossible de retrouver ensuite les repères qu'il aurait posés. Vous non plus, je le jurerais, vous ne retrouveriez pas les endroits où vous avez vu ces flammes !

— C'est vrai, répliquai-je, pas plus que je ne pourrais retrouver un mort, si je me mettais à sa recherche.

Et nous parlâmes d'autre chose.

— Allons, dit-il finalement, donnez-moi des nouvelles de Londres et tous les détails qu'il vous sera possible au sujet de la maison que vous avez achetée pour moi.

Je le priai de bien vouloir excuser ma négligence, et sortis pour aller chercher des papiers dans ma chambre. Pendant que je les mettais en ordre, j'entendis un cliquetis de porcelaine et d'argenterie dans la pièce voisine ; et, quand j'y repassai, je remarquai qu'on avait desservi la table et allumé la lampe, car il faisait presque nuit. Dans la bibliothèque aussi les lampes étaient maintenant allumées, et je trouvai le comte étendu sur le sofa en train de lire. Parmi tant d'autres livres, il avait choisi le *Guide anglais* de Bradshaw. Mais, l'abandonnant, il se leva aussitôt pour venir ôter les volumes et les journaux qui encombraient la table ; et nous nous mîmes à examiner ensemble mes plans et mes chiffres. Chaque détail vraiment l'intéressait ; il me posa des questions sans fin sur la maison, l'endroit où elle était située, et sur les lieux environnants. Ce dernier point, sans aucun doute, il l'avait déjà étudié minutieusement car je m'aperçus qu'il en savait beaucoup plus que moi. Je ne manquai d'ailleurs pas de le lui faire remarquer.

— Mais mon ami, fit-il alors, cela n'est-il pas nécessaire pour moi ? Quand j'irai là-bas, je serai seul ; et mon cher Harker Jonathan – oh ! pardonnez-moi : nous avons l'habitude dans ce pays de mettre le nom de famille avant le prénom… mon cher Jonathan Harker ne sera pas près de moi pour m'aider de ses conseils et de ses connaissances... Non... Pendant ce temps, à des milles de là, à Exeter, il s'occupera d'affaires notariales avec mon autre ami, Peter Hawkins. Alors !

Lorsqu'il eut pris connaissance de tous les détails concernant l'achat du domaine de Purfleet, qu'il eut signé les pièces nécessaires et écrit une lettre à envoyer par le même courrier à Mr Hawkins, il voulut savoir comment j'avais découvert cette agréable demeure. Aurais-je pu mieux faire que de lui lire les notes que j'avais prises alors et que je transcris ici ?

“En suivant un chemin qui s'écarte de la grand-route, à Purfleet, j'arrivai devant une propriété qui me parut pouvoir convenir à notre client ; une vieille affiche presque en morceaux annonçait que cette propriété était à vendre. Elle est entourée de vieux murs construits en grosses pierres et qui visiblement n'ont plus été remis en état depuis des années. Les portes, fermées, sont faites de vieux chêne massif et les ferrailles sont rongées de rouille.

Le domaine s'appelle Carfax, nom qui vient probablement de la vieille expression «quatre faces*», puisque la maison a quatre côtés, correspondant aux quatre points cardinaux. La superficie est environ de vingt acres et la propriété est entièrement entourée, je l'ai dit, de gros murs de pierre. Les arbres sont si nombreux qu'ils l'assombrissent par endroits ; l'étang, profond, doit être alimenté par plusieurs sources, car l'eau en est claire ; elle s'écoule plus loin en un ruisseau assez large. La maison est très grande et date assurément du Moyen Age ; une partie en effet est de pierres fort épaisses, et les rares fenêtres qu'on y voit sont haut placées, et défendues

* En français dans le texte.

par de lourds barreaux de fer ; peut-être était-ce autrefois un donjon – en tout cas une chapelle y est attenante. N'ayant pas la clef de la porte qui permet de passer de la maison dans cette annexe, je n'ai pu y entrer. Mais je l'ai photographiée sous plusieurs angles. La demeure proprement dite a été bâtie plus tard et je ne pourrais en apprécier la dimension qui est considérable, c'est tout ce que je puis dire. Il n'existe que quelques maisons dans les environs, dont une très grande et plutôt récente qui est devenue un hospice pour aliénés. Celui-ci, cependant, n'est pas visible du domaine de Carfax."

Lorsque j'eus terminé, le comte tint à m'expliquer à quel point sa nouvelle demeure le satisfaisait.

— Qu'elle soit vaste et ancienne, cela me ravit, dit-il. J'appartiens moi-même à une très ancienne famille, et je mourrais bientôt s'il me fallait vivre dans une maison neuve. Ce n'est pas en un jour qu'une maison devient habitable et, après tout, il faut beaucoup de jours – n'est-ce pas ? – pour faire un siècle ! Je suis très content, également, de savoir qu'il y a une chapelle parce qu'il ne nous est pas du tout agréable à nous gentilshommes de Transylvanie, de penser que nos ossements pourraient être mêlés à ceux de gens qui nous sont inférieurs. En ce qui me concerne, je ne recherche plus ni la gaieté ni la joie, je n'attends plus le bonheur que donnent aux jeunes gens une journée de grand soleil et le scintillement des eaux. C'est que je ne suis plus jeune ! Mon cœur, qui a passé de longues années à pleurer les morts, ne se sent plus attiré par le plaisir. D'autre part, les murs de mon château tombent en ruine, les ombres le traversent en grand nombre et les vents y soufflent de partout. J'aime les ombres et tout ce qui est obscur, rien ne me plaît tant que d'être seul avec mes pensées.

Ses paroles semblaient contredire l'expression de son visage, ou bien étaient-ce ses traits qui donnaient à son sourire un je ne sais quoi de méchant et de sombre ?

Bientôt, il s'excusa de devoir me quitter, et me demanda de rassembler les papiers. Comme il ne revenait pas, je me mis à parcourir un livre puis un autre… Mes yeux tombèrent sur un atlas, ouvert, bien entendu, à la carte d'Angleterre, et, visiblement, cette carte avait été consultée de très nombreuses fois. Je vis même qu'elle était marquée de plusieurs petits cercles ; les examinant mieux, je constatai que l'un de ceux-ci était tracé à l'est de Londres, là même où était situé le nouveau domaine du comte ; deux autres cercles indiquaient l'emplacement d'Exeter et celui de Whitby, sur la côte du Yorkshire.

Une heure s'était presque écoulée quand le comte réapparut.

— Ah ! fit-il, toujours à lire ? A la bonne heure ! Mais, vous savez, il ne faut pas travailler tout le temps… Venez ; on vient de m'avertir que votre souper est prêt.

Il me prit le bras, et nous passâmes dans la chambre voisine où, en effet, un souper délicieux était servi. Une fois encore, le comte s'excusa : il avait dîné dehors. Mais, comme le soir précédent, il s'assit près de moi, et nous bavardâmes pendant tout le temps que je mangeai. Lorsque j'eus terminé, je fumai, toujours comme le soir précédent, tandis qu'il ne cessait de me poser question sur question. Les heures passaient, je devinais que la nuit devait être fort avancée, mais je ne disais rien, sentant qu'il était de mon devoir de complaire à mon hôte en toutes choses. Je n'avais nullement envie de dormir, mon long repos de la veille m'ayant complètement remis de la fatigue du voyage ; pourtant, j'éprouvai ce frisson que tout le monde ressent peu avant l'aube, laquelle n'est pas sans rappeler une marée nouvelle. On dit que les moribonds rendent souvent le dernier soupir à la naissance du jour ou à marée changeante. Tous ceux qui ont vécu cet instant où l'on passe de la nuit au jour me comprendront aisément. Soudain, nous entendîmes le chant d'un coq déchirer l'air d'une façon presque surnaturelle. Le comte Dracula, se levant d'un bond, s'écria :

— Quoi ! Le matin déjà, encore une fois ! Pardonnez-moi de vous avoir obligé à veiller si longtemps ! Désormais, quand vous me parlerez de l'Angleterre, mon nouveau pays qui m'est déjà si cher, essayez de rendre vos propos moins intéressants afin que je n'oublie plus le temps qui passe…

Et, s'inclinant devant moi, il sortit d'un pas rapide.

Je gagnai ma chambre où j'écartai les rideaux ; mais je ne vis rien qu'il me paraisse intéressant de signaler ici ; ma fenêtre avait vue sur la cour et je remarquai seulement que le gris du ciel s'éclairait peu à peu. Aussi, après avoir refermé les rideaux, me suis-je mis à écrire ces pages.

8 mai – En commençant ce journal, je craignais d'être diffus ; mais à présent je suis heureux de m'être, dès le début, arrêté sur chaque détail, car ce château, ainsi que tout ce qu'on y voit et tout ce qui s'y passe, est si étrange que je ne puis m'empêcher de m'y sentir mal à l'aise. Je voudrais en sortir – en sortir sain et sauf ! – ou n'y être jamais venu ! Il se peut que de veiller ainsi chaque nuit mette mes nerfs à dure épreuve ; et encore, s'il n'y avait que cela ! Peut-être supporterais-je cette existence si au moins je pouvais parler à quelqu'un, mais, voilà, il n'y a absolument personne, à part le comte. Or, s'il faut dire le fond de ma pensée, j'ai bien peur d'être ici la seule âme qui vive… Oui, si l'on me permet d'exposer les faits tels qu'ils sont, cela m'aidera peut-être à les subir avec un peu plus de patience, à mettre un frein à mon imagination. Sinon, je suis perdu. Les faits tels qu'ils sont ou, du moins, tels qu'ils me semblent être…

Quand je me fus mis au lit, je dormis quelques heures à peine et, sentant que je ne pourrais pas me rendormir, je me levai. J'avais accroché la petite glace de mon nécessaire à l'espagnolette de ma fenêtre et je commençais à me raser quand, soudain, je sentis une main se poser sur mon épaule et reconnus la voix du comte qui me disait : "Bonjour !" Je sursautai, fort étonné de ne pas l'avoir vu venir, puisque, dans le miroir, je voyais reflétée toute l'étendue de la chambre qui se trouvait derrière moi. Dans mon mouvement de surprise, je m'étais légèrement coupé, ce que je ne remarquai pas au moment même. Lorsque j'eus répondu au comte, je regardai à nouveau dans le miroir, essayant de comprendre comment j'avais pu me tromper. Cette fois, il n'y avait pas d'erreur possible, je savais que l'homme était tout près de moi ; il me suffisait de tourner légèrement la tête pour le voir contre mon épaule. Et pourtant son image n'était pas reproduite dans la glace ! Toute la pièce derrière moi était reflétée dans le miroir ; mais il ne s'y trouvait qu'un seul homme – celui qui écrit ces lignes. Ce fait stupéfiant, venant s'ajouter à tant d'autres mystères, ne fit qu'accentuer la sensation de malaise que j'éprouve toujours lorsque le comte est là. Mais, au même moment, je m'aperçus que je saignais un peu au menton. Posant mon rasoir, je tournai la tête à demi pour chercher des yeux un morceau de coton. Quand le comte vit mon visage, ses yeux étincelèrent d'une sorte de fureur diabolique et, tout à coup, il me saisit à la gorge. Je reculai brusquement et sa main toucha le chapelet auquel était suspendu le petit crucifix. A l'instant, il se fit en lui un tel changement, et sa fureur se dissipa de façon si soudaine, que je pouvais à peine croire qu'il s'était mis réellement en colère.

— Prenez garde, me dit-il, prenez garde quand vous vous blessez. Dans ce pays, c'est plus dangereux que vous ne le pensez...

Puis, décrochant le miroir de l'espagnolette, il poursuivit :

— Et si vous vous êtes blessé, c'est à cause de cet objet de malheur ! Il ne fait que flatter la vanité des hommes. Mieux vaut s'en défaire.

Il ouvrit la lourde fenêtre d'un seul geste de sa terrible main, et jeta le miroir qui alla se briser en mille morceaux sur le pavé de la cour. Puis il sortit de la chambre sans plus prononcer un mot.

Comment vais-je pouvoir me raser maintenant ? Je ne vois qu'un moyen : me servir, en guise de miroir, du boîtier de ma montre ou du fond du récipient où je mets mon blaireau – ce récipient étant heureusement en métal.

Quand j'entrai dans la salle à manger, le petit déjeuner était servi. Mais je ne vis le comte nulle part. Aussi je déjeunai seul. Je n'ai pas encore vu le comte manger ou boire. Quel homme singulier ! Après mon repas, l'envie me prit d'aller à la découverte dans le château. Je me dirigeai vers l'escalier et, près de là, était ouverte la porte d'une chambre dont la fenêtre donnait sur le côté sud. De cet endroit, la vue splendide me permit de découvrir un vaste paysage. Le château est bâti sur le rebord même d'un précipice impressionnant. Une pierre que l'on jetterait d'une des fenêtres tomberait mille pieds plus bas sans avoir rien touché sur son parcours. Aussi loin que l'on puisse voir, c'est une véritable mer de cimes vertes d'arbres, entrecoupées çà et là lorsque s'ouvre un creux dans la montagne. On distingue aussi comme des fils argentés ; ce sont des ruisseaux qui coulent en des gorges profondes à travers cette immense forêt.

Mais je ne suis pas en humeur de décrire toutes ces beautés naturelles, car lorsque j'eus contemplé un moment le paysage, je poursuivis mon exploration. Des portes, des portes, des portes partout, et toutes fermées à clef ou au verrou ! Il est impossible de sortir d'ici, sauf peut-être par les fenêtres pratiquées dans les hauts murs.

Le château est une vraie prison, et j'y suis prisonnier !

III

JOURNAL DE JONATHAN HARKER

(Suite)

Prisonnier ! Quand je compris cela, je crus devenir fou. En courant, je montai et descendis les escaliers à plusieurs reprises, essayant d'ouvrir chaque porte que je rencontrais, regardant anxieusement par toutes les fenêtres devant lesquelles je passais. Mais bientôt le sentiment de mon impuissance anéantit toute volonté en moi. Et quand j'y songe, maintenant que quelques heures se sont écoulées, je me dis que, vraiment, j'étais fou car, je m'en rendis compte, je me débattais tel un rat dans une trappe. Une fois cependant que je sus qu'il n'y avait, hélas ! rien à faire, je m'assis tranquillement – calme, je crois, comme jamais encore je ne l'avais été de ma vie – pour réfléchir à ma situation et chercher comment je pourrais tout de même y remédier. A l'heure qu'il est, j'y réfléchis toujours sans être parvenu à aucune conclusion. Je suis certain d'une seule chose, c'est qu'il est absolument inutile de faire part au comte de mes sentiments. Mieux que quiconque, il sait que je suis prisonnier ici ; il l'a voulu, et sans aucun doute a-t-il ses raisons pour cela ; si donc je me confiais à lui, il est trop évident qu'il ne me dirait pas la vérité. Pour peu que je distingue clairement la ligne à suivre, il me faudra taire ce que je viens de découvrir, ne rien laisser soupçonner de mes craintes… et garder les yeux ouverts. Je suis, je le sais, ou bien comme un petit enfant, abusé par la peur, ou bien dans de beaux draps ; et s'il en est ainsi, j'ai besoin, et j'aurai besoin, dans les jours à venir, de toute ma clairvoyance.

J'en étais arrivé à ce point de mes réflexions quand j'entendis la grande porte d'en bas se refermer : le comte était rentré. Il ne vint pas tout de suite dans la bibliothèque, et moi, sur la pointe des pieds, je retournai dans ma chambre. Quelle ne fut pas ma surprise de le trouver là, en train de faire mon lit ! Je fus grandement étonné, certes, mais cela eut aussi pour effet de me confirmer ce que je pensais depuis le début – qu'il n'y avait pas de domestiques dans la maison. Et quand, un peu plus tard, je le vis par la fente de la porte mettre le couvert dans la salle à manger, je n'en doutai plus ; car s'il se chargeait de ces tâches, c'est qu'il n'y avait personne d'autre pour les remplir. Je frissonnai horriblement en songeant alors que, s'il n'y avait aucun domestique au château, c'était le comte en personne qui conduisait la voiture qui m'y avait amené. Si telle était la vérité, que signifie ce pouvoir qu'il a de se faire obéir des loups, comme il l'a fait, en levant simplement la main ? Pourquoi tous les habitants de Bistritz et tous mes compagnons de diligence nourrissaient-ils de telles craintes pour moi ? Pourquoi m'avait-on donné la petite croix, la gousse d'ail, la rose sauvage ? Bénie soit la brave femme qui m'a mis ce crucifix au cou ! Car je me sens plus fort et plus courageux chaque fois que je le touche. Je m'étonne qu'un objet que l'on m'a depuis toujours appris à considérer comme inutile et de pure superstition puisse m'être de quelque secours dans la solitude et la détresse. Ce petit crucifix possède-t-il une vertu intrinsèque, ou bien n'est-ce qu'un moyen pour raviver de chers souvenirs ? Un jour, je l'espère, j'examinerai la question et j'essayerai de me faire une opinion. En attendant, je dois chercher à me renseigner autant que possible au sujet du comte Dracula ; cela m'aidera peut-être à mieux comprendre tout ce qui se passe. Et peut-être ce soir parlera-t-il spontanément, si un mot de ma part fait dévier la conversation en ce sens. Toutefois, je le répète, il me faudra être très prudent afin qu'il ne se doute pas de mes appréhensions.

Minuit – J'ai eu un long entretien avec le comte. Je lui ai posé quelques questions sur l'histoire de la Transylvanie, et il s'animait en me répondant. Le sujet semblait lui plaire ! Tandis qu'il parlait des choses et des gens, et surtout quand il parlait de batailles, on eût dit qu'il avait assisté à toutes les scènes qu'il me décrivait. Cette attitude, il me l'expliqua, en disant que, pour un boyard, la gloire de sa famille et de son nom, c'est son orgueil personnel, que leur honneur est son honneur, et leur destin, son destin. Chaque fois qu'il parlait de sa famille, il disait "nous", et, presque toujours, employait le pluriel, ainsi que font les rois. Je voudrais pouvoir reproduire ici exactement tout ce qu'il m'a raconté car, pour moi, ce fut proprement fascinant. Il me semblait entendre toute l'histoire du pays. Il s'excitait de plus en plus ; il marchait de long en large dans la pièce, tout en tirant sur sa grande moustache blanche ou saisissant n'importe quel objet sur lequel il mettait la main comme s'il voulait l'écraser. Je vais pourtant essayer de transcrire une partie de ce qu'il m'a dit, car on peut y retrouver d'une certaine façon l'histoire de sa lignée :

"Nous, les Szeklers, nous avons le droit d'être fiers, car dans nos veines coule le sang de maints peuples braves et courageux qui se sont battus comme des lions – pour s'assurer la suprématie. Dans ce pays où tourbillonnent différentes races européennes, les guerriers venus d'Islande ont apporté cet esprit belliqueux que leur avaient insufflé Thor et Odin, et ils ont déployé une telle furie sur tous les rivages de l'Europe – de l'Europe, certes, mais aussi de l'Asie et de l'Afrique – que les gens se croyaient envahis par des loups. En arrivant ici même, ces guerriers redoutables rencontrèrent les Huns qui avaient porté partout le fer et la flamme ; si bien que leurs victimes agonisantes affirmaient que, dans les veines de leurs bourreaux, coulait le sang des vieilles sorcières qui, expulsées de Scythie, s'étaient dans le désert accouplées aux démons. Les imbéciles ! Quelle sorcière, quel démon fut jamais aussi puissant qu'Attila dont le sang coule dans nos veines ? – s'écria-t-il en relevant ses manches afin de montrer ses bras. Dès lors, faut-il s'étonner que nous soyons une race conquérante et fière, que lorsque les Magyars, les Lombards, les Avars ou les Turcs tentèrent de passer nos frontières par milliers, nous sûmes toujours les repousser ? Est-ce étonnant si, lorsqu'Arpad et ses légions voulurent envahir la mère patrie, ils nous ont trouvés sur la frontière ? Puis, quand les Hongrois se portèrent vers l'est, les Magyars victorieux firent alliance avec les Szeklers, et c'est à nous désormais que fut confiée pendant des siècles la garde de la frontière turque ; bien plus, notre vigilance là-bas semblait ne devoir jamais prendre fin car, selon l'expression des Turcs eux-mêmes, «l'eau dort, mais l'ennemi veille». Qui donc, parmi les Quatre Nations, reçut plus joyeusement que nous le «glaive sanglant», ou se rassembla plus vite autour de l'étendard du roi quand retentit l'appel aux armes ? Et quand donc fut lavée la grande honte de mon pays, la honte de Cassova, lorsque les drapeaux des Valaques et des Magyars se sont abaissés sous le Croissant ? Et n'est-ce pas un des miens qui traversa le Danube pour aller battre le Turc sur son propre sol ? Oui, c'est un Dracula ! Maudit soit son frère indigne qui vendit ensuite le peuple aux Turcs et qui fit peser sur tous la honte de l'esclavage ! N'est-ce pas ce même Dracula qui légua son ardeur patriotique à l'un de ses descendants qui, bien plus tard, traversa de nouveau le fleuve avec ses troupes pour envahir la Turquie ! Et qui, ayant battu en retraite, revint plusieurs fois à la charge, seul, et laissant derrière lui le champ de bataille où gisaient ses soldats, parce qu'il savait que, finalement, à lui seul, il triompherait ! On prétend qu'en agissant ainsi, il ne pensait qu'à lui ! Mais à quoi serviraient des troupes si elles n'avaient un chef ? Où aboutirait la guerre s'il n'y avait, pour la conduire, un cerveau et un cœur ? De nouveau lorsque, après la bataille de Mohacs, nous parvînmes à rejeter le joug hongrois, nous, les Dracula, nous fûmes une fois encore parmi les chefs qui travaillèrent à cette victoire ! Ah ! jeune homme, les Szeklers – et les Dracula ont été leur sang, leur cerveau et leur épée –, les Szeklers peuvent se vanter d'avoir accompli ce que ces parvenus, les Habsbourg et les Romanov, ont été incapables de réaliser… Mais le temps des guerres est passé. Le sang est considéré comme chose trop précieuse, en notre époque de paix déshonorante ; et toute cette gloire de nos grands ancêtres n'est plus qu'un beau conte."

Lorsqu'il se tut, le matin était proche, et nous nous séparâmes pour aller nous coucher. (Ce journal ressemble terriblement aux *Contes des Mille et Une Nuits*, car tout cesse au premier chant du coq – et sans doute fait-il songer aussi à l'apparition, devant Hamlet, du fantôme de son père.)

12 mai – Qu'on me permette d'exposer des faits – dans toute leur nudité, leur crudité, tels qu'on peut les vérifier dans les livres et dont il est impossible de douter. Il me faut prendre garde de ne pas les confondre avec ce que j'ai pu moi-même observer, ou avec mes souvenirs. Hier soir, lorsque le comte a quitté sa chambre pour venir me retrouver, tout de suite, il s'est mis à m'interroger sur des questions de droit et sur la façon de traiter certaines affaires. Justement, ne sachant que faire d'autre et pour m'occuper l'esprit, j'avais passé la journée à consulter plusieurs livres, à revoir divers points que j'avais étudiés à Lincoln's Inn. Comme, dans les questions que me fit mon hôte, il y avait un certain ordre, je vais essayer de respecter cet ordre en les rappelant ici. Cela me sera peut-être utile un jour.

D'abord, il me demanda si, en Angleterre, on pouvait avoir deux *solicitors* à la fois ou même plusieurs. Je lui répondis qu'on pouvait en avoir une douzaine si on le désirait, mais qu'il était cependant plus sage de n'en prendre qu'un pour une même affaire ; qu'en ayant recours à plusieurs *solicitors* en même temps, le client était certain d'agir contre ses propres intérêts. Le comte sembla parfaitement comprendre cela, et il me demanda alors s'il y aurait quelque difficulté d'ordre pratique à prendre, par exemple, un *solicitor* pour veiller à des opérations financières et un autre pour recevoir des marchandises expédiées par bateau au cas où le premier *solicitor* habiterait loin de tout port. Je le priai de s'expliquer plus clairement, afin que je ne risque pas de me méprendre sur le sens de sa question. Il reprit :

— Eh bien ! dit-il, supposons ceci. Notre ami commun, Mr Peter Hawkins, à l'ombre de votre belle cathédrale d'Exeter, laquelle se trouve assez loin de Londres, achète pour moi et par votre intermédiaire, une demeure dans cette dernière ville. Bon ! Maintenant, laissez-moi vous dire franchement – car vous pourriez trouver bizarre que je me sois adressé pour cette affaire à un homme qui réside aussi loin de Londres, et non pas tout simplement à un Londonien – que je tenais à ce qu'aucun intérêt particulier ne vienne contrecarrer le mien propre. Or un *solicitor* londonien aurait pu être tenté dans pareille transaction de chercher un profit personnel ou de favoriser un ami ; c'est pourquoi j'ai préféré chercher ailleurs un intermédiaire qui, je le répète, servirait au mieux mes propres intérêts. Supposons à présent que moi, qui fais beaucoup d'affaires, je veuille envoyer des marchandises, mettons à Newcastle, ou à Durham, ou à Harwich, ou à Douvres : n'aurais-je pas plus de facilité en m'adressant à un homme d'affaires installé dans l'un ou l'autre de ces ports ?

Je lui répondis que, certainement, ce serait plus facile, mais que les *solicitors* avaient créé entre eux un système d'agences permettant de régler toute affaire locale d'après les instructions de n'importe quel *solicitor* ; le client peut ainsi confier ses intérêts à un seul homme et ne plus s'occuper de rien.

— Mais, reprit-il, dans mon cas, pourrai-je moi-même diriger l'affaire ?

— Naturellement, fis-je ; cela se voit bien souvent lorsque l'intéressé ne désire pas que d'autres personnes aient connaissance des transactions en cours.

— Bon ! dit-il.

Puis il s'informa de la façon dont il fallait s'y prendre pour faire des expéditions, me demanda quelles étaient les formalités exigées, et à quelles difficultés on risquait de se buter si l'on n'avait pas songé auparavant à prendre certaines précautions. Je lui donnai toutes les explications dont j'étais capable, et je suis sûr qu'en me quittant, il dut avoir l'impression d'être passé à côté de sa vocation – il aurait rempli à la perfection la profession de *solicitor*, car il n'y avait rien à quoi il n'eût pensé, rien qu'il n'eût prévu. Pour un homme qui n'était jamais allé en Angleterre et qui, évidemment, n'avait pas grande pratique des choses de la loi, ses connaissances à ce sujet et aussi sa perspicacité étaient étonnantes.

Lorsqu'il eut tous les renseignements qu'il désirait et que, de mon côté, j'eus vérifié certains points dans les livres que j'avais sous la main, il se leva brusquement en me demandant :

— Depuis votre première lettre, avez-vous de nouveau écrit à notre ami Mr Peter Hawkins ou à d'autres personnes ?

Ce ne fut pas sans quelque amertume que je lui répondis que non, que je n'avais pas encore eu l'occasion d'envoyer aucune lettre à mes amis.

— Alors, écrivez maintenant, dit-il en appuyant sa lourde main sur mon épaule ; écrivez à Mr Peter Hawkins et à qui vous voulez ; et annoncez, s'il vous plaît, que vous séjournerez ici encore un mois à partir d'aujourd'hui.

— Vous désirez que je reste ici si longtemps ? fis-je en frissonnant à cette seule pensée.

— Exactement, je le désire ; et je n'accepterai aucun refus. Quand votre maître, votre patron… peu importe le nom que vous lui donnez… s'engagea à m'envoyer quelqu'un en son nom, il a été bien entendu que j'emploierais ses services comme bon me semblerait… Pas de refus ! Vous êtes d'accord ?

Que pouvais-je faire, sinon m'incliner ? Il y allait de l'intérêt de Mr Hawkins, non du mien, et c'est à Mr Hawkins que je devais penser, non à moi. En outre, pendant que le comte Dracula parlait, un je ne sais quoi dans son regard et dans tout son comportement me rappelait que j'étais prisonnier chez lui et que, l'aurais-je voulu, je n'aurais pas pu abréger mon séjour. Il comprit sa victoire à la façon dont je m'inclinai et vit, au trouble qui parut sur mes traits, que, décidément, il était le maître. Aussitôt, il exploita cette double force en poursuivant avec cette douceur de ton habituelle chez lui et à laquelle on ne pouvait résister :

— Je vous prie avant tout, mon cher et jeune ami, de ne parler dans vos lettres que d'affaires. Sans doute vos amis aimeront-ils savoir que vous êtes en bonne santé et que vous songez au jour où vous serez de nouveau auprès d'eux. De cela aussi, vous pouvez leur dire un mot.

Tout en parlant, il me tendit trois feuilles de papier et trois enveloppes. C'était du papier très mince et, comme mon regard allait des feuilles et des enveloppes au visage du comte qui souriait tranquillement, ses longues dents pointues reposant sur la lèvre inférieure très rouge, je compris, aussi clairement que s'il me l'avait dit, que je devais prendre garde à ce que j'allais écrire car il pourrait lire le tout. Aussi, décidai-je de n'écrire ce soir-là que des lettres brèves et assez insignifiantes, me réservant d'écrire plus longuement, par après et en secret, à Mr Hawkins ainsi qu'à Mina. A Mina, il est vrai, je pouvais écrire en sténographie, ce qui, et c'est le moins qu'on en puisse dire, embarrasserait bien le comte s'il voyait cet étrange griffonnage. J'écrivis donc deux lettres, puis je m'assis tranquillement pour lire, tandis que le comte s'occupait également de correspondance, s'arrêtant parfois d'écrire pour consulter certains livres qui se trouvaient sur sa table. Son travail terminé, il prit mes deux lettres qu'il joignit aux siennes, plaça le paquet près de l'encrier et des plumes, et sortit. Dès que la porte se fut refermée derrière lui, je me penchai pour regarder les lettres. Ce faisant, je n'éprouvais aucun remords, car je savais qu'en de telles circonstances, je devais chercher mon salut par n'importe quel moyen.

Une des lettres était adressée à Samuel F. Billington, n° 7, The Crescent, Whitby ; une autre à *Herr* Leutner, Varna ; la troisième à Coutts & Co., Londres, et la quatrième à *Herren* Klopstock Billreuth, banquiers à Budapest. La deuxième et la quatrième de ces lettres n'étaient pas fermées. J'étais sur le point de les lire quand je vis tourner lentement la clenche de la porte. Je me rassis, n'ayant eu que le temps de replacer les lettres dans l'ordre où je les avais trouvées et de reprendre mon livre avant que le comte, tenant une autre lettre en main, n'entrât dans la pièce. Il prit une à une les lettres qu'il avait laissées sur la table, les timbra avec soin, puis, se tournant vers moi, me dit :

— Vous voudrez bien m'excuser, je l'espère, mais j'ai beaucoup de travail ce soir. Vous trouverez ici – n'est-ce pas ? – tout ce dont vous avez besoin.

Arrivé à la porte, il se retourna, attendit un moment, et reprit :

— Laissez-moi vous donner un conseil, mon jeune ami, ou plutôt un avertissement : s'il vous arrivait jamais de quitter ces appartements, nulle part ailleurs dans le château vous ne trouveriez le sommeil. Car ce manoir est vieux, il est peuplé de souvenirs anciens, et les cauchemars attendent ceux qui dorment là où cela ne leur est pas permis. Soyez donc averti. Si, à n'importe quel moment, vous avez sommeil, si vous sentez que vous allez vous endormir, alors regagnez votre chambre au plus vite, ou l'une ou l'autre de ces pièces-ci, et, de la sorte, vous pourrez dormir en toute sécurité. Mais si vous n'y prenez garde…

Le ton sur lequel il avait prononcé ces dernières paroles sans même achever sa phrase avait quelque chose de propre à vous faire frémir d'horreur ; en même temps, il eut un geste comme pour signifier qu'il s'en lavait les mains. Je compris parfaitement. Un seul doute subsistait à présent pour moi : se pouvait-il qu'un rêve – n'importe lequel – fût plus terrible que ce filet aux mailles sombres et mystérieuses qui se refermait sur moi ?

Un peu plus tard – Je relis les derniers mots que j'ai écrits, je les approuve, et pourtant aucun doute ne me fait plus hésiter. Nulle part, je ne craindrai de m'endormir, pourvu que le comte n'y soit pas. J'ai accroché la petite croix au-dessus de mon lit ; je suppose que, ainsi, mon repos sera calme – sans cauchemars. Et la petite croix restera là.

Quand le comte m'eut quitté, de mon côté, je me retirai dans ma chambre. Quelques moments se passèrent, puis, comme je n'entendais pas le moindre bruit, je sortis dans le couloir et montai l'escalier de pierre jusqu'à l'endroit d'où j'avais vue sur le sud. Encore que cette vaste étendue me fût inaccessible, comparée à l'étroite cour obscure du château, j'avais en la regardant comme un sentiment de liberté. Au contraire, quand mes regards plongeaient dans la cour, j'avais véritablement l'impression d'être prisonnier, et je ne désirais rien tant que de respirer une bouffée d'air frais, même si c'était l'air nocturne. Et veiller une partie de la nuit, comme je suis obligé de le faire ici, me met à bout. Je sursaute rien qu'à voir mon ombre, et toutes sortes d'idées, plus horribles les unes que les autres, me passent par la tête. Dieu sait, il est vrai, que mes craintes sont fondées ! Je contemplai donc le paysage magnifique qui s'étendait, sous le clair de lune, presque aussi distinct que pendant la journée. Sous cette douce lumière, les collines les plus lointaines se confondaient pourtant, et les ombres, dans les vallées et dans les gorges, étaient d'un noir velouté. Cette simple beauté me calmait ; chaque souffle d'air apportait avec lui paix et réconfort. Comme je me penchais à la fenêtre, mon attention fut attirée par quelque chose qui bougeait à l'étage en dessous, un peu à ma gauche ; par ce que je savais de la disposition des chambres, il me sembla que les appartements du comte pouvaient se trouver précisément à cet endroit. La fenêtre à laquelle je me penchais était haute, d'embrasure profonde, avec des meneaux de pierre ; quoique abîmée par les ans et les intempéries, rien d'essentiel n'y manquait. Je me redressai afin de ne pas être vu, mais je continuai à faire le guet.

La tête du comte passa par la fenêtre de l'étage en dessous ; sans voir son visage, je reconnus l'homme à son cou, à son dos, et aux gestes de ses bras. D'ailleurs, ne fût-ce qu'à cause de ses mains, que j'avais déjà eu tant d'occasions d'examiner, je ne pouvais pas me tromper. Tout d'abord, je fus intéressé et quelque peu amusé, puisqu'il ne faut vraiment rien pour intéresser et amuser un homme quand il est prisonnier. Ces sentiments pourtant firent bientôt place à la répulsion et à la frayeur quand je vis le comte sortir lentement par la fenêtre et se mettre à ramper, *la tête la première*, contre le mur du château. Il s'accrochait ainsi au-dessus de cet abîme vertigineux, et son manteau s'étalait de part et d'autre de son corps comme deux grandes ailes. Je ne pouvais en croire mes yeux. Je pensais que c'était un effet du clair de lune, un jeu d'ombres ; mais, en regardant toujours plus attentivement, je compris que je ne me trompais pas. Je voyais parfaitement les doigts et les orteils qui s'agrippaient aux rebords de chaque pierre dont les années avaient enlevé le mortier, et, utilisant ainsi chaque aspérité, il descendit rapidement, exactement comme un lézard se déplace le long d'un mur.

Quel homme est-ce, ou plutôt quel genre de créature sous l'apparence d'un homme ? Plus que jamais, je sens l'horreur de ce lieu ; j'ai peur… j'ai terriblement peur… et il m'est impossible de m'enfuir…

15 mai — J'ai encore vu le comte qui sortait en rampant, à la manière d'un lézard. Il descendait le long du mur, légèrement de biais. Il a certainement parcouru cent pieds en se dirigeant vers la gauche. Puis il a disparu dans un trou ou par une fenêtre. Quand sa tête ne fut plus visible, je me suis penché pour essayer de mieux comprendre ce que tout cela signifiait, mais sans y parvenir, cette fenêtre ou ce trou étant trop éloignés de moi. Cependant, j'étais certain qu'il avait quitté le château, et j'en profitai pour explorer celui-ci comme je n'avais pas encore osé le faire. Reculant de quelques pas, je me retrouvai au milieu de la chambre, pris une lampe, et essayai d'ouvrir toutes les portes l'une après l'autre ; toutes étaient fermées à clef, ainsi que je l'avais prévu, et les serrures, je m'en rendis compte, étaient assez neuves. Je redescendis l'escalier et pris le corridor par la porte duquel j'étais entré dans la maison, la nuit de mon arrivée. Je m'aperçus que je pouvais facilement ouvrir les verrous de la porte et en ôter les chaînes ; mais la porte elle-même était fermée à clef, et on avait enlevé la clef. Elle devait être dans la chambre du comte ; il me faudrait donc saisir l'instant où la porte de sa chambre ne serait pas fermée afin de pouvoir y pénétrer, m'emparer de la clef et m'évader. Je continuai à examiner en détail tous les couloirs et les différents escaliers, et à tenter d'ouvrir les portes que je rencontrais au passage. Celles d'une ou deux petites pièces donnant sur le corridor étaient ouvertes, mais il n'y avait rien là de bien intéressant – quelques vieux meubles couverts de poussière, quelques fauteuils aux étoffes mangées des mites. A la fin pourtant, j'arrivai, au haut de l'escalier, devant une porte qui, bien qu'elle semblât fermée à clef, céda un peu quand j'y appuyai la main. En appuyant davantage, je m'aperçus que, de fait, elle n'était pas fermée à clef mais qu'elle résistait simplement parce que les gonds en étaient légèrement descendus et que, par conséquent, elle reposait à même le plancher. C'était là une occasion qui, peut-être, ne se représenterait plus, aussi devais-je essayer d'en profiter. Après quelques efforts, j'ouvris la porte. J'étais dans une aile du château qui se trouvait plus à droite que les appartements que je connaissais déjà, et à un étage plus bas. En regardant par les fenêtres, je vis que ces appartements-ci s'étendaient le long du côté sud du château, les fenêtres de la dernière pièce donnant à la fois sur le sud et sur l'ouest. De part et d'autre, se creusait un grand précipice. Le château était bâti sur le coin d'un immense rocher, de sorte que sur trois côtés, il était inexpugnable ; aussi les hautes fenêtres pratiquées dans ces murs – mais qu'il eût été impossible d'atteindre par aucun moyen, ni fronde, ni arc, ni arme à feu –, ces fenêtres rendaient claire et agréable cette partie du château. Vers l'est, on voyait une vallée profonde et, s'élevant dans le lointain, de hautes montagnes, peut-être des repaires de brigands, et des pics abrupts.

Nul doute que ces appartements étaient jadis habités par les dames, car tous les meubles paraissaient plus confortables que ceux que j'avais vus jusqu'ici, dans les autres pièces. Il n'y avait pas de rideaux aux fenêtres, et le clair de lune, entrant par les vitres en forme de losange, permettait de distinguer les couleurs elles-mêmes tandis qu'il adoucissait en quelque sorte l'abondance de poussière qui recouvrait tout et atténuait un peu les ravages du temps et des mites. Ma lampe était sans doute assez inutile par ce brillant clair de lune ; pourtant, j'étais bien aise de l'avoir prise, car je me trouvais tout de même dans une solitude telle qu'elle me glaçait le cœur et me faisait réellement trembler. Toutefois, cela valait mieux que d'être seul dans une des pièces que la présence du comte m'avait rendues odieuses. Aussi, après un petit effort de volonté, je sentis le calme revenir en moi... J'étais là, assis à une petite table de chêne où sans doute autrefois une belle dame s'était installée, rêvant et rougissant en même temps, pour écrire une lettre d'amour assez maladroite ; j'étais là, consignant dans mon journal, en caractères sténographiques, tout ce qui m'était arrivé depuis que je l'avais fermé la dernière fois. C'est bien là le progrès du XIXe siècle ! Et pourtant, à moins que je ne m'abuse, les siècles passés avaient, et ont encore, des pouvoirs qui leur étaient propres et que le "modernisme" ne peut pas tuer.

16 mai, au matin – Dieu veuille que je garde mon équilibre mental, car c'est tout ce qu'il me reste. La sécurité, ou l'assurance de sécurité, sont choses qui pour moi appartiennent au passé. Pendant les semaines que j'ai encore à vivre ici, je ne puis espérer qu'une chose, c'est de ne pas devenir fou, pour autant que je ne le sois pas déjà. Et si je suis sain d'esprit, il est assurément affolant de penser que, de toutes les menaces dont je suis entouré ici, la présence du comte est la moindre ! De lui seul, je puis attendre mon salut, quand bien même ce serait en servant ses desseins. Grand Dieu ! Dieu miséricordieux ! Faites que je reste calme, car si mon calme m'abandonne, il cédera la place à la folie ! Certaines choses s'éclairent qui, jusqu'ici, sont restées pour moi assez confuses.

Par exemple, je n'avais jamais très bien saisi ce que Shakespeare voulait dire quand il faisait dire à Hamlet :

Mes tablettes ! Mes tablettes !
*C'est l'instant d'y écrire… etc.**

Maintenant que j'ai l'impression que mon cerveau est comme sorti de ses gonds ou qu'il a reçu un choc fatal, moi aussi je m'en remets à mon journal : il me servira de guide. Le fait d'y inscrire en détail tout ce que je découvre sera pour moi un apaisement.

Le mystérieux avertissement du comte m'avait effrayé au moment même ; il m'effraye plus encore maintenant que j'y repense, car je sais que cet homme gardera sur moi un terrible ascendant. Il me faudra craindre de ne pas assez prendre au sérieux la moindre de ses paroles !

Quand j'eus écrit ces lignes de mon journal et remis feuillets et plume dans ma poche, j'eus envie de dormir. Je n'avais nullement oublié l'avertissement du comte, mais je pris plaisir à désobéir. Le clair de lune me semblait doux, bienfaisant, et le vaste paysage que j'apercevais au-dehors me réconfortait, je l'ai dit, et me donnait un sentiment de liberté. Je décidai de ne pas retourner dans ma chambre ou dans les pièces attenantes que j'étais décidé à fuir parce que je ne les connaissais que trop bien, et de dormir ici où l'on devinait encore la présence des dames du temps jadis, où elles avaient chanté peut-être, et sûrement passé doucement leur vie monotone, mais le cœur parfois gonflé de tristesse lorsque leurs compagnons menaient au loin des guerres sans merci. J'approchai une chaise longue de la fenêtre afin que, étendu, je puisse encore voir le paysage, et, ignorant la poussière qui la recouvrait, je m'y installai pour dormir. Sans doute

* Cf. Shakespeare, *Hamlet*, I, 5, vers 107-108 ; la citation de Stoker est inexacte. *(N.d.E.)*

me suis-je, en effet, endormi ; je l'espère, encore que je craigne que non, car tout ce qui suivit me parut tellement réel – si réel que, maintenant, au grand jour, dans ma chambre éclairée par le soleil matinal, je n'arrive pas à croire que j'aie pu rêver.

Je n'étais pas seul. Rien dans la chambre n'avait changé depuis que j'y étais entré. Je voyais sur le plancher éclairé par la lune les traces de mes propres pas dans la poussière. Mais en face de moi se tenaient trois jeunes femmes – des dames de qualité, à en juger par leurs toilettes et leurs manières. A l'instant où je les aperçus, je crus que je rêvais car, bien que le clair de lune entrât par une fenêtre placée derrière elles, elles ne projetaient aucune ombre sur le plancher. Elles s'avancèrent vers moi, me dévisagèrent un moment, puis se parlèrent à l'oreille. Deux d'entre elles avaient les cheveux bruns, le nez aquilin, comme le comte, et de grands yeux noirs, perçants, qui, dans la pâle clarté de la lune, donnaient presque la sensation du feu. La troisième était extraordinairement belle, avec une longue chevelure d'or ondulée et des yeux qui ressemblaient à de pâles saphirs. Il me semblait connaître ce visage, et ce souvenir était lié à celui d'un cauchemar, encore qu'il me fût impossible de me rappeler au moment même où et dans quelles circonstances je l'avais vu. Toutes les trois avaient les dents d'une blancheur éclatante, et qui brillaient comme des perles entre leurs lèvres rouges et sensuelles. Quelque chose en elles me mettait mal à l'aise, j'éprouvais à la fois désir et épouvante. Oui, je brûlais de sentir sur les miennes les baisers de ces lèvres rouges. Peut-être vaudrait-il mieux ne pas écrire ces mots ; car cela pourrait faire de la peine à Mina si elle lit jamais mon journal ; et pourtant, c'est la vérité. Les trois jeunes femmes bavardaient entre elles, puis elle riaient – d'un rire musical, argentin, qui pourtant avait un je ne sais quoi de dur, un son qui semblait ne pas pouvoir sortir de lèvres humaines. C'était comme le tintement, doux mais intolérable, de verres sous le jeu d'une main adroite. La blonde hocha la tête d'un air provocant tandis que les autres la poussaient.

— Allez-y ! dit l'une d'elles. Ce sera vous la première ; nous vous suivrons.

— Il est jeune et fort, ajouta l'autre ; à toutes trois il nous donnera un baiser.

Sans bouger, je regardais la scène à travers mes paupières à demi fermées, en proie à une impatience, à un supplice exquis.

La blonde s'approcha, se pencha sur moi au point que je sentis sa respiration. L'haleine, en un sens, était douce, douce comme du miel, et produisait sur les nerfs la même sensation que sa voix, mais quelque chose d'amer se mêlait à cette douceur, quelque chose d'amer comme il s'en dégage de l'odeur du sang.

Je n'osais pas relever les paupières, mais je continuais néanmoins à regarder à travers mes cils, et je voyais parfaitement la jeune femme maintenant agenouillée, de plus en plus penchée sur moi, l'air ravi, comblé. Sur ses traits était peinte une volupté à la fois émouvante et repoussante et, tandis qu'elle courbait le cou, elle se pourléchait réellement les babines comme un animal, à tel point que je pus voir à la clarté de la lune la salive scintiller sur les lèvres couleur de rubis et sur la langue rouge qui se promenait sur les dents blanches et pointues. Sa tête descendait de plus en plus, ses lèvres furent au niveau de ma bouche, puis de mon menton, et j'eus l'impression qu'elles allaient se refermer sur ma gorge. Mais non, elle s'arrêta et j'entendis le bruit, un peu semblable à un clapotis, que faisait sa langue en léchant encore ses dents et ses lèvres tandis que je sentais le souffle chaud passer sur mon cou. Alors, la peau de ma gorge réagit comme si une main approchait de plus en plus pour la chatouiller, et ce que je sentis, ce fut la caresse tremblante des lèvres sur ma gorge et la légère morsure de deux dents pointues. La sensation se prolongeant, je fermai les yeux dans une extase langoureuse. Puis j'attendis – j'attendis, le cœur battant.

Mais, au même instant, j'éprouvai une autre sensation, rapide comme l'éclair. Le comte était là, comme surgi d'une tourmente. En effet, en ouvrant malgré moi les yeux, je vis sa main de fer saisir le cou délicat de la jeune femme et la repousser avec une force herculéenne ; cependant les yeux bleus de la femme brillaient de colère, ses dents blanches grinçaient de fureur et les jolies joues s'empourpraient d'indignation. Quant au comte ! Jamais je n'aurais imaginé qu'on pût se laisser emporter par une telle fureur. Ses yeux jetaient réellement des flammes, comme si elles provenaient de l'enfer même ; son visage était d'une pâleur de cadavre et ses traits durs étaient singulièrement tirés ; les sourcils épais qui se rejoignaient au-dessus du nez ressemblaient à une barre mouvante de métal chauffé à blanc. D'un geste brusque du bras, il envoya la jeune femme presque à l'autre bout de la pièce, et il se contenta de faire un signe aux deux autres qui, aussitôt, reculèrent. C'était le geste que je lui avais vu faire devant les loups. D'une voix si basse qu'elle était presque un murmure mais qui pourtant donnait véritablement l'impression de couper l'air pour résonner ensuite dans toute la chambre, il leur dit :

— Comment l'une d'entre vous a-t-elle osé le toucher ? Comment osez-vous poser les yeux sur lui alors que je vous l'ai défendu ? Allez-vous-en, vous dis-je ! Cet homme est en mon pouvoir ! Prenez garde d'intervenir, ou vous aurez affaire à moi.

La jeune femme blonde, avec son sourire provocant, se retourna pour lui répondre :

— Mais vous-même n'avez jamais aimé ! Vous n'aimez pas !

Les deux autres se joignirent à elle, et des rires si joyeux, mais si durs, si impitoyables retentirent dans la chambre que je faillis m'évanouir. Au vrai, ils retentissaient comme des rires de démons.

Le comte, après m'avoir dévisagé attentivement, se détourna et répliqua, à nouveau dans un murmure :

— Si, moi aussi, je peux aimer. Vous le savez d'ailleurs parfaitement. Rappelez-vous ! Maintenant je vous promets que lorsque j'en aurai fini avec lui, vous pourrez l'embrasser autant qu'il vous plaira ! Laissez-nous. Il me faut à présent l'éveiller, car le travail attend.

— N'aurons-nous donc rien cette nuit ? demanda l'une d'elles en riant légèrement tandis que du doigt elle désignait le sac que le comte avait jeté sur le plancher et qui remuait comme s'il renfermait un être vivant. Pour toute réponse, il secoua la tête. Une des jeunes femmes bondit en avant et ouvrit le sac. Je crus entendre un faible gémissement, comme celui d'un enfant à demi étouffé. Les femmes entourèrent le sac tandis que je demeurais pétrifié d'horreur. Mais alors que je tenais encore mes regards fixés sur le plancher, elles disparurent, et le sac disparut avec elles. Aucune porte ne se trouvait à proximité, et si elles étaient passées devant moi, je l'aurais remarqué. Elles avaient dû s'évanouir tout simplement dans les rayons de la lune et passer par la fenêtre car, l'espace d'un moment, j'aperçus au-dehors leurs silhouettes à peine distinctes. Puis, elles disparurent tout à fait.

Alors, vaincu par l'horreur, je sombrai dans l'inconscience.

IV

JOURNAL DE JONATHAN HARKER

(Suite)

Je me réveillai dans mon lit. Si vraiment je n'avais pas rêvé tout cela, alors sans doute le comte m'avait-il ramené ici. J'essayai de m'en assurer, mais je ne pus arriver à aucune certitude. Evidemment, je voyais autour de moi ce que je pouvais prendre pour des preuves : par exemple, mes vêtements soigneusement pliés et posés sur une chaise, contrairement à mes habitudes. En revanche, ma montre était arrêtée, alors que je ne manque jamais de la remonter avant de me coucher. Et d'autres détails encore… Mais non, tout cela ne prouvait rien si ce n'est peut-être que j'avais été distrait la veille au soir, ou même, pour l'une ou l'autre cause, fort troublé. Il me fallait chercher des preuves véritables. D'une chose pourtant je me félicitais : si le comte m'avait réellement ramené ici et déshabillé, il l'avait fait en toute hâte, car le contenu de mes poches était intact. Certes, eût-il trouvé ce journal, il n'y aurait rien compris, n'y aurait vu qu'une affaire fort déplaisante pour lui, et l'aurait pris pour le détruire aussitôt. En regardant autour de moi, dans cette chambre où pourtant j'avais connu tant d'angoisses, tant de frayeurs, il me semblait que j'y étais maintenant à l'abri car rien ne pouvait être plus épouvantable que ces femmes horribles qui attendaient – qui attendent – de sucer mon sang.

18 mai – J'ai voulu revoir cette chambre en plein jour, car je dois à tout prix connaître la vérité. Quand j'arrivai à la porte, au-dessus de l'escalier, je la trouvai fermée. On avait essayé de la remettre en place contre le montant – la boiserie était même abîmée. Je m'aperçus que le verrou n'était pas mis, mais que la porte était fermée de l'intérieur. Je crains donc de ne pas avoir rêvé, et, dorénavant, il me faudra agir en partant de cette quasi-certitude.

19 mai – Assurément, je suis pris dans les filets du comte ; inutile d'espérer encore pouvoir m'en échapper. Hier soir, il m'a demandé de son ton le plus charmant d'écrire trois lettres, l'une d'entre elles disant que j'avais presque terminé mon travail ici et que je repartirais dans quelques jours, l'autre que je repartais le lendemain même, la troisième enfin que j'avais quitté le château et que j'étais arrivé à Bistritz. J'eus fort envie de me révolter contre une telle contrainte, mais, d'autre part, je sentais qu'il eût été fou de discuter la volonté du comte puisque j'étais absolument en son pouvoir ; et refuser de lui obéir, c'eût été sans doute faire naître en lui des soupçons et le mettre en colère. Déjà, il sait que j'en sais trop et que si je vis, je peux être dangereux pour lui. Ma seule chance, s'il existe encore une chance... consiste à essayer de prolonger la situation actuelle. Peut-être une occasion ou l'autre se présentera-t-elle, qui me permettra malgré tout de m'évader... Je vis ses yeux se remplir de cette fureur qui y brillait quand, d'un geste brusque, il avait repoussé cette belle et étrange créature. Et il m'expliqua que les services des postes étaient fort irréguliers et que mes lettres rassureraient mes amis ; puis il me dit que, pour ce qui était de la dernière lettre, il la ferait garder à Bistritz jusqu'à la date où je devrais réellement partir, à supposer que mon séjour se prolongeât –, il me le dit avec une telle conviction que m'opposer à lui sur ce point n'eût fait que provoquer de nouveaux soupçons. Je feignis donc de l'approuver, et je lui demandai quelles dates je devais inscrire sur mes lettres. Ayant réfléchi un moment, il me répondit :

— Datez la première du 12 juin, la deuxième du 19, et la troisième du 29.

Je sais maintenant le temps qu'il me reste à vivre. Dieu me protège !

28 mai – Peut-être trouverai-je le moyen de m'échapper – ou, au moins, d'envoyer des nouvelles chez moi. Des Tziganes sont venus au château, ils campent dans la cour. Je vais écrire quelques lettres, puis j'essayerai de les leur donner afin qu'ils les mettent à la poste. Je leur ai déjà parlé de ma fenêtre, nous avons fait connaissance. Ils se sont découverts en s'inclinant profondément et m'ont fait toutes sortes d'autres signes que je ne comprends pas plus, je l'avoue, que ce qu'ils disent…

Ces lettres sont prêtes. Celle pour Mina est sténographiée et quant à Mr Hawkins, je lui demande simplement de se mettre en rapport avec Mina. Je l'ai mise au courant de ma situation, sans toutefois lui parler des horreurs que, somme toute, je ne fais encore que soupçonner. Elle mourrait de peur si je lui dévoilais toutes mes craintes. Ainsi, si même les lettres n'arrivent pas à destination, le comte ne pourra pas se douter à quel point j'ai pénétré ses intentions…

J'ai donné les lettres ; je les ai jetées, accompagnées d'une pièce d'or, d'entre les barreaux de ma fenêtre et, par signes, j'ai fait comprendre aux Tziganes que je leur demandais de les mettre à la poste. Celui qui les a prises les a pressées contre son cœur en s'inclinant plus encore que de coutume, puis les a placées sous son chapeau. Qu'aurais-je pu faire d'autre ? Je n'avais plus qu'à attendre. J'allai dans la bibliothèque où je me mis à lire. Puis, comme le comte ne venait pas, j'ai écrit ces lignes…

Pourtant, je ne suis pas resté longtemps seul ; le comte est venu s'installer près de moi et m'a dit d'une voix très douce cependant qu'il ouvrait deux lettres :

— Les Tziganes m'ont remis ces plis ; bien que j'ignore d'où ils viennent, j'en prendrai soin, naturellement ! Voyez… (Il avait donc dû les examiner !) Celui-ci est de vous, adressé à mon ami Peter Hawkins ; l'autre (en ouvrant la seconde enveloppe, il considéra les caractères insolites, et il prit son air le plus sombre ; ses yeux brillèrent d'indignation et de méchanceté à la fois)… l'autre représente à mes yeux une chose odieuse, il trahit une amitié hospitalière ! Et, de plus, il n'est pas signé… Donc, au fond, il ne peut pas nous intéresser.

Avec le plus grand calme, il approcha de la lampe la feuille et l'enveloppe, les présentant à la flamme jusqu'à ce qu'elles fussent entièrement brûlées. Il reprit alors :

— La lettre à Hawkins, celle-là, bien entendu, je l'enverrai puisque c'est vous qui l'avez écrite. Vos lettres sont pour moi choses sacrées. Vous voudrez bien, n'est-ce pas, mon ami, me pardonner de l'avoir ouverte. J'ignorais de qui elle était. Vous allez la remettre sous enveloppe, j'espère ?

Et, s'inclinant courtoisement, il me tendit la lettre avec une nouvelle enveloppe. Je ne pouvais, en effet, que rédiger à nouveau l'adresse et lui remettre le tout sans faire la moindre remarque. Lorsqu'il me quitta, dès qu'il eut refermé la porte, j'entendis la clef tourner doucement dans la serrure. Je laissai passer quelques instants, puis j'allai essayer d'ouvrir la porte ; elle était fermée à clef.

Quand, une ou deux heures plus tard, le comte, toujours très calme, rentra dans la bibliothèque, je me réveillai en sursaut, car je m'étais endormi sur le sofa. Le constatant, il me dit sur un ton très poli et enjoué à la fois :

— Vous êtes fatigué, mon ami ? Mais allez donc vous mettre au lit. C'est là que l'on se repose le mieux. D'ailleurs, je n'aurai pas le plaisir de faire la conversation avec vous ce soir, car j'ai beaucoup de travail. Mais allez dormir, je vous prie…

Je passai dans ma chambre, me couchai, et, aussi étrange que cela puisse paraître, je dormis paisiblement, sans rêver. Le désespoir porte en lui son propre calmant.

31 mai – Ma première pensée, ce matin, en m'éveillant, fut d'aller prendre quelques feuilles de papier et des enveloppes dans mon sac de voyage, de les mettre en poche, afin de pouvoir écrire si j'en avais l'occasion à un moment quelconque de la journée. Mais, nouvelle surprise, nouveau choc !

Tous mes papiers avaient disparu, du plus insignifiant jusqu'à ceux qui m'étaient nécessaires et indispensables pour mon voyage, une fois que j'aurais quitté le château. Je réfléchis un moment, puis je songeai à aller ouvrir ma valise et la garde-robe où j'avais rangé mes vêtements.

Le costume que je portais pour voyager n'était plus là, ni mon pardessus, ni ma couverture de voyage… J'eus beau chercher, je ne les trouvai nulle part… Quelle machination tout ceci cache-t-il encore ?

17 juin – Ce matin, alors que j'étais assis sur le bord de mon lit à me mettre martel en tête, j'entendis claquer des fouets au-dehors et résonner des sabots de chevaux sur le sentier rocailleux qui mène à la cour du château. Le cœur battant de joie, je me précipitai à la fenêtre et je vis deux grandes charrettes qui entraient dans la cour, l'une et l'autre tirées par huit chevaux robustes et menées par un Slovaque en costume national, sans oublier la peau de mouton, et portant la longue hache. Faisant aussitôt demi-tour, je courus vers la porte dans l'intention de descendre et de tenter de les rejoindre près de l'entrée principale, car, me disais-je, on avait dû leur ouvrir de ce côté. Et, de nouveau, un choc : de l'extérieur, on avait fermé ma porte à clef !

Je retournai à la fenêtre et criai. Tous levèrent la tête et regardèrent, stupéfaits et me montrant du doigt. Mais, à ce moment, arriva le chef des Tziganes ; voyant que l'attention générale se portait sur ma fenêtre, il lança je ne sais quel mot qui les fit tous éclater de rire. Dès lors, tout effort de ma part fut vain, ainsi que tout appel à la pitié ; personne ne leva même plus les yeux vers moi. Les charrettes amenaient des grandes caisses carrées dont les poignées étaient faites de cordes épaisses. A voir la facilité avec laquelle les Slovaques les maniaient et à entendre le bruit qu'elles faisaient quand ils les laissaient tomber sur le pavé, on devinait qu'elles étaient vides. Lorsque toutes furent mises en tas dans un coin de la cour, les Tziganes donnèrent aux Slovaques quelque argent, et ceux-ci, après avoir craché sur les pièces afin de s'attirer la chance, retournèrent d'un pas lent près de leurs chevaux. A mesure qu'ils s'éloignaient, j'entendais de plus en plus faiblement les claquements de leurs fouets.

24 juin, un peu avant l'aube – Le comte m'a quitté assez tôt hier soir et s'est enfermé dans sa chambre. Dès qu'il m'a paru possible de le faire sans courir trop de risques, j'ai gravi en toute hâte l'escalier en colimaçon, dans l'intention de guetter le comte par la fenêtre qui donne au sud ; je suis en effet certain qu'il se passe quelque chose. Les Tziganes campent je ne sais où à l'intérieur du château et sont occupés à quelque travail. Je le sais, car de temps à autre j'entends un bruit lointain, étouffé, comme le bruit d'une pioche, d'une bêche peut-être, et, quoi que ce soit, il s'agit évidemment d'une affaire criminelle.

J'étais à la fenêtre depuis près d'une demi-heure quand je vis comme une ombre d'abord remuer à la fenêtre du comte, puis commencer à sortir. C'était le comte lui-même qui, bientôt, se trouva complètement au-dehors. Une fois de plus, ma surprise fut grande : il était vêtu du costume que je portais pendant mon voyage et il avait jeté sur ses épaules l'horrible sac que j'avais vu disparaître en même temps que les trois jeunes femmes. Je ne pouvais plus avoir de doute quant au but de sa nouvelle expédition et, de plus, pour ce faire, il avait voulu plus ou moins prendre mon apparence. C'était encore un tour de son extrême malice : il s'arrangeait de telle sorte que les gens croient me reconnaître ; ainsi, il pourrait prouver et que l'on m'avait vu mettre mes lettres à la poste en ville ou dans l'un ou l'autre des villages environnants, et que toute vilenie dont il se rendrait désormais coupable me serait de fait attribuée par les habitants de l'endroit.

J'enrage à la pensée que toutes ses manigances continuent alors que je suis enfermé ici, véritable prisonnier, sans même la protection que la loi accorde aux vrais criminels.

Je décidai alors d'attendre le retour du comte et je restai longtemps à la fenêtre – pour rien au monde je n'aurais voulu m'en éloigner. A un moment donné, je remarquai des petites taches bizarres qui dansaient sur les rayons du clair de lune. On eût dit de minuscules grains de poussière qui tourbillonnaient et se rassemblaient parfois en une sorte de nuage. Tandis que mon regard s'attachait sur eux, j'éprouvai comme un apaisement. Je m'appuyai contre l'embrasure de la fenêtre, cherchant une position plus confortable pour mieux jouir de ce spectacle.

Quelque chose me fit sursauter – des hurlements sourds et plaintifs de chiens, montant de la vallée que je ne distinguais plus. Peu à peu, je les entendis plus clairement, et il me sembla que les grains de poussière prenaient de nouvelles formes en s'accordant à cette rumeur lointaine, tandis qu'ils dansaient sur les rayons faiblement lumineux. Moi-même, je m'efforçais d'éveiller au plus profond de moi des instincts assoupis ; bien plus, c'était mon âme qui luttait et essayait de répondre à cet appel. J'étais hypnotisé ! Les grains de poussière dansaient de plus en plus vite ; les rayons de la lune semblaient trembler près de moi, puis allaient se perdre dans l'obscurité. Eux aussi, se rassemblant, prenaient des formes de fantômes... Puis, tout à coup, je sursautai à nouveau, tout à fait éveillé et maître de moi, et je m'enfuis en criant. Ces formes fantomatiques qui peu à peu se détachaient des rayons du clair de lune, je les reconnaissais : c'étaient ces femmes elles-mêmes auxquelles le sort désormais me liait. Je m'enfuis et une fois dans ma chambre, je me sentis un peu rassuré : ici, les rayons de la lune ne pénétraient pas, et la lampe éclairait jusqu'au moindre recoin de la pièce.

Au bout de deux heures environ, j'entendis dans la chambre du comte, comme un vagissement aigu aussitôt étouffé. Puis plus rien – un silence profond, atroce, qui me glaça le cœur. Je me précipitai à la porte pour l'ouvrir ; mais j'étais enfermé dans ma prison et totalement impuissant. Je m'assis sur mon lit et me mis à pleurer.

C'est alors que j'entendis un cri au-dehors, dans la cour – le cri douloureux que poussait une femme. J'allai à la fenêtre et, en effet, je vis une femme, la chevelure en désordre et les deux mains sur son cœur, comme si elle n'en pouvait plus d'avoir couru. Elle était appuyée contre la grille. Quand elle me vit à la fenêtre, elle accourut en criant d'une voix chargée de menaces :

— Monstre, rendez-moi mon enfant !

Puis, se jetant à genoux et levant les mains, elle répéta les mêmes mots sur un ton déchirant. Alors, elle s'arracha les cheveux, se battit la poitrine, s'abandonna aux gestes les plus extravagants que lui inspirait sa douleur. Enfin, elle s'approcha de la façade, s'y jeta presque, et, bien que je ne pusse plus la voir, j'entendis ses poings tambouriner sur la porte d'entrée.

Au-dessus de moi, venant sans doute du haut de la tour, j'entendis alors la voix du comte. Il appelait d'un murmure rauque, qui avait quelque chose de métallique. Et, au loin, le hurlement des loups semblait lui répondre. Quelques minutes plus tard, à peine, une bande de ces loups envahissait la cour avec la force impétueuse des eaux quand elles ont rompu un barrage.

La femme ne poussa aucun cri et les loups cessèrent presque aussitôt de hurler. Je ne tardai pas à les voir se retirer l'un à la suite de l'autre en se pourléchant les babines.

Je n'arrivais pas à plaindre cette femme, car, comprenant maintenant le sort qui avait été réservé à son enfant, je me disais qu'il valait mieux qu'elle l'eût rejoint dans la mort.

Que vais-je faire ? Que pourrais-je faire ? Comment échapper à cette longue nuit de terreur ?

25 juin, au matin – Pour qu'un homme comprenne à quel point le matin peut être doux à son cœur et à ses yeux, il faut que la nuit lui ait été cruelle. Quand les rayons du soleil, ce matin, ont frappé le sommet de la grille, juste devant ma fenêtre, j'ai eu l'impression que c'était la colombe de l'arche qui s'y posait ! Mes craintes se sont alors dissipées comme si un vêtement vaporeux avait fondu à la chaleur. Je dois me décider à agir tant que la clarté du jour m'en donne le courage ! Hier soir, une de mes lettres est partie, la première de cette série fatale qui doit effacer de la terre jusqu'aux traces de mon existence. Il vaut mieux ne pas trop y penser, mais agir !

C'est toujours le soir ou pendant la nuit que j'ai senti peser sur moi des menaces, que, d'une façon ou d'une autre, je me suis cru en danger. Et, depuis mon arrivée ici, je n'ai pas encore vu le comte dans la journée. Est-ce qu'il dort quand les autres veillent ? Est-ce qu'il veille quand les autres dorment ? Ah ! si je pouvais entrer dans sa chambre ! Mais c'est impossible. Sa porte est toujours fermée à clef, il n'y a aucun moyen…

Si, il y a un moyen… encore faut-il oser l'employer. Là où le comte lui-même passe, pourquoi un autre que lui ne passerait-il pas ? Je l'ai vu sortir de sa fenêtre en rampant. Pourquoi n'entrerais-je pas, moi, par sa fenêtre ? L'entreprise est sans doute désespérée, mais la situation où je me trouve est plus désespérée encore. Je vais m'y risquer. La chose la plus terrible qui puisse m'arriver, c'est de mourir. Or, la mort d'un homme n'est pas celle d'un animal, et la vie éternelle me sera peut-être donnée. Que Dieu m'assiste ! Adieu, Mina, si je ne dois pas revenir ; adieu, mon ami fidèle qui êtes pour moi un second père ; adieu, vous tous enfin, et encore une fois, Mina, adieu !

Le même jour, un peu plus tard – J'ai donc été là-bas et, Dieu m'aidant, je suis revenu sain et sauf dans ma chambre. J'expliquerai tout en détail. Alors qu'un grand élan de courage m'y poussait, je me dirigeai vers cette fenêtre donnant sur le sud et, tout de suite, je me suis hissé sur l'étroit rebord de pierre qui, de ce côté, court tout le long du mur. Les pierres sont énormes, très grossièrement taillées, et le mortier, dans les interstices, je l'ai dit, a la plus souvent disparu. Une fois mes souliers ôtés, je suis parti à l'aventure… L'espace d'un instant, j'ai baissé les yeux afin de m'assurer que je n'aurais pas le vertige s'il m'arrivait de plonger mes regards dans le vide, mais, par la suite, j'ai eu soin de regarder devant moi. Je savais parfaitement où se trouvait la fenêtre du comte, que j'atteignis aussi vite que je pus. A aucun moment je ne fus pris de vertige – sans doute étais-je trop excité pour y céder –, et en un temps qui me parut très court, je me trouvai sur le rebord de la fenêtre à guillotine, essayant de la lever. Pourtant, j'étais fort agité lorsque, me courbant et les pieds en avant, je me glissai dans la chambre. Des yeux, je cherchai le comte, mais je fis une heureuse découverte : il n'était pas là ! La chambre était à peine meublée – il y avait seulement quelques meubles mal assortis, qui semblaient n'avoir jamais servi ; ils étaient couverts de poussière, et certains étaient du même style que ceux des appartements de l'aile sud. Tout de suite, je songeai à la clef, mais je ne la vis pas dans la serrure et je ne la trouvai nulle part. Mon attention fut attirée par un gros tas de pièces d'or dans un coin – des pièces romaines, anglaises, autrichiennes, hongroises, grecques, couvertes elles aussi de poussière comme si elles se trouvaient là depuis fort longtemps. Toutes étaient vieilles au moins de trois cents ans. Je remarquai également des chaînes, des bibelots, certains même sertis de pierres précieuses, mais le tout très vieux et abîmé.

Je me dirigeai alors vers une lourde porte que j'aperçus dans un coin ; puisque je ne trouvais ni la clef de la chambre ni celle de la porte d'entrée – qui, il ne faut pas l'oublier, était le principal objet de mes recherches –, je devais poursuivre mon exploration, sinon toutes les démarches que je venais d'accomplir auraient été vaines. Cette porte était ouverte et donnait accès à un couloir aux murs de pierre qui lui-même conduisait à un escalier en colimaçon, fort abrupt. Je descendis en prenant beaucoup de précautions, car l'escalier n'était éclairé que par deux meurtrières pratiquées dans l'épaisse maçonnerie. Arrivé à la dernière marche, je me trouvai dans un nouveau couloir obscur, un vrai tunnel où régnait une odeur âcre qui évoquait la mort – l'odeur de vieille terre que l'on vient de remuer. Tandis que j'avançais, l'odeur devenait plus lourde, presque insupportable. Enfin, je poussai une autre porte très épaisse qui s'ouvrit toute grande. J'étais dans une vieille chapelle en ruine où, cela ne faisait aucun doute, des corps avaient été enterrés. Le toit tombait par endroits et, de deux des côtés de la chapelle, des marches conduisaient à des caveaux, mais on voyait que le sol avait été récemment retourné et la terre mise dans de grandes caisses posées un peu partout : celles, sans aucun doute, qu'avaient apportées les Slovaques. Il n'y avait personne. Aussi continuai-je mes recherches : peut-être existait-il une sortie dans les environs ? Non, aucune. Alors, j'examinai les lieux plus minutieusement encore. Je descendis même dans les caveaux où parvenait une faible lumière, encore que mon âme elle-même y répugnât. Dans les deux premiers, je ne vis rien sinon des fragments de vieux cercueils et des monceaux de poussière. Dans le troisième pourtant, je fis une découverte.

Là, dans une des grandes caisses posées sur un tas de terre fraîchement retournée, gisait le comte ! Etait-il mort ou bien dormait-il, je n'aurais pu le dire, car ses yeux étaient ouverts, on aurait dit pétrifiés ; mais non vitreux comme dans la mort, et les joues, malgré leur pâleur, gardaient la chaleur de la vie ; quant aux lèvres, elles étaient aussi rouges que d'habitude. Mais le corps restait sans mouvement, sans aucun signe de respiration, et le cœur semblait avoir cessé de battre. Je me penchai, espérant malgré tout percevoir quelque signe de vie – en vain. Il ne devait pas être étendu là depuis longtemps, l'odeur de la terre étant encore trop fraîche : après quelques heures, on ne l'aurait plus sentie. Le couvercle de la caisse était dressé contre celle-ci et percé de trous par-ci par-là. Je me dis que le comte gardait peut-être les clefs dans une de ses poches ; mais, comme je m'apprêtais à le fouiller, je vis dans ses yeux, bien qu'ils fussent éteints et inconscients de ma présence, une telle expression de haine que je m'enfuis aussitôt, regagnai sa chambre, repassai par la fenêtre et remontai en rampant le long du mur. Une fois dans ma chambre, je me jetai, tout essoufflé, sur mon lit, et j'essayai de rassembler mes idées…

29 juin – C'est d'aujourd'hui qu'est datée ma dernière lettre, et le comte a dû veiller à ce qu'il ne puisse exister aucun doute au sujet de la date car, une fois encore, je l'ai vu quitter le château en sortant par la même fenêtre et portant mes vêtements. Tandis qu'il descendait le mur à la manière d'un lézard, je n'avais qu'un désir : saisir un fusil ou toute autre arme meurtrière afin de le tuer ! Encore que je me demande si une arme, que seule une main humaine aurait fabriquée, aurait eu sur lui le moindre effet. Je n'ai pas osé guetter son retour, car je craignais de voir encore les trois Parques. Je revins dans la bibliothèque, pris un livre et, bientôt, je tombai endormi.

Je fus réveillé par le comte qui me dit, menaçant :

— Demain, mon ami, nous nous ferons nos adieux. Vous repartirez pour votre belle Angleterre, et moi vers une occupation dont l'issue peut être telle que nous ne nous verrons plus jamais. Votre lettre aux vôtres a été mise à la poste. Je ne serai pas ici demain, mais tout sera prêt pour votre départ. Les Tziganes arriveront le matin, car ils ont un travail à poursuivre, de même que des Slovaques. Quand ils s'en seront allés, ma voiture viendra vous chercher et elle vous conduira au col de Borgo où vous prendrez la diligence pour Bistritz. Mais, malgré tout, j'espère que j'aurai encore le plaisir de vous recevoir au château de Dracula !

Je résolus d'éprouver sa sincérité. Sa sincérité ! On a l'impression de profaner ce mot quand on l'applique à un tel monstre. Je lui demandai donc de but en blanc :

— Pourquoi ne puis-je pas repartir ce soir ?

— Parce que, cher monsieur, mon cocher et mes chevaux sont en course.

— Mais je marcherais volontiers. A vrai dire, je voudrais partir tout de suite.

Il sourit, d'un sourire si doux, si diabolique en même temps, que je devinai sans difficulté que cette douceur cachait quelque sinistre projet.

— Et vos bagages ? fit-il.

— Peu m'importe, répliquai-je. Je les ferai prendre plus tard.

Il se leva et reprit en s'inclinant si poliment que je fus sur le point de me frotter les yeux, tant ici il avait l'air sincère :

— Vous, les Anglais, vous avez un dicton que j'aime beaucoup car il exprime fort bien ce qui règle notre conduite à nous, boyards : "Bienvenue à l'hôte qui arrive ; bon voyage à l'hôte qui part !" Venez avec moi, mon cher jeune ami ; vous ne resterez pas une heure de plus chez moi contre votre volonté, quoique je sois navré de votre départ et d'apprendre que vous veuillez le précipiter ainsi. Venez !

Il prit la lampe et, avec une gravité majestueuse, il me précéda pour descendre l'escalier et se diriger ensuite vers la porte d'entrée. Mais dans le corridor, brusquement, il s'arrêta :

— Ecoutez ! fit-il.

Des loups hurlaient, non loin du château. Il leva la main, et on eût dit que les hurlements s'élevaient à ce geste, comme la musique d'un grand orchestre obéit à la baguette du chef. Après un moment, il reprit son chemin, toujours majestueux, et, parvenu à la porte, il tira les gros verrous, enleva les lourdes chaînes, puis ouvrit lentement le battant.

Je m'étonnai : la porte, donc, n'était pas fermée à clef. Soupçonneux, je regardai autour de moi, mais je ne vis la clef nulle part.

Au fur et à mesure que le battant s'ouvrait, les cris des loups au-dehors devenaient de plus en plus furieux. Et les bêtes, la gueule ouverte laissant voir leurs gencives rouges et leurs dents grinçantes, apparurent dans l'embrasure de la porte. Je compris alors qu'il était vain de vouloir m'opposer à la volonté du comte. Qu'aurais-je pu contre lui, fort de tels alliés ? Cependant la porte continuait à s'ouvrir lentement et le comte, seul, se tenait sur le seuil. Comme un éclair, une idée me traversa l'esprit : l'heure fatale avait peut-être sonné pour moi ; j'allais être donné en pâture aux loups, et parce que je l'avais voulu ! C'était là un de ces tours infernaux qui devaient plaire au comte. Finalement, décidé à tenter une dernière fois ma chance, je m'écriai :

— Fermez la porte ! J'attendrai ! Je partirai demain matin !

Puis, des mains, je me couvris le visage afin de cacher et mes larmes et mon amer désappointement.

D'un seul geste de son bras puissant, le comte referma le battant, puis les verrous – et ces claquements consécutifs résonnèrent dans tout le haut corridor.

Sans dire un mot ni l'un ni l'autre, nous retournâmes dans la bibliothèque d'où, presque aussitôt, je regagnai ma chambre. Pour la dernière fois, je vis le comte Dracula, m'envoyant un baiser de sa main ; ses yeux brillaient de triomphe et ses traits rayonnaient d'un sourire dont Judas eût pu être fier.

J'allais me mettre au lit lorsqu'il me sembla entendre que l'on chuchotait derrière ma porte. Je m'en approchai sur la pointe des pieds, et j'écoutai. Je crus reconnaître la voix du comte :

— Non, non, disait la voix, retournez d'où vous venez ! Pour vous, ce n'est pas encore le moment... Attendez ! Un peu de patience ! Cette nuit m'appartient, la prochaine sera à vous !

Des rires moqueurs et étouffés lui répondirent ; fou de rage, j'ouvris brusquement la porte, et je vis les trois femmes qui se pourléchaient les babines. Quand, de leur côté, elles m'aperçurent, ensemble elles partirent à nouveau d'un rire sinistre, et s'enfuirent.

Rentré dans ma chambre, je me jetai à genoux. Ma fin était-elle donc si proche ? Demain ! Demain ! O Seigneur ! Secourez-moi et secourez tous les miens !

30 juin, au matin – Peut-être est-ce les dernières lignes que j'écris dans ce journal. Dès mon réveil, un peu avant l'aube, je me suis agenouillé, car si mon heure est venue, je veux que la mort me trouve prêt.

Bientôt, je sentis dans l'air ce subtil changement dont j'ai déjà parlé… puis le matin fut là… Avec le premier chant du coq, j'ai senti que j'étais sauvé. C'est d'un cœur léger que j'ai ouvert ma porte et que je suis descendu. Je remarquai tout de suite que la porte d'entrée n'était pas fermée à clef – donc que je pourrais fuir. Les mains toutes tremblantes d'impatience, je détachai les chaînes et ouvris les verrous.

Mais la porte refusait de s'ébranler. Mon découragement, mon désespoir furent extrêmes. Cependant je tirai sur la porte, espérant que, toute massive qu'elle fût, elle céderait, mais en vain. Je compris qu'elle avait été fermée à clef après que j'eus quitté le comte.

Alors, je me dis que, à tout prix, il me fallait trouver cette clef et que, pour me la procurer, j'allais de nouveau ramper le long du mur et entrer dans la chambre du comte. Sans doute me tuerait-il s'il me voyait chez lui, mais de tous les maux qui pourraient m'arriver, la mort me semblait le moindre. Sans perdre un moment, je remontai jusqu'à la fenêtre qui me permettait de sortir de la maison et de descendre jusqu'à celle du comte. La chambre du comte était vide. Je ne trouvai de clef nulle part, mais le tas de pièces d'or était toujours là. Par l'escalier et le couloir obscur que j'avais déjà pris la première fois, je retournai à la chapelle. Je ne savais que trop, maintenant, où trouver le monstre que je cherchais.

La grande caisse se trouvait encore à la même place, contre le mur, mais, cette fois, le couvercle était mis – non pas attaché ; seulement les clous étaient disposés en sorte qu'il suffisait de donner les nécessaires coups de marteau. Il me fallait, je le savais, fouiller le corps pour trouver la clef ; je soulevai donc le couvercle, l'appuyai contre le mur ; et ce que je vis alors m'emplit d'horreur ! Oui, le comte gisait là, mais il paraissait à moitié rajeuni, car ses cheveux blancs, sa moustache blanche étaient maintenant d'un gris de fer ; les joues étaient plus pleines et une certaine rougeur apparaissait sous la pâleur de la peau. Quant aux lèvres, elles étaient plus vermeilles que jamais, car des gouttes de sang frais sortaient des coins de la bouche, coulaient sur le menton et sur le cou. Les yeux enfoncés et brillants disparaissaient dans le visage boursouflé. On eût dit que cette horrible créature était tout simplement gorgée de sang. Je frémis quand je dus me pencher pour toucher ce corps ; tout en moi répugnait à ce contact ; mais je devais trouver ce que je cherchais – ou j'étais perdu ! La nuit prochaine pouvait voir mon propre corps offert en festin à l'effroyable trio. Je cherchai, dans toutes les poches, entre les vêtements, mais, de clef, nulle part ! M'interrompant, je regardai le comte encore plus attentivement. Sur ses traits gonflés errait comme un sourire moqueur qui me rendait fou. Et c'était cet être-là que j'avais aidé à s'installer près de Londres, où, peut-être dorénavant, pendant des siècles, il allait satisfaire sa soif de sang, et créer un cercle nouveau, un cercle de plus en plus élargi de créatures à demi démoniaques qui se gorgeraient du sang des faibles. Pensée qui, en m'affolant, devenait pour moi littéralement insupportable. Il me fallait débarrasser le monde d'un tel monstre. Je n'avais pas d'arme sous la main, mais je saisis une pelle dont les ouvriers s'étaient servis pour remplir les caisses et, la soulevant bien haut, je frappai avec le tranchant l'odieux visage. Mais, à l'instant même, la tête tourna légèrement, les yeux brillant de tout leur éclat venimeux, rencontrèrent les miens. Je demeurai comme paralysé ; la pelle tournoya dans ma main, et ne fit qu'effleurer le visage, mais entailla profondément le front. Puis la pelle m'échappa, tomba sur la caisse et, comme je voulais la retirer, elle accrocha le couvercle qui retomba, me cachant l'affreux spectacle. Le dernier détail que j'en vis, fut le visage boursouflé, couvert de sang, marqué de ce sourire méchant qui venait, eût-on dit, des profondeurs de l'enfer.

Je réfléchissais, je réfléchissais à ce que j'allais faire, mais j'étais incapable de penser, et j'attendis, de plus en plus découragé. Je restais là… Quand soudain j'entendis au loin un chant que chantaient plusieurs Tziganes, et ce chant se rapprochait, et avec lui des bruits de roues et des claquements de fouets. Les Tziganes et les Slovaques dont le comte m'avait parlé arrivaient. Après avoir jeté un dernier regard autour de moi puis à la caisse qui contenait le corps odieux, je regagnai en courant la chambre du comte, bien décidé à m'enfuir au moment où s'ouvrirait la porte d'entrée. J'écoutai attentivement ; j'entendis, au rez-de-chaussée, grincer la clef dans l'énorme serrure et s'ouvrir le lourd battant. Ou bien il devait y avoir d'autres entrées dans le château, ou bien quelqu'un avait la clef d'une des portes. Puis j'entendis croître et décroître le bruit de nombreux pas dans un des couloirs. Je me retournai, pour courir à nouveau vers le caveau où, qui sait ? il y avait peut-être une issue que je n'avais pas vue. Mais, à ce moment, un violent courant d'air referma la porte qui donnait accès à l'escalier en colimaçon et, du coup, toute la poussière s'envola. Quand je me précipitai pour ouvrir cette porte, je la trouvai fermée à clef. J'étais à nouveau prisonnier ; le filet du destin se resserrait de plus en plus autour de moi.

Tandis que j'écris, j'entends dans le couloir, en bas, que l'on marche lourdement et qu'on laisse tomber… oui… ce sont sans doute les caisses remplies de terre. Puis, un bruit de marteau ; on cloue le couvercle de la fameuse caisse. Maintenant, j'entends les pas dans le corridor, suivis d'autres pas qui me semblent plus légers.

On referme la porte ; on remet les chaînes ; on tourne la clef dans la serrure ; on la retire de la serrure ; puis on ouvre et on referme une autre porte ; j'entends tourner la clef et pousser le verrou.

Ecoutez ! Dans la cour et, au-delà, dans le sentier rocailleux, passent et s'éloignent les charrettes ; je les entends qui roulent et j'entends les fouets qui claquent. Et le chant des Tziganes s'éteint et meurt peu à peu à mes oreilles.

Je suis seul dans le château, seul avec ces trois femmes ! Des femmes ! Mina est une femme et, entre Mina et elles, il n'y a rien de commun. Elles, ce sont des démons !

Mais je ne resterai pas seul avec elles. Je tenterai de ramper le long du mur, plus loin que je ne l'ai jamais fait encore ; et j'emporterai des pièces d'or – je pourrais en avoir besoin plus tard. Il faut absolument que je quitte le château.

Alors, je repartirai vers les miens ! Le premier train, et le plus rapide, m'emportera loin de ce lieu maudit, loin de cette terre maudite où le diable et ses créatures vivent comme s'ils étaient de ce monde !

Heureusement, la miséricorde de Dieu est préférable à la mort sous la dent de ces monstres, et le précipice est haut, escarpé. Au bas, un homme peut s'endormir – comme un homme. Adieu, vous tous ! Mina !

V

LETTRE DE MISS MINA MURRAY
A MISS LUCY WESTENRA

9 mai.

Ma très chère Lucy,

Pardonne mon long silence, mais c'est bien simple, j'ai été littéralement accablée de travail. La vie d'une institutrice n'est pas toujours commode. J'ai hâte d'être avec toi, au bord de la mer, pour bavarder sans fin et bâtir nos châteaux en Espagne. Oui, j'ai beaucoup travaillé ces temps-ci parce que je veux pouvoir collaborer avec Jonathan ; j'étudie assidûment la sténographie ; de cette façon, quand nous serons mariés, je pourrai l'aider, prendre en sténo toutes ses notes et les dactylographier ensuite, car j'apprends également à écrire à la machine – j'y passe des heures entières. D'ailleurs, il nous arrive parfois, à tous deux, de sténographier nos lettres, et je sais qu'en voyage il tient un journal sténographié, lui aussi. Quand je serai chez toi, je ferai de même ; je commencerai un journal, y écrirai chaque fois que j'en aurai envie, et j'y mettrai tout ce qui me passera par la tête. Je ne pense pas qu'il intéressera beaucoup les autres : ce n'est du reste pas à leur intention que je le tiendrai. Peut-être le montrerai-je un jour à Jonathan si un passage ou l'autre en vaut la peine, mais ce sera pour moi avant tout comme un cahier d'exercices. Je voudrais faire ce que font les femmes journalistes : prendre des interviews, décrire ce que j'ai vu, essayer de me rappeler les conversations entendues, et les rapporter fidèlement. On me dit que, avec un peu de pratique, on se souvient aisément de tout ce qui s'est passé, de tout ce qu'on a entendu au cours d'une journée. Enfin, nous verrons… Je me réjouis de te parler de mes petits projets. Je viens justement de recevoir un mot de Jonathan, qui est toujours en Transylvanie. Il va bien, et il sera ici dans une semaine environ. Je voudrais déjà l'entendre me raconter tout son voyage. Cela doit être merveilleux, de voir tant de pays ! Je me demande si un jour nous voyagerons ensemble – je veux dire Jonathan et moi. Dix heures sonnent. Au revoir !

Affectueusement à toi,

Mina.

P.-S. Quand tu m'écriras, dis-moi tout ! Cela ne t'est plus arrivé depuis longtemps. Je crois avoir entendu parler d'un beau grand jeune homme aux cheveux bouclés ?

LETTRE DE LUCY WESTENRA
A MINA MURRAY

Mercredi, 17, Chatham Street.

Ma très chère Mina,

Avoue que ton reproche n'est pas fondé : je t'ai écrit deux fois depuis que nous nous sommes quittées, et ta dernière lettre était seulement la seconde que tu m'envoyais ! En outre, je n'ai rien de nouveau à te dire – rien, vraiment, qui puisse t'intéresser. Nous sortons beaucoup, soit pour aller visiter des expositions de tableaux, soit pour faire dans le parc des promenades à pied ou à cheval. En ce qui concerne le grand jeune homme aux cheveux bouclés, je suppose que tu fais allusion à celui qui m'accompagnait au dernier concert. Des bruits ont évidemment couru… C'était Mr Holmwood. Il vient souvent en visite chez nous, et maman et lui s'entendent très bien ; ils s'intéressent aux mêmes choses. J'y pense ; nous avons récemment rencontré quelqu'un qui serait, comme on dit, fait pour toi, si tu n'étais pas déjà fiancée à Jonathan. C'est un excellent parti ! Un jeune homme beau, élégant, riche, et de très bonne naissance. Il est médecin et très intelligent. Figure-toi qu'il n'a que vingt-neuf ans et qu'il dirige un hospice d'aliénés très important. Mr Holmwood me l'a présenté, et lui aussi, maintenant, a pris l'habitude de nous rendre visite. Je crois que c'est l'homme le plus ferme, le plus résolu que je connaisse, mais en même temps le plus calme. Il semble être d'un caractère imperturbable. J'imagine le pouvoir étonnant qu'il doit exercer sur ses malades. Il vous regarde toujours dans les yeux, comme s'il voulait lire vos pensées. Il agit souvent de la sorte à mon égard, mais je me flatte de pouvoir dire qu'il n'a pas encore atteint son but ! Il me suffit de me regarder dans mon miroir. As-tu jamais essayé de lire sur ton propre visage ? Moi, je l'ai fait, et je t'assure que ce n'est pas perdre son temps, mais c'est bien plus difficile qu'on ne le croit avant d'avoir essayé. Ce médecin prétend que je suis pour lui un cas psychologique assez curieux et, en toute humilité, je pense qu'il a raison. Mais la psychologie ! Tu le sais, je ne m'intéresse pas assez à la mode pour pouvoir décrire ce qui se porte. La mode est une scie ! C'est là une façon de parler, de l'argot – peu importe, comme dit Arthur… Voilà toutes les nouvelles. Mina, depuis l'enfance, nous nous sommes toujours dit l'une à l'autre tous nos secrets ; nous avons dormi ensemble, pris nos repas ensemble, ri et pleuré ensemble ; et maintenant que j'ai bavardé avec toi, je voudrais bavarder encore ! Oh ! Mina, n'as-tu pas deviné ? Je l'aime ! Je rougis en écrivant ces mots, car, si j'ai des raisons de croire que lui m'aime aussi, il ne me l'a pas encore *dit*. Mina, je l'aime ! Je l'aime ! Je l'aime ! Voilà ! écrire ce mot me fait du bien. Que ne suis-je avec toi, ma chérie, assise près du feu en déshabillé comme nous en avions l'habitude ; nous parlerions, et j'essayerais de t'expliquer tout ce que j'éprouve. Je ne sais pas comment j'ose faire de telles confidences, même à toi… J'ai peur de m'arrêter d'écrire, car alors je déchirerais peut-être cette lettre et, d'autre part, je ne veux pas m'arrêter d'écrire, car je désire tant tout te raconter. Réponds-moi immédiatement, dis-moi franchement tout ce que tu penses. Mina, il faut bien que je m'arrête… Bonsoir. Prie pour moi, Mina, et prie pour mon bonheur.

Lucy.

P.-S. Inutile de te dire, n'est-ce pas, que ceci est un secret ? Bonsoir encore ! L.

LETTRE DE LUCY WESTENRA
A MINA MURRAY

24 mai.

Ma très chère Mina,

Merci, merci et encore merci pour ta gentille lettre. Je suis si heureuse de me confier à toi et de savoir que tu me comprends ! Ma chérie, un bonheur ne vient jamais seul. Comme les vieux proverbes disent vrai ! J'aurai vingt ans en septembre et, jusqu'à ce jour, personne ne m'avait jamais demandée en mariage, du moins, jamais sérieusement ; et voici qu'aujourd'hui j'ai reçu trois propositions de mariage ! Oui, trois propositions en une seule journée ! N'est-ce pas terrible ? Je suis si triste, si sincèrement triste pour deux des pauvres garçons. Oh ! Mina, mon bonheur est tel que je ne sais que faire... Trois demandes en mariage ! Ne le raconte surtout pas à nos amies : elles pourraient se mettre en tête toutes sortes d'idées extravagantes, se croire offensées, dédaignées, si durant la première journée de vacances qu'elles passent chez elles, elles n'en recevaient pas au moins six ! Il y a des jeunes filles si légères, si vaines ! Tandis que nous, ma chère Mina, qui sommes fiancées et sur le point de nous établir sagement dans le mariage, nous méprisons pareille vanité !... Mais il faut que je te parle de tous les trois... Tu me promets, n'est-ce pas, de garder le secret ? Jonathan, lui, évidemment, tu peux le mettre au courant... lui seul... Car s'il s'agissait de toi, moi, j'en parlerais certainement à Arthur. Une femme doit tout dire à son mari, n'est-ce pas, chère ? et mon premier désir est de ne pas avoir de secret pour le mien. Un homme – et ils sont tous pareils – aime que les femmes, et surtout la sienne, soient sincères ; mais les femmes, je le crains, ne sont pas toujours aussi franches qu'elles devraient l'être. Eh bien ! ma chère, voilà : le numéro un est arrivé vers midi, au moment où nous allions nous mettre à table pour déjeuner. Je t'ai déjà parlé de lui : c'est le Dr John Seward, le directeur de l'hospice d'aliénés, un homme à la forte mâchoire et au front très haut. D'apparence, il était parfaitement calme, mais je le devinais plutôt nerveux. Il s'était évidemment tracé une ligne de conduite dont il voulait ne rien oublier ; néanmoins, il faillit presque s'asseoir sur son chapeau haut de forme – ce que les hommes, en général, ne font pas quand ils sont de sang-froid ; puis, afin de paraître à son aise, il s'est mis à jouer avec un bistouri… je ne sais pas comment je n'ai pas crié d'effroi en voyant cela ! Mais, Mina, il m'a parlé sans détour. Il m'a dit combien il tenait à moi, bien qu'il ne me connaisse que depuis si peu de temps, et que sa vie lui semblerait merveilleuse si j'étais à ses côtés pour l'aider, l'encourager, le réconforter. Il désirait me faire comprendre quelle serait l'étendue de son malheur si je le repoussais, mais, quand il vit mes larmes, il s'écria qu'il était une brute, qu'il ne voulait pas ajouter à mon chagrin. Il me demanda seulement si, le temps aidant, je pourrais l'aimer. Je secouai la tête, ses mains se mirent à trembler et, non sans quelques hésitations, il chercha à savoir si j'aimais déjà ailleurs. Mais il s'exprima très poliment, disant que pour rien au monde il ne voudrait m'arracher une confidence ; il demandait simplement si mon cœur était libre parce que, dit-il, quand le cœur d'une femme est libre, l'homme qui l'aime peut garder quelque espoir. Alors, Mina, j'ai senti qu'il était de mon devoir de lui avouer que, en effet, j'aimais quelqu'un. Aussitôt, il s'est levé, l'air très grave et toujours aussi calme tandis qu'il me prenait les deux mains en me souhaitant beaucoup de bonheur. Il ajouta que si j'avais jamais besoin d'un ami, d'un ami très dévoué, je pourrais compter sur lui. Oh ! ma chère Mina, en t'écrivant, je ne puis pas encore m'empêcher de pleurer ; tu pardonneras n'est-ce pas, les traces de mes larmes sur cette lettre ? Etre demandée en mariage, c'est charmant, et tout, et tout, mais, je t'assure, on n'est pas tout à fait heureuse quand on a vu un pauvre garçon qui vous aime sincèrement s'en aller le cœur brisé… quand on sait parfaitement que, quoi qu'il puisse dire au moment même, on disparaîtra complètement de sa vie. Ma chérie, je m'arrête, je suis incapable d'en écrire davantage, je suis très triste, et pourtant si heureuse !

Le soir.

Arthur vient de partir, et je me sens beaucoup, beaucoup mieux qu'au moment où j'ai interrompu cette lettre. Je vais donc continuer à te raconter ma journée. Le numéro deux est arrivé après le déjeuner. C'est un garçon absolument charmant, un Américain du Texas, et il paraît si jeune que l'on se demande s'il est possible qu'il ait déjà vu tant de pays et tant de choses ! Je comprends la pauvre Desdémone, et ce qu'elle a dû éprouver quand elle entendait tant de longues histoires séduisantes, même racontées par un Noir ! Nous, les femmes, nous avons sans doute tellement peur de tout que nous pensons tout de suite qu'un homme nous rassurera, nous protégera, et nous l'épousons. Si j'étais un homme, je sais parfaitement ce que je ferais pour gagner le cœur d'une jeune fille… Mais non, au fond, je ne le sais pas, car si Mr Morris – c'est l'Américain – nous raconte toutes ses aventures, Arthur ne raconte jamais rien, et pourtant… Mais, ma chérie, je vais trop vite. Mr Quincey P. Morris m'a trouvée seule. Quand un homme rencontre une fille, elle est toujours seule… comme par hasard. Non, ce n'est pas tout à fait vrai, car Arthur, à deux reprises, s'est arrangé pour me trouver seule et je l'y ai aidé : le hasard n'y était pour rien, je ne rougis pas de l'avouer maintenant. Je dois te dire pour commencer que Mr Morris ne parle pas toujours argot ; de fait, il ne le fait jamais devant des étrangers, car il est fort bien élevé et ses manières sont des plus distinguées. Mais il s'est aperçu que je trouvais amusant de l'entendre parler l'argot américain, et, quand personne n'est là qui puisse en être choqué, il dit des choses si drôles ! Je me demande même, ma chérie, s'il n'invente pas toutes ses tournures, car elles signifient toujours exactement ce qu'il veut dire. Mais il faut avoir l'habitude de parler argot… Je ne sais pas si je m'y mettrai jamais… d'ailleurs, j'ignore si cela plairait à Arthur, je ne lui ai jamais encore entendu employer un seul mot d'argot. Bon, Mr Morris s'assit donc à côté de moi, l'air heureux et joyeux, encore que très nerveux, je m'en aperçus tout de suite. Il me prit la main et, la serrant longuement, il me dit sur un ton très, très doux :

— Miss Lucy, je ne suis même pas digne, je le sais, de nouer les lacets de vos jolis souliers, mais je pense que si vous attendez de trouver un homme qui le soit, vous attendrez encore longtemps. Ne voulez-vous pas que nous fassions route ensemble, oui, que nous descendions ensemble cette longue, longue route, côté à côte, sous le harnais ?

Il paraissait d'humeur si gaie, vraiment, que j'eus l'impression que si je refusais son offre, il en serait beaucoup moins affecté que le pauvre Dr Seward ; aussi répondis-je, à mon tour sur un ton enjoué, que je ne connaissais rien en fait d'attelage, et que je n'avais pas encore envie de me laisser mettre le harnais.

Il s'excusa d'avoir parlé peut-être trop légèrement et il me pria de lui pardonner une telle erreur en une occasion qui pour lui était particulièrement grave et importante. En prononçant ces mots, il avait l'air si navré et en même temps si sérieux qu'il me fut impossible de ne pas éprouver et ne pas arborer la même gravité – oh ! Mina, tu vas me traiter d'horrible coquette ! –, encore que je ne pusse m'empêcher d'exulter à part moi en pensant qu'il était le deuxième, aujourd'hui, à me demander ma main ! Alors, ma chérie, avant même que je n'aie eu le temps de répondre, il se mit à déverser, oui, déverser un torrent de paroles tendres et amoureuses, déposant à mes pieds son cœur et son âme. Encore une fois, il disait tout cela avec tant de sérieux que jamais plus, dorénavant, je ne penserai d'un homme qu'il est fatalement d'humeur gaie et toujours plein d'entrain, et jamais sérieux, uniquement parce qu'il lui arrive de se montrer parfois joyeux et de parler sur un mode plaisant. Sans doute lut-il sur mon visage quelque chose qui l'inquiéta, car il s'interrompit tout à coup et me dit avec une sorte de ferveur fort courageuse qui me l'aurait fait aimer si j'avais été libre :

— Lucy, vous êtes une jeune fille sincère, parfaitement honnête avec vous-même. Je ne serais pas ici à vous parler si je ne le savais pas, si je ne connaissais pas non plus votre franchise. Avouez-moi donc, comme si nous étions deux amis l'un en face de l'autre, si vous aimez déjà quelqu'un ? Dans ce cas, je ne vous importunerai jamais plus, mais je serai pour vous, si vous le voulez bien, un ami très fidèle.

Ma chère Mina, pourquoi les hommes ont-ils une telle grandeur d'âme alors que nous, les femmes, sommes si indignes d'eux ? Je m'en rendis compte soudain : depuis près d'une demi-heure je ne faisais que plaisanter, et cet homme, à qui je m'adressais sur ce ton, était la distinction, la délicatesse mêmes. Je fondis en larmes, car vraiment j'étais très triste, très malheureuse. Pourquoi une jeune fille ne peut-elle pas épouser trois hommes, et plus même si elle en a l'occasion ? Ne crois-tu pas que cela épargnerait bien des ennuis ? Mais, je le sais, ce ne sont pas là des propos à tenir… Seulement je peux dire que, malgré mes larmes, j'eus le courage de regarder Mr Morris dans les yeux et lui répondre avec cette franchise dont lui-même venait de parler :

— Oui, j'aime quelqu'un, bien qu'il ne m'ait pas encore dit, lui, qu'il m'aimait.

Je compris tout de suite que j'avais eu raison de lui parler ouvertement, car son visage s'illumina ; il tendit les deux mains, prit les miennes (je crois même que c'est moi qui mis mes mains dans les siennes) et me dit sur le ton le plus cordial :

— Voilà une petite fille sincère et loyale ! Il vaut beaucoup mieux arriver trop tard pour gagner votre cœur qu'arriver à temps pour gagner celui de n'importe quelle autre jeune fille de la terre. Ne pleurez pas, ma chère Lucy ; si c'est pour moi, n'ayez crainte : je suis habitué aux coups durs et saurai supporter celui-ci. Mais si cet autre garçon ne connaît pas encore son bonheur, eh bien ! il devra prouver bientôt qu'il s'en rend compte et l'apprécie, ou bien il aura affaire à moi. Ma petite fille, votre honnêteté, votre courage, votre sincérité vous ont acquis un véritable ami, ce qui est plus rare qu'un amoureux – plus désintéressé en tout cas. Ma chère Lucy, je vais devoir parcourir un chemin bien solitaire avant de quitter ce monde pour le royaume éternel. Ne me donnerez-vous pas un baiser, un seul ? Ce sera pour moi un souvenir qui éclairera ma nuit de temps à autre. Dites-vous bien que vous pouvez me le donner si cela vous plaît, puisque cet autre jeune homme – ce doit être un très bon garçon, Lucy, et très attachant, très fin, sinon vous ne l'aimeriez pas – ne s'est pas encore déclaré.

Ces derniers mots, Mina, m'attendrirent réellement : n'était-ce pas admirable de parler ainsi d'un rival, alors que, d'autre part, il avait tant de chagrin ? Je me penchai vers lui et lui donnai un baiser. Il se leva, mes deux mains encore dans les siennes, et tandis qu'il promenait longuement les yeux sur mon visage – je sentais que je rougissais beaucoup –, il reprit :

— Ma petite fille, je tiens vos mains dans les miennes, et vous m'avez donné un baiser : si cela ne scelle pas notre amitié, rien ne le fera. Merci d'avoir été bonne et si sincère envers moi, et au revoir !

Il laissa retomber mes mains, prit son chapeau et se dirigea d'un pas rapide vers la porte sans jeter un regard en arrière, sans verser une larme, sans hésiter, sans s'arrêter... Et moi, je suis ici à pleurer comme un bébé... Oh ! pourquoi un homme comme celui-là doit-il être si malheureux quand il y a au monde tant de jeunes filles qui baiseraient le sol sur lequel il marche ? Moi-même je le ferais si j'étais libre – seulement, voilà, je ne désire pas être libre ! Ma chérie, tout cela me trouble beaucoup et, maintenant, je me sens incapable de te décrire mon bonheur, alors que je t'en ai déjà tant parlé ! Et je ne veux rien te dire du numéro trois avant que mon bonheur ne soit entier...

Ton amie pour toujours,
Lucy.

P.-S. Oh ! le numéro trois... Mais ai-je besoin de t'en parler, du numéro trois ? Tout est d'ailleurs si confus pour moi... Il me semble que quelques minutes à peine se sont écoulées entre le moment où il est entré au salon et celui où il m'a serrée dans ses bras et couverte de baisers. Je suis tellement, tellement heureuse ! Et je ne sais pas ce que j'ai fait pour mériter ce bonheur. J'essayerai seulement désormais de prouver à Dieu que je Lui suis reconnaissante de m'avoir envoyé, dans Sa bonté infinie, un amoureux, un mari et un ami.

Au revoir.

JOURNAL DU DR SEWARD
(ENREGISTRÉ SUR PHONOGRAPHE)

25 mai – Assez déprimé aujourd'hui. Pas d'appétit... impossible même de me reposer. Alors, j'en reviens à mon journal… Depuis que ma demande en mariage a été repoussée, hier, j'ai l'impression de vivre dans le vide ; plus rien ne me semble assez important pour mériter que l'on s'en occupe… Comme je sais que le seul remède à cet état est le travail, j'ai rassemblé tout ce qui me restait de forces et je suis allé voir mes malades. J'en ai examiné un dont le cas me paraît particulièrement intéressant. Son comportement est si bizarre que je suis maintenant bien décidé à faire tous les efforts nécessaires pour essayer de comprendre ce qui se passe en lui. Il me semble enfin que je commence à pénétrer son mystère.

Je lui ai posé plus de questions que d'habitude afin de mieux voir à quel genre d'hallucination il est en proie. Il y avait une certaine cruauté, je m'en rends compte maintenant, à agir ainsi. C'était un peu comme si j'avais voulu le pousser à ne parler que de sa folie, chose que j'évite toujours avec mes malades, exactement comme j'éviterais la gueule de l'enfer.

(N.B. En quelles circonstances pourrais-je *ne pas* éviter la gueule de l'enfer ?) *Omnia Romæ venalia sunt**. L'enfer a son prix, lui aussi ! *verb. sap.*** S'il existe quelque chose de réel derrière ce comportement instinctif, cela vaut la peine de rechercher *exactement* ce qu'il en est ; autant commencer dès maintenant…

R. M. Renfield âge : 59. Tempérament sanguin ; grande force physique ; excitation ; périodes d'abattement, conduisant à des idées fixes que je ne m'explique pas encore. J'ai l'impression qu'un tempérament sanguin, s'il vient à se déséquilibrer, peut en arriver à obnubiler complètement la raison ; et ces hommes peuvent devenir dangereux

* "Tous les Romains sont vénaux" : citation approximative de Juvénal, *Satires*, XXVI, 87. *(N.d.E.)*
** *Verbum sapienti sat est* : "un mot suffit au sage". *(N.d.E.)*

dans la mesure où ils sont dépourvus d'égoïsme. Chez les égoïstes, l'instinct de conservation est un bouclier qui protège aussi bien leurs ennemis que leur propre personne. Je crois que lorsque le moi reste ferme et solide, la force centripète est en équilibre avec la force centrifuge ; quand le devoir, une cause, etc., constituent le point fixe, la centrifuge l'emporte, et seuls un hasard ou une série de hasards peuvent rétablir l'équilibre.

LETTRE DE QUINCEY P. MORRIS
A L'HONORABLE ARTHUR HOLMWOOD

25 mai.

Mon cher Art,

Nous nous sommes raconté des histoires à n'en plus finir, assis dans la prairie, près du feu de camp ; et, réciproquement, nous avons pansé nos blessures après avoir essayé d'aborder aux îles Marquises ; puis nous avons bu à la santé de l'un et de l'autre au bord du lac Titicaca. J'aurais encore d'autres histoires à raconter, d'autres blessures à guérir, et une autre santé à porter. Voulez-vous que ce soit demain soir, près de mon feu de camp ? Je n'ai aucun scrupule à vous le demander, puisque je sais qu'une certaine dame est invitée à un certain grand dîner, et donc, que vous êtes libre. Nous ne serons que trois, le troisième étant notre vieux Jack Seward. Lui et moi désirons mélanger nos larmes à notre vin et, de tout notre cœur, boire à la santé de l'homme le plus heureux du monde, qui a su gagner le cœur le plus noble de la création, et le plus digne d'être gagné. Nous vous promettons un accueil chaleureux, une réception plus que fraternelle et des vœux aussi sincères qu'est sincère envers vous-même votre main droite ! Nous jurons tous les deux de vous renvoyer chez vous si vous buvez vraiment trop à la santé d'une certaine paire d'yeux ! Nous vous attendons !

Vôtre, comme par le passé et pour toujours,

Quincey P. Morris.

TÉLÉGRAMME D'ARTHUR HOLMWOOD
A QUINCEY P. MORRIS

Comptez sur moi. J'apporte des messages qui tinteront longtemps à vos oreilles à tous deux.

Art.

VI

JOURNAL DE MINA MURRAY

Whitby, 24 juillet – Lucy, plus jolie et plus charmante que jamais, est venue me chercher à la descente du train, et nous nous sommes rendues aussitôt à l'hôtel du Crescent où elle et sa mère ont leurs appartements. C'est un endroit ravissant. Une petite rivière, l'Esk, coule à travers une vallée profonde qui s'élargit peu à peu aux abords du port. Un grand viaduc passe au-dessus, supporté par de hauts piliers ; quand on regarde entre ceux-ci, le paysage apparaît plus étendu qu'il ne l'est en réalité. La vallée est très belle, d'un vert magnifique, et les collines sont si escarpées que lorsque vous vous trouvez au sommet de l'une ou de l'autre, c'est à peine si vous apercevez le creux au fond duquel serpente le cours d'eau, à moins que vous ne vous teniez tout au bord du précipice. Les maisons de la vieille ville sont toutes coiffées de toits rouges, et semblent grimper les unes sur les autres, comme on le voit sur les gravures qui représentent Nuremberg. A peine a-t-on quitté la ville, on arrive aux ruines de l'ancienne abbaye de Whitby qui fut mise à sac par les Danois et où se situe une partie de *Marimon**, notamment la scène où la jeune fille est emmurée vive. Ce sont des ruines immenses, qui vous donnent un réel

* Walter Scott, *Marimon*, II, 33. *(N.d.E.)*

sentiment de grandeur, et pittoresques par plus d'un aspect. Une légende veut que parfois... une dame en blanc* apparaisse à l'une des fenêtres. Entre ces ruines et la ville s'élève le clocher de l'église paroissiale, laquelle est entourée d'un vaste cimetière. A mon avis, c'est le plus bel endroit de Whitby : on a de là une vue magnifique sur le port et sur la baie d'où un promontoire s'avance dans la mer. Dans le port, ce promontoire devient si abrupt que les bords se sont éboulés, et que certaines tombes – car le cimetière se prolonge jusque-là – ont été détruites. Des allées plantées d'arbres traversent le cimetière, et des bancs engagent les promeneurs à s'asseoir des heures entières tout en contemplant le paysage et en s'abandonnant aux caresses de la brise marine. Moi-même, je viens souvent m'y installer pour travailler. En fait, je suis assise en ce moment sur un de ces bancs et j'écris, mon cahier sur mes genoux, non sans écouter cependant la conversation de trois vieillards, près de moi, qui sans doute, n'ont rien à faire de toute la journée que se réunir ici pour parler de la pluie et du beau temps.

A mes pieds, c'est le port, et, au-delà, un long mur de granit qui s'enfonce dans la mer et finalement dessine une courbe au milieu de laquelle se dresse un phare. Le paysage est admirable à marée haute, mais quand la mer se retire, on ne voit plus en fait d'eau que l'Esk qui coule entre les bancs de sable en contournant çà et là un rocher. Plus loin que le port, mais de ce côté-ci, s'élève, sur la longueur d'environ un demi-mille, un haut banc de roches qui part de derrière le phare ; au bout, se trouve une bouée munie d'une cloche qui sonne lugubrement par gros temps. Une légende locale veut que,

* Bram Stoker exploite ce motif dans *La Dame au linceul*, Babel n° 181. *(N.d.E.)*

lorsqu'un bateau est perdu, les marins entendent cette cloche jusqu'en haute mer… Il faut que je demande à ce vieillard qui vient vers moi si cela est vrai…

C'est un vieil homme extraordinaire. Il doit être terriblement âgé, car son visage est tout ridé, tout rugueux comme l'écorce d'un arbre. Il m'a dit qu'il a près de cent ans, qu'il se trouvait sur un bateau de pêche au Groenland lors de la bataille de Waterloo. Et c'est, je le crains, un sceptique, car lorsque je lui ai parlé de la cloche que l'on entend jusqu'en haute mer, et de la dame en blanc de l'abbaye, il m'a répondu assez brusquement :

— V'savez, mam'zelle, moi, j'n'y crois pas trop, à toutes ces histoires… c'était bon autrefois… R'marquez que je n'dis pas qu'ça n'a jamais existé, j'dis qu'ça n'existait déjà plus d'mon temps… Tout ça c'est très bien pour les étrangers, les excursionnist's et tout ça… mais pas pour un'jolie jeune dame comme vous. Les gens qui viennent à pied de York et de Leeds et qui sont toujours à manger des harengs saurs et à boire du thé et à regarder ce qu'il y a à acheter bon marché, y croiraient peut-être. Mais je m'demande qui pourrait s'mettre en peine pour leur raconter des mensonges pareils – même pas les journaux qui sont pleins de sottises.

Je me dis : “Voici un homme dont on peut sans doute apprendre beaucoup de choses intéressantes”, et je lui demandai de me parler de la pêche à la baleine telle qu'on la pratiquait autrefois. Au moment où il allait commencer ses récits, six heures sonnèrent ; aussitôt, il se leva péniblement en disant :

— M'faut rentrer à la maison, mam'zelle : ma p'tit'fille n'aime pas d'attendre quand l'thé est prêt, et i'm'faut beaucoup d'temps pour descendre les marches…

Il s'en alla en traînant la jambe, et je le suivis des yeux tandis qu'il se pressait autant qu'il le pouvait pour descendre les degrés.

Cet escalier constitue une des caractéristiques de l'endroit. Il conduit de la ville à l'église ; il y a des centaines de marches – en fait, j'imagine mal combien il y en a – qui montent légèrement en colimaçon. Et il n'est pas raide du tout – au contraire –, si bien qu'un cheval pourrait aisément le monter ou le descendre. Sans doute autrefois menait-il également aux abords de l'abbaye… Moi aussi, je vais rentrer. Lucy devait aller faire une visite avec sa mère, cet après-midi. J'ai préféré ne pas les accompagner. Elles sont déjà probablement de retour.

1er août – Je suis ici, avec Lucy, depuis une heure environ, et nous avons eu une conversation fort intéressante avec mon vieil ami et ses deux compagnons qui viennent chaque jour le rejoindre. Des trois, c'est évidemment lui que l'on pourrait appeler monsieur l'Oracle* et je pense que, plus jeune, il devait être très autoritaire. Il veut toujours avoir raison, et contredit tout le monde. Quand cela lui est impossible, il va presque jusqu'à injurier les autres, et quand ceux-ci se taisent, il croit les avoir convaincus. Lucy a mis une robe blanche qui lui va à ravir et, depuis qu'elle est à Whitby, elle a un teint admirable. J'ai remarqué que les trois vieillards ne laissaient jamais passer l'occasion de venir s'asseoir auprès d'elle quand nous nous installons ici. Il est vrai qu'elle est aimable avec les vieilles personnes. Nul ne peut résister à son charme. Mon vieil ami lui-même a été séduit et il ne la contredit jamais – aussi j'attrape, moi, tout ce qu'il veut lui épargner ! J'ai encore amené la conversation sur le sujet des légendes, et il s'est lancé dans une sorte de sermon !

* Référence à une réplique de Gratiano dans *Le Marchand de Venise* (I, 1, vers 93) de Shakespeare. *(N.d.E.)*

— Tout ça, mam'zelle, j'vous l'ai d'jà dit, c'est des sottises, des bêtises : voilà c'que c'est, et rien d'autr' ! Toutes ces histoires de charme, d'envoût'ment, de sorcellerie, c'est tout juste bon pour les vieilles femmes qui ont un peu perdu la tête. Tout ça a été inventé par les pasteurs et les racoleurs de clients dans les hôtels pour amener les gens à faire ce qu'ils ne veulent pas faire. Ça m'rend furieux rien qu'd'y penser. Et ça n'leur suffit pas de l'imprimer sur leurs papiers ou de le prêcher en chaire d'vérité, ils les gravent même sur les pierres tombales… R'gardez autour de vous, partout où vous voulez : toutes ces pierres qui dressent la tête avec orgueil, au fond, elles sont écrasées sous l'poids des mensonges qu'on a gravés d'ssus ! "Ci-gît un tel…" ou bien : "A la mémoire vénérée de…" Et, sous la plupart de ces pierres, il n'y a personne ! On ne se soucie pas plus de la mémoire d'un tel ou d'un tel que d'une pincée de tabac ! Allez, c'sont de beaux mensonges, des mensonges d'une sorte ou de l'autre, mais rien qu'des mensonges ! Dieu du Ciel ! C's'ra du beau et du joli, au Jugement dernier, quand ils arriv'ront tous en trébuchant les uns sur les autr' et en traînant péniblement leurs pierres tombales pour essayer d'prouver qu'ils étaient bien en dessous ! Y'en a qui auront bien du mal à y parvenir, leurs mains s'ront restées trop longtemps au fond d'la mer pour pouvoir saisir la pierre, hé ?

A l'air satisfait du vieillard et à la manière dont il cherchait du regard l'approbation de ses deux compagnons, je compris qu'il voulait se mettre ainsi en valeur, aussi me suffit-il de poser une question :

— Oh ! Mr Swales, vous ne parlez pas sérieusement ! Presque aucune de ces tombes n'est vide, n'est-ce pas ?

Il reprit de plus belle :

— J'pense ben ! Y'en a bien peu qui n'soient pas vides… mais voilà… les gens sont trop bons… y croient tout c'qu'on leur raconte... Mensonges, tout ça ! Ecoutez-moi bien : vous arrivez ici sans rien connaître, en étrangère, comme on dit, et vous voyez cette...

Je ne saisis pas le mot qu'il prononça. Du reste, je ne comprenais pas la moitié du dialecte qu'il parlait, et je sais que je reproduis fort mal ici son langage pittoresque, mais j'approuvai d'un signe de tête, me doutant qu'il devait s'agir de l'église. Il poursuivit donc :

— Et vous croyez que toutes ces pierres, tout autour, recouvrent des gens qui sont là, tranquilles ?

A nouveau, je fis signe que oui.

— Mais c'est justement là, le mensonge ! Il y a des vingtaines et des vingtaines et des vingtaines de ces... couchettes qui sont aussi vides que la boîte au vieux Dun un vendredi soir !

Il chercha à nouveau l'approbation des deux autres et tous trois éclatèrent de rire.

— Et, bon Dieu ! pourrait-il en être autrement ? Regardez celle-là, là... celle que j'vous montre... et lisez ! Oui... allez-y...

Je m'approchai de la tombe qu'il désignait du doigt, et je lus :

Edward Spencelagh, capitaine au long cours, assassiné par des pirates au large de la cordillère des Andes, à l'âge de trente ans. Avril 1854.

Quand je revins, Mr Swales reprit :

— Qui donc l'aurait ram'né au pays pour le mett'là ? Assassiné au large de la cordillère des Andes ! Et son corps est là, p't-êt' ? J'pourrais vous en citer une douzaine qui sont au fond d'la mer, au Groenland ou par-là – il montrait le nord –, à moins que les courants ne les aient emportés. Mais leurs tombes sont ici, autour de vous. De votre place, avec vos jeunes yeux, vous pouvez lire tous ces petits mensonges gravés sur les pierres tombales. Tenez, ce Braithwaite Lowrey… je connaissais son père… Il a péri lors du naufrage du *Belle Vie* au large du Groenland en 20… ou cet Andrew Woodhouse, noyé presque au même endroit en 1777… et John Paxton, noyé l'année suivante au cap Farewell… et le vieux John Rawlings, dont l'grand-père a navigué avec moi… il s'est noyé dans le golfe de Finlande en 50. Croyez-vous que tous ces hommes accourront à Whitby, quand les trompettes du Jugement dernier sonneront ? J'ai comme qui dirait mes idées là-dessus ! J'vous assure, y s'bouscul'ront tellement les uns les autr' qu'on croira assister à un combat sur glace d'avant les temps des temps et qui durait du point du jour jusqu'à la nuit noire, quand les combattants essayaient d'panser leurs blessures à la clarté de l'aurore boréale !

C'était sans aucun doute une plaisanterie courante dans le pays, car, ravi, il éclata à nouveau de rire, en même temps que les deux autres vieillards.

— Mais, dis-je, vous vous trompez quand vous prétendez que tous ces pauvres gens – ou plutôt leurs âmes – devront se présenter avec leurs pierres tombales au Jugement dernier. Pensez-vous vraiment que ce sera nécessaire ?

— Ben, sinon à quoi serviraient les pierres tombales, j'vous l'demand', mam'zelle ?

— A faire plaisir à leurs familles, n'est-ce pas ?

— A faire plaisir à leurs familles, n'est-ce pas ? répéta-t-il d'un ton moqueur. Dites-moi, où serait l'plaisir pour les familles de savoir que ce qui est gravé sur les tombes, c'est des mensonges, et que tout l'monde l'sait bien ?

Du doigt, il montra une pierre, à nos pieds, qui avait été posée comme une dalle sous le banc pour le maintenir au bord de la falaise.

— Lisez les mensonges qui sont là-dessus, me dit-il.

D'où je me trouvais, je ne pouvais lire les lettres qu'à l'envers, mais Lucy, mieux placée que moi, se pencha et lut :

— *A la mémoire vénérée de George Canon, mort, dans l'espoir de la résurrection glorieuse de la chair, le 29 juillet 1873, en tombant du haut du promontoire. Cette tombe a été érigée par sa mère, inconsolable de la perte d'un enfant bien-aimé. Il était fils unique et elle était veuve.* Vraiment, Mr Swales, dit-elle, je ne vois pas ce qu'il y a de drôle à cela.

Elle avait fait cette remarque sur un ton grave et sévère.

— Vous ne voyez pas ce qu'il y a de drôle… Ha ! Ha ! C'est parce que vous ne connaissez pas la mère inconsolable… une mégère qui haïssait son fils parce qu'il était infirme, et, lui, de son côté, il la haïssait tellement qu'il s'est suicidé pour qu'elle ne puisse pas toucher son assurance-vie. Il s'est fait sauter la cervelle avec le vieux fusil dont il se servait pour faire peur aux corbeaux. Ce jour-là, il ne tirait pas pour effrayer les corbeaux… Et c'est ce qu'on appelle tomber du haut des rochers… Bien sûr, il est tombé… Quant à l'espoir de la résurrection des corps, je lui ai souvent entendu dire qu'il désirait aller en enfer puisque sa mère, pieuse comme elle l'était, irait sûrement au ciel et qu'il ne voulait pas aller y pourrir avec elle… Maintenant, dites-moi, cette pierre – et il donnait à la pierre des petits coups de canne tout en parlant – n'est-elle pas couverte de mensonges, et Gabriel ne s'ra-t-il pas dégoûté quand notre Georgie, arrivant en haut, tout essoufflé d'avoir traîné sa pierre tombale, lui offrira cette pierre et voudra lui faire croir' tout c'qui est écrit d'ssus ?

Je ne savais que répondre, mais Lucy, en se levant, fit dévier la conversation :

— Oh ! pourquoi nous raconter tout cela ? C'est le banc où je viens toujours m'asseoir, je ne le quitte pour ainsi dire pas ; et maintenant, je me dirai tout le temps que je suis assise sur la tombe d'un suicidé !

— Ça n'vous f'ra pas d'mal, ma jolie ; et pour ce qui est du pauv' Georgie, lui, y sera heureux d'avoir sur ses genoux une si charmante fille… Non, ça n'vous f'ra pas d'mal… Y a près d'vingt ans, moi, que j'm'assieds ici, et ça n'm'a pas fait d'mal ! N'pensez pas trop à ceux qui sont couchés en dessous de vous, ou qui n'sont pas du tout couchés là. Y s'ra encore temps d'avoir peur quand vous verrez toutes les tombes emportées les unes après les autres et le cimetière aussi ras qu'un champ de chaumes… Mais v'là la cloche qui sonne, j'dois m'en aller. Vot' serviteur, mesdames !

Et il s'éloigna, traînant la jambe.

Nous restâmes encore quelque temps assises sur le banc, et le paysage devant nous était si beau que nous nous prîmes la main pour le contempler. Puis Lucy me parla encore longuement d'Arthur et de leur prochain mariage. J'en eus le cœur un peu serré, car il y a plus d'un mois maintenant que je suis sans nouvelles de Jonathan.

Même jour – Je suis revenue ici, très triste. Pas encore de lettre pour moi au courrier du soir. J'espère qu'il n'est rien arrivé de fâcheux à Jonathan. Neuf heures viennent de sonner. Les lumières scintillent un peu partout dans la ville, parfois isolées, parfois au contraire éclairant les rues de leurs rangées régulières. Elles se suivent l'une l'autre en remontant l'Esk et deviennent invisibles quand la vallée s'incurve. A ma gauche, la vue du paysage est littéralement coupée par la ligne que forment les toits des vieilles maisons proches de l'abbaye. Des brebis et des agneaux bêlent dans les champs, derrière moi, et, en bas, on entend les sabots d'un âne qui commence à monter la route. L'orchestre du port joue une valse et, plus loin sur le quai, dans une petite ruelle légèrement en retrait, l'Armée du Salut tient une réunion. Les deux orchestres jouent à tue-tête, pourtant aucun des deux n'entend l'autre ; mais moi, d'ici, je les entends et je les vois tous les deux. Je me demande où est Jonathan en ce moment, et s'il pense à moi. Je voudrais tant qu'il soit ici !

JOURNAL DU DR SEWARD

5 juin – Le cas de Renfield devient de plus en plus intéressant au fur et à mesure que je comprends mieux l'homme. Sont très développés chez lui : l'égoïsme, la dissimulation et l'obstination. J'espère arriver à saisir pourquoi il est à ce point obstiné. Il me semble qu'il s'est proposé un but bien défini, mais lequel ? Cependant, il aime les animaux, bien qu'il y ait sans doute une étrange cruauté dans cet amour qui va à toutes sortes de bêtes différentes. Pour le moment, sa manie est d'attraper les mouches. Il en a déjà une telle quantité qu'il m'a paru indispensable de lui faire moi-même une observation à ce sujet. A mon grand étonnement, il ne s'est pas mis en colère, comme je le craignais, mais, après avoir réfléchi quelques instants, il m'a simplement demandé sur un ton fort sérieux : "Vous m'accordez trois jours ? En trois jours, je les ferai disparaître." Bien entendu, j'ai répondu "oui". Plus que jamais, je vais l'observer.

18 juin – Pour le moment, il ne pense plus qu'aux araignées ; il en a pris de très grosses qu'il a mises dans une boîte. Pour les nourrir, il leur donne ses mouches, dont le nombre diminue beaucoup, encore qu'il en ait attrapé de nouvelles avec, comme appât, sur le rebord de sa fenêtre, la moitié des repas qu'on lui apporte.

1er juillet – Ses araignées deviennent aussi encombrantes que ses mouches, et je lui ai ordonné aujourd'hui de s'en débarrasser. Devant son air désolé, j'ai précisé qu'il devait en faire disparaître une bonne partie au moins. Le visage rayonnant, il m'a promis qu'il le ferait. Comme la première fois, je lui ai donné un délai de trois jours. Pendant que j'étais avec lui, j'ai été assez dégoûté quand une grosse mouche à viande, gonflée de je ne sais quelle pourriture, s'est mise à voler dans la chambre ; il l'a attrapée et, l'air ravi, l'a tenue un instant entre le pouce et l'index, puis, avant même que je me doute de ce qu'il allait faire, il l'a mise en bouche et mangée. Je lui ai dit sans ménagement ma façon de penser, mais il a répliqué avec calme que cela était très bon et très sain, que cette mouche était pleine de vie et qu'elle lui transmettait la vie. Une idée me vint alors, ou plutôt le soupçon d'une idée. Il faut que je sache comment il se débarrasse de ses araignées. Un problème assez sérieux le préoccupe évidemment, car il prend sans cesse des notes dans un calepin. Des pages entières sont remplies de chiffres, comme s'il faisait des calculs compliqués.

8 juillet – Dans sa folie, il suit réellement une méthode, et l'idée qui m'était venue prend forme peu à peu. Elle sera bientôt parfaitement claire et, ô activité mentale inconsciente ! vous aurez à céder le pas à une activité mentale consciente. A dessein, je n'ai pas vu mon malade pendant quelques jours ; ainsi, j'étais certain, s'il s'était produit un changement dans son état, de le remarquer. Il ne paraît pas y en avoir, si ce n'est qu'une autre marotte le possède. Il a pu attraper un moineau et l'a déjà apprivoisé, d'une manière bien simple, je m'en rends compte : les araignées sont beaucoup moins nombreuses. Celles qui restent, cependant, sont bien nourries, car il attrape toujours des mouches en laissant près de la fenêtre une bonne partie de ses repas.

19 juillet – Nous faisons des progrès dans l'étude du cas. Renfield a maintenant toute une colonie de moineaux ; les mouches et les araignées ont presque entièrement disparu. Quand je suis entré dans la chambre, il s'est précipité vers moi en me disant qu'il voulait me demander une grande faveur, une très très grande faveur ; en parlant, il me flattait, tel un chien qui flatte son maître. Je le priai de me dire de quoi il s'agissait, et il reprit, avec dans la voix et dans tout le comportement, une sorte d'extase :

— Je voudrais un chaton, un joli petit chat avec lequel je pourrais jouer ; je l'élèverais, et je lui donnerais à manger... oh ! oui... je lui donnerais à manger !

En vérité, je ne m'étais pas du tout attendu à ceci, car si j'avais remarqué ses préférences pour des bêtes de plus en plus grosses, je ne pouvais tout de même pas admettre que sa jolie famille de moineaux apprivoisés disparût de la façon dont avaient disparu les mouches et les araignées ; je répondis donc que je réfléchirais. Avant de le quitter pourtant, je lui demandai sur un ton indifférent s'il n'aimerait pas mieux avoir un chat qu'un chaton.

— Oh ! oui, fit-il avec un enthousiasme qui le trahit, un chat ! J'aimerais avoir un chat ! Si je vous demandais un chaton, c'était de crainte que vous ne me refusiez un chat ! Parce que personne ne m'aurait refusé un petit chat, n'est-ce pas ?

Je hochai la tête et lui dis que je pensais que ce n'était pas possible, du moins pour le moment, mais enfin que l'on verrait... Son visage s'assombrit et j'y lus comme un avertissement de danger, car il eut soudain un regard féroce qui ressemblait au regard d'un meurtrier. Ce malade, je n'en doute plus, est un homicide en puissance. Je vais voir où le mène son obsession actuelle.

10 heures du soir – Je suis retourné dans sa chambre et je l'ai trouvé assis dans un coin, broyant du noir. Dès mon entrée, il s'est jeté à genoux devant moi et m'a supplié de lui procurer un chat ; son salut, disait-il, en dépendait. J'ai tenu bon, j'ai répondu qu'il n'en aurait pas ; sur quoi, sans dire un mot, il est retourné dans son coin en se mordant les poings. J'irai le voir de bonne heure demain matin.

20 juillet – Vu Renfield très tôt, avant le passage du surveillant dans les chambres. Je l'ai trouvé levé et fredonnant un air ; il étendait du sucre sur l'appui de fenêtre, recommençait à attraper des mouches, et cela avec une évidente gaieté. Je cherchai des yeux ses moineaux et, ne les voyant pas, lui demandai où ils étaient. Il me répondit sans tourner la tête qu'ils s'étaient envolés. Il y avait quelques plumes par terre et, sur son oreiller, une tache de sang. Je ne fis aucune remarque mais, en sortant, je dis au gardien de venir m'avertir s'il se passait quelque chose d'anormal au cours de la journée.

11 heures du matin – On me dit à l'instant que Renfield a été très malade, qu'il a vomi un tas de plumes. "Je crois, docteur, ajoute le surveillant qui m'a raconté l'histoire, qu'il a mangé ses moineaux tout vivants !"

11 heures du soir – Ce soir, j'ai donné à Renfield un bon narcotique, et, pendant son sommeil, j'ai pris son calepin, curieux de lire ce qu'il contenait. Je ne m'étais pas trompé dans mes suppositions : ce malade homicide est d'une espèce toute particulière. Je vais devoir le classer dans une catégorie qui n'existe pas encore, l'appeler un maniaque zoophage qui ne veut se nourrir que d'êtres vivants ; son obsession, c'est d'engloutir autant de vies qu'il peut. Il a donné à manger à une araignée des mouches sans nombre, à un oiseau des araignées sans nombre, puis il aurait voulu avoir un chat pour lui donner à manger tous ses oiseaux. Qu'aurait-il fait ensuite ? On souhaiterait presque aller jusqu'au bout de l'expérience. Mais il faudrait pour cela une raison suffisante. On a souri avec mépris quand on a parlé de vivisection, et voyez où l'on en est aujourd'hui ! Pourquoi ne pas faire progresser la science dans ce qu'elle a de plus difficile mais de plus vital – la connaissance du cerveau, du mécanisme du raisonnement humain ? Si je pénétrais le mystère de ce cerveau-là, si j'avais la clef de l'imagination d'un seul malade mental, j'avancerais dans ma spécialité à un point en comparaison duquel la physiologie de Burdon-Sanderson ou l'étude du cerveau humain de Ferrier ne seraient rien. Si seulement il y avait une raison suffisante ! Mais il ne me faut pas trop penser à cela, la tentation est facile, une raison suffisante pourrait faire pencher la balance de mon côté, car ne suis-je pas peut-être, moi aussi, congénitalement, un cerveau exceptionnel ?

Comme cet homme raisonne juste ! Les fous, il est vrai, raisonnent toujours juste quand ils suivent leur idée. Je me demande à combien de vies il évalue un homme, ou s'il l'évalue à une seule. Il a terminé ses calculs très correctement, et aujourd'hui même, en a commencé d'autres. Qui d'entre nous ne recommence pas chaque jour de nouveaux calculs ? En ce qui me concerne, il me semble que c'est hier seulement que ma vie tout entière a sombré en même temps que mon jeune espoir et que, vraiment, j'ai recommencé à zéro. Et il en sera sans doute ainsi jusqu'à ce que le Juge suprême m'appelle là-haut et referme mon grand livre contenant la balance des profits et pertes. Oh ! Lucy, Lucy ! Il m'est impossible de vous en vouloir, ni d'en vouloir à mon ami qui partage votre bonheur. Mais je ne dois plus m'attendre qu'à une existence sans espoir où seul importera mon travail. Oui, travailler, travailler, travailler !

Si seulement je pouvais découvrir une raison aussi impérieuse que celle de mon pauvre malade et qui me pousserait au travail, j'y trouverais assurément une certaine forme de bonheur.

JOURNAL DE MINA MURRAY

26 juillet – Je suis de plus en plus inquiète, et écrire me soulage un peu ; c'est comme si l'on se parlait à soi-même et s'écoutait tout à la fois. De plus, le fait de tenir ce journal en caractères de sténographie me donne une impression différente que si j'employais l'écriture ordinaire. Je suis inquiète au sujet de Lucy comme au sujet de Jonathan. Il y a quelque temps que j'étais sans nouvelles de lui ; mais hier, le cher Mr Hawkins, qui est toujours si aimable, m'a envoyé une lettre qu'il avait reçue de lui. Quelques lignes seulement, envoyées du château de Dracula, annonçant son départ. Cela ressemble si peu à Jonathan ! Je ne comprends pas ce qui se passe… je voudrais tant être rassurée ! Quant à Lucy, bien qu'elle paraisse en bonne santé, elle est de nouveau, depuis peu, en proie à des crises de somnambulisme. Sa mère m'en a parlé, et nous avons décidé que, dorénavant, la nuit, je fermerais à clef la porte de notre chambre. Mrs Westenra s'est mis en tête que les somnambules, immanquablement, grimpent sur les toits des maisons et vont se promener au bord des falaises les plus escarpées pour s'éveiller soudain et tomber en poussant un tel cri de désespoir qu'on l'entend dans toute la région. La pauvre, elle passe sa vie à trembler en pensant que cela pourrait arriver à Lucy, et elle m'a raconté que son mari, le père de Lucy, souffrait de crises semblables ; il se levait au milieu de la nuit, s'habillait et sortait si on ne l'arrêtait pas. Lucy doit se marier cet automne ; elle s'occupe déjà de sa robe de noces, de son trousseau, de l'arrangement de sa maison. Je la comprends, car je fais exactement la même chose, à cette différence près que nous débuterons dans la vie d'une façon beaucoup plus simple, car nous devrons avant tout nous soucier de joindre les deux bouts. Mr Holmwood – l'honorable Arthur Holmwood, fils unique de Lord Godalming – doit arriver bientôt, aussitôt qu'il pourra quitter la ville, car son père est malade ; Lucy compte les jours, les heures… Elle veut, dit-elle, aller s'asseoir avec lui sur le banc du cimetière et lui montrer, du haut de la falaise, le beau paysage de Whitby. A mon avis, c'est l'attente qui nuit à sa santé ; elle ira tout à fait bien dès que son fiancé sera ici.

27 juillet – Toujours rien de Jonathan… Pourquoi ne m'écrit-il pas, ne serait-ce qu'un mot seulement ? Lucy se lève de plus en plus souvent, la nuit, et, chaque fois, je m'éveille quand je l'entends marcher dans la chambre. Heureusement, il fait si chaud qu'il lui serait impossible de prendre froid. Mais en ce qui me concerne, l'inquiétude continuelle et le fait de passer des nuits à peu près blanches commencent à me rendre très nerveuse à mon tour. A part cela, Dieu merci ! Lucy va bien. Mr Holmwood a soudain été appelé à Ring, l'état de son père s'étant aggravé. Naturellement, Lucy est désolée de ne pas le voir aussi tôt qu'elle le pensait, elle a même parfois des accès de mauvaise humeur, mais sa santé ne s'en ressent pas ; elle est un peu plus forte et ses joues sont roses. Pourvu que cela dure !

3 août – Une autre semaine passée encore, et pas de lettre de Jonathan ! Cette fois, il n'a même pas écrit à Mr Hawkins, m'apprend ce dernier. Oh ! j'espère qu'il n'est pas malade ! Dans ce cas, il aurait sûrement écrit. Je reprends sa dernière lettre, et il me vient un doute. Je ne le reconnais pas dans ce qu'il dit, et pourtant c'est son écriture, il n'y a pas à s'y tromper ! Lucy n'a plus eu autant de crises de somnambulisme cette semaine, mais il y a maintenant autre chose d'étrange en elle qui m'inquiète un peu : même dans son sommeil, j'ai l'impression qu'elle m'observe. Elle essaye d'ouvrir la porte et, quand elle s'aperçoit qu'elle est fermée à clef, elle se met à chercher la clef partout dans la chambre.

6 août – Trois autres jours encore, et toujours pas de nouvelles. Attendre ainsi devient vraiment angoissant, terrible. Si seulement je savais à qui écrire ou qui aller trouver, cela me tranquilliserait. Mais parmi les amis de Jonathan, aucun n'a reçu de mot de lui, depuis cette dernière lettre. Je ne puis que prier Dieu qu'il me donne de la patience. Lucy est plus irritable que jamais, pourtant elle va bien. La nuit a été orageuse, et les pêcheurs disent qu'ils s'attendent à une tempête. Il faut que j'observe, que j'apprenne à reconnaître les signes qui présagent le temps. Aujourd'hui, il fait gris et, au moment où j'écris, le soleil est caché par de gros nuages amassés au-dessus du promontoire. Tout est gris, absolument tout, sauf l'herbe qui est d'un vert émeraude… Gris sont les rochers et gris les nuages, dont le soleil éclaire faiblement les bords et qui s'étendent lugubrement au-dessus de la mer grise dans laquelle les bancs de sable, qui émergent çà et là, ressemblent à de longs doigts gris. Les lames se jettent sur le rivage dans un grand fracas, assourdi pourtant par les paquets de brouillard qui sont chassés en même temps vers la terre. Et ce brouillard, gris comme toutes choses, voile l'horizon. Tout donne une impression d'immensité ; les nuages sont amoncelés les uns sur les autres comme d'énormes roches et une rumeur monte sourdement de cette nappe infinie qu'est la mer, comme quelque sombre présage. Çà et là, sur la plage, on distingue des silhouettes enveloppées de brouillard et l'on croirait voir "marcher des hommes ressemblant à des arbres*". Les bateaux de pêche se hâtent de rentrer au port, portés par les vagues tumultueuses... Mais voici le vieux Mr Swales, et je comprends, à la manière dont il soulève sa casquette, qu'il désire me parler...

Le pauvre homme a bien changé depuis quelques jours, j'en ai été frappée. A peine assis à côté de moi, il m'a dit très doucement :

— J'voudrais vous d'mander quelque chose, mad'moiselle...

Comme je le voyais assez embarrassé, je pris sa vieille main toute ridée dans la mienne et je le priai de parler franchement. Sans retirer sa main, il m'expliqua :

— J'espère, mon enfant, que je n'vous ai pas choquée en vous disant tout' ces choses sur les morts... Vraiment, j'suis allé plus loin qu'mes pensées et j'voudrais qu'vous vous en souv'niez quand je n's'rai plus là... Nous, les vieux, nous radotons ; nous avons déjà un pied dans la tombe, et nous n'aimons pas trop d'penser à la mort et nous n'voulons pas en avoir peur ! Aussi, pour ma part, ai-je pris le parti d'en parler légèrement afin de me rassurer

* Marc, VIII, 24.

moi-même. Pourtant, mam'zelle, Dieu l'sait, j'n'ai pas peur de mourir… pas peur du tout… Seulement, si ça n'tient qu'à moi, j'voudrais vivre encore un peu. Mais mon temps doit être proche, car arriver à l'âge de cent ans, c'est tout c'qu'un homme peut espérer ; et j'en suis si près que la Vieille Bonn' Femme est déjà occupée à aiguiser sa faux ! Vous voyez, je n'peux pas m'empêcher d'blasphémer… Oui, bientôt l'Ange de la Mort sonnera de sa trompette pour m'appeler… Mais il ne faut pas avoir de chagrin, mon enfant ! fit-il en voyant que je pleurais. Si même il vient cette nuit, je répondrai volontiers à son appel. Car, après tout, vivre, c'est attendre quelque chose d'autre que c'que nous avons, quelque chose d'autre que c'que nous sommes en train d'faire ; la mort est la seule chose sur laquelle nous puissions compter. Oui, ma petite, elle peut venir et venir vite, au fond, je s'rai content ! Peut-être ce vent du large l'amène-t-il déjà avec tous les naufrages et toutes les détresses… Attention ! Attention, cria-t-il soudain. Il y a dans ce vent et dans ce brouillard quelque chose qui ressemble à la mort, qui sent la mort ! Elle est dans l'air ! Elle arrive, elle arrive, je le sais… Seigneur ! Faites que je réponde sans regret à l'appel !

Avec dévotion, il leva les bras au ciel, puis se découvrit. Ses lèvres remuaient comme s'il priait. Après quelques moments de silence, il se leva, me serra les mains, puis, après m'avoir bénie, me dit au revoir et s'en alla de son pas pénible. Je restai assez bouleversée ; aussi fus-je bien aise de voir arriver le garde-côte portant sa longue-vue sous le bras. Selon son habitude, il s'arrêta pour me dire quelques mots, sans cesser toutefois de regarder au large un bateau qui paraissait en difficulté.

— Un bateau étranger, assurément, fit-il. Russe, on dirait… Mais il a une façon assez bizarre de se diriger, pas vrai ? Comme s'il ne savait pas ce qu'il veut… comme s'il sentait venir la tempête, sans pouvoir se décider ou à mettre le cap au nord ou à entrer ici dans le port. Regardez-le donc ! On dirait vraiment que personne ne tient le gouvernail en main ! Il change de direction à chaque coup de vent ! Croyez-moi, demain, à cette heure-ci, nous aurons entendu parler de lui !

VII

COUPURE DU *DAILYGRAPH* COLLÉE DANS LE JOURNAL DE MINA MURRAY

(d'un de nos correspondants)

Whitby, 8 août – Une des tempêtes les plus formidables et les plus soudaines que l'on ait jamais vues, vient d'avoir des conséquences également extraordinaires. Le temps était assez lourd, sans que ce fût exceptionnel pour un mois d'août. La soirée de samedi fut très belle et, hier, un grand nombre de promeneurs se rendirent un peu partout, soit dans les bois de Mulgrave, soit dans la baie de Robin Hood, soit au Rig Mill, à Runswick ou sur les quais du port. Les deux vapeurs, l'*Emma* et le *Scarborough* se promenèrent comme d'habitude le long de la côte ; bref, il y eut beaucoup d'animation à Whitby et dans les environs. Le temps resta splendide jusqu'à la fin de l'après-midi mais, alors, quelques vieux habitants de l'endroit, qui montent plusieurs fois par jour au cimetière – ce cimetière qui se trouve sur la falaise est – et qui, de là, surveillent la mer, attirèrent l'attention sur des nuages en "queue de chat" se formant vers le nord-ouest. Le vent soufflait à ce moment-là du sud-ouest, ce qui, en langage barométrique, donne : "N° 2 : légère brise". Le garde-côte fit tout de suite son rapport, et un vieux pêcheur, qui, depuis plus de cinquante ans, surveille les signes qui présagent le temps, annonça qu'une brusque tempête allait se lever. Mais le coucher de soleil fut magnifique, illuminant les énormes nuages, et offrant un spectacle admirable à tous ceux qui se promenaient sur la falaise du vieux cimetière. Le soleil disparaissait peu à peu derrière le promontoire dont la sombre masse se détachait sur le ciel, son très lent déclin étant accompagné d'un scintillement multicolore, transparent à travers les nuages – pourpre, rose, violet, vert, et toutes les nuances de l'or, avec, ici et là, des ombres de formes différentes dont les contours faisaient songer à de gigantesques silhouettes. Rien de tout cela ne dut échapper aux peintres qui se trouvaient parmi la foule et, assurément, des esquisses et des toiles intitulées, par exemple, *Prélude à la grande tempête*, orneront les cimaises de la AR* et de la IR** en mai prochain. Plus d'un patron décida alors que son bateau ne sortirait pas du port avant que la tempête menaçante ne fût passée. Le vent tomba entièrement pendant la soirée et, vers minuit, régnaient ce calme, cette chaleur étouffante qui précèdent l'orage et rendent nerveuses les personnes très sensibles. On voyait peu de lumières sur la mer, car même les vapeurs, dont le service consiste à longer les côtes, restaient au large ; quant aux bateaux de pêche, ils étaient fort rares. Le seul bateau que l'on distinguait assez nettement était une goélette étrangère qui, toutes voiles déployées, semblait se diriger vers l'ouest. Tout le temps qu'elle resta en vue, les imprudences, les maladresses, l'ignorance évidentes de ses officiers furent abondamment commentées par la foule, et, du port, on essaya de leur faire comprendre qu'un danger les menaçait et qu'ils devaient amener les voiles. Avant que la nuit fût complètement tombée, on la vit encore voguer paisiblement – "aussi paisible qu'une embarcation peinte sur un océan peint***".

* Académie royale des arts. *(N.d.E.)*
** Institution royale. *(N.d.E.)*
*** Coleridge. *(N.d.E.)*

Peu avant dix heures, ce temps lourd devint réellement oppressant, et le silence si profond, que l'on entendait très distinctement, dans le lointain, bêler un mouton ou aboyer un chien ; l'orchestre du port, qui jouait si joyeusement ses airs français, semblait seul troubler ce grand calme étendu sur toute la nature. Mais les douze coups de minuit avaient sonné depuis quelques instants à peine qu'un bruit singulier se fit entendre, comme venant du large et se rapprochant de plus en plus, en même temps qu'un roulement encore sourd grondait au-dessus des nuages.

Alors, d'un coup, la tempête se déchaîna. Avec une rapidité qui, à ce moment-là, sembla incroyable, et que, maintenant encore, il est impossible de comprendre, la nature entière changea d'aspect en l'espace de quelques minutes. La mer si calme se transforma en un monstre rugissant, les vagues tumultueuses chevauchant l'une sur l'autre. Des lames frangées d'une écume abondante venaient se jeter follement sur le rivage ou montaient à l'assaut des falaises ; d'autres se brisaient contre les quais, et leur écume voilait la lumière des deux phares qui se dressent au bout de chacun de ces quais. Le vent faisait un bruit semblable à celui du tonnerre et soufflait avec une violence telle que les hommes les plus robustes se tenaient difficilement debout. On jugea bientôt nécessaire de disperser la foule qui, jusque-là, s'était obstinée à rester sur les quais, car le danger s'aggravait de minute en minute. Comme pour rendre la chose plus sinistre encore, des paquets d'écume étaient projetés vers l'intérieur des terres – et ces nuages blancs, chargés d'humidité, qui arrivaient, semblables à des fantômes glacés, vous enveloppaient de façon si désagréable que seul un petit effort d'imagination eût suffi pour vous faire croire que revenaient les marins péris en mer, qu'ils touchaient de leurs mains de morts leurs frères vivants, et plus d'un parmi ceux-ci ont frémi quand les volutes de brouillard les enveloppaient. Parfois, le brouillard se dissipait et l'on pouvait voir la mer à la faveur d'un éclair qui, aussitôt, était suivi par un coup de tonnerre tel que l'immensité du ciel semblait trembler sous le choc.

Le paysage découvert ainsi, à la faveur des éclairs successifs offrait des aspects d'une grandeur impressionnante. La mer, s'élevant en de hautes montagnes avec chaque vague, jetait vers le ciel des gerbes gigantesques et blanches que le vent de la tempête semblait arracher pour les lancer dans l'espace ; çà et là, un bateau de pêche, une barque de pêche, n'ayant plus qu'un lambeau de voile, ne savait ni comment ni vers où se diriger pour se mettre à l'abri ; de temps à autre apparaissaient, sur la crête d'une vague, les ailes blanches d'un oiseau de mer ballotté par la tempête. Dressé au sommet de la falaise de l'est, le nouveau projecteur attendait d'être utilisé pour la première fois. Les hommes chargés de s'en occuper le mirent en action et, lorsque les murailles de brouillard se faisaient moins épaisses, il balayait de ses feux la surface de la mer. A une ou deux reprises, il rendit de réels services – par exemple, un bateau de pêche, le plat-bord sous l'eau, guidé par ces lumières, parvint à regagner le port sans aller se jeter contre les quais. Et chaque fois qu'un bateau ou une barque réussissait ainsi à rentrer au port, la foule poussait un cri de joie ; un instant ce cri dominait la bourrasque, mais aussitôt il était étouffé par le bruit.

Peu de temps se passa avant que le projecteur ne découvre, à quelque distance vers le large, une goélette, toutes voiles déployées, la même probablement que l'on avait remarquée plus tôt dans la soirée. Le vent, à ce moment-là, avait tourné à l'est, et les gens de mer qui se trouvaient sur la falaise frémirent en comprenant le terrible danger que le bateau courait. Entre la goélette et le port s'étendait un long banc de rochers sur lequel tant de bateaux déjà s'étaient brisés, et, comme le vent soufflait maintenant de l'est, il paraissait réellement impossible qu'elle parvînt à entrer dans le port. C'était l'heure de la marée haute, mais les vagues sauvages montaient à une telle hauteur que, lorsqu'elles se creusaient, on voyait presque le fond. Cependant la goélette avançait toutes voiles dehors et si rapidement que, comme le dit un vieux loup de mer, elle "devait évidemment arriver quelque part, fût-ce en enfer". Poussées vers le rivage, s'élevèrent de nouvelles murailles de brouillard, plus épaisses que les précédentes, et qui semblaient vous séparer du monde entier et vous laisser seulement le sens de l'ouïe ; en effet, le mugissement de la tempête, les coups de tonnerre et le fracas des vagues traversaient l'écran formidable et tout imprégné d'eau, pour venir jusqu'à vous et vous assourdir. Les rayons du projecteur restaient fixés sur l'entrée du port, exactement sur le môle est, où l'on croyait que se produirait le choc, et chacun retenait son souffle. Soudain, le vent tourna au nord-est et dissipa le brouillard ; alors, *mirabile dictu**, la goélette étrangère passa entre les deux môles en sautant de vague en vague dans sa course rapide et vint se mettre à l'abri dans le port. Les rayons du projecteur ne la quittaient pas, et quelle ne fut pas l'horreur ressentie par la foule quand elle aperçut, attaché au gouvernail, un cadavre dont la tête pendait et qui vacillait d'un côté puis de l'autre selon les mouvements du bateau ! On ne voyait sur le pont aucune autre forme humaine. Un grand cri de terreur stupéfaite s'éleva quand les gens comprirent que la goélette était entrée dans le port comme par miracle : la main d'un mort tenait le gouvernail !

* En latin dans le texte : "chose étonnante à raconter". *(N.d.E.)*

Cependant, tout s'était passé en moins de temps qu'il n'en faut pour l'écrire. La goélette ne s'arrêta pas mais continua sa course plus avant dans le port pour aller s'échouer sur un tas de sable et de gravier accumulés par les marées montantes et les tempêtes dans le coin sud-est, près de la jetée qui se terminait sous la falaise est, jetée que l'on appelle dans le pays la Tate Hill Pier.

Il y eut évidemment un choc considérable quand le bateau s'échoua sur le tas de sable. Les mâts, les cordages cédèrent et, chose inattendue, à l'instant même où la proue touchait le sable, un énorme chien surgit de la cale, sauta sur le pont, comme propulsé par le choc, puis du pont se précipita sur le rivage. Se dirigeant à toute vitesse vers le haut de la falaise où se trouve le cimetière – falaise si escarpée que certaines pierres tombales restent en partie suspendues dans le vide là où la roche s'est peu à peu effritée –, il disparut dans la nuit qui paraissait plus noire encore au-delà des rayons du projecteur.

Le hasard voulut qu'il n'y eut personne à ce moment-là sur la Tate Hill Pier, tous les habitants des maisons environnantes s'étant ou bien couchés ou bien rendus sur les hauteurs dominant le port. Aussi le garde-côte qui était de service accourut-il immédiatement sur la jetée, et il fut le premier à monter à bord. Les hommes qui maniaient le projecteur, ayant un moment éclairé l'entrée du port sans rien apercevoir d'insolite, dirigèrent alors les rayons sur l'épave et les y braquèrent définitivement. On vit le garde-côte courir à l'arrière, se pencher sur le gouvernail pour l'examiner, mais reculer tout aussitôt, comme en proie à un émoi insurmontable. Cela excita la curiosité générale, et nombreux furent ceux qui, dans la foule, voulant approcher davantage le bateau naufragé, se mirent à courir dans cette direction. Votre serviteur fut un des premiers qui, descendant de la falaise, arriva sur la jetée. Cependant, d'autres déjà m'y avaient précédé, et le garde-côte, de même que la police, avait fort à faire pour les empêcher de monter à bord. Comme correspondant du *Dailygraph*, on me permit toutefois d'avancer jusque sur le pont et je partageai, avec quelques rares personnes, le lugubre privilège de voir de tout près le cadavre attaché à la roue du gouvernail.

Le mouvement de surprise, puis de terreur, qui avait saisi le garde-côte était très compréhensible. L'homme était maintenu à un rayon de la roue par les mains, liées l'une sur l'autre. Entre la paume de sa main et le bois, on avait glissé un crucifix. Le chapelet, auquel il appartenait, entourait à la fois les deux mains et le rayon du gouvernail ; le tout consolidé par des cordages. Le pauvre homme avait dû être assis à un moment, mais les voiles, malmenées par la tempête, avaient fait bouger le gouvernail, le projetant ainsi, d'un côté puis de l'autre, de sorte que les cordes qui le liaient, avaient blessé la chair jusqu'à l'os. On fit un rapport détaillé de l'événement, et un médecin, le Dr J. M. Caffyn (33, East Elliot Place), qui arriva immédiatement après moi, déclara après examen que la mort datait de deux jours déjà. Dans une des poches, on trouva une bouteille soigneusement bouchée et ne contenant qu'un petit rouleau de feuilles de papier sur lesquelles, devait-on apprendre bientôt, était consigné un complément au journal de bord. Selon le garde-côte, l'homme avait dû se lier lui-même les mains, serrant les nœuds à l'aide de ses dents. Le fait que le garde avait été le premier à monter à bord aurait pu entraîner certaines complications devant le tribunal maritime, car il est interdit aux gardes-côtes de porter secours à un navire en détresse, alors que c'est le droit du premier citoyen venu. Déjà pourtant on entend un peu partout les avis de personnes compétentes en la matière, et un jeune étudiant en droit affirme que le propriétaire du bateau n'a plus aucun droit à revendiquer, son bateau étant en contravention avec les règlements de mainmorte, puisque la barre, en tant qu'emblème, sinon en tant que preuve de biens transmis, était tenue par la main d'un mort. Il est inutile d'ajouter qu'on a retiré le malheureux de son poste, où il était si courageusement demeuré jusqu'à la fin, et qu'on l'a porté à la morgue en attendant l'enquête.

Et maintenant la tempête s'apaise ; les gens s'en retournent chez eux, le lever du soleil illumine le ciel au-dessus des vallons du Yorkshire. Je vous enverrai, à temps pour la prochaine édition du journal, d'autres détails au sujet de cette goélette en détresse qui, malgré la tempête, est arrivée si miraculeusement au port.

Whitby, 9 août – Les conséquences de l'arrivée inattendue de ce bateau étranger, pendant la tempête de la nuit dernière, sont presque plus étonnantes que le fait lui-même. On sait à présent que ce petit bâtiment est russe, qu'il vient de Varna et qu'il s'appelle le *Demeter*. Il est presque entièrement lesté de sable, n'ayant qu'une cargaison peu importante – des caisses remplies de terreau – expédiée à l'adresse d'un *solicitor* de Whitby, Mr S. F. Billington, 7, The Crescent, qui, dès ce matin est venu à bord prendre réglementairement possession des marchandises qu'on lui envoyait. Le consul de Russie, de son côté, après avoir signé la charte-partie, prit officiellement possession du bateau et remplit toutes les autres formalités. A Whitby, aujourd'hui, on ne parle que de l'étrange événement. On s'intéresse aussi beaucoup au chien qui a sauté à terre dès que la goélette eut touché le rivage ; presque tous les membres de la SPA, qui est fort influente ici, auraient voulu se faire un ami de cette bête. Mais, au désappointement général, on ne l'a pas retrouvée.

Peut-être le chien a-t-il été si effrayé qu'il s'est sauvé vers les landes, où il se cache encore. Certains redoutent cette éventualité et y voient un réel danger, car l'animal, disent-ils, est évidemment féroce. De bonne heure, ce matin, un grand chien, appartenant à un marchand de charbon qui habite près du port, a été trouvé mort sur la route, juste en face de la maison de son maître. Visiblement, il s'était battu contre un adversaire puissant et cruel, car il avait la gorge véritablement déchirée et le ventre ouvert comme par des griffes sauvages.

Quelques heures plus tard – L'inspecteur du ministère du Commerce a bien voulu me permettre d'ouvrir le journal de bord du *Demeter*, qui fut régulièrement tenu jusqu'à trois jours d'ici ; mais il ne contenait rien d'intéressant, hormis ce qui concerne les pertes humaines. En revanche, le rouleau de feuilles de papier trouvé dans la bouteille et que l'on a produit aujourd'hui à l'enquête offre le plus haut intérêt ; pour ma part, je n'ai jamais eu connaissance d'un récit plus étrange. On m'a permis de le transcrire ici à l'intention de mes lecteurs ; j'omets simplement les détails techniques. A lire ces feuillets, il semble que le capitaine ait été pris d'une sorte de folie avant même d'avoir atteint le large et que le mal n'ait fait que s'aggraver pendant le voyage. Ma déposition ne doit pas être prise *cum grano**, puisque j'écris sous la dictée d'un secrétaire du consul de Russie qui me traduit le texte.

* En latin dans le texte : "à la lettre". *(N.d.E.)*

JOURNAL DE BORD DU *DEMETER*
DE VARNA A WHITBY

Des événements si extraordinaires ont eu lieu jusqu'à ce jour, 18 juillet, que je veux désormais, tenir un journal jusqu'à notre arrivée à Whitby.

Le 6 juillet, nous avons terminé le chargement du bateau – sable et caisses remplies de terre. A midi, nous prenions la mer. Vent d'est, assez frais. L'équipage est composé de cinq hommes : deux officiers en second, le cuisinier et moi (le capitaine).

Le 11 juillet, à l'aube, nous entrions dans le Bosphore. Les employés de la douane turque sont montés à bord. Bakchich. Tous très corrects. Repartis à quatre heures de l'après-midi.

Le 12 juillet, passé les Dardanelles. Encore des agents de la douane et bakchich de nouveau. Tout cela s'est fait très vite. Ils désiraient nous voir partir au plus tôt. Le soir, nous passions l'Archipel.

Le 13 juillet, nous arrivions au cap Matapan. L'équipage semblait mécontent – on eût dit que les hommes avaient peur de quelque chose, mais aucun ne voulait parler.

Le 14, je commençai à être assez inquiet à leur sujet. Je savais que je pouvais compter sur ces hommes, j'ai souvent navigué avec eux. Mon second ne comprenait pas plus que moi ce qui se passait ; les hommes lui dirent seulement, en se signant, qu'*il y avait quelque chose.* Il se mit en colère contre l'un d'eux et le frappa. A part cela, aucun incident.

Le 16 au matin, le second vint me dire que l'un des hommes, Petrofsky, manquait. Chose inexplicable. Il a pris le quart à bâbord à huit heures, hier soir, puis a été relevé par Abramoff ; mais on ne l'a pas vu qui allait se coucher. Les autres étaient plus abattus que jamais ; à les entendre, ils redoutaient depuis quelque temps une disparition de cette sorte, mais, quand on les questionnait, ils persistaient à répondre seulement qu'*il y avait quelque chose* à bord. Le second, finalement, s'est fâché ; il redoutait une mutinerie.

Le 17 juillet, hier, Olgaren, un matelot, est venu me trouver et m'a confié avec effroi qu'il pensait qu'un homme étranger à l'équipage se trouvait à bord. Il m'a raconté que, pendant son quart, alors qu'il s'abritait du gros temps derrière le rouf, il avait aperçu un homme grand et mince, qui ne ressemblait à aucun des nôtres, apparaître sur le pont, se diriger vers la proue et disparaître ; il voulut le suivre, mais quand il arriva à l'avant, il ne vit personne et toutes les écoutilles étaient fermées. Il était encore en proie à une panique quasi superstitieuse, et je crains que cette panique ne gagne tout l'équipage. Pour les rassurer tous, aujourd'hui, je vais entièrement fouiller le bateau.

Je viens de rassembler les hommes et je leur ai dit que, puisqu'ils croyaient qu'il y avait un inconnu à bord, nous allions le chercher partout, de la proue à la poupe.

Le second me désapprouva, s'écria que c'était ridicule de céder ainsi à des propos stupides et que cela ne pouvait que démoraliser davantage ceux qui les tenaient. Il ajouta qu'il s'engageait à les faire revenir à plus de sagesse en se servant d'une barre de cabestan. Le laissant au gouvernail, je partis avec les autres, lanternes à la main, fouiller le bâtiment ; nous ne négligeâmes pas le moindre coin où un homme eût pu se cacher. Nos recherches terminées, chacun se sentit soulagé, et retourna joyeux à sa tâche. Le second me regardait de travers, mais il ne me dit rien.

22 juillet – Gros temps depuis trois jours, et tous ont fort à faire à s'occuper des voiles. Pas le temps d'avoir peur ; il semble même qu'ils n'y pensent plus. Le second aussi est à nouveau de bonne humeur. Félicité les hommes de leur bon travail par cette houle. Passé Gibraltar et entré dans le détroit. Tout va bien.

24 juillet – Décidément, la malédiction nous poursuit. Un homme déjà manquait et, en entrant dans la baie de Biscay toujours par gros temps, hier soir, nous nous sommes aperçus qu'un autre avait disparu. Comme le premier, il venait d'être relevé de son quart, et on ne l'a pas revu. De nouveau, c'est la panique générale ; les hommes font leur quart deux à deux, car ils ne veulent plus se trouver seuls. Le second s'est mis en colère. Je crains quelque éclat, soit de sa part, soit de la part de l'équipage.

28 juillet – Un véritable enfer, depuis quatre jours ; le vent souffle en tempête ; personne ne dort plus, tout le monde est épuisé. Aucun des hommes n'est plus capable de faire son quart. Le second officier s'est proposé pour faire le quart et tenir la barre en même temps afin que les hommes puissent se reposer quelques heures et essayer de dormir. Le vent s'apaise un peu, mais les vagues sont encore très fortes ; toutefois, on ressent moins leurs secousses – le bateau est plus stable.

29 juillet – Autre tragédie. Cette nuit, un seul homme à la fois a pris le quart, étant donné leur fatigue à tous. Quand le matelot qui devait le remplacer le matin est monté sur le pont, il n'y a trouvé personne, excepté l'homme à la barre. A son cri de terreur, nous sommes tous accourus sur le pont, mais nos recherches ont été vaines. Nous n'avons plus de lieutenant. Nouvel affolement de l'équipage. Avec le second, j'ai décidé de nous armer et d'attendre les événements…

30 juillet – Dernière nuit sans doute. Heureux que nous approchions de l'Angleterre. Beau temps, toutes les voiles sont déployées. Je me suis couché, n'en pouvant plus ; j'ai dormi profondément ; mais le second m'a réveillé en m'annonçant que les deux hommes de quart avaient disparu, de même que celui qui tenait la barre. Nous ne sommes plus que quatre à bord – moi, le second et deux matelots.

1er août – Deux jours de brouillard et pas une voile en vue. J'avais espéré qu'une fois dans la Manche nous pourrions recevoir du secours… Comme il nous est impossible de manœuvrer les voiles (je n'ose pas les faire amener, de crainte que l'on n'arrive plus à les déployer), nous devons courir vent arrière. On dirait que nous sommes chassés vers un terrible destin. Le second est maintenant plus découragé qu'aucun des deux matelots. Il est dur de tempérament, mais on dirait que toute son énergie s'est retournée contre lui-même et le ronge de l'intérieur. Les deux hommes, eux, ne songent même plus à avoir peur ; ils continuent simplement à travailler avec patience, s'attendant au pire. Ils sont russes, le second est roumain.

2 août, minuit – Endormi depuis quelques minutes à peine, je viens de m'éveiller en entendant un cri poussé, m'a-t-il semblé, à mon hublot. Mais il m'a été impossible de rien voir, à cause du brouillard. En toute hâte, je suis monté sur le pont, où j'ai rencontré le second qui accourait, lui aussi. Il me dit avoir également entendu ce cri mais que, arrivant presque aussitôt sur le pont, il n'a pas vu l'homme qui était de quart. Encore un disparu. Que le Seigneur veuille nous protéger ! D'après ce que dit le second, nous sommes maintenant dans la mer du Nord, et seul Dieu peut nous guider à travers ce brouillard qui semble avancer avec nous ; mais Dieu semble nous avoir abandonnés !

3 août – A minuit, j'ai voulu aller relever l'homme qui tenait la barre mais quelle ne fut pas ma stupeur ! Personne n'était au gouvernail ! J'appelai le second qui apparut presque aussitôt. Il avait l'œil hagard, l'air véritablement affolé, et je craignis qu'il ne fût en train de perdre la raison. S'approchant de moi, il me parla à l'oreille comme s'il craignait que le vent lui-même l'entendît : "La chose est ici, dit-il, j'en suis sûr maintenant. La nuit dernière, je l'ai vue : ça ressemblait à un homme grand et mince, affreusement pâle. Il était à la proue et regardait vers le large. Je me suis glissé derrière lui, et j'ai voulu lui donner un coup de couteau ; mais mon couteau est passé au travers, comme s'il n'y avait eu là que de l'air." Tout en parlant, il avait sorti son couteau de sa poche et il le maniait avec des gestes brusques, comme s'il voulait déchirer l'espace. "Mais il est ici, reprit-il, et je le trouverai. Dans la cale, peut-être dans une de ces caisses… Je vais les ouvrir l'une après l'autre, et je verrai. Vous, tenez la barre." Puis, me jetant un regard de connivence, il mit un doigt sur la bouche et descendit. Le vent se faisait de plus en plus fort, et je ne pouvais pas quitter le gouvernail. Bientôt, je vis mon second remonter sur le pont avec un coffre à outils et une lanterne puis disparaître de nouveau par l'écoutille de l'avant. Il est fou, il divague, et ce serait en vain que j'essayerais de le raisonner. Qu'il fasse ce qu'il veut de ces caisses ! Il ne court aucun risque de se blesser… Je reste donc ici à m'occuper du gouvernail, tout en prenant ces notes. Tout ce que je peux faire, c'est avoir confiance en Dieu et attendre que le brouillard se dissipe. A ce moment-là, si je peux me diriger vers un port, quel qu'il soit, par ce vent de tempête, j'amènerai les voiles et ferai des signaux de détresse…

Hélas ! Je crains bien que tout soit fini maintenant. A l'instant même où je commençais à espérer que le second se calmerait (car je l'avais entendu, dans la cale, donner des coups de marteau), un brusque cri d'épouvante me parvint par l'écoutille, et notre homme fut projeté de la cale sur le pont tel un boulet de canon – mais c'était un fou furieux, les yeux égarés et le visage convulsé par la terreur. "Au secours ! Au secours !" criait-il en promenant ses regards sur le mur de brouillard. Puis, sa frayeur faisant place à un sentiment de désespoir, il me dit d'une voix assez ferme : "Vous feriez bien de venir vous aussi, capitaine, avant qu'il ne soit trop tard. Il est là. Maintenant, je connais le secret. La mer seule peut me protéger de cette créature !" Avant que je ne pusse dire un mot ou faire un mouvement pour le retenir, il sauta par-dessus bord, se jeta à l'eau. Je suppose que moi aussi, maintenant, je connais le secret. C'est sans doute ce malheureux devenu fou qui s'est débarrassé de tous les hommes, l'un après l'autre, et, à présent, lui-même a voulu les suivre. Que Dieu me vienne en aide ! Comment expliquerai-je de telles horreurs quand j'arriverai au port ? Quand j'arriverai au port ! Arriverai-je jamais au port ?

4 août – Toujours ce brouillard que le lever du soleil ne parvient pas à percer. Si je n'étais pas marin, je ne saurais même pas que c'est le lever du soleil. Je n'ai osé ni descendre dans la cale, ni quitter le gouvernail ; je suis donc resté ici toute la nuit et, dans l'obscurité, j'ai aperçu *la chose* – je l'ai aperçu, *lui* ! Que Dieu me pardonne, mais le second a eu raison de se jeter dans la mer. Il a eu raison de vouloir mourir en homme ; on ne peut pas reprocher à un marin de vouloir mourir ainsi. Mais, moi, je suis le capitaine et je ne peux pas abandonner mon bateau. Mais je saurai déjouer les plans de ce démon, de ce monstre : quand je sentirai que mes forces diminuent, je me lierai les mains à la roue du gouvernail et j'y lierai aussi ce que… ce qu'il n'osera pas toucher ; alors, que le vent soit favorable ou non, je sauverai mon âme et mon honneur de capitaine !… Je me sens plus faible et, bientôt, ce sera de nouveau la nuit. S'il vient encore me regarder en plein visage, je n'aurai peut-être pas le temps d'agir… Si nous faisons naufrage, peut-être trouvera-t-on cette bouteille et ceux qui la trouveront comprendront peut-être… Sinon… eh bien ! alors que l'on sache que je n'ai pas manqué à mon devoir. Que Dieu et la Sainte Vierge et tous les saints viennent au secours d'une pauvre âme innocente et de bonne volonté !…

Comme il fallait s'y attendre, le jugement conclut au crime sans désigner le coupable. Il n'existe aucune pièce à conviction, et personne ne peut dire si l'homme est coupable ou non de tous ces meurtres ; les habitants de Whitby sont unanimes pour soutenir que le capitaine est tout simplement un héros et on lui fera des funérailles solennelles. Déjà, on a décidé que son corps serait placé sur un train de barques pour remonter une partie de l'Esk, puis ramené à la Tate Hill Pier et de là au cimetière, par l'escalier qui monte à l'abbaye. Car c'est là-haut qu'il sera enterré.

On n'a retrouvé aucune trace du grand chien ; ce qui est dommage, car l'opinion publique est telle en ce moment que la petite ville tout entière l'aurait adopté. Nous assisterons donc demain aux funérailles du capitaine. Et ce sera la fin de ce "mystère de la mer" qui s'ajoute à tant d'autres.

JOURNAL DE MINA MURRAY

8 août – Lucy a été fort agitée toute la nuit et, moi non plus, je n'ai pas pu dormir. La tempête était terrible et, quand le vent s'engouffrait dans la cheminée, on eût cru entendre le canon. Chose étonnante, Lucy ne s'est pas réveillée, mais, à deux reprises, elle s'est levée et habillée. Heureusement, je l'ai entendue chaque fois et je suis parvenue à la déshabiller sans la réveiller et l'ai remise au lit. Ces crises de somnambulisme sont étranges, car, aussitôt qu'on l'arrête dans ses mouvements, elle renonce à l'intention qu'elle avait un moment auparavant – du moins si on peut parler d'intention dans ce cas – et elle reprend une vie apparemment normale.

Nous nous sommes levées de bonne heure toutes les deux et nous sommes descendues au port, curieuses de savoir ce qui s'était passé pendant la nuit. Nous n'y vîmes presque personne ; bien que le soleil brillât de tout son éclat et que le temps fût clair et frais, de grosses vagues encore menaçantes, dont les immenses creux paraissaient très sombres en contraste avec l'écume d'un blanc neigeux qui les surmontait, se précipitaient sauvagement dans le port. Je me réjouis à la pensée que Jonathan n'était pas en mer la nuit dernière. Mais… n'est-il pas en mer, vraiment ? Est-il à terre ? Où est-il, et comment va-t-il ? Je suis tellement inquiète à son sujet ! Si seulement je savais ce que je dois faire, et si je pouvais faire quelque chose !

10 août – Les funérailles du pauvre capitaine, aujourd'hui, furent fort émouvantes. Je crois que tous les bateaux, toutes les barques du port étaient rassemblés. Le cercueil fut porté par des officiers de marine depuis la Tate Hill Pier jusqu'au cimetière. Lucy m'accompagnait ; nous allâmes nous installer sur notre banc alors que le cortège de bateaux remontait la petite rivière jusqu'au viaduc pour revenir ensuite à la Tate Hill Pier, et, de cet endroit de la falaise, nous ne le perdîmes pas un instant de vue. La dépouille du malheureux capitaine fut descendue dans une tombe proche de notre banc, de sorte que, debout sur ce banc, nous pûmes suivre tous les détails de cette funèbre cérémonie. La pauvre Lucy semblait fort émue, comme en proie même à une sorte d'angoisse ; à mon avis, les nuits agitées qu'elle passe et les rêves qu'elle doit faire nuisent à sa santé. Mais, chose bizarre, quand je lui parle de cela, elle ne veut pas reconnaître qu'il y a une cause à cette nervosité, ou bien elle prétend qu'elle ne la connaît pas elle-même. Peut-être aujourd'hui son inquiétude est-elle encore plus vive du fait que le pauvre Mr Swales a été trouvé mort sur notre banc, ce matin, le cou tranché. Il est certain, comme l'a dit le docteur, qu'avant de tomber, une terreur inexplicable l'avait saisi, car l'horreur était encore marquée sur son visage au moment où on l'a relevé. Le malheureux vieillard ! N'a-t-il pas vu la Mort approcher ?… Lucy est si sensible que tout la touche plus profondément que les autres. Pendant l'enterrement, elle a été bouleversée par une chose qui n'avait guère attiré mon attention, bien que j'aime beaucoup moi-même les animaux. Un des hommes qui montent souvent ici pour surveiller les bateaux de pêche avait été, comme d'habitude, suivi par son chien. Pendant le service, le chien ne voulait pas venir près de son maître, qui était près de nous sur le banc ; il restait un peu plus loin, à aboyer, à hurler. L'homme lui parla d'abord doucement, puis d'un ton ferme, puis avec colère. En vain. L'animal continuait à aboyer de plus belle ; il était en fureur, ses yeux brillaient d'un éclat sauvage, et tous ses poils étaient hérissés comme la queue d'un chat qui se bat avec un autre chat. Finalement, l'homme, furieux à son tour, sauta du banc et alla donner un coup de pied au chien, puis le saisit par la peau du cou et le traîna jusqu'à la pierre tombale sur laquelle est posé le banc. A l'instant même où elle toucha la pierre, la pauvre bête se calma mais se mit à trembler de tout son corps. Loin d'essayer de se sauver, elle se coucha à nos pieds, et elle paraissait si terrorisée que j'essayai, sans y réussir, de la rassurer. Lucy en avait pitié également mais elle ne fit aucun geste pour la caresser ; elle fixait sur elle des regards d'angoisse. J'ai bien peur qu'elle n'ait une nature vraiment trop délicate pour supporter tout ce que la vie lui réserve. Quelle nuit va-t-elle encore passer ! Toutes ces choses : un bateau qui entre dans le port avec un mort au gouvernail, lié à la roue par un chapelet ; la longue cérémonie des funérailles ; le chien, tantôt furieux, tantôt terrifié – oui, tout cela est bien fait pour peupler ses rêves.

Il serait sans doute souhaitable qu'elle n'aille au lit, ce soir, que fort fatiguée – je veux parler d'une fatigue physique ; je vais donc l'emmener faire une longue promenade sur les falaises jusqu'à la baie de Robin Hood, d'où il nous faudra encore revenir. Après cela, elle n'aura pas envie, je pense, de se relever cette nuit et de marcher tout endormie.

VIII

JOURNAL DE MINA MURRAY

Même jour, 11 heures du soir – C'est moi qui suis fatiguée ! Si je ne m'étais pas fait un devoir de tenir ponctuellement mon journal, ce soir, je n'écrirais rien. Nous avons fait une promenade délicieuse. Lucy, plus sereine, a même ri gaiement de la curiosité des vaches qui s'approchaient de la clôture d'un pré pour nous voir passer – et cela, je crois, nous a fait à toutes deux oublier nos tristes pensées, oublier tout, vraiment, si ce n'est la crainte que nous inspiraient ces vaches. Crainte salutaire ! A la baie de Robin Hood, dans une petite et vieille auberge d'où l'on voyait les rochers couverts d'algues, on nous servit un thé absolument extraordinaire. Sans doute celles qui se disent les “nouvelles femmes” auraient été choquées de nous voir manger de si bon appétit. Les hommes, Dieu merci, sont plus tolérants ! Puis, nous avons pris le chemin du retour, mais en nous arrêtant souvent pour nous reposer. A l'hôtel, Lucy s'avoua fort fatiguée et nous nous proposions de monter nous coucher au plus tôt. Mais le jeune vicaire était venu en visite, et Mrs Westenra le pria de rester à souper. Lucy et moi eûmes fort à faire pour résister au marchand de sable. De ma part, ce fut un rude combat. Il me semble que les évêques devraient se réunir afin de décider la création d'une nouvelle école de vicaires, à qui l'on enseignerait de n'accepter jamais une invitation à souper, si empressée qu'elle soit, et qui s'apercevraient toujours de la fatigue des demoiselles. Maintenant, Lucy dort paisiblement. Son visage est charmant, là, reposant sur l'oreiller ; ses joues sont colorées… Si Mr Holmwood est tombé amoureux d'elle la première fois qu'il l'a simplement vue au salon, je me demande quels seraient ses sentiments s'il la voyait ce soir ! Certaines de ces "nouvelles femmes" qui font le métier d'écrire mettront peut-être un jour à la mode l'idée qu'il faut permettre aux jeunes gens et aux jeunes filles, avant de se fiancer, de se voir endormis. Mais je suppose que, dorénavant, la "nouvelle femme" ne consentira plus à ce que son rôle se borne seulement à accepter une demande en mariage ; c'est elle qui la fera. Et elle s'en tirera parfaitement, c'est certain. Voilà une consolation… Je suis si heureuse de voir que Lucy va mieux. Je crois vraiment qu'elle a passé le moment critique, qu'elle aura une nuit calme. Et je serais tout à fait heureuse si seulement je savais que Jonathan… Que Dieu le bénisse et le protège !…

11 août, 3 heures du matin – Je reprends mon journal. Ne trouvant plus le sommeil, je préfère écrire. Comment pourrais-je dormir après cette aventure épouvantable ?… Je m'étais endormie aussitôt que j'avais eu refermé mon journal. Soudain, je me réveillai en sursaut, prise de peur, et ne sachant pourquoi. De plus, j'avais l'impression que j'étais seule dans la chambre ; celle-ci était si obscure que je ne distinguais même plus le lit de Lucy. Je m'en approchai à tâtons, pour m'apercevoir qu'il était vide. Plus de Lucy ! Je fis craquer une allumette : je ne la vis nulle part dans la chambre. La porte était fermée, mais non plus à clef, alors que je savais très bien avoir donné un tour de clef avant de me coucher. Je ne voulais pas réveiller Mrs Westenra qui venait d'être assez souffrante, et je m'habillai plutôt à la hâte pour aller à la recherche de sa fille. Au moment de quitter la chambre, je pensai que les vêtements qu'elle avait mis pour s'en aller m'indiqueraient peut-être le but que, dans son rêve, elle s'était proposé. Si elle avait revêtu sa robe de chambre, c'est qu'elle était restée dans la maison ; une robe, c'est qu'elle était sortie. Mais sa robe de chambre, de même que toutes ses robes, étaient là... "Dieu merci ! pensai-je, elle ne peut pas être loin si elle est en chemise de nuit !" Je dégringolai l'escalier, entrai dans le salon. Elle n'y était pas. De plus en plus angoissée, je visitai toutes les autres pièces. Finalement, j'arrivai à la porte d'entrée, que je trouvai ouverte. Comme je savais qu'on la fermait à clef tous les soirs, je craignis aussitôt que Lucy ne fût sortie, vêtue seulement de sa chemise de nuit. Mais je ne pouvais perdre mon temps en pensant à ce qui pourrait arriver : une crainte mal définie dominait en moi, me faisait négliger tout ce qui n'était que détails. Prenant un grand châle, je sortis en courant. Une heure sonnait quand j'arrivai à Crescent ; pas une âme en vue. Je courus longtemps sans apercevoir la silhouette blanche. Arrivée au bord de la falaise ouest qui surplombe le pont, j'examinai la falaise est et fus emplie d'espoir ou d'effroi – je l'ignore moi-même – en voyant Lucy assise sur notre fameux banc. Il faisait un beau clair de lune, mais de gros nuages noirs, chassés par le vent, la voilaient de temps à autre et tour à tour couvraient le paysage d'obscurité complète et de clarté nocturne. Pendant quelques moments, je ne pus absolument rien distinguer, car un nuage immense plongeait dans l'ombre St Mary's Church et les environs. Bientôt cependant la lune éclaira à nouveau les ruines de l'abbaye, puis, peu à peu, l'église et le cimetière. Quelle que fût mon attente

– espoir ou crainte –, elle ne devait pas être trompée, car là, sur notre banc, la lumière argentée éclairait une silhouette blanche comme neige, à demi couchée. Le nuage suivant vint trop rapidement pour m'en laisser voir davantage, mais j'eus l'impression que quelque chose de sombre se tenait derrière le banc, penché sur la blanche silhouette. Etait-ce un homme ou une bête, je n'aurais pu le dire. Je n'attendis pas que ce nuage eût disparu ; mais je dégringolai jusqu'au port, longeai le marché aux poissons jusqu'à ce que je fusse parvenue au pont, car c'était la seule route qui menait à la falaise est. La ville était déserte, ce dont je fus bien aise, car je ne désirais pas que l'on se rendît compte de l'état de la pauvre Lucy. Le temps, la distance aussi, me semblaient interminables ; mes genoux tremblaient, et j'étais de plus en plus essoufflée tandis que je montais les marches sans fin qui conduisent à l'abbaye. J'avais hâte d'arriver là-haut. J'y mettais toutes mes forces, et cependant il me semblait que mes pieds étaient chargés de plomb. Quand enfin j'eus atteint mon but, j'aperçus aussitôt le banc et la silhouette blanche qui s'y trouvait ; j'étais assez près maintenant pour les distinguer même dans l'obscurité. Et, je n'en doutais plus à présent, il y avait comme une créature longue et noire penchée vers mon amie. Je criai aussitôt : "Lucy ! Lucy !" et je vis se relever une tête en même temps que j'apercevais un visage blême dont les yeux flamboyaient. Lucy ne me répondit pas, et je courus alors jusqu'à l'entrée du cimetière. L'église, maintenant, me cachait le banc, de sorte que, l'espace de quelques instants, je ne vis plus Lucy. Je contournai l'église ; le clair de lune, libre de nuages, me permit enfin de voir nettement Lucy à demi couchée, la tête appuyée contre le dossier du banc. Elle était absolument seule – il n'y avait, auprès du banc, pas la moindre trace d'un être vivant.

Quand je me penchai sur elle, je m'aperçus qu'elle était encore profondément endormie. Les lèvres entrouvertes, elle respirait, non pas paisiblement ainsi qu'elle respirait habituellement, mais comme si elle se fût efforcée, à chaque inspiration et avec peine, de faire pénétrer le plus d'air possible dans ses poumons. Soudain, toujours dans son sommeil, elle releva le col de sa chemise de nuit, sans doute pour mieux se couvrir la gorge. En même temps, je m'en rendis compte, elle frissonna de la tête aux pieds ; elle avait froid. J'entourai ses épaules du châle de laine, et, comme je craignais de la réveiller trop brusquement, j'attachai le châle autour de sa gorge au moyen d'une grosse épingle de nourrice, afin d'avoir moi-même les mains libres pour pouvoir l'aider ; mais, angoissée comme je l'étais, j'eus sans doute un mouvement maladroit – peut-être la piquai-je légèrement – car bientôt, sa respiration devenant plus calme, elle porta à nouveau la main à la gorge et se mit à gémir. Une fois qu'elle fut chaudement enveloppée dans le châle, je lui mis mes souliers, puis j'essayai très doucement de l'éveiller. D'abord, elle ne sembla pas réagir le moins du monde. Peu à peu cependant son sommeil se fit plus léger, elle gémit encore, puis poussa quelques soupirs. Comme il me semblait qu'il était grand temps de la ramener à l'hôtel, je la secouai un peu plus brusquement ; enfin, elle ouvrit les yeux, s'éveilla. Elle ne parut nullement surprise de me voir ; naturellement, au premier moment, elle ne se rendit pas compte du lieu où elle se trouvait… A son réveil, Lucy est toujours très jolie, et même alors, par cette nuit froide où elle frissonnait et devait être épouvantée de se réveiller, vêtue seulement d'une chemise de nuit et d'un châle, dans un cimetière, elle ne perdait rien de son charme gracieux. Elle trembla un peu, se serra contre moi, et quand je lui dis : “Reviens immédiatement avec moi”, elle se leva sans un mot, obéissante comme une enfant. Nous nous mîmes en route ; les cailloux du chemin me blessaient les pieds, ce qu’elle remarqua. Elle s’arrêta, insista pour que je reprenne mes chaussures. Bien entendu, je refusai. Seulement, une fois que nous fûmes sorties du cimetière, je me trempai les pieds dans la boue afin que, si jamais nous rencontrions quelqu’un, on ne pût remarquer que j’étais pieds nus. Mais la chance nous sourit : nous rentrâmes sans croiser personne. A un moment donné, il est vrai, nous aperçûmes un homme qui semblait pris de boisson ; mais nous nous mîmes à l’abri à l’intérieur d’un porche jusqu’à ce qu’il eût disparu. Inutile d’ajouter que j’étais à nouveau remplie d’inquiétude à la pensée que Lucy risquait non seulement de prendre froid mais de voir sa réputation gravement atteinte si cette histoire se répandait. Dès que nous fûmes rentrées, et après nous être lavé les pieds, je la fourrai dans son lit. Avant de se rendormir, elle me demanda, me supplia de ne rien raconter à personne, pas même à sa mère. Tout d’abord, j’hésitai, je ne voulais pas lui faire cette promesse ; mais je m’y décidai finalement en pensant à l’état de santé de sa mère, au choc qu’elle éprouverait si elle apprenait la chose, laquelle, assurément, ne parviendrait que défigurée à ses oreilles. J’espère que j’ai eu raison. J’ai fermé la porte à clef, et je garde la clef liée à mon poignet. Sans doute ne serai-je plus dérangée. Lucy dort profondément. L’aube, déjà, se lève sur la mer…

Même jour, midi – Tout va bien. Lucy a dormi jusqu’à ce que je l’éveille, et ne semblait même pas s’être retournée une seule fois dans son lit. Apparemment, l’aventure de la nuit dernière ne lui a pas fait de mal ; au contraire, j'ai l'impression qu'elle est mieux ce matin, mieux que depuis des semaines. Seulement, je suis navrée d'avoir été maladroite au point de la blesser en fermant l'épingle de nourrice. Je m'aperçois que cela aurait pu être grave car la peau de la gorge a été percée à deux endroits différents, et il y a une tache de sang sur le ruban de sa chemise de nuit. Quand je lui ai dit à quel point cela m'attristait, elle m'a répondu en riant et en me donnant une petite tape sur la joue qu'elle n'en souffrait pas le moins du monde. Heureusement, je ne pense pas qu'il y ait une cicatrice.

11 août, au soir – Nous avons passé une très bonne journée. Beau temps, soleil, légère brise. Nous avons déjeuné à Mulgrave Woods, où Mrs Westenra s'est rendue par la route, tandis que Lucy et moi prenions le chemin au flanc des falaises. Malgré tout, j'avais le cœur gros, pensant à mon bonheur si Jonathan eût été là ! Mais il me faudra sans doute encore beaucoup de patience… Le soir, promenade dans les jardins du casino où nous avons entendu de la bonne musique, puis nous sommes rentrées nous coucher tôt. Lucy, beaucoup plus calme, s'est endormie tout de suite. Je vais fermer la porte à clef et prendre la clef comme je l'ai fait la nuit dernière, bien que je ne croie pas qu'il se passe rien de fâcheux cette nuit.

12 août – Je m'étais trompée. A deux reprises, cette nuit, j'ai été réveillée par Lucy qui essayait de sortir de la chambre. Même endormie, on la devinait quelque peu irritée de trouver la porte fermée, et c'est avec des gestes de protestation qu'elle est venue se recoucher. Enfin, quand je me suis réveillée au petit matin, les oiseaux chantaient, et je fus bien aise de voir que Lucy, également éveillée, avait encore meilleure mine que la veille. Elle avait recouvré sa gaieté naturelle et elle vint près de moi, dans mon lit, pour me parler longuement d'Arthur. De mon côté, je lui dis toute l'inquiétude que m'inspirait le sort de Jonathan ; elle essaya de me rassurer, et j'avoue qu'elle y réussit dans une certaine mesure, car si la sympathie de nos amis ne change évidemment rien aux faits tels qu'ils sont, elle nous les rend tout de même plus supportables.

13 août – Encore une journée paisible, et, le soir, je me suis à nouveau couchée, la clef attachée à mon poignet. Lorsque, dans la nuit, je me suis réveillée, Lucy, endormie, était assise dans son lit, et du doigt, montrait la fenêtre. Je me précipitai vers la fenêtre et, levant le store, je penchai la tête pour voir ce qui se passait au-dehors. Il faisait un beau clair de lune, et la mer et le ciel se confondaient dans cette douce lumière argentée et dans le silence mystérieux de la nuit. Devant moi, une grande chauve-souris passait et repassait en décrivant de larges cercles. Une ou deux fois elle me frôla presque, mais je suppose qu'elle en fut effrayée, car elle s'envola vers le port, puis vers l'abbaye.

Lorsque, quittant la fenêtre, je regagnai le milieu de la chambre, Lucy s'était étendue, et dormait paisiblement. Elle n'a plus bougé jusqu'au matin.

14 août – Nous avons passé presque toute la journée sur la falaise est, lisant et écrivant. Lucy semble maintenant aimer cet endroit autant que je l'aime moi-même, et c'est toujours avec regret qu'elle le quitte quand il faut que nous rentrions pour le lunch, le thé, ou le dîner. Cet après-midi, elle a fait une remarque bien drôle. Nous revenions à l'heure du dîner et, arrivées au-dessus de l'escalier, sur la falaise ouest, nous nous étions arrêtées pour contempler le paysage comme nous le faisons souvent. Le soleil couchant, qui descendait derrière le promontoire, teintait d'une belle lumière rouge la falaise d'en face et la vieille abbaye. Nous restâmes sans rien dire un moment, puis Lucy murmura, comme si elle se parlait à elle-même : "Encore ses yeux rouges ! Les mêmes, exactement les mêmes !" Fort étonnée, ne comprenant pas à quoi de telles paroles pouvaient se rapporter, je me tendis légèrement vers Lucy afin de la voir sans toutefois avoir l'air de la regarder ; je m'aperçus alors qu'elle était dans un état de demi-sommeil et que l'expression de son visage était des plus bizarres. Je ne dis rien, mais suivis son regard. Elle le tenait fixé, me sembla-t-il, sur notre banc où était assise une silhouette sombre. J'en demeurai interdite moi-même car, l'espace d'un instant, j'eus l'impression que cette étrange créature avait de grands yeux flamboyants, mais cela ne dura réellement qu'une seconde. Le soleil illuminait les vitraux de l'église, derrière notre banc que je distinguais encore dans le crépuscule. J'attirai l'attention de Lucy sur ces jeux de lumières, et elle se ressaisit complètement, mais tout en paraissant encore très triste. Peut-être se souvenait-elle de la nuit terrible qu'elle avait passée là-haut. Nous n'en avions jamais reparlé ; je n'y fis à nouveau aucune allusion, et nous nous remîmes en route. Lucy, prise d'un grand mal de tête, monta se coucher aussitôt après le dîner. Lorsqu'elle fut endormie, je sortis à nouveau, désirant me promener seule sur les falaises ; je me sentais triste, moi aussi, je l'avoue, car je pensais sans cesse à Jonathan. Quand je rentrai, la lune éclairait la nuit au point que, même près de l'hôtel qui se trouvait dans l'ombre, on distinguait le moindre objet ; je levai les yeux vers notre fenêtre et je vis Lucy qui s'y penchait.

Je me dis que peut-être elle me cherchait, et j'agitai mon mouchoir. Elle ne remarqua rien – en tout cas, elle ne fit pas le moindre geste. A ce moment même, la lune éclaira l'angle de la maison et, par conséquent, notre fenêtre. Je m'aperçus que Lucy, les yeux fermés, avait la tête appuyée sur le rebord de la fenêtre. Elle dormait, et, à côté d'elle, sur le marbre, j'eus l'impression qu'était posé un grand oiseau. Craignant qu'elle ne prît froid, je montai l'escalier aussi vite que je le pus, mais quand j'entrai dans la chambre, elle revenait vers son lit, toujours profondément endormie et respirant avec difficulté ; d'une main elle se couvrait la gorge, comme pour se protéger contre le froid.

Sans la réveiller, je ramenai les couvertures sur elle. Maintenant, la porte est fermée à clef, et j'ai eu soin également de bien fermer la fenêtre.

Elle est très jolie, reposant ainsi ; mais elle est pâle en ce moment, et ses traits sont tirés. J'ai peur qu'une chose que j'ignore ne l'inquiète. Si je pouvais savoir ce que c'est !

15 août – Nous nous sommes levées plus tard que d'habitude. Lucy, fatiguée, s'était rendormie après que l'on nous eut appelées. Heureuse surprise, au petit déjeuner : le père d'Arthur va mieux et voudrait que le mariage ait lieu le plus tôt possible. Lucy rayonne de joie ; quant à sa mère, elle est heureuse et triste tout ensemble. Elle m'a expliqué son sentiment, un peu plus tard dans la journée. Elle a beaucoup de chagrin à la pensée de devoir se séparer de Lucy, mais elle se réjouit que sa fille ait bientôt un mari qui veillera sur elle. Pauvre Mrs Westenra ! Elle sait, m'a-t-elle confié, qu'il ne lui reste plus longtemps à vivre. Elle n'en a rien dit à sa fille et m'a fait promettre de garder le secret. La moindre émotion risquerait, pour Mrs Westenra, d'être fatale. Ah ! nous avons bien fait de ne pas lui révéler l'aventure de Lucy, l'autre nuit !

17 août – Je n'ai pas écrit une seule ligne depuis deux jours ; je n'en avais pas le courage… Oui, tout semble concourir à me décourager. Je n'ai aucune nouvelle de Jonathan, et Lucy me paraît de plus en plus faible. Je n'y comprends rien. Elle mange bien, passe de bonnes nuits, ainsi que de longues journées au grand air. Cependant, elle devient de plus en plus pâle et, la nuit, je l'entends qui respire avec difficulté. Je ne m'endors plus jamais sans avoir attaché la clef de notre porte à mon poignet. Lucy se relève souvent, marche dans la chambre ou s'assied sur l'appui, la fenêtre ouverte ; la nuit dernière, je l'ai trouvée qui se penchait au-dehors et c'est en vain que j'ai tenté de l'éveiller : elle était évanouie. Quand enfin j'ai pu la ranimer, elle était d'une faiblesse extrême et pleurait tout bas entre les efforts très longs et très pénibles qu'elle faisait pour respirer. Lorsque je lui ai demandé pourquoi elle était allée à la fenêtre, elle a hoché la tête, puis s'est détournée. J'espère que ses malaises ne proviennent pas de cette piqûre d'épingle. Je viens, pendant qu'elle dort, d'examiner sa gorge ; les deux petites blessures ne sont pas encore guéries ; les plaies sont encore ouvertes, et même plus larges, me semble-t-il ; les bords en sont d'un rose presque blanc. Si cela ne va pas mieux d'ici un jour ou deux, je demanderai que l'on appelle un médecin.

LETTRE DE SAMUEL F. BILLINGTON & FILS
SOLICITORS A WHITBY,
A MM. CARTER, PATERSON & CIE A LONDRES

1er août.

Messieurs,

Nous avons l'avantage de vous annoncer l'arrivée des marchandises envoyées par les Chemins de fer du

Grand Nord. Elles seront livrées à Carfax, lez Purfleet, dès leur arrivée à la gare de marchandises de King's Cross. La maison est inoccupée en ce moment, mais vous trouverez, jointes à l'envoi, les clefs qui toutes portent une étiquette.

Vous voudrez bien déposer les cinquante caisses dans la partie de la maison qui tombe en ruine et marquée d'un "A" sur le plan ci-joint. Votre agent reconnaîtra aisément l'endroit, étant donné que c'est précisément l'ancienne chapelle du manoir. Le train emportant les marchandises quittera Whitby ce soir à neuf heures et demie et arrivera à King's Cross demain à quatre heures et demie de l'après-midi. Comme notre client désire que les caisses arrivent à destination le plus tôt possible, nous vous serions obligés de les faire prendre à King's Cross exactement à l'heure dite et de les faire conduire immédiatement à Carfax. D'autre part, afin d'éviter tout retard quant au payement, vous trouverez ci-joint également un chèque d'une valeur de dix livres dont vous voudrez bien nous accuser réception ; si les frais étaient en deçà de ce chiffre, vous nous retourneriez le reliquat ; si, au contraire, ils le dépassaient, nous vous enverrions un second chèque dès avis de votre part. Les clefs devront être laissées dans le corridor de la maison, afin que le propriétaire les y trouve dès qu'il ouvrira la porte d'entrée avec sa propre clef.

En espérant que vous ne nous jugerez pas trop exigeants dans cette affaire si nous vous prions encore de faire diligence, nous vous restons, messieurs,

Sincèrement dévoués,
Samuel F. Billington & Fils.

LETTRE DE MM. CARTER, PATERSON & CIE, LONDRES
A MM. SAMUEL F. BILLINGTON & FILS, WHITBY

21 août.

Messieurs

Nous vous accusons réception de votre chèque de 10 livres et nous vous expédions un chèque de 1 livre, 17 s., 9 d. qui nous ont été payés en trop. Les caisses ont été livrées selon vos instructions et les clefs, liées les unes aux autres, laissées dans le corridor.

Veuillez croire, messieurs, à nos sentiments respectueux,

Pour Carter, Paterson & Cie.

JOURNAL DE MINA MURRAY

18 août – J'écris ces lignes assise sur le banc du cimetière. Lucy va beaucoup mieux aujourd'hui. La nuit dernière, elle ne s'est pas réveillée une seule fois. Encore qu'elle soit très pâle et paraisse bien faible, ses joues reprennent cependant un peu de couleur. Si elle était anémique, cette pâleur pourrait se comprendre, mais il n'en est rien. Elle est d'humeur joyeuse – très gaie vraiment. Elle est enfin sortie de son silence morbide, et elle vient de me rappeler – comme si j'avais eu besoin qu'on me la rappelât ! – cette nuit horrible, et que c'était ici, sur ce banc même, que je l'avais trouvée endormie. Tout en parlant, elle frappait gaiement du talon la pierre tombale.

— Mes pauvres petits pieds ne faisaient pas beaucoup de bruit, cette nuit-là ! J'imagine que le pauvre Mr Swales aurait dit que c'était parce que je ne voulais pas réveiller Georgie !

La voyant dans de telles dispositions, je lui demandai si, cette fameuse nuit, elle avait rêvé. Avant de me répondre, elle fit un moment ces mines charmantes que son Arthur aime tant, paraît-il ; au vrai, je ne m'en étonne pas. Puis, elle reprit, un peu comme dans un rêve, essayant, eût-on dit, de se souvenir elle-même de ce qui s'était passé :

— Non, je n'ai pas rêvé… Tout me semblait réel. Mais je désirais être ici, à cet endroit, sans savoir pourquoi… j'avais peur de quelque chose… je ne sais pas de quoi… Je me souviens très bien, et pourtant, sans doute, étais-je endormie, d'être passée dans les rues, d'avoir traversé le pont ; à ce moment-là, un poisson sauta au-dessus de l'eau et je me penchai par-dessus le parapet pour le regarder ; puis, comme je commençais à monter les escaliers, des chiens se mirent à hurler – on eût dit que la ville était peuplée de chiens qui hurlaient tous à la fois. Ensuite, j'ai le vague souvenir de quelque chose de long et de sombre, avec des yeux flamboyants, juste comme nous l'avons vu l'autre soir dans le soleil couchant, tandis que j'avais l'impression d'être entourée de douceur et d'amertume tout ensemble. Ensuite… ce fut comme si je m'enfonçais dans une eau verte et profonde ; un bourdonnement remplissait mes oreilles, comme il se fait, dit-on, chez ceux qui se noient. Alors, il me sembla ne plus exister… mon âme s'envolait de mon corps, flottait dans les airs… Je crois me souvenir que le phare ouest se trouvait juste en dessous de moi, puis j'ai eu une sensation de douleur, comme si je me trouvais au milieu d'un tremblement de terre, et enfin je suis revenue à moi – tu étais en train de me secouer ; j'ai vu tes gestes avant de les sentir.

Elle se mit à rire, ce qui, je l'avoue, me parut étrange, inquiétant ; je l'écoutais rire en retenant mon souffle. La voir ainsi me faisait mal ; je jugeai qu'il valait mieux qu'elle ne pensât plus à cette aventure. J'amenai donc la conversation sur un autre sujet et, tout de suite, elle redevint elle-même. Lorsque nous rentrâmes à l'hôtel, la brise l'avait ravigotée, et ses joues pâles étaient réellement plus roses. Sa mère se réjouit de la voir ainsi, et toutes les trois, nous passâmes une très bonne soirée.

19 août – Que je suis heureuse ! Heureuse ? Non, ce n'est pas le bonheur... Mais, enfin, j'ai des nouvelles de Jonathan ! Le pauvre, il a été malade. C'est pourquoi il est resté si longtemps sans écrire. Je suis rassurée, maintenant que je sais à quoi m'en tenir. Mr Hawkins m'a transmis la lettre que lui a adressée la religieuse qui soigne Jonathan, et lui-même m'a écrit un mot fort aimable, comme toujours. Dès demain, je pars pour aller le retrouver ; si cela est nécessaire, j'aiderai à le soigner, puis nous reviendrons ensemble en Angleterre. Mr Hawkins me conseille de nous marier là-bas. J'ai tant pleuré en lisant la lettre de la bonne sœur que je sens encore, dans mon corsage où je l'ai glissée, la feuille de papier toute mouillée. C'est lui qui l'a dictée, et je dois donc la garder tout près de mon cœur puisque, lui, il est dans mon cœur ! Mon voyage est arrangé et ma valise prête. Outre la robe que je mettrai demain, je n'en emporte qu'une seule. Lucy expédiera ma malle à Londres et la gardera chez elle jusqu'à ce que je lui demande de me l'envoyer, car, peut-être... mais je ne dois pas en écrire davantage... Je dois d'abord parler de cela à Jonathan, mon mari. Cette lettre qu'il a vue et touchée de ses doigts sera pour moi un réconfort jusqu'à ce que je sois auprès de lui.

SŒUR AGATHA
DE L'HÔPITAL SAINT-JOSEPH-ET-SAINTE-MARIE,
BUDAPEST
A MISS WILHELMINA MURRAY

12 août.

Madame,

Je vous écris cette lettre à la demande de Mr Jonathan Harker qui est encore trop faible pour le faire lui-même, bien que son état de santé s'améliore de jour en jour, grâce à Dieu, à saint Joseph et à sainte Marie ! Il est arrivé chez nous voici près de six semaines, atteint d'une crise cérébrale assez grave. Il me prie de vous dire que vous avez toutes ses pensées et de vous avertir que, par le même courrier, j'envoie également une lettre à Mr Peter Hawkins, d'Exeter, dans laquelle j'exprime les regrets de mon malade de n'avoir pas pu lui faire savoir plus tôt que l'affaire pour laquelle il était venu dans ce pays est entièrement réglée. Mr Harker aura encore besoin de quelques semaines de repos dans notre sanatorium, mais il pourra alors retourner en Angleterre. Il me demande aussi de vous dire qu'il ne dispose pas de tout l'argent qui lui serait nécessaire, car il désirerait payer le séjour qu'il fait ici, afin de venir en aide aux malades qui sont dans le besoin.

"Je prie pour vous, madame, et me dis sincèrement vôtre,

Sœur Agatha.

P.-S. Mon malade s'étant endormi, je rouvre cette lettre pour vous écrire encore quelques mots. Il m'a beaucoup parlé de vous, m'a appris que vous deviez bientôt vous marier. Tous mes vœux à vous et à lui !

D'après le médecin qui le soigne, il a reçu un choc terrible et, dans son délire, moi-même je l'ai entendu parler de choses effroyables : de loups, de poison et de sang ; de fantômes et de démons ; d'autres choses encore que je n'ose pas nommer… Pendant longtemps, il vous faudra prendre garde de ne pas lui remémorer l'un ou l'autre de ces sujets pénibles ; les traces de la maladie dont il a souffert ne s'effacent pas facilement. Nous aurions voulu vous avertir plus tôt de tout ceci, mais nous ne savions pas à qui écrire, n'ayant l'adresse d'aucun de ses amis, d'aucun de ses parents, et il n'avait sur lui aucun papier que nous aurions pu déchiffrer. Il est arrivé chez nous en débarquant du train de Klausenburg et le chef de gare a raconté qu'il s'était alors précipité au guichet en criant qu'il voulait un billet pour son pays. Comprenant qu'il était Anglais, le chef de gare lui avait fait donner un billet pour la gare la plus proche.

Il est très bien soigné, soyez-en certaine. Par sa bonté et sa douceur, il a gagné, ici, tous les cœurs. Réellement, comme je vous le disais au début de cette lettre, il va de mieux en mieux, mais – je le répète également – vous devrez veiller à sa tranquillité d'esprit. Je prie Dieu et saint Joseph et sainte Marie qu'ils vous accordent à tous deux beaucoup, beaucoup, beaucoup d'années heureuses.

JOURNAL DU DR SEWARD

19 août – Changement soudain et bizarre chez Renfield, hier soir. Vers huit heures, il est devenu fort excité et il s'est mis à renifler comme un chien lorsqu'il tombe en arrêt. Le surveillant, frappé de la chose et sachant combien je m'intéresse à ce malade, voulut le faire parler ; d'habitude, Renfield lui témoigne beaucoup de respect et parfois même se conduit envers lui avec servilité. Mais, d'après ce qu'il m'a raconté, ce ne fut pas le cas cette fois-ci : il l'a traité de haut, sans lui répondre quoi que ce fût. Il lui a seulement dit :

— Je ne veux pas vous parler : vous n'existez plus pour moi. Le Maître est près d'ici.

Le surveillant croit qu'il est pris d'un accès de folie mystique. S'il en est ainsi, nous devons nous attendre à de belles scènes, car un homme aussi robuste que lui, s'il est atteint de folie à la fois mystique et homicide, peut devenir dangereux, très dangereux. A neuf heures, je suis allé le voir. Il eut envers moi exactement la même attitude qu'envers le surveillant. Il semble que, dans son état d'esprit actuel, il ne fasse plus aucune différence entre le surveillant et moi. Sans doute est-ce, en effet, de la folie mystique, et bientôt il se prendra pour Dieu lui-même ! Ces mesquines distinctions entre deux hommes ne sont pas dignes d'un Etre tout-puissant. Comme ces aliénés se trahissent ! Le Dieu véritable veille sur un moineau, protège son existence. Mais le Dieu que crée la vanité humaine ne distingue pas un aigle d'un moineau.

Pendant une demi-heure et même davantage, Renfield se montra de plus en plus excité. Tout en feignant de ne pas l'observer, je suivais pourtant chacun de ses mouvements. Tout à coup, je vis dans ses yeux ce regard sournois, que les fous ont toujours lorsqu'ils se sont arrêtés à une idée, et en même temps il secouait la tête – ce que les surveillants d'asiles connaissent trop bien. Puis il se calma et, avec un air de résignation, alla s'asseoir sur le bord de son lit ; il se mit à regarder dans le vague avec des yeux éteints. Je voulais savoir si cette apathie était réelle ou simulée et j'essayai de le faire parler de ses petites bêtes – sujet qui n'avait jamais manqué encore d'éveiller toute son attention. D'abord, il ne répondit pas, puis, finalement, il dit avec humeur :

— Au diable, tout cela ! Peu m'importe…

— Comment ? l'interrompis-je. Vous n'allez pas me dire que vous ne vous intéressez pas aux araignées ? (Car, depuis quelques jours, sa principale marotte, ce sont les araignées, et son calepin est rempli de petits chiffres.)

A ceci, il répondit d'une façon énigmatique :

— Les demoiselles d'honneur réjouissent les yeux de ceux qui attendent l'arrivée de la mariée ; mais quand vient celle-ci, les demoiselles d'honneur n'ont plus aucune importance aux yeux des invités.

Il ne voulut pas s'expliquer davantage et, obstinément, resta assis sur le bord de son lit tout le temps que je demeurai dans sa chambre. Je suis très fatigué, ce soir, et fort abattu. La pensée de Lucy m'obsède continuellement, et je ne puis m'empêcher de me dire à chaque instant que tout aurait pu être différent ! Si ce soir, aussitôt couché, je ne trouve pas le sommeil, eh bien ! alors le chloroforme, ce Morphée moderne – $C_2HCl_3O.H_2O$! Mais je dois prendre garde de ne pas en faire une habitude. Non, ce soir, je n'en prendrai pas ! J'ai beaucoup pensé à Lucy, et je ne ferai pas tort à son souvenir en voulant à tout prix oublier. S'il le faut, cette nuit, je ne dormirai pas… Plus tard – heureux d'avoir pris cette décision… et surtout de l'avoir tenue ! –, j'étais à me retourner dans mon lit d'un côté puis de l'autre, et je venais d'entendre sonner deux heures – seulement deux heures ! – quand le veilleur de nuit frappa à ma porte ; il venait me dire que Renfield s'était échappé ! Je m'habillai en toute hâte et descendis. Mon malade est trop dangereux pour se contenter d'errer dans les environs. Ses idées fixes peuvent constituer un véritable péril pour les gens qu'il viendrait à rencontrer. Le surveillant m'attendait. Moins de dix minutes auparavant, il avait vu encore, par le petit guichet pratiqué dans la porte de la chambre, Renfield étendu sur son lit, apparemment endormi. Mais ensuite, son attention attirée par le bruit d'une fenêtre que l'on ouvrait, et revenant en courant à la porte de Renfield, il avait vu les pieds de ce dernier disparaître par la fenêtre ! Sans hésiter un instant, il m'avait fait appeler. Selon lui, Renfield, vêtu de sa seule chemise de nuit, ne devait pas être loin ; aussi valait-il mieux sans doute surveiller d'ici sa fuite que de tenter de le suivre immédiatement, car nous pourrions le perdre de vue si nous quittions la fenêtre pour gagner la porte de l'établissement. Mais, fort et robuste, le surveillant ne pouvait pas songer à passer lui-même par la fenêtre. Comme je suis mince, il m'aida à sauter dans la cour, et j'y réussis sans me blesser. Il me dit que le fugitif avait pris vers la gauche, tout droit. Je courus dans cette direction, aussi vite que je pus. Lorsque j'arrivai près des arbres, j'aperçus une silhouette blanche qui escaladait le haut mur séparant notre parc de celui de la maison inhabitée.

Toujours en courant, je revins dire au veilleur de nuit d'appeler immédiatement trois ou quatre hommes afin de venir avec moi à Carfax ; au cas où Renfield deviendrait dangereux, nous devions être plusieurs si nous voulions tenter de le ramener. Je pris une échelle et, montant à mon tour sur le mur, je me laissai tomber de l'autre côté. Au même moment, je vis Renfield disparaître derrière la maison et courus pour le rattraper. Arrivé de l'autre côté de la maison, je le trouvai qui s'appuyait de toute sa force contre la vieille porte de chêne de la chapelle. Apparemment, il parlait à quelqu'un, mais je n'osai pas m'approcher de façon à entendre ce qu'il disait, car je craignais de le faire fuir. Poursuivre un essaim d'abeilles n'est rien comparé à la tentative de rattraper un fou à moitié nu qui s'est mis en tête de se sauver ! Après quelques minutes cependant, je compris qu'il ne remarquait rien de ce qui se passait autour de lui ; aussi avançai-je vers lui, d'autant plus rassuré que mes hommes avaient maintenant franchi le mur et allaient le cerner. Je saisis ce qu'il disait :

— Je suis à vos ordres, Maître. Je suis votre esclave et je sais que vous me récompenserez, car je serai fidèle. Il y a longtemps que je vous adore, de loin ! Maintenant que vous êtes tout près, j'attends vos ordres, et vous ne m'oublierez pas, n'est-ce pas, cher Maître, dans la répartition de vos bienfaits ?

Quel mendiant, en vérité ! Il pense aux pains et aux poissons même lorsqu'il se croit devant la Présence réelle. Ses différentes manies forment un mélange surprenant. Lorsque nous l'entourâmes et voulûmes le saisir, il se débattit comme un tigre. Il est d'une force incroyable, car il ressemble plus à une bête sauvage qu'à un homme. Jamais encore je n'avais vu un aliéné pris d'une telle fureur, et j'espère que c'est la dernière fois ! Heureusement, nous nous sommes aperçus à temps et de sa force et du danger qu'elle représentait. Je n'ose pas penser à ce qu'il aurait pu commettre si nous ne l'avions pas repris ! Maintenant, en tout cas, il est en lieu sûr. Jack Sheppard lui-même ne parviendrait pas à se dégager de la camisole de force que nous lui avons mise, et il est attaché par des chaînes au mur du cabanon. De temps à autre, il pousse des cris épouvantables, mais le silence dans lequel il s'enferme ensuite est autrement inquiétant, car on y devine des tentations de meurtre.

Il vient, pour la première fois, de prononcer quelques phrases cohérentes…

— J'aurai de la patience, Maître ! Je saurai attendre… attendre… attendre…

Moi aussi, j'attendrai. J'étais trop excité pour dormir, mais écrire ces pages m'a calmé, et je sens que je dormirai quelques heures la nuit prochaine.

IX

MINA HARKER A LUCY WESTENRA

Budapest, 24 août.

Ma très chère Lucy,

Je sais que tu es impatiente d'apprendre tout ce qui s'est passé depuis que nous nous sommes quittées à la gare de Whitby. Eh bien ! arrivée à Hull, j'ai pris le bateau pour Hambourg et, là, le train qui m'a amenée ici. C'est à peine si je me souviens des détails de mon voyage ; comme je savais que j'allais retrouver Jonathan et que j'aurais à le soigner, à le veiller, je ne songeais qu'à une chose : dormir le plus possible… Je trouvai un Jonathan maigre, pâle et apparemment dans un grand état de faiblesse. Il n'avait plus dans les yeux ce regard résolu, ni sur les traits cette calme maîtrise dont je t'ai si souvent parlé. Il n'est plus que l'ombre de lui-même, il ne se rappelle plus rien de ce qui lui est arrivé ces derniers temps… du moins, c'est ce qu'il veut me faire croire, et, pour rien au monde, je ne voudrais l'interroger à ce propos. Il a reçu un choc vraiment terrible, et j'ai bien peur que, si la mémoire lui en revenait, son cerveau ne résiste pas à cette nouvelle épreuve. Sœur Agatha, excellente créature et infirmière-née, me répète que, dans son délire, il a parlé de choses absolument effrayantes. J'aurais voulu qu'elle me donnât des détails, mais, en se signant, elle m'a répondu que c'était impossible, que les propos tenus par un malade en délire étaient le secret de Dieu et que si, par sa vocation même, une infirmière est bien obligée de les entendre, elle doit respecter ces secrets. Le lendemain, pourtant, devinant à quel point j'étais préoccupée, d'elle-même elle me reparla de cela : "Tout ce que je puis vous dire, fit-elle, c'est que, à aucun moment, il n'a parlé d'une faute qu'il aurait commise. Et vous, qui devez bientôt être sa femme, n'êtes nullement en cause. Il ne vous a pas oubliée, et il n'a pas oublié tout ce qu'il vous doit. Ses angoisses provenaient de choses si terribles qu'aucun être humain n'aurait pu les apaiser." Sans doute la bonne âme craignait-elle que je fusse jalouse en pensant que mon pauvre chéri était tombé amoureux d'une autre femme ! Moi, jalouse d'une femme dont mon pauvre chéri serait amoureux ! Jalouse ! Moi qui suis si confiante en l'amour de Jonathan ! Et pourtant, ma chère, laisse-moi te dire comme j'ai été tout de même rassurée en apprenant qu'aucune autre femme n'était à l'origine de sa fièvre cérébrale. Je t'écris, assise à son chevet, et je le regarde à tout moment pendant qu'il dort… Il s'éveille !

Eveillé, il m'a demandé son veston et dans une des poches il prit son calepin. Je fus sur le point de le supplier de me laisser lire ses notes – car je savais que j'y aurais trouvé quelques indications au sujet de sa maladie – mais je crois qu'il a saisi ma pensée dans mon regard, car il m'a priée d'aller à la fenêtre : il voulait être seul un moment. Bientôt, il m'a rappelée, et quand je me suis approchée de son lit, la main posée sur son calepin, il me dit d'un ton très grave :

— Wilhelmina – oui, ce qu'il avait à me confier devait être très sérieux, car c'était la première fois qu'il me donnait mon vrai nom depuis le jour où il m'avait demandée en mariage –, Wilhelmina, ma chérie, tu sais ce que je pense de la confiance nécessaire entre une femme et son mari. Ils ne doivent rien se cacher, n'avoir aucun secret l'un envers l'autre. Je t'avoue donc que j'ai reçu un grand choc et que, maintenant, lorsque j'essaye de comprendre ce qui m'est arrivé, une sorte de vertige me gagne, de sorte que je ne sais plus si cela s'est réellement passé ou si ce n'était qu'un rêve. On t'a dit que j'avais eu une fièvre cérébrale, ce qui équivaut à de la folie. Le secret de ce qui m'est arrivé est enfermé dans ces pages, mais je ne veux pas le connaître. Je veux que ma vie, avec notre mariage, reparte de zéro. (Car, ma chère, nous allons nous marier ici, dès que toutes les formalités seront remplies.) Veux-tu, Wilhelmina, partager mon ignorance ? Voici mon calepin. Prends-le, garde-le et, si tu en as envie, lis tout ce que j'y ai écrit, mais ne m'en parle jamais, je ne veux pas me souvenir de cette période… à moins que quelque grave devoir ne m'oblige à y revenir, endormi ou éveillé, fou ou sain d'esprit.

Il retomba, épuisé ; en l'embrassant, je glissai le petit carnet sous son oreiller. Sœur Agatha a bien voulu aller de ma part chez la mère supérieure pour la prier de faire en sorte que notre mariage ait lieu cet après-midi. J'attends sa réponse…

Elle est revenue et m'a dit que l'on était allé chercher l'aumônier de l'Eglise anglicane. Dans une heure, nous serons mariés, ou plutôt, dès que Jonathan s'éveillera…

Lucy, les heures ont passé depuis que j'ai posé ma plume… L'instant m'a paru grave, et maintenant je me sens tellement heureuse ! Quand Jonathan s'est éveillé, tout était prêt et, appuyé sur des oreillers, il s'est assis dans son lit. C'est d'un ton résolu et ferme qu'il a prononcé le "oui". Pour moi, je pouvais à peine parler ;

j'avais le cœur si gros qu'il me semblait que le moindre mot m'étoufferait. Les religieuses sont si dévouées ! Dieu veuille que je ne les oublie jamais, et que je n'oublie jamais non plus les lourdes mais si douces responsabilités que j'ai prises ! Il faut maintenant que je te parle de mon cadeau de noces. Quand l'aumônier et les sœurs m'eurent laissée seule avec mon mari – oh ! Lucy, c'est la première fois que j'écris ces mots : mon mari –, je pris le calepin sous son oreiller, l'enveloppai d'une feuille de papier blanc, liai le tout d'un petit ruban bleu pâle, et scellai le nœud que je cachetai à l'aide de cire et en me servant, comme cachet, de mon alliance. Puis j'y déposai un baiser et dis à mon mari que je garderais toujours ainsi ce petit paquet, qu'il serait pour nous, notre vie durant, le signe extérieur de notre confiance réciproque ; que je ne l'ouvrirais jamais, à moins que ce ne fût dans son intérêt à lui, ou pour obéir à une impérieuse nécessité. Il me prit la main… Oh ! Lucy, c'était la première fois qu'il prenait la main de *sa femme*… Il me répondit que semblable promesse était la chose qui lui tenait le plus à cœur et que, pour en être digne, il consentirait, s'il le fallait, à revivre tout le passé. Le pauvre garçon voulait assurément dire une partie du passé, mais il est encore incapable d'évaluer le temps écoulé, et je ne m'étonnerais pas si, pendant quelque temps, il confondait non seulement les mois, mais les années.

Qu'aurais-je pu lui répliquer ? Je me contentai de lui murmurer que j'étais la femme la plus heureuse du monde, que je n'avais rien d'autre à lui donner que moi-même, ma vie, ma foi, mon amour et mes devoirs envers lui. Puis, quand il m'embrassa et m'attira à lui de ses mains maigres et sans force, j'eus l'impression que nous échangions à nouveau une promesse solennelle.

Ma chère Lucy, sais-tu pourquoi je te raconte tout ceci ? Non seulement parce que cela m'est doux, tu le devines, mais parce que tu as toujours été ma plus grande amie… et que tu le resteras ! J'ai considéré comme un privilège d'être ton amie et un peu ton guide quand tu es sortie de l'école pour te préparer à la vie. Je voudrais maintenant te prouver, grâce à l'exemple que je puis être pour toi, à quoi l'on peut aboutir avec de la patience, de l'endurance, afin que, mariée à ton tour, tu sois aussi heureuse que je le suis maintenant. Ma chérie, plaise à Dieu que ton existence soit ce qu'elle promet : un long jour ensoleillé, sans vent, sans devoir négligé, sans méfiance aucune. Je ne te souhaiterai pas de n'avoir jamais de peine – cela est impossible ; mais, encore une fois, j'espère que tu seras toujours aussi heureuse que je le suis maintenant. Au revoir, ma chérie. Je vais mettre immédiatement cette lettre à la poste, et je t'écrirai encore bientôt. Je dois te quitter, car Jonathan s'éveille… Il faut que je demande à mon mari s'il n'a besoin de rien…

Ton amie de toujours.
Mina Harker.

LUCY WESTENRA A MINA HARKER

Whitby, 30 août.

Ma très chère Mina,

Des océans d'amitié, des millions de baisers, et que tu sois bientôt chez toi, dans ta maison, avec ton mari ! Si vous pouviez revenir assez tôt encore en Angleterre, vous viendriez passer quelques jours ici, à Whitby. L'air vif ferait le plus grand bien à Jonathan – pour moi, il m'a complètement remise ; j'ai un appétit d'ogre, je me sens pleine de vitalité, et je dors très bien. Tu te réjouiras d'apprendre, je crois, que je ne me promène plus tout endormie. Je pense qu'il y a bien une semaine que je n'ai plus quitté mon lit – c'est-à-dire pendant la nuit ! Arthur prétend que j'ai grossi. A propos, j'oublie de te dire qu'Arthur est ici. Nous faisons des promenades à pied ou en voiture, nous montons à cheval, nous ramons, nous jouons au tennis, et nous allons à la pêche ensemble. Je l'aime plus que jamais. Il me dit que, lui aussi, il m'aime toujours davantage ; mais j'en doute car, au début, il me disait qu'il ne pourrait pas m'aimer plus qu'il ne le faisait alors… Le voilà qui m'appelle… Aussi je te quitte.

Toute l'amitié de ta Lucy.

P.-S. Maman t'envoie ses meilleures pensées. Elle semble aller un peu mieux.

PP.-S. Nous nous marions le 28 septembre.

JOURNAL DU DR SEWARD

22 août – Le cas de Renfield devient de plus en plus intéressant. Il a maintenant de longues périodes de calme. Mais pendant quelques jours, après sa dernière crise, il n'a pas cessé d'être violent. Puis un soir, comme la lune se levait, il s'apaisa et se murmura plusieurs fois à lui-même : “Maintenant, je peux attendre… je peux attendre…” Le surveillant est venu me prévenir, et je suis descendu immédiatement me rendre compte de ce qui se passait réellement. Renfield, toujours enfermé dans le cabanon et portant la camisole de force, n'avait plus son air de fureur, et ses yeux avaient retrouvé un peu de leur douceur suppliante – j'allais presque dire obséquieuse. J'ordonnai qu'on le libérât. Le personnel hésita mais, finalement, m'obéit. Chose étrange, le malade comprit parfaitement cette méfiance des surveillants car, s'approchant de moi, il me murmura à l'oreille, cependant qu'il les regardait à la dérobée :

— Ils pensent sans doute que je veux vous blesser ! Moi, vous blesser ! Les idiots.

Il y avait somme toute quelque chose de rassurant à constater, c'est que, même dans l'esprit de ce malheureux, j'étais différent de mes subalternes ; toutefois, je suivais mal sa pensée. Devais-je comprendre que j'ai quelque chose de commun avec lui, de sorte que, pourrait-on dire, nous serions, lui et moi, du même bord ? Ou bien attend-il de moi un tel bienfait qu'il me juge un allié indispensable ? Je vais essayer d'y voir plus clair. Ce soir, en tout cas, il refuse de parler. Il ne se laisse même pas tenter quand on lui offre un chaton ou même un chat adulte. Il se contente de répondre : “Les chats ne m'intéressent plus. En ce moment, vraiment, d'autres choses me préoccupent, et je peux attendre… je peux attendre.”

Le surveillant me dit que, une fois que je fus sorti de la chambre, il est resté calme jusqu'à l'aube, puis qu'il s'est mis peu à peu à s'agiter, et cette crise est devenue si violente qu'il a fini par s'évanouir et est resté dans une sorte de coma…

Voilà trois nuits que la même chose s'est reproduite… Des crises violentes pendant la journée, puis de longues heures de calme pendant la nuit. Il me faut trouver la raison de ces répits qui suivent régulièrement les crises. Peut-être notre homme est-il sujet à quelque influence. Si c'était vrai ! Ce soir, nous jouerons esprits sains contre esprits malades. L'autre jour, Renfield s'est échappé malgré notre surveillance ; ce soir, nous l'aiderons à s'échapper. Nous lui donnerons sa chance, et les gardiens seront prêts à le suivre, éventuellement…

23 août – "C'est toujours l'inattendu qui arrive." Comme Disraeli avait raison ! Quand notre oiseau trouva sa cage ouverte, il ne voulut pas s'envoler, de sorte que tous les arrangements que nous avions pris ne servirent à rien ! Cependant, une chose est prouvée : les périodes de calme durent quelque temps. Désormais, nous le laisserons libre quelques heures chaque jour. J'ai dit au surveillant de nuit de ne le mettre au cabanon, quand il est paisible, qu'une heure seulement avant le lever du soleil. Il jouira physiquement de cette liberté relative, même si son esprit est incapable de l'apprécier. Mais on m'appelle !… De nouveau, ce à quoi je ne m'attendais pas : le malade s'est échappé, une fois de plus.

Même jour, un peu plus tard – Une autre aventure, ce soir… Renfield a attendu que le surveillant soit entré dans la chambre, puis il a profité d'un moment où l'autre était occupé pour se précipiter dans le corridor. J'ai donné l'ordre aux gardiens de le suivre. Comme la première fois, il s'est dirigé vers la maison inhabitée et nous l'avons encore trouvé appuyé contre la porte de la vieille chapelle. Quand il m'a vu accompagné du gardien, il s'est mis dans une colère extrême, et si mes hommes ne l'avaient pas empoigné à temps, je crois qu'il aurait tenté de me tuer. Tandis que nous le tenions, soudain il est encore devenu plus violent mais, presque aussitôt, il s'est calmé ; cela me parut fort étrange et, instinctivement, j'ai regardé autour de nous, d'ailleurs sans rien apercevoir. Alors, j'ai suivi ses regards ; mais, de nouveau, je n'ai rien pu distinguer dans le ciel où la lune brillait, si ce n'est une grosse chauve-souris qui volait vers l'ouest, silencieuse et pareille à un fantôme. Les chauves-souris souvent s'amusent, dirait-on, à passer et à repasser au même endroit, mais celle-ci semblait se diriger vers un but bien défini. De plus en plus calme, Renfield nous dit bientôt :

— Inutile de me tenir ; je peux retourner seul, et tranquillement !

En effet, nous rentrâmes sans la moindre difficulté, mais ce calme, chez mon malade, ne me dit rien qui vaille, et je ne dois pas oublier ce qui vient de se passer...

JOURNAL DE LUCY WESTENRA

Hillingham, 24 août – Comme Mina, je vais tenir un journal. Puis, lorsque nous serons à nouveau ensemble, nous parlerons longuement de tout ce que j'aurai noté ici. Mais quand sera-ce ? Que n'est-elle ici, maintenant, car je me sens si malheureuse ! La nuit dernière, j'ai eu l'impression de refaire les rêves que je faisais à Whitby ; peut-être est-ce à cause du changement d'air, ou parce que je suis revenue à la maison... Le plus terrible, c'est que je ne me rappelle rien... Mais j'ai continuellement peur, sans pourtant savoir de quoi. Et je me sens si faible, comme épuisée... Quand Arthur est venu déjeuner avec nous, il a paru tout triste en me voyant, et je n'ai même pas eu le courage de m'efforcer d'être gaie. Je me demande s'il ne me serait pas possible de partager la chambre de maman, cette nuit. J'y dormirais tranquille. Je trouverai un prétexte pour le lui demander.

25 août – Encore une mauvaise nuit. Ma proposition n'a pas semblé plaire à maman. Elle-même n'est pas très bien, et sans doute craint-elle de m'importuner souvent si nous dormons dans la même chambre. J'ai donc essayé de ne pas céder au sommeil et j'y ai réussi quelque temps, mais les douze coups de minuit m'éveillèrent – je m'étais donc endormie malgré tout ! Il me sembla qu'on grattait à la fenêtre, ou bien était-ce plutôt un battement d'ailes ? Mais je n'y pris point garde et, comme je ne me souviens de rien d'autre, je suppose que je me rendormis aussitôt. De nouveaux cauchemars. Si je pouvais me les rappeler… Ce matin encore, je suis horriblement faible ! Mon visage est d'une pâleur effrayante, et j'ai mal à la gorge… Je crois aussi que j'ai quelque chose aux poumons ; je respire souvent avec difficulté. J'essayerai de me montrer un peu plus joyeuse devant Arthur, sinon il sera de nouveau très malheureux.

ARTHUR HOLMWOOD AU DR SEWARD

Albemarle Hotel, 31 août.

Mon cher Jack,

Je voudrais vous demander un service. Lucy est malade, non pas d'une maladie bien précise, mais elle a très mauvaise mine, et son état empire de jour en jour. Je lui ai demandé à elle-même de quoi elle souffrait, et non pas à sa mère, car il serait fatal pour la pauvre dame de l'inquiéter au sujet de Lucy. Mrs Westenra m'a confié qu'elle n'avait plus longtemps à vivre, mais que Lucy n'en sait rien encore. Je suis certain pourtant que ma pauvre chérie, quoiqu'elle me dise le contraire, se tracasse à propos de l'une ou l'autre chose que j'ignore. Je suis fort inquiet ; la regarder est maintenant pour moi devenu une souffrance. Je lui ai dit que je vous demanderais de venir la voir et, finalement, elle y a consenti. Ce sera bien pénible pour vous, mon vieil ami, je le sais, mais il s'agit de sa santé – n'est-ce pas ? – et nous ne devons pas hésiter à agir. Voulez-vous venir déjeuner demain à deux heures à Hillingham ? De cette façon, nous n'éveillerons aucun soupçon chez Mrs Westenra : après le déjeuner, Lucy s'arrangera pour être un moment seule avec vous. Moi, je viendrai à l'heure du thé, puis nous repartirons ensemble. Encore une fois, je suis fou d'inquiétude et j'ai hâte de savoir ce que vous penserez de son état. Venez sans faute !

Arthur.

TÉLÉGRAMME D'ARTHUR HOLMWOOD
AU DR SEWARD

1er septembre.

Appelé au chevet de père, plus mal. Lettre suit. Ecrivez-moi longuement, ce soir, à Ring. Télégraphiez si nécessaire. Art.

LETTRE DU DR SEWARD A ARTHUR HOLMWOOD

2 septembre.

Mon vieil ami,

Laissez-moi vous dire tout de suite que, selon moi, Miss Westenra n'est atteinte d'aucun trouble fonctionnel, d'aucune maladie. Pourtant, j'ai été terriblement frappé au moment où je l'ai revue. Hélas ! Elle n'est plus du tout ce qu'elle était à notre dernière rencontre. Bien entendu, il ne faut pas oublier que je n'ai pas pu l'examiner comme je l'aurais voulu : notre amitié même rendait la chose assez difficile. Je vais vous dire exactement comment ma visite s'est passée et, de ces explications, vous tirerez vous-même vos conclusions. Alors seulement, je vous mettrai au courant de ce que j'ai déjà fait et de ce que, maintenant, je propose de faire.

Quand je suis arrivé à Hillingham, Miss Westenra m'a parue d'une humeur enjouée. Sa mère se trouvait près d'elle, et il ne m'a pas fallu longtemps pour comprendre qu'elle faisait l'impossible pour dissimuler son véritable état afin de ne pas l'inquiéter. Car je ne doute pas qu'elle devine, si même personne ne lui en a parlé, combien la prudence est nécessaire à l'égard de Mrs Westenra. Je déjeunai avec ces dames, et comme, tous trois, nous nous efforçâmes de nous montrer fort gais, cet effort eut sa récompense : nous passâmes une bonne heure au moins à nous amuser réellement. Puis, Mrs Westenra monta se reposer, et je restai seul avec Lucy. Jusqu'au moment où nous fûmes passés dans son boudoir, elle feignit cette humeur joyeuse, car les servantes ne cessaient d'aller et venir. Mais aussitôt la porte refermée, elle laissa tomber le masque et, s'affalant dans un fauteuil, elle soupira et de la main se couvrit les yeux. Je lui demandai alors de quoi elle souffrait…

— Si vous saviez comme j'aime peu parler de moi ! s'écria-t-elle.

Je lui rappelai que le secret des confidences faites à un médecin est considéré comme inviolable, mais je lui avouai toutefois que vous m'aviez dit votre inquiétude à son sujet.

Elle saisit immédiatement la situation et, en quelques mots, me laissa le champ libre.

— Dites à Arthur tout ce que vous voulez. Si j'ai du chagrin, ce n'est pas pour moi, mais pour lui !

C'est pourquoi je vous fais part de mes impressions. Je vis tout de suite qu'elle était anémique, quoiqu'elle ne présente aucun des signes propres à cette maladie. De plus, par un heureux hasard, je pus examiner la qualité de son sang, car un moment après, elle se blessa légèrement à la main en ouvrant la fenêtre. Rien de grave, bien sûr, mais j'eus ainsi l'occasion de recueillir quelques gouttes de sang que j'ai ensuite analysées. Cette analyse donne un très bon résultat. D'autre part, je ne vois aucun symptôme inquiétant. Néanmoins, comme cet état anémique est évidemment le résultat d'une cause bien déterminée, je conclus que cette cause doit être d'ordre mental. Miss Westenra se plaint d'une certaine difficulté à respirer, d'un sommeil lourd, comme léthargique, souvent accompagné d'affreux cauchemars dont, pourtant, sa mémoire ne garde pas le détail. Elle me dit que, enfant, elle était sujette à des crises de somnambulisme et que, à Whitby, cet été, ces crises l'ont de nouveau saisie et que même, une nuit, elle est sortie de l'hôtel, endormie, et est montée sur la falaise où Miss Murray l'a retrouvée ; mais elle m'assure que, ces derniers temps, elle a passé des nuits tranquilles. Comme je ne sais trop ce qu'il faut penser de tout cela, j'ai fait ce qu'il me semblait le plus indiqué : j'ai écrit à mon vieil ami et maître, le professeur Van Helsing, d'Amsterdam, grand spécialiste des maladies de ce genre. Je l'ai prié de venir voir la patiente et, comme vous me dites dans votre dernière lettre que vous prenez tous les frais à votre charge, je lui ai parlé de vous en précisant que vous êtes le fiancé de Miss Westenra. Ceci, mon cher Art, parce que vous en avez exprimé le désir, car je serai toujours fier et heureux d'aider Miss Westenra autant que je le puis. Quant à Van Helsing, j'en suis certain, il ferait tout pour moi – pour des raisons personnelles – de sorte que, peu importe en quelle qualité il vienne ici, il nous faudra nous en remettre à toutes ses décisions. Il peut, en certaines circonstances, paraître despotique, mais cela tient au fait que, mieux que personne, il sait ce dont il parle. C'est en même temps un philosophe et un métaphysicien – réellement un des plus grands savants de notre époque. C'est, je crois, un esprit ouvert à toutes les possibilités. De plus, il a des nerfs inébranlables, un tempérament de fer, une volonté résolue et qui va toujours au but qu'elle s'est proposé, un empire admirable sur lui-même, et enfin une bonté sans limite – telles sont les qualités dont il est pourvu et qu'il met en pratique dans le noble travail qu'il accomplit pour le bien de l'humanité. Je vous dis tout ceci pour que vous compreniez pourquoi j'ai une telle confiance en lui. Je lui ai demandé de venir toutes affaires cessantes. Et je reverrai demain Miss Westenra, mais pas chez elle, car je ne voudrais pas inquiéter sa mère par des visites trop fréquentes.

Bien à vous,
John Seward.

ABRAHAM VAN HELSING, M.D., D.PH., D.LIT, ETC., ETC.,
AU DR SEWARD

2 septembre.

Mon cher ami,

Je reçois votre lettre, et j'arrive ! Je puis parfaitement partir sans attendre – aucun de mes malades n'ayant besoin de moi pendant un jour ou deux. Je les plaindrais s'il en était autrement, car rien ne pourrait m'empêcher d'aller vers mon ami qui m'appelle pour assister ceux qui lui sont chers. Dites à ce jeune homme que le jour où vous vous êtes précipité pour sucer le poison qui menaçait d'envenimer la blessure, faite par le couteau que, dans un geste maladroit, notre autre ami avait laissé glisser, vous avez donné à ce jeune homme, et plus qu'il ne le supposera jamais, le droit de recourir à mes soins ; et vous-même vous êtes mis en droit de demander ces jours pour lui, et cela sans qu'intervienne le moins du monde l'importance de sa fortune. Mais que ce soit un de vos amis que j'aide, ce m'est un plaisir d'autant plus grand. Ayez la bonté de me retenir un appartement au Grand Hôtel de l'Est, proche de la demeure de notre malade, et prévenez la jeune demoiselle que nous la verrons demain matin, car il se peut tout de même que je doive revenir ici demain soir. Mais, s'il le fallait, je retournerais à Londres dans trois jours et je pourrais alors y rester plus longtemps. Au revoir, mon ami !

Van Helsing.

DR SEWARD A L'HONORABLE ARTHUR HOLMWOOD

3 septembre.

Mon cher Art,

Van Helsing est venu et reparti. Il m'a accompagné à Hillingham. Mrs Westenra déjeunant dehors, nous fûmes donc seuls avec Lucy. Van Helsing l'a examinée très sérieusement. Il doit me faire part de son diagnostic car, naturellement, je n'ai pas assisté à tout l'examen. Je crois, toutefois, qu'il est inquiet, mais il m'a dit qu'il devait d'abord beaucoup réfléchir et chercher. Quand je lui ai parlé de notre amitié et de la confiance que vous me témoignez en cette affaire, il m'a répondu : “Il faut absolument qu'il sache tout ce que vous pensez, et tout ce que je pense, moi, pour autant que vous deviniez mes pensées... Non, je ne plaisante pas ; il s'agit d'une question de vie ou de mort, et peut-être d'autre chose encore...”

Je le priai de s'expliquer davantage, car il avait prononcé ces mots sur un ton des plus graves. Cela se passait à notre retour en ville ; nous prenions une tasse de thé avant son départ pour Amsterdam. Mais j'eus beau le questionner, il ne voulut rien me dire d'autre. Ne m'en veuillez pas, Art ! Ce silence, chez lui, montre qu'il pense à la malade, qu'il étudie minutieusement le cas, qu'il cherche, en faisant appel à toute sa science. Il parlera plus clairement quand il saura ce qu'il doit savoir, soyez-en certain. Je lui ai donc dit que je me bornerais à vous raconter notre visite, exactement comme si je rédigeais un article spécial pour le *Daily Telegraph* ; mais, sans paraître m'écouter, il a fait la remarque que l'air, à Londres, n'était plus aussi chargé de suie qu'au temps où il était étudiant. Je recevrai vraisemblablement son rapport demain ; en tout cas, j'attends une lettre.

Bon. Maintenant, notre visite. Lucy était plus gaie que le premier jour où je l'avais vue, et sa mine certainement meilleure. Elle ne regardait plus de ces yeux qui vous avaient tant effrayé, et elle respirait normalement. Envers le professeur (comme d'ailleurs envers tous ceux qui l'approchent), elle fut très aimable, et elle s'efforça de paraître très naturelle devant lui, encore que, pour y parvenir, la pauvre dût visiblement lutter contre elle-même. Van Helsing, je pense, le remarqua comme moi, car je vis qu'il lui jetait, sous ses sourcils en broussaille, le coup d'œil rapide et pénétrant que je connais depuis si longtemps. Il bavarda de choses et d'autres, sauf de nous-mêmes et de maladies, et il mettait dans ses propos tant de bonne humeur que, bientôt, chez Lucy, ce qui jusque-là n'avait été que feinte se changea en une gaieté réelle. Alors, continuant apparemment la même conversation, doucement, il en vint à faire allusion à l'objet de sa visite :

— Ma chère demoiselle, déclara-t-il, le si grand plaisir de venir vous voir m'est donné uniquement parce que l'on a pour vous un très grand amour. Et cela est tellement précieux, croyez-moi ! On ma dit que vous étiez très pâle et fort abattue. J'ai répondu : "Pftt..." Il fit, à mon adresse, un léger mouvement de la main. Et nous allons, vous et moi, leur prouver à tous deux qu'ils ont tort. Comment peut-il – et il me désigna du même regard et du même geste dont il m'avait désigné, dans sa classe, un jour, lors d'un incident qu'il ne manquait jamais de me rappeler –, comment pourrait-il connaître quelque chose aux jeunes demoiselles ? Il doit s'occuper de ses malades, les soigner, leur faire retrouver le bonheur et les rendre à ceux qui les aiment. Certes, ce n'est pas rien ; mais la récompense de nos efforts, justement, c'est d'être à même de rendre aux malades, avec la guérison, le bonheur. Quant aux jeunes demoiselles ! Il n'a ni femme, ni fille, et les jeunes filles ne se confient pas aux jeunes gens, mais aux vieux messieurs comme moi qui ont, au cours de leur vie, vu tant de souffrances autour d'eux, si même ils n'en ont pas connu eux-mêmes, et qui en ont pénétré les causes. Aussi, ma chère amie, nous allons l'envoyer fumer une cigarette au jardin, pendant que nous bavarderons ensemble quelques instants.

J'obéis aussitôt et j'allai me promener autour de la maison. Van Helsing ne fut pas long à m'appeler par la fenêtre. Lorsqu'il m'eut rejoint, il m'expliqua :

— Je l'ai très bien examinée, mais ne je trouve aucune déficience fonctionnelle. Comme vous, je pense qu'elle a dû perdre beaucoup de sang – qu'elle *a perdu*, vous m'entendez, car il est certain qu'elle n'en perd plus pour le moment. Toutefois, il n'existe non plus chez elle aucun symptôme d'anémie. Je lui ai demandé de m'envoyer la femme de chambre à qui je voudrais poser une ou deux questions afin d'être renseigné le plus exactement possible. Mais je sais déjà ce que cette servante me répondra… Et pourtant, il y a une cause à cet état maladif. Il existe toujours une cause à tout. Je vais donc retourner à Amsterdam, et réfléchir. Vous me télégraphierez chaque jour et, si cela est nécessaire, je reviendrai. Cette maladie – car, de toute façon, il s'agit d'une maladie – m'intéresse beaucoup, de même que cette charmante demoiselle. Oui, elle est vraiment charmante, et je reviendrais volontiers pour elle seule, même si vous n'étiez pas là et si elle n'était pas malade.

Je vous le répète, il n'a pas voulu m'en dire davantage, même lorsque je fus seul avec lui. Maintenant, Art, vous en savez autant que moi. Ayez confiance en moi, je surveillerai de près notre chère malade. J'espère que votre père va mieux. Je me mets à votre place : cela doit être terrible de savoir en danger les deux êtres qui vous sont les plus chers au monde ! Je comprends parfaitement le sentiment du devoir qui vous fait rester auprès de votre père, mais si l'état de Lucy s'aggravait, je vous écrirais de revenir tout de suite ; donc, si vous ne recevez pas de mes nouvelles, ne soyez tout de même pas trop inquiet.

JOURNAL DU DR SEWARD

4 septembre – Notre malade zoophage est de plus en plus intéressant à observer. Il n'a plus eu qu'une seule crise – hier à midi. Un peu avant que sonnent les douze coups, il devint agité. Reconnaissant le mal aux symptômes habituels, le surveillant fit aussitôt demander de l'aide. Heureusement, on arriva immédiatement car, alors que midi sonnait, le malade entra dans une telle fureur que les hommes n'eurent pas trop de toutes leurs forces pour le maintenir. Au bout de cinq minutes, toutefois, il commença à se calmer, et finalement, tomba dans un état de mélancolie qui dure encore. Le surveillant me dit qu'au paroxysme de la crise, il poussait des cris effrayants. J'eus fort à faire quand j'allais le voir, et, de plus, j'eus à m'occuper d'autres malades que ses cris avaient plongés à leur tour dans un véritable état d'épouvante ! Ce qui ne m'étonne nullement, car ces cris m'ont paru insupportables à moi-même, qui me trouvais pourtant loin du cabanon. C'est maintenant l'heure du dîner pour les pensionnaires ; mais Renfield reste à bouder dans un coin tout en ruminant quelques idées, dirait-on. Je n'y comprends rien.

Un peu plus tard – Autre changement chez mon malade. A cinq heures, je suis retourné le voir ; il m'a semblé très content de son sort. Il attrapait des mouches et les mangeait, et il notait chacune de ses captures en faisant, à l'aide d'un de ses ongles, une marque sur le chambranle de la porte. Quand il me vit, il vint vers moi en s'excusant de sa mauvaise conduite et il me demanda, me supplia presque, de le faire ramener dans sa chambre où il pourrait à nouveau écrire dans son calepin. Je crus bien faire de lui passer ce caprice. Pour le moment, il est donc dans sa chambre dont il a ouvert la fenêtre. Il a éparpillé le sucre de son thé sur le rebord extérieur, et il prend des mouches en grande quantité. Mais, cette fois, il ne les mange pas ; il se contente de les mettre dans une boîte, ainsi qu'il faisait auparavant, et déjà il examine les coins de sa chambre, à la recherche d'une araignée. J'ai tenté de le faire parler des jours qu'il vient de passer, car le moindre fil conducteur de ses pensées m'eût aidé considérablement dans mon travail. Mais rien ne le fit sortir de son silence. Un instant il parut très triste et dit alors tout bas, d'une voix à peine perceptible, comme s'adressant plus à lui-même qu'à moi :

— C'est fini ! C'est fini ! Il m'a abandonné ! Maintenant, je ne dois plus rien espérer, à moins d'agir moi-même.

Puis, se tournant vers moi d'un air résolu, il reprit :

— Docteur, voulez-vous être très bon pour moi ? Demandez que l'on m'apporte encore un peu de sucre. Je crois que cela me fera du bien.

— Et les mouches ?

— Bien sûr, les mouches l'aiment, elles aussi, et, moi, j'aime les mouches : voilà pourquoi j'aime le sucre.

Et il y a des gens assez ignorants pour croire que les fous ne peuvent pas lier l'une à l'autre plusieurs idées !

Je lui fis donc apporter une double ration de sucre, et c'est un homme très heureux que je quittai.

Minuit – Nouveau changement chez Renfield. Je revenais de chez Miss Westenra, que j'avais trouvée beaucoup mieux, et je m'étais arrêté sur le seuil de l'établissement, désireux de contempler encore un peu le soleil couchant quand je l'entendis qui hurlait à nouveau, et d'autant plus distinctement que sa chambre se trouve en façade. Ce ne fut pas sans un serrement de cœur que je me détournai du spectacle admirable qu'offrait le soleil couchant illuminant Londres comme à travers une brume teintée d'or, pour me retrouver devant cette façade de pierre, triste et d'aspect sévère, qui cache tant de misère humaine. J'arrivai dans la chambre de Renfield au moment même où, de sa fenêtre, je pus voir le soleil sombrant derrière l'horizon. Depuis quelques minutes déjà, la fureur de mon malade se calmait peu à peu, mais à l'instant précis où le disque rouge disparut, il glissa d'entre les mains qui le retenaient et tomba, telle une masse inerte, sur le plancher. Il est étonnant de voir à quel point nos malades peuvent soudain recouvrer la raison – même si ce n'est que passagèrement – car, en l'espace de quelques minutes, celui-ci se releva très tranquillement et regarda autour de lui. Je fis comprendre aux surveillants qu'ils devaient le laisser agir à sa guise, car je voulais voir ce qui allait se passer. Il se dirigea immédiatement vers la fenêtre et fit disparaître le peu de sucre qui restait sur la pierre ; puis il prit la boîte où il enfermait ses mouches, laissa les mouches s'envoler et jeta la boîte ; enfin, il ferma la fenêtre et revint s'asseoir sur son lit…

— Vous ne voulez donc plus de mouches ? lui demandai-je.

— Non, répondit-il, ces bestioles de rien du tout, j'en ai assez !

Que ne puis-je, vraiment, saisir la cause de ses crises ! Attention ! Peut-être en trouverions-nous la véritable raison si nous savions pourquoi, aujourd'hui, sa fureur a atteint un point extrême à midi juste, puis au soleil couchant. Faut-il penser que le soleil a une influence maligne qui, à certains moments, affecte certaines natures, comme la lune, parfois, en affecte d'autres ? Nous verrons…

TÉLÉGRAMME DU DR SEWARD, LONDRES
AU PROF. VAN HELSING, AMSTERDAM

4 septembre.

Malade beaucoup mieux aujourd'hui.

TÉLÉGRAMME DU DR SEWARD, LONDRES,
AU PROF. VAN HELSING, AMSTERDAM

5 septembre.

Malade de mieux en mieux. Appétit excellent, sommeil naturel, bonne humeur, couleurs reviennent.

TÉLÉGRAMME DU DR SEWARD, LONDRES,
AU PROF. VAN HELSING, AMSTERDAM

6 septembre.

Sérieuse aggravation. Venez immédiatement, sans perdre une heure.

X

DR SEWARD
A L'HON. ARTHUR HOLMWOOD

6 septembre.

Mon cher Art,

Les nouvelles, aujourd'hui, ne sont plus aussi bonnes. L'état de santé de Lucy s'est un peu aggravé. Cependant, cette aggravation a eu un résultat que je n'osais pas espérer ; Mrs Westenra m'a demandé ce que, médicalement, je pensais de la situation présente ; j'en ai profité pour lui dire que mon vieux maître, le professeur Van Helsing, venait passer quelques jours chez moi et que j'allais lui demander d'examiner et de soigner Lucy à son tour ; de sorte que, maintenant, chaque fois que nous le jugeons nécessaire, il nous est permis de nous rendre chez cette bonne dame sans trop l'inquiéter ni lui causer une trop grande émotion qui serait fatale pour elle ; d'autant plus que la douleur qu'en éprouverait Lucy lui serait un choc que nous devons à tout prix éviter. Tous, mon pauvre vieil ami, nous sommes devant des difficultés qui paraissent insurmontables ; j'espère toutefois qu'avec l'aide de Dieu, nous en viendrons à bout. Au besoin, je vous écrirai encore ; si donc, vous ne recevez d'ici quelque temps rien de moi, c'est que j'attends moi-même les événements. En hâte,

Bien à vous.
John Seward.

7 septembre – La première chose que me dit Van Helsing, quand nous nous rejoignîmes à Liverpool Street, fut :

— Avez-vous averti notre jeune ami, le fiancé ?

— Non, répondis-je, j'attendais de vous avoir vu, ainsi que je vous le disais dans mon télégramme. Je lui ai envoyé un mot, lui disant simplement que vous comptiez revenir examiner à nouveau Miss Westenra, et que je lui donnerais des nouvelles dès que j'en aurais.

— Bon, mon ami, c'est parfait ! Il vaut mieux ne pas le mettre au courant maintenant… Peut-être ne saura-t-il jamais la vérité : je l'espère de tout mon cœur ! Mais, si cela était absolument nécessaire, nous lui dirions tout. Mon ami, comprenez-moi ; mieux que personne, vous me comprendrez, vous, dont la spécialité est de soigner les malades mentaux. Nous sommes tous fous, d'une manière ou d'une autre ; et, dans la mesure où vous faites preuve de discrétion quand vous soignez vos fous, vous vous conduisez de même avec les fous de Dieu : tous les autres hommes. Vous ne dites pas à vos malades pourquoi vous les soignez de telle ou telle façon ; vous ne leur dites pas ce que vous pensez. Dans le cas qui nous occupe, ce que vous savez, vous le garderez pour vous, jusqu'à ce que votre conviction soit plus solide. Oui, ce que nous savons, nous le garderons là et là… pour le moment… (Il me toucha la place du cœur, puis le front, puis ramena son doigt à son cœur, à son front.) Pour ma part, je suis déjà parvenu à certaines conclusions que je vous dévoilerai plus tard.

— Pourquoi pas maintenant ? demandai-je. Cela nous serait peut-être utile ; cela nous aiderait peut-être à prendre une décision.

Il eut un geste de la main, comme pour m'imposer silence et, me regardant dans les yeux, il reprit :

— Mon ami John, quand le blé est sorti de terre mais qu'il n'est pas encore mûr, tant que le lait de la terre maternelle est encore en lui, mais que le soleil n'a pas encore commencé à le peindre de ses couleurs d'or, le laboureur arrache un épi qu'il écrase entre ses mains rugueuses et souffle sur le grain encore vert en vous disant : "Regardez ! C'est du bon blé ; cela promet une fameuse récolte !"

Je lui avouai que je ne saisissais pas le rapport entre cette allégorie et ce dont nous parlions.

Avant de répondre, il vint me prendre le bout de l'oreille et, par jeu, le tira, ainsi qu'il en avait l'habitude quand j'assistais à ses cours, des années auparavant. Finalement, il m'expliqua :

— Le bon laboureur parle ainsi parce qu'il sait maintenant que la récolte sera bonne, mais il l'ignorait avant de voir l'épi. Mais jamais un bon laboureur ne déterrera le blé qu'il a semé afin de voir s'il pousse. Les enfants qui jouent au laboureur agissent ainsi, mais non pas ceux qui cultivent la terre pour vivre. Comprenez-vous maintenant, ami John ? J'ai semé mon blé, et c'est la nature qui doit le faire germer. S'il se met à germer, tant mieux : j'attendrai que l'épi commence à gonfler.

Il se tut, certain que je le suivais à présent. Bientôt pourtant, il reprit à nouveau sur un ton très grave :

— Vous avez été parmi les meilleurs élèves que j'aie jamais eus… Vous n'étiez qu'un étudiant alors : maintenant, vous êtes un maître, et j'aime à croire que vous avez gardé vos habitudes studieuses d'autrefois. Souvenez-vous, mon ami, que le savoir est plus important que la mémoire, et que nous ne devons pas nous fier aveuglément aux notions acquises. Même si vous avez abandonné ces habitudes d'antan, reprenez-les, et laissez-moi vous dire que le cas de notre chère demoiselle peut devenir – attention, n'est-ce pas ? je dis : *peut devenir* – d'un intérêt réel pour nous et pour les autres. Il ne faut rien négliger. Un conseil : notez même vos doutes, et la moindre de vos hypothèses. Il vous sera sans doute utile, plus tard, de vérifier à quel point vos suppositions étaient justes. L'échec nous sert de leçon, pas le succès !

Quand je lui parlai des symptômes que je remarquais chez Lucy, les mêmes que précédemment mais beaucoup plus prononcés, il parut fort préoccupé, mais il ne dit rien. Il prit la sacoche qui contenait instruments et médicaments... "Tout l'affreux attirail de notre profession salutaire" : c'est ainsi qu'un jour, pendant une leçon, il avait appelé l'ensemble de ce qui était nécessaire à un médecin pour exercer son art.

Mrs Westenra vint nous accueillir. Son inquiétude n'était pas telle que je l'avais craint. La nature a voulu que même la mort, menaçante de temps à autre, porte en soi l'antidote aux terreurs qu'elle inspire. Dans le cas de Mrs Westenra, par exemple, on dirait que tout ce qui ne lui est pas strictement personnel – même ce changement effrayant que nous voyons chez sa fille, qu'elle adore cependant – la laisse plus ou moins indifférente. Ceci n'est pas sans rappeler la façon dont Dame Nature procède ; elle entoure certains corps d'une enveloppe insensible qui les protège contre toute blessure. Si c'est là un égoïsme salutaire, il nous faut prendre garde de ne pas condamner trop vite celui qui nous paraît coupable d'égoïsme, car les causes en sont parfois plus mystérieuses que nous ne le supposons.

Mes connaissances, sur ce point de pathologie spirituelle, m'amenèrent à adopter une ligne de conduite bien définie : je décidai que la mère ne serait jamais présente quand nous examinerions Lucy et qu'elle ne devrait pas se préoccuper de sa maladie, à moins de nécessité absolue. Mrs Westenra accepta cette décision avec un tel empressement que j'y vis, une fois de plus, un artifice de la Nature qui lutte pour sauvegarder la vie.

On nous introduisit, Van Helsing et moi, dans la chambre de Lucy. Si, en la voyant hier, j'avais été péniblement frappé, aujourd'hui j'éprouvai bel et bien de l'horreur. Elle avait un teint de craie, et ses lèvres mêmes, ses gencives semblaient exsangues ; son visage était tiré, amaigri au point que les os en étaient proéminents. L'entendre, la voir respirer devenait difficilement supportable.

L'expression de Van Helsing se figea ; son front devint si soucieux que l'extrémité de ses sourcils parut se rejoindre au-dessus du nez. Lucy ne faisait pas le moindre mouvement, n'avait même pas, eût-on dit, la force de parler, de sorte que nous restâmes tous trois silencieux un bon moment. Puis, Van Helsing me fit un léger signe de la tête, et nous sortîmes de la chambre sur la pointe des pieds. Dès la porte refermée, nous pressâmes le pas pour gagner la chambre voisine et là, aussitôt, le professeur repoussa la porte et dit :

— Mon Dieu ! C'est terrible. Il n'y a pas une minute à perdre. Elle va tout simplement mourir, faute de sang ; elle n'en a même plus assez pour que le cœur fonctionne. Il faut tout de suite faire une transfusion. Qui de nous deux ?…

— Je suis le plus jeune et le plus fort, professeur. Ce sera donc moi.

— Alors, tout de suite ! Préparez-vous ! Je vais chercher ma trousse.

Je descendis avec lui, et comme nous arrivions au bas de l'escalier, on frappa à la porte d'entrée. La bonne ouvrit : c'était Arthur. Il se précipita vers moi, l'émotion l'empêchait presque de parler :

— Jack, je suis si inquiet, me dit-il à voix basse. Votre lettre, je l'ai lue entre les lignes et, depuis lors, vous ne pouvez savoir combien je souffre. Comme mon père va mieux, j'ai décidé de venir me rendre compte de ce qui se passe réellement… Le docteur Van Helsing, je crois ? Je vous suis si reconnaissant, monsieur, d'être venu !

Le professeur, au moment où il l'avait vu entrer, n'avait pu cacher son mécontentement d'être interrompu dans son travail en un moment aussi critique ; mais, l'instant d'après, comprenant sans doute la résolution courageuse qui faisait agir ce garçon, ses yeux brillèrent, et sans attendre, il lui dit en lui tendant la main :

— Vous arrivez à temps, monsieur. Vous êtes le fiancé de notre chère demoiselle, n'est-ce pas ? Elle est mal, au plus mal… Mais non, jeune homme, ne vous laissez pas abattre de cette façon ! – Car Arthur, devenu très pâle, s'était laissé tomber presque évanoui, sur une chaise. Vous êtes courageux, au contraire… Vous allez l'aider. Vous pouvez faire pour elle plus que n'importe qui au monde, et, précisément, c'est par votre courage que vous pouvez le mieux lui venir en aide.

— Que puis-je donc faire ? demanda-t-il d'une voix faible. Dites-le moi, et je n'hésiterai pas un moment. Ma vie lui appartient, et je donnerais pour la sauver jusqu'à la dernière goutte de mon sang.

Le professeur avait toujours eu de l'humour, et j'en vis encore un trait dans sa réponse :

— Mon jeune monsieur, fit-il, je ne vous en demande pas tant : je ne vous demande pas jusqu'à la dernière goutte de votre sang !

— Que faut-il faire alors ?

Il y avait comme du feu dans ses yeux, et ses narines palpitaient d'impatience. Van Helsing lui donna une tape sur l'épaule.

— Venez, dit-il. C'est un homme comme vous qu'il nous faut. Vous conviendrez beaucoup mieux que moi, beaucoup mieux que mon ami John.

Arthur, évidemment, ne saisissait pas le sens de ces paroles, et le professeur lui expliqua doucement :

— Oui, la jeune demoiselle est très, très mal. Il ne lui reste pour ainsi dire plus de sang, et nous devons lui en rendre, ou elle mourra. Nous nous étions mis d'accord, mon ami John et moi, pour lui faire ce que nous appelons une transfusion de sang – c'est-à-dire faire passer du sang de veines bien remplies dans des veines à peu près vides… qui en ont un besoin urgent ! Et John allait donner le sien, puisqu'il est beaucoup plus jeune et plus fort que moi. – Ici, Arthur me saisit la main et la serra longuement et avec force. Mais, à présent, poursuivit Van Helsing, à présent que vous êtes ici, vous êtes le plus fort de nous trois – peu importe qu'il soit jeune et moi vieux : puisque lui et moi, en tout cas, nous travaillons, d'une façon intense, avec notre cerveau. Nous n'avons donc pas les nerfs aussi calmes que les vôtres, notre sang n'est certainement pas aussi rouge que celui qui coule dans vos veines !

Arthur se tourna vers lui :

— Si vous pouviez savoir, commença-t-il, combien je serais heureux de mourir pour elle, alors, vous comprendriez…

Mais il dut s'interrompre, la voix étranglée.

— Brave garçon ! s'écria Van Helsing. Le jour viendra bientôt où, du fond de votre cœur, vous vous réjouirez d'avoir tout fait pour celle que vous aimez ! Maintenant, venez avec nous, et taisez-vous. Vous l'embrasserez une fois avant la transfusion ; mais, quand cela sera fait, vous nous laisserez ; vous quitterez la chambre dès que je vous ferai signe qu'il en est temps. Et pas un mot à Mrs Westenra ! Il faut la ménager – je ne vous apprends rien. Venez !

Nous montâmes tous les trois, mais le professeur ne voulut pas qu'Arthur entrât dans la chambre en même temps que nous. Il attendit sur le palier. Quand elle nous vit, Lucy tourna la tête et nous regarda sans rien dire. Elle ne dormait pas ; mais simplement, elle était trop faible. Un effort pour tenter de parler lui était impossible. Des yeux, elle cherchait notre regard, comme si elle eût voulu se faire comprendre – et c'était là tout ce dont elle était capable.

Van Helsing ouvrit sa trousse, y prit certaines choses qu'il posa sur une petite table que la malade ne pouvait voir. Il prépara un narcotique, puis revint au chevet de Lucy.

— Allons, petite demoiselle, fit-il gaiement, vous allez prendre ce médicament ! Buvez bien tout ce qu'il y a dans le verre, comme une enfant sage. Regardez, je tiens le verre, vous le viderez plus facilement. Voilà… C'est parfait !

Je fus étonné de voir combien de temps la drogue mettait à agir. Ceci montrait à quel point la jeune fille était faible. Une éternité sembla s'écouler avant que le sommeil ne commençât à alourdir ses paupières. Toutefois, elle finit par s'endormir profondément. Dès que le narcotique eut produit son effet, Van Helsing fit entrer Arthur dans la chambre et le pria d'ôter son veston.

— Et maintenant, ajouta-t-il, vous pouvez l'embrasser, comme je vous l'ai dit : pendant ce temps, je vais amener la table près du lit. Mon ami John, aidez-moi !

De sorte que, tout à notre occupation, nous ne regardâmes pas Arthur tandis qu'il se penchait vers Lucy.

Van Helsing me glissa dans l'oreille :

— Il est si jeune, si fort et, j'en suis certain, il a le sang si pur que nous n'avons pas à le défibriner.

Alors, avec des gestes rapides, mais précis, et procédant avec méthode, il commença la transfusion ; peu à peu, la vie sembla de nouveau animer les joues de Lucy tandis que le visage d'Arthur, de plus en plus pâle, rayonnait de joie. Mais l'inquiétude me prit car, si robuste que fût mon ami, je craignais qu'il ne supporte mal de perdre tant de sang. Je mesurai alors l'épreuve que l'organisme de Lucy avait dû subir puisque tout ce sang que lui donnait Arthur en s'affaiblissant plus qu'on n'aurait pu s'y attendre, ne la ranimait que difficilement. Le visage du professeur demeurait grave tandis que, montre en main, son regard se posait tantôt sur la malade, tantôt sur Arthur. Pour moi, j'entendais battre mon cœur. Van Helsing me dit alors :

— Cela suffit. Maintenant, occupez-vous de lui ; moi je m'occupe de la malade.

A quel point Arthur était affaibli, je m'en rendis seulement tout à fait compte lorsque tout fut terminé. Je soignai sa blessure et, l'ayant pris par le bras, j'allais l'emmener quand Van Helsing parla sans même se retourner – on dirait vraiment que cet homme a des yeux dans la nuque.

— J'estime que le brave fiancé mérite un autre baiser. Qu'il le prenne tout de suite, ajouta-t-il en redressant l'oreiller sous la tête de la malade.

Mais dans le léger mouvement que Lucy fut obligée de faire, l'étroit ruban de velours noir qu'elle porte toujours autour du cou, et qu'elle ferme par une boucle ancienne tout en diamants, qu'Arthur lui a donnée, remonta un peu et découvrit une marque rouge. Arthur ne parut rien remarquer ; mais j'entendis l'espèce de sifflement bien connu chez Van Helsing quand il aspire profondément, et qui trahit toujours chez lui une surprise mêlée d'émotion.

Il ne fit aucune observation au moment même, mais il se retourna et me dit :

— Oui, descendez avec notre si courageux jeune homme ; vous lui donnerez un verre de porto et vous le ferez s'étendre un moment. Puis il retournera chez lui pour prendre un long repos, dormir de longues heures et manger le plus possible afin de se remettre complètement après tout ce qu'il vient de donner à sa bien-aimée. Il ne faut pas qu'il reste ici ! Attendez, un mot encore ! Je suppose, monsieur, que vous êtes anxieux de connaître le résultat de ce que nous avons fait. Eh bien ! l'opération a parfaitement réussi. Vous avez sauvé la vie de la jeune demoiselle, et vous pouvez rentrer chez vous l'esprit en paix. Vous avez fait pour elle tout ce que vous pouviez faire. Je le lui dirai quand elle sera guérie. Elle vous en aimera d'autant plus. Au revoir.

Quand Arthur eut quitté la maison, je montai rejoindre le professeur. Lucy dormait encore, mais sa respiration était meilleure. A son chevet, Van Helsing la regardait attentivement. Le ruban de velours recouvrait à nouveau la marque rouge. Tout bas, je demandai au professeur :

— Comment expliquez-vous cette marque sur sa gorge ?

— Et vous, comment l'expliquez-vous ?

— Je ne l'ai pas encore examinée, répondis-je, et je détachai le ruban.

Exactement au-dessus de la jugulaire externe, on voyait comme deux petites marques qu'auraient laissées des ponctions, pas du tout saines d'aspect. Certes, ce n'étaient pas là les symptômes d'une quelconque maladie, mais les lèvres de ces plaies minuscules étaient blanches, usées, eût-on dit, comme par trituration. Je pensai immédiatement que cette blessure – s'il fallait appeler cela une blessure – pouvait avoir provoqué cette perte de sang si dangereuse ; mais je repoussai cette idée à peine conçue, car elle me semblait absurde. A en juger par l'extrême pâleur de Lucy avant la transfusion, son lit tout entier aurait dû être baigné du sang qu'elle avait perdu.

— Eh bien ? fit Van Helsing.

— Eh bien ! répondis-je, je n'y comprends rien.

— Il faut absolument que je retourne à Amsterdam ce soir, dit-il alors en se levant. Je dois consulter certains livres, certains documents. Vous, vous passerez toute la nuit ici, au chevet de la malade.

— Dois-je demander une infirmière ?

— Nous sommes, vous et moi, les meilleures infirmières. Vous veillerez à ce qu'elle se nourrisse bien, à ce que rien ne la trouble. Surtout, ne vous endormez pas ! Pour vous, comme pour moi, le sommeil viendra plus tard. Je serai de retour le plus tôt possible et, alors, nous pourrons commencer.

— Nous pourrons commencer ? Que voulez-vous dire ?

— Nous verrons ! lança-t-il en sortant précipitamment.

Mais, un moment plus tard, il rouvrait la porte ; la tête dans l'entrebâillement et un doigt levé, il me dit encore :

— N'oubliez pas : je vous la confie. Si jamais vous la quittez et si pendant ce temps il lui arrive quelque chose de fâcheux, dites-vous bien qu'ensuite vous passerez des nuits blanches !

8 septembre – J'ai veillé toute la nuit, je n'ai pas quitté la chambre de notre malade. Vers le soir, l'effet du narcotique se dissipant, elle s'éveilla de façon toute naturelle. C'était une autre jeune fille que celle que nous avions vue avant la transfusion de sang. Elle avait même quelque chose de gai, de vif, encore qu'on décelât bien des signes de la torpeur où elle avait été plongée. Lorsque je dis à Mrs Westenra que le Dr Van Helsing m'avait recommandé de la veiller toute la nuit, elle admit difficilement cette idée, prétendant que sa fille était complètement remise. Toutefois, je ne cédai point et je me préparai à passer la nuit au chevet de Lucy. Quand sa femme de chambre lui eut fait sa toilette du soir et que, de mon côté, j'eus soupé pendant ce temps, je revins m'asseoir près de son lit. Loin de s'y opposer le moins du monde, chaque fois que nous nous regardions, je lisais dans ses yeux de la reconnaissance. J'eus l'impression que, peu à peu, elle allait sombrer dans le sommeil mais bientôt il me sembla aussi qu'elle s'efforçait d'y résister. Je remarquai à plusieurs reprises qu'elle faisait cet effort qui, semblait-il, lui était chaque fois plus pénible et revenait à des intervalles de plus en plus courts. Il était évident qu'elle ne voulait pas dormir ; je lui demandai pourquoi.

— J'ai peur de m'endormir, avoua-t-elle.

— Peur de vous endormir ! Alors que tous, tant que nous sommes, nous considérons le sommeil comme le bienfait le plus précieux !

— Ah ! Vous ne parleriez pas ainsi si vous étiez à ma place... si le sommeil signifiait pour vous des rêves pleins de moments d'horreur.

— Des moments d'horreur ! Pour l'amour du ciel, que voulez-vous dire ?

— Je ne sais pas, je ne sais pas... Et c'est bien ce qu'il y a de plus terrible ! Cet épuisement, c'est quand je dors qu'il me vient ; aussi je frémis à la seule pensée de m'endormir !

— Mais, ma chère enfant, cette nuit, vous pourrez dormir sans crainte. Je resterai près de vous et, je vous le promets, tout se passera très bien.

— Oh ! je vous crois, j'ai confiance en vous !

— Oui, je vous promets que si je crois reconnaître chez vous quelque signe de cauchemar, je vous éveillerai aussitôt.

— Vous m'éveillerez, c'est vrai ? C'est vrai, dites ? Oh ! Que vous êtes bon pour moi ! Dans ce cas, je dormirai…

Et à peine eut-elle prononcé ces mots, qu'elle poussa un profond soupir de soulagement et retomba sur l'oreiller endormie.

Je la veillai toute la nuit. A aucun moment elle ne remua ; des heures durant, elle dormit d'un sommeil profond, très calme, réparateur. Tout le temps, elle garda les lèvres légèrement entrouvertes, et sa poitrine s'élevait et s'abaissait avec la régularité d'un balancier d'horloge. Un doux sourire donnait à son visage une expression heureuse ; aucun cauchemar, assurément, ne venait troubler sa tranquillité d'esprit.

De bonne heure, le matin, sa femme de chambre frappa à la porte ; je la confiai aux soins de celle-ci, et je retournai à l'établissement où j'avais hâte de régler certaines choses. Je télégraphiai à Van Helsing et à Arthur afin de les mettre au courant de l'excellent résultat de la transfusion. Quant à mon propre travail, que j'avais négligé, il me fallut toute la journée pour le mener à bonne fin. Le jour tombait quand j'eus le loisir de demander des nouvelles de Renfield. Elles était bonnes. Il était très calme depuis la veille. Je dînais lorsque je reçus un télégramme de Van Helsing ; il me demandait de retourner à Hillingham le soir même, car il pensait qu'il serait peut-être utile de passer la nuit là-bas, et m'annonçait qu'il serait lui-même à Hillingham le lendemain matin.

9 septembre – J'étais fort fatigué lorsque j'arrivai à Hillingham. Je n'avais plus fermé l'œil depuis deux nuits et je commençais à éprouver cet engourdissement qui est le signe de l'épuisement des forces cérébrales. Je trouvai Lucy levée et de fort bonne humeur.

En me serrant la main, elle me regarda dans les yeux, et me dit :

— Il n'est pas question que vous veilliez cette nuit. Je suis tout à fait bien, je vous assure ! Et s'il y a quelqu'un qui doit veiller, c'est moi qui vous veillerai !

Je ne voulus pas la contrarier. Nous prîmes ensemble le repas du soir et, égayé par sa charmante présence, je passai une heure délicieuse. Je bus deux verres d'un excellent porto. Puis Lucy monta avec moi, me montra une chambre voisine de la sienne et dans laquelle brûlait un bon feu.

— Voilà, dit-elle, vous vous reposerez ici. Je laisserai nos deux portes ouvertes. Vous vous étendrez sur le sofa… Je sais que, pour un empire, aucun médecin ne se mettrait au lit quand il y a un malade à l'horizon… Soyez certain que, si j'ai besoin de l'une ou l'autre chose, je vous appellerai aussitôt.

Je ne pouvais que lui obéir, car, en vérité, je me sentais réellement "à bout" et, l'eussé-je même voulu, je crois qu'il m'aurait été impossible de veiller. Aussi, après lui avoir fait promettre à nouveau qu'elle m'éveillerait si elle avait besoin de quoi que ce fût, je m'étendis sur le sofa, et m'endormis bientôt profondément.

JOURNAL DE LUCY WESTENRA

9 septembre – Quel bien-être ce soir ! Ma faiblesse a été telle que, de pouvoir à nouveau penser et me promener dans la maison, me donne l'impression de vivre en plein soleil après avoir passé une saison sous un vent d'est et un ciel de plomb. Je ne sais pourquoi, Arthur me semble très proche, plus proche que d'habitude ; j'ai même l'impression de sentir sa chaude présence. Sans doute la maladie, puis la faiblesse qu'elle entraîne font que nous nous replions davantage sur nous-mêmes, que nous tournons vers nous-mêmes notre regard intérieur, tandis que la santé et la force laissent toute liberté à l'amour. Si Arthur savait seulement ce que j'éprouve en ce moment. Oh ! le repos béni de la nuit dernière ! Comme j'ai bien dormi, rassurée par la présence de ce cher Dr Seward ! Et cette nuit encore, je n'aurai pas peur de m'endormir, puisqu'il est là, dans la chambre à côté et qu'il me suffira de l'appeler. Tout le monde est si bon pour moi ! J'en remercie Dieu ! Bonsoir, Arthur !

JOURNAL DU DR SEWARD

10 septembre – Je sentis une main se poser sur ma tête ; je sus à l'instant que c'était celle du professeur, et j'ouvris les yeux. A l'asile, nous sommes habitués à ces réveils en sursaut.

— Comment va notre malade ?

— Elle allait très bien quand je l'ai quittée… ou plutôt quand elle m'a quitté.

— Bon. Allons la voir !

Et, tous deux, nous gagnâmes la chambre de Lucy.

Le store était baissé et, pour le lever, je me dirigeai sur la pointe des pieds vers la fenêtre tandis que Van Helsing, de sa démarche de chat, s'avançait doucement vers le lit.

Comme je levais le store et que le soleil du matin illuminait la chambre, j'entendis le professeur siffler discrètement de surprise et je sentis aussitôt mon cœur se serrer. Tandis que j'allais vers lui, il s'éloignait déjà du lit, et son cri étouffé, mais plein d'horreur – Dieu du Ciel ! – eût suffi à me faire comprendre la situation si même je n'avais pas vu en même temps la douleur peinte sur son visage. De la main, il me montra le lit. Je sentis mes genoux se dérober sous moi.

Là, sur le lit, la pauvre Lucy paraissait évanouie, plus pâle – d'une pâleur horrible – et plus faible que jamais. Même les lèvres étaient blanches, et les dents apparaissaient seules, sans plus de gencives, eût-on dit, chose que nous voyons parfois quand la mort survient après une très longue maladie. Van Helsing eut un mouvement, comme si, de colère, il allait frapper du pied, mais il se retint, s'arrêta dans son geste, et ce fut doucement qu'il reposa le pied à terre.

— Vite, du brandy ! me dit-il.

Je descendis en courant jusqu'à la salle à manger et remontai avec le carafon. Prenant un peu d'alcool, Van Helsing en humecta les lèvres de la pauvre enfant, puis lui en frotta les paumes des mains, les poignets et le cœur. Ensuite il ausculta le cœur, et, après quelques instants d'attente angoissée, déclara :

— Il n'est pas trop tard. Il bat encore, quoique très faiblement. Mais nous devons recommencer tout notre travail. Et le jeune Arthur n'est plus là, maintenant. Il faut donc que je fasse appel à votre générosité, ami John.

Tout en parlant, il prenait déjà dans sa trousse les instruments nécessaires à la transfusion ; de mon côté, j'avais enlevé mon veston et relevé la manche de ma chemise, et, sans perdre un moment, nous procédâmes à l'opération. Après quelques moments qui ne me semblèrent pas courts, en vérité, car il est pénible de sentir que votre sang s'écoule de vos veines même si on le donne de plein gré, Van Helsing leva un doigt avertisseur :

— Ne bougez pas encore, me dit-il ; attendez... Mais je crains que, ses forces revenant, elle ne s'éveille, et ce serait dangereux, très dangereux... Il nous faut prendre des précautions. Je vais lui faire une injection de morphine.

L'effet de la morphine fut satisfaisant, car il nous sembla que, chez notre malade, l'évanouissement se transformait peu à peu en un sommeil dû au soporifique. Ce ne fut pas sans un sentiment de fierté que je vis ses joues si pâles et ses lèvres livides reprendre quelque couleur. Un homme doit en avoir fait l'expérience pour savoir ce qu'on éprouve à donner son sang pour sauver la vie de la femme que l'on aime.

Le professeur m'observait.

— Cela suffira, dit-il.

— Déjà ? demandai-je, étonné. Vous en avez pris davantage l'autre jour, quand c'était Arthur qui le donnait.

En souriant d'un sourire qui avait quelque chose d'un peu triste, il me répondit :

— Arthur est son fiancé. Vous, vous avez beaucoup à faire ; vous devez vous occuper non seulement d'elle, mais de vos autres malades. Oui, c'est bien suffisant.

Il soigna Lucy tandis que je me donnais les premiers soins nécessaires. Je m'étendis en attendant que le professeur eût quelques moments de loisir à m'accorder, car je me sentais faible et j'éprouvais un vague malaise. Et lorsqu'il eut appliqué un pansement sur mon incision, il me conseilla en effet de descendre prendre un verre de vin. Comme j'ouvrais la porte, il s'approcha de moi et ajouta en me parlant à l'oreille :

— Pas un mot de ceci à personne, n'est-ce pas ? Si notre jeune amoureux arrivait de nouveau à l'improviste, il ne doit rien savoir ! Car cela pourrait tout à la fois l'effrayer et le rendre jaloux, ce qu'il faut éviter à tout prix ! Allez !

Quand je le rejoignis quelques moments plus tard, il me regarda attentivement.

— Maintenant, fit-il, allez vous étendre une heure ou deux sur le sofa, dans la chambre à côté. Puis après un déjeuner copieux – oui, il faut très bien manger –, vous viendrez me retrouver !

Je lui obéis, car je savais qu'il avait raison, que ses conseils étaient sages. J'avais fait ce que j'avais à faire, et maintenant c'était pour moi un autre devoir que de recouvrer mes forces.

Mon état de faiblesse m'empêchait de m'étonner, comme, certes, j'aurais dû le faire, de ce qui venait de se passer. Toutefois, en m'endormant sur le sofa, je me demandai ce qui, chez Lucy, avait bien pu provoquer cette rechute. Comment expliquer, si elle avait perdu tant de sang, que l'on n'en vît nulle part la moindre trace ? Sans doute continuai-je à me poser ces questions même dans mes rêves car, endormi ou éveillé, je sais que mes pensées revenaient sans cesse à ces deux petites blessures sur la gorge de Lucy, et à leurs bords comme déchiquetés, vidés de toute substance.

Quand notre malade se réveilla, tard dans la journée, elle paraissait aller beaucoup mieux, encore qu'il fût impossible de comparer cette amélioration à l'état où je l'avais trouvée la veille et qui nous avait tant réconfortés. L'ayant examinée, Van Helsing nous quitta pour aller respirer un peu d'air pur, après m'avoir recommandé de ne pas la laisser seule, ne fût-ce qu'une minute. Je l'entendis qui, au bas de l'escalier, demandait où se trouvait le bureau de télégraphe le plus proche.

Lucy bavarda longuement avec moi, sans paraître se douter le moins du monde de ce qui s'était passé. J'essayai de l'amuser, de l'intéresser en lui parlant de choses et d'autres. Et, quand sa mère monta pour la voir, j'eus la certitude que, de son côté, elle ne s'aperçut d'aucun changement chez la malade.

— Comment pourrions-nous vous remercier de tout ce que vous avez fait pour nous, docteur ? me dit-elle sur un ton de profonde reconnaissance. Mais, maintenant, vous devez veiller à ne pas vous épuiser vous-même. A votre tour, vous êtes bien pâle ! Vous devriez vous marier, croyez-moi : une femme qui vous soigne et qui ait des attentions pour vous, voilà ce qu'il vous faudrait !

Lucy rougit, l'espace d'un moment, il est vrai : ses veines si appauvries ne pouvant soutenir plus longtemps un afflux de sang vers la tête. Elle redevint d'une pâleur extrême en tournant vers moi des yeux implorants. Je souris en lui faisant un petit signe de tête entendu et en posant un doigt sur mes lèvres. Elle soupira et se laissa retomber sur ses oreillers.

Van Helsing revint deux heures plus tard et me dit aussitôt :

— Retournez chez vous ; il vous faut à nouveau faire un bon repas et bien boire, pour reprendre des forces. Moi, je resterai ici cette nuit, auprès de la petite demoiselle. Nous devons, vous et moi, étudier le cas, mais personne ne doit être au courant de nos recherches. J'ai pour cela de sérieuses raisons. Non, je ne vous les dévoilerai pas maintenant. Pensez ce que vous voulez, et ne craignez pas de penser même l'impensable. Bonsoir !

Dans le corridor, deux servantes vinrent me demander si elles ne pouvaient pas – ou au moins l'une d'entre elles – passer la nuit au chevet de Miss Lucy. Elles me suppliaient de les laisser monter. Et, lorsque je leur eus dit que le professeur Van Helsing désirait que ce fût l'un de nous deux qui veillât la malade, elles me demandèrent presque en pleurant d'intervenir auprès du "monsieur étranger". Ce geste de leur part me toucha plus que je ne pourrais le dire : peut-être parce que je suis très faible en ce moment ; peut-être parce que c'était au sujet de Lucy qu'elles montraient tant de bonté et de dévouement.

Je revins ici à temps encore pour que l'on me servît à dîner, puis j'allai voir mes malades – tout va bien de ce côté. Et maintenant j'écris ces lignes en attendant le sommeil, qui ne tardera pas à venir, je le sens.

11 septembre – Cet après-midi, je suis retourné à Hillingham. Lucy était beaucoup mieux, et Van Helsing avait l'air satisfait. Peu après mon arrivée, on vint remettre au professeur un gros colis qui venait de l'étranger. Il l'ouvrit avec empressement – empressement affecté, bien sûr – puis se retourna vers Lucy en lui tendant un gros bouquet de fleurs blanches.

— C'est pour vous, Miss Lucy, lui dit-il.

— Pour moi ? Oh ! docteur Van Helsing !

— Oui, ma chère enfant, mais pas pour orner votre chambre. Ce sont des médicaments. – Ici, Lucy fit la grimace. Mais non, ce n'est pas pour faire des infusions ou des décoctions au goût désagréable. Ne prenez donc pas cet air – voyez-moi ce visage si charmant il y a un moment à peine –, sinon je dirai à mon ami Arthur quelles souffrances il endurera quand il verra que le si beau visage qu'il adore peut faire une si laide grimace !

Ah ! voilà, ma jolie petite demoiselle, voilà le petit nez charmant redevenu lui-même ! A la bonne heure !… Ce sont des médicaments, mais vous n'aurez pas à les absorber. Certaines de ces fleurs, je les mettrai à votre fenêtre, avec d'autres je ferai une jolie guirlande que je vous passerai autour du cou afin que vous dormiez paisiblement. Oui ! comme les fleurs de lotus, elles vous aideront à tout oublier. Le parfum ressemble à celui des eaux du Léthé et à celui de cette Fontaine de Jouvence que les conquistadores allèrent chercher en Floride, mais qu'ils trouvèrent beaucoup trop tard.

Pendant qu'il parlait, Lucy contemplait les fleurs et respirait leur parfum. Bientôt, elle les repoussa en riant, mais aussi avec un air un peu dégoûté :

— Oh ! professeur, je crois que vous vous moquez de moi ! Ces fleurs ? Mais ce sont simplement des fleurs d'ail.

Je fus assez surpris de voir Van Helsing se lever, puis répondre gravement en fronçant le sourcil :

— Je ne me moque jamais de personne, jamais ! Tout ce que je fais, je le fais avec le plus grand sérieux. Et je voudrais que vous ne contrariiez ni mes intentions, ni les mesures que je veux prendre. Veillez-y, et si ce n'est pas dans votre propre intérêt, que ce soit dans l'intérêt de ceux qui vous aiment !

Mais devant l'effroi peint sur le visage de la pauvre enfant – effroi qui n'était certes pas surprenant –, il poursuivit sur un ton plus doux :

— Oh ! ma chère petite, ma petite demoiselle, n'ayez pas peur ! Tout ce que je vous dis, c'est pour votre bien. Et ces fleurs communes possèdent une vertu qui peut contribuer à votre guérison ! Voyez ! Je les placerai moi-même dans votre chambre ; moi-même je tresserai la couronne que vous porterez autour du cou. Mais, chut !

De tout ceci, il ne faut parler à personne – ne rien répondre aux questions que l'on pourrait vous poser à ce sujet. Ce qu'il faut, c'est obéir, et le silence, c'est déjà l'obéissance ; si vous obéissez, vous recouvrerez vos forces et vous serez d'autant plus vite dans les bras de celui qui vous attend ! Maintenant, reposez-vous, soyez calme ! Allons, mon ami John, aidez-moi à orner la chambre de ces fleurs que j'ai commandées directement à Haarlem où mon ami Vanderpool les cultive dans ses serres, d'un bout à l'autre de l'année. Je l'ai prié hier par télégramme de me les envoyer.

Nous sommes donc montés, avec les fleurs, dans la chambre de Lucy. Tout ce que fit le professeur était assurément insolite et s'éloignait de toute pharmacopée existante. D'abord, il ferma soigneusement les fenêtres, veilla à ce que personne ne pût les rouvrir ; puis, prenant une poignée de fleurs, il les frotta sur les châssis, comme s'il voulait que le moindre souffle d'air entrant dans la chambre par un interstice quelconque fût imprégné d'une odeur d'ail. Enfin, il alla frotter de même tout le chambranle de la porte, en haut, en bas, et sur les deux côtés, ainsi que le manteau de cheminée tout entier.

Je me demandais dans quel but il agissait ainsi.

— Ecoutez, maître, lui dis-je après quelques moments, je sais qu'il y a toujours une raison à tout ce que vous faites ; mais ici, vraiment, je ne comprends pas. Certains, à vous voir, croiraient que vous préparez un charme qui doit interdire l'accès de cette chambre à quelque esprit malin.

— Eh bien ! oui, peut-être ! me répondit-il tranquillement, et il se mit à tresser la couronne.

Nous attendîmes alors que Lucy fût prête pour la nuit, et lorsqu'on vint nous dire qu'elle s'était mise au lit, Van Helsing alla lui-même lui passer la couronne autour du cou.

Avant de la quitter, il lui dit encore :

— Attention ! Gardez bien les fleurs telles que je vous les ai mises ; et, sous aucun prétexte, même si vous trouvez que la chambre sent le renfermé, vous ne pouvez, cette nuit, ouvrir la porte ou les fenêtres !

— Je vous le promets, répondit Lucy, et merci mille fois à tous deux pour la bonté que vous me témoignez ! Oh ! qu'ai-je fait pour que le Ciel me donne des amis aussi précieux !

Tandis que nous nous éloignions de la maison, Van Helsing me dit :

— Ce soir, enfin, je pourrai dormir sur les deux oreilles, et j'en ai besoin ! Deux nuits passées à voyager ; entre-temps, une journée de lectures et de recherches ; beaucoup d'inquiétudes en revenant ici, puis encore une nuit à veiller, sans fermer l'œil ; c'est suffisant. Demain, de bonne heure, vous m'appellerez, et, ensemble, nous reviendrons voir notre jolie petite demoiselle que nous trouverons bien plus forte, à cause de mon "charme". Ha ! Ha !

Devant sa confiance, qui semblait inébranlable, je me souvins de celle que j'avais eue deux soirs auparavant pour éprouver ensuite une si terrible déception, et je me mis à redouter le pire. C'est sans doute à cause de mon état de faiblesse que j'hésitai à avouer mes craintes à mon maître, mais elles me furent d'autant plus douloureuses – telles des larmes qu'on refoule.

XI

JOURNAL DE LUCY WESTENRA

12 septembre – Tous ceux qui m'entourent sont si bons pour moi ! J'aime beaucoup ce cher Dr Van Helsing, mais je me demande encore pourquoi il tenait absolument à disposer ainsi ces fleurs. Réellement, il me faisait peur – il peut se montrer si autoritaire ! Pourtant, il devait avoir raison, car déjà je me sens mieux, comme soulagée. La nuit, je ne crains plus de rester seule et je dors tranquillement. Peu m'importe si j'entends des battements d'ailes contre la vitre, au-dehors, cela ne m'inquiète plus. Oh ! quand je pense à quel point, auparavant, je devais lutter pour ne pas m'endormir ! Souffrance que de ne pas trouver le sommeil, souffrance plus cruelle, la peur de s'y laisser sombrer, avec toutes les horreurs que cela comportait pour moi ! Qu'ils sont heureux ceux qui ne craignent, ne redoutent jamais rien, qui s'endorment tous les soirs d'un sommeil réparateur peuplé uniquement de rêves doux et paisibles ! Eh bien ! moi aussi, ce soir, j'appelle le sommeil, gisant comme Ophélie dans la pièce, avec "les couronnes virginales, l'ensevelissement des jeunes filles*". Je ne savais pas que l'ail pût être agréable – au contraire… Son odeur apaise… Je sens déjà que je m'assoupis. Bonsoir, tout le monde…

* Shakespeare, *Hamlet*, V, 1, vers 254-255. *(N.d.E.)*

13 septembre – Quand je suis arrivé au Berkeley, Van Helsing était déjà prêt et m'attendait. La voiture commandée par l'hôtel était devant la porte. Le professeur prit sa trousse avec lui, comme, d'ailleurs, il le fait toujours à présent.

Dès huit heures, nous étions à Hillingham. La matinée ensoleillée était délicieuse, toute la fraîcheur de ce début d'automne semblait mener à sa conclusion parfaite l'œuvre annuelle de la nature. Les feuilles prenaient des teintes diverses, plus délicates les unes que les autres, mais elles ne tombaient pas encore.

Dans le corridor, nous rencontrâmes Mrs Westenra. Elle aussi se levait toujours de bonne heure. Elle nous accueillit très cordialement :

— Vous serez heureux d'apprendre, nous dit-elle, que Lucy est beaucoup mieux ! La chère petite dort encore. J'ai entrouvert sa porte ; mais quand je l'ai vue qui reposait, je ne suis pas entrée dans la chambre, par crainte de l'éveiller.

Le professeur sourit ; visiblement, il se félicitait intérieurement. Se frottant les mains, il s'écria :

— Ah ! mon diagnostic était donc juste ! Et le traitement agit.

A quoi Mrs Westenra répondit :

— Cette amélioration, chez ma fille, n'est pas due seulement au traitement que vous lui faites suivre, docteur. Si Lucy est si bien ce matin, c'est en partie grâce à moi.

— Que voulez-vous dire, madame ?

— Eh bien ! comme j'étais un peu inquiète, pendant la nuit, je suis allée dans sa chambre. Elle dormait profondément, si profondément qu'elle ne s'est même pas réveillée quand je suis entrée. Mais la chambre manquait d'air. Partout, il y avait de ces horribles fleurs à l'odeur insupportable, et même la pauvre enfant en avait autour du cou ! Craignant que, vu son état de faiblesse, ces fleurs ne lui fassent du tort, je les ai enlevées, et j'ai entrouvert la fenêtre pour aérer un peu la chambre. Vous serez satisfait de l'état de notre malade, j'en suis certaine.

Elle se dirigea vers la porte de son boudoir, où elle avait l'habitude de se faire servir son petit déjeuner. Pendant qu'elle parlait, j'avais observé le professeur, et j'avais vu son visage blêmir. Devant elle, toutefois, il avait su garder son sang-froid pour ne pas l'effrayer ; il avait même souri cependant qu'il tenait la porte pour lui permettre d'entrer dans le boudoir. Mais dès qu'elle eut disparu, il me poussa brusquement dans la salle à manger dont il referma aussitôt la porte.

Alors, pour la première fois de ma vie, je vis chez Van Helsing des signes de profond découragement. Il levait les mains, en proie à une sorte de désespoir muet, puis les frappait l'une contre l'autre comme s'il savait que toute tentative désormais serait vaine. Finalement, il se laissa tomber sur une chaise, et, le visage enfoui dans les mains, il se mit à pleurer, à sangloter – et les sanglots semblaient venir du fond de son cœur déchiré. A nouveau, il leva les bras comme pour prendre à témoin l'univers entier.

— Bon Dieu ! fit-il à voix basse, bon Dieu ! Qu'avons-nous donc fait, qu'a fait cette pauvre petite pour mériter tant d'épreuves ? Est-ce donc encore, venu du vieux monde païen, un effet de l'inexorable Destin ? Cette pauvre mère, bien innocente, animée des meilleures intentions, agit de telle sorte qu'elle met en danger sa fille, corps et âme ; et pourtant, nous ne devons ni ne pouvons le lui dire, même en prenant de grandes précautions, car elle en mourrait, et sa mort signifierait la mort de sa fille. Oh ! dans quelle situation nous voilà !

Tout à coup, d'un bond, il se leva.

— Venez, reprit-il, il nous faut faire quelque chose ! Qu'un démon ou non se soit mis de la partie, ou que même tous les démons se soient ligués contre nous, peu importe… Quoi qu'il en soit, nous lutterons, nous combattrons…

Il retourna vers la porte d'entrée pour prendre sa trousse, puis nous montâmes à la chambre de la jeune fille.

Une fois encore, je levai le store pendant que Van Helsing s'approchait du lit. Mais il n'eut plus le même mouvement de surprise lorsqu'il vit la pâleur affreuse du pauvre petit visage. Seulement, une grave tristesse mêlée à une pitié infinie immobilisa ses traits.

— Je m'y attendais ! murmura-t-il, avec cette petite inspiration légèrement sifflante qui chez lui en disait long.

Sans un mot de plus, il alla fermer la porte à clef, puis commença à disposer sur le guéridon les instruments nécessaires à une troisième transfusion de sang. J'en avais reconnu l'urgence depuis un bon moment déjà, et j'enlevais mon veston quand Van Helsing m'arrêta d'un geste.

— Non ! dit-il. Aujourd'hui, c'est vous qui opérerez, et c'est moi qui donnerai le sang. Vous n'êtes déjà que trop affaibli.

Tout en parlant, à son tour il ôtait son veston, relevait la manche de sa chemise.

De nouveau la transfusion, de nouveau la morphine, et, de nouveau, nous vîmes les joues livides se colorer peu à peu, la respiration régulière soulever la poitrine tandis que le sommeil redevenait normal. Et ce fut moi qui veillai tandis que Van Helsing se reposait et réparait ses forces.

Au cours d'un entretien qu'il eut ensuite avec Mrs Westenra, il lui fit comprendre qu'elle ne devait jamais ôter quoi que ce fût de la chambre de Lucy sans lui en parler auparavant ; que les fleurs en question possédaient une vertu médicinale, et que le traitement qu'il préconisait pour Lucy consistait en partie à respirer leur parfum. Il me dit alors qu'il voulait voir lui-même comment allait se comporter la malade, et qu'il resterait deux nuits à son chevet. Il me préviendrait par écrit lorsque ma présence serait nécessaire.

Une heure ou deux plus tard, Lucy s'éveilla fraîche comme une rose et riant avec nous, bref, elle ne semblait nullement se ressentir de cette nouvelle épreuve.

De quelle maladie souffre-t-elle ? Je commence à me demander si, à force de vivre parmi les aliénés, je ne deviens pas fou moi-même.

JOURNAL DE LUCY WESTENRA

17 septembre – Quatre jours et quatre nuits paisibles – oui, quatre jours et quatre nuits d'un calme parfait ! Je me sens si forte que c'est à peine si je me reconnais. J'ai l'impression d'avoir fait un long, très long cauchemar et que je viens de me réveiller dans une chambre illuminée de soleil où entre également l'air frais du matin. Je me souviens très vaguement de longs moments faits tout ensemble d'angoisse, d'attente et d'appréhension ; des moments pleins de ténèbres et vides de tout espoir qui aurait pu rendre ma détresse moins poignante ; ensuite c'étaient de longs moments d'oubli. Une autre impression subsiste encore : celle de remonter à la surface de la vie, comme le plongeur qui sort d'une eau profonde et tumultueuse. Depuis que le Dr Van Helsing est ici, à vrai dire, tous ces mauvais rêves sont pour moi choses anciennes. Les bruits qui m'affolaient – les battements d'ailes contre la vitre, par exemple, ou les voix lointaines qui semblaient se rapprocher de plus en plus, ou ces appels qui venaient de je ne sais où et m'enjoignaient de faire je ne sais quoi – tout cela a cessé. Le soir, maintenant, quand je me couche, je ne crains plus de m'endormir. Je ne fais même plus aucun effort pour me tenir éveillée. De plus, à présent, je trouve l'odeur d'ail fort agréable, et chaque jour, on m'en envoie de Haarlem une grande caisse. Ce soir, le Dr Van Helsing me quitte, parce qu'il doit aller passer une journée à Amsterdam. Mais je me sens si bien que, vraiment, je puis rester seule. Je rends grâce à Dieu quand je pense à maman, à mon cher Arthur, et à nos amis qui tous ont été si bons pour nous ! Que l'on veille ou non auprès de moi ne fera pas grande différence, puisque, la nuit passée, me réveillant à deux reprises, je me suis aperçue que le professeur s'était endormi dans son fauteuil et que, malgré cela, je n'ai pas eu peur de me laisser à nouveau reprendre par le sommeil ; pourtant des branches ou des chauves-souris ou je ne sais quoi d'autre venaient à chaque instant cogner contre la fenêtre, avec colère, eût-on dit.

The Pall Mall Gazette, *18 septembre.*

LE LOUP S'ÉCHAPPE

L'AVENTURE DANGEREUSE D'UN DE NOS JOURNALISTES

INTERVIEW DU GARDIEN AU JARDIN ZOOLOGIQUE

Après bien de vaines tentatives et après m'être servi chaque fois de ces mots, *Pall Mall Gazette*, comme d'un talisman, je parvins à dénicher le gardien de la section du jardin zoologique où se trouvent les loups. Thomas Bilder habite une des loges qui avoisinent le bâtiment réservé aux éléphants, et je suis arrivé chez lui au moment où il se mettait à table pour le thé. Lui et sa femme pratiquent les lois de l'hospitalité ; ce sont des gens d'un certain âge déjà, sans enfants, et qui, je pense, doivent vivre de façon assez confortable. Le gardien refusa de "parler affaires" comme il dit, avant la fin du repas, et je ne voulus pas le contrarier.

Mais une fois la table desservie, il alluma sa pipe et me dit :

— Maintenant, m'sieur, je vous écoute : vous pouvez me d'mander tout c'que vous voulez ! Vous m'excus'rez, s'pas, d'avoir pas voulu parler profession avant d'avoir mangé, mais c'est comme pour c'qui est des loups, des chacals et des hyènes, j'leur donne toujours leurs repas avant d'leur poser les questions qu'j'ai à leur poser.

— Comment cela, vous leur posez des questions ? demandai-je dans le but de le faire parler.

— Ou j'leur frappe sur la tête avec un bâton, ou j'leur gratte dans les oreilles, pour faire plaisir aux gars qui viennent avec leurs bonnes amies et veulent du spectacle pour leurs sous ! Moi, ça m's'rait égal de leur flanquer des coups avant d'leur donner à manger ; mais, tout d'même, j'préfère qu'ils aient eu leur café et leur pousse-café – si vous comprenez c'que j'veux dire ? – avant qu'je m'm'ette à leur gratter les oreilles. Voyez-vous, ajouta-t-il avec un air de philosophe, il y a beaucoup de ressemblance entre ces animaux et nous. Vous v'là qui v'nez m'poser un tas d'questions sur mon métier ; franchement, si ce n'était votr'jeunesse, j'vous aurais envoyé paître sans vous répondre ! Quand vous m'avez d'mandé si j'voulais qu'vous d'mandiez au surveillant en chef si vous pouviez m'poser des questions, alors, vous ai-je dit d'aller au diable ?

— Oui, vous l'avez dit.

— Mais maintenant que, comme les lions, les loups et les tigres, j'ai eu ma pitance, que ma bonne vieille m'a donné à manger et à boire et que j'ai allumé ma pipe, vous pouvez m'gratter les oreilles autant qu'il vous plaira, je n'me fâch'rai pas. Allez-y ! Vos questions ? J'les attends ! Je sais qu'c'est au sujet de c'loup qui s'est sauvé.

— Exactement. Je désirerais savoir ce que vous pensez de cette affaire. Racontez-moi, je vous prie, comment cela s'est passé. Une fois que vous m'aurez donné tous les détails, je vous demanderai pourquoi, selon vous, cette bête a pu s'échapper et comment tout cela finira.

— Très bien, patron. Ben, voilà. Ce loup – Bersicker, que nous l'appelions –, nous l'avions acheté, il y a quatre ans, avec deux autres. C'était un loup très bien élevé qui n'nous avait jamais donné d'embarras – ou alors ça vaut même pas la peine d'en parler. Qu'il ait voulu se sauver, v'là c'qui m'surprend maint'nant. Mais, voyez-vous, c'est qu'on n'peut pas se fier aux loups plus qu'aux femmes.

— Ne l'écoutez pas, monsieur ! s'écria Mrs Bilder en éclatant de rire. Il s'occupe depuis si longtemps de toutes ces bêtes que l'on peut bénir le Ciel s'il n'est pas lui-même devenu comme un vieux loup ! Mais pour être dangereux, il ne l'est pas, vous savez, pas du tout !

— Oui, monsieur, il y avait deux heures environ, hier, que j'avais donné à manger aux bêtes, quand j'ai compris qu'y s'passait quequ'chose d'pas normal. J'étais chez les singes à étendre d'la paille pour le puma qui est malade, quand j'ai entendu des hurlements. Je suis tout d'suite venu voir c'qui s'passait. C'était Bersicker qui s'dém'nait comme un fou, qui sautait sur les barreaux de la cage comme s'il voulait les arracher pour se sauver. Il n'y avait pas beaucoup d'visiteurs à ce moment-là, un seul homme seulement tout près d'la cage – un homme grand, mince, avec un long nez recourbé et une barbe pointue dont quelques poils étaient blancs. Son regard était dur et froid, ses yeux flamboyaient, vrai, comme j'vous dis, ils flamboyaient, et tout d'suite, j'lui en ai voulu, car il me semblait qu'c'était contre lui qu'l'animal s'fâchait ainsi. Il portait des gants d'peau blanche, et, du doigt, y m'montra les loups en m'disant :

"— Gardien, qu'est-ce qui excite ces loups, croyez-vous ?

"— P't'être que c'est vous, que j'répondis, car, vraiment, les manières de cet homme n'me plaisaient pas.

"— Au lieu de s'mettr' en colère, comme je m'y attendais, y m'sourit d'une façon bizarre, p't'êtr' insolente, en découvrant de longues dents blanches, très pointues.

"— Oh non, fit-il, ces bêtes ne m'trouveraient pas à leur goût !

"— Oh ! si, elles vous trouv'raient à leur goût, que j'répondis. A l'heure du thé, elles aiment toujours se faire les dents sur un os ou deux, et à vous voir…

"Chose étrange, quand ils nous virent bavarder d'la sorte, les loups s'calmèrent, et quand je m'approchai de Bersicker, comme d'habitude, il me laissa caresser ses oreilles. L'homme s'approcha à son tour, et j'veux être pendu s'il ne se mit pas, lui aussi, à caresser le vieux loup !

"— Attention, lui dis-je, Bersicker peut être dangereux !

"— Ne craignez rien, qu'y m'fit, les loups et moi, on se connaît !

“— Ah ! vous gardez aussi des loups ? demandai-je tout en me découvrant, car un monsieur qui s’occupe de loups, patron, c’est toujours un ami pour moi.

“— Non, pas exactement, qu’y m’expliqua alors, non, je ne garde pas les loups… mais enfin, certains loups sont parfois devenus très familiers avec moi.

“— Et, en disant ces mots, il souleva son chapeau comme l’aurait fait un lord, puis s’éloigna.

“Le vieux Bersicker le suivit des yeux aussi longtemps qu’il put le voir, puis il alla se coucher dans un coin d’où y n’voulut pas bouger d’toute la soirée. Mais, dès que la lune fut levée, tous les loups se mirent à hurler, sans raison, qu’y m’semblait. Y avait personne dans les environs, seulement quelqu’un qui, qué’qu’ part derrière les jardins de Park Road, appelait un chien. Une ou deux fois, j’suis allé voir les bêtes, y s’passait rien d’anormal… Puis tout à coup, ils ont cessé d’hurler… Ensuite, quelques minutes avant minuit, j’suis d’nouveau allé voir, avant de m’coucher, et quand j’suis arrivé d’vant la cage du vieux Bersicker, les barreaux étaient tout tordus et cassés par endroits… et la cage était vide ! V’là tout c’que j’sais, m’sieur ; mais pour c’qui est de l’savoir, j’en suis certain !

— Vous ne connaissez personne qui aurait remarqué quelque chose, cette nuit-là ?

— Vers minuit également, un d’nos jardiniers revenait d’la fanfare quand, soudain, il a vu un gros chien gris sortir d’un trou d’la haie. Enfin, c’est ce qu’y raconte mais, quant à moi, j’n’y crois pas beaucoup car, en rentrant chez lui, y n’en a pas dit un seul mot à sa femme ; ce n’est que lorsqu’on a su que l’loup s’était sauvé et que nous avons passé toute la nuit à le chercher partout qu’notr’homme s’est souvenu d’avoir vu ce gros chien. C’que j’crois, moi, c’est qu’la fanfare l’avait tourneboulé.

— Maintenant, Mr Bilder, pourriez-vous me dire pourquoi, selon vous, ce loup s'est échappé ?

— Mais oui, monsieur, je crois qu'je pourrais vous l'expliquer, fit-il, et il parlait avec modestie. Seulement, je n'sais pas si mon explication vous suffira.

— Là, mon ami, soyez complètement rassuré ! Si vous, qui connaissez toutes les habitudes des animaux, ne pouvez pas comprendre exactement ce qui s'est passé, qui donc, en vérité, le pourrait ?

— Eh bien ! monsieur, voilà : selon moi, ce loup s'est échappé... tout simplement parce qu'il voulait connaître la liberté.

A cette plaisanterie, Thomas et sa femme éclatèrent de rire, et je compris que ce n'était pas la première fois que le bonhomme la servait. J'employai un autre moyen, plus efficace, celui-là, de lui toucher le cœur.

— Bon, Mr Bilder, considérons – n'est-ce pas ? – que ce demi-souverain que je vous ai donné a déjà rendu tous les services qu'il pouvait rendre, et que son frère est là, qui attend que vous le réclamiez une fois que vous m'aurez dit, cette fois, comment, à votre avis, toute cette histoire finira.

— Parfait, monsieur, et j'espère que vous m'excuserez mais tout à l'heure la vieille ici m'a fait un clin d'œil qui m'a...

— Moi ? Jamais ! s'écria sa femme.

— Sincèrement, monsieur, je crois que ce loup se cache quelque part. Le jardinier a dit qu'la bête galopait en direction du nord, et qu'elle galopait plus vite que n'galoperait un cheval. J'n'en crois rien, car, vous voyez, m'sieur, les loups n'galopent pas plus qu'les chiens – y n'sont pas bâtis pour ça. Les loups, ce sont des créatures étonnantes dans les livres d'histoires, peut-être, quand ils s'assemblent pour poursuivre un être effrayé. Mais, que le Seigneur ait pitié de vous ! dans la vie réelle, un loup, ça n'vaut même pas un bon chien : c'est beaucoup moins intelligent, et moins hardi. Ce Bersicker, on n'l'a pas habitué à s'battre ni même à chercher sa nourriture, et sans doute est-il maint'nant à s'prom'ner dans l'parc en s'demandant, si toutefois il est capable d'y penser, où il trouv'ra à déjeuner. Ou bien est-il allé un peu plus loin, p't-être est-il, à l'heure où j'vous parle, dans une cave à charbon. Ou encore, s'il ne trouve rien à manger, m'est avis qu'y pourrait s'précipiter dans une boucherie… et alors ! Sinon, et si une bonne d'enfant vient à passer avec un soldat, ayant laissé derrière elle le petit dans sa voiture, eh bien ! j's'rais pas étonné alors si, au recensement d'la population, on s'apercevait qu'il y a un bébé en moins. Voilà comment j'vois l'histoire.

Je lui tendais une seconde pièce d'un demi-souverain quand, au-dehors, quelque chose surgit de dessous la fenêtre et vint se cogner contre la vitre. Le visage de Mr Bilder, qu'il avait naturellement long, s'allongea encore d'étonnement.

— Bon Dieu ! s'écria-t-il, mais n'est-ce pas le vieux Bersicker qui revient de lui-même !

Il alla ouvrir la porte – chose bien inutile, me dis-je. J'ai toujours pensé qu'un animal sauvage ne se trouve jamais à une place qui lui convienne mieux que lorsqu'un obstacle le sépare de nous. Mon expérience personnelle m'a convaincu de la justesse de cette idée.

Mais après tout, il n'y a rien de tel que l'habitude, car Bilder et sa femme n'avaient pas plus peur du loup que je n'aurais peur d'un chien. Cette bête était aussi paisible, aussi douce que son ancêtre, le compagnon du Petit Chaperon rouge. Toute cette scène du retour au bercail avait quelque chose de comique et d'émouvant tout ensemble, qu'il serait difficile de décrire. Le méchant loup qui, pendant une longue demi-journée, avait été la terreur de Londres et avait fait trembler tous les enfants, était là, devant nous, l'air repentant, et fêté, et caressé comme une sorte de fils prodigue. Bilder l'examina de la tête aux pattes en lui témoignant mille tendresses, puis il déclara :

— Voilà, j'savais bien qu'la pauv'bête aurait des ennuis ; ne l'ai-je pas dit tout l'temps depuis hier ? Voyez sa gueule, toute blessée, pleine encore de morceaux d'verre. Elle a certainement voulu sauter au-dessus d'un mur ou l'autre. C'est une vraie honte que les gens puissent garnir leurs murs de tessons de bouteilles ! Vous voyez, voilà ce qui arrive… Viens ici, Bersicker…

Il emmena le loup et alla l'enfermer dans une cage ; il lui donna un quartier de viande, puis il se rendit près de son chef et l'avertit du retour de l'animal.

De mon côté, je suis revenu ici afin de relater pour notre journal la seule version que l'on ait aujourd'hui de cette escapade qui a mis le zoo en grand émoi.

JOURNAL DU DR SEWARD

17 septembre – Après le dîner, j'étais dans mon bureau, occupé à mettre à jour le travail que j'avais laissé en souffrance, trop pris et par mes malades et par mes visites fréquentes à Lucy. Tout à coup, la porte s'ouvrit toute grande et Renfield, les traits convulsés de colère, se précipita vers moi. Je demeurai littéralement interdit, car ce n'est pas souvent qu'un malade, sans en demander la permission à personne, vienne trouver le médecin en chef dans son bureau. Il tenait en main un couteau et je devinai aussitôt que, dans sa fureur, il pouvait devenir dangereux ; je fis donc un mouvement de recul, de façon à ce que la table pût nous séparer, chacun de nous étant placé de part et d'autre. Mais il me prévint, et avant que je pusse reprendre mon équilibre, il avait sauté sur moi et m'avait fait au poignet gauche une coupure assez grave. Toutefois, je ne lui laissai pas le temps de frapper une seconde fois, je l'envoyai à terre, allongé sur le dos. Mon poignet saignait abondamment, le sang formait déjà une petite mare sur le tapis. Renfield, je m'en rendis compte immédiatement, ne méditait pas une nouvelle attaque ; aussi me mis-je à bander mon poignet, tout en surveillant l'homme étendu par terre. Quand, avec les surveillants arrivés, nous nous penchâmes sur lui pour le relever et le reconduire dans sa chambre, il était occupé à une besogne qui me souleva le cœur. Retourné maintenant sur le ventre, à la manière d'un chien, il léchait le sang qui avait coulé de mon poignet. Mais je fus assez étonné de voir qu'il se laissait emmener sans difficulté, en répétant simplement à tout moment : "Le sang, c'est la vie ! Le sang, c'est la vie !"

Je ne puis vraiment pas me permettre de perdre de ce sang, serait-ce même en petite quantité ; j'en ai déjà perdu suffisamment ces derniers jours, d'autant plus que la maladie de Lucy, avec tout ce qu'elle exige d'endurance et d'efforts de notre part, avec toute l'horreur qu'elle nous inspire à certains moments, devient vraiment éprouvante. Je n'en peux plus ; il me semble que je tomberai d'épuisement si je n'ai pas une nuit de repos. Oh ! dormir ! dormir des heures ! Heureusement, Van Helsing ne m'a pas fait appeler ; aussi j'aurai ces heures de sommeil, si nécessaires.

TÉLÉGRAMME DE VAN HELSING, ANVERS A SEWARD, CARFAX

(Envoyé à Carfax, Sussex, aucun nom de comté n'étant indiqué ; déposé après vingt-deux heures.)

17 septembre – Ne pas manquer vous rendre à Hillingham ce soir ; si pas veiller tout le temps, entrer souvent dans la chambre voir si fleurs à leur place. Très important. Vous rejoindrai le plus tôt possible, une fois arrivé à Londres.

JOURNAL DU DR SEWARD

18 septembre – Je vais prendre le train pour Londres. Le télégramme de Van Helsing m'a plongé dans la consternation. Une nuit entière de perdue, et je sais par expérience, hélas ! ce qu'il peut arriver en une nuit. Evidemment, il est possible que tout se soit très bien passé ; mais, d'autre part, que de choses ont pu se produire ! Il faut assurément que quelque malédiction nous poursuive, puisque nous devons nous attendre à voir contrarié chacun de nos efforts. J'emporte ce cylindre à Hillingham et je compléterai mon enregistrement sur le phonographe de Lucy.

MÉMORANDUM LAISSÉ PAR LUCY WESTENRA

17 septembre, la nuit – J'écris ces lignes sur des feuilles détachées afin qu'on les trouve et les lise, car je veux que l'on sache exactement ce qui s'est passé cette nuit. Je vais mourir de faiblesse, je le sens. J'ai à peine la force d'écrire ; mais il faut que j'écrive ceci, même si la mort me surprend la plume à la main.

Comme d'habitude, je me suis mise au lit en ayant soin de placer les fleurs autour de mon cou comme le Dr Van Helsing l'a ordonné, et je me suis endormie presque aussitôt. Mais j'ai été réveillée par ces battements d'ailes contre la fenêtre, que j'avais entendus pour la première fois après que, tout endormie, j'étais montée au sommet de la falaise de Whitby où Mina m'a trouvée, et que j'ai entendus si souvent depuis lors. Je n'ai pas eu peur ; pourtant, j'aurais souhaité que le Dr Seward fût dans la chambre voisine, comme le Dr Van Helsing me l'avait donné à entendre, afin que je pusse l'appeler. J'ai essayé de me rendormir, mais n'y suis pas parvenue. Alors, m'a reprise ma vieille crainte du sommeil et j'ai décidé, au contraire, de rester éveillée. Chose étrange, tandis que j'essayais de le combattre, le sommeil peu à peu semblait devoir me gagner ; aussi, dans l'espoir de ne pas rester seule, j'ai ouvert ma porte et j'ai crié : "Y a-t-il quelqu'un ?" Pas de réponse. Comme je ne voulais pas non plus éveiller maman, j'ai refermé ma porte. Alors, au-dehors, venant, m'a-t-il semblé, des buissons, j'ai entendu un cri, comme si un chien hurlait, mais c'était un cri bien plus effrayant. Je suis allée à la fenêtre, me suis penchée pour essayer de distinguer quelque chose dans l'obscurité, mais je n'ai rien vu sinon une grosse chauve-souris – celle-là même probablement qui était venue battre des ailes contre la vitre. Je me suis remise au lit, bien décidée encore à ne pas me rendormir. Un peu après, ma porte s'ouvrit et maman passa la tête dans l'entrebâillement ; voyant que je ne dormais pas, elle entra et vint s'asseoir près de mon lit. Elle, toujours si douce, me dit sur un ton encore plus doux, plus apaisant que d'habitude :

— Je me demandais si tu n'avais besoin de rien, ma chérie, et j'ai voulu venir m'en assurer.

Pour qu'elle ne prît pas froid, je lui proposai de se coucher à côté de moi dans mon lit. Ce qu'elle fit, tout en gardant son peignoir car, me dit-elle, elle ne resterait qu'un moment, puis regagnerait son propre lit. Comme elle me tenait serrée dans ses bras, il y eut à nouveau ce bruit contre la fenêtre. Maman sursauta en s'écriant : "Qu'est-ce que c'est ?" J'essayai de la rassurer et, finalement, y parvins ; elle se recoucha, tout à fait calme, mais j'entendais son cœur battre à grands coups. On entendit une fois encore hurler dans les buissons, puis quelque chose vint frapper contre la vitre qui se brisa. Les morceaux de verre s'éparpillèrent sur le plancher. Le vent souleva le store et, dans l'ouverture faite par le carreau cassé, passa la tête d'un grand loup très maigre. Maman poussa à nouveau un cri d'effroi, se dressa sur le lit tout en se débattant, et voulut saisir un objet quelconque pour nous défendre. C'est ainsi qu'elle arracha de mon cou la guirlande de fleurs d'ail puis la jeta au milieu de la chambre. Pendant quelques instants, elle resta assise de la sorte, montrant le loup du doigt, puis elle retomba sur l'oreiller, comme frappée par la foudre, et sa tête vint cogner contre mon front ; une ou deux secondes, je restai étourdie ; la chambre, et tout autour de moi, semblait tourner, et pourtant je gardais les yeux fixés sur la fenêtre ; mais le loup disparut bientôt, et on eût dit que des petites taches, par myriades, entraient en tourbillons par la vitre cassée, des tourbillons qui rappelaient sans doute les colonnes de sable que le voyageur voit s'élever dans le désert quand souffle le simoun. J'essayai de m'asseoir sur le lit, mais en vain : je ne sais quelle force mystérieuse m'en empêchait, et du reste le corps de ma pauvre maman, qui me semblait déjà froid et était retombé sur moi, me rendait tout mouvement impossible. Puis je perdis connaissance. Je ne me souviens plus de ce qui s'est passé ensuite.

Cet évanouissement ne dura pas longtemps, mais ce furent, j'en eus très vaguement conscience malgré tout, des minutes terribles. Quand je revins à moi, le glas sonnait dans les environs, des chiens hurlaient tout autour de la maison, et dans les arbres du jardin, non loin de ma fenêtre, me semblait-il, un rossignol chantait. Le chagrin, la peur, mon état de grande faiblesse, tout cela me laissait dans une sorte de torpeur ; toutefois, à entendre chanter ce rossignol, j'avais l'impression de retrouver la voix de ma pauvre maman, sa voix qui s'élevait dans la nuit pour me consoler. Sans doute ces différents bruits avaient-ils réveillé les servantes, car je les entendis alors qui marchaient pieds nus sur le palier. Je les appelai, elles entrèrent, et l'on devine leurs cris d'épouvante lorsqu'elles comprirent le malheur qui nous arrivait et virent le corps étendu au-dessus de moi, qui restais couchée sur le lit ! Le vent, entrant dans la chambre par la fenêtre brisée, faisait claquer la porte à tout moment. Les braves filles soulevèrent le corps de ma chère maman pour me permettre de me lever, puis doucement, avec mille précautions, l'étendirent convenablement sur le lit et le recouvrirent d'un drap. Voyant à quel point elles étaient impressionnées, je leur dis de descendre à la salle à manger et de boire un verre de vin. Elles ouvrirent la porte qui se referma aussitôt sur elles. Je les entendis crier à nouveau, puis dégringoler en groupe l'escalier. Alors, je disposai des fleurs sur la poitrine de maman et, à peine les y avais-je mises, je me souvins des recommandations du Dr Van Helsing, mais, pour rien au monde, je n'aurais repris ces fleurs... D'ailleurs, j'attendais que les servantes reviennent près de moi : nous resterions ensemble à veiller. Mais elles ne remontèrent pas ; je les appelai : pas de réponse ! Alors, je me décidai à descendre à mon tour dans la salle à manger.

Je faillis me trouver mal devant le spectacle que j'avais sous les yeux ; toutes les quatre gisaient sur le plancher, respirant difficilement. La carafe de sherry, à demi vidée, était encore sur la table, mais il y avait dans la pièce une odeur bizarre… âcre. J'examinai la carafe : elle sentait le laudanum. J'ouvris le buffet, et je m'aperçus que le flacon dont le médecin de maman se sert – se servait, hélas ! – pour la soigner était vide. Que vais-je faire maintenant ? Que vais-je faire ?… Je suis revenue dans la chambre, auprès de maman ; je ne peux pas la quitter, et je suis seule dans la maison, hormis ces pauvres filles endormies à qui quelqu'un a fait prendre le laudanum. Seule avec la mort ! Et je n'ose pas sortir car, par la fenêtre cassée, j'entends hurler le loup. Et toujours ces petites taches qui dansent dans la chambre et tourbillonnent à cause du courant d'air qui vient de la fenêtre, et la lampe qui baisse maintenant, qui va bientôt s'éteindre… Que vais-je faire ? Dieu veuille qu'il ne m'arrive rien de mal, cette nuit ! Je vais glisser ces feuilles dans mon corsage afin qu'on les trouve quand on fera ma dernière toilette. Ma pauvre maman est partie ! Il est temps que je m'en aille aussi ! Je vous dis adieu, dès maintenant, mon cher Arthur, si je dois mourir cette nuit. Dieu vous garde, mon ami, et me vienne en aide !

XII

JOURNAL DU DR SEWARD

18 septembre – J'arrivai de bonne heure à Hillingham. Laissant la voiture à la grille de l'allée, je marchai jusqu'à la maison. Je sonnai très doucement, afin de n'éveiller ni Lucy ni Mrs Westenra, si elles dormaient encore. J'espérais que seule une servante m'entendrait. Un moment se passa et, comme personne ne venait m'ouvrir, je sonnai de nouveau, puis frappai assez fort. Toujours pas de réponse. J'en voulus aux domestiques qui restaient au lit si tard – il était maintenant près de dix heures – de sorte que je sonnai et frappai encore à plusieurs reprises avec plus d'impatience mais toujours en vain. Jusqu'ici, j'avais rendu les servantes seules responsables de ce silence mais, maintenant, j'étais pris d'une terrible appréhension. Ce silence même, n'était-ce pas une nouvelle manifestation de cette malédiction qui semblait s'acharner contre nous ? Voulais-je réellement pénétrer dans une maison où la mort était entrée avant moi ? Je savais que chaque minute, chaque seconde qui s'écoulaient pouvait être la cause de longues heures très dangereuses pour Lucy si son état s'était une fois de plus aggravé ; aussi contournai-je la maison, espérant trouver une entrée que je ne connaissais pas encore.

Toutes les portes étaient fermées à clef, toutes les fenêtres parfaitement closes, de sorte qu'il me fallut bien revenir sur mes pas. Au moment où j'arrivais devant la porte principale, j'entendis le trot rapide d'un cheval ; la voiture, je m'en rendis compte, s'arrêta devant la grille ; et, quelques secondes plus tard, je vis Van Helsing qui remontait l'allée en courant. Quand il m'aperçut, bien que tout essoufflé, il parvint à me dire :

— Ah ! c'est vous ? Vous venez donc d'arriver ? Comment va-t-elle ? Est-il encore temps ? N'avez-vous pas reçu mon télégramme ?

Je lui répondis, d'une façon aussi cohérente que je pus, que j'avais seulement reçu son télégramme aux premières heures de la matinée et que j'étais aussitôt venu ici. Mais j'avais beau sonner, j'avais beau frapper, personne ne me répondait.

Il resta un moment silencieux, puis se découvrant, il reprit sur un ton grave :

— Je suppose donc que nous arrivons trop tard. Que la volonté de Dieu soit faite !

Puis, reprenant courage, comme en toute occasion, il ajouta :

— Venez. S'il n'y a ni porte ni fenêtre ouverte, nous trouverons tout de même bien le moyen d'entrer.

Avec lui, je retournai derrière la maison. Il prit sa petite scie de chirurgien et, me la tendant, il me montra les barreaux de fer qui protégeaient la fenêtre d'une des cuisines. Je me mis aussitôt à les scier, et trois d'entre eux ne tardèrent pas à céder. Ensuite, avec un long couteau mince, nous parvînmes à faire sauter l'espagnolette et à ouvrir la fenêtre. J'aidai le professeur à entrer dans la cuisine, puis j'entrai à mon tour. Là, il n'y avait personne, pas plus que dans l'office. Au rez-de-chaussée, nous visitâmes toutes les pièces, l'une après l'autre, et, dans la salle à manger qu'éclairaient quelques rais de lumière passant à travers les volets, nous trouvâmes les quatre servantes étendues sur le plancher. L'idée ne nous vint pas un instant qu'elles pussent être mortes, car leurs ronflements, d'une part, et, de l'autre, la forte odeur de laudanum répandue dans la pièce ne laissaient aucun doute quant à leur véritable état. Aussi, rassuré, Van Helsing me dit : "Nous nous occuperons d'elles plus tard", et nous montâmes alors sans perdre une seconde à la chambre de Lucy. Cependant, à la porte, nous nous arrêtâmes pour écouter : nous n'entendîmes pas le moindre bruit. C'est aussi pâles l'un que l'autre, et les mains tremblantes, que nous ouvrîmes la porte, très doucement.

Comment décrire le spectacle qui s'offrit à nos yeux ? Sur le lit, étaient étendues Lucy et sa mère ; celle-ci, du côté le plus éloigné de la porte, était recouverte d'un drap blanc ; le bord du drap, relevé par le courant d'air – la vitre avait volé en éclats – laissait voir un visage blême et tiré, marqué par la frayeur. A côté d'elle, Lucy reposait, le visage encore plus tiré. La couronne de fleurs qu'elle portait autour du cou se trouvait maintenant sur la poitrine de Mrs Westenra et, comme sa gorge était découverte, on voyait les deux petites blessures que nous avions déjà remarquées auparavant, mais devenues beaucoup plus vilaines. Sans un mot, le professeur se pencha sur le lit, sa tête touchant presque la poitrine de la pauvre Lucy ; puis, après avoir écouté très attentivement, mais seulement l'espace d'une seconde, il se redressa d'un mouvement brusque, et me cria :

— Il n'est pas trop tard ! Vite, vite ! Du brandy !

Je descendis en hâte, et allai prendre la bouteille dans la salle à manger, en ayant soin cependant de sentir et de goûter l'alcool, afin de m'assurer qu'on n'y avait pas ajouté du laudanum comme on l'avait fait dans la carafe contenant le sherry. Les servantes continuaient à respirer, mais d'une façon plus paisible, plus régulière ;

sans doute l'effet du laudanum se dissipait-il peu à peu. Toutefois, je n'attendis pas d'en avoir le cœur net, et retournai immédiatement auprès de Van Helsing. Comme il l'avait déjà fait, il frotta avec le brandy les lèvres et les gencives de Lucy, ses poignets, et les paumes de ses mains. Puis il me dit :

— Voilà. Pour le moment, il n'y a rien d'autre à faire… Vous, descendez et essayez d'éveiller ces filles. Frappez-leur le visage avec un linge mouillé, et ne craignez pas d'y aller brutalement ! Qu'elles allument un bon feu et préparent un bain chaud. Cette pauvre petite est presque aussi froide que le corps étendu auprès d'elle. Elle doit être réchauffée avant que nous puissions faire pour elle quoi que ce soit.

Ce fut sans grande difficulté que j'éveillai trois de ces filles ; mais la quatrième était encore presque une enfant, de sorte que la drogue avait agi sur elle avec plus d'efficacité. Je l'étendis sur le sofa et la laissai dormir. Les autres restèrent bien encore un moment comme hébétées ; pourtant, au fur et à mesure qu'elles se souvenaient de ce qui s'était passé, elles se mirent à pleurer et même à sangloter, comme si elles avaient eu proprement un drame à me raconter. Mais je me montrai ferme et assez sévère, je ne les laissai pas parler ; je leur dis qu'une morte dans la maison, c'était suffisant, et que si elles perdaient, ne fût-ce que quelques moments à bavarder, c'était maintenant Miss Lucy qui allait mourir. Toujours en sanglotant et à moitié habillées, elles allèrent à la cuisine. Par bonheur, le fourneau n'était pas éteint, le réservoir était rempli – nous ne manquerions pas d'eau chaude. Le bain préparé, nous transportâmes Lucy et la plongeâmes dans l'eau. Nous étions en train de lui frictionner les bras et les jambes quand on frappa à la porte d'entrée. L'une des servantes se précipita dans sa chambre pour s'habiller un peu plus décemment, puis redescendit ouvrir. Elle vint nous avertir alors qu'un monsieur était là, avec un message de la part de Mr Holmwood. Comme nous ne pouvions recevoir personne en ce moment, je la priai de faire attendre ce visiteur ; j'avoue que j'oubliai bientôt sa présence, tout occupé que j'étais de notre malade.

Depuis que je travaillais avec lui, je n'avais jamais vu le professeur lutter de cette façon contre la mort. Car, nous le savions tous les deux, c'était bien de cela qu'il s'agissait, d'un combat à toute extrémité contre la mort. C'est ce que je lui glissai à l'oreille, alors qu'il se redressait l'espace d'un instant. Je ne saisis pas très bien la réponse qu'il me fit, mais la gravité de son visage me frappa.

— Si ce n'était que cela, dit-il, j'abandonnerais ici tout effort, et je la laisserais reposer en paix, car je ne vois pas bien ce que la vie pourrait lui apporter encore.

Cependant, en redoublant d'ardeur et d'obstination, il continua à tenter de ranimer Lucy.

Et bientôt, nous nous aperçûmes que l'eau chaude commençait à faire quelque effet. Au moyen du stéthoscope, on entendait de nouveau le cœur battre, et le souffle des poumons redevenait perceptible. Tandis que nous sortions la jeune fille du bain et l'enveloppions dans un drap chaud, Van Helsing me dit, le visage presque rayonnant :

— Nous avons gagné la première manche ! Echec au roi !

Nous installâmes Lucy dans une autre chambre ; une fois qu'elle fut mise au lit, nous lui versâmes dans la bouche quelques gouttes de brandy. Puis Van Helsing lui lia autour du cou un mouchoir de soie très douce. Elle n'avait pas encore repris connaissance, et elle paraissait être plus mal, je crois, que nous ne l'avions jamais vue.

Ayant appelé une des servantes, le professeur lui ordonna de rester au chevet de sa jeune maîtresse, de ne pas la quitter des yeux jusqu'à ce que nous fussions de retour, puis il me fit signe de sortir avec lui de la chambre.

— Nous devons réfléchir maintenant à ce qu'il nous faut faire, me dit-il comme nous descendions l'escalier.

Nous entrâmes dans la salle à manger dont il referma soigneusement la porte derrière lui. On avait ouvert les volets, mais les stores étaient déjà baissés, selon cette coutume que les Anglaises des classes inférieures observent toujours étroitement. La pièce était donc obscure, mais cette pénombre nous suffisait. La gravité, peinte sur les traits de Van Helsing, avait plutôt fait place à présent à la perplexité. De toute évidence, il cherchait à résoudre une nouvelle difficulté.

— Eh bien ! oui, que faire ? reprit-il. Qui nous aidera ? Il faut absolument une autre transfusion de sang – oui, encore une, et cela le plus vite possible, ou la pauvre enfant ne vivra pas une heure de plus. Vous, mon ami, vous êtes épuisé, comme moi d'ailleurs. Et je crains de faire subir cette épreuve à l'une ou l'autre de ces femmes, quand bien même elle aurait le courage de s'y soumettre. Où trouver quelqu'un qui voudrait lui donner un peu de son sang ?

— Je ne suis pas ici, non ?

La voix venait du sofa, à l'autre bout de la pièce, et je sentis aussitôt un profond soulagement, car, je ne pouvais pas m'y tromper, c'était la voix de Quincey Morris. Van Helsing eut d'abord un mouvement de colère, mais ses traits s'adoucirent bientôt et une lueur de joie brilla dans ses yeux tandis que, me précipitant vers mon ami les mains tendues, je m'écriais :

— Quincey Morris ! Qu'est-ce qui vous amène ici ?... Arthur vous a sans doute...

Pour toute réponse, il me tendit un télégramme. Je lus : “Pas de nouvelles de Seward depuis trois jours. Terriblement inquiet. Impossible de quitter père, toujours aussi mal. Ecrivez-moi sans tarder comment va Lucy. *Holmwood.*”

— Je pense que j’arrive à point nommé, dit-il alors. Vous savez, n’est-ce pas, que vous n’avez qu’à m’indiquer ce que je dois faire.

Van Helsing s’approcha de Morris à son tour, lui serra la main, et le regardant dans les yeux, déclara :

— Quand une femme épuisée a besoin de sang, celui d’un homme courageux est la seule chose qui puisse la sauver. Le diable peut user de tout son pouvoir contre nous, mais Dieu, en voici une nouvelle preuve, nous envoie toujours les hommes dont nous avons besoin.

Et de nouveau, nous procédâmes à la transfusion de sang. Ce fut si pénible que je ne me sens pas le courage d’en donner les détails. Lucy avait dû recevoir un choc terrible dont elle se ressentait bien plus que les fois précédentes, car elle ne réagit plus de la même façon. La voir, l’entendre au cours de la lutte qu’elle soutint pour revenir à la vie était quasi insupportable. Pourtant, peu à peu, le cœur battit plus régulièrement, la respiration s’améliora, et Van Helsing eut encore recours à une injection de morphine, ce qui eut pour effet de transformer l’état d’évanouissement en un sommeil profond. Le professeur resta à veiller Lucy pendant que je descendais avec Quincey Morris et envoyais une des servantes payer le cocher du fiacre qui attendait à la grille. Après lui avoir donné un verre de vin, je fis étendre Quincey sur le sofa et je dis à la cuisinière de lui préparer un déjeuner substantiel. Puis, une idée me venant à l’esprit, je retournai aussitôt dans la chambre de la malade. Je trouvai Van Helsing tenant en main deux ou trois feuillets de papier. Je vis tout de suite qu'il les avait déjà lus et qu'il réfléchissait sur ce qu'il venait d'apprendre. S'il avait l'air sombre, une certaine satisfaction ne se lisait pas moins sur son visage, comme si, pour lui, un doute venait de s'éclaircir. Il me tendit les feuillets en me disant seulement :

— C'est tombé du corsage de Lucy quand nous l'avons soulevée pour la baigner.

Ayant lu ces feuillets à mon tour, je regardai interdit le professeur et, après un moment, je lui demandai :

— Pour l'amour du Ciel, qu'est-ce que tout cela signifie ? Etait-elle, ou plutôt est-elle folle ? Ou alors, en présence de quel horrible danger nous trouvons-nous ?

Van Helsing me reprit les papiers.

— N'y pensez plus pour le moment, fit-il. Oubliez cela. Le temps viendra où vous saurez tout, où vous comprendrez tout… Mais pas maintenant ; plus tard… Pourquoi êtes-vous remonté ? Vous aviez quelque chose à me dire ?

Ceci m'aida à revenir complètement à moi.

— Oui, à propos du certificat de décès. Si nous ne remplissons pas toutes les formalités requises, il y aura sans doute une enquête et nous devrons, en outre, produire ces papiers. J'espère toutefois qu'une enquête ne sera pas nécessaire car sans aucun doute, cela tuerait la pauvre Lucy, si rien d'autre ne la tue avant. Nous savons tous, vous et moi et le médecin de Mrs Westenra, de quoi souffrait celle-ci, et nous pouvons rédiger le certificat en ce sens. Faisons-le tout de suite. Je le porterai moi-même à l'officier de l'état civil, puis j'irai trouver l'entrepreneur des pompes funèbres.

— Parfait, mon ami John ! Vous pensez à tout ! En vérité, si Miss Lucy est poursuivie par des ennemis implacables, au moins est-elle assez heureuse pour avoir des amis qui l'aiment vraiment ! Il y en a un et deux et trois qui se laissent ouvrir les veines pour lui donner leur sang, et je ne parle pas du vieil homme que je suis. Ah ! oui, je vous reconnais bien là, mon ami John ! Et je vous en aimerai d'autant plus. Maintenant, descendons !

Dans le corridor, nous rencontrâmes Quincey Morris qui s'apprêtait à envoyer un télégramme à Arthur, lui annonçant la mort de Mrs Westenra et lui disant que Lucy, après une grave rechute, se remettait peu à peu ; enfin, que Van Helsing et moi étions à son chevet.

Quand je lui eus dit pourquoi je quittais quelques moments la maison, il ne me retint pas, mais me demanda alors que je m'éloignais déjà :

— Quand vous reviendrez, Jack, pourrais-je vous dire deux mots en particulier ?

Je lui répondis par un signe de tête affirmatif.

L'officier de l'état civil ne fit aucune difficulté au sujet de quoi que ce soit, et l'entrepreneur des pompes funèbres me dit qu'il viendrait dans la soirée, afin de prendre les mesures pour le cercueil et convenir avec nous de tout ce qui concernait les funérailles.

A mon retour, Quincey m'attendait. Je lui promis un entretien dès que j'aurais revu Lucy, et je montai dans sa chambre. Elle dormait encore, et le professeur semblait être resté tout ce temps assis près du lit. En me voyant, il porta un doigt à ses lèvres et j'en conclus qu'il croyait qu'elle allait bientôt s'éveiller, mais qu'il voulait que ce réveil fût naturel et non provoqué par quelque bruit que ce fût. J'allai donc rejoindre Quincey et je le fis entrer dans un petit salon où les stores n'étaient pas baissés, ce qui rendait cette pièce un peu plus gaie que les autres, ou plutôt un peu moins lugubre. Dès que nous fûmes seuls, il me dit :

— Jack Seward, je ne voudrais pas me mêler de ce qui ne me regarde pas, mais enfin, la situation est sérieuse, exceptionnelle… Vous savez que j'aimais cette jeune fille et que je l'avais demandée en mariage. Bien que tout cela soit de l'histoire ancienne, je lui suis encore fort attaché et j'éprouve beaucoup d'inquiétude à son sujet. Réellement, qu'est-ce qu'elle a ? De quoi souffre-t-elle ? Le Hollandais – un vieil homme remarquable, je l'ai vu tout de suite – vous disait quand vous êtes entrés tous les deux dans la salle à manger où je me trouvais, qu'une *autre* transfusion de sang était nécessaire, mais il a ajouté que vous, l'un comme l'autre, vous étiez déjà épuisés. Dois-je comprendre que Van Helsing et vous, vous vous êtes déjà soumis à l'épreuve à laquelle je viens de me soumettre ?

— Exactement.

— Et je suppose qu'Arthur a fait de même. Quand je l'ai vu il y a quatre jours, il paraissait bien mal en point. Je n'ai jamais vu personne changer ainsi et si rapidement depuis que, dans la pampa, ma jument favorite a dépéri en une nuit, la nuit même où une de ces grosses chauves-souris que l'on nomme vampires était venue lui ouvrir une veine de la gorge et avait bu pour ainsi dire tout son sang. Elle n'avait même plus la force de se relever, et j'ai dû me résoudre à lui tirer une balle dans la tête. Jack, dites-moi, pour autant que vous ne soyez pas tenu au secret professionnel, Arthur a donné son sang le premier, n'est-ce pas ?

Tandis qu'il parlait, le pauvre garçon parvenait de moins en moins à dissimuler l'angoisse que lui inspirait l'état de santé de cette femme qu'il aimait encore – angoisse qu'aggravait son ignorance complète du mal mystérieux et terrible qui ne laissait aucun répit à la malheureuse. Son chagrin était immense et, visiblement, il dut faire appel à toute sa volonté – et cet homme n'en manquait certes pas – pour ne pas fondre en larmes.

Je réfléchis un instant avant de lui répondre, car j'hésitais à lui dire la vérité sans savoir si Van Helsing m'y eût autorisé. Mais il en savait déjà tant, et en devinait davantage encore, que je ne pouvais pas ne pas répondre à sa question.

— Oui, fis-je, Arthur le premier…

— Quand cela s'est-il passé ?

— Il y a une dizaine de jours.

— Dix jours ! Mais alors, cette pauvre petite créature que nous aimons tous a reçu dans ses veines, en l'espace de dix jours, du sang de quatre hommes ? C'est beaucoup pour ce corps si frêle.

Puis, venant plus près de moi, tout bas mais sur un ton assez brusque, il me demanda :

— Et pourquoi, malgré cela, reste-t-elle exsangue ?

— Ça, c'est le mystère, fis-je en hochant la tête. Nous ne savons que penser, Van Helsing et moi… Il y a eu, il est vrai, quelques petits incidents qui ont contrarié le traitement prescrit par le professeur. Mais cela n'arrivera plus. Nous sommes maintenant décidés à rester ici jusqu'à ce que tout aille bien – ou jusqu'à ce que tout soit fini.

Quincey me tendit la main.

— Et moi je vous aiderai, dit-il. Vous et le Hollandais, vous n'aurez qu'à me dire ce que je dois faire, et je le ferai.

Quand Lucy s'éveilla, assez tard dans l'après-midi, son premier geste fut de passer la main sous sa chemise de nuit et, à ma grande surprise, de prendre les feuillets que Van Helsing m'avait fait lire. Le professeur les avait soigneusement replacés là d'où ils étaient tombés, de peur qu'en s'éveillant, si elle ne les trouvait plus, la jeune fille ne s'alarmât. Alors, elle regarda un moment Van Helsing, puis me regarda, et parut contente.

Elle parcourut la chambre des yeux mais quand elle s'aperçut que ce n'était pas la sienne, elle poussa un cri et, de ses mains amaigries, se couvrit le visage, presque aussi blanc que les draps. La pauvre enfant revenait à la réalité qui, pour elle, à ce moment, se résumait à ceci : elle avait perdu sa mère. Nous essayâmes de la consoler. Si nous parvînmes à soulager momentanément sa douleur, elle n'en demeura pas moins fort abattue, et elle se remit presque aussitôt à pleurer, et pleura longtemps. Quand nous lui dîmes que l'un de nous, ou peut-être tous les deux ensemble, nous resterions désormais auprès d'elle, de nouveau elle sembla un peu rassurée. Vers le soir, elle s'assoupit. Chose assez surprenante, alors qu'elle dormait encore, elle reprit les feuillets glissés sous sa chemise de nuit et les déchira en deux. Van Helsing s'approcha d'elle, lui ôta des mains les morceaux de papier. Mais, comme si elle les tenait toujours, elle continuait le geste de les déchirer ; finalement, levant les mains, elle les ouvrit comme si elle lançait loin d'elle tous les petits morceaux de papier. Van Helsing avait l'air étonné, semblait réfléchir ; cependant, il ne dit rien.

19 septembre – Toute la nuit, son sommeil fut agité ; à plusieurs reprises, elle manifesta sa crainte de s'endormir puis, quand enfin elle s'était laissée aller au sommeil, c'était dans un état de plus grande faiblesse encore qu'elle s'éveillait. Van Helsing et moi la veillâmes tour à tour ; pas un instant nous ne la laissâmes seule. Quincey Morris ne nous mit point au courant de ses intentions mais, toute la nuit, il se promena autour de la maison.

Au matin, Lucy, nous nous en rendîmes compte, n'avait littéralement plus aucune force. C'est à peine si elle pouvait encore tourner la tête, et le peu de nourriture qu'elle prenait ne lui profitait pas. Parfois, quand elle dormait quelques moments, Van Helsing et moi étions frappés par le changement qui s'opérait chez elle. Endormie, elle nous paraissait plus forte malgré son visage décharné et sa respiration était plus lente, plus régulière ; sa bouche ouverte laissait voir des gencives pâles fortement retirées des dents, lesquelles paraissaient ainsi beaucoup plus longues et plus pointues. Lorsqu'elle était éveillée, la douceur de ses yeux lui rendait évidemment l'expression que nous lui avions toujours connue, bien qu'elle eût les traits d'une mourante. Dans l'après-midi, elle a demandé à voir Arthur, à qui, immédiatement, nous avons télégraphié de venir. Quincey est allé le chercher à la gare.

Ils sont arrivés ici à six heures environ. Le soleil couchant était encore chaud et la lumière rouge qui baignait la chambre colorait les joues de la malade. Quand il la vit, Arthur sut mal cacher son émotion, et aucun de nous n'eut le courage de parler. Au cours des dernières heures, les moments pendant lesquels Lucy avait dormi étaient tout de même devenus de plus en plus fréquents, ou bien des états comateux les avaient remplacés, de sorte que nos conversations – ou plutôt nos ébauches de conversations – avec elle avaient toutes été fort brèves. La présence d'Arthur, toutefois, agit comme un stimulant. La jeune fille sembla recouvrer un peu de ses forces et elle parla à son fiancé avec plus d'animation que nous ne lui en avions vu depuis notre arrivée chez elle. Lui-même se ressaisit et lui répondit avec tout l'entrain dont il était capable.

Il est maintenant près d'une heure ; Van Helsing et Arthur sont auprès d'elle ; dans un quart d'heure, j'irai les remplacer, et en attendant, j'enregistre ceci sur le phonographe de Lucy. Tous deux alors se reposeront, essayeront de dormir jusqu'à six heures du matin. J'ai bien peur que demain aucun d'entre nous n'ait plus besoin de veiller. Cette fois, la pauvre enfant ne s'en remettra pas. Que Dieu nous vienne en aide !

LETTRE DE MINA HARKER A LUCY WESTENRA
(Non ouverte par la destinataire)

17 septembre.

Ma très chère Lucy,

Il me semble qu'il y a un siècle que je suis sans nouvelles de toi, ou plutôt un siècle que je ne t'ai pas écrit. Tu me pardonneras, j'en suis certaine, quand tu auras lu tout ce que j'ai à te raconter. Tout d'abord, j'ai ramené ici mon mari. Quand nous sommes descendus du train, à Exeter, une voiture nous attendait, dans laquelle, bien qu'il souffrît d'une attaque de goutte, se trouvait Mr Hawkins ! Il nous a emmenés chez lui où l'on nous avait préparé de belles chambres confortables, et où nous dinâmes tous les trois. Après le repas, Mr Hawkins nous dit :

— Mes amis, je bois à votre santé et à votre bonheur dans la vie ! Puissiez-vous connaître beaucoup de joies profondes ! L'un et l'autre, je vous ai connus enfants, et c'est avec fierté et tendresse que je vous ai vus grandir. Aujourd'hui, je veux que vous soyez ici chez vous, je n'ai pas d'enfant, je suis seul au monde et, par testament, je vous ai laissé tous mes biens.

Je ne pus retenir mes larmes, ma chère Lucy, tu le comprendras, tandis que Jonathan et Mr Hawkins se serraient longuement les mains. Cette soirée fut si, si heureuse !

Nous sommes donc installés dans cette belle vieille demeure et, de ma chambre à coucher comme du salon, je vois les grands ormes de l'enceinte de la cathédrale, leurs grosses branches noires se détachant sur la pierre jaune de l'édifice, et, du soir au matin, j'entends les corneilles qui ne cessent de passer et de repasser au-dessus de nous, en croassant, en bavardant comme savent bavarder les corneilles – et aussi les femmes et les hommes. Dois-je te le dire ? Je suis fort occupée à arranger la maison, à monter mon ménage. Quant à Jonathan et Mr Hawkins, ils travaillent toute la journée, car maintenant que Jonathan est son associé, Mr Hawkins tient à le mettre au courant des affaires de chacun de ses clients.

Comment va ta chère maman ? Je voudrais aller passer un jour ou deux chez toi, mais il m'est difficile de quitter la maison, ayant tant à faire ; d'autre part, si Jonathan va bien, il n'est pas encore complètement guéri. Il se remplume un peu, mais il reste très faible ; encore maintenant, il sursaute parfois dans son sommeil et s'éveille tout tremblant ; il me faut alors beaucoup de patience pour réussir à le calmer. Dieu merci, ces crises deviennent de moins en moins fréquentes, et j'ose espérer qu'elles disparaîtront tout à fait. Et maintenant que je t'ai dit tout ce qui me concernait, laisse-moi te demander de tes nouvelles. Quand te maries-tu, et où ? Qui célébrera la cérémonie ? Quelle robe auras-tu ? Inviteras-tu beaucoup d'amis ou bien faites-vous cela dans l'intimité ? Réponds-moi à toutes ces questions, ma chérie, car tu sais combien je pense à toi, combien je m'intéresse à tout ce qui te tient au cœur. Jonathan me demande de te présenter ses "hommages respectueux", mais je juge cela insuffisant de la part du jeune associé de la firme importante Hawkins & Harker ; aussi, comme tu m'aimes et qu'il m'aime, et que moi je t'aime de tout mon cœur, je crois préférable de t'envoyer ses “amitiés”. Au revoir, ma très chère Lucy. Avec mille vœux de bonheur. Ta

Mina.

RAPPORT DE PATRICK HENNESSEY M.D., M.R.C.S.L.Q.C.P.I., ETC, ETC., A JOHN SEWARD, M.D.

20 septembre.

Mon cher Confrère,

Ainsi que vous avez bien voulu me le demander, je vous fais part de l’état des malades que j’ai vus… En ce qui concerne Renfield, il y a beaucoup à dire. Il a eu une nouvelle crise qui, alors que nous aurions pu craindre le pire, s’est terminée sans conséquences fâcheuses. Il faut savoir que, cet après-midi, un camion conduit par deux hommes est venu à la maison abandonnée dont le parc joint le nôtre – cette maison vers laquelle, vous vous en souvenez, notre malade s’est enfui à deux reprises déjà. Ces deux hommes se sont arrêtés devant notre grille pour demander leur chemin au portier car, ont-ils dit, ils sont étrangers dans le pays. J’étais à ce moment-là à la fenêtre du bureau, fumant une cigarette après le déjeuner, et moi-même, j’ai donc vu l’un des deux hommes qui se dirigeait vers la loge. Comme il passait sous la fenêtre de Renfield, celui-ci, de l’intérieur de sa chambre, s’est mis à l’injurier. L’autre, qui, ma foi, avait l’air fort convenable, s’est contenté de lui crier “qu’il n’était qu’un grossier personnage et qu’il n’avait qu’à la fermer” ; sur quoi, Renfield cria que non seulement ce type l’avait volé, mais qu’il avait voulu le tuer, et il ajouta que, la prochaine fois, il saurait comment l’empêcher de lui nuire, dût-il être pendu.

J'ouvris ma fenêtre et je fis comprendre au camionneur qu'il ne fallait attacher aucune importance à ces propos, de sorte que, après avoir parcouru des yeux la façade de la maison et compris enfin où il se trouvait, il déclara tout simplement :

— Dieu vous bénisse, m'sieur ! Peu importe, en effet, ce qu'on m'dit chez les fous. Mais j'vous plains, vous et l'patron, de d'voir vivre avec ces bêtes furieuses !

Puis, assez poliment, il m'a demandé comment on arrivait à la grille de la maison abandonnée. Je lui indiquai le chemin, et il s'en alla, Renfield l'accablant toujours d'injures et de menaces. Alors, je descendis chez notre malade, me demandant si je décèlerais quelque cause à sa colère. Je fus étonné de le trouver très calme et de bonne humeur. J'essayai de le faire parler de ce qui venait de se passer, mais il me demanda ce que je voulais dire, comme si, vraiment, il ne se souvenait plus de rien. Ce n'était malheureusement qu'un nouvel exemple de son astuce, car, moins d'une demi-heure plus tard, il fit encore parler de lui. Cette fois, il avait sauté par la fenêtre de sa chambre, et il descendait l'allée en courant. J'appelai les surveillants et leur dis de le rattraper à tout prix, car je craignais qu'il ne voulût faire quelque malheur. Je ne me trompais pas. Un moment après, je vis le camion revenir vers nous, chargé maintenant de grandes caisses. Les camionneurs s'épongeaient le front et ils avaient le visage encore tout rouge, comme s'ils avaient fait de violents efforts. Avant que je pusse rattraper notre malade, il se précipita sur le camion et, saisissant l'un des hommes et l'obligeant à descendre, il se mit alors à frapper la tête de sa victime contre le sol. Si je n'étais enfin arrivé près de lui à ce moment-là, je crois qu'il aurait tué l'homme. L'autre camionneur, sautant de voiture, du manche de son fouet, lui assena des coups qui devaient le faire souffrir horriblement ; pourtant, on aurait pu croire qu'il ne les sentait même pas, car il se tourna vers le second camionneur, puis c'est contre nous trois ensuite qu'il lutta, nous secouant d'un côté puis de l'autre avec autant de facilité, semblait-il, qu'il eût secoué de jeunes chats. Vous savez pourtant que je ne pèse pas rien, et les deux autres étaient de forts gaillards. Au début, il se battit sans prononcer un mot, mais comme, peu à peu, nous parvenions à le maîtriser, et que mes aides lui mettaient une camisole de force, il commença à crier : "Je déjouerai leurs plans ! Ils ne me voleront pas, ils ne me tueront pas ! Je me battrai pour mon seigneur et maître !" Et il continua à lancer toutes sortes d'insanités. Nous eûmes beaucoup de difficultés à le ramener à l'établissement, puis à l'enfermer dans le cabanon. Hardy, un des surveillants, a même eu un doigt démis dans la bagarre ; mais je le lui ai remis aussitôt, et le pauvre garçon ne souffre plus. Quant aux deux camionneurs, d'abord ils nous menacèrent de porter l'affaire devant les tribunaux, et pourtant, mêlés à ces menaces, on devinait comme des regrets, des excuses de s'être laissé tous deux battre par un pauvre dément. Ils prétendaient que s'ils ne s'étaient pas donné tant de mal pour transporter les caisses, c'est eux, au contraire, qui auraient eu le dessus. Mais ils donnaient une autre raison encore à leur défaite : leur soif quasi insupportable après ce travail qui les avait couverts de poussière. Pour comble de malheur, aucune taverne, à leur connaissance, ne se trouvait dans les environs. Je compris parfaitement où ils voulaient en venir, et quand je leur eus fait boire à chacun un bon grog, ou plutôt deux, et glissé un souverain dans la main, ils ne parlèrent plus de l'incident que pour en rire et formèrent le vœu de pouvoir se battre un jour contre un fou plus détraqué encore. Je pris leurs noms et leurs adresses, au cas où l'on aurait besoin d'eux. Les voici : Jack Smollet, de Dudding's Rents, King George's Road, Great Walworth, et Thomas Snelling, Peter Farley's Row, Guide Court, Bethnal Green. Ces deux hommes travaillent chez Harris & Sons, Déménagements et expéditions par mer, Orange Master's Yard, Soho.

Je vous tiendrai au courant de tout ce qui se passe ici d'important, et je vous télégraphierai immédiatement s'il y a lieu.

Votre dévoué,
Patrick Hennessey.

MINA HARKER A LUCY WESTENRA
(Lettre restée non ouverte par la destinataire)

18 septembre.

Ma très chère Lucy,

Il nous arrive un bien grand malheur. Mr Hawkins vient de mourir inopinément. Certains, peut-être, comprendront mal que nous ayons tant de chagrin, mais, tous deux, nous l'aimions maintenant au point qu'il nous semble avoir perdu un père. Pour moi, je n'ai pour ainsi dire pas connu mes parents, et quant à Jonathan, s'il est cruellement frappé dans l'affection qu'il avait pour cet homme exceptionnellement généreux et qui le considérait comme son propre fils, cette disparition le laisse désarmé à un autre point de vue encore. Le sentiment de toutes les responsabilités qui, à présent, vont lui incomber, déjà le rend plus nerveux ; du moins le dit-il, et il commence à douter de lui-même. Pourtant, je l'encourage de mon mieux, et la confiance que j'ai en lui lui donne plus de confiance en lui-même. Car c'est là le pire résultat du choc terrible dont il a été victime.

Auparavant, il était si courageux, si énergique – s'il en fallait une preuve, ce serait l'estime que lui a précisément témoignée le pauvre Mr Hawkins en faisant de lui son associé. Il est dur de penser que les grandes qualités que la nature lui avait données sont réduites à ce point ! Pardonne-moi, ma chérie, si je viens troubler ton bonheur en te parlant de mes soucis ! Mais il me faut en parler à quelqu'un, car, devant Jonathan, je m'efforce de paraître contente et courageuse, et cela est épuisant quand on ne peut se confier à personne. Je redoute la journée d'après-demain : nous devrons aller à Londres, une des dernières volontés de Mr Hawkins étant d'être enterré auprès de son père. Et comme il n'avait plus de parents – même éloignés –, c'est Jonathan qui conduira le deuil. Mais j'essayerai d'aller te voir, ma chère Lucy, ne serait-ce que pendant quelques minutes. Pardonne-moi encore tous ces détails ! En te souhaitant mille bonnes choses, je reste

Ta grande amie,
Mina Harker.

JOURNAL DU DR SEWARD

20 septembre – Ce soir, seules la volonté, et aussi l'habitude, me font reprendre ce journal. Je me sens malheureux, abattu, découragé – comme si j'en avais assez du monde et de tout, oui, de la vie elle-même –, au point que l'ange de la mort me laisserait parfaitement impassible si je l'entendais en ce moment battre des ailes. Il est vrai que nous l'avons entendu passer ces derniers jours… D'abord, la mère de Lucy, puis le père d'Arthur, et maintenant… Mais que je poursuive mon récit…

Je retournai donc au chevet de Lucy pour permettre à Van Helsing d'aller se reposer. Tous deux, nous conseillâmes à Arthur d'en faire autant mais, d'abord, il refusa. Toutefois, lorsque je lui eus expliqué que nous aurions peut-être besoin de son aide au cours de la journée et qu'il nous fallait éviter que le manque de sommeil ajoutât encore à notre fatigue, il y consentit. Van Helsing se montra très bon pour lui :

— Venez, mon enfant, lui dit-il, vous êtes épuisé par l'angoisse et le chagrin, cela ne se comprend que trop. Vous ne devez pas rester seul. Car la solitude nourrit l'anxiété. Venez avec moi au salon, où il y a un bon feu et deux sofas. Vous vous étendrez sur l'un, moi sur l'autre, et d'être l'un près de l'autre nous réconfortera, même si nous ne nous parlons pas, même si nous nous endormons.

Arthur sortit de la chambre avec lui, non sans avoir arrêté longuement sur la pauvre Lucy un regard douloureux et aimant. Elle restait immobile dans son lit et, semblait-il, dépérissait à vue d'œil. En regardant autour de moi, je m'aperçus que le professeur n'avait pas renoncé à utiliser les fleurs d'ail : il en avait encore frotté les fenêtres, dans cette chambre comme dans l'autre ; partout, on en sentait fortement l'odeur ; et, autour du cou de la jeune fille, par-dessus le mouchoir de soie qu'il voulait qu'elle gardât tout le temps, il en avait à la hâte tressé une nouvelle guirlande. Lucy n'avait jamais paru aussi mal. Sa respiration était stertoreuse, sa bouche ouverte laissait continuellement voir ses gencives exsangues. Ses dents paraissaient plus longues, plus pointues encore que le matin même et, à cause d'un certain effet de lumière, on avait l'impression que les canines étaient encore plus longues et plus pointues que les autres dents. Je venais de m'asseoir auprès du lit, quand elle fit un mouvement comme si elle souffrait. Au moment même, quelque chose vint cogner contre la vitre. J'allai lentement jusqu'à la fenêtre, soulevai un coin du store et regardai. Il y avait un clair de lune, et je vis une grosse chauve-souris qui passait et repassait, sans doute attirée par la lumière, faible cependant, de la chambre à coucher ; à tout moment, ses ailes venaient effleurer le carreau. Quand je revins m'asseoir près du lit, Lucy avait légèrement changé de position et avait rejeté les fleurs qui lui entouraient le cou. Je les remis aussi bien que je pus.

Elle ne tarda pas à s'éveiller ; j'essayai de lui faire prendre un peu de nourriture, comme Van Helsing me l'avait recommandé ; c'est à peine si elle toucha à ce que je lui présentais. On eût dit que l'avait même abandonnée maintenant cette force inconsciente qui, jusqu'ici, l'avait poussée à lutter contre la maladie, comme si elle avait voulu guérir à tout prix. Je fus frappé par le fait qu'au moment même où elle s'éveilla, elle serra contre elle la couronne de fleurs. Car, chose étrange, chaque fois qu'elle sombrait dans cet état léthargique où sa respiration devenait très difficile, elle écartait les fleurs ; chaque fois, au contraire, qu'elle s'éveillait ou était sur le point de s'éveiller, elle les saisissait comme si elle avait voulu les presser davantage contre elle. Il m'eût été impossible de me tromper à ce sujet : durant les longues heures qui suivirent, à plusieurs reprises, elle se réveilla et se rendormit, et ce furent, tour à tour, les mêmes gestes.

A six heures du soir, Van Helsing vint prendre ma place. Arthur s'était finalement assoupi et le professeur le laissa dormir. Quand il vit Lucy, j'entendis son petit sifflement, et il me dit tout bas, mais sur un ton vif :

— Levez le store ! J'ai besoin de voir clair !

Il se baissa et, son visage touchant presque celui de Lucy, il procéda à un examen minutieux. Pour ce faire, il écarta les fleurs, souleva le mouchoir de soie. Aussitôt, il sursauta et son cri s'étrangla dans sa gorge : “Mon

Dieu !" A mon tour, je me penchai, et ce que je vis me fit frémir, assez étrangement.

Les blessures à la gorge avaient complètement disparu.

Pendant cinq minutes au moins, Van Helsing resta là à regarder la pauvre enfant, l'air plus consterné, plus grave que jamais. Puis, lentement, il se retourna vers moi et me dit avec calme :

— Elle est en train de mourir ; cela ne tardera plus maintenant. Mais, entendez-moi bien, qu'elle meure dans son sommeil ou non, ce ne sera pas tout à fait la même chose. Allez éveiller ce pauvre garçon, qu'il vienne la voir une dernière fois ; il attend que nous l'appelions : nous le lui avons promis.

Je descendis dans la salle à manger, et j'éveillai Arthur. Il lui fallut un bon moment pour reprendre ses esprits, mais lorsqu'il s'aperçut que les rayons du soleil entraient par les interstices des persiennes, il pensa que le jour était plus avancé encore qu'il ne l'était en réalité. Je lui dis que Lucy dormait toujours, mais je lui avouai peu à peu que nous craignions, Van Helsing et moi, que la fin ne fût proche. Se couvrant le visage des mains, il se laissa glisser à genoux, contre le sofa ; il demeura ainsi quelques minutes en prières, la tête enfouie dans les mains, et les épaules secouées par les sanglots. Pour qu'il se relevât, je le pris par la main.

— Allons, mon vieil ami, lui dis-je ; soyez courageux, ne serait-ce que pour *elle*.

Dès que nous entrâmes dans la chambre de Lucy, je vis que Van Helsing, toujours plein d'attentions délicates, avait fait en sorte que tout eût l'air aussi naturel – j'allais dire aussi gai – que possible. Il avait même brossé les cheveux de Lucy répandus sur l'oreiller avec leurs beaux reflets pareils à ceux de la soie. Nous étions à peine entrés qu'elle ouvrit les yeux, et voyant son fiancé, elle murmura doucement :

— Arthur ! Mon amour ! Comme c'est bien que vous soyez là !

Il se penchait pour l'embrasser, mais Van Helsing le retint :

— Non, murmura-t-il, non, pas encore ! Mais prenez-lui la main ; cela la réconfortera bien davantage !

Arthur lui prit donc la main et s'agenouilla près du lit. Malgré tout, elle paraissait encore jolie, la douceur de ses traits s'harmonisant avec la beauté angélique de ses yeux. Peu à peu, ses paupières se fermèrent et elle s'endormit. Pendant quelques moments, sa poitrine se souleva, s'abaissa lentement, régulièrement ; à la voir respirer, on eût dit un enfant fatigué.

Puis, petit à petit, se fit à nouveau ce changement étrange que j'avais déjà remarqué au cours des dernières heures. Sa respiration devint difficile, entrecoupée de râles ; sa bouche s'entrouvrit, et les gencives blanches, retirées, rendaient les dents plus longues et plus pointues que jamais. Alors, dans un état proche de l'inconscience, elle ouvrit les yeux, le regard à la fois triste et dur, mais ce fut d'une voix douce et voluptueuse qu'elle répéta :

— Arthur ! Oh ! mon amour ! Je suis si heureuse : comme c'est bien que vous soyez là ! Embrassez-moi !

Arthur se pencha à nouveau pour l'embrasser ; mais à cet instant, Van Helsing, qui, comme moi, avait trouvé insolite le ton sur lequel la malade avait parlé, des deux mains le saisit par les épaules, le fit reculer d'un geste si violent que je m'aperçus avoir ignoré jusque-là qu'il avait tant de force, et l'envoya presque à l'autre bout de la chambre.

— Malheureux, ne faites pas ça ! s'écria-t-il. Ne faites jamais ça, par pitié pour votre âme et pour la sienne !

Arthur resta interdit l'espace d'un moment, ne sachant que dire ni que faire. Mais à peine se fut-il ressaisi, et avant même de protester contre le geste apparemment impitoyable du professeur, il se souvint des circonstances et continua à demeurer silencieux. Il attendait.

Van Helsing et moi ne quittions pas Lucy des yeux. Nous vîmes comme une convulsion de rage passer sur ses traits, et ses dents pointues se rejoignirent avec bruit, comme si elles avaient mordu quelque chose. Puis, encore une fois, les yeux se refermèrent, la respiration devint difficile.

Mais elle rouvrit bientôt les yeux qui avaient repris toute leur douceur, et sa pauvre petite main blanche et décharnée chercha celle de Van Helsing ; l'attirant à elle, elle la baisa.

— Mon ami incomparable, lui dit-elle d'une voix faible, tremblante d'une émotion indicible, mon ami incomparable qui êtes aussi le sien ! Oh ! veillez sur lui et, à moi, donnez le repos !

— Je vous le jure ! répondit le professeur avec gravité en s'agenouillant contre le lit et en faisant un serment.

Puis se tournant vers Arthur :

— Venez, mon enfant, lui dit-il, prenez-lui la main, et déposez un baiser sur son front – un seul, vous m'entendez !

Leurs regards se rencontrèrent, au lieu de leurs lèvres. Et c'est ainsi qu'ils se quittèrent.

Les yeux de la jeune fille se fermèrent ; et Van Helsing qui avait observé attentivement pendant les derniers moments, prit Arthur par le bras et l'éloigna du lit.

On entendit encore quelques râles ; puis, plus rien, plus la moindre respiration.

— C'est fini, dit Van Helsing, tout est fini.

J'emmenai Arthur, descendis avec lui au salon où il se laissa tomber dans un fauteuil et, le visage dans les mains, se mit à sangloter ; à le voir ainsi, moi-même, je perdis presque tout courage.

Pourtant, j'allai rejoindre Van Helsing que je trouvai toujours auprès de Lucy et continuant à la regarder, apparemment plus intrigué que jamais. Aussitôt, je remarquai que la mort avait rendu à la pauvre enfant un peu de sa beauté ; ni ses joues ni son front n'étaient plus tirés, même ses lèvres avaient perdu leur pâleur de cadavre. On eût dit que le sang, dont le cœur maintenant n'avait plus besoin, était venu colorer les lèvres pour atténuer l'effrayant aspect de la mort.

Alors qu'elle dormait, nous la croyions mourante ;
*maintenant qu'elle est morte, elle a l'air de dormir**.

Je me tenais à côté de Van Helsing, et je lui dis :

— Enfin, la pauvre petite est en paix ! Pour elle, les souffrances sont finies.

— Non, hélas ! murmura-t-il en tournant la tête vers moi. Non, hélas ! Elles ne font que commencer.

Je lui demandai ce qu'il voulait dire ; hochant la tête, il me répondit :

— Il est trop tôt pour agir. Attendons, voyons ce qui va se passer.

* Thomas Hood, *Le Lit de mort. (N.d.E.)*

XIII

JOURNAL DU DR SEWARD

Nous décidâmes que les funérailles auraient lieu dès le surlendemain, afin que Lucy et sa mère fussent enterrées ensemble. Je m'occupai de toutes les lugubres formalités ; les employés de l'entrepreneur des pompes funèbres, je pus m'en rendre compte, étaient affligés – ou dotés – de la douceur obséquieuse de leur patron. Et même la femme qui procéda à la toilette mortuaire prit un ton à la fois confidentiel et professionnel pour me déclarer en sortant de la chambre de la pauvre Lucy :

— Elle fait une très belle morte, monsieur ; c'est vraiment un privilège que de s'occuper d'elle. Ce n'est pas trop de dire qu'elle fera honneur à notre firme !

Van Helsing, je le remarquai, ne s'éloigna pas de la maison. Nous ne connaissions pas les parents des défuntes, et comme, pendant la journée du lendemain, Arthur devait s'absenter pour assister à l'enterrement de son père, il nous fut impossible d'avertir aucun membre de la famille. Van Helsing et moi prîmes donc la responsabilité d'examiner tous les papiers que nous trouvâmes ; le professeur voulut tout particulièrement voir lui-même ceux de Lucy. Je lui en demandai la raison car je craignais que, étant étranger, il ignorât certains détails de la loi anglaise et que, de ce fait, il pût nous entraîner en certaines difficultés.

— Vous oubliez, me répondit-il, que je suis docteur en droit aussi bien que docteur en médecine. Mais la loi n'a que faire ici. Vous vous en rendiez parfaitement compte quand vous me disiez qu'il fallait éviter une enquête. Et encore, s'il ne s'agissait que d'éviter une enquête ! Nous trouverons peut-être d'autres documents… Comme celui-ci…

Tout en parlant, il avait pris dans son calepin les feuillets que Lucy avait gardés sur elle, puis que, dans son sommeil, elle avait déchirés.

— Si vous pouvez apprendre qui est le notaire de feu Mrs Westenra, écrivez-lui ce soir, en lui envoyant tous les papiers concernant sa cliente. Quant à moi, je passerai toute la nuit soit dans cette chambre, soit dans l'ancienne chambre de Miss Lucy, car il y a encore des recherches que je veux faire moi-même. Il ne faut pas que ce qu'elle aurait pu laisser soit découvert par des étrangers.

J'allai donc remplir la tâche qui m'était assignée et, moins d'une demi-heure plus tard, j'avais trouvé le nom et l'adresse du notaire de Mrs Westenra. Tous les papiers de la pauvre dame étaient parfaitement en ordre ; ses volontés concernant les funérailles, notamment, y étaient clairement formulées. Je venais à peine de fermer le pli, quand Van Helsing, à ma grande surprise, entra dans la pièce.

— Puis-je vous aider, mon ami John ? me demanda-t-il. Je n'ai plus rien à faire et, si vous le désirez, vous pouvez disposer de moi.

— Vous avez donc trouvé ce que vous cherchiez ?

— Je ne cherchais rien de bien précis ; j'espérais seulement trouver quelque chose, et j'ai trouvé… quelques lettres et le début d'un journal. Je les ai pris et, jusqu'à nouvel ordre, nous n'en parlerons pas. Je verrai demain soir ce pauvre garçon, et alors, s'il m'y autorise, nous utiliserons l'un ou l'autre de ces documents.

— A présent, mon ami John, reprit-il quelques instants plus tard, je crois que nous pouvons aller au lit. Nous avons besoin, vous et moi, de repos, de sommeil. Demain, nous aurons beaucoup à faire, mais, pour ce soir, c'est bien tout, hélas !

Cependant, nous allâmes encore jeter un coup d'œil dans la chambre où reposait la pauvre Lucy. L'entrepreneur des pompes funèbres, désireux de ne rien négliger du travail que l'on attendait de lui, avait transformé la chambre en *chapelle ardente**. On y voyait une profusion de fleurs blanches, qui tendait à rendre le spectacle moins pénible, autant que faire se pouvait. Le linceul recouvrait le visage de la morte ; quand le professeur en souleva doucement le bout, tous deux nous fûmes surpris par la beauté des traits parfaitement éclairés par les grands cierges. Dans la mort, Lucy était redevenue aussi jolie que nous l'avions connue avant sa maladie ; les heures écoulées depuis qu'elle avait rendu son dernier soupir n'avaient fait que lui rendre cette beauté de la vie, au point que, réellement, je doutais de me trouver devant un cadavre.

Le professeur, lui, semblait réfléchir gravement. Il ne l'avait pas aimée comme je l'avais aimée, et les larmes ne lui remplissaient pas les yeux.

— Attendez-moi ici, me dit-il soudain ; et il quitta la chambre.

Quand il revint, il tenait à la main des fleurs d'ail qu'il avait prises dans une caisse que l'on avait déposée dans le corridor, mais qui n'avait pas encore été ouverte. Il plaça ces fleurs un peu partout parmi les autres, de

* En français dans le texte.

même qu'autour du lit. Puis, il prit sous le col de sa chemise une petite croix d'or qu'il mit sur les lèvres de la morte. Le linceul recouvrant à nouveau le visage, nous nous retirâmes.

Je me déshabillais dans ma chambre quand, frappant à la porte et entrant presque aussitôt, Van Helsing me dit :

— Demain, je voudrais que vous m'apportiez, avant le soir, des instruments pour autopsie.

— Ah ! nous devrons procéder à l'autopsie ?

— Oui et non. Je veux, il est vrai, faire une opération, mais pas celle à laquelle vous pensez. Laissez-moi vous expliquer ; seulement, que personne n'en sache rien, n'est-ce pas ? Je crois qu'il nous faut lui couper la tête, et aussi lui enlever le cœur. Quoi, vous, un chirurgien, seriez-vous choqué ? Vous, que j'ai vu opérer d'un cœur si courageux et d'une main si ferme des malades dont la vie tenait à un fil, cependant que tous vos condisciples frémissaient ? Oh ! pardonnez-moi ! Je ne dois pas oublier, mon cher John, que vous l'aimiez ! Aussi est-ce moi qui opérerai ; vous, vous m'assisterez. J'aurais désiré le faire dès ce soir, mais cela est impossible, à cause d'Arthur ; il reviendra ici, demain, après l'enterrement de son père et, évidemment, il voudra encore la voir. Mais quand on aura fermé le cercueil et que tout le monde dormira dans la maison, nous viendrons, vous et moi, rouvrir le cercueil pour faire l'opération ; puis nous remettrons tout en place, de sorte que personne ne s'apercevra de rien.

— Mais, vraiment, à quoi tout cela peut-il servir ? La pauvre enfant est morte. Pourquoi lui ouvrir le corps sans nécessité ? Et s'il est inutile de faire une autopsie, si cela ne peut rien apporter – ni à la morte, ni à nous, ni à la science, ni même à la connaissance humaine –, à quoi bon ? Ce serait monstrueux !

Il me mit la main sur l'épaule et me répondit, la voix pleine de tendresse :

— Mon cher John, je comprends votre chagrin et je vous plains de tout mon cœur ; je vous aime d'autant plus, d'ailleurs, que votre douleur est plus profonde. Si je le pouvais, je ferais mienne l'épreuve que vous devez supporter. Toutefois, il y a des choses que vous ignorez encore, mais que vous connaîtrez bientôt, et vous me bénirez alors de vous les avoir fait connaître, bien que ce ne soit pas des choses fort réjouissantes. John, mon garçon, voilà des années que vous êtes mon ami : m'avez-vous jamais vu accomplir une action sans avoir pour cela une raison péremptoire ? Je puis me tromper, je ne suis qu'un homme ; mais je crois à tout ce que je fais. N'est-ce pas justement pour cela que vous m'avez appelé ici ! Oui ! N'avez-vous pas été étonné – scandalisé – quand j'ai empêché Arthur d'embrasser sa fiancée, alors qu'elle mourait, et l'ai brusquement éloigné du lit ? Oui ! Et pourtant, vous avez vu comme elle m'a remercié en me regardant de ses beaux yeux qui allaient se fermer à jamais, en me parlant de sa voix si faible et en portant à ses lèvres ma vieille main rugueuse ? Oui ! Et ne m'avez-vous pas entendu lui jurer de faire ce qu'elle me demandait ? Oui ! Eh bien ! j'ai une bonne raison maintenant d'agir comme je veux agir. Vous avez eu confiance en moi pendant de nombreuses années ; vous m'avez cru durant les semaines qui viennent de s'écouler, alors qu'il se passait des choses si étranges que le doute, de votre part, eût été permis. Accordez-moi de me croire encore quelque temps, mon cher John. Si vous vous y refusez, je devrai bien vous dire dès à présent tous mes soupçons, mais je me demande si cela est souhaitable. D'autre part, si je commence à travailler sans avoir la confiance entière de mon ami – et, que je l'aie ou non, je veux vérifier par l'expérience si je me trompe ou si je suis dans le vrai –, je travaillerai le cœur lourd et avec le sentiment d'être seul, alors que j'ai un tel besoin d'aide et d'encouragement !

Il s'interrompit un moment, puis ajouta :

— Croyez-moi, mon cher John, des jours terribles nous attendent. Ne soyons à deux qu'un seul homme pour mener à bonne fin ce qu'il faut à tout prix entreprendre.

Je lui pris la main et lui promis de lui garder toute ma confiance, comme par le passé.

Je tins ma porte ouverte pour le laisser sortir, et je le suivis des yeux jusqu'à ce qu'il fût rentré dans sa propre chambre et eût refermé sa porte. A ce moment, je vis l'une des servantes traverser le palier – elle ne me vit pas car elle me tournait le dos – et entrer dans la chambre où reposait Lucy. J'en fus profondément touché. Le véritable attachement est si rare, et nous sommes si reconnaissants à ceux qui en font preuve spontanément envers les êtres que nous aimons ! Voilà une pauvre fille qui surmontait l'horreur que sans nul doute lui inspirait la mort, pour aller veiller auprès du cercueil où dormait sa jeune maîtresse, afin que le pauvre corps ne restât pas seul avant d'être porté au lieu du repos éternel...

J'avais dû dormir longtemps et profondément, car il faisait grand jour quand Van Helsing m'éveilla en entrant dans ma chambre. Il s'approcha de mon lit, et me dit aussitôt :

— Inutile de m'apporter les instruments pour autopsie. Je renonce à la faire.

— Pourquoi ? demandai-je, encore tout impressionné par ce qu'il m'avait dit la veille, et fort étonné de ce soudain revirement.

— Parce que, fit-il sur ce ton grave que les événements des derniers jours avaient rendu habituel chez lui, parce qu'il est trop tard… ou trop tôt ! Regardez ! – Il me montra la petite croix d'or. On l'a volée pendant la nuit.

— Comment cela, volée… Puisque vous l'avez ?

— Je l'ai reprise à la malheureuse créature qui l'avait volée, à une femme qui dépouille les morts et les vivants. Certes, son châtiment viendra, mais je n'y serai pour rien ; elle ignore ce qu'elle a fait au juste et, l'ignorant, elle est donc seulement coupable d'un vol.

Là-dessus, il sortit, me laissant seul ; l'eussé-je voulu, ç'aurait été en vain, je le savais, que j'aurais cherché à éclaircir ce nouveau mystère.

La matinée fut évidemment lugubre et me parut longue. Vers midi pourtant, le notaire arriva ; Mr Marquand, de l'étude Wholeman, Sons, Marquand et Lidderdale. C'était un homme fort aimable, qui nous remercia pour tout ce que nous avions déjà fait ; il se chargea de toutes les dernières formalités, et jusqu'aux moindres détails. Durant le lunch, il nous répéta que Mrs Westenra, avant de mourir, avait mis toutes ses affaires en ordre, et il nous apprit que, à l'exception d'une propriété du père de Lucy et qui maintenant, à défaut de descendance directe, retournait à une branche lointaine de la famille, tous les biens, immobiliers et autres, étaient laissés à Arthur Holmwood. Lorsqu'il nous eut expliqué cela, il poursuivit :

— A dire vrai, nous avons essayé d'empêcher de telles dispositions testamentaires ; nous avons, entre autres choses, fait remarquer à Mrs Westenra que certains événements imprévus pourraient laisser sa fille sans un sou vaillant ou l'empêcher d'agir en toute liberté le jour où elle envisagerait de se marier. Les choses entre elle et nous faillirent se gâter à tel point qu'elle nous demanda finalement si, oui ou non, nous voulions veiller à l'exécution de ses dernières volontés. Naturellement, n'ayant pas le choix, nous acceptâmes. Mais, en principe, nous avions raison et, quatre-vingt-dix-neuf fois sur cent, par la suite logique des événements, nous aurions pu le prouver. Je dois admettre toutefois que, dans ce cas particulier, toute autre forme testamentaire eût rendu impossible l'exécution de ses volontés. Car, puisqu'elle devait mourir avant sa fille, cette dernière héritait de tous les biens et, n'aurait-elle survécu à sa mère que de cinq minutes seulement, et à supposer qu'il n'y ait pas eu de testament – en vérité l'existence d'un testament était pratiquement impossible dans un cas comme celui-ci –, on l'aurait considérée comme morte intestat. De la sorte, Lord Godalming, bien qu'il fût un ami si cher et fiancé de la jeune fille, n'aurait eu absolument droit à rien ; vraisemblablement, les héritiers, même lointains, n'auraient pas abandonné à un étranger, pour des raisons sentimentales, ce qui leur revenait légalement. Croyez-moi, messieurs, je me réjouis de ce résultat, je m'en réjouis vraiment.

C'était sans nul doute un excellent garçon ; mais qu'il se réjouît de ces détails – auxquels l'intéressait sa profession – alors que le malheur qui arrivait tenait de la tragédie, voilà qui était un exemple du peu de sympathie et de compréhension que l'on rencontre chez certains hommes.

Il ne resta pas longtemps avec nous, mais il nous dit qu'il reviendrait en fin d'après-midi pour rencontrer Lord Godalming. Sa visite, malgré tout, nous avait quelque peu réconfortés puisqu'il nous assura que, quant à nous, nous n'avions à craindre aucun blâme au sujet de nos démarches depuis la mort de Mrs Westenra et celle de Miss Lucy.

Nous attendions Arthur à cinq heures ; un peu avant, nous nous rendîmes dans la chambre de la mort ; c'était bien ainsi qu'on pouvait l'appeler, car maintenant la mère et la fille y reposaient toutes deux. L'entrepreneur des pompes funèbres s'était surpassé ; le spectacle par trop lugubre de la pièce nous plongea dans un abattement que nous sentîmes insurmontable. Van Helsing exigea aussitôt que l'on remît les choses telles qu'elles étaient auparavant ; Lord Godalming, précisa-t-il, allait arriver, et ce serait sans doute moins déchirant pour lui – si toutefois cela était possible – de ne voir ici que sa fiancée.

L'entrepreneur des pompes funèbres feignit d'être scandalisé de sa propre stupidité, et il fit ce qu'on lui demandait. Quand Arthur arriva, la chambre était comme nous l'avions laissée la veille, avant d'aller nous coucher.

Pauvre garçon ! Dans son désespoir, et après tant d'émotions plus douloureuses les unes que les autres, il ne semblait plus être le même homme. Je savais qu'il aimait profondément son père ; le perdre, et à ce moment, était pour lui un coup terrible. Il me témoigna autant d'amitié que de coutume, et il se montra poli et même fort aimable envers Van Helsing ; mais il me parut un peu embarrassé ; le professeur, ayant sans doute la même impression, me fit signe de monter avec lui. Je voulus le quitter à la porte de la chambre, pensant qu'il préférerait être seul avec Lucy, mais il prit mon bras, et nous entrâmes tous les deux en même temps.

— Vous aussi, mon ami, vous l'aimiez, me dit-il d'une voix étranglée. Elle m'avait tout raconté, et aucun de ses amis ne lui était plus cher que vous. Comment pourrais-je vous remercier de tout ce que vous avez fait pour elle ? Maintenant encore, il m'est impossible de…

Il éclata en sanglots, jeta les bras autour de mes épaules et, la tête sur ma poitrine :

— Oh ! Jack, Jack ! Que vais-je devenir ? Il me semble que j'ai tout perdu, que je n'ai plus au monde aucune raison de vivre.

Je le consolai de mon mieux. Les paroles, en de telles circonstances, sont inutiles. Une poignée de main, ou une main fortement appuyée sur l'épaule de l'ami dans l'affliction, ou encore un sanglot se mêlant aux siens, ce sont là des expressions de sympathie que le cœur reconnaît tout de suite. J'attendis que ses sanglots se fussent apaisés, puis je lui dis tout bas et doucement :

— Allons, venez la voir !

Nous nous approchâmes du lit et soulevâmes légèrement le drap du visage. Dieu, qu'elle était belle ! Chaque heure qui passait semblait la rendre plus jolie. Non seulement cela m'étonnait mais m'effrayait quelque peu. Quant à Arthur, je vis que le doute, l'angoisse le secouaient, et il se mit à trembler comme s'il avait été pris de fièvre. Finalement, après être resté longtemps sans rien dire, il me murmura à l'oreille :

— Jack, est-elle vraiment morte ?

Il me fallut bien lui affirmer qu'il en était malheureusement ainsi – car je savais que le doute où il était, de toute façon, ne durerait qu'un moment –, et je lui expliquai que, souvent après la mort, les traits du visage reprennent une expression à la fois douce et reposée qui rappelle celle de la jeunesse ; et cela d'autant plus lorsque de longues souffrances ont précédé la mort. Mes paroles parurent le convaincre, et, après s'être agenouillé un moment près du lit et avoir longuement contemplé la jeune fille avec amour, il se détourna. Je l'avertis encore que c'était le moment de lui dire adieu pour toujours, car on allait la mettre dans le cercueil ; de sorte qu'il alla lui reprendre sa pauvre petite main, la porta à ses lèvres, puis se pencha pour lui baiser le front. Il se décida enfin à quitter la chambre, mais en regardant encore la chère défunte jusqu'à ce qu'il eût franchi la porte.

Je le laissai dans le salon pour aller rejoindre Van Helsing ; celui-ci donna alors ordre aux employés de l'entrepreneur des pompes funèbres de monter le cercueil et de procéder à la mise en bière. Pendant ce temps, je répétai au professeur la question qu'Arthur m'avait faite.

— Cela ne m'étonne nullement, me dit-il. Moi-même, un moment, j'ai eu un doute !

Au dîner, je remarquai que le pauvre Arthur s'efforçait de cacher sa douleur du mieux qu'il pouvait. Van Helsing, lui, était resté silencieux pendant tout le repas, mais lorsque nous eûmes allumé nos cigares, il s'adressa à Arthur :

— Lord…

— Non, non, pas cela, pour l'amour de Dieu ! fit l'autre en l'interrompant. Pas encore, en tout cas ! Pardonnez-moi, monsieur, je n'avais évidemment pas l'intention de vous blesser, croyez-moi. Mais, comprenez-moi, mon deuil est si récent.

Le professeur répondit sur un ton très doux :

— Je vous donnais seulement ce titre parce que je ne savais comment vous appeler… Je n'aime pas vous appeler “monsieur” parce que j'ai maintenant beaucoup, beaucoup d'affection pour vous, mon garçon ; pour moi aussi, vous êtes Arthur.

Arthur tendit cordialement la main au vieux docteur.

— Donnez-moi le nom que vous voulez, dit-il ; mais j'espère que vous me considérerez toujours comme un ami. Et laissez-moi vous le dire, j'ai beau chercher, je ne trouve pas les mots qui pourraient exprimer ma reconnaissance envers vous. Quelle bonté fut la vôtre pour ma pauvre chérie !

Il se tut un instant, puis reprit.

— Je sais que cette bonté, elle la comprenait encore mieux que moi, et si je ne me suis pas conduit comme j'aurais dû le faire à ce moment-là – vous vous souvenez… (le professeur fit de la tête un signe affirmatif) –, je vous prie de me pardonner.

La réponse de Van Helsing témoigna à nouveau d'une véritable sympathie.

— Je sais, fit-il lentement et avec calme, qu'il était très difficile pour vous de m'accorder une entière confiance car, pour accorder sa confiance devant un geste aussi violent que celui que j'ai eu alors, il faut d'abord comprendre. Et je suppose que vous n'avez pas… que vous ne pouvez pas encore avoir confiance en moi, car vous ne comprenez pas encore. Pourtant, il y aura encore bien des circonstances où j'aurai besoin de votre confiance alors que vous ne comprendrez pas – que vous ne pourrez pas, que vous ne devrez pas encore comprendre ! Toutefois, le temps viendra où cette confiance que vous me donnerez sera entière et complète, où vous comprendrez les choses comme si le soleil lui-même les illuminait. Alors, vous me bénirez d'avoir agi comme je l'ai fait pour votre bien, pour le bien des autres, et pour le bien de la pauvre enfant que j'ai juré de protéger.

— Mais oui, mais oui, répliqua Arthur, je me fierai complètement à vous. Je sais que vous avez un cœur généreux, et vous êtes l'ami de Jack, comme vous étiez pour elle un ami. Vous agirez ainsi que vous croyez devoir le faire.

Après s'être éclairci la voix à deux reprises comme si chaque fois il avait été sur le point de parler, le professeur reprit finalement :

— Puis-je vous poser une question ?

— Certainement.

— Vous savez que Mrs Westenra vous a laissé tout ce qu'elle possédait ?

— Non. La pauvre chère dame ! Non… Je ne m'en serais jamais douté.

— Et puisque, maintenant, tous ces biens vous appartiennent, vous avez le droit d'en disposer comme il vous plaît. Je vous demande la permission de pouvoir lire tous les papiers, toutes les lettres de Miss Lucy. Croyez-moi, ce n'est pas par curiosité. J'ai pour cela une raison que, j'en suis sûr, elle eût approuvée. J'ai trouvé ces papiers et ces lettres. Je les ai pris, avant de savoir que désormais ils vous appartenaient, comme tout le reste, afin qu'aucune main étrangère ne pût s'en emparer, afin qu'aucun œil étranger ne pût, à travers les mots, pénétrer ses pensées. Je les garderai, si vous m'y autorisez ; si vous-même ne les voyez pas maintenant – ce qui est peut-être préférable –, je les garderai en lieu sûr. Rien de ce qu'elle a écrit ne sera perdu. Puis, quand le moment sera venu, je vous rendrai papiers et lettres. Sans doute est-ce beaucoup vous demander, mais vous consentirez – n'est-ce pas ? – par amour pour Lucy.

Arthur répondit avec une franchise, une sincérité où je le retrouvais :

— Docteur Van Helsing, vous ferez en tout comme vous l'entendez. Je sais que, si elle était ici, ma pauvre Lucy approuverait mes paroles. Je ne vous poserai aucune question jusqu'à ce que vous jugiez bon de vous expliquer.

— Vous avez raison, dit gravement le vieux professeur en se levant. Nous aurons tous beaucoup à faire, et nous aurons beaucoup de soucis ; mais il n'y aura pas que des soucis, encore qu'après ceux-là nous devions nous attendre à en connaître d'autres. Le Dr Seward et moi, et vous aussi, mon ami – vous plus que quiconque –, oui, tous trois nous traverserons bien des heures amères avant d'atteindre la quiétude. Il nous faudra être très courageux, ne jamais penser à nous-mêmes et faire notre devoir ; ainsi tout ira bien !

Cette nuit-là, je dormis sur un sofa, dans la chambre d'Arthur. Van Helsing, lui, ne se coucha pas du tout. Il allait et venait, comme s'il patrouillait dans la maison, mais il ne s'éloigna jamais de la chambre où Lucy gisait dans son cercueil que l'on avait tout parsemé de fleurs d'ail, lesquelles, contrastant avec le parfum des lis et des roses, répandaient dans la nuit une forte odeur accablante.

JOURNAL DE MINA HARKER

22 septembre – J'écris dans le train qui nous ramène à Exeter. Jonathan dort.

Il me semble que c'est hier que j'ai écrit les dernières lignes de ce journal, et pourtant combien de choses se sont passées depuis lors, depuis qu'à Whitby nous faisions des projets d'avenir alors que Jonathan était au loin et que j'étais sans nouvelles de lui ; et maintenant, me voilà mariée à Jonathan qui est *solicitor*, maître de sa propre étude ; Mr Hawkins est mort et enterré, et Jonathan vient d'être victime d'une nouvelle crise qui, j'en ai peur, peut avoir de fâcheuses conséquences. Un jour, peut-être me questionnera-t-il à ce sujet… Je m'aperçois que j'ai la main un peu rouillée pour la sténographie – à quoi mène une fortune inattendue ! –, de sorte qu'il serait peut-être souhaitable de m'y exercer à nouveau de temps en temps…

Le service a été très simple, très émouvant. Il n'y avait que nous et les domestiques, deux ou trois de ses vieux amis d'Exeter, son agent londonien et un autre monsieur qui représentait Sir John Paxton, le président de l'Incorporated Law Society. Jonathan et moi nous nous tenions la main dans la main, et nous sentions que notre ami le meilleur, notre ami le plus cher nous quittait à jamais…

Pour revenir en ville, nous avons pris un bus qui nous a déposés à Hyde Park Corner. Jonathan, pensant me faire plaisir, me proposa d'entrer dans la grande allée du parc ; nous allâmes donc nous y asseoir. Mais il n'y avait que très peu de monde, et toutes ces chaises vides, c'était un spectacle bien triste, qui nous fit penser à la chaise vide que nous trouverions en rentrant chez nous. Aussi, nous ne restâmes pas là et nous nous dirigeâmes vers Piccadilly. Jonathan avait pris mon bras, comme il le faisait toujours autrefois pour me conduire jusqu'à l'école ; à vrai dire, cela ne me paraissait pas très convenable, car on n'enseigne pas, pendant des années, le savoir-vivre à des jeunes demoiselles sans en être soi-même quelque peu marquée. Mais maintenant, Jonathan était mon mari, nous ne connaissions aucune des personnes que nous croisions, et peu nous importait si l'une ou l'autre d'entre elles nous reconnaissait... Nous marchions, allant droit devant nous... J'eus l'attention attirée par une très belle jeune fille, coiffée d'un immense chapeau et assise dans une victoria qui était arrêtée devant la maison Giuliano. Au même instant, la main de Jonathan me serra le bras au point que j'en eus mal, et je l'entendis me murmurer à l'oreille presque en retenant sa respiration : "Mon Dieu !" Il ne se passe pas de jours que je ne sois inquiète au sujet de Jonathan, car j'ai toujours peur qu'une nouvelle crise nerveuse ne l'ébranle ; de sorte que je me tournai vivement vers lui et lui demandai ce qui se passait.

Je le vis très pâle ; ses yeux exorbités et brillants à la fois, de frayeur et d'étonnement, semblait-il, restaient fixés sur un homme grand et mince au nez aquilin, à la moustache noire et à la barbe pointue, qui, lui aussi, regardait la ravissante jeune fille. Il la regardait même si attentivement qu'il ne nous remarqua ni l'un ni l'autre, de sorte que je pus l'observer tout à mon aise. Son visage n'annonçait rien de bon ; il était dur, cruel, sensuel, et les énormes dents blanches, qui paraissaient d'autant plus blanches entre les lèvres couleur rubis, étaient pointues comme les dents d'un animal. Jonathan continua longtemps à le fixer des yeux, et je finis par craindre que l'homme ne s'en aperçût et ne s'en formalisât : vraiment, il avait l'air redoutable. Quand je demandai à Jonathan la cause de son trouble, il me répondit, croyant évidemment que j'en savais aussi long que lui :

— L'as-tu reconnu ?

— Mais non, je ne le connais pas ! Qui est-ce ?

Sa réponse fut pour moi un véritable choc car, au ton sur lequel il la fit, on eût dit qu'il ne savait plus que c'était à moi, Mina, qu'il parlait :

— Mais c'est lui… C'est cet homme !

Le pauvre chéri était évidemment terrifié par quelque chose – extraordinairement terrifié ; je crois que si je n'avais pas été près de lui, que s'il n'avait pas pu s'appuyer sur moi, il serait tombé. Il regardait toujours celui qui, pour moi était un inconnu ; un homme sortit alors du magasin, tenant à la main un petit paquet qu'il donna à la demoiselle ; l'autre ne la quittait pas des yeux, et quand la voiture s'ébranla pour remonter Piccadilly, il suivit la même direction et héla un cab. Jonathan le suivit encore des yeux un moment, puis il dit, comme s'adressant à lui-même :

— Oui, je crois bien que c'est le comte, mais il a rajeuni ! Mon Dieu ! Si c'est lui… Oh ! mon Dieu, mon Dieu ! Si au moins je savais, si au moins je savais…

Il se tourmentait à tel point que je me gardai bien de lui poser la moindre question, de peur d'entretenir chez lui ces pensées qui le torturaient. Je restai donc silencieuse. Je le tirai doucement et, comme il me tenait le bras, il se laissa entraîner. Nous reprîmes notre promenade et nous entrâmes dans Green Park où nous nous assîmes un moment. Cette journée d'automne était chaude, et nous choisîmes pour nous reposer un banc sous un bouquet d'arbres. Jonathan regarda quelques minutes dans le vide, puis ferma les yeux et s'endormit tranquillement, la tête sur mon épaule. J'en étais ravie, me disant que rien ne pourrait lui faire plus de bien. Au bout de vingt minutes, il s'éveilla et me dit sur un ton très gai :

— Mina ! Je m'étais endormi ! Oh ! Pardonne-moi, ma chérie… Viens, nous irons prendre une tasse de thé quelque part.

Je m'en rendais compte, il avait tout oublié de la rencontre que nous venions de faire, de même que, pendant la maladie, il avait oublié tout ce que cet incident venait de lui rappeler. Qu'il recommençât ainsi à oublier certaines choses ne me plaisait pas : ses facultés mentales pourraient en souffrir de nouveau ou plutôt, en souffrir davantage. Mais, encore une fois, je ne pouvais pas lui poser de questions : c'eût été lui faire plus de mal que de bien. Je dois pourtant connaître la vérité sur son voyage à l'étranger. Le temps est venu, je le crains, où il me faut délier le petit ruban bleu et lire ce qui est écrit dans le calepin. Oh ! Jonathan, tu me pardonneras, je le sais, et si je le fais, c'est pour ton bien.

Un peu plus tard – Triste retour à la maison, pour plus d'une raison. La chère âme qui avait été si bonne n'était plus là ; Jonathan avait la pâleur d'un malade, après cette légère rechute ; de plus un télégramme d'un certain Van Helsing nous attendait :

"J'ai le grand regret de vous annoncer la mort de Mrs Westenra, survenue il y a cinq jours, et celle de sa fille Lucy, avant-hier. Toutes deux ont été enterrées aujourd'hui."

Oh ! comme quelques mots seulement peuvent signifier tant de choses tristes ! Pauvre Mrs Westenra ! Pauvre Lucy ! Parties, parties pour toujours ! Et pauvre, pauvre Arthur, dont la vie est désormais privée d'une si douce présence ! Dieu nous aide tous à supporter notre chagrin.

JOURNAL DU DR SEWARD

22 septembre – Tout est donc fini. Arthur est reparti pour Ring, et il a emmené Quincey Morris avec lui. Quel admirable garçon, ce Quincey ! Très sincèrement, je crois qu'il a souffert de la mort de Lucy, autant que n'importe lequel d'entre nous, mais il a su garder son sang-froid avec un courage de Viking. Si l'Amérique continue à produire des hommes semblables à celui-ci, elle deviendra assurément une puissance dans le monde. Quant à Van Helsing, il se repose avant d'entreprendre son voyage de retour ; il doit rentrer à Amsterdam où il veut s'occuper personnellement de certaines choses ; il compte pourtant revenir demain soir et restera ici s'il le peut, car il a précisément à faire à Londres un travail qui peut lui prendre un certain temps. Je crains, je l'avoue, que l'épreuve à laquelle il vient d'être soumis n'ait affaibli sa résistance, pourtant de fer. Pendant les funérailles, je remarquai qu'il s'imposait une contrainte peu ordinaire. Quand tout fut fini, nous nous retrouvâmes à côté d'Arthur qui parlait avec émotion du sang qu'il avait donné pour Lucy ; je vis Van Helsing pâlir et rougir tour à tour. Arthur disait que, depuis lors, il avait le sentiment d'avoir été réellement marié à Lucy, qu'elle était sa femme devant Dieu. Bien entendu, aucun de nous ne fit allusion aux autres transfusions de sang, et jamais nous n'en dirons mot. Arthur et Quincey s'en allèrent ensemble vers la gare ; Van Helsing et moi revînmes ici. A peine étions-nous montés en voiture que le professeur fut pris d'une crise de nerfs. Par après, il l'a fortement nié, me disant que c'était tout simplement son sens de l'humour qui se manifestait de la sorte, en ces pénibles, en ces terribles circonstances. Il commença par rire, rire aux larmes, si bien que je dus baisser les stores de la voiture afin que personne ne le vît dans cet état ; puis il pleura réellement, puis se remit à rire, enfin rit et pleura tout ensemble, comme une femme. Et comme l'on agit envers une femme, je voulus lui faire entendre raison, lui parler avec quelque sévérité ; en vain. Dans une situation semblable, les femmes ont des réactions différentes de celles des hommes. Quand enfin son visage reprit son expression grave et sérieuse, je lui demandai ce qui, chez lui, avait pu provoquer une telle gaieté en un tel moment. Sa réponse, tout à la fois logique et sibylline, lui ressemblait bien :

— Ah ! John, mon ami, vous ne me comprenez pas ! Ne pensez pas que je ne suis pas triste parce que je ris. Je pleurais alors même que j'étouffais à force de rire ! Mais n'allez pas croire non plus que j'éprouve seulement de la tristesse quand je pleure… N'oubliez jamais que le rire qui frappe à votre porte et qui demande : "Puis-je entrer ?" n'est pas le rire véritable. Non ! C'est un roi, et il vient chez vous quand ça lui plaît et comme ça lui plaît ! Il n'en demande la permission à personne ; seul, son bon plaisir importe. Tenez, par exemple, je me suis tourmenté nuit et jour à propos de cette douce jeune fille ; bien que vieux et fatigué, j'ai donné mon sang pour essayer de la sauver ; j'ai donné mon temps, ma science, mon sommeil ; j'ai abandonné mes autres malades pour me consacrer entièrement à elle. Et pourtant ! Et pourtant, pour un peu, j'aurais éclaté de rire sur sa tombe, et je ris encore quand le bruit de la première pelletée de terre que le fossoyeur a jetée sur sa tombe retentit dans mon cœur, au point que le sang me vient aux joues. Ce n'est pas tout. Mon cœur saigne quand je pense à ce pauvre garçon, à ce cher garçon – mon fils aurait exactement son âge si j'avais eu le bonheur de le garder, et par les yeux, par les cheveux, ils se ressemblent ! Vous comprenez maintenant – n'est-ce pas ? – pourquoi je l'aime tant ? Et malgré cela, quand il nous parle de certains de ses sentiments qui font vibrer mon cœur d'époux et font naître dans mon cœur paternel une attirance que je n'ai jamais éprouvée pour aucun de mes élèves – non, pas même pour vous, mon cher John, car tout ce que nous avons déjà fait et vécu en commun nous a mis sur un pied d'égalité plutôt que dans une relation de père à fils –, malgré cela et même alors, Sa Majesté le Rire vient à moi et me crie dans l'oreille : "Me voilà, me voilà !" si bien qu'un afflux de sang me met aux joues une rougeur de soleil. Oh ! mon ami John, quel étrange monde que le nôtre ! Un monde bien triste, plein de soucis, de misères, de malheurs. Et pourtant, quand arrive le Rire, tout se met à danser sur l'air qu'il plaît à Sa Majesté de jouer ! Les cœurs qui saignent, et les ossements dans les cimetières, et les larmes qui brûlent les joues, oui, tout cela danse ensemble au son de la musique qu'il émet de sa bouche où le moindre sourire ne se dessine jamais ! Croyez-moi, mon ami, nous devons lui en savoir gré ! Car, nous, les hommes et les femmes, on pourrait nous comparer à des cordes que l'on tire de côté et d'autre ; mais alors viennent les larmes, et, semblables à l'effet de la pluie sur les cordes, elles nous raidissent, peut-être jusqu'à ce que la tension devienne vraiment insoutenable, et alors nous cassons. A ce moment, le Rire arrive comme un rayon de soleil, et il détend la corde ; ainsi, nous parvenons à poursuivre notre travail, quel qu'il soit.

Je ne voulus pas le blesser en lui avouant que je ne saisissais pas très bien son idée ; toutefois, comme malgré son explication, je ne comprenais pas encore la cause de son rire, je le lui dis franchement.

— Oh ! fit-il, voilà justement l'ironie la plus lugubre ! Cette charmante jeune fille étendue parmi les fleurs, et paraissant aussi belle que la vie elle-même, au point que, l'un après l'autre, nous nous sommes demandé si elle était réellement morte. Elle repose maintenant dans son tombeau de marbre, dans ce cimetière à l'écart, où reposent aussi tant des siens, et sa mère qui l'aimait tendrement et qu'elle aimait tendrement ! Et ce glas qui sonnait, oh ! si lentement, si tristement ! Et tous ces prêtres avec leurs vêtements blancs qui ressemblaient à des anges, et qui feignaient de lire dans leur livre alors que leurs yeux, à aucun instant, ne suivaient le texte ; et nous tous, la tête courbée… Et tout cela, pourquoi ? Elle est morte, n'est-ce pas ?

— Mais, professeur, fis-je, je ne vois pas bien ce qu'il y a là-dedans de risible ! Vos explications sont pour moi de plus en plus embarrassantes ! Et même si le service funèbre avait quelque chose de comique, est-ce que le pauvre Arthur, souffrant comme il souffre… ?

— Justement ! N'a-t-il pas dit que le sang qu'il avait donné à Lucy avait fait d'elle sa femme ?

— Si, et cette idée, visiblement, le réconfortait.

— Très vrai ! Mais, ici, mon ami, surgit une petite difficulté. Car s'il en était ainsi, si, à cause de la transfusion de sang, il avait l'impression que Lucy était réellement devenue sa femme, n'en irait-il pas de même pour nous ? Ho ! Ho ! Lucy, la charmante Lucy, aurait donc eu plusieurs maris, et moi, moi qui ai perdu ma pauvre femme, laquelle est pourtant vivante selon l'Eglise, moi, époux fidèle à cette femme qui n'est plus sur terre, je serais bigame !

— Encore une fois, je ne vois point qu'il y ait là sujet de plaisanterie ! déclarai-je, et, au vrai, ses remarques ne me plaisaient guère.

Posant sa main sur mon bras, il reprit :

— Mon ami John, pardonnez-moi si je vous fais de la peine. Je n'ai pas fait part de mes sentiments aux autres : cela aurait pu les blesser. Mais à vous, mon vieil ami, je me confie sans crainte. Si vous aviez pu voir ce qui se passait au fond de mon cœur au moment où je désirais rire, au moment aussi où le rire est arrivé ; et si vous pouviez voir ce qui s'y passe maintenant encore que Sa Majesté le Rire a enlevé sa couronne et plié bagages – car il s'en va, très, très loin de moi, et pour très, très longtemps –, alors, peut-être, de nous tous, ce serait moi que vous plaindriez le plus.

— Pourquoi ? demandai-je, fort ému à présent par le ton sur lequel il avait prononcé ses dernières paroles.

— Parce que je sais !

Maintenant, nous sommes tous séparés, et la solitude va être notre lot à chacun, la solitude qui planera sur nos toits. Lucy repose donc dans le tombeau de sa famille, un tombeau seigneurial au milieu de ce cimetière où les bruits de Londres n'arrivent pas, où l'air est pur, où le soleil se lève sur Hampstead Hill, et où poussent les fleurs sauvages.

De sorte que je peux terminer ce journal ; et Dieu seul sait si j'en commencerai jamais un autre. Si je le fais, ou si même je reprends celui-ci, en tout cas ce sera pour parler d'autres personnes et m'occuper de sujets différents. Maintenant qu'est racontée l'histoire de ma vie amoureuse, et avant que je ne retourne à ma vie de travail, je prononce tristement et sans être animé d'aucun espoir, le mot : FIN.

The Westminster Gazette, *25 septembre.*

UN MYSTÈRE A HAMPSTEAD

Les environs de Hampstead connaissent en ce moment des événements qui rappellent ceux dont notre journal a naguère parlé en des articles intitulés : "L'horreur de Kensington", ou "La femme poignardée", ou encore : "La dame en noir". En effet, depuis deux ou trois jours, on a signalé le cas de jeunes enfants disparus du foyer paternel, ou qui n'y sont pas rentrés après être allés jouer sur la lande. Chaque fois, il s'agissait d'enfants trop jeunes pour qu'ils pussent fournir des explications satisfaisantes, mais tous ont donné comme excuse qu'ils avaient accompagné la "dame-en-sang". Et chaque fois aussi, c'est fort tard le soir que l'on s'est aperçu de leur disparition ; en ce qui concerne deux de ces enfants, on ne les a retrouvés qu'aux premières heures du lendemain. On suppose que, le premier des enfants disparus ayant raconté ensuite que la "dame-en-sang" lui avait demandé de faire une promenade avec elle, les autres se sont tout simplement contentés de dire la même chose. Car on sait que les enfants d'aujourd'hui n'aiment rien tant que de s'emprunter des ruses les uns aux autres. Un correspondant nous écrit que de voir certains de ces bambins imiter tant bien que mal la "dame-en-sang" est un spectacle des plus drôles. Certains de nos caricaturistes, ajoute-t-il, pourraient assurément apprendre beaucoup à regarder ces imitations grotesques !

Toutefois, l'affaire n'est pas sans poser un problème très sérieux, puisque deux de ces enfants – ceux-là même qui ne sont pas revenus de toute la nuit – ont été légèrement mordus à la gorge. Il semble qu'il s'agisse de morsures faites par un rat ou par un petit chien et, bien qu'aucune de ces blessures ne soit grave, elle donnerait la preuve que, rat ou chien, l'animal procède selon une méthode qui ne varie jamais. La police a reçu des ordres afin d'observer tout enfant, surtout s'il est très jeune, qu'elle apercevrait sur la lande d'Hampstead ou dans les environs, comme aussi tout chien égaré qui pourrait errer de ce côté.

The Westminster Gazette, *25 septembre.*

ÉDITION SPÉCIALE
L'HORREUR DE HAMPSTEAD
UNE NOUVELLE VICTIME

Nous apprenons à l'instant qu'un autre enfant, disparu hier soir, vient seulement d'être retrouvé ce matin, assez tard, sous un buisson d'ajoncs de Shooter's Hill* qui fait partie de la lande d'Hampstead, mais cet endroit de la lande est peut-être moins fréquenté. L'enfant porte la même petite blessure à la gorge qu'avaient les premières innocentes victimes. Il était blême et dans un grand état de faiblesse quand on l'a découvert. Lui aussi, dès qu'il fut un peu revenu à lui et a pu parler, a dit qu'il avait été entraîné par la "dame-en-sang".

* La Colline du chasseur.

XIV

JOURNAL DE MINA HARKER

23 septembre – Après une nuit assez mauvaise, Jonathan va cependant mieux aujourd'hui. Je suis bien aise qu'il ait beaucoup de travail, car cela l'empêche de penser sans cesse à ces choses terribles… Oh ! Je me réjouis vraiment de le voir aborder ses nouvelles responsabilités, car je sais qu'il s'en montrera digne, capable de les assumer, quelles qu'elles soient ! Il s'est absenté pour toute la journée et m'a dit qu'il ne rentrerait pas pour le lunch. Mes petits travaux de ménage sont faits, de sorte que je vais m'enfermer dans ma chambre pour lire ce journal qu'il a écrit durant son séjour en Transylvanie…

24 septembre – Hier soir, il me fut impossible d'écrire une ligne, bouleversée que j'étais par ce récit incroyable. Pauvre chéri ! Que tout cela soit vrai ou seulement imaginaire, en tout cas, il a dû beaucoup souffrir ! Je me le demande : y a-t-il là-dedans une part de vérité ? A-t-il décrit toutes ces horreurs après avoir eu sa fièvre cérébrale, ou bien est-ce que celle-ci a été causée par ces horreurs mêmes ? Je crois que je ne le saurai jamais, puisque je n'oserai jamais sans doute lui en parler. Et pourtant, cet homme que nous avons vu hier… Jonathan semblait être certain de le reconnaître… Le pauvre garçon ! Sans doute était-ce l'enterrement de notre grand ami qui l'avait ému et troublé au point de lui remettre à l'esprit ces pensées aussi bizarres que lugubres… Lui-même y croit réellement. Je me souviens de ce qu'il m'a dit le jour de notre mariage : "… à moins que quelque grave devoir ne m'oblige à y revenir, endormi ou éveillé, fou ou sain d'esprit." Ce comte redoutable formait donc le projet de venir à Londres… S'il est, en effet, venu à Londres avec ses nombreux millions, eh bien ! oui, un très grave devoir va nous incomber et, pour rien au monde, nous ne devrons reculer devant cette tâche à accomplir. Je vais dès maintenant m'y préparer ; je vais transcrire ce journal de mon mari à la machine à écrire, de sorte que, s'il le faut, nous le ferons lire à d'autres personnes – s'il le faut absolument. Mais, dans ce cas, de nouvelles souffrances seront épargnées à Jonathan, car c'est moi qui expliquerai toute l'affaire afin qu'il n'ait pas, lui, à s'en préoccuper. D'ailleurs, s'il se remet complètement, peut-être désirera-t-il lui-même m'en parler ; je pourrais alors lui poser de nombreuses questions, découvrir tout ce qui s'est passé et, une fois au courant de la vérité, le réconforter de mon mieux.

LETTRE DE A. VAN HELSING A MRS J. HARKER
CONFIDENTIEL

24 septembre.

Chère Madame,

Je vous prie de bien vouloir me pardonner si je prends la liberté de vous écrire ; mais je suis déjà un peu votre ami puisque c'est moi qui ai eu le pénible devoir de vous annoncer la mort de Miss Lucy Westenra. Avec l'aimable permission de Lord Godalming, j'ai lu tous les papiers, toute la correspondance de Miss Lucy, car je m'occupe de certaines affaires la concernant et qui sont de première importance. J'ai trouvé, notamment, certaines lettres que vous lui aviez écrites, lettres qui témoignent de la grande amitié que vous aviez l'une pour l'autre. Oh ! madame Mina, au nom de cette amitié, je vous en supplie, aidez-moi ! C'est pour le bien des autres que je vous le demande... pour réparer le mal qu'on leur a fait, pour mettre fin à des malheurs plus terribles sans doute que vous ne pourriez jamais l'imaginer. Voudriez-vous me permettre de vous rencontrer ? Vous pouvez avoir confiance en moi. Je suis l'ami du Dr John Seward et l'ami de Lord Godalming (vous savez, l'Arthur de Miss Lucy). Mais, pour le moment du moins, je ne veux pas les mettre au courant de ce que je vous demande. Je viendrai vous faire visite à Exeter aussitôt que vous me le direz, au jour et à l'heure qui vous conviendront. J'espère que vous me pardonnerez, madame ! J'ai lu vos lettres à la pauvre Lucy, et je sais combien vous êtes bonne et aussi combien votre mari a souffert ! Je vous demanderai donc encore, si cela se peut, de le laisser dans l'ignorance de tout ceci, de peur que les choses dont j'ai à vous parler ne nuisent à sa santé. A nouveau, je vous prie de m'excuser, de me pardonner.

Van Helsing.

TÉLÉGRAMME DE MRS HARKER AU DR VAN HELSING

25 septembre – Venez aujourd'hui même par le train de 10 h 15, si cela vous est possible. Je suis chez moi toute la journée.

Wilhelmina Harker.

25 septembre – Je ne puis m'empêcher de me sentir fort excitée maintenant qu'approche l'heure de la visite du Dr Van Helsing, car je ne sais trop pourquoi, j'espère que cela jettera pour moi quelque lumière sur la triste épreuve qu'a subie Jonathan. D'autre part, comme ce médecin a soigné Lucy dans les derniers temps de sa maladie, il me dira sans doute tout ce qu'il sait à ce sujet ; du reste, c'est bien de Lucy et de ses accès de somnambulisme qu'il désire me parler, et non de Jonathan. Il faut que je m'y résigne : je ne saurai jamais la vérité sur ce voyage... Mais que je suis stupide ! Voilà que le journal de Jonathan s'empare de mon imagination et l'influence au point que je ne peux plus dissocier ce récit du moindre incident de mon existence. Evidemment, c'est de Lucy qu'il vient me parler ! Elle avait eu ces nouvelles crises de somnambulisme, et cette escapade sur la falaise – quel souvenir affreux ! – a dû la rendre bien malade. De fait, tout occupée de mes propres soucis, j'avais oublié qu'elle nous donnait alors beaucoup d'inquiétude ! Sans doute a-t-elle raconté elle-même au Dr Van Helsing son aventure sur la falaise, et lui a-t-elle dit que c'est moi qui étais allée l'y rechercher. Et maintenant, assurément, il désire en apprendre de moi tous les détails afin de compléter sa documentation. J'espère que j'ai eu raison de ne pas parler de cette terrible nuit à Mrs Westenra ; je ne me pardonnerais jamais si, à cause de cela, l'état de Lucy avait empiré. Et j'espère aussi que le Dr Van Helsing ne m'en voudra pas ; j'ai eu, ces derniers temps, tant de chagrin et d'inquiétude que je sens qu'il me serait impossible d'en supporter davantage !

Sans doute les larmes font-elles du bien parfois ; sans doute rafraîchissent-elles l'atmosphère comme le fait la pluie… Est-ce la lecture de ce journal, hier, qui m'a émue à ce point ? Et puis Jonathan m'a quittée ce matin pour ne rentrer que demain : c'est la première fois, depuis notre mariage, que nous serons séparés aussi longtemps. J'espère qu'il sera prudent, que rien ne viendra le troubler… Deux heures viennent de sonner, le docteur sera bientôt ici. Je ne lui parlerai pas du journal de Jonathan, à moins qu'il ne désire le voir. Quant à mon propre journal, je suis bien aise de l'avoir recopié à la machine : je pourrai le lui donner à lire s'il veut connaître les détails au sujet de Lucy ; cela nous évitera, à lui des questions pénibles, à moi des explications plus pénibles encore !

Un peu plus tard – Il est venu et reparti. Quel entretien !… La tête me tourne encore ! J'ai l'impression d'avoir rêvé. Se peut-il que tout cela soit possible – ou même seulement une partie de tout cela ? Si je ne venais pas de lire le journal de Jonathan, jamais je n'aurais cru un mot de cette histoire ! Pauvre, pauvre Jonathan ! Il a dû souffrir, je m'en rends compte maintenant, audelà de toute expression. Dieu veuille que ce que je viens d'apprendre ne soit pas pour lui un nouveau calvaire : j'essayerai de lui taire les révélations que m'a faites le Dr Van Helsing. D'autre part, ne serait-ce pas pour lui une consolation, une aide en quelque sorte – même si les conséquences devaient en être difficiles –, d'avoir enfin la certitude que ni ses yeux, ni ses oreilles, ni son imagination ne l'ont trompé, que tout peut s'être réellement passé comme il le croit ? Il se peut que ce soit le doute qui lui fasse tant de mal ; que, le doute une fois dissipé, et la vérité prouvée, peu importe par quels moyens, il se sente rassuré, et soit plus capable de supporter ce choc. Le Dr Van Helsing doit être un homme très bon, autant qu'un médecin remarquable puisqu'il est l'ami d'Arthur et du Dr Seward, et que ceux-ci l'ont fait venir de Hollande pour soigner Lucy. Du reste, rien qu'à le voir, j'ai compris sa généreuse nature. Quand il reviendra demain, sûrement, je lui parlerai de Jonathan et de sa terrible expérience ; et plaise à Dieu que toutes nos angoisses nous mènent finalement – mais après combien de temps encore ? – à la tranquillité d'esprit. J'ai toujours pensé que le métier de journaliste me plairait. Un ami de Jonathan qui est à l'*Exeter News* disait un jour que, dans cette profession, l'essentiel était la mémoire, que l'on devait être capable de reproduire exactement chaque mot dit par la personne que l'on interviewait, même si, par la suite, il fallait remanier quelque peu ces propos. Or, mon entretien avec le Dr Van Helsing n'avait certes rien de banal, aussi vais-je essayer de le rapporter mot pour mot.

Il était deux heures et demie quand j'entendis le heurtoir de la porte d'entrée. J'eus le courage d'attendre. Quelques minutes se passèrent, et Mary vint annoncer le Dr Van Helsing.

Je me levai et m'inclinai tandis qu'il avançait vers moi. C'est un homme de taille moyenne, assez fort, et tout chez lui, aussi bien le corps même que le port de la tête, le visage, l'expression des traits, annonce une parfaite assurance. Le front est haut, s'élevant d'abord presque tout droit, puis fuyant entre deux protubérances assez distantes l'une de l'autre ; un front tel que les cheveux roux ne puissent pas retomber dessus ; ils sont naturellement rejetés en arrière et sur les côtés. Les yeux sont grands, bleu foncé, eux aussi assez écartés l'un de l'autre ; ils sont vifs, pénétrants ou se font tendres ou sévères selon qu'ils expriment tel ou tel sentiment qui anime le professeur.

— Mrs Harker, je crois ?

Je répondis d'un signe de tête.

— Qui était auparavant Miss Mina Murray…

Même geste de ma part.

— C'est Mina Murray que je viens voir, l'amie de cette pauvre enfant, notre chère Lucy Westenra. Oui, madame Mina, c'est au sujet de la morte que je désire vous parler.

— Monsieur, lui répondis-je, vous ne pouvez pas avoir de titre meilleur, pour vous adresser à moi, que celui d'un ami qui a soigné et assisté Lucy Westenra dans ses derniers moments.

Et je lui tendis la main ; il la prit en répondant sur un ton très doux :

— Oh ! madame Mina, je savais que l'amie de cette pure enfant ne pouvait qu'avoir un cœur très généreux, mais il me faut encore… enfin je voudrais savoir…

Il s'interrompit, en s'inclinant courtoisement.

Comme je le priais de poursuivre, il reprit aussitôt :

— Eh bien ! j'ai lu les lettres que vous avez écrites à Miss Lucy. Pardonnez-moi, mais il fallait bien que je commence par interroger quelqu'un, et je ne savais pas à qui m'adresser. Je sais donc que vous étiez avec Miss Lucy et sa mère à Whitby. De temps en temps, elle tenait un journal – non, n'ayez pas l'air surprise, madame Mina : elle avait commencé à écrire ce journal après votre départ et, me semble-t-il, voulait ainsi suivre votre exemple. On y trouve des allusions à une promenade qu'elle aurait faite pendant un de ses accès de somnambulisme et au fait que vous l'auriez sauvée en cette occasion. C'est très perplexe, vous le comprenez, que je viens à vous, dans l'espoir que vous aurez la bonté de me donner tous les détails dont vous vous souvenez à ce sujet.

— Je pense, docteur Van Helsing, que je serai à même de vous raconter exactement toute cette aventure.

— Tout, dites-vous ? Tous les détails ?… Mais alors, madame Mina, vous devez avoir une mémoire extraordinaire ! Cela se rencontre rarement chez les jeunes femmes.

— A dire vrai, docteur, j'ai noté au fur et à mesure les événements quotidiens dont j'étais témoin. Je peux vous montrer mes notes… mon journal… si vous le désirez.

— Oh ! madame Mina, je vous en saurais gré ! Vous me rendriez là un service immense !

Pourquoi me fut-il impossible de résister à la tentation de le mystifier un moment ? Je suppose que nous, les femmes, avons encore dans la bouche le goût de la pomme originelle.

Toujours est-il que je lui tendis d'abord mon journal sténographié. Il le prit en s'inclinant encore très courtoisement, et me demanda :

— Je puis le lire ?

— Certainement, répondis-je, aussi posément que je pus. Il ouvrit le cahier, y jeta les yeux, puis se leva et s'inclina une fois de plus.

— Oh ! Vous êtes une femme étonnante ! s'écria-t-il. J'ai compris depuis longtemps que monsieur Jonathan vous admirait : vraiment, il y a de quoi ! Voudrez-vous encore me faire l'honneur, madame Mina, de m'aider, de me lire ceci, car, hélas ! je ne connais pas la sténographie !

Je jugeai que ma petite plaisanterie avait assez duré ; j'avoue que j'en étais presque honteuse. Je lui présentai la copie dactylographiée.

— Pardonnez-moi… fis-je. Je savais que c'était de notre chère Lucy que vous veniez me parler, et, me disant que, peut-être, vous n'auriez pas beaucoup de temps à rester ici, j'avais, à votre intention, recopié ces notes à la machine à écrire.

Les yeux brillants, il prit mes feuilles.

— Vous êtes si bonne, madame Mina ! Mais puis-je les lire maintenant, sans attendre ? Peut-être, quand je les aurai lues, aurai-je à vous poser certaines questions.

— Assurément ! Lisez-les pendant que je vais voir si l'on prépare le lunch. Vous pourrez ainsi me questionner pendant le repas.

Il me remercia et s'installa dans un fauteuil, tournant le dos à la lumière. Tout de suite, je devinai qu'il était absorbé dans sa lecture, et si, en effet, j'allai à l'office, ce fut avant tout pour ne pas le distraire. Lorsque je rentrai au salon, il marchait de long en large, à grands pas, et les joues en feu. Il se précipita vers moi et me prit les deux mains :

— Oh ! madame Mina ! Comment vous dire tout ce que je vous dois ? Ce journal est lumineux comme le soleil ! Il m'ouvre une porte… Je suis ébloui, véritablement ébloui par tant de lumière, et pourtant des nuages se forment encore à chaque instant derrière cette lumière… Mais vous ne comprenez pas ce que je veux dire… vous ne pouvez pas comprendre… Sachez seulement que je vous dois beaucoup, à vous qui êtes une femme si intelligente ! Madame, continua-t-il sur un ton très grave, si jamais Abraham Van Helsing peut faire quelque chose pour vous ou pour les vôtres, j'espère que vous vous confierez à lui. J'aimerai alors, je voudrai vous aider comme un ami ; comme un ami, mais en ajoutant à l'amitié sincère, inébranlable, que j'ai désormais pour vous, tout ce que m'a appris une longue expérience ; oui, je ferai tout ce dont je suis capable pour vous venir en aide, à vous et à ceux que vous aimez. Il y a beaucoup d'obscurité dans la vie, mais il y a aussi des lumières ; vous êtes une de ces lumières. Vous serez heureuse, vous serez comblée, et votre mari trouvera en vous le bonheur.

— Mais, docteur, vous m'adressez trop d'éloges… et sans me connaître !

— Sans vous connaître, moi ?… Moi qui suis vieux et qui ai passé toute mon existence à observer, à étudier les hommes et les femmes – à étudier tout spécialement le cerveau humain, tout ce qui s'y rapporte, tout ce qui peut procéder de ce cerveau ? Moi qui viens de lire votre journal dont chaque ligne respire la vérité ! Moi qui ai lu la lettre que vous écriviez à la pauvre Lucy immédiatement après votre mariage, moi, je ne vous connaîtrais pas ! Oh ! madame Mina, les femmes généreuses n'ont pas à se servir de mots pour raconter l'histoire de leur vie, et cette vie, tous les jours, à chaque heure, à chaque minute, les anges savent la lire ; nous les hommes, dont le désir le plus vif est d'observer pour pouvoir comprendre, nos yeux ressemblent un peu à ceux des anges. Votre mari est d'un naturel généreux ; vous aussi, car vous avez confiance dans la vie, et pour croire en la vie, il faut être bon… Mais votre mari ? Parlez-moi de lui, maintenant. Va-t-il tout à fait bien ? Cette fièvre qu'il a eue, en est-il tout à fait remis ?

Je vis que c'était le moment, en effet, de lui préciser certaines choses concernant la santé de Jonathan, de lui demander ce qu'il en pensait. Je commençai par répondre :

— Il était presque rétabli, mais la mort de Mr Hawkins a été pour lui un coup très dur…

Le docteur m'interrompit :

— Oh ! oui, je sais… Je sais… J'ai lu vos deux dernières lettres…

— Enfin, je suppose, repris-je, que c'est cette mort qui l'a bouleversé… Le fait est que, lorsque nous étions à Londres jeudi dernier, il a reçu comme un nouveau choc.

— Un nouveau choc ? Peu de temps après une fièvre cérébrale… Ah ! Cela est fâcheux… Quel genre d'émotion ?

— Il a cru voir quelqu'un qui lui rappelait une chose terrible, cette chose même qui a provoqué sa fièvre cérébrale.

Et moi-même, à mon tour, je crus soudain que je n'en supporterais pas davantage : la pitié que j'éprouvais pour Jonathan, les horreurs qu'il avait vécues, l'épouvantable mystère que l'on devinait en lisant son journal, et la crainte qui n'avait cessé de grandir en moi depuis que j'avais fait cette lecture – tout cela me déchira véritablement le cœur et sans doute perdis-je la tête un moment, car je me jetai à genoux et levai les mains vers le docteur en le suppliant de guérir mon mari. Il me prit les mains, m'obligea à me relever, me fit asseoir sur le sofa où il s'assit près de moi. Tenant toujours ma main dans la sienne, il me dit alors, oh ! avec quelle bonté dans la voix :

— J'ai toujours vécu fort seul ; c'est parce que mon existence, justement, a été remplie par le travail, que je n'ai pour ainsi dire pas eu le temps de me consacrer à mes amis. Mais depuis le jour, pas très lointain, où mon cher John Seward m'a appelé ici, j'ai appris à connaître tant de personnes au grand cœur, dévouées et généreuses que, maintenant plus que jamais, je ressens ma solitude – et pourtant elle n'avait fait que croître au cours des années. Croyez donc que c'est plein de respect pour vous que j'ai frappé à votre porte, car vos lettres à la pauvre Miss Lucy m'avaient déjà fait espérer non pas que j'allais découvrir ce que je cherchais – non, pas cela – mais qu'il existait encore des femmes capables de donner un sens à la vie, peut-être même de la rendre heureuse, des femmes dont l'existence tout entière servirait d'exemple aux enfants qui devraient naître. Je suis vraiment heureux d'être ici et de pouvoir faire quelque chose pour vous ; car si votre mari souffre, il me semble que je pourrai porter remède à sa souffrance. Je vous promets de m'y appliquer de mon mieux afin que votre vie à tous deux soit éclairée par le bonheur. Maintenant, il vous faut manger, la fatigue vous a épuisée, et l'inquiétude aussi. Votre mari n'aimerait pas vous voir si pâle ; et ce qu'il n'aime pas chez celle qu'il aime ne peut assurément pas lui faire de bien. C'est donc en pensant à lui, à sa guérison complète que vous devez manger de bon appétit et sourire fréquemment. Maintenant que vous m'avez dit tout ce que vous savez concernant Lucy, nous ne parlerons plus aujourd'hui de cette pauvre enfant ni de ses souffrances ; cela ne servirait à rien, sinon à nous replonger dans la tristesse. Seulement, je vais passer la nuit ici, à Exeter, car il faut encore que je réfléchisse à ce que vous venez de m'apprendre, puis, si vous me le permettez, je vous poserai à nouveau quelques questions. Pour l'instant, vous allez essayer de m'expliquer de quoi se plaint Jonathan… non, non, pas tout de suite… vous devez d'abord bien manger, tranquillement, tranquillement… Après, vous m'expliquerez…

Le lunch terminé, nous retournâmes au salon et, sans attendre, il me dit :

— Parlez maintenant, je vous écoute !

Au moment d'expliquer ce que je savais à cet éminent savant, je craignis qu'il ne me prît pour une idiote et Jonathan pour un fou car, vraiment, son journal contient des choses si bizarres ! Aussi, voyant que j'hésitais, il m'encouragea gentiment, me promit de m'aider si je trouvais la chose, à certains moments, trop difficile.

— Trop difficile ! Oh ! C'est bien cela, docteur Van Helsing ! Tout paraît si étrange dans cette histoire… incompréhensible… Ne riez pas de moi ni de mon mari, je vous prie ! Depuis hier, je ne sais plus ce qu'il faut croire. Soyez bon, ne me traitez pas de folle quand vous saurez quelles choses insolites ont pu me paraître réelles !

Non seulement sa réponse mais le ton même sur lequel il me répondit, me rassurèrent.

— Ma chère enfant, si vous saviez à quel point est insolite l'affaire pour laquelle on m'a appelé ici, c'est vous qui vous moqueriez ! J'ai appris à ne jamais négliger ce qu'un homme ou une femme peut croire, même si ce qu'il ou ce qu'elle croit me paraît d'abord invraisemblable. J'ai toujours et avant tout essayé de garder l'esprit ouvert ; et ce ne sont pas les petits événements ordinaires de la vie, ceux auxquels nous sommes habitués, qui pourraient me le faire ouvrir davantage encore, mais bien les choses étranges, bizarres, extraordinaires, celles qui nous font plutôt douter de notre lucidité.

— Oh ! merci, merci, merci mille fois ! Vous me soulagez d'un grand poids. Si vous le permettez, je vais vous donner quelque chose à lire, quelque chose d'assez long, mais je l'ai recopié à la machine ; cela vous aidera à comprendre mes angoisses et celles de Jonathan. C'est la copie du journal qu'il a écrit pendant son séjour en Transylvanie ; je préfère ne rien vous en dire : vous jugerez vous-même. Et alors, quand nous nous reverrons, peut-être aurez-vous la bonté de me dire ce que vous en pensez réellement.

— Je vous le promets, fit-il comme je lui tendais les feuillets. Et, avec votre permission, demain matin, aussitôt que cela me sera possible, je viendrai vous rendre visite, à vous et à votre mari.

— Jonathan sera ici à 11 h 30. Venez déjeuner avec nous. Vous pourrez prendre l'express de 3 h 34 et serez à Paddington avant huit heures.

Il parut étonné que je connusse si bien l'horaire des trains ; il ne savait pas, naturellement, que je l'avais étudié afin de faciliter les choses à Jonathan au cas où il devrait précipitamment partir en voyage.

Le Dr Van Helsing prit donc les feuillets qu'il emporta. Demeurée seule, je me mis à penser... à penser... et je pense encore... à je ne sais quoi.

LETTRE DE A. VAN HELSING A MRS J. HARKER

25 septembre, 6 h du soir.

Chère madame Mina,

J'ai donc lu l'étonnant journal de votre mari. Soyez tranquille, n'ayez plus le moindre doute. Aussi étrange, aussi terrible que tout cela puisse être, tout cela est vrai ! J'en suis absolument certain. Pour d'autres, cela pourrait signifier le pire – pour lui et pour vous, il n'y a, au contraire, rien à redouter. Votre Jonathan est un homme courageux, décidé ; laissez-moi vous dire, et je parle d'expérience, m'étant penché sur bien des cas, que celui qui a osé descendre le long du mur et entrer dans cette chambre comme votre mari l'a fait – oui, et cela à deux reprises –, celui-là ne souffrira pas sa vie durant du choc qu'il a pu recevoir. Ses facultés mentales et affectives sont intactes : je puis vous le jurer avant même d'avoir vu votre mari. Soyez tout à fait rassurée à ce sujet. Cependant, je voudrais l'interroger à propos d'autres choses. Je me félicite d'être allé vous voir aujourd'hui, car j'en ai tant appris en une fois que, de nouveau, je suis comme ébloui – ébloui, je l'avoue, comme jamais, et il me faut encore beaucoup réfléchir.

Votre tout dévoué,
Abraham Van Helsing.

MRS HARKER AU DR A. VAN HELSING

25 septembre, 6 h 30 du soir.

Mon cher docteur Van Helsing,

Je vous remercie mille fois pour votre aimable lettre qui m'a tellement rassurée, oui ! Et pourtant, si tout cela est vrai, comme vous le dites, quelles choses affreuses peuvent exister en ce monde et se peut-il – hélas ! – que cet homme, ce monstre, soit à Londres ! J'ai peur à cette seule pensée ! Je reçois à l'instant, pendant que je vous écris, un télégramme de Jonathan m'annonçant qu'il quitte Launceston ce soir, à 6 h 25 et qu'il arrivera ici à 10 h 18. Voulez-vous peut-être, au lieu d'être des nôtres demain à midi, venir partager notre petit déjeuner à huit heures, si ce n'est pas trop tôt pour vous ? Au cas où vous seriez pressé, vous pourriez partir par le train de 10 h 30 qui arrive à Paddington à 2 h 35. Ne répondez pas à ce mot. Si je ne reçois rien de vous, je vous attends pour le petit déjeuner.

Croyez-moi, je vous prie, votre reconnaissante et fidèle amie,

Mina Harker.

JOURNAL DE JONATHAN HARKER

26 septembre – Je pensais ne jamais reprendre ce journal, mais il me semble que je doive à nouveau écrire. Quand je suis rentré à la maison, hier soir, Mina m'attendait pour souper et, notre repas une fois terminé, elle m'a raconté la visite de Van Helsing et m'a dit qu'elle lui avait donné une copie de son journal et une copie du mien ; et, pour la première fois, elle m'avoua à quel point elle avait été inquiète à mon sujet. Mais elle me montra immédiatement la lettre du docteur, où il affirme que tout ce que j'ai écrit dans mon journal est la vérité même. Depuis que j'ai lu cela, j'ai l'impression d'être un autre homme. Le doute où j'étais de la réalité de cette aventure me plongeait dans un abattement d'où, me semblait-il, je ne sortirais jamais. Je sentais en moi une sorte d'impuissance à agir, tout m'était obscurité, sujet de méfiance. Mais, à présent, *je sais*, je n'ai plus peur de rien ni de personne, pas même du comte. Après tout, il avait l'intention de venir à Londres, et il y est venu. C'est lui que j'ai vu, l'autre jour. Il a rajeuni ! Comment y a-t-il réussi ? Van Helsing est l'homme qui va le démasquer, le chasser à tout jamais de notre vie, si Van Helsing est bien tel que Mina le décrit. Mina s'habille et, dans quelques minutes, je vais aller prendre le professeur à son hôtel…

Il a paru assez surpris quand il m'a vu. J'entrai dans sa chambre et, dès que je me fus présenté, il me prit par les épaules, me fit tourner sur moi-même de sorte que mon visage fût alors en pleine lumière et, après l'avoir sérieusement examiné, il s'étonna :

— Mais madame Mina m'a dit que vous étiez malade, que vous aviez reçu un choc…

C'était assez drôle d'entendre ce vieil homme appeler ma femme “madame Mina”. Je souris en lui répondant :

— Oui, j'ai été malade, j'ai reçu un choc ; mais vous m'avez déjà guéri.

— Guéri ? Et comment ?

— En écrivant à Mina la lettre que vous lui avez envoyée hier soir. Je doutais de tout, tout se teintait pour moi d'irréel, je ne savais pas ce qu'il me fallait croire, je me méfiais même de ce que j'éprouvais. Et ne sachant pas ce qu'il me fallait croire, je ne savais pas non plus ce que je devais faire. Je sentais que je continuerais toujours à suivre l'ornière ; mais, d'autre part, je souffrais de ce que mon travail devenait de plus en plus une sorte de routine, et c'est alors que je commençai à ne plus croire même en moi. Docteur, vous ne savez pas ce que c'est que de douter de tout et de soi-même ! Non, vous ne le savez pas ! C'est impossible ; on le devine rien qu'à voir votre front.

Il parut amusé et dit en riant :

— Ah ! Vous êtes physionomiste ! Depuis que je suis ici, j'apprends de nouvelles choses d'heure en heure. C'est avec le plus grand plaisir que je partagerai votre petit déjeuner. Oh ! monsieur, vous permettrez, n'est-ce pas, au vieillard que je suis, de vous parler sincèrement ? Vous êtes heureux d'avoir une femme telle que la vôtre !

Une journée entière, je l'aurais écouté faire l'éloge de Mina, de sorte que j'acquiesçai d'un simple signe de tête, et demeurai silencieux.

— Elle est vraiment une femme de Dieu. Il l'a faite de Sa propre main pour nous prouver, à nous les hommes et aussi aux autres femmes, qu'il existe un paradis où nous entrerons un jour et que, dès maintenant, sa lumière peut nous éclairer sur la terre. Un être si fidèle à soi-même et aux autres, si doux, si généreux, qui se donne tout entier à son entourage – cela, laissez-moi vous le dire aussi, c'est rare et c'est, de ce fait, beaucoup dans notre siècle de scepticisme et d'égoïsme. Et vous, monsieur… J'ai lu toutes les lettres de votre femme à la pauvre Miss Lucy, et beaucoup de ces lettres parlent de vous. Je vous connais donc depuis quelques jours déjà, grâce à ceux qui vous connaissaient ; mais ce que vous êtes réellement, je le sais seulement depuis hier soir. Donnez-moi la main, voulez-vous ? Et soyons amis pour toujours.

Nous nous serrâmes la main ; cette cordialité si sincère m'émut profondément.

— Et maintenant, me dit-il, puis-je vous demander de m'aider encore ? J'ai devant moi une tâche importante à accomplir et, pour cela, avant toute autre chose, il me faut *savoir*. C'est ici que j'ai besoin de votre aide. Pouvez-vous me dire ce qui s'est passé avant votre départ pour la Transylvanie ? Plus tard, peut-être, aurai-je encore recours à vous, mais pour résoudre des questions d'ordre différent. Que vous répondiez à celle-là, voilà qui me suffira pour le moment.

— Mais, monsieur, fis-je, je ne vois pas le rapport à établir entre le comte et l'affaire dont vous vous occupez.

— Il y en a un pourtant, répondit-il avec gravité.

— Dans ce cas, comptez sur moi.

Après le petit déjeuner, je le conduisis à la gare. Au moment de nous séparer, il me dit :

— Pourriez-vous venir à Londres si je vous le demande ? Et y venir avec madame Mina ?

— Nous viendrons tous les deux quand cela vous conviendra.

Je lui avais acheté les journaux du matin ainsi que les journaux de Londres du soir précédent et, tandis que nous bavardions à la portière du compartiment en attendant le départ du train, il les feuilletait. Son attention parut soudain attirée par un titre de la *Westminster Gazette* et, aussitôt, il blêmit. Il lut quelques lignes, et je l'entendis murmurer avec effroi :

— Mon Dieu ! Mon Dieu ! Déjà ! Déjà !

Je crois que, dans son émotion, il avait même oublié ma présence.

Le sifflet retentit, et le train s'ébranla. Rappelé alors à la réalité, Van Helsing se pencha à la portière, agita la main et me cria :

— Toutes mes amitiés à madame Mina ! J'écrirai dès que je le pourrai.

26 septembre – Au fond, rien n'est jamais fini. Une semaine ne s'est pas écoulée depuis que j'ai écrit le mot "fin", et voilà pourtant qu'aujourd'hui je reprends ce journal, que je recommence même à parler des mêmes choses. Jusqu'à cet après-midi, du reste, je n'avais aucune raison de penser à ce qui appartient déjà au passé. Renfield est plus calme que jamais. Il s'était depuis quelque temps remis à s'occuper de ses mouches ; maintenant, ce sont ses araignées qui lui prennent des heures entières ; pour le moment, il ne me cause donc plus aucun ennui. Je viens de recevoir une lettre d'Arthur, écrite dimanche, et d'après tout ce qu'il me dit, je conclus qu'il se porte bien. Quincey Morris est auprès de lui, ce qui, je crois, l'aidera à se remettre des coups terribles qui viennent de le frapper, car ce Morris est un garçon dynamique et plein d'entrain. D'ailleurs, celui-ci m'a écrit également, et il m'apprend qu'Arthur retrouve un peu de sa gaieté. De ce côté-là, aussi, je suis tranquille. En ce qui me concerne, je me remettais peu à peu au travail avec mon enthousiasme de naguère, et j'aurais très bien pu dire à mon tour que la blessure dont je souffrais à cause de la pauvre, de l'innocente Lucy, se cicatrisait de jour en jour. Hélas ! la voilà rouverte ! Et comment tout cela finira, Dieu seul le sait ! Il me semble que Van Helsing croit le savoir, lui, mais il n'en dit jamais trop en une fois afin d'aiguiser la curiosité. Hier, il est allé à Exeter, d'où il est revenu aujourd'hui seulement. C'est vers cinq heures qu'il est entré dans mon bureau, en se précipitant vers moi pour me tendre l'édition d'hier soir de *The Westminster Gazette.*

— Que pensez-vous de ceci ? me demanda-t-il en reculant ensuite, les bras croisés.

Je parcourus rapidement des yeux le journal, car je me demandais à quoi il faisait allusion. Mais, revenant vers moi, il me l'arracha et pointa du doigt un article où il était question d'enfants disparus aux environs d'Hampstead, mais que l'on avait retrouvés. Cela ne me frappa point particulièrement, jusqu'au moment où je lus qu'ils portaient tous à la gorge de petites blessures, comme s'ils avaient été mordus. Alors, une idée me traversa l'esprit et je levai les yeux sur Van Helsing.

— Eh bien ? fit-il.

— C'est ce qui est arrivé à la pauvre Lucy.

— Et comment expliquez-vous cela ?

— Tout simplement, la cause est la même. Ce qui l'avait blessée, elle, a aussi blessé les enfants.

— C'est vrai… indirectement, mais non pas directement.

— Que voulez-vous dire, professeur ?

Vraiment, je n'avais rien compris à sa réponse, et j'étais enclin à prendre son sérieux un peu à la légère, car, après tout, un repos de quatre jours après les terribles et éprouvantes anxiétés que nous avions vécues m'avait rendu un peu de sens critique, mais lorsque je vis l'expression de son visage, je changeai de ton ; jamais, même quand la maladie de Lucy nous mettait au comble du désespoir, Van Helsing ne m'avait paru à ce point consterné.

— Quelle est votre pensée ? Expliquez-vous ! Pour moi, vraiment, je ne sais qu'imaginer.

— Vous n'allez pas me faire croire, mon cher John, que vous ne vous doutez nullement de ce qui a pu provoquer la mort de la pauvre Lucy ? Non seulement les événements devraient vous y aider, mais aussi les commentaires, les réflexions que j'ai pu faire devant vous.

— Prostration nerveuse due à de trop grandes pertes… à un trop grand gaspillage de sang ?

— Et ces pertes de sang, ce gaspillage, comme vous dites, sont dus à quoi ?

Je hochai la tête. Il vint s'asseoir à côté de moi et reprit :

— Vous êtes intelligent, mon cher John. Vous raisonnez de façon très juste et vous avez l'esprit ouvert, mais vous avez aussi des préjugés. Vous ne laissez pas vos yeux voir ni vos oreilles entendre, et tout ce qui ne fait pas partie de votre vie quotidienne, vous n'en tenez guère compte. Ne pensez-vous pas qu'il y a des choses qui, même si vous ne les comprenez pas, existent cependant ? Et que certains d'entre nous voient ce que d'autres ne voient pas ? Mais il y a des choses que les hommes ne peuvent percevoir parce qu'ils en connaissent – ou pensent en connaître – d'autres qu'on leur a enseignées. Ah ! C'est bien là le défaut de la science : elle voudrait tout expliquer ; et quand il lui est impossible d'expliquer, elle déclare qu'il n'y a rien à expliquer. Pourtant nous voyons partout et chaque jour apparaître de nouvelles théories, ou plutôt qui se disent nouvelles ; en vérité, elles sont vieilles mais prétendent être jeunes – tout comme ces belles dames que l'on voit à l'opéra. Bon, maintenant, je suppose que vous ne croyez pas à la transmutation des corps ? Non ? Ni à la matérialisation ? Non ? Ni au corps astral ? Non ? Ni à la lecture de la pensée ? Non ? Ni à l'hypnotisme…

— Si, Charcot nous en a donné assez de preuves…

En souriant, il poursuivit :

— Donc, à ce sujet, vous êtes convaincu ! Et, naturellement, vous en comprenez le mécanisme et vous suivez parfaitement la démonstration du grand Charcot – hélas ! il n'est plus… – quand il explique ce qui se passe chez le patient… Non ? Alors, mon cher John, dois-je comprendre que vous acceptez tout simplement le fait, le résultat, sans rien approfondir d'autre ? Non ? Mais dites-moi donc, car je suis un spécialiste des maladies mentales, ne l'oubliez pas !… dites-moi donc comment il se fait que vous acceptiez l'hypnotisme tout en rejetant la télépathie ? Laissez-moi vous le dire, mon ami : de nos jours, on réalise à l'aide de l'électricité des choses que ceux-là mêmes qui l'ont découverte auraient jugées sacrilèges et à cause desquelles, les eussent-ils eux-mêmes commises à l'époque, ils se seraient vu condamner au bûcher pour sorcellerie. La vie est toujours pleine de mystères. Pourquoi Mathusalem a-t-il vécu neuf cents ans, alors que notre pauvre Lucy, malgré le sang de quatre hommes injecté dans ses veines, n'a pu survivre un seul jour ? Car si elle avait survécu un seul jour, nous aurions pu la sauver ! Connaissez-vous entièrement le mystère de la vie et de la mort ? Connaissez-vous tout de l'anatomie comparée, et pouvez-vous dire pourquoi certains hommes ont les caractéristiques de la brute, et d'autres pas ? Pouvez-vous m'expliquer pourquoi, alors que les autres araignées meurent jeunes, cette araignée géante qui a vécu pendant des siècles dans la tour de la vieille église espagnole, s'est mise à grandir, à grandir jusqu'au jour où elle a pu descendre boire l'huile que contenaient toutes les lampes du temple ? Pouvez-vous m'expliquer pourquoi dans la pampa, et aussi ailleurs du reste, des chauves-souris viennent la nuit ouvrir les veines non seulement du menu bétail mais des chevaux et boivent jusqu'à la dernière goutte de leur sang ? M'expliquer comment il se fait que, dans certaines îles des mers occidentales, des chauves-souris – encore elles – restent suspendues aux arbres pendant toute la journée, puis, quand les marins se sont endormis sur le pont des navires à cause de la chaleur, fondent sur eux, si bien qu'on les trouve morts au matin, exsangues comme l'était la pauvre Miss Lucy ?

— Bon Dieu, professeur ! m'écriai-je, voulez-vous me faire entendre que Lucy a été la victime d'une chauve-souris ? Et qu'une chose semblable peut se passer ici, à Londres, au XIXe siècle ?

D'un geste il m'imposa silence et reprit :

— Pouvez-vous m'expliquer pourquoi les tortues vivent plus longtemps que des générations d'hommes, pourquoi l'éléphant voit disparaître des dynasties humaines l'une après l'autre, et pourquoi le perroquet ne meurt que s'il est mordu par un chat ou par un chien – ou s'il souffre de quelque autre mal ? Pouvez-vous me dire pourquoi des hommes, en tout temps et en tout lieu, ont cru que certains sont appelés à vivre éternellement ? Nous savons tous – la science l'affirme – que des crapauds sont restés pendant des milliers d'années dans le même petit trou sous des rochers. Pouvez-vous me dire pourquoi le fakir de l'Inde peut se donner la mort et se faire enterrer, faire sceller son tombeau et y faire semer du blé ; pourquoi on en sème encore après la première récolte, et pourquoi, lorsque ce nouveau blé est coupé, des hommes viennent enlever le sceau et trouvent, étendu dans son tombeau, le fakir, non pas mort, mais qui se lève aussitôt pour marcher parmi eux ?

Il s'interrompit. Pour moi, il me semblait que j'allais perdre la tête. Van Helsing me farcissait l'esprit de tant d'excentricités de la nature, de tant d'impossibilités qui devenaient tout à coup possibles, que mon imagination prenait feu. Je me doutais vaguement qu'il voulait me démontrer quelque chose, comme autrefois à Amsterdam ; seulement, alors, il m'indiquait l'objet de son cours afin que je l'eusse tout le temps à l'esprit. Aujourd'hui, je n'étais pas soutenu par ce point de départ, et pourtant je ne désirais rien tant que suivre son idée et les développements qu'il allait en donner.

— Professeur, lui dis-je, laissez-moi à nouveau être votre étudiant préféré. Dites-moi le sujet que vous traitez afin que je puisse appliquer vos théories à mesure que vous les avancez. Pour le moment, c'est comme un fou, et non pas comme un homme sain d'esprit, que j'essaye à grand-peine de relier les exemples que vous prenez. J'ai l'impression d'être un enfant pataugeant dans un marécage par temps de brouillard et sautant d'une touffe d'herbes sèches à une autre sans savoir où je vais.

— Ma fois, l'image est bonne, dit-il. Eh bien ! je vais vous dire tout de suite où je veux en venir : je veux que vous croyiez.

— Que je croie… ?

— Oui, que vous croyiez à des choses auxquelles, jusqu'ici, vous ne croyiez pas. Laissez-moi vous expliquer. Un jour, j'ai entendu un Américain définir ainsi la foi : "Une faculté qui nous permet de croire à des choses que nous savons n'être pas vraies." Je saisis parfaitement l'idée de cet homme. Il veut que nous gardions l'esprit ouvert, que nous ne laissions pas une toute petite vérité arrêter le progrès d'une vérité plus grande. C'est cette vérité infime que nous appréhendons d'abord ; nous l'estimons à sa juste valeur mais nous ne devons pas lui laisser croire qu'elle est toute la vérité de l'univers.

— Vous voulez donc que des idées préconçues ne m'empêchent pas d'en accepter d'autres, plutôt extraordinaires ?

— Ah ! vous êtes toujours mon meilleur élève ! On ne perd pas son temps à vous expliquer quelque chose ! Maintenant que vous voulez chercher à comprendre, que vous avez fait le premier pas, vous allez comprendre. Donc, vous pensez que ces petites blessures à la gorge des enfants ont la même origine que celles que nous avons vues à la gorge de Miss Lucy ?

— Oui, je suppose…

Il se leva.

— Vous vous trompez, déclara-t-il. Oh ! s'il en était ainsi ! Mais hélas ! non… La vérité est bien plus terrible, bien plus terrible…

— Pour l'amour de Dieu, professeur, que voulez-vous dire ?

Avec un geste désespéré, il se laissa tomber sur une chaise et, les coudes sur la table, se couvrit le visage des deux mains cependant qu'il m'avouait :

— Ces enfants ont été victimes de Miss Lucy elle-même !

XV

JOURNAL DU DR SEWARD
(suite)

Ma colère n'aurait pas été plus grande si, alors qu'elle vivait encore, Van Helsing avait giflé Lucy.

Je frappai du poing sur la table et me levai en demandant :

— Est-ce que vous devenez fou, professeur ?

Il releva la tête, me regarda, et la tendresse que je lus dans ses yeux me calma aussitôt.

— Oh ! que ne le suis-je, fou, dit-il lentement. La folie serait beaucoup plus facile à supporter qu'une vérité comme celle-ci. Oh ! mon ami, pourquoi, à votre avis, ai-je attendu aussi longtemps avant de vous avouer une chose aussi simple ? Peut-être parce que je vous déteste encore, comme je vous ai toujours détesté ? peut-être parce que je désirais vous faire souffrir ? Parce que je voulais, après tant d'années, me venger de ce geste par lequel vous m'aviez sauvé la vie ? Ah non ! n'est-ce pas ?

— Pardonnez-moi, dis-je.

— Au contraire, mon ami, reprit-il, parce que, cette vérité, je voulais vous la dire en vous faisant le moins de mal possible, car je savais que vous aviez aimé cette jeune fille. Pourtant, maintenant encore, je n'espère pas que vous alliez me croire tout de suite. Il est si difficile d'accepter immédiatement une vérité abstraite que, le plus souvent, nous commençons par en douter, surtout lorsque nous avons toujours cru exactement le contraire. Et il est plus difficile encore d'accepter une vérité concrète, surtout lorsqu'elle est aussi épouvantable que celle-ci. Ce soir, je vous prouverai qu'il faut y croire. Oserez-vous venir avec moi ?

Cela me stupéfia. On ne saurait trouver de plaisir à prouver une telle vérité. Byron excepte de cette règle la jalousie : “Et prouve la vérité même qu'il abhorrait le plus*.”

Il vit que j'hésitais, et poursuivit :

— Le raisonnement est simple et, cette fois, ce n'est pas le raisonnement d'un fou qui patauge dans un marécage en sautant d'une touffe d'herbes à une autre. Si ce que je vous dis n'est pas vrai, alors, la preuve que nous en aurons sera pour nous un soulagement ou, du moins, elle n'aggravera pas l'histoire de la fin de Lucy, si pénible déjà. Mais, si c'est vrai ? Ah ! c'est ce qu'il faut redouter ; et pourtant, cette crainte même aidera ma cause, car j'ai d'abord besoin qu'on y croie. Bon. Voici ce que je vous propose. En premier lieu, nous allons tout de suite aller voir cet enfant au North Hospital, là où, les journaux nous l'apprennent, on l'a conduit immédiatement. Le Dr Vincent, attaché à cet hôpital, est un de mes amis, et un des vôtres aussi, je pense, puisque vous avez fait vos études ensemble à Amsterdam. Même s'il lui était impossible de laisser voir son malade à ses amis, il le laissera voir aux médecins. Nous ne lui dirons rien, sinon que nous désirons avoir des détails sur le cas en question. Ensuite…

— Ensuite ?

Il prit une clef dans sa poche qu'il remua légèrement du bout des doigts.

* Cf. Byron, *Don Juan*, I, 139 ; citation approximative de Stoker. *(N.d.E.)*

— Ensuite, nous irons, vous et moi, passer la nuit dans le cimetière où Lucy repose. Voici la clef qui ferme le tombeau. Le fossoyeur me l'a donnée afin que je la remette à Arthur.

A la pensée de la nouvelle et terrible épreuve qui nous attendait, je sentis mes forces m'abandonner. Pourtant, je n'avais rien d'autre à faire que de me montrer aussi courageux que je le pouvais, et je déclarai que nous devions nous hâter, car la fin de l'après-midi approchait...

L'enfant, quand nous entrâmes dans sa chambre, était éveillé. Il avait dormi et pris un peu de nourriture, et son état général était satisfaisant. Le Dr Vincent ôta le bandage du cou pour nous montrer les deux petites blessures. C'étaient exactement les mêmes que celles que portait Lucy. Elles étaient plus petites, paraissaient plus fraîches, c'était toute la différence. Nous demandâmes à Vincent d'où, à son avis, elles provenaient ; il nous répondit que l'enfant avait dû être mordu par un animal, peut-être un rat ; pour sa part, toutefois, il croyait plutôt qu'il s'agissait d'une de ces chauves-souris, si nombreuses sur les hauteurs au nord de Londres.

— Parmi toutes celles qui sont inoffensives, ajouta-t-il, il en est peut-être d'une espèce sauvage plus cruelle, venant des pays du Sud. Peut-être quelque marin en a-t-il ramené une chez lui et s'est-elle échappée, ou bien est-ce une jeune chauve-souris qui s'est envolée du jardin zoologique, et pourquoi, dans ce cas, ne serait-ce pas une chauve-souris de la race des vampires ? Car on en élève au zoo. Il n'y a pas dix jours, c'est un loup qui s'est échappé, et on l'a aperçu, je crois, dans ces environs. Aussi, durant une semaine, les enfants n'ont plus joué à rien d'autre qu'au Petit Chaperon rouge jusqu'au moment où cette «dame-en-sang» a fait son apparition... Alors, ils n'ont plus pensé qu'à elle... Ce pauvre petit encore, quand il s'est réveillé tout à l'heure, a demandé à l'infirmière s'il pouvait partir. Et quand elle a voulu savoir pourquoi il désirait partir, il lui a dit : "Pour aller jouer avec la «dame-en-sang»."

— J'espère, lui dit Van Helsing, que, lorsque vous permettrez à l'enfant de rentrer chez ses parents, vous recommanderez à ceux-ci de le surveiller étroitement. Ces escapades dont il rêve sont très dangereuses, et la prochaine pourrait être fatale. Mais je suppose que vous avez l'intention de le garder encore quelques jours ici ?

— Pendant une semaine, au moins ; davantage, si les blessures ne sont pas guéries au bout de huit jours.

Notre visite à l'hôpital ayant été plus longue que nous ne l'avions prévu, il faisait déjà nuit quand nous nous retrouvâmes dans la rue.

— Inutile de nous presser, dit alors Van Helsing. Je ne croyais pas qu'il fût si tard… Venez : il nous faut d'abord manger quelque chose, puis nous ferons ce qu'il nous reste à faire…

Nous allâmes dîner au Jack Straw's Castle, où nous eûmes la compagnie d'un petit groupe de cyclistes et d'autres personnes fort joyeuses. Vers dix heures, nous quittâmes l'auberge. La nuit était particulièrement obscure, et bientôt nous n'eûmes même plus la clarté des rares réverbères. De toute évidence, le professeur avait étudié le chemin que nous devions suivre, car il avançait sans la moindre hésitation. Pour moi, j'aurais été bien embarrassé s'il m'avait fallu dire où je me trouvais. Nous rencontrions de moins en moins de gens, si bien que finalement nous fûmes même étonnés de croiser des policiers à cheval qui patrouillaient. Parvenus enfin au mur du cimetière, nous l'escaladâmes. Non sans quelque difficulté, car nous ne connaissions pas l'endroit et il y faisait plus obscur encore que sur la route ; nous trouvâmes le tombeau de la famille Westenra. Le professeur tira la clef de sa poche, ouvrit la porte grinçante, puis, très poliment mais sans doute inconsciemment, recula d'un pas pour me laisser passer le premier. Cette amabilité, dans une circonstance aussi lugubre, avait quelque chose d'ironique. Mon compagnon me suivit, referma la porte avec précaution et après s'être assuré que la serrure n'était pas une serrure à ressort, car, dans ce dernier cas, notre situation eût été des plus mauvaises. Il prit alors dans sa trousse une boîte d'allumettes et un morceau de bougie qui devait nous éclairer. Le tombeau, lorsque nous l'avions vu dans la journée garni de fleurs fraîches, donnait déjà le frisson ; mais maintenant que quelques jours s'étaient écoulés depuis les funérailles, que toutes ces fleurs étaient fanées, les pétales blancs virant au roux et les feuillages brunissant, que les araignées et autres petites bêtes régnaient à nouveau ici, que la pierre délavée par le temps apparaissait, ainsi que le mortier, recouverte de poussière et les fers rouillés, que les cuivres ternis et les plaques d'argent également ternies reflétaient faiblement la clarté de la bougie, le spectacle passait en sombre horreur tout ce que l'imagination eût pu concevoir. Même si on avait tenté de le repousser, malgré soi on éprouvait le sentiment que la vie – la vie animale – n'était pas seule à disparaître à tout jamais.

Van Helsing procéda avec méthode. Tenant la bougie en sorte qu'il pût lire les inscriptions sur chaque cercueil et en sorte que la cire, aussitôt qu'elle tombait sur les plaques d'argent, se figeait en taches blanches, chercha et trouva le cercueil de Lucy. Il se pencha à nouveau sur son sac, et, cette fois, y prit un tournevis.

— Qu'allez-vous faire ? demandai-je.

— Ouvrir le cercueil. Alors, peut-être, vous me croirez !

Il se mit à dévisser le couvercle, puis l'enleva. L'enveloppe de plomb apparut. C'était plus que ce que je pouvais supporter ; cela me semblait être un affront à la morte, semblable à celui qu'on lui eût fait de son vivant si on l'avait déshabillée pendant qu'elle dormait. Pour l'arrêter, je saisis la main du professeur, mais il me dit simplement :

— Vous allez voir !

Et il prit dans son sac une petite scie. Enfonçant le tournevis dans le plomb, d'un coup si vif que je reculai de surprise, il y fit un trou assez grand pour y introduire la pointe de la scie. Je pensais qu'allait se dégager l'odeur des gaz d'un cadavre déposé là depuis huit jours, et je reculai encore vers la porte. Mais le professeur poursuivait sa tâche, comme s'il ne se souciait de rien d'autre que du résultat final. Il scia le cercueil de plomb d'un côté, puis en travers, puis de l'autre côté. Retirant alors la partie ainsi détachée, et approchant la bougie de l'ouverture, il me fit signe d'approcher.

J'avançais de quelques pas, je regardai ; le cercueil était vide.

Le choc pour moi fut considérable, mais Van Helsing, lui, demeura impassible. Plus que jamais, il savait qu'il avait raison.

— Vous me croyez, à présent, mon cher John ? Vous êtes convaincu ?

Je sentis se réveiller en moi mon penchant naturel à la discussion.

— Je suis convaincu que le corps de Lucy n'est pas dans le cercueil ; mais cela ne prouve qu'une chose.

— Laquelle, mon cher John ?

— Eh bien ! que le corps n'est pas dans le cercueil.

— Le raisonnement est juste ! Mais comment expliquez-vous… comment pouvez-vous expliquer qu'il ne soit pas là ?

— Peut-être s'agit-il d'un voleur qui déterre les cadavres… Ou peut-être le corps a-t-il été volé par les hommes de l'entrepreneur des pompes funèbres ?…

Mais, je m'en rendais compte, je ne disais que des sottises, et pourtant c'était la seule explication que je trouvais. Le professeur soupira.

— Bon ! fit-il. Il nous faut donc une autre preuve. Venez avec moi !

Il remit en place le couvercle du cercueil, rassembla ses outils, souffla la bougie et la laissa tomber dans le sac avec les outils.

Nous ouvrîmes la porte et sortîmes ; il referma la porte à clef, puis il me tendit la clef :

— Vous voulez la prendre ? me demanda-t-il ; peut-être alors ne douterez-vous plus.

Je me mis à rire – d'un rire peu joyeux, je le reconnais – en lui faisant comprendre d'un geste qu'il pouvait la garder.

— Une clef, dis-je, qu'est-ce que ça signifie ? Il en existe peut-être plusieurs exemplaires ; et, en tout cas, cette serrure ne doit pas être difficile à crocheter.

Sans répondre, il mit la clef en poche. Alors, il me dit de me cacher non loin de là, derrière un if, afin d'observer ce qui se passait, tandis que lui-même irait surveiller l'autre partie du cimetière. Une fois derrière l'if, je vis s'éloigner sa silhouette sombre, puis les arbres et les monuments funéraires m'empêchèrent de la distinguer.

Cette solitude m'impressionnait. J'entendis sonner minuit à un clocher lointain, puis une heure, puis deux heures. J'avais froid, j'en voulais à Van Helsing de m'avoir entraîné dans un tel lieu, et je m'en voulais encore plus d'avoir accepté d'y venir. Et si j'avais trop froid, et si j'avais trop sommeil pour observer très attentivement tout ce qui pouvait se passer autour de moi, je n'étais pas assez endormi pourtant pour ne pas remplir la tâche que le professeur m'avait confiée. De sorte que, de toute façon, les moments que je passai furent des plus pénibles.

Soudain, comme je me retournais, j'eus l'impression de voir comme une traînée blanche qui se glissait entre deux ifs, de l'autre côté du tombeau ; en même temps, se précipitant vers elle, une masse sombre arriva de l'endroit où se trouvait le professeur. A mon tour, je voulus avancer ; mais il me fallait contourner des tombes, et je trébuchai plus d'une fois. Le ciel était couvert, et un coq chanta au loin. A quelque distance, derrière les genévriers qui bordaient l'allée menant à l'église, apparut une silhouette blanche, à vrai dire presque indistincte, qui s'en venait vers le tombeau ; celui-ci m'étant caché par des arbres, il me fut impossible de voir dans quelle direction la silhouette avait disparu. Mais bientôt, j'entendis que l'on marchait réellement à l'endroit même où était passée la silhouette blanche, et je vis, avançant vers moi, le professeur qui tenait dans ses bras un tout jeune enfant.

Dès qu'il fut près de moi, il me le montra et me demanda :

— Eh bien ! maintenant, est-ce que vous me croyez ?

— Non !

— Vous ne voyez donc pas cet enfant ?

— Si, je vois cet enfant… Mais qui donc l'a amené ici ? Et est-il blessé ?

— Nous le saurons bientôt, me répondit le professeur, et, sans nous consulter, nous nous dirigeâmes l'un et l'autre vers la sortie du cimetière, Van Helsing portant l'enfant.

Nous nous arrêtâmes sous un bouquet d'arbres où, à la flamme d'une allumette, nous examinâmes la gorge de l'enfant. On n'y voyait pas la moindre égratignure.

— Est-ce que je n'avais pas raison ? demandai-je, triomphant.

— Nous sommes arrivés à temps ! s'écria Van Helsing, visiblement soulagé.

Qu'allions-nous faire de cet enfant ? Si nous le portions à un poste de police, il nous faudrait à tout le moins expliquer comment nous l'avions trouvé. Nous décidâmes plutôt de l'emmener dans la lande ; dès que nous entendrions approcher un agent de police, nous abandonnerions le bambin à un endroit où l'homme ne manquerait pas de le voir et nous rebrousserions chemin sans perdre une minute. Tout se passa au mieux. A peine arrivés sur la lande, nous entendîmes le pas lourd d'un policier et, après avoir étendu l'enfant dans le sentier, nous attendîmes, cachés, jusqu'à ce que, sa lanterne éclairant soudain le pauvre petit, l'agent de police poussât un cri d'étonnement. Rassurés alors sur le sort de celui que nous venions de sauver de justesse, nous nous éloignâmes en silence. Nous eûmes la chance de trouver presque aussitôt un fiacre et nous revînmes en ville.

Incapable de m'endormir, j'ai relaté ces faits ; mais je vais malgré tout essayer d'avoir quelques heures de sommeil, car Van Helsing doit venir me prendre à midi. Il veut que je l'accompagne dans une autre expédition.

27 septembre – Il était deux heures passées quand enfin nous avons pu risquer cette seconde tentative. L'enterrement, prévu pour midi, venait de se terminer et les retardataires avaient lentement franchi la grille du cimetière lorsque, de derrière le buisson qui nous servait de cachette, nous vîmes le fossoyeur qui refermait la grille à clef avant de partir à son tour. Nous savions que, à partir de ce moment, nous étions parfaitement libres d'agir comme nous l'entendions, et cela jusqu'au lendemain matin ; mais le professeur m'avertit qu'une heure, tout au plus, nous suffirait. Comme la veille, j'éprouvai le sentiment de l'horrible réalité des choses, où tout effort de l'imagination semble vain ; je savais parfaitement que, en accomplissant cette tâche sacrilège, nous encourions les sanctions de la loi. Et, en outre, j'étais persuadé de l'inutilité de tout cela ! S'il avait été odieux d'ouvrir un cercueil de plomb pour voir si celle que l'on y avait mise près de huit jours auparavant était réellement morte, c'était maintenant pure folie que de vouloir à nouveau entrer dans le tombeau, maintenant que nous savions, l'ayant vu de nos yeux, que le cercueil était vide ! Cependant, je préférai ne rien dire de ce que je pensais, car lorsque Van Helsing s'était mis quelque chose en tête, rien ne pouvait l'en détourner. Il prit la clef, ouvrit la porte du caveau et, comme la veille, s'effaça poliment pour me laisser passer. L'endroit ne paraissait pas aussi affreusement lugubre que pendant la nuit, et pourtant, quel air misérable lui donnait le faible rayon de soleil qui y pénétrait par l'entrebâillement de la porte ! Van Helsing s'approcha du cercueil de Lucy, et je fis de même. Se penchant, de nouveau il retira la partie du cercueil de plomb qu'il avait sciée ; alors, quelle ne fut pas, encore une fois, ma surprise, mêlée d'horreur !

Lucy était étendue là, telle exactement que nous l'avions vue la veille de son enterrement, et même, chose étrange, d'une beauté plus radieuse que jamais ; je ne pouvais pas croire qu'elle fût morte. Les lèvres étaient aussi rouges, non, plus rouges que de son vivant, et les joues délicatement colorées.

— C'est un tour de passe-passe ? demandai-je.

— A présent, vous êtes convaincu ? me dit Van Helsing en guise de réponse, et, tout en parlant, il tendit la main vers la morte. D'un geste qui me fit frémir, il releva les lèvres, découvrit les dents blanches.

— Regardez, reprit-il ; regardez : elles sont devenues plus pointues. C'est avec celles-ci – et il touchait les canines – qu'elle a mordu les enfants. Vous ne pouvez plus en douter maintenant, n'est-ce pas, mon cher John ?

A nouveau, je voulus discuter, réfuter ce qui lui paraissait si simple et qu'il m'était absolument impossible d'accepter.

— Peut-être est-on venu rapporter ici son corps depuis la nuit dernière ?

— Ah oui ? Et qui donc, je vous prie ?

— Qui ? Je n'en sais rien. Mais quelqu'un est venu la replacer dans son cercueil !

— En outre, elle est morte depuis une semaine. La plupart des morts, après autant de jours déjà, auraient pris une autre apparence !

A ceci, je ne sus que répondre ; Van Helsing pourtant ne parut pas remarquer mon silence ; en tout cas, il ne manifesta ni dépit ni satisfaction. Il regardait attentivement le visage de la morte, soulevait les paupières, examinait les yeux, et, encore une fois, il entrouvrit les lèvres pour examiner les dents.

Il se tourna alors vers moi et me dit :

— Il y a pourtant quelque chose de différent de tous ce qu'on a vu jusqu'ici. Nous nous trouvons en présence d'un dédoublement de la vie que l'on ne rencontre pas souvent. Cette jeune fille avait été mordue par le vampire alors qu'elle était en état d'hypnose, de somnambulisme… Oh ! vous sursautez !… Il est vrai que cela, vous l'ignoriez, mon cher John, mais je vous expliquerai plus tard… et c'est lorsqu'elle était dans un état d'hypnose qu'il devait revenir lui sucer plus de sang encore. C'est toujours en transe qu'elle est morte, et en transe qu'elle est devenue une non-morte. C'est en cela qu'elle ne ressemble pas aux autres. D'habitude, lorsque les non-morts dorment chez eux – et il fit du bras un geste très large comme pour me rappeler que c'était dans les cimetières que les vampires étaient “chez eux” –, leur visage révèle ce qu'ils sont, mais celui-ci, qui était si doux avant que Lucy fût une non-morte, retournera au néant, notre fin à tous. Rien ici ne semble porter la marque du Malin, et c'est pourquoi ce m'est un si dur devoir de la tuer pendant qu'elle dort.

Je sentis mon sang se figer, et je m'aperçus que je commençais à accepter les théories de Van Helsing ; pourtant, si elle était réellement morte, devait-on frémir à l'idée de la tuer ?

Il leva les yeux sur moi ; sans aucun doute j'avais changé de sentiments, car il me dit sur un ton presque joyeux :

— Ah ! vous me croyez, maintenant ?

— N'allez pas si vite, lui répondis-je. Je veux bien accepter votre idée, je veux bien y réfléchir. Comment allez-vous faire ?

— Je vais lui couper la tête et remplir sa bouche d'ail, puis je lui enfoncerai un pieu dans le corps.

Je frémissais de plus en plus à cette idée qu'on allait mutiler ainsi le corps de la femme que j'avais aimée ! Toutefois, mon émotion n'était pas telle que je l'aurais cru. Je commençais à frissonner en réalisant la présence de cet être, de cette non-morte, comme l'appelait Van Helsing, et elle me devenait exécrable. L'amour serait-il soit tout subjectif, soit tout objectif ?

Un temps qui me sembla interminable se passa avant que Van Helsing ne se mît à l'œuvre ; il restait là, immobile, absorbé dans ses pensées. Finalement, il ferma son sac d'un geste sec, et dit :

— J'ai réfléchi, il faut agir pour le mieux. Si je suivais mon inclination, je ferais immédiatement – oui, maintenant, à l'instant même – ce qui doit être fait. Mais il faut penser aux conséquences, et de celles-ci peuvent découler mille fois plus de difficultés que nous ne l'imaginons. C'est évident. Lucy n'a encore tué personne, mais ce n'est sans doute qu'une question de temps. Si j'agissais maintenant, ce serait la mettre à jamais hors de danger. Mais, d'autre part, nous devrons sans doute avoir recours à Arthur et, alors, comment lui expliquer tout ceci ? Si vous, qui avez vu et la blessure à la gorge de Lucy et celles – les mêmes – de cet enfant que l'on a transporté à l'hôpital ; si vous, qui, la nuit dernière, avez vu le cercueil vide mais qui, aujourd'hui, y voyez à nouveau celle qui, une semaine après sa mort, n'en est devenue que plus belle – plus fraîche, plus colorée de visage ; si vous, qui avez constaté tout ceci de vos propres yeux, et avez également, la nuit dernière, aperçu la silhouette blanche qui a amené l'enfant jusque dans le cimetière, et qui, malgré tout, pouvez à peine en croire vos yeux – comment, alors, espérer qu'Arthur qui, lui, n'a absolument rien vu, pourrait y croire ? Méfiant, il s'est demandé pourquoi je l'ai empêché d'embrasser la jeune fille au moment de sa mort. S'il m'a pardonné, c'est parce qu'il croit que c'est à la suite d'un diagnostic erroné que je l'ai empêché de lui dire adieu, et maintenant il pourrait croire que, par erreur également, elle a été enterrée vive ; enfin, que c'est nous, au comble de l'erreur, qui l'avons tuée. Et il soutiendra que c'est nous qui nous trompions du tout au tout et qui l'avons tuée à force de vouloir avoir raison. De sorte qu'il sera de plus en plus malheureux, cependant qu'il n'aura jamais de certitude absolue – ce qui est le pire de tout. Tantôt il pensera que celle qu'il aimait a été enterrée vive, et alors ses cauchemars seront d'autant plus atroces qu'il y verra les horreurs qu'elle a dû souffrir ; tantôt il se dira que nous avons peut-être raison, que sa bien-aimée était, après tout, une non-morte. Ah ! je le lui ai déjà dit, mais, à présent, j'en suis certain : il lui faudra traverser bien des amertumes avant d'atteindre le bonheur. Le pauvre garçon, hélas ! vivra une heure où, pour lui, le ciel sera le plus noir ; mais, ensuite, nous pourrons enfin agir en sorte que, jusqu'à la fin de ses jours, il connaisse la tranquillité d'esprit. Oui... Maintenant, allons. Vous, retournez soigner vos malades. Moi, je reviendrai passer la nuit ici, dans ce cimetière. Et, demain soir à dix heures, vous viendrez me chercher au Berkeley Hotel. Je vais écrire un mot à Arthur pour lui demander d'y venir également, de même qu'à ce jeune Américain qui, lui aussi, a donné son sang. Tous, nous aurons beaucoup à faire... Je vous accompagne jusqu'à Piccadilly où nous mangerons un morceau, car je veux être de retour ici avant le coucher du soleil.

Nous refermâmes donc à clef la porte du tombeau ; puis nous nous dirigeâmes vers le mur du cimetière, que nous eûmes tôt fait d'escalader, et nous reprîmes le chemin de Piccadilly.

NOTE LAISSÉE PAR VAN HELSING DANS SA VALISE, AU BERKELEY HOTEL, ET ADRESSÉE AU DR JOHN SEWARD

27 septembre.

Mon cher John,

J'écris ces lignes à votre intention, au cas où il m'arriverait malheur sans que je vous aie revu. Je retourne au cimetière, surveiller les abords du tombeau. Je voudrais que la non-morte, Miss Lucy, ne le quitte pas cette nuit, afin que, demain soir, son envie d'en sortir n'en soit que plus grande. Aussi vais-je attacher à la porte du tombeau ce que la non-morte n'aime pas – de l'ail et un crucifix – et cela suffira à garder la porte fermée, croyez-moi ! Miss Lucy n'est qu'une jeune non-morte, et elle se méfiera. D'ailleurs, l'ail et le crucifix l'empêcheront seulement de sortir, mais non pas d'avoir envie de sortir. Je resterai là toute la nuit, depuis le coucher du soleil jusqu'après l'aurore, de sorte que, s'il y a quelque chose à apprendre, je l'apprendrai. En ce qui concerne Miss Lucy, soit pour elle-même, soit venant d'elle, je n'ai aucune crainte ; mais quant à cet autre qui l'a rendue non-morte, celui-là a maintenant le pouvoir de chercher sa tombe et de s'y réfugier. Il est extrêmement rusé, j'en ai la preuve non seulement par le récit de Mr Jonathan mais par les diverses façons dont il nous a joués lorsqu'il y allait de la vie de Miss Lucy, et c'est nous qui avons perdu la partie. De fait, le non-mort est toujours très fort. Dans sa seule main, il a la force de vingt hommes ; c'est en vain que nous quatre, l'un après l'autre, avons donné notre sang à Miss Lucy. En outre, il a le pouvoir d'appeler son loup et je ne sais encore quelles autres créatures… Bref, s'il vient au cimetière cette nuit, il m'y trouvera ; il se peut toutefois qu'il ne cherche même pas à y venir ; son terrain de chasse est plus giboyeux que le cimetière où dort cette jeune non-morte et où veille le vieillard que je suis.

N'importe, j'écris ces lignes pour que, si jamais… Prenez tous les papiers que vous trouverez avec cette lettre, le journal de Harker, et les autres, et lisez-les ; ensuite, essayez de trouver ce fameux non-mort, coupez-lui la tête, brûlez-lui le cœur ou percez-le d'un pieu afin que le monde soit à tout jamais débarrassé de lui.

Adieu donc, peut-être !

Van Helsing.

JOURNAL DU DR SEWARD

28 septembre – Une nuit de sommeil est un étonnant bienfait à la vérité. Hier, j'acceptais presque les idées monstrueuses de Van Helsing ; à présent, elles me paraissent un outrage au bon sens. Je ne doute pas que lui-même croie à tout ce qu'il raconte ; mais je me demande s'il n'a pas le cerveau un peu détraqué. Pourtant, il doit y avoir quelque explication rationnelle à toutes ces choses apparemment si mystérieuses. Se pourrait-il que ce soit l'œuvre du professeur lui-même ? Il est d'une intelligence à ce point extraordinaire que si jamais il perdait la tête, il accomplirait son dessein – quel qu'il fût – avec une obstination que rien ne pourrait fléchir. Cette pensée me déplaît et, vraiment, quelle chose surprenante si l'on découvrait que Van Helsing est fou ! De toute façon, je vais l'observer attentivement ; il faut que j'aie quelque lumière sur cet autre mystère.

29 septembre, au matin – Hier soir, un peu avant dix heures, Arthur et Quincey sont entrés dans la chambre de Van Helsing. Le professeur nous a dit ce qu'il attendait de chacun de nous, mais il s'est tout spécialement adressé à Arthur, comme si nos volontés, dans une certaine mesure, dépendaient de la sienne. Il commença par exprimer l'espoir que tous trois nous voudrions bien l'accompagner, “car, précisa-t-il, nous avons à remplir là-bas un devoir aussi sacré que pénible”.

— Vous avez sans doute été très surpris en lisant ma lettre ? demanda-t-il à Lord Godalming.

— Oui, je l'avoue, répondit celui-ci. J'ai eu tant de causes de chagrin, tant de préoccupations ces derniers temps, que je serais bien aise de pouvoir m'en passer maintenant ! Quincey et moi avons beaucoup parlé de votre lettre ; nous nous demandions ce qu'elle signifiait exactement ; mais, plus nous en parlions, moins nous comprenions, si bien que, quant à moi, je puis dire que j'ai beau chercher, je ne vois pas…

— Ni moi non plus, interrompit Quincey.

— Oh ! fit le professeur, alors vous comprendrez plus vite que mon ami John ici présent, qui doit faire un long chemin en arrière avant de pouvoir même commencer à comprendre.

De toute évidence, sans pourtant que j'en eusse dit un mot, il avait deviné que je doutais à nouveau. Puis, se tournant encore vers les deux autres, il leur expliqua avec gravité :

— Je voudrais que vous me donniez la permission de faire cette nuit ce que je juge bon de faire. C'est, je le sais, vous demander beaucoup. Et lorsque vous saurez quelle est mon intention, seulement alors, vous mesurerez mon exigence. Puis-je donc vous demander de me donner cette autorisation en restant dans l'ignorance de ce que je vais faire afin que, ensuite, si même vous m'en vouliez – chose qui me paraît très possible –, vous n'ayez rien à vous reprocher ?

— Voilà qui est parler franchement, déclara Quincey. Je me fie au professeur. Je ne vois pas encore où il veut en venir, mais je sais que, en tout cas, son intention est honnête, et cela me suffit.

— Je vous remercie, monsieur, dit Van Helsing. J'ai eu moi-même l'honneur de vous apprécier comme un ami sur qui l'on peut compter, et je ne suis pas près de l'oublier.

Et il tendit la main à Quincey.

— Docteur Van Helsing, dit Arthur à son tour, je ne voudrais pas acheter chat en poche, comme on dit, et s'il s'agit d'une chose où mon honneur de gentleman ou ma foi de chrétien puissent être compromis, il m'est impossible de faire la promesse que vous me demandez. Mais si vous m'assurez, au contraire, que ce que vous avez l'intention de faire ne met en danger ni l'un ni l'autre, je vous donne à l'instant entière liberté d'agir, encore que, sur ma vie, je ne comprenne rien à tout ceci.

— J'accepte vos conditions, répliqua Van Helsing, et tout ce que je vous demande, c'est que, avant de blâmer l'un ou l'autre de mes actes, vous réfléchissiez longuement et étudiiez s'il tient compte de ces conditions.

— Entendu ! promit Arthur. Et maintenant, puis-je vous demander ce que nous devons faire ?

— Je voudrais que, dans le plus grand secret, vous veniez avec moi au cimetière de Kingstead.

Le visage d'Arthur s'allongea, et le jeune homme demanda encore, étonné :

— Au cimetière où la pauvre Lucy est enterrée ?

Le professeur fit signe que oui.

— Et alors ? reprit Arthur.

— Alors ? Nous entrerons dans le tombeau.

L'autre se leva.

— Docteur Van Helsing, parlez-vous sérieusement, ou n'est-ce pas plutôt quelque plaisanterie déplacée ?... Pardonnez-moi, je vois que vous parlez sérieusement.

Il se rassit, mais il restait visiblement sur son quant-à-soi. Il y eut un silence, puis Arthur interrogea à nouveau.

— Et quand nous serons dans le tombeau ?

— Nous ouvrirons le cercueil.

— C'en est trop ! s'écria Arthur en se levant, et cette fois avec colère. Je veux bien être patient tant que nous demeurons dans le domaine du raisonnable ; mais ceci... cette profanation de la tombe... d'un être qui...

L'indignation l'empêcha de poursuivre.

Le professeur le regarda avec pitié.

— Si je pouvais vous épargner une seule émotion, mon pauvre ami, Dieu sait que je le ferais ! dit-il. Mais, cette nuit, il nous faudra marcher dans un sentier semé d'épines ; ou bien plus tard, et à jamais, ce sera celle que vous aimez qui devra suivre des chemins de feu !

Le visage blême, Arthur leva les yeux vers lui.

— Prenez garde, monsieur, prenez garde !

— Peut-être serait-il mieux pour vous que vous entendiez ce que j'ai à dire ? fit Van Helsing. Après tout, alors, vous connaîtriez exactement mon intention. Vous voulez la connaître ?

— Ce serait juste, intervint Morris.

Van Helsing resta silencieux un moment, puis reprit en ne parvenant pas toutefois à cacher combien cela lui était pénible :

— Miss Lucy est morte, n'est-ce pas ? Bien sûr, nous le savons. Dans ce cas, rien ne peut lui nuire. Pourtant, si elle n'est pas morte…

Arthur, d'un bond, se leva.

— Grand Dieu ! s'écria-t-il. Que voulez-vous donc dire ? S'est-on trompé ? L'a-t-on enterrée vive ?

— Je n'ai pas dit qu'elle vivait, mon garçon ; et je ne le pense pas. J'ai simplement dit qu'il se pourrait qu'elle fût une non-morte*.

— Non-morte ! Et non-vivante, cependant ? Mais qu'est-ce que tout cela signifie ? Est-ce un cauchemar, ou quoi ?

— Il y a des mystères que l'esprit ne fait qu'entrevoir et que les siècles, l'un après l'autre, ne peuvent éclaircir qu'en partie. Croyez-moi, nous sommes en présence d'un de ces mystères et nous allons peut-être

* "Le Non-Mort" était le titre initial de *Dracula. (N.d.E.)*

en trouver la clef. Mais je continue, si vous le permettez. Puis-je couper la tête à feu Miss Lucy ?

— Par le ciel et la terre, non ! s'écria Arthur avec colère. Je ne consentirai jamais à ce qu'on mutile son cadavre ! Docteur Van Helsing, vous me soumettez à une épreuve qui dépasse les bornes ! Que vous ai-je donc fait pour que vous me torturiez de la sorte ? Et qu'a fait cette pauvre et douce enfant pour que vous vouliez déshonorer ainsi sa tombe ? Est-ce vous qui êtes fou pour proférer des paroles semblables, ou est-ce moi qui suis fou de les écouter ? Dès maintenant, ne pensez plus pouvoir profaner cette tombe, je n'y consentirai pas ! J'ai le devoir de la protéger, et Dieu m'est témoin que je remplirai ce devoir !

Van Helsing quitta le fauteuil, où il était resté assis pendant tout ce temps, et répondit très sérieusement :

— Moi aussi, Lord Godalming, j'ai un devoir à remplir – un devoir envers d'autres, un devoir envers vous-même, un devoir envers la morte. Tout ce que je vous demande pour le moment, c'est de m'accompagner là-bas afin que vous puissiez voir et écouter. Et si, plus tard, je vous adresse encore la même requête, et que vous ne soyez pas impatient d'y répondre, alors… alors, je ferai mon devoir, quel qu'il m'apparaisse. Ensuite, afin d'accéder aux vœux de Votre Seigneurie, je me tiendrai à votre disposition pour vous expliquer ce dont je me serai rendu compte.

Sa voix faiblit un moment, puis il reprit à nouveau, et comme pitoyable à lui-même :

— Mais, je vous en supplie, ne soyez plus en colère contre moi ! Tout au long de mon existence, j'ai souvent eu à faire des choses qui ne m'étaient pas agréables, qui, même parfois, me déchiraient le cœur : jamais je n'ai eu à remplir un devoir aussi pénible que celui qui m'attend.

Croyez-moi, si un jour vient où vos sentiments changent à mon égard, un seul regard de vous aura tôt fait de dissiper jusqu'au souvenir de cette heure si triste, car je ferai tout ce qu'il est humainement possible de faire pour vous épargner trop de chagrin. Car, pensez-y ! Pourquoi me donnerais-je tant de peine ? Pourquoi me ferais-je tant de souci ? Je suis venu de Hollande pour soigner de mon mieux une malade ; d'abord, je voulais répondre à l'appel de mon ami John, ensuite j'ai voulu tout mettre en œuvre pour guérir une jeune fille qui, peu à peu, à moi aussi, m'a inspiré une véritable amitié. Je lui ai donné – j'ai quelque honte à le rappeler, encore que je le rappelle avec émotion et presque avec tendresse – mon propre sang, comme vous-même lui avez donné le vôtre. Oui, je lui ai donné mon sang, moi, qui n'étais pas, comme vous, son fiancé, mais seulement son médecin et son ami. Je lui ai consacré des journées entières, des nuits entières, non seulement avant sa mort, mais aussi après sa mort, et si ma propre mort pouvait adoucir un peu son sort, maintenant qu'elle est cette morte non-morte, je mourrais très volontiers.

Il y avait, dans la manière dont il parlait, une douce et grave fierté, et je compris qu'Arthur en était profondément ému ; il prit la main de Van Helsing et dit d'une voix brisée :

— Oh ! comme tout cela est pénible, triste et difficile à comprendre ! Pourtant, je vais vous accompagner au cimetière. Nous verrons…

XVI

JOURNAL DU DR SEWARD
(suite)

Il était minuit moins un quart lorsque nous escaladâmes le mur bas du cimetière. La nuit était obscure ; de temps à autre seulement, la lune apparaissait entre les gros nuages que le vent chassait à travers le ciel. Nous formions un groupe serré, Van Helsing, toutefois, marchant légèrement en tête pour nous montrer le chemin. Lorsque nous fûmes près du tombeau, j'observai attentivement Arthur, car je craignais que cet endroit plein de si tristes souvenirs ne le troublât profondément ; mais il garda tout son sang-froid. Je supposai que le mystère même de ce que nous entreprenions atténuait en quelque sorte son chagrin. Le professeur fit tourner la clef dans la serrure, ouvrit la porte, et voyant que chacun de nous avait un mouvement d'hésitation, résolut la difficulté en entrant le premier. Nous le suivîmes, et il referma la porte. Il alluma alors une lanterne et montra le cercueil. Toujours en hésitant, Arthur avança, tandis que Van Helsing s'adressait à moi.

— Vous étiez ici hier, avec moi. Le corps de Miss Lucy était-il dans ce cercueil ?

— Oui, répondis-je.

Il se tourna alors vers les autres :

— Vous entendez, leur dit-il. Et pourtant, il y a encore quelqu'un qui ne me croit pas !

Il prit son tournevis, enleva le couvercle du cercueil. Arthur regardait, très pâle, mais il ne disait rien. Dès que le couvercle fut retiré, il approcha de plus près encore du cercueil. De toute évidence, il ignorait qu'il y avait un cercueil de plomb ; quand il vit la déchirure qui y était faite, le sang lui monta un instant au visage, mais, presque aussitôt, il redevint blême ; il restait toujours silencieux. Van Helsing souleva le morceau de plomb ; tous, nous regardâmes et frémîmes d'horreur.

Le cercueil était vide !

Pendant plusieurs minutes, personne ne prononça un seul mot. Ce fut Quincey Morris qui, finalement, rompit le silence :

— Professeur, fit-il, j'ai confiance en vous, je vous l'ai dit. Votre parole me suffit. Aussi, en temps ordinaire, je ne vous poserais pas une question comme celle-ci, je ne voudrais pas paraître mettre en doute ce que vous avancez ; mais nous sommes ici en présence d'un mystère si grave que cette question me semble permise. Est-ce vous qui avez fait cela ?

— Je vous jure par tout ce que j'ai de plus sacré que je ne l'ai pas enlevée d'ici, que je n'y suis absolument pour rien. Voici ce qui s'est passé : avant-hier soir, nous sommes venus ici, mon ami Seward et moi, animés des meilleures intentions, croyez-moi. J'ai ouvert ce cercueil qui alors était scellé, et nous nous sommes aperçus qu'il était vide, comme maintenant. Nous avons alors décidé d'attendre ; et, en effet, nous avons bientôt vu une silhouette blanche à travers les arbres. Le lendemain, hier, nous sommes revenus en plein jour, et elle était là, étendue dans le cercueil. N'est-ce pas, mon cher John ?

— Oui.

— La première nuit, nous sommes arrivés à temps. Un autre enfant avait disparu et, Dieu merci ! nous l'avons retrouvé entre les tombes et ne portant aucune blessure. Hier, étant donc déjà venu dans la journée, je suis revenu un peu avant le coucher du soleil, car, quand le soleil se couche, les non-morts peuvent sortir de leurs tombes. J'ai attendu ici toute la nuit, jusqu'au matin, mais je n'ai rien vu. Sans doute est-ce parce que j'avais suspendu à ces portes de l'ail, que les non-morts ne supportent pas, et d'autres choses aussi qu'ils évitent toujours. La nuit dernière, on n'est pas sorti ; aussi, ce soir, avant le coucher du soleil, suis-je venu enlever l'ail et les autres objets que j'avais accrochés à la porte. Voilà pourquoi nous trouvons le cercueil vide. Mais suivez-moi bien. Jusqu'ici, les choses sont fort étranges. Venez vous cacher avec moi non loin d'ici et vous verrez des choses beaucoup plus étranges encore. Donc – et, ce disant, il referma la lanterne – sortons.

Il ouvrit la porte ; l'un après l'autre, nous passâmes devant lui qui sortit le dernier, et, derrière lui, referma la porte à clef.

Oh ! que l'air nocturne semblait frais et pur après l'horreur de ce caveau ! Qu'il était agréable de voir les nuages fuir à toute vitesse dans le ciel, et la clarté de la lune qui apparaissait entre deux de ces bizarres et sauvages chevauchées – semblables aux instants de bonheur qui, dans une vie d'homme, chassent et croisent les instants de tristesse ! Qu'il était doux de respirer cet air frais qui n'était chargé d'aucune odeur de mort ; qu'il était réconfortant d'apercevoir les lueurs du ciel au-delà de la colline et d'entendre au loin le bruit confus qui monte d'une grande ville ! Chacun de nous avait l'air très grave, accablé par la révélation qui venait de lui être faite ; Arthur se taisait ; il essayait, je le devinais, de saisir le pourquoi de tout ceci, de pénétrer la signification profonde du mystère ; moi-même, je me sentais plutôt patient, prêt à rejeter de nouveau mes doutes et à accepter les conclusions de Van Helsing. Quincey Morris, lui, restait impassible à la façon d'un homme qui admet tout ce qu'on lui dit, mais l'admet avec un esprit méfiant. Comme il ne pouvait pas fumer, il se mit à chiquer. Quant à Van Helsing, il était occupé à une besogne bien précise. Tout d'abord, il prit dans son sac une matière qui ressemblait à un biscuit mince, à une sorte d'hostie, et qui était soigneusement enveloppée dans une serviette blanche ; puis deux poignées d'une substance blanchâtre – de la pâte, eût-on dit. Il émietta le biscuit et, entre ses mains le travaillant avec la pâte, n'en fit qu'une seule masse. Ensuite, il découpa celle-ci en bandes minces, qu'il roula pour les placer l'une après l'autre dans les interstices tout autour de la porte du tombeau. Cela n'allait pas sans m'étonner, on le devine, et comme je me trouvais près de lui, je lui demandai ce qu'il faisait. Arthur et Quincey, curieux eux aussi, s'approchèrent de nous.

— Je ferme le tombeau, me répondit-il, afin que la non-morte ne puisse pas y rentrer.

— Et c'est cette sorte de pâte que vous y mettez qui l'en empêchera ? fit Quincey. Vraiment, on dirait que vous jouez !

— N'est-ce pas ?

— Mais de quoi vous servez-vous donc ?

C'était Arthur qui venait de poser cette question. Van Helsing se découvrit en signe de respect, tandis qu'il répondait :

— L'Hostie. Je l'ai apportée d'Amsterdam. J'ai obtenu un indult.

Réponse bien faite pour impressionner le plus sceptique d'entre nous, et chacun sentit que devant un dessein aussi grave du professeur – un dessein qui l'amenait à se servir de la chose la plus sacrée –, il était impossible de douter encore. Au milieu d'un silence par lequel, à notre tour, nous témoignions tout le respect que nous éprouvions, nous allâmes chacun prendre la place que Van Helsing nous avait désignée autour du tombeau, mais où il était impossible à quiconque de nous apercevoir. Je plaignais mes compagnons, mais surtout Arthur. En ce qui me concernait, mes visites précédentes au cimetière m'avaient accoutumé à ce guet lugubre et horrible ; et cependant si, moins d'une heure auparavant, je rejetais encore les preuves qu'avançait Van Helsing, maintenant le cœur me manquait. Jamais les tombes n'avaient paru, dans la nuit, d'un blanc aussi effrayant ; jamais les cyprès, les ifs, les genévriers, n'avaient symbolisé de la sorte la mélancolie ; jamais les arbres, jamais l'herbe n'avaient ployé sous le vent de cette façon sinistre ; jamais les branches n'avaient craqué avec tant de mystère, et jamais les hurlements lointains des chiens n'avaient fait monter dans la nuit un tel présage de malheur.

Notre silence dura longtemps – silence profond, douloureux – puis enfin le professeur attira notre attention : "Sh… sh… sh… !" Et du doigt, il nous montrait, venant de l'allée des ifs et s'avançant vers nous, une silhouette blanche – une silhouette blanche, encore assez indistincte, et qui tenait contre sa poitrine quelque chose de sombre. Soudain, elle s'arrêta et, au moment même, un rayon de la lune, entre deux nuages, éclaira cette apparition : c'était une femme vêtue d'un linceul. Nous ne voyions pas le visage, car elle gardait la tête penchée vers ce qu'elle portait dans les bras et que nous reconnûmes bientôt pour être un enfant blond. Elle s'arrêta, et on entendit un petit cri aigu, tel celui que pousse parfois un enfant dans son sommeil, ou un chien qui rêve, couché devant le feu. Tous, nous voulûmes nous précipiter vers elle, mais Van Helsing, que chacun de nous voyait derrière son if, d'un geste de la main nous arrêta. La silhouette blanche se remit à avancer. Elle fut bientôt assez près de nous pour que nous la distinguions clairement, et la lune brillait toujours. Je sentis mon cœur se glacer et, au même moment, j'entendis le cri d'horreur étouffé d'Arthur : nous venions de reconnaître les traits de Lucy Westenra. Lucy Westenra, mais à quel point changée ! La douceur que nous lui avions connue était remplacée par une expression dure et cruelle et, au lieu de la pureté, son visage était marqué de voluptueux désirs. Van Helsing quitta sa cachette et, faisant de même, nous avançâmes jusqu'à la porte du tombeau devant laquelle nous nous rangeâmes tous les quatre. Van Helsing éleva sa lanterne dont il ouvrit la petite porte et dont la lumière éclaira le visage de Lucy ; ses lèvres étaient écarlates, tout humides de sang frais dont un filet avait coulé sur son menton et souillé son vêtement immaculé de morte.

A nouveau, l'horreur nous fit frémir. A la lumière vacillante de la lanterne, je sus que même les nerfs d'acier de Van Helsing avaient cédé. Arthur se trouvait à côté de moi et, si je ne lui avais pas saisi le bras, il serait tombé.

Quand Lucy – j'appelle Lucy cette chose qui était devant nous, puisqu'elle avait la forme de Lucy – nous vit, elle recula en laissant échapper un grognement furieux, tel un chat pris à l'improviste. Puis ses yeux se posèrent sur nous l'un après l'autre. C'étaient les yeux de Lucy quant à la forme et à la couleur ; mais les yeux de Lucy impurs et brillant d'un feu infernal au lieu de ces douces et candides prunelles que nous avions tous tant aimées. A l'instant, ce qui restait de mon amour se changea en un sentiment fait de haine et d'exécration ; si on avait dû la tuer alors, j'aurais voulu le faire moi-même, et avec quel cruel plaisir ! Tandis qu'elle continuait à nous regarder de ses yeux flamboyants et pervers, son visage rayonna d'un sourire voluptueux. Seigneur ! Que c'était odieux à voir ! Aussi impitoyable qu'un démon, d'un mouvement brusque elle jeta à terre l'enfant que, jusqu'ici, elle avait tenu serré contre son sein, grondant cette fois, en lui jetant un dernier regard, comme un chien gronde quand il est forcé d'abandonner un os. L'enfant cria encore, puis resta là, immobile et gémissant. La dureté avec laquelle elle avait accompli ce geste arracha un cri de douleur à Arthur ; lorsqu'elle avança vers lui, les bras tendus et souriant toujours du même sourire lascif, il recula et se cacha le visage dans les mains.

Cependant, elle avançait toujours vers lui, en disant sur un ton langoureux, tandis qu'elle avait des gestes pleins de grâce et de volupté :

— Venez avec moi, Arthur. Quittez vos compagnons, et venez avec moi. J'ai besoin de vous tenir dans mes bras. Venez ! C'est ensemble maintenant que nous nous reposerons ! Venez, ô mon mari ! Venez donc !

Il y avait dans sa voix une douceur démoniaque – quelque chose qui ressemblait au tintement de verres qui s'entrechoquent – qui résonnait dans notre cerveau à chacun, tandis que nous écoutions les paroles qu'elle adressait à Arthur. Celui-ci, à la vérité, paraissait subir un charme : se découvrant le visage, il ouvrit tout grands les bras. Elle allait s'y réfugier, quand Van Helsing, d'un bond, fut entre eux, sa petite croix d'or à la main. Elle recula aussitôt et, les traits soudain convulsés de rage, elle passa à côté du professeur en se précipitant vers le tombeau comme si elle voulait y entrer.

Mais lorsqu'elle fut à un ou deux pieds de la porte, elle s'arrêta, une force irrésistible l'empêchant d'aller plus loin. Elle se retourna vers nous, le visage parfaitement éclairé par les rayons de la lune et par la lumière de la lanterne que Van Helsing tenait maintenant d'une main ferme. Jamais je n'avais vu sur un visage une telle expression, tout à la fois de rancune et de dépit, et personne, je l'espère, n'en verra jamais de semblable. Les joues, jusqu'ici restées colorées, devinrent livides, les yeux semblèrent jeter des étincelles venant tout droit de l'enfer, les rides qui apparurent sur le front ressemblaient aux replis des serpents de la Méduse, et la charmante bouche aux lèvres brillantes de sang s'ouvrit presque en forme de carré, comme dans ces masques grecs ou japonais qui représentent la colère. Si jamais un visage a pu signifier un arrêt de mort, si jamais regards ont été capables de tuer, ce visage et ces regards, nous les avions à ce moment devant nous.

Ainsi donc, pendant une demi-minute certainement et qui nous parut une éternité, elle resta là, entre la croix que Van Helsing gardait toujours levée et sa tombe dont l'Hostie lui interdisait l'entrée. Le professeur mit fin au silence en demandant à Arthur :

— Dites, mon ami… Répondez-moi : dois-je poursuivre mon œuvre ?

L'autre s'agenouilla et, le visage à nouveau enfoui dans les mains, il lui dit :

— Faites comme vous l'entendez, mon ami… Faites comme vous l'entendez… Il n'y aura jamais rien de plus horrible que ceci.

Et il gémit, tandis que Quincey et moi, en même temps, nous approchions de lui pour le soutenir.

Van Helsing posa la lanterne à terre ; puis, allant à la porte du tombeau, il se mit à enlever les parcelles du

Signe sacré qu'il avait placées çà et là. Alors, quand il se retira, nous vîmes, surpris, terrifiés, cette femme, dont le corps était aussi tangible que le nôtre, passer à travers un interstice où il eût été difficile d'introduire une lame de couteau. Nous éprouvâmes tous un sentiment de soulagement lorsque, avec calme, le professeur replaça autour de la porte des bandes de la fameuse pâte.

Ceci fait, il alla relever l'enfant et nous dit :

— Maintenant, venez, mes amis ; nous ne pouvons plus rien jusqu'à demain. Un enterrement est prévu pour midi, de sorte que nous reviendrons peu après. Vers deux heures, tous les parents et amis du défunt seront partis, et nous, nous resterons après que le fossoyeur aura refermé la grille. Alors, nous aurons beaucoup à faire, mais cela ne ressemblera pas du tout à ce à quoi nous venons de nous occuper. Quant à ce petit, il n'a pas trop souffert, et il sera complètement remis demain soir. Comme l'autre enfant, nous allons le laisser à un endroit où la police puisse le trouver ; puis, nous rentrerons.

— Mon cher Arthur, fit-il en s'approchant de ce dernier, cette épreuve est terrible pour vous ; mais plus tard, quand vous vous la remémorerez, vous comprendrez à quel point elle était nécessaire. Les heures d'amertume dont je vous parlais, vous les vivez maintenant, mon garçon ; demain, plaise à Dieu ! elles seront passées et vous connaîtrez une très grande tranquillité d'esprit, si même ce n'est pas le bonheur ; aussi ne vous laissez pas trop abattre par le chagrin. Jusqu'à demain, je ne vous demande pas de me pardonner.

Je ramenai Arthur et Quincey chez moi et, sur le chemin du retour, nous essayâmes de nous rendre du courage les uns aux autres. Nous avions laissé l'enfant en un lieu sûr et nous étions très fatigués. Tous trois, nous dormîmes plus ou moins bien.

29 septembre, au soir – Un peu avant deux heures, Arthur, Quincey et moi passâmes prendre le professeur à son hôtel. Chose étrange, il se trouva que, tous, nous étions habillés de noir. Naturellement, Arthur était en grand deuil ; mais c'est par une sorte d'instinct que chacun des autres, dans notre petit groupe, s'était vêtu complètement de noir. Dès une heure et demie, nous arrivions au cimetière ; nous nous promenâmes dans les allées à l'écart, évitant d'être vus, de sorte que, les fossoyeurs ayant terminé leur tâche et le sacristain ayant refermé la grille à clef puisqu'il croyait tout le monde parti, nous nous trouvâmes, somme toute, les maîtres du lieu. Van Helsing avait remplacé son petit sac noir par un sac de cuir de forme allongée, comme celui d'un joueur de cricket ; et on devinait qu'il était très lourd.

Lorsque, ayant entendu les derniers pas s'éloigner sur la route, nous fûmes certains d'être seuls, sans qu'aucun de nous eût rien dit, nous suivîmes le professeur qui se dirigeait vers le tombeau. Il ouvrit la porte, et dès que nous fûmes entrés, nous la refermâmes derrière nous. Il prit dans son sac la lanterne qu'il alluma, ainsi que deux bougies ; quand, à leur tour, elles furent allumées, il les fixa sur deux autres cercueils grâce à la cire qu'il avait fait fondre à un bout de l'une et de l'autre ; de la sorte, elles donnaient la lumière dont il avait besoin pour procéder à son travail. Quand, une fois de plus, il enleva le couvercle du cercueil de Lucy, tous nous regardâmes aussitôt – Arthur tremblant comme une feuille – et nous vîmes que le corps gisait là, dans toute sa beauté. Mais, dans mon cœur, il n'y avait plus place pour l'amour ; seule, la haine l'habitait, la haine que m'inspirait cette chose odieuse qui avait pris la forme de Lucy sans rien garder de son âme. Je vis que même le visage d'Arthur se fermait. Bientôt, il demanda à Van Helsing :

— Est-ce là vraiment le corps de Lucy, ou seulement un démon qui a pris sa forme ?

— C'est son corps et ce n'est pas son corps. Mais attendez un moment, et vous allez la voir telle qu'elle était, et telle qu'elle est encore réellement.

En tout cas, on avait l'impression de vivre un cauchemar qui se serait appelé Lucy. Les dents pointues, les lèvres voluptueuses et couvertes de sang – et ceci seul aurait suffi à vous faire frémir d'horreur –, tout ce corps sensuel, visiblement dépourvu d'âme, c'était comme la dérision diabolique de ce qui avait été la douce candeur de Lucy. Méthodiquement, comme à l'accoutumée, Van Helsing se mit à retirer de son sac des instruments divers et à les placer de façon à les avoir sous la main. D'abord, il prit un fer à souder et un peu de soudure maigre, puis une petite lampe à huile qui, une fois allumée dans un coin du caveau, dégagea un gaz dont la flamme bleue donna une forte chaleur, puis les instruments mêmes qui devaient lui servir à l'opération, enfin, un pieu en bois, cylindrique, épais d'environ trois pouces et long d'environ trois pieds. Il présenta au feu le bout de ce pieu, puis il le tailla en une pointe très fine. Un gros marteau fut enfin retiré du sac. Pour moi, voir un médecin se préparer à agir, cela avait toujours quelque chose de réconfortant, d'encourageant, mais tous ces préparatifs inspirèrent à Arthur et à Quincey une véritable consternation. Tous deux cependant s'efforçaient de garder leur courage, et ils restèrent très calmes et silencieux.

Van Helsing nous dit alors :

— Avant de commencer quoi que ce soit, laissez-moi vous expliquer ce dont il s'agit ; de fait, cette connaissance nous est transmise par la science et les expériences des anciens et de tous ceux qui ont étudié les pouvoirs du non-mort. Cet état de non-mort est étroitement lié à la malédiction d'immortalité. La mort est refusée à ces êtres, et ils doivent, de siècle en siècle, faire de nouvelles victimes et multiplier les maux de la terre ; car quiconque meurt ayant été la proie d'un non-mort, devient à son tour non-mort et, à son tour, fait sa proie de son prochain. De sorte que le cercle va toujours s'élargissant, comme les cercles qu'une pierre jetée dans l'eau forme à la surface de cette eau. Arthur, mon ami, si vous aviez embrassé Lucy quelques instants avant sa mort, comme vous en aviez le désir, ou si, l'autre nuit, vous l'aviez prise dans vos bras déjà ouverts pour la recevoir, vous seriez devenu, à l'heure de votre mort, un *nosferatu*, comme on dit en Europe orientale et, les années passant, vous auriez fait de plus en plus de ces non-morts qui nous remplissent d'horreur. Comme non-morte, la carrière de cette malheureuse jeune fille ne fait que commencer. Les enfants dont elle a sucé le sang ne sont pas encore dans un état désespéré ; mais si, non-morte, elle continue à vivre, ils perdront de plus en plus de sang puisque obéissant au pouvoir qu'elle exerce sur eux, ils la rechercheront de plus en plus ; de sa bouche odieuse, elle tirera jusqu'à leur dernière goutte de sang. Au contraire, si elle meurt réellement, tout le mal cessera ; les légères blessures disparaîtront de la gorge des enfants qui retourneront à leurs jeux, oubliant toute leur aventure ; mais, chose plus importante encore et qui nous sera à tous une bénédiction, la mort véritable s'étant emparée de cette non-morte, l'âme de la pauvre et chère enfant sera à nouveau délivrée. Au lieu d'accomplir pendant la nuit son œuvre maligne et, le jour, d'en subir de plus en plus l'humiliation, elle prendra sa place parmi les autres anges. Aussi, mon ami, sera-ce pour elle une main bénie que celle qui lui donnera le coup de grâce. Je suis prêt à le faire. Mais n'y a-t-il personne parmi nous qui mérite mieux que moi ce privilège ? Quel bonheur de pouvoir penser désormais, éveillé dans le silence de la nuit : "C'est ma main qui l'a envoyée parmi les étoiles, la main de celui qui l'aimait le plus au monde, la main qu'elle-même aurait choisie pour cela si elle avait pu choisir." Dites-moi, n'y a-t-il personne ici qui souhaite pouvoir se tenir à soi-même un tel langage ?

Tous, nous regardions Arthur ; et comme nous tous, il comprenait la généreuse intention qui animait Van Helsing quand il proposait que ce fût sa main à lui, Arthur, qui nous rende la mémoire de Lucy à jamais sacrée, alors que nous avions pu la croire souillée à jamais. Il s'avança et dit d'une voix ferme, encore que sa main tremblât et que son visage fût blême :

— Du fond de mon cœur, mon ami, mon véritable ami, je vous remercie. Dites-moi ce que je dois faire, et je vous obéirai sans défaillir.

— Brave garçon ! Il vous faudra un moment de courage, un seul, et tout sera fini ! Il s'agit de lui passer ce pieu à travers le corps... Epreuve terrible, je vous le répète, mais elle sera brève et, ensuite, votre bonheur sera d'autant plus grand que votre douleur était immense. Quand vous sortirez d'ici, il vous semblera avoir des ailes. Mais une fois que vous aurez commencé, la moindre hésitation vous sera interdite. Pensez que nous sommes ici, nous, vos amis, qui vous entourons, et que nous prierons pour vous pendant ces minutes épouvantables.

— Bon, dit Arthur d'une voix étouffée par l'émotion. Que dois-je faire ?

— Prenez ce pieu de la main gauche, la pointe placée sur le cœur, et le marteau de la main droite. Quand nous commencerons à réciter la prière des morts – c'est moi qui la lirai : j'ai apporté le livre ; les autres me répondront –, frappez, au nom de Dieu, afin que notre chère morte repose en paix, et que la non-morte disparaisse à jamais !

Arthur prit le pieu et le marteau, et une fois qu'il fut fermement décidé à agir, ses mains ne tremblèrent pas le moins du monde, n'hésitèrent même pas. Van Helsing ouvrit le missel, commença à lire ; Quincey et moi lui répondîmes de notre mieux. Arthur plaça la pointe du pieu sur le cœur de Lucy, et je vis qu'elle commençait à s'enfoncer légèrement dans la chair blanche. Alors, avec le marteau, Arthur frappa de toutes ses forces.

Le corps, dans le cercueil, se mit à trembler, à se tordre en d'affreuses contorsions ; un cri rauque, propre à vous glacer le sang, s'échappa des lèvres rouges ; les dents pointues s'enfoncèrent dans les lèvres au point de les couper, et elles se couvrirent d'une écume écarlate. Mais, à aucun moment, Arthur ne perdit courage. Il ressemblait au dieu Thor tandis que son bras ferme s'élevait et retombait, enfonçant de plus en plus le pieu miséricordieux, et que le sang jaillissait du cœur percé et se répandait tout autour. La résolution était peinte sur son visage, comme s'il était certain d'accomplir un devoir sacré et, à le voir, nous ne nous sentions que plus de courage, de sorte que nos voix, plus fortes, résonnaient maintenant dans le caveau.

Peu à peu, le corps cessa de trembler, les contorsions s'espacèrent, mais les dents continuaient à s'enfoncer dans les lèvres, les traits du visage à frémir. Finalement, ce fut l'immobilité complète. La terrible tâche était terminée.

Arthur lâcha le marteau. Il chancelait et serait tombé si nous n'avions pas été là pour le soutenir. De grosses gouttes de sueur coulaient sur son front, et il haletait.

L'effort qu'on avait exigé de lui, assurément, était surhumain, et s'il n'y avait été obligé que par des considérations humaines, il ne l'eût jamais accompli. Pendant quelques minutes, nous fûmes donc occupés de lui seul, et aucun d'entre nous ne regarda plus le cercueil. Toutefois, lorsque nos yeux s'y posèrent à nouveau, nous ne pûmes retenir un murmure de surprise. Nous regardions avec une attention telle qu'Arthur se leva – il s'était assis sur le sol – et vint regarder, lui aussi. Et, sur son visage, une expression de joie remplaça la détresse et l'épouvante.

Là, dans le cercueil, ne gisait plus l'horrible non-morte que nous avions fini par redouter et par haïr à un tel point que le soin de la détruire avait été accordé comme un privilège à celui d'entre nous qui y avait le plus de droits ; c'était Lucy comme nous l'avions connue de son vivant, avec son visage d'une douceur et d'une pureté sans pareilles. Le chagrin, les soucis, les souffrances, avaient, il est vrai, marqué ce visage ; mais il ne nous en était que plus cher. Chacun de nous sentit à ce moment que la sainte tranquillité qui se répandait, tel un rayon de soleil, sur ce pauvre visage et sur ce pauvre corps, n'était qu'un gage, qu'un symbole terrestre du repos éternel.

Van Helsing vint poser sa main sur l'épaule d'Arthur, et il lui demanda :

— Maintenant, dites-moi, mon ami, mon cher Arthur, est-ce que vous me pardonnez ?

Alors seulement, quand il prit dans la sienne la main du vieux professeur, Arthur réagit à l'effort presque inimaginable qu'il avait dû fournir. Cette main, il la porta à ses lèvres, la baisa longuement, puis il s'écria :

— Si je vous pardonne ! Dieu vous bénisse, vous qui avez rendu son âme à ma bien-aimée, et à moi la paix !

Ses deux mains sur les épaules de Van Helsing et la tête contre sa poitrine, il se mit à pleurer tout bas, tandis que nous restions là, sans bouger. Quand enfin il leva la tête, Van Helsing lui dit :

— Et maintenant, mon enfant, vous pouvez l'embrasser. Posez, si vous voulez, un baiser sur ses lèvres de morte, ainsi qu'elle l'eût souhaité. Car à présent, elle n'est plus un démon au sourire affreux, et elle ne le sera plus, de toute éternité. Elle n'est plus une non-morte, suppôt du diable. Elle est une vraie morte de Dieu, et son âme est près de Lui !

Arthur se pencha et mit un baiser sur le visage paisible. Puis, nous les fîmes sortir du tombeau, Quincey et lui. Alors, j'aidai le professeur à scier le haut du pieu, laissant la pointe enfoncée dans le corps. Puis, nous coupâmes la tête et remplîmes la bouche d'ail. Enfin, le cercueil de plomb étant soudé et le couvercle du cercueil de bois vissé à nouveau, nous rassemblâmes tous les outils et sortîmes à notre tour. Lorsque le professeur eut refermé la porte à clef, il remit celle-ci à Arthur.

Dehors, l'air était doux, le soleil brillait, les oiseaux chantaient, il semblait que la nature entière s'était mise à un autre diapason. Tout, partout, nous paraissait joyeux et calme, car nous-mêmes éprouvions une tranquillité profonde, encore que cette joie en nous fût fort tempérée. Avant de nous éloigner, Van Helsing tint à nous avertir :

— Maintenant, mes amis, la première partie de notre travail est faite, la plus dure pour nous. Mais il reste une autre tâche, en un sens plus importante : découvrir l'auteur de tous ces malheurs et le faire disparaître de ce monde. Je possède certaines clefs qui, dans une certaine mesure, faciliteront nos recherches. Mais cette tâche sera longue, comportera des dangers et encore des souffrances. Vous m'aiderez, n'est-ce pas ? Tous, nous avons maintenant appris à croire. Et puisqu'il en est ainsi, nous voyons où est notre devoir, n'est-ce pas votre avis ? Et n'avons-nous pas promis d'aller jusqu'au bout ?

Tour à tour, nous lui serrâmes la main en lui promettant de l'aider. Lorsque nous nous mîmes à marcher, il reprit :

— Demain soir, à sept heures, nous dînerons ensemble chez notre ami John. J'inviterai deux autres personnes que vous ne connaissez pas encore. A ce moment, tous mes plans seront prêts, et je vous les expliquerai. Mon cher John, revenez avec moi ; je dois vous consulter sur certaines choses. Ce soir, je pars pour Amsterdam, mais je serai de retour demain soir déjà. Et alors, commencera notre grande investigation ; toutefois, j'ai beaucoup à vous dire auparavant ; je dois vous mettre au courant de tout ce qu'il y a à faire et de tout ce qu'il y a à redouter. Pourtant, une fois que nous nous serons mis à l'œuvre, nous ne pourrons plus reculer.

XVII

JOURNAL DU DR SEWARD
(suite)

Lorsque nous arrivâmes au Berkeley Hotel, un télégramme y attendait Van Helsing.

“J’arrive par le train. Jonathan est à Whitby. Nouvelle importante. Mina Harker.”

Le professeur était ravi.

— Ah ! Cette étonnante madame Mina ! fit-il. La perle des femmes ! Mais elle arrive et, moi, il m’est impossible de l’attendre. Il faudra bien qu’elle aille chez vous, mon cher John, et vous irez la chercher à la gare. Nous allons lui télégraphier, de sorte qu’elle en soit avertie.

Cela fait, il prit une tasse de thé tout en me parlant du journal qu’avait tenu Jonathan Harker lors de son séjour à l’étranger ; il m’en donna une copie dactylographiée, de même qu’une copie du journal de Mrs Harker – journal écrit à Whitby.

— Emportez-les, me dit-il, et lisez-les très attentivement. Quand je reviendrai, demain soir, vous en connaîtrez donc tous les détails, et nous serons alors à même d’entreprendre nos recherches. Ces feuillets, prenez-en soin ; ils contiennent des trésors. Je vous en préviens, dès maintenant, vous aurez besoin de toute la foi dont vous êtes capable, oui, même vous qui avez pourtant vécu aujourd’hui l’expérience qui vous paraît sans doute la plus extraordinaire et la plus incroyable de toutes celles qu'on pourrait imaginer. L'histoire racontée ici – et il posa gravement la main sur le paquet de feuilles – peut être, pour vous, pour moi, et pour beaucoup d'autres, le commencement de la fin ; ou bien, elle peut sonner le glas du non-mort qui dévaste la terre. Lisez-la entièrement, je vous prie, sans rien négliger ; et si vous pouvez nous éclairer en y ajoutant l'une ou l'autre chose que vous-même avez observée, faites-le, car tout, ici, est de la plus haute importance ! Vous-même avez tenu un journal où vous avez consigné plus d'un fait surprenant, n'est-ce pas ? Ensemble, dans quelques jours, nous reverrons tout cela.

Il se prépara alors à partir et, bientôt, se fit conduire à Liverpool Street. De mon côté, je pris le chemin de Paddington, où je devais rencontrer Mrs Harker. J'y fus un quart d'heure environ avant l'arrivée du train.

La foule commençait à se disperser, après avoir, comme toujours, envahi en groupes serrés le quai d'arrivée. Et déjà, je commençais à craindre d'avoir laissé passer celle que je cherchais quand une jeune femme, jolie, délicate, s'avança vers moi et me demanda, après m'avoir dévisagé d'un rapide coup d'œil :

— Docteur Seward, n'est-ce pas ?

— Mrs Harker ? fis-je à mon tour.

Et elle me tendit la main.

— Je vous ai reconnu d'après le portrait que la pauvre chère Lucy…

Elle s'interrompit, en rougissant.

Je me sentis rougir moi-même, ce qui nous mit à l'aise tous les deux, car c'était comme une réponse tacite à ce qu'elle venait de rappeler. Je pris ses bagages, dont une machine à écrire, et nous nous dirigeâmes vers le métro qui devait nous conduire à Fenchurch

Street. Mais auparavant, j'avais télégraphié à ma gouvernante afin qu'elle prépare un appartement pour Mrs Harker.

Nous arrivâmes chez moi à l'heure prévue. Mrs Harker savait, naturellement, qu'il s'agissait d'une maison d'aliénés ; toutefois, je vis parfaitement qu'elle ne put s'empêcher de frissonner tandis que nous franchissions le seuil.

Elle m'avertit que, si je n'y voyais aucun inconvénient, elle viendrait sans tarder dans mon bureau, car elle avait beaucoup de choses à me dire. C'est donc en l'attendant que j'achève d'enregistrer mon journal sur mon phonographe. Je n'ai pas encore eu le loisir de lire les papiers que m'a remis Van Helsing, encore qu'ils soient là, sur ma table, devant moi. Il me faut pourtant trouver le temps de les parcourir et, à cette fin, chercher à intéresser Mrs Harker à l'une ou l'autre chose. Elle ne sait pas combien le temps est précieux, ni quelle tâche nous attend ! Je dois prendre garde à ne point l'effrayer. La voici.

JOURNAL DE MINA HARKER

29 septembre – Dès que j'eus fait un brin de toilette, je descendis au cabinet du Dr Seward. Je m'arrêtai un instant avant de frapper à la porte, car il me sembla que le docteur s'entretenait avec quelqu'un. Pourtant, comme il m'avait priée de descendre le plus vite possible, je frappai. Il répondit aussitôt : "Entrez !" et je poussai la porte.

A ma grande surprise, il était seul ; mais je vis sur sa table, devant lui, ce que je devinai tout de suite être un phonographe : je n'en avais jamais vu encore – seulement on m'avait décrit l'appareil. Et je fus vivement intéressée.

— J'espère que je ne vous ai pas fait attendre, dis-je. Mais j'étais à la porte, et comme je vous entendais parler, j'ai cru que vous n'étiez pas seul.

— Oh ! répondit-il en souriant, j'enregistrais mon journal.

— Votre journal ? lui demandai-je, fort étonnée.

— Oui. Ici, dit-il en posant la main sur le phonographe.

— Quoi ? m'écriai-je avec enthousiasme, mais c'est bien mieux encore que la sténographie ! Puis-je entendre quelque chose ?

— Certainement, répondit-il avec empressement.

Il se levait déjà pour mettre l'appareil en marche, mais il n'en fit rien et il parut soudain contrarié.

— C'est que, reprit-il en hésitant, je n'ai, jusqu'ici, enregistré que mon journal ; et comme celui-ci ne concerne que mes malades… ou à peu près… il serait peut-être gênant… c'est-à-dire… je veux dire…

Il n'acheva point, et j'essayai de le tirer d'embarras.

— Vous avez assisté Lucy dans ses derniers moments, lui dis-je. Faites-moi entendre ce qui concerne sa mort, car j'aime être au courant de tout, tout ce qui la concerne. Elle était ma plus chère amie.

Je fus très étonnée quand il me répondit, l'horreur peinte sur le visage :

— Vous faire entendre ce qui s'est passé lors de sa mort ? Pas pour un empire !

— Pourquoi pas ? insistai-je, éprouvant soudain une terrible angoisse.

Il ne répondit pas tout de suite ; je compris qu'il essayait de trouver un prétexte.

— Voyez-vous, dit-il enfin, il me serait difficile de choisir une partie de mon journal plutôt qu'une autre…

Tandis qu'il parlait, une idée dut lui traverser l'esprit, car il poursuivit sur un ton différent, avec une simplicité dont il ne se rendait pas compte lui-même, et avec une naïveté d'enfant :

— C'est vrai, ma parole ! C'est vrai, cela !

Je ne pus m'empêcher de sourire, ce qu'il remarqua.

— Cette fois, je me suis trahi ! Mais, reprit-il, savez-vous que, durant tous ces mois pendant lesquels j'ai enregistré mon journal, pas une seule fois je ne me suis demandé comment, au besoin, j'en retrouverais telle ou telle partie ?

A ce moment, j'avais décidé dans mon for intérieur que le journal d'un médecin qui avait soigné Lucy pourrait ajouter quelque chose à ce que nous savions déjà à propos de ce monstre ; aussi proposai-je sans hésiter :

— Dans ce cas, docteur, vous devriez me le laisser transcrire entièrement à la machine.

Il devint pâle comme un mort, et s'écria :

— Non ! Non ! Non ! Pour rien au monde, je ne vous laisserais connaître cette horrible histoire !

Donc, elle était horrible, cette histoire. J'en avais eu l'intuition. Pensive, je laissai mes regards parcourir la pièce, cherchant inconsciemment un objet qui pût m'aider d'une manière ou d'une autre, et ils s'arrêtèrent sur un gros paquet de feuilles dactylographiées, posé sur le bureau. Les yeux du docteur suivirent mon regard, virent ce que je regardais et, alors, j'eus l'impression qu'il allait mieux comprendre mon intention.

— Vous ne me connaissez pas, fis-je. Lorsque vous aurez lu tout cela – mon propre journal et celui de mon mari que j'ai l'un et l'autre recopiés à la machine –, vous saurez mieux qui je suis. Je n'ai jamais hésité à me donner tout entière à cette cause ; mais, naturellement, vous ne me connaissez pas… pas encore… et je ne peux pas espérer que vous ayez confiance en moi.

La pauvre Lucy avait raison, le Dr Seward est certainement un homme admirable. Il se leva, alla ouvrir un grand tiroir où étaient rangés plusieurs cylindres de métal, creux et recouverts de cire noire.

— C'est bien vrai ce que vous dites là, fit-il. Je n'avais pas confiance en vous parce que je ne vous connaissais pas. Mais, maintenant, je vous connais. Et laissez-moi vous dire que j'aurais dû vous connaître depuis longtemps. Je sais que Lucy vous avait parlé de moi ; elle m'avait aussi parlé de vous. Puis-je faire la seule réparation qui est en mon pouvoir ? Prenez ces cylindres, et écoutez ce qu'ils ont à vous raconter. Les six premiers me concernent personnellement, et il n'y a rien là qui puisse vous épouvanter. Seulement, vous me connaîtrez mieux après les avoir entendus. A ce moment-là, le dîner sera prêt. De mon côté, je vais lire ces documents, afin de comprendre mieux certaines choses…

Lui-même porta le phonographe dans le petit salon attenant à ma chambre et le mit en marche. Et maintenant, je vais apprendre, j'en suis sûre, quelque chose d'amusant : l'autre version d'une histoire d'amour dont j'ai eu un premier aperçu.

JOURNAL DU DR SEWARD

29 septembre – J'étais à ce point absorbé par la lecture de ces deux journaux – celui de Jonathan Harker et celui de sa femme – que je ne m'aperçus pas que le temps passait. Et comme Mrs Harker n'était pas encore descendue lorsque la servante vint annoncer le dîner, je lui dis que cette dame était sans doute fatiguée du voyage et qu'on attendrait une heure encore avant de servir. Je continuai donc ma lecture. Je venais de lire la dernière ligne du journal de Mrs Harker, quand celle-ci entra. Elle me parut aussi charmante que sur le quai de la gare, mais à présent elle avait l'air très triste, et les yeux rouges. Dieu sait que j'avais eu, les derniers temps, des raisons de verser des larmes, mais ces larmes qui m'eussent soulagé m'avaient toujours été refusées ; aussi, voir ces doux yeux encore brillants de pleurs m'émut profondément.

— J'ai bien peur de vous avoir fait beaucoup de peine, lui dis-je lentement.

— Mais non, mais non... fit-elle. Seulement, j'ai été navrée, plus que je ne saurais jamais vous le dire, en comprenant votre chagrin. Cet appareil est absolument merveilleux, mais tellement cruel ! Il m'a fait connaître et jusque dans leurs accents mêmes, toutes les angoisses par lesquelles vous êtes passé. J'avais l'impression d'entendre une âme implorer dans sa douleur le Dieu tout-puissant. Il ne faut plus que personne, jamais, entende cela ! Voyez, j'ai voulu vous être utile : j'ai transcrit vos récits à la machine, afin que plus personne dorénavant ne perçoive, comme je l'ai fait, les battements de votre cœur.

— Mais personne non plus ne lira mon journal ! Personne, jamais..., répondis-je d'une voix faible.

Elle posa sa main sur la mienne et reprit gravement :

— Si, il le faut !

— Mais pourquoi ? demandai-je.

— Parce que cela fait partie de cette terrible histoire qu'est la mort de cette pauvre Lucy, et des événements qui l'ont précédée ; parce que dans la lutte que nous allons entreprendre pour débarrasser la terre de ce monstre, il nous est indispensable d'avoir le plus d'éléments et le plus de détails possible. Je pense qu'en écoutant ces enregistrements, j'ai appris plus de choses que vous ne désiriez m'en faire connaître ; mais ils jettent certaines lumières sur le sombre mystère qui nous occupe. Vous permettrez que je vous aide, n'est-ce pas ? Je suis parfaitement au courant du début de cette histoire, et je devine déjà, bien que je n'aie entendu votre journal que jusqu'à la date du 7 septembre seulement, quels malheurs ont assailli Lucy et comment son terrible destin s'est accompli. Depuis la visite que nous a faite le professeur Van Helsing, Jonathan et moi essayons sans répit d'y voir plus clair. Mon mari est parti pour Whitby afin de recueillir d'autres renseignements, et il revient dès demain. Nous ne devons avoir aucun secret l'un pour l'autre ; en travaillant tous ensemble et en pleine confiance, nous serons certainement plus forts pour mener à bien notre entreprise que si l'un de nous était tenu dans l'ignorance de ce que nous devons tous savoir.

Dans son regard, je lisais un touchant désir de n'être pas déçue et, en même temps, elle montrait tant de courage et de résolution que je tins à la rassurer aussitôt.

— Je ne puis que respecter votre volonté, répondis-je. Dieu me pardonne si je me trompe ! Vous avez encore à apprendre d'horribles choses ! Mais puisque vous en savez déjà tant sur la maladie de notre pauvre Lucy, je comprends que vous ne vouliez pas en ignorer la suite. A vrai dire, lorsque vous aurez tout entendu… oui, tout à la fin… vous vous sentirez un peu tranquillisée… Maintenant, allons dîner. Nous aurons besoin de toutes nos forces. Après le repas, vous apprendrez le reste et je répondrai à chacune de vos questions, si certaines choses vous paraissent obscures bien que, pour nous qui les avons vécues, elles soient évidentes.

JOURNAL DE MINA HARKER

29 septembre – Après le dîner, j'ai accompagné le Dr Seward dans son cabinet. Il était allé au petit salon reprendre le phonographe, et j'avais descendu ma machine à écrire. Il m'installa confortablement dans un fauteuil, posa l'appareil près de moi en sorte que je pusse le toucher sans me lever, et m'en expliqua le mécanisme qui devait l'arrêter si, à un moment ou l'autre, je désirais me reposer un peu. Lui-même, désireux que je me sente parfaitement à mon aise, s'assit en me tournant le dos, et prit un livre. Je mis le phonographe en marche.

Lorsque j'eus entendu l'effroyable histoire de la mort de Lucy et de tout ce qui se passa ensuite, je me laissai retomber au fond de mon fauteuil, toutes mes forces m'abandonnant. Heureusement, je ne suis pas sujette aux évanouissements. Néanmoins, le Dr Seward s'empressa d'aller prendre dans le buffet un carafon de brandy dont il me fit boire quelques gorgées, ce qui, presque aussitôt, me remit. Mais je restais bouleversée, et si, parmi tant d'horreurs dont je venais d'avoir la révélation, la pensée que ma si chère Lucy connaissait enfin la paix ne m'avait un peu réconfortée, je crois que j'aurais crié d'indignation ; je me serais refusée à admettre ces horreurs, si je n'avais pas été au courant de l'aventure de Jonathan en Transylvanie. En tout cas, je ne savais trop ce qu'il fallait penser de tout cela, et je cherchai à cacher mon embarras en disant au docteur cependant que je découvrais ma machine à écrire :

— Laissez-moi transcrire tout ce que vous racontez là. Il faut que nous soyons prêts lorsque le Dr Van Helsing arrivera. J'ai averti Jonathan par télégramme : de Whitby, il reviendra ici. Dans cette affaire, les dates importent surtout ; à mon avis, si nous rassemblons tous les éléments, et cela dans un ordre chronologique, nous aurons déjà fait beaucoup. Vous me dites que vous attendez également Lord Godalming et Mr Morris. Eux aussi devront être mis au courant de tout cela dès qu'ils arriveront.

Il fit donc à nouveau marcher le phonographe, mais très lentement cette fois, et je commençai à transcrire, en reprenant dès le début des sept cylindres. J'avais l'habitude de la polycopie ; je reproduisis donc le journal en trois exemplaires, ainsi que je l'avais fait pour les autres. Malgré l'heure avancée, le Dr Seward alla voir ses malades ; quand il revint, il s'assit près de moi et se mit à lire, me tenant ainsi compagnie pendant que je travaillais. Vraiment, il est plein d'attentions courtoises ; le monde semble n'être peuplé que d'hommes généreux, encore que, sans aucun doute, il existe des monstres. Avant de me retirer dans ma chambre, je me souvins du passage de son journal où Jonathan parle de l'effarement qu'avait laissé paraître le professeur à la lecture d'un article de journal, à la gare d'Exeter, et, avisant dans un coin une pile de journaux, j'y pris les derniers numéros de la *Westminster Gazette* et de la *Pall Mall Gazette* pour monter me coucher. Je me rappelle que le *Dailygraph* et la *Whitby Gazette* nous ont été fort utiles pour comprendre les événements terribles qui s'étaient passés à Whitby quand le comte Dracula y avait débarqué ; aussi, vais-je parcourir toutes ces feuilles, espérant y trouver de nouveaux éclaircissements.

Je n'ai pas sommeil, et la lecture m'aidera à rester calme.

JOURNAL DU DR SEWARD

30 septembre – Mr Harker est arrivé à neuf heures ; il avait reçu le télégramme de sa femme au moment de quitter Whitby. A le voir, on devine que c'est un homme extraordinairement intelligent, et énergique. Si son journal dit vrai, et je n'en doute pas si j'en juge par ce que je viens de vivre moi-même de stupéfiant, d'incroyable presque –, il est également très courageux. Car il fallait beaucoup de sang-froid pour descendre une seconde fois dans ce caveau. Après avoir lu ce récit, je m'attendais à rencontrer un homme très fort assurément, mais non ce monsieur parfaitement serein et ayant toutes les qualités d'un homme d'affaires, avec qui nous avons déjeuné aujourd'hui.

Plus tard – Après le repas, Harker et sa femme sont remontés dans leur chambre et, comme je passais devant leur porte, il y a un instant, j'ai entendu qu'on tapait à la machine. Vraiment, ils sont tenaces ! Selon l'expression de Mrs Harker, ils mettent bout à bout, et dans un ordre chronologique, les moindres bribes de preuves qu'ils possèdent. Harker possède maintenant les lettres échangées entre ceux qui ont reçu les caisses à Whitby et la firme Carter, Paterson & Cie de Londres. Il se propose de lire la transcription dactylographiée que sa femme a faite de mon journal. Je me demande s'ils y trouveront quelque chose qui puisse nous éclairer. Ah ! le voici…

Chose étrange, il ne m'était jamais venu à l'esprit que cette maison dont le parc touche au nôtre pouvait être celle qui sert de refuge au comte ! Dieu sait pourtant que le comportement de Renfield aurait dû nous mettre sur la voie. A présent, nous sommes également en possession des lettres relatives à l'achat de la maison. Si nous les avions eues quelques jours plus tôt, nous aurions pu sauver la pauvre Lucy ! Mais assez ! On deviendrait fou !… Harker est toujours en train de travailler. Il m'a dit que, lorsqu'ils descendraient pour le dîner, lui et sa femme seraient à même de nous présenter un récit assez cohérent de tous ces faits. Dans l'intervalle, il serait bon, selon lui, que je voie Renfield puisque, jusqu'ici, il nous a somme toute inconsciemment avertis des allées et venues du comte. Je ne vois pas encore bien la possibilité de la chose, mais peut-être lorsque j'aurai comparé les dates… Il est heureux que Mrs Harker ait recopié mon journal à la machine ; sans cela, nous n'aurions jamais retrouvé ces dates !

Quand j'entrai dans sa chambre, Renfield était tranquillement assis dans un coin et il souriait paisiblement. A ce moment, il me sembla absolument sain d'esprit. Je m'assis et me mis à bavarder avec lui d'un tas de choses ; en me répondant, il faisait preuve d'un réel bon sens. Puis, spontanément, il parla de son retour chez lui – sujet que, à ma connaissance, il n'avait jamais abordé depuis qu'il séjourne ici. Je crois bien que si je n'avais pas eu cette conversation avec Harker et si je n'avais pas lu les lettres maintenant en sa possession, ni revu les dates auxquelles Renfield a eu ses différentes crises, je lui aurais permis de partir après quelques jours à peine de mise en observation. Quoi qu'il en soit, je me demande vraiment ce qui se passe. Toutes ces crises, j'en suis maintenant à peu près convaincu, avaient lieu lorsque le comte se trouvait dans le voisinage. Que signifient donc ses dispositions actuelles ? A-t-il, d'instinct, la certitude que le vampire finira par triompher ? N'oublions pas que lui-même mange les êtres vivants et que, dans ses délires, devant la porte de la chapelle de la maison abandonnée, il parlait toujours du “Maître”. Cela pourrait confirmer nos suppositions. Mais je le laissai bientôt ; il me semble un peu trop lucide pour que l'on puisse sans danger lui poser des questions dont il devinerait le but : se rendre compte de son état. Si jamais il allait se mettre à penser !… Oui, je le laissai. Je me méfie de ses périodes de calme. Aussi ai-je dit au surveillant d'avoir l'œil sur lui et de tenir prête une camisole de force.

JOURNAL DE JONATHAN HARKER

29 septembre – J'écris dans le train qui me ramène à Londres. Quand Mr Billington me fit aimablement savoir qu'il était prêt à me donner tous les renseignements qu'il possédait, je pensai que le mieux, pour moi, était de me rendre à Whitby ; en effet, je voulais alors simplement mais exactement connaître l'endroit de Londres, où avait été expédiée la sinistre cargaison du comte. Plus tard, nous pourrions avoir à nous en occuper. Le fils Billington, un charmant garçon, m'attendait à la gare ; il me conduisit chez son père, où ils avaient décidé que je passerais la nuit. Je fus accueilli avec cette hospitalité propre au Yorkshire : on donne tout à l'invité et on le laisse faire tout ce qu'il veut. Comme chacun savait que j'avais à m'occuper de beaucoup de choses en un temps très court, Mr Billington avait préparé tous les papiers concernant l'expédition des caisses. Je tressaillis quand je reconnus une des lettres que j'avais vues sur la table du comte, à l'époque où j'ignorais encore ses plans diaboliques. Il avait pensé absolument à tout, agi avec précision et méthode. Il avait prévu, semblait-il, chaque obstacle qu'aurait pu rencontrer l'exécution de ses projets. Pour user d'une expression américaine, il "n'avait pris aucun risque", et l'exactitude avec laquelle ses instructions avaient été suivies n'était que le résultat logique du soin qu'il avait mis à préparer toute cette affaire. J'eus la facture sous les yeux et je remarquai tout particulièrement qu'il y était écrit : *Cinquante caisses de terre ordinaire, destinée à certaines expériences* ; mon hôte me montra également la copie de la lettre adressée à Carter, Paterson & Cie, ainsi que la réponse de cette firme ; et de ces deux lettres, il me remit une copie. Comme c'étaient les seuls renseignements qu'il pouvait me donner, je descendis au port afin d'interroger les gardes-côtes, les employés de la douane et le capitaine du port. Ils eurent tous quelque chose à dire au sujet de l'arrivée insolite de ce bateau mystérieux dont l'histoire appartient déjà à la tradition locale. Aucun d'eux pourtant ne put me donner la moindre explication quant au contenu des caisses, et je dus me contenter de la simple indication lue sur la facture : *Cinquante caisses de terre ordinaire.* J'allai ensuite trouver le chef de gare, lequel appela aussitôt les hommes qui avaient transporté les caisses. Ils parlaient, eux aussi, de cinquante caisses, et ils n'eurent rien à ajouter, sinon qu'elles étaient "énormes et terriblement lourdes", et que les soulever, c'était un travail qui donnait soif. L'un d'eux fit remarquer que c'était vraiment malheureux qu'aucun gentleman – comme vous, par exemple, monsieur – ne montrât, sous une forme liquide, qu'il appréciait leurs efforts à leur juste valeur. Un autre insista en disant que la soif que le transport de ces caisses leur avait donnée était telle que le temps écoulé depuis lors ne l'avait pas apaisée. Inutile de préciser qu'avant de les quitter, j'eus soin de tarir cette source de reproches.

30 septembre – Ce chef de gare me remit un mot d'introduction auprès de son collègue de King's Cross, de sorte que, en arrivant à Londres ce matin, je pus immédiatement lui demander ce qu'il savait sur l'arrivée des fameuses caisses. A son tour, il fit venir les employés qui s'en étaient occupés et ceux-ci me dirent que leur nombre se montait à cinquante. Ici, aucune soif extraordinaire ne s'était manifestée ; cependant, qu'elle fût extraordinaire ou non, à nouveau, je me sentis obligé de désaltérer ces braves gens.

De King's Cross, je gagnai le bureau de Carter, Paterson & Cie, où l'on me reçut très courtoisement. Après avoir recherché le dossier relatif aux transactions, les employés à qui je m'étais adressé téléphonèrent à la succursale de King's Cross afin d'obtenir des renseignements précis. Les camionneurs qui avaient transporté les caisses venaient de rentrer, et on nous mit tout de suite en rapport ; on avait confié à l'un d'eux la lettre de voiture et les autres documents concernant le transport des caisses jusqu'à Carfax. Ici aussi, leur nombre correspondait à celui indiqué sur la facture ; de plus, les camionneurs se déclarèrent à même de me fournir quelques détails supplémentaires. Mais ces détails, je m'en aperçus bientôt, concernaient seulement le grand inconvénient de ce travail – la poussière – et la soif qu'il engendra. Lorsque j'offris à ces hommes l'occasion de soulager, un peu plus tard et au moyen d'espèces sonnantes et de coupures qui circulent dans le royaume, ce mal salutaire, l'un d'eux s'écria :

— Cet' maison, patron, y a pas qu'la poussièr' ! C'est la plus bizarr' qu'j'ai' jamais vue ! Parole ! On dirait qu'on n'y est pas entré d'puis cent ans ! Mais la couch' de poussièr' ! Epaiss' – comm'ça... qu'nous aurions même pu nous coucher d'ssus et dormir sans nous faire mal aux os ! Et tombant comm' on dit en ruine, la maison, qu'on y sentirait bien la vieille Jérusalem ! Mais surtout la vieill' chapelle ! Ça, ça dépasse tout ! Moi et mes camarades, on croyait qu'on en sortirait pas vivant ! Seigneur ! J'n'aurais pas voulu rester là un instant d'plus à la tombée d'la nuit !

Je le croyais volontiers ; et s'il avait su tout ce que je savais, je crois qu'il aurait employé un langage plus expressif encore.

En tout cas, je suis maintenant certain d'une chose : toute les caisses arrivées de Varna à Whitby à bord du *Demeter* furent bien amenées dans la vieille chapelle de Carfax. Il doit y en avoir cinquante, à moins que, depuis lors, on soit venu en reprendre quelques-unes – ce que je crains, après avoir lu le journal du Dr Seward.

Je vais essayer de retrouver le camionneur qui emportait les caisses de Carfax quand Renfield l'a attaqué. En suivant cette piste, peut-être apprendrons-nous encore pas mal de choses.

Plus tard – Nous avons, Mina et moi, travaillé toute la journée, et tous les papiers sont maintenant en ordre.

JOURNAL DE MINA HARKER

30 septembre – Je me sens si heureuse que je peux à peine contenir ma joie ; c'est sans doute la réaction normale à l'extrême angoisse qui ne me quittait plus : je craignais que toute cette affaire, en rouvrant sa blessure, ne fasse grand mal à Jonathan. Quand il est parti pour Whitby, il paraissait réellement maître de soi mais, pour ma part, j'étais morte de peur. Dieu merci ! Ces démarches et les efforts que, malgré tout, elles ont exigés de lui, l'ont au contraire aidé à se maintenir dans ces excellentes dispositions. Jamais il n'a été aussi fort, aussi plein d'énergie, aussi résolu à aller jusqu'au bout de cette affaire. Le si bon et si cher professeur Van Helsing avait raison : Jonathan est profondément courageux, et plus les difficultés offrent d'obstacles, plus il les affronte hardiment, alors qu'elles laisseraient sans ressort une nature plus faible. Il est donc revenu plein d'espoir et de détermination, et nous avons mis en ordre tous les documents ; ils sont prêts. Et je me sens également fort excitée ; je me demande s'il ne faut pas, après tout, avoir aussi pitié d'une créature traquée comme l'est maintenant le comte. Car cette créature n'a rien d'humain, et ne ressemble même pas à une bête. Mais, d'autre part, quand on lit ce que raconte le Dr Seward de la mort de Lucy et des événements qui suivirent, il est impossible d'éprouver pour Dracula la moindre pitié !

Plus tard – Lord Godalming et Mr Morris sont arrivés plus tôt que nous ne les attendions. Comme le Dr Seward était allé voir des malades et avait emmené Jonathan avec lui, c'est moi qui les accueillis. Cela me fut, je l'avoue, très pénible : je me souvenais des espoirs de la pauvre Lucy, quelques mois seulement auparavant ! Naturellement, elle leur avait parlé de moi, et il me sembla que le Dr Van Helsing, lui aussi, avait fait de moi un "fameux éloge", pour reprendre l'expression de Mr Morris lui-même. Les pauvres, ils ignorent que je sais qu'ils avaient l'un et l'autre demandé Lucy en mariage ! Et comme ils croient que je ne sais rien non plus des affreuses circonstances de sa mort, ils n'ont pour ainsi dire parlé que de la pluie et du beau temps. Finalement, je pensai bien faire en les mettant au courant de la situation actuelle ; sachant, d'après le journal du Dr Seward qu'ils avaient assisté à la mort de Lucy – je veux dire sa mort véritable – je ne devais pas craindre de trahir prématurément un secret. Je leur expliquai que mon mari et moi nous avions lu tous les documents, les avions transcrits à la machine et rassemblés. Et je leur en donnai à chacun une copie afin qu'ils aillent la lire dans la bibliothèque. Lord Godalming me demanda :

— Et c'est vous, Mrs Harker, qui avez tapé tous ces feuillets à la machine ?

Je répondis par un signe de tête affirmatif, et il continua :

— Je ne vois pas très bien quel est votre but, mais vous avez tous été si bons, si dévoués pour moi ; le zèle dont vous avez témoigné depuis le début semble porter tant de fruits, que tout ce que je puis faire, c'est avoir confiance et essayer de vous aider. J'ai déjà dû admettre certains faits, je le reconnais ; d'autre part, je sais que vous aimiez ma pauvre Lucy…

Il se détourna et se cacha le visage dans les mains. J'entendais des sanglots dans sa voix. Dans un mouvement de chaude sympathie, Mr Morris lui posa un moment la main sur l'épaule, puis sortit sur la pointe des pieds. Sans doute y a-t-il dans notre nature à nous, les femmes, quelque chose qui incite les hommes à s'abandonner devant nous à leur émotion, à leur douleur sans pour cela craindre de perdre de leur dignité ; car lorsque Lord Godalming se trouva seul avec moi, il se laissa tomber sur le sofa et ne chercha plus à cacher son chagrin. Je vins m'asseoir près de lui et lui pris la main. J'espère qu'il n'a pas jugé cela trop familier de ma part, et qu'il ne pensera jamais de la sorte si, plus tard, il se souvient de mon geste. Mais je suis injuste envers lui : je sais qu'il est un vrai gentleman et qu'une telle pensée ne lui viendra jamais à l'esprit.

— J'aimais beaucoup Lucy, lui dis-je, et je sais ce qu'elle était pour vous, ce que vous étiez pour elle. Et nous étions, elle et moi, comme deux sœurs. Maintenant qu'elle n'est plus là, ne voulez-vous pas à votre tour me considérer comme une sœur ? Je sais que deux grands malheurs viennent de vous atteindre ; si ma sympathie profonde peut soulager si peu que ce soit votre chagrin, laissez-moi vous aider…

Le pauvre garçon, alors, eut une véritable crise de larmes. J'éprouvais pour lui une pitié infinie et, sans réfléchir à ce que je faisais, j'ouvris les bras. En sanglotant, il appuya la tête contre mon épaule ; secoué par l'émotion, il pleura longtemps comme un enfant.

Chez toutes les femmes aussi, l'instinct maternel s'éveille dès que l'on fait appel à leur protection ; je sentais cet homme qui sanglotait sur mon épaule, et j'avais l'impression que c'était le bébé que je porterais peut-être un jour, et je caressais ses cheveux comme j'aurais caressé les cheveux de mon propre enfant. Au moment même, je ne compris pas combien tout cela était étrange.

Enfin, ses sanglots se calmèrent et il releva doucement la tête en s'excusant, encore qu'il ne fit rien pour cacher son découragement, son désespoir. Il m'avoua que depuis des jours et des jours, il n'avait pu adresser la parole à personne – alors que dans son deuil même un homme doit s'entretenir avec ses semblables. La société d'aucune femme ne lui faisait de bien et, d'autre part, il lui était impossible d'avoir avec aucune d'elles une conversation amicale – à cause des circonstances terribles qui avaient aggravé sa douleur.

— Je sais à quel point j'ai souffert, dit-il en s'essuyant les yeux, mais le bien que vous m'avez fait aujourd'hui est si grand que, je le crains, je ne puis pas encore l'apprécier à sa valeur, et personne ne le comprendra jamais assez. Pour moi, je le sens, un jour viendra où je le comprendrai pleinement, et ma reconnaissance envers vous, croyez-le, sera d'autant plus profonde. Désormais, vous me permettrez d'être un frère pour vous, n'est-ce pas – en mémoire de Lucy ?

— En mémoire de Lucy, répétai-je comme nous nous serrions les mains.

— Et aussi à cause de ce que vous êtes vous-même, ajouta-t-il ; car si quelqu'un a jamais mérité de gagner la gratitude et l'estime d'un homme, vous venez de gagner les miennes. Si, à l'avenir, vous avez jamais besoin de l'aide d'un ami dévoué, ce ne sera pas en vain que vous ferez appel à moi. Dieu veuille que vous ne connaissiez jamais de jours sombres ! Mais si cela devait arriver, promettez-moi que vous me le feriez savoir !

Il parlait avec sérieux, et le cœur déchiré comme au premier jour – et je sentis que le mot qu'il attendait de moi le réconforterait.

— Je vous le promets ! dis-je.

Dans le corridor, j'aperçus Mr Morris devant une des fenêtres. Quand il entendit mes pas, il se retourna et me demanda aussitôt :

— Comment va Arthur ?

Remarquant alors que j'avais les yeux rouges :

— Ah ! je vois que vous l'avez réconforté ! Le pauvre garçon, il en avait bien besoin ! Il n'y a qu'une femme pour adoucir le chagrin d'un homme ; et la tendresse féminine lui était…

Lui-même supportait sa peine avec tant de courage que j'en souffris plus que je ne pourrais le dire. Je vis la liasse de feuillets dans sa main, et je me rappelai que lorsqu'il les aurait lus, il saurait que j'étais au courant de tout. Alors, je lui dis :

— Je voudrais tant réconforter tous ceux qui ont de la peine ! Permettez-moi d'être pour vous une amie, une amie que vous viendrez trouver quand vous aurez besoin de soutien. Vous comprendrez plus tard pourquoi je vous parle ainsi.

Il s'inclina et me baisa la main. Mais, au fond, je me sentais si faible, moi qui voulais soutenir cet homme généreux et désintéressé ! Je ne savais comment lui témoigner mon admiration, et dans un soudain élan d'enthousiasme, je l'embrassai. Les larmes lui vinrent aux yeux et, l'espace d'un moment, l'émotion l'empêcha de parler ; pourtant il se ressaisit et me dit :

— Petite fille, vous ne regretterez jamais de vous être montrée si bonne pour moi, jamais, aussi longtemps que vous vivrez !

Puis il alla dans le bureau retrouver son ami.

“Petite fille…” Les paroles mêmes qu'il avait dites un jour à Lucy ; mais, lui-même, quel ami il avait été !

XVIII

JOURNAL DU DR SEWARD

Quand je rentrai à cinq heures, non seulement Godalming et Morris étaient arrivés, mais déjà ils avaient pris connaissance des divers journaux et lettres que Harker et son étonnante femme avaient recopiés et classés. Harker, lui, n'était pas encore revenu ; il était allé chez les camionneurs dont le Dr Hennessey m'avait parlé dans sa lettre. Mrs Harker nous offrit une tasse de thé, et je puis bien dire que, pour la première fois depuis que je suis attaché comme médecin à cette maison, j'ai eu vraiment l'impression d'être "chez moi".

Lorsque nous eûmes pris le thé, Mrs Harker s'adressa à moi :

— Docteur Seward, puis-je vous demander une faveur ? Je voudrais voir ce malade, Mr Renfield. Je vous en prie, laissez-moi aller le voir ! Ce que vous dites de lui dans votre journal m'intéresse tellement !

Elle me regardait d'une façon si charmante, d'un air si suppliant aussi, qu'il m'était impossible de lui refuser cela et, du reste, je n'avais aucune raison de le faire. Je l'emmenai donc voir Renfield. Lorsque j'entrai dans sa chambre, je dis à mon patient qu'une dame désirait le voir ; à quoi il répondit, en se contentant de demander :

— Pourquoi ?

— Cette dame visite l'établissement, expliquai-je, et elle voudrait s'entretenir un moment avec tous les pensionnaires l'un après l'autre.

— Très bien, alors : qu'elle entre ! Mais attendez un instant, que je mette un peu d'ordre ici.

Pour lui, mettre de l'ordre dans la chambre, c'était avaler toutes les mouches et toutes les araignées que contenaient ses nombreuses boîtes, et cela avant que j'eusse pu l'en empêcher. De toute évidence, il craignait que quelqu'un d'autre s'occupât – de quelle façon ? – de ses bestioles. Une fois terminée sa tâche répugnante, il dit sur un ton joyeux :

— Introduisez cette dame !

Et il s'assit sur le bord de son lit, la tête penchée, mais les yeux levés, en sorte qu'il pût voir entrer la visiteuse. Un instant, je craignis qu'il eût quelque dessein homicide : je me rappelais qu'il paraissait parfaitement calme, dans mon bureau, le jour où, quelques minutes plus tard cependant, il avait voulu se jeter sur moi. Aussi eus-je soin de me tenir assez près de lui, pour pouvoir le maîtriser tout de suite si jamais il tentait d'attaquer Mrs Harker. Elle entra dans la chambre avec cette grâce, cette aisance qui, immanquablement, intimident les fous en forçant leur respect. Elle alla tout de suite à lui, souriante et la main tendue.

— Bonsoir, monsieur Renfield, lui dit-elle. Vous voyez que je vous connais : le Dr Seward m'a parlé de vous.

Il ne lui répondit pas immédiatement ; les sourcils froncés, il la regardait attentivement. Puis, peu à peu, il laissa paraître l'étonnement, puis le doute ; et alors, quelle ne fut pas ma surprise de l'entendre dire à Mrs Harker :

— Vous n'êtes pas la jeune fille que le docteur voulait épouser, n'est-ce pas ? Non, ce ne peut être vous, car celle-là, elle est morte.

Mrs Harker eut à nouveau un doux sourire tandis qu'elle lui répondait :

— Non, assurément ! Car moi, j'ai un mari, que j'ai épousé alors que je n'avais encore jamais vu le Dr Seward, et que lui-même ne m'avait jamais vue non plus.

— Dans ce cas, que faites-vous ici ?

— Mon mari et moi sommes venus en visite chez le Dr Seward.

— Ne restez pas chez lui !

— Mais pourquoi ?

Pensant que ce genre de conversation pourrait déplaire à Mrs Harker, encore plus qu'à moi-même, je jugeai bon d'intervenir.

— Comment savez-vous que j'ai eu l'intention de me marier ? demandai-je à Renfield.

Il me répondit sur un ton de mépris tandis que son regard allait de Mrs Harker à moi pour se détourner aussitôt :

— Quelle question stupide !

— Je ne suis pas du tout de cet avis, monsieur Renfield, dit Mrs Harker, prenant immédiatement parti pour moi.

Il eut pour lui répondre autant de courtoisie et de respect qu'il m'avait témoigné de mépris :

— Vous comprendrez certainement, Mrs Harker, que lorsqu'un homme est estimé, aimé comme l'est le docteur, tout ce qui le concerne intéresse notre petite communauté. Non seulement ses amis aiment Mr Seward, mais même ses malades, parmi lesquels certains – à cause d'un équilibre mental des plus précaires – peuvent dénaturer les causes et les effets. Depuis que je suis moi-même dans cet asile d'aliénés, je ne puis m'empêcher de remarquer que la tendance au sophisme chez certains de ses pensionnaires les incline à commettre les erreurs de *non causæ* et *ignoratio elenchi*, les incline à se tromper par ignorance de la matière sinon de la cause.

D'étonnement, j'ouvris les yeux tout grands. Voici que le malade dont je m'occupais le plus, celui qui caractérisait, plus exactement qu'aucun des cas que j'avais jamais vus, l'affection dont il souffrait, se mettait à parler philosophie, et cela exactement comme l'eût fait un gentleman distingué. La présence de Mrs Harker avait-elle fait vibrer quelque corde de sa mémoire ? Si ce réveil inattendu de ses facultés mentales était spontané ou du moins provenait de l'influence inconsciente de la jeune femme, celle-ci devait certes posséder un don, un pouvoir peu ordinaire.

Nous bavardâmes pendant quelques moments encore ; Mrs Harker, voyant que Renfield paraissait jouir de sa raison, tenta – non sans me lancer en commençant un regard interrogateur – de le faire parler de son sujet préféré. Décidément, il m'étonnait de plus en plus. Il le fit avec l'impartialité d'un homme en pleine possession de ses facultés mentales ; bien plus, il se prit lui-même en exemple quand il en vint à traiter de certaines choses.

— Eh bien ! vous voyez en moi un être fort étrange. Il n'est pas surprenant, croyez-moi, que les miens se soient inquiétés et m'aient fait mettre sous surveillance. Je me figurais que la vie est une entité positive, perpétuelle, et qu'en engloutissant une multitude d'êtres vivants – même s'ils se trouvent tout au bas de l'échelle de la création –, on peut prolonger indéfiniment la vie. Et il m'est arrivé d'y croire à tel point que, dans l'un de ces moments-là, j'ai réellement voulu supprimer un homme. Le docteur vous dira comme moi que j'ai essayé un jour de le tuer dans l'intention d'augmenter mes forces vitales en m'assimilant sa vie par le moyen de son sang

– me souvenant, naturellement, des paroles de l'Ecriture : “Car le sang est la vie”. Encore que, en vérité, le vendeur d'un certain remède ait vulgarisé ce truisme au point de le rendre digne de mépris. Pas vrai, docteur ?

J'acquiesçai d'un signe de tête, trop stupéfait pour trouver à dire ou même à penser quoi que ce fût. Se pouvait-il que, cinq minutes seulement auparavant, j'eusse vu cet homme manger ses mouches et ses araignées ?... Je consultai ma montre : il me fallait aller chercher Van Helsing à la gare. J'avertis donc Mrs Harker qu'il était temps de nous retirer. Elle se leva aussitôt pour me suivre, mais auparavant elle dit gaiement à Mr Renfield :

— Au revoir ! Et j'espère que je vous verrai souvent, dans des circonstances plus favorables !

A quoi il répondit, pour mon étonnement final :

— Au revoir, ma chère... ou plutôt, Dieu fasse que je ne revoie jamais plus votre charmant visage. Qu'Il vous bénisse et vous protège !

Je partis donc pour aller chercher Van Helsing à la gare, laissant chez moi le pauvre Art, l'air un peu plus joyeux pourtant qu'il ne l'avait eu depuis le début de la maladie de Lucy, et Quincey, ayant, de son côté, repris son entrain.

Van Helsing sauta du wagon avec l'agilité d'un jeune homme. Tout de suite, il me vit et, se précipitant vers moi, il me dit :

— Ah ! John, mon ami, comment allez-vous ? Bien ? Parfait ! Pour moi, j'ai beaucoup travaillé avec l'intention de rester ici un certain temps, si cela est nécessaire. Et j'ai beaucoup de choses à vous apprendre. Madame Mina est chez vous ? Oui ! Et son admirable mari ? Et Arthur ? Et mon ami Quincey ? Ils sont tous chez vous, eux aussi ? Parfait !

En chemin, je lui racontai tout ce qui s'était passé depuis son départ, et comment mon propre journal, sur la suggestion de Mrs Harker, avait servi maintenant à quelque chose.

— Ah ! l'étonnante madame Mina ! Elle a véritablement le cerveau d'un homme – d'un homme qui serait extraordinairement doué – mais un cœur de femme ! Croyez-moi, Dieu avait une intention particulière quand il l'a façonnée. Mon cher John, jusqu'à présent la chance a voulu que cette femme nous aide ; seulement, passé cette soirée, elle ne devra plus être mêlée à cette horrible histoire. Elle court un trop grand risque. Nous, nous sommes décidés – n'est-ce pas ? nous nous le sommes promis l'un à l'autre – à détruire ce monstre ; mais ce n'est pas le rôle d'une femme. Même s'il ne lui arrivait effectivement aucun malheur, le cœur pourrait lui manquer devant tant et tant d'horreurs ; et elle pourrait continuer à en souffrir d'une façon ou de l'autre – qu'il s'agisse d'un trouble nerveux ou que ses nuits, désormais, soient peuplées d'horribles cauchemars. De plus, elle est jeune et mariée depuis peu ; elle aura peut-être bientôt, si ce n'est pas déjà maintenant, d'autres sujets de préoccupation. Vous me dites qu'elle a tout transcrit à la machine, donc, elle va vraisemblablement nous entretenir de cette affaire ; mais dès demain, fini ! elle ne s'en occupera plus. C'est sans elle que nous poursuivrons…

Je l'approuvai entièrement, et l'informai alors de ce dont nous nous étions aperçus pendant son absence : la maison achetée par Dracula était celle-là même qui se trouvait à côté du parc de notre établissement. Van Helsing montra un réel étonnement et parut en même temps fort soucieux.

— Oh ! Que ne l'avons-nous pas su plus tôt ! s'écria-t-il. Nous l'aurions pris à temps, et nous aurions sauvé la pauvre Lucy ! Enfin, à chose accomplie point de remède, n'y pensons plus, mais essayons d'atteindre notre but !

Il se tut, et ce silence dura jusqu'à ce que nous fussions arrivés. Avant de monter nous habiller pour le dîner, il dit à Mrs Harker :

— Mon ami John me dit, madame Mina, que vous et votre mari aviez recopié et classé les documents qui concernent tout ce que nous savons de Dracula jusqu'à ce moment.

— Non pas jusqu'à ce moment, professeur, précisa-t-elle, mais jusqu'à ce matin, oui.

— Quelle est la différence ? Toute la lumière possible a été jetée sur les événements, même sur ceux qui, d'apparence, étaient les moins importants. Nous nous sommes dit l'un à l'autre tout ce que nous savions, n'est-il pas vrai ?

Mrs Harker rougit, et, tirant une feuille de papier de sa poche :

— Docteur Van Helsing, lui demanda-t-elle, voulez-vous bien lire ceci et me dire si je dois continuer ? Ce sont des notes que j'ai prises aujourd'hui. Il m'a également paru utile de consigner désormais tout ce qui se passe, jusqu'au moindre détail ; mais, ici, il y a peu de choses qui ne soient pas personnelles. Dois-je continuer ?

Après avoir lu attentivement ce texte, le professeur le lui rendit en disant :

— Ceci n'ira pas rejoindre les autres documents si vous ne le désirez pas. Pour ma part, cependant, j'y tiendrais beaucoup. Votre mari ne vous en aimerait que davantage, et l'estime que nous tous, vos amis, avons pour vous, n'en serait que plus grande – notre estime, et aussi notre amitié.

En reprenant le papier, elle rougit à nouveau mais elle eut en même temps un large sourire.

Ainsi donc, et jusqu'à cette heure même, nos notes sont complètes et entièrement mises en ordre. Le professeur en emporta un exemplaire afin de l'étudier après le dîner, en attendant notre réunion fixée pour huit heures. Comme chacun de nous a déjà lu le tout, une fois réunis dans mon bureau, et au courant des moindres faits, nous serons à même d'élaborer notre plan de campagne contre notre terrible et mystérieux ennemi.

JOURNAL DE MINA HARKER

30 septembre – Deux heures après le dîner qui avait eu lieu à six heures, nous nous retrouvâmes dans le bureau du Dr Seward, sans que nous nous fussions concertés ; notre réunion ressemblait fort à celle d'un conseil ou d'un comité. Le professeur Van Helsing prit place au haut bout de la table, ainsi que l'en pria le Dr Seward dès qu'il le vit entrer dans la pièce. Il me fit asseoir à sa droite et me demanda de servir de secrétaire à notre groupe. Jonathan s'assit près de moi. En face de nous s'installèrent Lord Godalming, le Dr Seward et Mr Morris – Lord Godalming étant à côté du professeur et le Dr Seward à côté de Lord Godalming. Le professeur Van Helsing prit la parole.

— Si je ne me trompe, dit-il, nous sommes tous au courant des faits relatés dans ces lettres et journaux personnels.

Nous l'en assurâmes et il reprit :

— Cela étant, je crois utile de vous dire à quel genre d'ennemi nous avons affaire. Je vais vous expliquer certains points de l'histoire de cet homme, dont je suis maintenant absolument sûr. Ensuite, nous examinerons ensemble quelle peut être la meilleure façon d'agir, et nous prendrons nos mesures en conséquence. Sans aucun doute, les vampires existent : certains d'entre nous en ont la preuve ! Et même si nous n'avions pas fait nous-mêmes cette malheureuse expérience, l'histoire du passé fournit des preuves suffisantes de leur existence. Je reconnais qu'au début j'étais sceptique. Si, depuis de très nombreuses années, je ne m'étais pas efforcé de garder pour toute chose une grande ouverture d'esprit, je n'aurais rien cru de toute cette histoire jusqu'au moment où le tonnerre lui-même m'aurait crié à l'oreille : "Vois ! Je t'oblige à voir ! Je te mets une preuve irréfutable sous les yeux !" Hélas ! Si j'avais su dès le début ce que je sais maintenant – ou plutôt si j'avais ne fût-ce que deviné à qui nous avions affaire –, cette vie si précieuse de notre chère Lucy aurait été sauvée ! Mais nous l'avons perdue, et, maintenant, tous nos efforts doivent tendre à sauver d'autres pauvres âmes. Il faut savoir que ce *nosferatu* ne meurt pas, comme l'abeille, une fois qu'il a fait une victime. Au contraire, il n'en devient que plus fort ; et, plus fort, il n'en est que plus dangereux. Le vampire qui se trouve parmi nous, possède, à lui seul, la force de vingt hommes ; il est plus rusé qu'aucun mortel, puisque son astuce s'est affinée au cours des siècles. Il se sert de la nécromancie, art qui, comme l'indique l'étymologie du mot, consiste à évoquer les morts pour deviner l'avenir, et tous les morts dont il peut approcher sont à ses ordres. C'est une brute, et pis qu'une brute ; c'est un démon sans pitié, et il n'a pas de cœur ; il peut, avec pourtant certaines réserves, apparaître où et quand il veut et sous l'une ou l'autre forme de son choix ; il a même le pouvoir, dans une certaine mesure, de se rendre maître des éléments : la tempête, le brouillard, le tonnerre, et de se faire obéir de créatures inférieures, telles que le rat, le hibou, la chauve-souris, la phalène, le renard et le loup ; il peut se faire grand ou se rapetisser et, à certains moments, il disparaît exactement comme s'il n'existait plus. Dans ces conditions, comment devons-nous nous y prendre pour le détruire ? Comment le trouverons-nous et, l'ayant trouvé, comment le ferons-nous périr ? Mes amis, l'entreprise est aussi ardue que terrible, et, à songer aux conséquences qu'elle peut avoir, l'homme le plus courageux frémirait. Car si nous échouons dans la lutte, alors, son triomphe, à lui, est certain. Et qu'adviendrait-il, dans ce cas ? Pour moi, ce n'est pas de perdre la vie qui me fait peur. Mais notre échec signifierait tout autre chose qu'une question de vie ou de mort : nous deviendrions semblables à lui, des créatures de la nuit comme lui, sans cœur ni conscience, faisant notre proie des corps et des âmes de ceux que nous aimons le plus au monde. Les portes du Ciel seraient à jamais fermées pour nous, car qui nous les ouvrirait ? Tous nous abomineraient à jamais ; nous serions une tache sur le soleil de Dieu, une flèche dans le flanc de Celui qui est mort pour sauver l'humanité. Pourtant, notre devoir est là, tout tracé : pouvons-nous reculer ? En ce qui me concerne, je dis non ; mais je suis vieux, et la vie, avec son soleil resplendissant, ses jardins enchantés, sa musique et l'amour, est bien loin derrière moi. Vous, mes amis, vous êtes jeunes. Certains d'entre vous ont déjà connu le chagrin, mais même ceux-là peuvent encore, assurément, attendre de beaux jours. Que décidez-vous ?

Tout en l'écoutant parler, Jonathan avait pris ma main. Au moment où j'avais vu mon mari tendre la main vers moi, j'avais tremblé de crainte que l'effroyable danger dont nous entretenait le professeur ne le décourageât complètement. Mais il me sembla revivre quand je sentis sur la mienne cette main si forte, si sûre d'elle-même, si décidée. Assurément, la main d'un homme courageux a son langage propre : il n'y a pas qu'une femme amoureuse pour entendre ce qu'elle dit.

Lorsque le professeur se tut, nous nous regardâmes dans les yeux, mon mari et moi ; toute parole entre nous était inutile.

— Je réponds pour Mina et pour moi-même, dit Jonathan.

— Comptez sur moi, professeur, fit Mr Morris.

— Je suis avec vous, répondit de son côté Lord Godalming, et je serais avec vous en souvenir de Lucy, même si je n'avais pas un autre motif pour vous aider.

Quant au Dr Seward, il se contenta de faire un signe de tête affirmatif.

Nous nous serrâmes tous la main ; notre pacte solennel était conclu. J'avoue que mon cœur se glaçait ; pas un instant toutefois l'idée ne me vint que je pourrais renoncer à l'entreprise. Nous reprîmes chacun notre place, et le Dr Van Helsing poursuivit son explication avec un certain entrain qui montrait bien que le travail sérieux venait enfin de commencer.

— Bon. Vous savez à présent contre quoi nous luttons. Mais, de notre côté, nous ne sommes point dépourvus de force. Nous avons l'avantage du nombre, puisque le vampire est toujours seul et que nous sommes plusieurs. Nous avons les renseignements que nous donnent les livres. Nous sommes libres d'agir et de penser, et, pour ce qui est de l'action, toutes les heures du jour et de la nuit nous appartiennent. En réalité, donc, ces forces dont nous bénéficions, nous sommes parfaitement libres de les employer comme nous l'entendons. Nous sommes tout dévoués à une cause, et le but que nous nous proposons d'atteindre n'est pas d'en retirer un profit personnel, mais un profit qui s'étendra à toute l'humanité.

Maintenant, considérons les limitations du vampire en général et de celui-ci en particulier. Il faut, pour cela, nous référer aux traditions et aux superstitions. Celles-ci, à vrai dire, ne nous apprennent pas grand-chose quand il s'agit de vie et de mort... or les questions en jeu sont bien plus essentielles que la vie ou la mort. Et pourtant, il faudra nous en contenter ; d'abord, parce que nous y sommes bien obligés, ensuite parce que, après tout, la tradition et la superstition ne laissent pas d'être importantes. N'est-ce pas à cause d'elles – bien que, hélas ! il n'en ait pas été de même pour nous – que la plupart des hommes croient aux vampires ? Il y a un an d'ici, lequel d'entre nous aurait admis ce que nous savons maintenant, en ce XIXe siècle sceptique, positiviste, où l'esprit scientifique est tout-puissant ? Nous avons repoussé une croyance et plus tard nous avons eu sous les yeux la preuve qu'elle n'était pas insensée. Soyez certains que le vampire – et c'est cela qui explique cette croyance que certains hommes ont toujours eue et de ses pouvoirs et de ses limitations – a donné à d'autres qu'à nous des preuves de sa réalité. Car, sans doute possible, on l'a connu partout où il y a eu des hommes. Il s'est manifesté partout : dans l'ancienne Grèce, dans l'ancienne Rome ; en Allemagne, en France, en Inde, même dans les presqu'îles de Chersonèse ; en Chine, pays éloigné de nous à tant de points de vue, il existe encore aujourd'hui et les gens le craignent. Il a suivi les hordes venues d'Islande, les Huns, les Slaves, les Saxons, les Magyars. Nous savons donc ce que nous devons savoir, nous possédons tous les éléments nécessaires pour agir et, laissez-moi vous le dire, un grand nombre de croyances à son sujet se sont vérifiées au cours de notre si malheureuse expérience. Le vampire vit sans que le temps qui passe l'amène peu à peu à la mort ; il prospère aussi longtemps qu'il peut se nourrir du sang des vivants ; nous avons pu constater qu'il rajeunit, qu'il devient plus fort, et qu'il semble se refaire quand il trouve en suffisance sa nourriture préférée. Mais il lui faut ce régime ; il ne se nourrit pas comme les autres hommes. Notre ami Jonathan, qui a habité chez lui pendant des semaines entières, ne l'a jamais vu prendre un repas, jamais ! Et son corps ne projette aucune ombre ; son image ne se réfléchit pas dans un miroir, cela aussi Jonathan l'a remarqué. D'autre part, il dispose d'une force extraordinaire, comme Jonathan, de nouveau, l'a constaté quand le comte a refermé la porte sur les loups et quand il a aidé notre ami à descendre de voiture. Il peut se changer en loup, ainsi qu'on l'a vu à l'arrivée du bateau à Whitby, quand il a attaqué et déchiqueté un chien ; ou en chauve-souris, et c'est ainsi que madame Mina l'a aperçu sur l'appui de fenêtre, à Whitby, et que notre ami John l'a vu s'envoler de cette maison voisine, et c'est ainsi encore que notre ami Quincey l'a vu se poser sur la fenêtre de Miss Lucy. Il peut s'approcher, entouré d'un brouillard que lui-même suscite – l'aventure effroyable de ce courageux capitaine resté à son gouvernail le prouve – mais nous savons aussi qu'est limité l'espace sur lequel s'étend ce brouillard qui ne fait, précisément, que l'entourer, le protéger. Le vampire apparaît en grains de poussière sur les rayons d'un clair de lune, et c'est comme cela que Jonathan a aperçu ces trois femmes dans le château de Dracula. Il peut se faire si petit et si mince que, souvenez-vous, Miss Lucy, avant de connaître la paix éternelle, s'est glissée par une fente de la largeur d'un cheveu qui existait dans la porte de son tombeau. Car il lui est donné, une fois qu'il a trouvé son chemin, de sortir de n'importe quoi, d'entrer dans n'importe quoi, et de voir dans l'obscurité, ce qui n'est pas un pouvoir négligeable dans un monde à demi privé de lumière. Mais, ici, suivez-moi bien ! Il est capable de tout cela, oui, et pourtant il n'est pas libre. Il est prisonnier, plus qu'un homme condamné aux galères, plus qu'un fou enfermé dans son cabanon. Aller là où il en aurait envie lui est interdit. Lui qui n'est pas un être selon la nature, il doit cependant obéir à certaines de ses lois – pourquoi, nous n'en savons rien. Toutes les portes ne lui sont pas ouvertes ; il faut au préalable qu'on l'ait prié d'entrer ; alors seulement il peut venir quand il le désire. Son pouvoir cesse, comme d'ailleurs celui de toutes les puissances malignes, dès les premières lueurs de l'aube. Il jouit d'une certaine liberté, mais en des moments précis. S'il ne se trouve pas à l'endroit où il voudrait être, il ne peut s'y rendre qu'à midi, ou au lever, ou au coucher du soleil. Tout cela, la tradition et les livres nous l'apprennent, et nous en trouvons aussi la preuve dans les documents que nous-mêmes avons rassemblés. Ainsi, tandis que le vampire peut parfois accomplir sa propre volonté, pourvu qu'il respecte les limitations qui lui sont imposées et se confine dans son domaine : son cercueil à lui, son enfer à lui, ou encore dans un endroit non bénit, comme, par exemple, cette tombe du suicidé dans le cimetière de Whitby ; et encore ne peut-il se déplacer qu'à des moments bien précis. On dit aussi qu'il ne peut franchir des eaux vives qu'à marée haute ou lorsque la mer est étale. Et puis, il y a des choses qui lui ôtent tout pouvoir, comme l'ail, nous le savons assez ; comme ce symbole, ma petite croix d'or, devant laquelle il recule avec respect et s'enfuit. Il y en a encore d'autres, et il vous faut les connaître, au cas où nous devrions nous en servir au cours de nos recherches : une branche de rosier sauvage, posée sur son cercueil, l'empêche d'en sortir, une balle bénite que l'on tirerait de son cercueil le tuerait, et il deviendrait alors un mort véritable. Quant au pieu que l'on enfonce dans son cœur, nous savons qu'il lui donne également le repos éternel, repos éternel qu'il connaît de même si on lui coupe la tête. Nous l'avons constaté de nos propres yeux.

Ainsi donc, en ce qui concerne le comte Dracula, quand nous trouverons la demeure de cet homme, nous pourrons le forcer à rester dans son cercueil où nous le détruirons. Mais il est rusé, ne l'oublions pas, et très intelligent aussi. J'ai demandé à mon ami Arminius, de l'université de Budapest, de me communiquer l'histoire de sa vie, et il m'a mis au courant de tout ce qu'il connaissait. Ce doit être ce même voïvode Dracula qui fonda sa renommée en traversant le grand fleuve et en allant battre le Turc à la frontière même de la Turquie. S'il en est ainsi, il ne s'agit pas d'un homme ordinaire, car à l'époque, et pendant les siècles qui suivirent, on parla de lui comme du fils le plus habile et le plus audacieux mais aussi le plus courageux du "pays par-delà la forêt". Cette intelligence supérieure et cette volonté inébranlable, il les garda jusque dans la tombe, et il s'en sert maintenant contre nous. Les Dracula, dit Arminius, appartenaient à une illustre et noble race, encore que certains d'entre eux, au cours des générations successives, s'il faut en croire les contemporains, aient eu des rapports avec le Malin. Ils se mirent à son école et apprirent ses secrets à Scholomance, dans les montagnes qui dominent le lac d'Hermanstadt, où le diable revendique un disciple sur dix comme sa propriété. Les documents emploient les termes de *stregoica* – sorcière –, *ordog* et *pokol* – Satan, enfer ; et l'un des manuscrits parle de notre Dracula comme d'un *wampyr*, vocable que tous ici nous ne comprenons que trop bien. C'est de sa propre semence, de lui seul, que sont nés tant de grands hommes et de femmes illustres et leurs tombeaux sanctifient cette terre qui est la seule dans laquelle le monstre se trouve chez lui. Car parmi les caractéristiques qui le rendent si effrayant, la moindre n'est pas qu'il soit profondément enraciné dans tout ce qui est bon. Il ne pourrait perdurer dans un terrain vierge de mémoires sacrées.

Depuis un bon moment déjà, Mr Morris ne cessait pas de regarder par la fenêtre ; finalement, il se leva sans donner aucune explication et sortit de la pièce. Le professeur s'était tu un moment ; bientôt, il reprit :

— Et maintenant, nous devons décider ce que nous allons faire. Nous disposons de beaucoup de données, et c'est à partir de là qu'il nous faut établir notre plan. Nous savons, d'après l'enquête qu'a menée Jonathan, que cinquante caisses de terre sont venues du château de Dracula à Whitby et que toutes ont été envoyées à Carfax ; mais nous savons également que l'on est venu ensuite en rechercher au moins quelques-unes. A mon avis, il nous faut en premier lieu nous assurer si toutes les autres sont bien restées dans cette maison, ou si on en a encore enlevé. Dans ce cas, nous rechercherons…

Il fut interrompu d'une façon assez surprenante ; nous entendîmes au-dehors un coup de pistolet. Une balle fit voler en éclats une vitre de la fenêtre puis, faisant ricochet du haut de l'embrasure, vint frapper le mur du fond de la pièce. Sans doute suis-je pusillanime, car je criai de peur. D'un bond, les hommes se levèrent tous en même temps ; Lord Godalming se précipita à la fenêtre, qu'il ouvrit aussitôt. Nous entendîmes alors la voix de Mr Morris :

— Mille excuses ! Je vous ai effrayés, n'est-ce pas ? Je rentre vous raconter ce qui s'est passé !

Un instant plus tard, il était de nouveau dans le bureau.

— C'est idiot de ma part ! dit-il, et je vous prie très sincèrement de me pardonner, Mrs Harker ! Je crois que je vous ai fait terriblement peur. Mais voici : pendant que le professeur parlait, une grosse chauve-souris est venue se poser sur le rebord de la fenêtre. Depuis les événements récents, j'ai une telle horreur de ces sales bêtes que je ne peux plus en voir une sans vouloir la tuer ; cela m'est arrivé je ne sais combien de fois déjà depuis plusieurs soirs. Et vous vous moquiez de moi, n'est-ce pas, Art ?

— L'avez-vous touchée ? demanda le Dr Van Helsing.

— Je ne crois pas, car elle a continué à voler en direction du bois.

Sans un mot de plus, il se rassit, et le professeur acheva ce qu'il avait à dire :

— Nous rechercherons chacune de ces caisses et, quand nous saurons où elles se trouvent, ou bien nous nous emparerons de ce monstre, ou bien nous le tuerons dans un de ses repaires. Ou encore, nous rendrons inefficace la terre contenue dans les caisses afin qu'il n'y soit plus en sûreté. Ainsi, nous le prendrons sous sa forme humaine entre l'heure de midi et le coucher du soleil, nous engagerons la lutte avec lui au moment où il est le plus faible… En ce qui vous concerne, madame Mina, à partir de ce soir, vous ne vous occuperez plus de rien jusqu'à ce que tout soit fini. Vous nous êtes trop précieuse pour vous exposer à de si grands dangers. Une fois que nous nous serons séparés ce soir, vous ne nous poserez plus aucune question. Nous vous raconterons tout, en temps opportun. Nous sommes, nous, des hommes, capables de supporter les plus dures épreuves ; mais vous, vous serez notre étoile et notre espoir, et nous agirons avec d'autant plus de liberté que nous saurons que vous êtes à l'abri de tout danger.

Tous, et même Jonathan, parurent soulagés d'une grande inquiétude ; cependant, je ne trouvais pas souhaitable qu'ils se lancent sans moi dans cette aventure car, plus nombreux, nous eussions aussi été d'autant plus forts. Mais leur résolution était prise et je n'avais qu'à m'incliner – à accepter le chevaleresque souci qu'ils prenaient de ma sécurité.

Mr Morris intervint alors :

— Comme il n'y a pas de temps à perdre, dit-il, je propose que nous allions tout de suite voir ce qui se passe dans cette maison. Quand on a affaire à ce monstre, chaque minute est importante : en agissant rapidement, peut-être l'empêcherons-nous de faire une victime de plus.

Je l'avoue, je sentis mon courage m'abandonner au moment où je compris qu'ils allaient se mettre à l'œuvre sur-le-champ ; mais je n'en laissai rien paraître de crainte que, s'ils s'apercevaient jamais que mes terreurs pouvaient devenir une entrave à leur entreprise, ils ne me permettent même plus désormais d'assister à leurs discussions. Ils sont maintenant allés à Carfax, emportant tout ce qui leur est nécessaire pour entrer dans la maison.

Cela ressemble bien aux hommes ! Ils m'ont dit d'aller me coucher et de dormir. Comme si une femme pouvait dormir quand ceux qu'elle aime sont en danger ! Mais je me mettrai au lit et ferai semblant de dormir, pour que Jonathan, quand il rentrera, n'éprouve pas de nouvelles inquiétudes à mon sujet.

JOURNAL DU DR SEWARD

1er octobre, 4 heures du matin – Juste au moment où nous allions sortir, on vint me demander, de la part de Renfield, si je pouvais le voir immédiatement, car il avait à me dire une chose de la plus haute importance. Je répondis qu'étant occupé pendant toute la soirée, j'irais le voir de bonne heure le lendemain matin.

— Mais il semble plus impatient que jamais, monsieur, insista le surveillant. Je voudrais me tromper, mais j'ai l'impression que si vous n'allez pas le voir tout de suite, il aura une de ses crises les plus violentes.

J'avais confiance dans le jugement de cet homme ; je décidai donc de me rendre auprès de mon malade et demandai à mes compagnons de bien vouloir m'attendre quelques minutes.

— Permettez-moi de vous accompagner, mon cher John, fit Van Helsing. J'ai pris beaucoup d'intérêt à lire dans votre journal ce que vous dites de son cas, qui n'est pas sans rapport, de temps à autre, avec le cas dont nous nous occupons. Je tiendrais beaucoup à voir ce malade et, précisément, quand une crise le menace.

— Puis-je venir aussi ? demanda Lord Godalming.

— Et moi ? fit à son tour Quincey Morris.

— Et moi ? demanda Harker.

D'un signe de tête, je répondis oui, et, ensemble, nous revînmes dans le corridor.

En effet, Renfield était fort excité, mais je ne l'avais jamais entendu parler avec tant de bon sens, je ne l'avais jamais vu montrer tant de calme assurance dans ses manières. Il faisait preuve d'une étonnante compréhension de son propre cas, ce que je n'avais encore jamais observé chez aucun de mes malades ; et il ne doutait pas que les raisons qu'il avançait ne l'emportassent sur celles que nous pourrions lui opposer. Ce qu'il avait de si urgent à me demander, c'était de le laisser rentrer chez lui ; il prétendait qu'il était entièrement guéri et qu'il ne souffrait plus du moindre trouble mental. “J'en appelle à vos amis, me dit-il ; peut-être voudront-ils bien juger de mon cas. A propos, vous ne m'avez pas présenté..." J'étais si interdit que, au moment même, l'idée de présenter à d'autres personnes un fou interné dans notre asile ne me parut pas insolite ; en outre, il y avait vraiment quelque chose de digne chez cet homme et l'on voyait qu'il avait eu l'habitude de la vie sociale. Je n'hésitai donc pas à faire les présentations : "Mr Renfield... Lord Godalming, le professeur Van Helsing, Mr Quincey Morris, du Texas, Mr Jonathan Harker." Il leur serra la main, en s'adressant à chacun d'eux tour à tour.

— Lord Godalming, j'ai eu l'honneur d'aider votre père, à Windham, et j'apprends à regret qu'il n'est plus, puisque c'est vous à présent qui portez le titre. Il était aimé et honoré de tous ceux qui le connaissaient. J'ai entendu dire que, dans sa jeunesse, il avait inventé un punch au rhum, fort apprécié les soirs du Derby. Mr Morris, vous avez des raisons d'être fier de votre grand Etat. Son entrée dans l'Union constitue un précédent qui peut avoir de très importantes conséquences au moment où le Pôle et les Tropiques voudront s'allier à la Bannière étoilée. On mesurera la puissance du traité quand la doctrine de Monroe prendra sa vraie place en tant que fiction politique. Et que dirai-je du plaisir qui m'est offert de rencontrer le professeur Van Helsing ? Monsieur, je ne m'excuserai point de négliger tout préambule conventionnel. Quand un homme a révolutionné la thérapeutique par ses découvertes sur l'évolution continuelle du cerveau, les formes banales de politesse sont déplacées car, si on les employait à son égard, on semblerait vouloir le ravaler au rang des autres hommes. Vous tous, messieurs, qui, soit par la nationalité, soit par l'hérédité, ou encore grâce au privilège d'un don naturel, tenez votre place respective dans notre monde en marche, je vous prends à témoin : je suis aussi sain d'esprit que la majorité au moins des hommes qui jouissent de leur liberté entière. Et j'en suis certain, docteur Seward, vous-même qui êtes très bon, qui avez étudié le droit aussi bien que la médecine, et qui êtes un savant, vous jugerez qu'il est de votre devoir moral d'examiner mon cas avec une attention toute particulière.

Ces dernières paroles, il les prononça en prenant un air convaincu et courtois tout ensemble qui n'était pas sans charme.

Je pense que notre étonnement, à chacun, était grand. Pour ma part, j'étais persuadé, en dépit de ce que je savais des diverses phases de sa maladie, que Renfield avait définitivement recouvré la raison ; et j'eus fort envie de lui dire que sa guérison, en effet, me paraissait évidente, et que j'allais veiller à ce que toutes les formalités fussent remplies le lendemain matin en vue de son départ. Toutefois, me rappelant à nouveau les brusques revirements auxquels il était sujet, je jugeai préférable d'attendre avant de lui faire part d'une si grave décision. Je me contentai donc de lui répondre que son état s'améliorait de jour en jour, que j'aurais avec lui une conversation plus longue le lendemain matin et que je verrais alors si je pouvais accéder à sa requête.

Cela ne parut pas le satisfaire, car il répliqua aussitôt :

— Mais je crains, docteur, que vous ne me compreniez pas. Ce que je voudrais, c'est m'en aller tout de suite… immédiatement… maintenant… à l'instant même, si cela était possible. Le temps presse, et, dans notre convention tacite avec la Mort, cet élément – le temps – est essentiel. Je suis sûr qu'il suffit, quand on s'adresse à l'admirable praticien qu'est le Dr Seward, d'exprimer un souhait si simple, encore que d'une telle gravité, pour qu'il soit immédiatement réalisé.

Il m'observait attentivement, et, comme je ne paraissais pas disposé à l'approuver, il se tourna vers les autres et les regarda avec le même sérieux. Ne recevant aucune réponse – pas même le moindre signe d'acquiescement –, il reprit :

— Me serais-je trompé dans mes suppositions ?

— Oui, vous vous êtes trompé, répondis-je franchement, mais aussi d'une façon assez brusque, je m'en rendis compte.

Il y eut un long silence, puis il dit, lentement :

— Dans ce cas, il me faut sans doute vous présenter autrement ma requête. Permettez-moi de demander que l'on me fasse cette concession, que l'on m'accorde cette faveur, ce privilège – appelez cela comme vous voulez. Je vous implore ici, non pour des motifs personnels, mais pour le salut d'autrui. Je ne suis pas libre de vous expliquer toutes les raisons qui m'obligent à vous parler de la sorte ; mais soyez assuré qu'elles sont solides, irréfutables, et qu'il n'y entre pas le moindre intérêt personnel : elles me sont inspirées par un sens très haut du devoir. Si vous pouviez lire dans mon cœur, monsieur, vous approuveriez entièrement les sentiments qui m'animent. Bien plus, vous me compteriez parmi vos amis les meilleurs et les plus fidèles.

De nouveau, il nous regarda tous, attentivement. Je me doutais à présent que le changement survenu soudain dans son comportement mental n'était qu'une autre forme, une autre phase de sa folie, et je me dis qu'il fallait attendre, voir ce qui allait se passer, car je savais par expérience que, finalement, comme chez tous les fous, une rechute le trahirait. Van Helsing l'observait avec, semblait-il, un intérêt toujours croissant, et ses sourcils broussailleux se touchaient presque tant son regard restait fixé sur lui. Il demanda à Renfield, d'un ton qui, à vrai dire, ne me surprit pas au moment même, mais seulement quand j'y pensai plus tard – car on eût dit que le professeur s'adressait à un homme aussi sain d'esprit que lui-même :

— Ne pouvez-vous pas m'expliquer franchement pourquoi vous désirez partir d'ici ce soir même ? Je suis sûr que si vous ne me cachez rien – à moi, un étranger qui suis sans préjugé et qui ai toujours compris beaucoup de choses –, le Dr Seward prendra, à ses propres risques, la responsabilité de vous laisser retourner chez vous.

L'autre hocha tristement la tête, et l'on pouvait lire un poignant regret sur son visage. Le professeur poursuivit :

— Allons, monsieur ! Réfléchissez un moment. Vous prétendez être guéri, vous cherchez à nous prouver que vous avez complètement recouvré la raison, ce dont nous pouvons encore douter puisque vous êtes toujours soigné ici. Si vous ne voulez pas nous seconder dans l'effort que nous faisons pour essayer, s'il se peut, de vous satisfaire, comment y parviendrons-nous ? Encore une fois, monsieur, réfléchissez, aidez-nous ; nous souhaiterions, croyez-moi, vous voir libre.

Il répondit en hochant à nouveau la tête.

— Docteur Van Helsing, je n'ai plus qu'à me taire. Vos arguments sont irréfutables, et, s'il ne tenait qu'à moi, je les approuverais sans hésiter ; mais je ne suis pas seul dans cette affaire… Je vous demande seulement d'avoir confiance en moi. Si vous ne me laissez pas sortir d'ici, je décline toute responsabilité dans ce qui pourra arriver.

Je jugeai qu'il était temps de mettre fin à l'entretien qui devenait d'une gravité trop comique, et je me dirigeai vers la porte, en disant simplement :

— Venez, mes amis, nous avons à travailler. Bonsoir, Renfield !

Cependant, comme j'allais ouvrir la porte, le malade changea d'attitude. Il se précipita vers moi, et je crus un instant qu'il voulait à nouveau me tuer ; mais je me trompais ; les deux mains tendues, il renouvela sa demande, et cette fois sur un ton de prière fort émouvant. Bien qu'il parût comprendre que l'excès même de ses manières le desservait, il continua à se faire de plus en plus pressant et démonstratif. Je rencontrai le regard de Van Helsing, et j'y vis reflétée ma propre conviction. Aussi me raidis-je quelque peu à l'égard de Renfield et, le repoussant, je lui fis comprendre qu'il perdait son temps. Ce n'était pas la première fois que je voyais chez lui cette excitation croissante lorsqu'il voulait obtenir une faveur qui, à l'instant même où il y pensait, prenait pour lui la plus grande importance, par exemple le jour où il m'avait supplié de lui donner un chat. Et, comme alors, je m'attendais à le voir finalement, encore que plein de dépit, se résigner à mon refus. Mais tel ne fut pas le cas. Lorsqu'il s'aperçut qu'il me suppliait en vain, il fut pris de frénésie. Il se jeta à genoux, leva les mains vers moi, les tordant en des gestes de supplication, m'exhorta à nouveau en un discours sans fin, cependant que les larmes inondaient son visage et que tout en lui manifestait la plus profonde angoisse.

— Je vous en prie, docteur Seward, je vous en supplie ! Laissez-moi quitter cette maison tout de suite ! Peu importe la manière dont vous me laisserez partir, peu importe aussi où vous m'enverrez ! Faites-moi accompagner par des gardes munis de fouets et de chaînes ; qu'ils me mettent une camisole de force, des menottes et, aux pieds, des fers, et qu'ils me conduisent en prison… Mais, pour l'amour de Dieu ! laissez-moi sortir d'ici ! En m'obligeant à rester ici, vous ignorez le mal que vous faites, et à qui vous le faites ; je vous parle du plus profond de mon cœur, de mon âme même ! Ayez pitié de moi ! Par tout ce qui vous est sacré, par tout ce qui vous est le plus cher au monde, par votre amour que vous avez perdu, mais par votre espoir qui demeure, par le Dieu tout-puissant, faites-moi sortir d'ici et sauvez mon âme du péché ! Ne m'entendez-vous pas, docteur ? Ne me comprenez-vous pas ? Ne voulez-vous pas vous rendre à l'évidence ? Ne voyez-vous pas que je suis parfaitement sain d'esprit et que je vous parle très sérieusement ? Que je ne suis pas un fou en pleine crise, mais un homme jouissant de toute sa raison et qui veut sauver son âme ? Comprenez-moi donc ! Laissez-moi partir, laissez-moi partir !

Je pensai que, plus cette scène durerait, plus il s'exciterait, et qu'alors la vraie crise se produirait.

— Allons, allons, dis-je sévère. Cela suffit ! Mettez-vous au lit, et essayez de vous calmer !

Interdit, il me regarda quelques instants. Puis, sans un mot, il se releva et il alla s'asseoir sur le bord de son lit. Comme je m'y attendais, de même qu'en de semblables circonstances précédentes, la prostration suivait l'exaltation.

Comme, après avoir fait passer mes compagnons devant moi, j'allais à mon tour sortir de la chambre, il me dit encore, d'une manière calme, polie :

— J'espère, docteur Seward, que vous vous rappellerez plus tard que j'ai fait tout ce que j'ai pu, ce soir, pour vous convaincre.

XIX

JOURNAL DE JONATHAN HARKER

1er octobre, 5 heures du matin – C'est l'esprit tranquille que je sortis avec les autres pour aller à Carfax, car je n'avais jamais vu Mina si forte, si sûre de soi. Qu'elle fût mêlée à toute cette affaire, avait été pour moi un véritable cauchemar ; mais maintenant qu'elle consent à nous laisser agir seuls, je suis quelque peu rassuré ; d'ailleurs, je l'espère, elle-même a maintenant le sentiment d'avoir fait ce qu'elle avait à faire ; si tous les moindres détails qui peuvent nous êtres utiles sont rassemblés, n'est-ce pas grâce à sa volonté, à son intelligence de la situation ? Nous étions tous, je crois, assez impressionnés par notre visite à Mr Renfield. En sortant de sa chambre, aucun de nous ne prononça un seul mot avant d'avoir regagné le bureau de Seward. Mais alors Mr Morris s'adressa au docteur :

— Ma foi, John, à moins que cet homme n'ait bluffé, c'est bien le fou le plus raisonnable que j'aie jamais vu ! Je n'en jurerais pas, mais il me semble pourtant qu'il a en tête quelque dessein des plus sérieux, et, dans ce cas, il a du mérite à n'avoir pas tenté de se sauver !

Lord Godalming et moi ne fîmes aucune remarque, mais le Dr Van Helsing dit à son tour :

— Mon cher John, vous connaissez mieux que moi les phases étranges par lesquelles passent ces malades, et j'en suis vraiment heureux ; car, je le crains, si ç'avait été à moi à prendre une décision, j'aurais libéré Renfield avant qu'il se soit montré dans cet état d'excitation extrême. Mais nous apprenons chaque jour, et, d'autre part, en ce qui nous concerne à présent, nous ne pouvons prendre aucun risque, comme dirait mon ami Quincey, tant notre entreprise est déjà scabreuse. Les choses sont bien telles qu'elles sont.

Le Dr Seward parut leur répondre à tous deux en même temps.

— Sans doute avez-vous raison. Si cet homme avait ressemblé à beaucoup d'autres de mes malades, je lui aurais montré, quitte à courir un grand risque, que j'avais confiance en lui. Mais son comportement semble dépendre à ce point des allées et venues du comte que, en lui passant ses caprices, j'aurais peur de commettre une lourde erreur. Et puis, un jour, devant moi, il a appelé le comte "son Seigneur et Maître" et je me dis que, peut-être, il veut aller l'aider dans un de ses desseins diaboliques. Ce monstre se fait obéir des loups et des rats, sans parler des créatures devenues semblables à lui : comment ne chercherait-il pas à asservir un pauvre fou digne de respect ? Oui, Renfield semblait parler très sérieusement, je le reconnais malgré ce que je sais de son cas. J'espère vraiment que nous avons fait ce qu'il y avait de mieux à faire. Mais tout ceci, venant au moment où nous entreprenons nos lugubres recherches, est propre à décourager un homme.

Le professeur s'approcha de lui et, lui mettant la main sur l'épaule, le rassura :

— Mon cher ami, n'ayez aucune crainte ! Nous nous efforçons, il est vrai, de faire notre devoir dans une affaire réellement effroyable, et nous ne pouvons agir que dans le sens qui nous paraît le meilleur ; mais il nous faut espérer en la miséricorde de Dieu.

Lord Godalming, qui était sorti de la pièce quelques instants auparavant, rentra en tenant à la main un petit sifflet d'argent.

— Il se peut, nous expliqua-t-il, que la maison soit remplie de rats. Voici pour les chasser.

Nous nous dirigeâmes donc vers la maison abandonnée, prenant soin de nous cacher sous les arbres de l'allée chaque fois que le clair de lune apparaissait entre deux nuages. Lorsque nous fûmes arrivés près de la porte, le professeur ouvrit son sac et en sortit toutes sortes d'objets qu'il posa sur le seuil en quatre petits tas séparés – chacun d'eux étant évidemment destiné à chacun de nous.

— Mes amis, dit-il, nous affrontons un grand danger et nous avons besoin d'armes de plusieurs genres. La menace que fait peser sur nous notre ennemi n'est pas seulement d'ordre spirituel. Souvenez-vous qu'il possède à lui seul une force comparable à celle de vingt hommes réunis. Et si un homme extraordinairement fort pouvait arriver à le tenir à sa merci, et à plus forte raison si plusieurs de ses adversaires, grâce à leur nombre, l'emportaient sur lui, jamais, en revanche, personne ne pourrait le blesser, alors qu'il peut, par ses blessures, nous faire le plus grand mal. Veillons donc à ce qu'il ne s'approche pas de nous. Placez ceci sur votre cœur – et il me tendit une petite croix d'argent, car je me trouvais à côté de lui –, passez-vous ces fleurs autour du cou – et il me donna une guirlande de fleurs d'ail séchées. Prenez aussi ce revolver et ce couteau : on ne sait jamais à quels autres ennemis on peut avoir affaire ; et, à tout hasard, cette petite lampe électrique que vous attacherez au revers de votre veston ; et surtout, par-dessus tout, ceci, que nous ne devrons pas profaner inutilement.

Il tenait un morceau de l'Hostie sainte, qu'il glissa dans une enveloppe avant de me la donner.

Chacun des autres reçut exactement les mêmes “armes”.

— Et maintenant, John, mon ami, reprit le professeur, où sont les crochets ? Si nous parvenons à ouvrir la porte, nous n'aurons pas à entrer par la fenêtre comme des voleurs, ainsi que nous l'avons fait l'autre jour chez Miss Lucy.

Le Dr Seward essaya un ou deux crochets de serrurier, fort aidé en cela par son habileté de médecin. Bientôt, il trouva celui qui convenait, et le verrou rouillé finit par céder. Nous poussâmes la porte qui grinça d'un peu partout mais qui s'ouvrit lentement. Chose assez curieuse, cela me fit aussitôt penser au récit du Dr Seward concernant son entrée et celle de ses compagnons dans le caveau de Miss Westenra. Ces derniers eurent sans doute la même idée car, tous, ils reculèrent. Le professeur, le premier, se décida à faire un pas en avant et à entrer dans la maison.

— *In manus tuas, Domine !* s'écria-t-il en se signant comme il franchissait le seuil.

Nous prîmes la précaution de refermer la porte derrière nous ; nous craignions, en effet, que nos lampes, une fois allumées, l'un ou l'autre passant n'eût son attention attirée par cette insolite clarté. Le professeur examina la serrure afin de s'assurer de la possibilité d'ouvrir la porte de l'intérieur, au cas où nous devrions fuir en toute hâte. Enfin, chacun alluma sa lampe et nos recherches commencèrent.

La lumière des petites lampes faisait apparaître des objets aux formes bizarres, tandis que leurs rayons se croisaient ou se superposaient les uns aux autres ou que nos propres corps projetaient de grandes ombres. Il m'était impossible d'écarter le sentiment que nous n'étions pas seuls. Sans doute était-ce le souvenir des jours terribles que j'avais vécus en Transylvanie qui me dominait si impérieusement, à cause de ce lieu sinistre. Pourtant, je pense que nous éprouvions tous la même inquiétude, car je remarquai que mes compagnons, comme moi-même, se retournaient au moindre bruit, ou lorsqu'une ombre nouvelle se dessinait sur les murs.

Partout, la couche de poussière était épaisse. Sur le plancher, elle semblait haute de plusieurs pouces, excepté là où il y avait de récentes traces de pas ; en baissant ma lampe, je vis la marque de gros clous de semelles. Les murs aussi étaient couverts de poussière – on eût presque dit une sorte de duvet sale ; dans les coins pendaient d'énormes toiles d'araignées sur lesquelles la poussière, toujours la poussière, s'était amassée en sorte qu'elles ressemblaient à de vieux lambeaux d'étoffe déchirés, déchirés par le poids de toute cette crasse. Sur une table du corridor était posé un gros trousseau de clefs dont chacune portait une étiquette jaunie par le temps. On voyait qu'on s'en était servi à plusieurs reprises, car il y avait plusieurs petits sillons dans la couche de poussière qui recouvrait la table, semblables d'ailleurs à ceux qui apparurent lorsque le professeur prit le trousseau de clefs.

Il se tourna vers moi et me dit :

— Vous connaissez cette maison, Jonathan. Vous en possédez les plans – ou tout au moins une copie – que vous avez sans doute étudiés attentivement. Par où gagne-t-on la chapelle ?

Je croyais bien savoir où elle se trouvait, bien que, lors de ma première visite, je n'eusse pas pu y entrer. Je montrai donc le chemin à mes compagnons et, après avoir suivi quelques couloirs, nous arrivâmes devant une porte de chêne, basse et voûtée.

— Nous y sommes ! dit le professeur qui, à la lueur de sa lampe, examinait une copie du plan qui m'avait servi au moment de l'achat de la maison. Après avoir essayé quelques clefs du trousseau, nous trouvâmes celle qui convenait, et nous ouvrîmes la porte. Dès cet instant, nous nous attendîmes à quelque chose de très désagréable, car, par l'entrebâillement, s'exhalait un air malodorant, et aucun de nous ne pensait respirer à l'intérieur une odeur qui fût à tel point nauséabonde. Excepté moi, personne de notre petit groupe n'avait encore approché le comte, et, pour ma part, lorsque je l'avais vu, ou bien il était dans ses appartements et en période de jeûne, ou bien bouffi de sang frais dans un bâtiment en ruine, presque à ciel ouvert. Mais l'endroit où nous étions parvenus était étroit et entièrement fermé – fermé depuis combien de temps ? – et l'air en était vicié. On y sentait la terre, et l'on avait, de plus, la sensation que des miasmes s'en dégageaient. Quant à l'odeur même, comment expliquer ce qu'elle était réellement ? Non seulement il y entrait, semblait-il, tous les maux capables de donner la mort et l'âcreté du sang, mais on eût dit que la corruption elle-même s'était corrompue. Y penser me rend encore malade ! Chaque expiration du monstre semblait être restée attachée aux pierres de cette chapelle !

En d'autres circonstances, cela eût suffi à mettre fin à notre entreprise. Mais le but que nous nous étions proposé était d'une telle importance, d'une telle gravité que nous nous sentions mus par une force qui nous élevait au-dessus de toute considération d'ordre simplement physique. Après un mouvement de recul involontaire mais certes naturel, chacun de nous se mit au travail comme si ce lieu répugnant avait été un parterre de roses.

— Avant tout, dit le professeur, il faut voir combien il reste de caisses. Nous allons examiner tous les trous, tous les recoins, et chercher quelque indice qui puisse nous apprendre où l'on a emporté les autres.

Nous eûmes rapidement compté les caisses qui se trouvaient là, car, de fait, c'étaient des coffres énormes. Impossible de se tromper ! Des cinquante, il en restait seulement vingt-neuf ! A un moment donné, je tressaillis de peur, car, voyant Lord Godalming se retourner brusquement pour regarder par la porte restée entrouverte, ce qui se passait dans le couloir dont l'obscurité était complète, je regardai, moi aussi. Un instant, j'eus l'impression que mon cœur cessait de battre. Il m'avait semblé voir, se détachant dans l'ombre, les yeux flamboyants du comte, son nez aquilin, ses lèvres rouges, et la pâleur effrayante du reste de son visage. Rien qu'un instant, en vérité ; Lord Godalming murmura : "J'avais cru voir un visage, mais ce n'étaient que des ombres" et il reprit tout de suite ses recherches ; mais je dirigeai ma lampe vers la porte et retournai dans le couloir : je n'y vis absolument personne. Puisqu'il n'y avait là ni recoins, ni autres portes, ni ouverture d'aucune espèce, mais seulement les murs fort épais, je dus reconnaître qu'il n'existait pas de cachette – même pour *lui*. La peur m'avait rendu victime de mon imagination. Je ne dis rien à mes compagnons.

Quelques minutes plus tard, Morris, qui était en train d'examiner un coin de la chapelle, s'en éloigna brusquement. Tous, nous le suivîmes des yeux ; sans aucun doute, la nervosité nous gagnait ; nous aperçûmes une masse phosphorescente, qui scintillait comme des étoiles. D'instinct, nous reculâmes ; et, bientôt, la chapelle fut remplie de rats.

Nous restâmes, un moment, véritablement effrayés. Seul, Lord Godalming gardait son sang-froid et semblait s'être attendu à pareille chose. Se précipitant vers la lourde porte de chêne, il tourna la clef dans la serrure, fit glisser le verrou et ouvrit tout grands les battants. Puis, tirant de sa poche le petit sifflet d'argent, il siffla. A cet appel, les chiens qui se trouvaient derrière l'établissement du Dr Seward répondirent par des aboiements et, pas plus d'une minutes plus tard, trois terriers tournèrent le coin de la maison. Inconsciemment, à nouveau, nous reculâmes, et c'est alors que je remarquai que la poussière, ici près de la porte, avait été foulée : les caisses qui manquaient, c'était donc par ici qu'on les avait emportées. Mais pendant la minute qui venait de s'écouler, d'autres rats étaient venus se joindre aux premiers, de sorte que nous avions devant nous un spectacle incroyable. Ils grouillaient dans toute la chapelle, si bien qu'à la lueur de nos lampes, éclairant leurs petits corps sombres en perpétuelle agitation et leurs vilains yeux brillants, l'intérieur de la chapelle ressemblait à une terrasse couverte de lucioles. Les chiens, se précipitant, allaient entrer, lorsque, sur le seuil, ils s'arrêtèrent soudain, grondèrent, puis, levant le museau tous en même temps, se mirent à hurler à la mort. Les rats arrivaient maintenant par milliers. Quant à nous, nous sortîmes, nous tenant près de la porte.

Lord Godalming prit l'un des chiens dans ses bras et l'introduisit dans la chapelle. A l'instant où ses pattes touchèrent le plancher, le terrier parut reprendre courage et donna la chasse à ses adversaires naturels. Ceux-ci s'enfuirent si vite qu'il eut à peine le temps d'en tuer une vingtaine, et que les deux autres chiens, entrés de la même manière, cherchèrent en vain leur proie – à part quelques rats qu'ils purent encore attraper.

Les rats disparus, nous eûmes l'impression qu'une présence maligne s'était retirée ; les chiens couraient çà et là, la queue frétillante, et aboyaient, cette fois joyeusement, tandis qu'ils jouaient de façon assez cruelle avec les cadavres de leurs victimes. Et nous aussi, nous nous sentions animés comme d'un nouveau courage. Etait-ce que l'atmosphère empoisonnée s'était trouvée quelque peu purifiée une fois la porte de la chapelle ouverte, ou était-ce nous qui éprouvions semblable soulagement maintenant que nous n'étions plus enfermés, je ne sais ; mais assurément la menace qui pesait sur nous sembla nous quitter tel un vêtement dont on se débarrasse, et notre présence en ce lieu perdit un peu de son caractère sinistre, sans que pour autant notre détermination faiblît le moins du monde. Nous refermâmes la porte, à clef, au verrou et à la chaîne, et notre fouille de la maison commença. Nous n'y vîmes vraiment rien de particulier, sinon, partout de la poussière en quantité extraordinaire, et cette couche de poussière, dans toutes les pièces, était intacte, si l'on excepte la trace qu'y avaient imprimée mes pas lors de ma première visite. A aucun moment, les chiens ne manifestèrent la moindre inquiétude et même, lorsque nous revînmes dans la chapelle, ils allèrent d'un côté et de l'autre, l'air aussi ravi que s'ils avaient chassé le lapin en plein bois par une belle journée d'été.

Le jour commençait à poindre lorsque nous regagnâmes la porte d'entrée. La clef de cette porte, le Dr Van Helsing l'avait détachée du trousseau ; il referma convenablement la porte derrière lui et mit la clef dans sa poche.

— Eh bien ! dit-il, nos recherches, cette nuit, se sont passées à merveille ! Nous n'avons pas dû faire face au danger que je redoutais, et cependant nous savons maintenant combien il manque de caisses. Mais ce dont je me réjouis le plus, c'est que ce premier pas – peut-être le plus difficile, le plus périlleux – nous l'avons accompli sans notre si chère madame Mina, alors que toutes ses heures de veille et de sommeil eussent désormais et à jamais été troublées si, comme nous, elle avait vu ce spectacle, entendu ces bruits, respiré ces odeurs ! De plus, ces recherches, si l'on peut toutefois conclure à partir d'un cas particulier, nous ont prouvé ceci : les affreuses bêtes qui sont aux ordres du comte n'obéissent pourtant pas à son pouvoir purement spirituel, car, voyez, ces rats qui arrivent en grand nombre dès qu'il les appelle – comme du haut de son château il appelait les loups quand vous vouliez partir, Jonathan –, ces rats se sont enfuis dans la plus grande confusion à la seule vue de chiens aussi petits que des terriers ! Nous ne sommes qu'au début de nos nouvelles épreuves, il est vrai ; ce monstre… ce n'est assurément pas la seule et dernière fois, cette nuit, qu'il a exercé son pouvoir sur le monde animal. Il n'a fait que disparaître momentanément ; au moins, nous a-t-il déjà donné l'occasion de crier "échec !" dans cette terrible partie dont l'enjeu n'est rien moins que des âmes humaines. Et maintenant, rentrons. Il va faire jour, et nous pouvons être satisfaits de notre première nuit de travail.

Quand nous rentrâmes, on n'entendait rien dans l'établissement endormi, sinon les cris de quelque malheureux dans une salle au bout du couloir, et des gémissements venant de la chambre de Renfield. Sans doute le pauvre homme se torturait inutilement l'esprit, ce qui est fréquent chez ceux qui souffrent de troubles mentaux.

Je suis entré dans notre chambre sur la pointe des pieds ; Mina dormait, respirant si lentement que je dus me pencher sur elle pour entendre son souffle. Elle est plus pâle que d'habitude. Pourvu que la réunion d'hier soir ne l'ait pas trop bouleversée ! Je suis si heureux de savoir qu'elle ne participera plus à nos recherches, ni même à nos délibérations ! A entendre certaines choses, elle pourrait s'effrayer ; et, pourtant, les lui cacher pourrait lui faire encore plus de mal si jamais elle nous soupçonne de vouloir lui taire ceci ou cela. A l'avenir, il faut donc qu'elle ne se doute nullement de nos diverses décisions, qu'elle ne sache absolument rien de notre travail – au moins jusqu'au moment où nous serons à même de lui annoncer que la terre est définitivement débarrassée d'un monstre redoutable. J'avoue qu'il me sera difficile de garder le silence, alors que nous avions l'habitude de nous confier entièrement l'un à l'autre ; mais je tiendrai bon et, quand elle se réveillera, je ne lui dirai rien de ce que nous avons vu cette nuit ; si elle me questionne à ce sujet, je refuserai de lui répondre. Je vais m'étendre sur le sofa, afin de ne pas la déranger dans son sommeil.

1er octobre, plus tard – Sans doute était-il normal que nous dormions tous jusqu'à une heure avancée de la matinée, car la journée précédente avait été fort fatigante et, la nuit, nous n'avions pas eu un moment de repos. Mina elle-même devait se sentir éreintée car, malgré l'heure tardive, c'est moi qui, éveillé le premier, dus l'appeler deux ou trois fois avant qu'elle ne s'éveille à son tour. Elle était si profondément endormie que lorsqu'elle ouvrit les yeux elle resta quelque secondes sans me reconnaître : elle me regardait, l'air tout à la fois interdit et effrayé, comme quelqu'un qui sort d'un cauchemar. Comme elle se plaignait d'être fatiguée, je lui conseillai de rester encore un peu au lit…

Nous savons donc maintenant que vingt et une caisses ont disparu ; si on est venu chercher certaines d'entre elles, il sera assez facile de les retrouver. Evidemment, cela simplifierait de beaucoup notre travail, et plus tôt nous les aurons retrouvées, mieux ce sera. J'irai voir aujourd'hui Thomas Snelling.

JOURNAL DU DR SEWARD

1er octobre – Il était près de midi lorsque je m'éveillai ; le professeur marchait dans ma chambre. Son entrain était visible – un entrain qui ne lui est pas coutumier. Sans aucun doute, ce que nous avions découvert la nuit lui avait ôté de l'esprit un grand souci. Il commença par me parler un peu de cette aventure, puis il me déclara :

— Votre malade m'intéresse beaucoup. Pourrais-je encore aller le voir aujourd'hui avec vous ? Ou, si vous êtes trop occupé, peut-être me laisserez-vous aller le voir seul ? L'expérience est neuve pour moi, de rencontrer un fou qui parle philosophie et raisonne avec justesse.

En effet, j'avais à travailler. Je le priai donc de bien vouloir se rendre seul chez Renfield : je ne le ferais pas attendre. J'appelai un surveillant à qui je donnai les instructions nécessaires, et le professeur l'accompagna ; avant qu'il ne fût sorti de ma chambre, toutefois, je le mis en garde.

— Mais, me répondit-il, je veux lui parler de lui-même et de sa manie qui le poussait à manger des êtres vivants. J'ai lu hier dans votre journal qu'il en avait entretenu madame Mina. Pourquoi souriez-vous, mon cher John ?

— Excusez-moi, mais la réponse à votre question se trouve ici même, dis-je en posant la main sur les feuilles dactylographiées. Lorsque notre fou raisonnable et cultivé a parlé de l'habitude qu'il avait *naguère* de manger des êtres vivants, en réalité, sa bouche était encore souillée par les araignées et les mouches qu'il venait de manger juste avant que Mrs Harker n'entrât dans sa chambre.

Van Helsing sourit à son tour.

— Vous avez bonne mémoire, mon ami ! J'aurais dû me souvenir de ce détail, moi aussi. Et cependant, ce sont de semblables failles dans la pensée et la mémoire qui rendent si fascinante l'étude des maladies mentales. Peut-être apprendrai-je davantage au sujet de la folie par ce dément que je n'en apprendrais des enseignements du plus sage des hommes. Qui sait ?

Sur ce, j'allai dans mon bureau et me mis au travail. Le temps m'avait paru fort court, et pourtant déjà Van Helsing entrouvrait ma porte et me demandait :

— Je vous dérange ?

— Pas du tout, répondis-je. Entrez ! J'ai terminé ce que j'avais à faire, et maintenant je puis vous accompagner si vous le désirez.

— Inutile ! Je l'ai vu.

— Eh bien ?

— Je crains qu'il n'ait pas une très bonne opinion de moi. Notre entretien a été bref. Quand je suis entré dans sa chambre, il était assis au milieu de la pièce, sur un tabouret, les coudes sur les genoux, le menton dans les mains et un sombre mécontentement peint sur le visage. Je m'adressai à lui d'un ton aussi gai mais en même temps aussi déférent que possible. Il ne me répondit pas. "Ne me reconnaissez-vous pas ?" fis-je. Sa réplique ne fut pas des plus rassurantes. "Si je vous reconnais ! Vous êtes ce vieux niais de Van Helsing ! Je voudrais que vous alliez vous promener ailleurs, vous et votre étude idiote sur le cerveau ! Au diable, les Hollandais imbéciles !" Il ne dit pas un mot de plus, et il reprit son attitude morose, ignorant parfaitement ma présence. L'occasion m'a donc échappé d'apprendre quelque chose de la bouche de ce fou si intelligent. Pour me consoler, je vais aller un peu bavarder avec la douce madame Mina. Mon cher John, comment vous dire ma joie de la savoir à l'abri des souffrances et des dangers qui nous attendent encore ? Son aide nous manquera sans doute, mais il vaut mieux agir de la sorte.

— Je suis entièrement d'accord avec vous, dis-je. Il est préférable que Mrs Harker ne soit plus mêlée à tout ceci. La situation est déjà très périlleuse pour nous – des hommes qui pourtant avons connu maintes périodes difficiles au cours de notre existence. Si cette jeune femme avait continué à travailler avec nous, sa santé, finalement, aurait pu en être ruinée.

Van Helsing m'a donc quitté pour rejoindre Mr Harker et Mrs Harker ; Quincey et Art sont allés à la recherche des caisses contenant la terre – ou, tout au moins, de leur piste. Nous devons nous réunir ce soir.

JOURNAL DE MINA HARKER

1er octobre – C'est une impression assez étrange pour moi que d'être tenue dans l'ignorance de tout comme je le suis aujourd'hui. Pendant tant d'années, Jonathan m'a témoigné une telle confiance, et il m'a fallu le voir aujourd'hui éviter certains sujets de conversation – les plus importants de tous ! Ce matin, j'ai dormi tard, car la journée d'hier m'avait fort fatiguée ; Jonathan aussi ne s'est réveillé que peu avant midi… mais il fut le premier à se réveiller ! Avant de sortir, il m'a parlé plus doucement, plus tendrement que jamais, mais il n'a pas dit un seul mot de leur visite à la maison du comte. Et pourtant il devait savoir combien j'étais anxieuse à ce sujet. Pauvre chéri ! Ce silence qu'il gardait, sans doute était-il encore plus douloureux pour lui que pour moi. Tous, ils sont d'accord pour que je ne participe plus à cette affaire effroyable, et j'ai acquiescé. Mais penser que mon mari a des secrets pour moi ! Et voilà que je pleure comme une petite sotte alors que je sais que c'est son grand amour pour moi qui l'oblige à se taire, et que les autres également, ces amis si généreux, ne cherchent qu'à assurer mon repos et ma sécurité !

Les larmes m'ont soulagée. Et puis, je me dis qu'un jour Jonathan me racontera tout. De peur qu'il ne pense jamais, ne fût-ce qu'un instant, que je lui cache la moindre chose, je tiendrai mon journal comme d'habitude. Et s'il a douté de ma confiance, je le lui ferai lire – ses yeux si chers liront chacune de mes pensées. Aujourd'hui, je ne sais pourquoi, je me sens triste et découragée. Je suppose que c'est le contrecoup de toutes ces émotions.

Hier soir, je me suis mise au lit dès que Jonathan et les autres furent sortis, simplement parce qu'ils me l'avaient conseillé ; je n'avais pas sommeil – et j'étais terriblement inquiète. Je pensais à tout ce qui s'était passé depuis le jour où Jonathan était venu me voir pour la première fois à Londres ; tout cela ressemble à une horrible tragédie où le destin avance inexorablement vers son but. Chacune de nos actions, même si nous l'avons accomplie dans l'intention la meilleure, semble avoir eu les conséquences les plus déplorables. Si je n'étais pas allée à Whitby, peut-être la pauvre chère Lucy serait-elle encore avec nous. Avant mon arrivée, elle ne montait jamais au cimetière et, si elle n'y était pas venue avec moi dans la journée, elle n'y serait pas retournée la nuit dans une crise de somnambulisme et, donc, ce monstre n'aurait pas pu lui faire tout le mal qu'il lui a fait. Oh ! Pourquoi suis-je allée à Whitby ? Bon... voilà que je me remets à pleurer... Je me demande ce qui m'arrive aujourd'hui. Jonathan ne doit pas savoir que j'ai pleuré deux fois déjà ce matin – moi qui ne me suis jamais attendrie sur mon sort, et qui n'ai jamais versé une larme à cause de mon chéri ! S'il s'en apercevait, il se tourmenterait trop. Si même je me sens triste à un moment où nous sommes ensemble, je n'en laisserai rien paraître. Je pense que c'est là l'une des choses que nous avons à apprendre, nous, les femmes...

Je ne sais pas très bien à quel moment je me suis endormie hier soir. Je me souviens d'avoir entendu soudain les aboiements des chiens ainsi que mille petits cris étranges, qui venaient de la chambre de Mr Renfield, laquelle se trouve sous la mienne. Puis, il se fit partout un silence si profond que j'en éprouvai quelque inquiétude, et je me levai pour aller regarder par la fenêtre. L'obscurité ajoutée à ce lourd silence semblait donner à la nuit un mystère qu'accentuaient encore les ombres projetées dans le clair de lune. Rien ne bougeait ; tout était lugubre et immobile comme la mort ou le Destin, si bien que lorsqu'une bande de brouillard blanc se déplaça à partir du gazon, avec une lenteur qui la rendait presque imperceptible, vers la maison, on eût dit qu'elle seule vivait. Cette sorte de digression dans mes pensées, me fit sans doute du bien, car lorsque je me remis au lit, je sentis que je m'assoupissais peu à peu. Je restai étendue, très calme. Cependant, je ne parvenais pas à m'endormir tout à fait, je me relevai, allai de nouveau regarder par la fenêtre. Le brouillard s'étendait et maintenant touchait presque la maison : je le voyais, épais, contre le mur, comme s'il allait monter jusqu'aux bords des fenêtres. Le pauvre Renfield hurlait à présent, et sans saisir pourtant un mot de ce qu'il disait, à son ton, je devinais qu'il lançait des supplications passionnées. Puis j'eus l'impression qu'on se battait ; le surveillant, je m'en rendis compte, venait d'entrer dans sa chambre et ils en étaient venus aux mains. Je fus si effrayée que je retournai me glisser dans mon lit, me couvris la tête de mes couvertures, et me bouchai les oreilles. A ce moment-là, je n'avais plus du tout sommeil, du moins je le croyais. Pourtant, j'ai dû m'endormir peu après, car, à part certains rêves, je ne me rappelle rien de ce qui s'est passé jusqu'au matin, lorsque Jonathan m'a éveillée. Il m'a fallu un moment et un certain effort, je crois, pour comprendre où je me trouvais et que c'était Jonathan qui se penchait sur moi. Quant à mon rêve, il était singulier, et il montre bien comment nos pensées conscientes se prolongent dans nos rêves ou s'y mêlent confusément. Ce rêve, le voici !

J'étais endormie et j'attendais le retour de Jonathan. Terriblement anxieuse à son sujet, il m'était pourtant impossible de me lever et d'agir comme je l'aurais voulu : mes pieds, mes mains, mon cerveau étaient immobilisés sous un poids très lourd. Dans mon sommeil, je me sentais mal à mon aise, et je ne pouvais pas m'empêcher de penser. Alors j'eus la sensation que l'air était lourd, humide et froid tout ensemble. Je rejetai les couvertures, et je m'aperçus avec surprise que la chambre était plongée dans l'obscurité. La lumière du gaz que j'avais simplement baissée afin que Jonathan, en rentrant, y vît clair, n'était plus qu'une petite lueur rouge, à peine visible dans le brouillard qui, de plus en plus épais, entrait dans la pièce. Je me souvins que j'avais pourtant fermé la fenêtre avant de me remettre au lit ; je voulus m'en assurer, mais un engourdissement semblait enchaîner mes bras, mes jambes, et même ma volonté. J'attendis : qu'aurais-je pu faire d'autre ? Et je fermai les yeux, mais je voyais à travers mes paupières. (Les rêves ont de ces fréquentes bizarreries.) Le brouillard s'épaississait toujours, et je voyais maintenant de quelle manière il entrait – comme de la fumée ou plutôt comme la vapeur de l'eau en ébullition – non pas par la fenêtre, mais par les fentes de la porte. Bientôt on eût dit une colonne de nuages s'élevant au milieu de la chambre, et au sommet de laquelle la lumière de la lampe brillait tel un petit œil rouge. Tout se mit à tourner dans mon cerveau, à mesure que la colonne de brouillard s'amassait dans la chambre et, à travers ce brouillard, je voyais les mots de l'Ecriture : *Colonne de nuages le jour, de feu la nuit.* Etait-ce une sorte d'avertissement que l'on me donnait dans mon sommeil ? Mais la colonne était composée de l'élément du jour et de l'élément de la nuit, car c'était bien le feu qui brillait dans l'œil rouge et, à cette idée, je le trouvai de plus en plus fascinant ; jusqu'au moment où, tandis que je le regardais toujours, le feu se divisa et, à travers le brouillard, sembla briller au-dessus de moi, pareil à deux yeux rouges, tels ceux dont Lucy m'avait parlé dans son égarement passager quand, sur la falaise de Whitby, les rayons du soleil couchant frappaient les vitraux de St Mary's Church. Soudain, je frémis d'horreur en me disant que c'était ainsi que Jonathan avait vu ces trois créatures infernales se détacher des rayons de la lune où tourbillonnait la poussière et prendre peu à peu la forme de femmes ; puis je dus m'évanouir tout en rêvant, car il n'y eut plus autour de moi que des ténèbres.

Dans un dernier effort conscient de mon imagination, j'aperçus un visage livide qui, sortant du brouillard, se penchait sur moi.

Je dois me méfier de rêves semblables car, s'ils se reproduisaient souvent, ils deviendraient dangereux pour ma raison. Je voudrais demander au Dr Van Helsing ou au Dr Seward quelque chose qui me fasse dormir ; seulement, je crains qu'ils ne s'alarment. Si je leur racontais mon rêve en ce moment, ils n'en seraient que plus inquiets à mon sujet. Cette nuit, j'essayerai de dormir naturellement. Si je n'y parviens pas, demain soir je leur demanderai un soporifique. En prendre une seule fois ne me sera pas nuisible, et j'aurai une nuit de bon sommeil ; celle que je viens de passer m'a plus fatiguée que si je n'avais pas dormi du tout.

2 octobre, 10 heures du soir – La nuit dernière, j'ai dormi, dormi sans rêver, et profondément sans doute car Jonathan ne m'a pas réveillée en se mettant au lit ; pourtant le sommeil ne m'a pas reposée ; aujourd'hui encore je me suis sentie fort faible et découragée. Hier, j'ai passé toute la journée à essayer de lire… ou à somnoler. Dans l'après-midi, Mr Renfield a demandé à me voir. Le pauvre homme a été très aimable et, au moment où j'allais le quitter, il m'a baisé la main tout en priant Dieu de me bénir. Cela m'a beaucoup touchée ; je pleure quand je pense à cet homme. Nouvelle faiblesse que je dois cacher. Jonathan serait trop malheureux s'il savait que j'ai pleuré. Lui et les autres ne sont rentrés qu'à l'heure du dîner, très fatigués. J'ai fait tout ce que j'ai pu pour les revigorer, et je suppose que cet effort m'a réconfortée moi-même, car j'ai peu à peu oublié ma fatigue. Après le dîner, ils m'ont conseillé de me mettre au lit ; quant à eux, ils sortaient, le temps de fumer une cigarette, m'ont-ils dit, mais je savais très bien qu'ils voulaient parler de ce que la journée leur avait appris à chacun. A voir Jonathan, je devinais qu'il avait découvert quelque chose d'important. Je sentais que je ne m'endormirais pas facilement, et j'ai prié le Dr Seward de me donner un léger soporifique car, lui expliquai-je, je n'avais pas bien dormi la nuit précédente. Il m'en a préparé un, très léger, et m'a assuré qu'il était inoffensif… Je l'ai pris, mais j'attends toujours le sommeil… Ou plutôt si, je vais m'endormir, je le sens… Mais voilà que j'éprouve une nouvelle crainte : n'ai-je pas eu tort de prendre ce soporifique ? Il aurait peut-être beaucoup mieux valu rester éveillée toute la nuit ! Trop tard… Je m'endors… Bonsoir !

XX

JOURNAL DE JONATHAN HARKER

1er octobre, au soir – Je trouvai Thomas Snelling chez lui mais, malheureusement, il n'était pas en état de se rappeler quoi que ce fût. A l'annonce de ma visite, il avait déjà eu envie de boire de la bière sans m'attendre, et il avait commencé de bonne heure à s'enivrer. Cependant, sa femme, qui semble être une brave et honnête créature, m'apprit qu'il était seulement l'ouvrier de Smollet. Je me rendis donc à Walworth, chez Mr Joseph Smollet ; j'arrivai au moment où il était à table, prenant le thé, en manches de chemise. C'est un garçon bon, intelligent, un ouvrier en qui l'on peut avoir confiance et qui a des idées. Il se souvenait parfaitement de l'incident qui avait eu lieu lorsqu'il était venu chercher les caisses à Carfax, et, après avoir consulté un étonnant petit calepin aux pages cornées, il me parla de la destination de ces caisses. Il en avait transporté six, me dit-il, de Carfax au n° 197 de Chicksand Street, Mile End New Town, puis il en avait déposé six autres à Jamaica Lane, Bermondsey. Si donc le comte désirait disperser un peu partout dans Londres ces horribles caisses qui lui servaient de refuges, il avait choisi Chicksand Street et Jamaica Lane comme premiers dépôts, d'où il pourrait ensuite les expédier en divers endroits. Ce qui me donna à penser qu'il pourrait ne pas se confiner uniquement dans deux quartiers de Londres. Je demandai alors à Smollet s'il pouvait me dire si on avait été chercher à Carfax d'autres caisses encore.

— Ben, patron, me répondit-il, v's avez été fameusement généreux pour moi (je lui avais glissé dans la main un demi-souverain), aussi, j'vais vous dire tout c'que j'sais ! Y a quat' soirs d'ici, à l'enseigne du *Lièvre et des chiens*, dans Pincher's Alley, j'ai entendu raconter par un certain Bloxam que lui et un autre camionneur étaient allés dans une vieille maison de Purfleet faire un travail pendant lequel ils avaient avalé des kilos de poussière ! Comme ça n'arrive pas tous les jours, hein ? je pense que ce Sam Bloxam pourrait encore vous donner bien des détails là-d'ssus !

S'il parvenait à me trouver l'adresse de ce Bloxam, lui dis-je, cela lui vaudrait un nouveau demi-souverain. De sorte que, ayant rapidement avalé le reste de son thé, il se leva et déclara qu'il allait rechercher partout ledit Bloxam. Il me reconduisit jusqu'à la porte, et, sur le seuil, me dit encore :

— Voyez-vous, m'sieur, y a aucune raison pour que j'vous r'tienne ici. Y s'peut qu'j'trouve Sam tout d'suite, mais i s'peut qu'non. D'tout' façon, y dira pas grand-chose ce soir. C'est qu'il est difficile de tirer que'que chose de lui quand il a bu. Si vous voulez m'donner une envelop' avec un timbre d'ssus et tout, et y mett' votr' adresse, quand j'saurai où on peut trouver Sam, j'vous l'enverrai, c't'enveloppe. Mais y faudrait v'nir chez lui tôt l'matin, ou bien vous l'manqu'rez ; car y s'lève toujours d'bonne heure, qu'y soit rentré soûl ou pas soûl la veille.

Tout cela était fort bien raisonné ; je donnai un penny à l'un des enfants, en lui demandant d'aller acheter une enveloppe et un timbre, et je lui dis de garder pour lui la monnaie. La petite fille revint : j'écrivis mon adresse sur l'enveloppe, y collai le timbre et fis promettre à Smollet de me l'envoyer dès qu'il saurait où l'autre habitait. Puis, je pris le chemin du retour.

Enfin, le mystère commence à s'éclaircir ! Peu à peu… Je suis très fatigué, ce soir ; je voudrais dormir. Mina, elle, dort profondément, et elle est pâle, trop pâle, me semble-t-il ; à voir ses yeux, on dirait qu'elle a pleuré. Pauvre chérie, depuis que nous la tenons à l'écart de nos délibérations, de nos projets, immédiats et autres, elle est inquiète, doublement inquiète, j'en suis sûr. Et pourtant, nous avons bien fait de prendre cette décision ! Il vaut mieux qu'elle soit quelque peu désappointée et anxieuse momentanément plutôt que d'avoir dans quelque temps les nerfs complètement ébranlés. Les deux médecins avaient décidément raison de ne plus vouloir qu'elle participe à notre entreprise ; et, en ce qui me concerne, encore une fois, il faut que je tienne bon, je sais que c'est surtout sur moi que va peser ce fardeau de silence. Mais sous aucun prétexte, je n'aborderai plus ce sujet avec Mina ; je ne crois pas, après tout, que ce soit très difficile, car elle-même, pour le moment, semble préférer n'en rien dire ; depuis que nous lui avons fait part de notre décision, elle n'a plus fait la moindre allusion ni au comte ni à ses agissements.

2 octobre, au soir – Journée fatigante, excitante et qui semblait ne jamais devoir finir. Au courrier du matin, j'ai reçu l'enveloppe portant ma propre écriture ; elle contenait un petit bout de papier tout souillé sur lequel une adresse était grossièrement griffonnée au crayon :

Sam Bloxam, Korkrans, 4, Poters Cort, Bartel Street, Walworth. D'mander l'di'e'c'teu'.

C'est encore au lit que je lus cette lettre, et je me levai sans éveiller Mina. Dans son sommeil, elle paraissait très pâle, fort lasse et, vraiment, pas bien du tout. Je la laissai dormir ; mais j'étais décidé d'autre part, lorsque je reviendrais de cette nouvelle démarche, à la persuader de retourner à Exeter. Elle serait plus heureuse chez nous, forcément occupée de son intérieur, qu'ici, parmi nous, mais tenue dans l'ignorance. Je ne fis qu'entrevoir le Dr Seward ; je lui dis où j'allais et lui promis de revenir le plus tôt possible les mettre au courant, lui et les autres, de ce que j'aurais découvert.

Arrivé à Walworth, j'eus quelque difficulté à trouver Potter's Court. L'orthographe de Mr Smollet m'induisit en erreur quant à l'adresse. Pourtant, une fois que je fus dans Potter's Court, je me dirigeai sans hésitation vers la maison de Corcoran. Quand, à l'homme qui vint m'ouvrir, je demandai le directeur, croyant que c'était ainsi qu'on l'appelait dans le voisinage, il me répondit en hochant la tête :

— Connais pas. Y a pas d'di'ecteu' ici. Jamais d'ma vie j'n'ai entendu parler d'di'ecteu' ici.

Je pris la lettre de Smollet, et, en la lisant, j'eus l'impression que, comme pour le nom de la cour, je faisais erreur quant au nom de l'homme.

— Qui êtes-vous ? demandai-je à mon interlocuteur.

— Mais l'dilegué, répondit-il.

Je compris à l'instant que j'étais sur la bonne piste. L'orthographe de Smollet, encore une fois ! Une demi-couronne suffit à mettre à ma disposition tout ce que savait le délégué, et j'appris de la sorte que Mr Bloxam, qui s'était remis de sa soûlographie de la veille en passant la nuit chez Corcoran, était parti dès cinq heures du matin pour Poplar, où il travaillait. Corcoran ne put pas m'indiquer la situation exacte de l'entrepôt où je le trouverais, mais, cet entrepôt, il me le décrivit vaguement comme “tout ce qu'il y a de neuf, de moderne” – et c'est fort de ce renseignement que je me mis en route pour Poplar. Il était près de midi lorsque l'on crut pouvoir m'indiquer où se trouvait le bâtiment en question, et cela dans un café où quelques ouvriers prenaient leur repas. L'un d'eux, faisant allusion à un "nouveau et immense magasin" que l'on venait de construire à Cross Angel Street, je me dis que ce devait être ce que je cherchais, et je m'y rendis tout de suite. Un bref entretien avec le portier, homme d'humeur très maussade, puis avec un contremaître, d'humeur plus maussade encore, mais que j'amadouai tous deux grâce à deux pièces frappées aux armes du royaume, me mit sur la trace de Bloxam. On l'envoya chercher lorsque je me déclarai prêt à payer son salaire d'une journée au contremaître si on me permettait de lui poser quelques questions au sujet d'une affaire qui m'intéressait personnellement. Bloxam est un garçon à l'aspect rude et au franc-parler. Quand je lui eus promis de payer les renseignements qu'il me donnerait et que, en réalité, je lui eus donné des gages, sonnants et trébuchants, de mes bonnes intentions, il me dit avoir fait entre Carfax et une maison de Piccadilly, deux trajets, pour transporter dans cette dernière neuf grandes caisses – "d'énormes caisses très lourdes" – sur un camion tiré par un cheval qu'il avait loués à cette fin. Je lui demandai s'il se rappelait le numéro de la maison de Piccadilly.

— Ma foi, patron, me répondit-il, j'ai oublié le numéro, mais ce que je puis vous dire, c'est que deux ou trois maisons seulement séparent celle où j'ai amené les caisses d'une grande église blanche – ou quelque chose qui ressemble à une église – et qui, en tout cas, n'est pas construite depuis longtemps. C'est une vieille maison pleine de poussière, elle aussi, et pourtant c'est pas à comparer à la poussière de la maison où nous sommes allés chercher ces sacrées caisses !

— Comment êtes-vous entré dans ces deux maisons si l'une et l'autre étaient inhabitées ?

— Le vieux qui m'avait embauché m'attendait dans la maison de Purfleet. Il m'a aidé à soulever les caisses pour les mettre sur le camion. Malédiction ! C'est bien l'homme le plus fort que j'aie jamais rencontré, et pourtant c'est un vieillard à la moustache blanche, et si maigre qu'on penserait qu'il ne peut pas renverser une ombre !

Je frémis d'émotion.

— Oui ! Il prenait les caisses comme si ç'avait été des paquets de thé d'une livre, tandis que moi, je soufflais et je soufflais encore avant de me décider à les soulever de mon côté… et pourtant, je ne suis pas un gringalet, moi non plus !

— Et dans la maison de Piccadilly, comment êtes-vous entré ? insistai-je.

— Il était là aussi. Il a dû faire la route très rapidement et arriver là avant moi, car lorsque j'ai sonné, c'est lui-même qui est venu ouvrir la porte, et qui m'a aidé à porter les caisses dans le corridor.

— Toutes les neuf ?

— Toutes les neuf. Cinq pour le premier voyage ; quatre pour le second. Quel travail ! Et qui donnait soif ! Je me demande encore comment je suis rentré chez moi !

— Avez-vous laissé les caisses dans le corridor ?

— Oui. C'était un corridor où il n'y avait aucun meuble.

— Vous n'aviez pas de clef ?

— Ni clef ni rien du tout. Le vieux monsieur, comme il avait ouvert la porte lui-même, l'a refermée quand je suis parti. Vrai, pour la dernière fois, je ne me souviens pas très bien, à cause de la bière…

— Et vous ne vous rappelez pas le numéro de la maison ?

— Non, monsieur ; mais vous la trouveriez facilement, cette maison ! Elle est haute, la façade est en pierre, avec un bow-window et un perron. Je m'en souviens, de ce perron, ayant dû y monter les caisses avec trois badauds qui sont venus me donner un coup de main dans l'espoir de gagner quelques pence. Le vieux monsieur, il leur a donné des shillings, et, quand ils ont vu ça, ils ont attendu pour en avoir encore davantage ; mais le vieux en a saisi un par les épaules et l'aurait envoyé rouler au bas des escaliers si tous ne s'étaient pas enfuis aussitôt en jurant.

Jugeant qu'après une telle description, je reconnaîtrais facilement la maison, je payai l'homme qui m'avait renseigné, et je partis pour Piccadilly. Je venais d'apprendre, entre autres choses, un fait assez déconcertant : le comte pouvait soulever lui-même les coffres remplis de terre. Chaque minute était donc précieuse. Car maintenant qu'il les avait fait déposer en divers endroits, il pouvait, à l'heure de son choix, compléter sa tâche sans que personne s'en aperçût. A Piccadilly Circus, je descendis du fiacre, et je m'en allai vers l'ouest du quartier. Je venais de passer devant le *Junior Constitutional* lorsque j'aperçus la maison en question. C'était bien un des repaires de Dracula, je n'en doutai pas un instant. Cette maison paraissait inoccupée depuis très longtemps. Les volets étaient ouverts, mais une épaisse couche de poussière recouvrait les fenêtres. Le temps avait noirci toutes les boiseries, et il ne restait plus trace de peinture sur aucun des ornements en fer. On devinait que, naguère encore, une affiche cachait une grande partie du balcon ; elle venait d'être grossièrement arrachée, les montants qui la fixaient étaient toujours là. J'aurais donné beaucoup pour voir cette affiche encore intacte : elle m'eût peut-être appris le nom du propriétaire de la maison. Je me rappelais comment j'avais fait les découvertes qui avaient abouti à l'achat de Carfax et il me semblait que si je connaissais l'ancien propriétaire, il me serait possible d'entrer dans la maison.

Il ne servait à rien de rester dans Piccadilly même : qu'aurais-je pu apprendre de plus, qu'aurais-je fait ? Je contournai donc la maison, me disant que peut-être, de l'autre côté, je verrais quelque chose d'intéressant. Dans les écuries, il y avait beaucoup d'animation. Rencontrant un ou deux palefreniers, je leur demandai ce qu'ils savaient de cette maison vide. L'un d'eux me répondit qu'il avait appris qu'elle venait d'être achetée, mais il ignorait par qui. Il ajouta qu'à peine deux ou trois jours auparavant on voyait encore au balcon de la maison une pancarte annonçant qu'elle était à vendre, et que peut-être si je m'adressais à la firme Mitchell, Sons & Candy, j'obtiendrais les renseignements que je cherchais, car il croyait bien se souvenir d'avoir lu sur l'affiche le nom de ces courtiers en immeubles. Ne voulant pas paraître trop intéressé par la chose, je me contentai de ces quelques détails, remerciai mon interlocuteur et m'éloignai. Le soir approchait, aussi ne perdis-je point de temps. Puisque je connaissais l'adresse de Mitchell, Sons & Candy, je me rendis aussitôt à leur bureau de Sackville Street.

L'employé qui me reçut se montra particulièrement affable, mais aussi laconique. Il me dit que cette maison de Piccadilly était vendue, puis il considéra notre entretien comme terminé. Aussi, lorsque je lui demandai encore qui l'avait achetée, il ouvrit de grands yeux et, l'air assez étonné, attendit quelques secondes avant de répéter :

— Elle est vendue, monsieur.

— Je vous prie de m'excuser, insistai-je, très poli moi aussi, mais si je désire savoir qui l'a achetée, j'ai pour cela d'excellentes raisons, croyez-moi.

De nouveau il attendit, et cette fois plus longtemps, cependant qu'il haussait de plus en plus ses sourcils.

— Elle est vendue, monsieur.

— Assurément, répliquai-je, vous pourriez me donner quelques détails à ce sujet.

— Mais non, monsieur. Chez Mitchell, Sons & Candy, les relations avec les clients sont absolument confidentielles.

— Vos clients, monsieur, ont de la chance d'avoir des hommes d'affaires dignes d'une telle confiance. J'appartiens moi-même à la profession (je lui tendis ma carte) et ce n'est pas la curiosité qui m'amène ici, croyez-le. Je viens de la part de Lord Godalming ; il désirerait quelques renseignements au sujet de cette propriété qui, il y a peu de temps encore, a-t-il appris, était à vendre.

Ceci fit prendre à l'affaire une autre tournure.

— Mr Harker, je ne demanderais qu'à vous obliger, si je le pouvais, et surtout ce me serait un véritable plaisir d'obliger Sa Seigneurie. Nous nous sommes déjà chargés de louer pour lui une garçonnière quand il était encore l'honorable Arthur Holmwood. Si vous voulez bien me donner l'adresse de Lord Godalming, je parlerai de la chose au directeur et, dans tous les cas, j'écrirai à Sa Seigneurie dès ce soir. Nous ne serons que trop heureux s'il nous est possible de déroger à l'usage établi afin de donner à Sa Seigneurie les renseignements désirés.

Comme il me fallait faire de lui un ami et non un ennemi, je le remerciai de sa serviabilité, lui donnai l'adresse du Dr Seward et le quittai. Il faisait nuit ; je me sentais fatigué, j'avais faim. Je pris une tasse de thé avant de rentrer à Purfleet par le prochain train.

Je trouvais tous les autres réunis. Mina, toujours très pâle, paraissait encore fatiguée, mais elle fit un visible effort pour montrer de la gaieté. Cela me déchirait le cœur de penser qu'il me fallait lui taire tant de choses et que, de ce fait, son inquiétude s'aggravait. Dieu merci ! c'est le dernier soir qu'elle assiste à nos réunions avec ce sentiment – combien amer sans doute ! – de ne plus être notre confidente. Pour ma part, il me faut beaucoup de courage pour tenir ma sage résolution. Toutefois, Mina, elle, semble parfaitement accepter cette situation. Ou bien est-ce que toute cette aventure lui répugne à présent ? Pour peu qu'on y fasse allusion devant elle, on la devine qui frémit. Heureusement, nous avons pris notre décision à temps, car nos découvertes progressives auraient finalement été pour elle une véritable torture.

Je devais attendre d'être seul avec le Dr Seward et nos autres amis pour leur faire part de ce que je venais d'apprendre. De sorte qu'après le dîner – et après avoir fait un peu de musique afin de sauver les apparences même pour nous-mêmes –, je montai avec Mina, puis je la laissai se mettre au lit. La chère enfant se montra pour moi plus tendre que jamais, noua ses bras autour de mon cou comme pour m'empêcher de la quitter à nouveau ; mais j'avais beaucoup de choses à raconter à ceux qui m'attendaient en bas, et je dus bien la laisser seule. Grâce à Dieu ! Malgré le silence que nous observons sur certains sujets, rien n'est changé entre elle et moi.

Quand je redescendis, le Dr Seward et ses amis étaient assis autour du feu dans le bureau du docteur. Je leur lus les pages de mon journal que j'avais écrites dans le train et qui relataient ma journée. Lorsque j'eus terminé, Van Helsing déclara :

— C'est une importante découverte, ami Jonathan ! A n'en pas douter, nous allons retrouver ces caisses. Si elles sont toutes dans cette maison de Piccadilly, notre travail est presque accompli. D'autre part, si quelques-unes manquent encore, nous devrons les chercher et les retrouver, elles aussi, à tout prix ! Il ne nous restera plus alors qu'à porter notre coup final, et acculer le monstre à sa mort véritable.

Nous restâmes tous silencieux un moment, puis, soudain, Mr Morris demanda :

— Dites-moi, comment ferons-nous pour entrer dans cette maison ?

— Nous sommes bien entrés dans l'autre ! répliqua vivement Lord Godalming.

— Voyons, Art, il ne s'agit pas du tout de la même chose ! A Carfax, nous sommes entrés en crochetant la serrure, mais nous avions, pour nous protéger, la nuit et un parc entouré de murs. Il faudra nous y prendre tout à fait autrement si nous voulons nous introduire dans une maison de Piccadilly – que ce soit de jour ou de nuit. J'avoue que je ne vois pas comment nous y parviendrons, à moins que cet amour d'employé ne puisse nous procurer une clef ; peut-être serons-nous fixés sur ce point quand vous recevrez sa lettre demain matin.

Les sourcils froncés, Lord Godalming se leva et se mit à faire les cent pas dans la pièce. Tout à coup, il s'arrêta, et, se tournant vers chacun de nous l'un après l'autre :

— Quincey a parfaitement raison, dit-il. Cette affaire sent trop le cambriolage et devient des plus sérieuses ; nous nous en sommes tirés une fois, mais maintenant nous allons nous trouver devant une difficulté réelle… à moins que, en effet, nous ne puissions, d'une manière ou d'une autre, obtenir les clefs du comte.

Comme, de toute façon, nous ne pouvions rien faire avant le lendemain matin, et qu'il était sage d'attendre que Lord Godalming ait reçu des nouvelles de la firme Mitchell, nous décidâmes de ne prendre aucune résolution avant le petit déjeuner. J'en ai profité pour relater dans mon journal les dernières heures de cette journée. Je suis très fatigué, je vais me coucher.

Encore quelques mots pourtant. Mina dort profondément, et sa respiration est régulière. De petites rides apparaissent sur son front, comme si même dans son sommeil un souci la poursuivait. Encore très pâle, elle paraît pourtant être mieux que ce matin. Demain, je l'espère, elle sera tout à fait remise quand elle se retrouvera chez elle, dans notre maison d'Exeter. Oh ! que j'ai sommeil !

JOURNAL DU DR SEWARD

1er octobre – De nouveau, je ne sais que penser au sujet de Renfield. Il change d'humeur à tout moment, aussi ai-je à peine le temps d'essayer de saisir pourquoi il se comporte de telle ou telle façon ; d'autre part, comme ses sautes d'humeur ne dépendent pas uniquement du bien-être qu'il ressent, l'étude de ses caprices me paraît du plus haut intérêt. Ce matin, quand je suis allé le trouver après qu'il eut si mal accueilli Van Helsing, ses manières étaient celles d'un homme maître de son destin. De fait, il l'était, maître de son destin – mais subjectivement. En réalité, il ne se souciait guère des choses d'ici-bas ; il vivait dans les nuages, et c'est de ce point de vue qu'il considérait nos faiblesses, à nous mortels. Je me proposai de saisir une occasion pour apprendre quelque chose.

— Et ces mouches, qu'en pensez-vous aujourd'hui ? lui demandai-je.

Il me sourit en me regardant d'un air de supériorité – sourire qui aurait convenu à Malvolio – et il me répondit :

— La mouche, cher monsieur, possède une caractéristique frappante : ses ailes représentent idéalement le pouvoir aérien des facultés psychiques. Les anciens avaient raison quand ils représentaient l'âme sous la forme d'un papillon !

Je voulus le forcer à poursuivre l'analogie aussi loin qu'il pourrait le faire logiquement, aussi répliquai-je aussitôt :

— Oh ! c'est donc une âme que vous cherchez à présent ?

Sa folie l'emporta sur sa raison, et la perplexité se lut sur son visage cependant qu'il disait en secouant la tête avec un air décidé que j'avais rarement vu chez lui :

— Mais non, mais non, mais non ! Il n'est pas question d'une âme ! C'est la vie que je veux, voilà tout !

Puis, ses traits se détendirent et il reprit :

— D'ailleurs, pour le moment, ça m'est égal. La vie, c'est parfait ; j'ai tout ce que je désire. Il vous faudra un nouveau malade, docteur, si vous voulez étudier la zoophagie !

— Alors, vous disposez de la vie ; vous êtes un dieu, je suppose ?

Il eut à nouveau un sourire de supériorité, mais très doux également.

— Oh ! non. Loin de moi la pensée de me conférer les attributs de la divinité. Je ne suis même pas en cause pour ce qui est de Ses actes spirituels. Si je dois définir ma position intellectuelle, par rapport aux choses purement terrestres, elle ressemble à celle qu'Enoch occupait sur le plan spirituel.

Tout cela était assez confus pour moi ; au moment même, il me fut impossible de me rappeler le rôle qu'avait exactement tenu Enoch. Il me fallait donc poser une question, quitte à baisser dans l'estime de ce malade.

— A celle d'Enoch ? Pourquoi ?

— Parce qu'il marchait avec Dieu.

Je ne saisissais pas le rapport, mais je ne voulais pas l'avouer. Je préférai revenir à ce qu'il avait dit précédemment.

— Donc, vous ne vous souciez pas des âmes, et peu de la vie. Et pourquoi, dites-moi ?

Ma question, je l'avais posée sur un ton assez abrupt afin de le décontenancer. J'y avais réussi, car, un moment, et sans s'en rendre compte, il retrouva son attitude humble, s'inclina très bas devant moi et fit réellement le chien couchant tandis qu'il me répondait :

— Non, bien sûr, je ne me soucie pas des âmes, je n'en veux pas, c'est la pure vérité. Je ne saurais qu'en faire si j'en avais ; elles ne me serviraient à rien. Je ne pourrais pas les manger ni…

Il s'interrompit, et son air rusé reconquit soudain son visage, comme un coup de vent balaie la surface de l'eau.

— Quant à la vie, docteur, qu'est-ce que c'est, après tout ? Une fois que vous jouissez de tout ce dont vous avez besoin, et que vous savez que vous ne manquerez jamais de rien, que faudra-t-il attendre d'autre ? J'ai des amis, de très bons amis comme vous, docteur – il avait dit ceci en me lançant un regard de côté – et je sais qu'il ne me manquera jamais rien de ce qu'il me faut, à moi, pour vivre.

Je pense que malgré la confusion de son esprit, il comprit que je n'étais pas près de l'approuver, car il se réfugia aussitôt dans un silence obstiné – ce que finissent toujours par faire ces malades. Convaincu qu'il était inutile de chercher à poursuivre l'entretien, je le laissai.

Un peu plus tard dans la journée, on vint me dire qu'il me demandait. Je ne vais le voir que lorsque j'ai pour cela une raison déterminée, mais, ces temps-ci, il m'intéresse à ce point que je ne voulus pas lui opposer un refus. Et s'il faut tout dire, qu'aurais-je fait d'autre pour passer le temps ? Harker est sorti, pour faire ses recherches ; de même que Lord Godalming et Quincey. Van Helsing, dans mon bureau, étudie les documents qu'ont préparés les Harker ; il espère, dirait-on, que tous ces détails le mettront sur quelque piste, et il ne veut être distrait de son travail sans raison sérieuse. A vrai dire, j'aurais aimé qu'il m'accompagnât chez Renfield, mais lui-même peut-être n'y aurait pas tenu, après leur dernière entrevue ! D'autre part, je craignais que Renfield ne parlât plus aussi ouvertement en présence d'un tiers.

Je le trouvai au milieu de la pièce, assis sur son tabouret, ce qui, en général, indique chez lui une certaine activité de la pensée. J'étais à peine entré dans la chambre qu'il me demanda, comme si cette question avait été prête sur ses lèvres :

— Que pensez-vous des âmes ?

Je ne m'étais pas trompé : chez le fou, tout comme chez l'homme normal, l'esprit travaille parfois sans qu'il en ait conscience. Mais je voulus en être certain.

— Qu'en pensez-vous vous-même ? fis-je.

Il demeura un moment sans répondre, regardant tout autour de lui, au plafond puis le long des murs, comme s'il avait espéré qu'une inspiration viendrait lui apporter la réponse.

— Je ne veux aucune âme ! me répondit-il doucement, et, peut-être, pour se disculper d'avance.

J'avais l'impression que c'était chez lui une idée fixe, et je décidai de m'en servir – "par la cruauté on arrive à la bonté*".

— Vous aimez la vie, et vous voulez la vie, n'est-ce pas ?

* *Hamlet*, III, 4, vers 178. *(N.d.E.)*

— Oh ! oui, c'est cela, c'est bien cela ! La vie, c'est tout ce qu'il nous faut !

— Mais comment obtenir la vie sans obtenir l'âme également ?

Comme cette question paraissait l'embarrasser, je repris :

— Je vous souhaite du bon temps quand vous vous envolerez d'ici avec les âmes de milliers de mouches et d'araignées et d'oiseaux et de chats, bourdonnant, gazouillant et miaulant tout autour de vous ! Vous leur avez pris la vie, il faut maintenant que vous acceptiez leurs âmes !

Quelque chose sembla frapper son imagination, car il se boucha les oreilles et ferma les yeux, les ferma avec le même refus obstiné qu'un petit garçon à qui on savonne le visage. J'en fus profondément touché, et à mon émotion se mêlait le sentiment d'avoir devant moi un enfant – oui, un enfant bien que les traits fussent déjà ceux d'un vieil homme et que la barbe de trois jours fût blanche. Sans aucun doute, il souffrait en ce moment de quelque nouveau trouble ; et sachant comment, dans ses crises précédentes, il avait interprété certaines choses qui, apparemment du moins, ne le concernaient pas, je jugeai prudent d'entrer dans ses vues. Tout d'abord, il fallait lui rendre confiance. Je lui demandai, en parlant assez haut pour qu'il m'entendît, bien qu'il n'eût pas cessé de se boucher les oreilles :

— Voulez-vous un peu de sucre pour attirer vos mouches ?

Il comprit tout de suite, hocha la tête, et me répondit en riant :

— Oh ! vous savez, les mouches, après tout, ce sont de pauvres petites créatures… Il se tut un moment, puis ajouta : Mais je ne désire tout de même pas que leurs âmes viennent bourdonner autour de moi.

— Et les araignées ?

— Je me moque des araignées ! A quoi servent les araignées ? Il n'y a rien en elles que l'on puisse manger ou…

Il s'interrompit, comme s'il se souvenait soudain qu'il ne devait pas aborder un certain sujet.

"Bon, bon ! me dis-je, voilà la deuxième fois qu'il s'arrête avant de prononcer le mot «boire». Pourquoi ?"

Lui-même s'aperçut sans doute de l'erreur qu'il venait de commettre en n'achevant pas sa phrase, et il reprit aussitôt, comme pour détourner mon attention :

— Je ne m'intéresse pas le moins du monde à tout ça : *les rats et les souris et tous ces petits animaux**, comme écrit Shakespeare, *nourriture de poulet*, pourrait-on dire ! Pour moi, finies toutes ces sottises ! Vous pourriez tout aussi bien demander à un homme de manger des molécules avec des baguettes chinoises que d'essayer de m'intéresser à ces carnivores inférieurs, maintenant que je sais ce qui m'attend !

— Je vois ! Ce que vous voulez, ce sont des animaux dans lesquels vous puissiez mordre à pleines dents. Aimeriez-vous que l'on vous apporte un éléphant au petit déjeuner ?

— Est-ce idiot, est-ce ridicule ce que vous dites là !

— Je me demande, fis-je, pensif, à quoi ressemble une âme d'éléphant !

J'obtins l'effet désiré, car, immédiatement, il cessa de monter sur ses grands chevaux et, à nouveau, redevint semblable à un enfant.

— Je ne veux pas l'âme d'un éléphant, dit-il, je ne veux aucune âme !

Il resta immobile un instant, sans rien dire, et l'air découragé. Brusquement, il repoussa son tabouret et se

* *Le Roi Lear*, III, 4, vers 142. *(N.d.E.)*

leva, les yeux brillants et visiblement en proie à une véritable exaltation.

— Allez au diable, vous et vos âmes ! s'écria-t-il. Pourquoi me tourmentez-vous ainsi en me parlant des âmes ? N'y a-t-il pas déjà assez de choses qui me contrarient, me font souffrir, m'affolent, sans que j'aie à penser aux âmes ?

Il paraissait si furieux que je craignis qu'il ne se jetât à nouveau sur moi, dans l'intention de me tuer. Aussi je pris mon sifflet, afin d'appeler les surveillants. Mais aussitôt il se calma et me dit en s'excusant :

— Pardonnez-moi, docteur ; je me suis oublié. N'appelez personne, c'est inutile. Mais tant de choses me préoccupent que je m'irrite pour un rien. Si seulement vous saviez le problème que j'ai à résoudre, vous auriez pitié de moi et vous me pardonneriez mes éclats. Je vous en prie, ne me mettez pas la camisole de force ! Il me faut beaucoup réfléchir, et je ne puis le faire librement lorsque mon corps lui-même est retenu prisonnier. Cela, je suis sûr que vous le comprenez !

Certes, à ce moment-là, il était entièrement maître de soi ; quand les surveillants arrivèrent, je leur dis qu'ils pouvaient se retirer. Renfield les observa tandis qu'ils sortaient de la chambre et, lorsque la porte se fut refermée sur eux, il me dit avec, tout ensemble, douceur et gravité :

— Vous avez eu beaucoup d'égards pour moi, docteur ; croyez que je vous en suis très, très reconnaissant.

Je jugeai bon de le laisser dans cette disposition d'esprit, et je le quittai. Le cas de cet homme mérite qu'on l'examine attentivement. Plusieurs points pourraient constituer ce que cet interviewer américain appelle "une chronique", si seulement il était possible de les considérer dans l'ordre convenable. Les voici :

Il ne prononce jamais le mot "boire".

Il frémit à la seule pensée d'être encombré de "l'âme" de n'importe quelle créature.

Il ne craint pas de manquer de "ce qu'il lui faut, à lui, pour vivre".

Il méprise toute forme de vie inférieure, les "petits animaux", encore qu'il redoute d'être hanté par leurs âmes.

Logiquement, tout cela signifierait qu'il a la certitude d'accéder un jour à une vie supérieure. Mais il en redoute la conséquence : le fardeau d'une âme. C'est donc d'une vie humaine qu'il s'agit !

Et cette certitude ? D'où lui vient-elle ?...

Dieu de Miséricorde ! C'est que le comte est venu à lui. A quelle nouvelle horreur devons-nous encore nous attendre ?

Plus tard – J'ai mis Van Helsing au courant de mes soupçons. Aussitôt, il a paru très soucieux et, après un moment de réflexion, il m'a demandé de le conduire auprès de Renfield. Comme nous approchions de la porte de celui-ci, nous l'entendîmes qui chantait gaiement, ainsi qu'il le faisait souvent en un temps qui me semble maintenant fort lointain. Une fois entrés, nous vîmes avec étonnement qu'il avait, comme naguère, répandu son sucre sur l'appui de fenêtre. Les mouches, moins nombreuses en cette saison automnale, commençaient à bourdonner dans la chambre. Nous voulûmes lui faire reprendre le sujet de la conversation que je venais d'avoir avec lui, mais en vain : il continuait à chanter comme si nous n'avions pas été là. Il tenait en main un bout de papier qu'il plia puis glissa dans un calepin.

Nous sortîmes, n'en sachant pas plus que lors de notre arrivée. Nous sommes bien décidés à observer son comportement, cette nuit.

LETTRE DE MITCHELL, SONS & CANDY A LORD GODALMING

1er octobre.

Milord,

Nous sommes toujours très heureux de pouvoir vous rendre service. Nous avons le plaisir de répondre au désir de Votre Seigneurie – désir dont nous a fait part Mr Harker – en lui donnant les informations suivantes concernant la vente et l'achat de l'hôtel sis au n° 347 de Piccadilly. Cette propriété a été vendue par les exécuteurs testamentaires de feu Mr Archibald Winter-Suffield à un gentilhomme étranger, le comte de Ville, qui a personnellement effectué l'achat et qui a payé comptant, si Votre Seigneurie veut bien me permettre d'employer une expression si vulgaire. A part cela, nous ne savons absolument rien de cet étranger.

Nous restons, Milord, les humbles serviteurs de Votre Seigneurie.

Mitchell, Sons & Candy.

JOURNAL DU DR SEWARD

2 octobre – Hier soir, je donnai l'ordre à un surveillant de rester dans le couloir et de ne pas s'éloigner de la porte de Renfield : s'il remarquait, s'il entendait quoi que ce fût d'insolite, il devait m'en avertir aussitôt.

Après le dîner, lorsque nous fûmes tous réunis autour du feu, dans mon bureau (Mrs Harker était montée se coucher), chacun de nous expliqua où il avait été ce jour-là, ce qu'il avait fait, ce qu'il avait découvert. En vérité, Harker seul était arrivé à un résultat, et nous sommes tous persuadés qu'il est important.

Avant d'aller me mettre au lit, je retournai auprès du surveillant, me demandant ce qui se passait de ce côté. Je regardai moi-même par le guichet pratiqué dans la porte : Renfield dormait profondément ; sa respiration paraissait régulière.

Mais, ce matin, le surveillant m'a raconté qu'un peu après minuit, il a commencé à s'agiter et n'a plus cessé dès lors de réciter ses prières à haute voix. Quand je lui ai demandé s'il n'avait rien d'autre à me signaler, il s'est contenté de me répondre que c'était tout ce qu'il avait entendu. Je le soupçonnai alors de s'être endormi, et je le lui dis sans ambages ; il nia d'avoir dormi, mais reconnut qu'il s'était "assoupi" un moment. Pour se fier entièrement à ce que vous dit un homme, il faudrait le surveiller sans cesse.

Aujourd'hui, Harker est parti, désireux de suivre la piste qu'il a découverte hier, tandis qu'Art et Quincey sont allés chercher des chevaux. Godalming juge qu'il serait souhaitable d'avoir des chevaux à notre disposition, car lorsque nous recevrons le renseignement que nous attendons, il n'y aura pas un instant à perdre. Nous devrons, entre le lever et le coucher du soleil, rendre inefficace la terre que contiennent les caisses ; de cette façon, nous pourrons capturer le comte dans les moments où il est presque sans pouvoir et sans refuge aucun. Van Helsing, lui, est allé au British Museum afin de consulter des ouvrages de médecine ancienne. Les médecins des siècles passés tenaient compte de certaines choses que nous n'admettons plus aujourd'hui ; aussi le professeur veut-il rechercher des remèdes contre les sorcières et les démons qui, peut-être, nous seront utiles plus tard.

Il m'arrive de penser que nous sommes tous fous, et que lorsque nous reviendrons à la raison, on nous aura mis la camisole de force.

Plus tard – Nous nous sommes à nouveau réunis. Il semble décidément que cette piste soit la bonne, et peut-être ce que nous accomplirons demain sera-t-il le commencement de la fin. Je me demande si l'apaisement que nous observons maintenant chez Renfield n'est pas en rapport avec cette situation. Ses comportements contradictoires ont été liés à tel point aux agissements du comte qu'il peut avoir l'intuition de l'anéantissement prochain de ce monstre. Si seulement nous pouvions connaître ce qui s'est passé dans son esprit entre le moment de ma discussion avec lui et celui où il s'est remis à attraper des mouches, cela nous mettrait peut-être sur la voie. Pour l'instant, il est donc très calme. Apparemment… Ces cris, ne viennent-ils pas de sa chambre ?

Le surveillant s'est précipité dans mon bureau pour me dire que Renfield a sans doute été victime d'un accident. Il l'a entendu crier, et quand il est entré dans sa chambre, il l'a trouvé étendu à terre, le visage contre le plancher, et tout couvert de sang. J'y vais immédiatement.

XXI

JOURNAL DU DR SEWARD

3 octobre – Que l'on me permette de raconter exactement tout ce qui s'est passé – dans la mesure où je m'en souviens – depuis que j'ai fermé ce journal. Il ne me faut omettre aucun des détails qui me sont restés en mémoire.

Lorsque j'entrai chez Renfield, il était toujours étendu à même le plancher, légèrement sur le côté gauche, dans une mare de sang. Je voulus le soulever, et je m'aperçus aussitôt qu'il était gravement blessé, surtout au visage, d'où provenait tout ce sang dans lequel il baignait ; on eût dit qu'on lui avait, à plusieurs reprises, violemment heurté le visage contre le plancher. Le surveillant, agenouillé près de lui, me dit tandis que nous essayions de le mettre sur le dos :

— Je crois, monsieur, qu'il a la colonne vertébrale brisée. Regardez : le bras droit, la jambe droite, et tout le côté droit de son visage sont paralysés.

Comment un tel accident avait pu se produire, voilà ce qui jetait mon aide dans le plus grand embarras.

— Je ne m'explique ni l'une ni l'autre chose, me déclara-t-il en fronçant les sourcils. Bien sûr, il a pu se blesser ainsi au visage en se frappant la tête contre le plancher. Un jour, à l'asile d'Eversfield, j'ai vu une jeune femme agir de la sorte avant qu'on eût le temps de se précipiter sur elle pour l'en empêcher… De même, il a pu se casser le cou en tombant de son lit, s'il a fait un faux mouvement. Mais qu'il se soit à la fois blessé au visage et brisé le dos, là, vraiment, je ne comprends plus… Avec le dos brisé, il lui était impossible de se frapper la tête contre le plancher ; et s'il avait déjà toutes ces blessures au visage avant de tomber du lit, il y aurait du sang sur les draps et l'oreiller.

— Allez donc prier le Dr Van Helsing de venir ici immédiatement, lui dis-je. J'ai besoin de lui à l'instant même !

L'homme sortit en courant, et, quelques minutes plus tard, le professeur apparut en robe de chambre et en pantoufles. Il vit Renfield étendu sur le sol, et il l'observa deux ou trois secondes avec la plus grande attention, puis il se tourna vers moi. Je crois qu'il lut ma pensée dans mes yeux, car il dit d'un ton très calme, assurément à cause du surveillant qui nous écoutait :

— C'est un triste accident ! Il faudra le veiller tout le temps, ne plus le laisser seul… Moi-même, je veux rester à son chevet. Mais je dois d'abord aller m'habiller. Si vous voulez rester ici, je vous rejoins dans quelques minutes.

Le malheureux avait maintenant une respiration stertoreuse, et il était visible qu'il avait subi un terrible choc. Van Helsing revint presque aussitôt, apportant ses instrument chirurgicaux. Déjà, il avait pris sa décision, car, même avant de regarder le malade, il me dit à l'oreille :

— Faites sortir le surveillant. Nous devons être seuls avec lui au moment où il reprendra connaissance, après l'opération.

— Merci, Simmons, dis-je au garçon. Nous avons fait tout ce que nous pouvions… Maintenant, il faut attendre… Le Dr Van Helsing va l'opérer ; vous, allez voir les autres malades. Prévenez-moi immédiatement s'il se passe quelque chose d'inaccoutumé.

Il sortit, et nous procédâmes à un examen minutieux du patient. Les blessures du visage étaient superficielles. Ce qui était plus grave, c'était une fracture du crâne, s'étendant à peu près sur toute la zone motrice. Le professeur réfléchit un instant, puis me dit :

— Nos devons faire tomber la tension artérielle, la ramener à des conditions normales, si c'est possible ; la rapidité de l'afflux du sang prouve combien le cas est inquiétant ; le cerveau va être atteint, de sorte qu'il nous faut trépaner immédiatement, ou bien il sera trop tard.

Comme il prononçait ces mots, on frappa légèrement à la porte. J'allai ouvrir et me trouvai devant Arthur et Quincey, tous les deux en pyjama et en pantoufles.

— J'ai entendu le surveillant qui appelait le Dr Van Helsing, m'expliqua Godalming, puis qui lui parlait d'un accident. j'ai aussitôt éveillé Quincey ou plutôt je l'ai appelé, car il ne dormait pas. Les événements se succèdent d'une manière trop étrange, ces temps-ci (sans même parler de leur caractère mystérieux) pour qu'aucun de nous puisse dormir profondément. Et j'ai pensé que, demain soir, l'aspect des choses aura changé. Nous aurons alors à regarder derrière nous – et même un peu plus loin que nous ne l'avons fait jusqu'ici. Pouvons-nous entrer ?

Je tins la porte ouverte jusqu'à ce qu'ils fussent dans la chambre, puis je la refermai. Lorsque Quincey vit Renfield et, d'autre part, la mare de sang, il demanda dans un simple murmure, mais l'air épouvanté :

— Mon Dieu, le pauvre homme, que lui est-il donc arrivé ?

Je le mis brièvement au courant des événements, en ajoutant que nous espérions qu'il reprendrait connaissance après l'opération — pendant quelques moments, tout au moins. Il alla s'asseoir sur le bord du lit, Godalming se tenant près de lui. Immobiles, et sans rien dire, tous nous observions le blessé.

— Il faut attendre un peu, déclara Van Helsing ; je dois me rendre compte du point exact où je pourrai opérer et faire disparaître le caillot de sang ; car il est évident que l'hémorragie devient de plus en plus forte.

Les minutes passaient avec une lenteur effrayante. Le cœur me manquait, et je n'avais qu'à regarder Van Helsing pour comprendre qu'il n'envisageait pas sans appréhension ce qui allait se passer. Pour ma part, en vérité, c'était ce que Renfield pourrait nous dire que je redoutais : je n'osais pas y penser. La respiration du malheureux était maintenant entrecoupée de hoquets, cependant qu'à chaque instant on avait l'impression qu'il allait ouvrir les yeux et se mettre à parler, mais alors, sa respiration redevenait stertoreuse, et il retombait dans une inconscience totale. Bien que je fusse habitué à me trouver au chevet des malades et des moribonds, cette attente angoissante me devenait insupportable. J'entendais battre mon propre cœur, et le sang affluait à mes tempes par bouffées brusques ; on eût dit comme des coups de marteau. Je regardai mes compagnons l'un après l'autre et je devinai, à voir leur visage cramoisi et leur front couvert de sueur, qu'ils enduraient le même supplice.

Il était évident que la mort pouvait survenir d'un moment à l'autre. Je me retournai à nouveau vers le professeur et nous nous regardâmes longuement dans les yeux.

— Plus une minute à perdre ! fit-il. Ce qu'il peut nous révéler sauvera peut-être de nombreuses vies. Et il y va peut-être même du salut d'une âme. Nous allons le trépaner juste au-dessus de l'oreille.

Sans en dire davantage, il se mit à opérer. Pendant quelques minutes encore, la respiration fut stertoreuse. Puis le patient eut un râle si prolongé que l'on avait l'impression qu'il lui déchirait la poitrine. Soudain, il ouvrit les yeux – des yeux égarés ; bientôt pourtant on vit sur son visage une expression de surprise heureuse et de ses lèvres s'échappa un soupir de soulagement. Il eut quelques mouvements convulsifs cependant qu'il disait :

— Je serai calme, docteur. Dites-leur qu'ils m'enlèvent la camisole de force. J'ai fait un rêve affreux qui m'a tellement épuisé que je ne peux plus bouger. Et qu'est-ce que j'ai au visage ? J'ai l'impression qu'il est tout enflé, et il me brûle terriblement.

Il essaya de tourner la tête, mais il n'était même plus capable de cet effort : son regard redevint fixe, l'œil vitreux ; très doucement, je le redressai.

Puis Van Helsing dit lentement et avec gravité :

— Racontez-nous votre rêve, monsieur Renfield.

Quand il reconnut la voix du professeur, son visage, malgré ses blessures, rayonna.

— Mais c'est le docteur Van Helsing ! Que c'est aimable à vous d'être venu ici ! Donnez-moi un peu d'eau, j'ai les lèvres toutes sèches. Et puis j'essayerai de vous raconter... J'ai rêvé... Mais il s'arrêta aussitôt, prêt à s'évanouir.

— Vite, dis-je à Quincey, le brandy ! Dans mon bureau !

Il fut presque aussitôt de retour, apportant un verre, le flacon de brandy et une carafe d'eau. Nous humectâmes les lèvres desséchées, et Renfield revint à lui. Mais sans doute son pauvre cerveau avait-il travaillé dans l'intervalle, car, lorsqu'il fut redevenu tout à fait conscient, il tourna vers moi un regard perçant mais si triste que je ne l'oublierai jamais, et reprit :

— Je ne dois pas me faire illusion ; ce n'était pas un rêve… ce n'était que l'affreuse réalité !

Il promena les yeux un peu partout dans la chambre et les posa finalement sur les deux hommes assis au bord de son lit.

— Et si j'en doutais encore, poursuivit-il, leur présence me confirmerait cette réalité.

Il ferma les yeux un instant, non parce qu'il souffrait ou que la fatigue l'y incitait, mais comme s'il voulait concentrer son attention. Quand il les rouvrit, il se hâta de dire, avec plus d'énergie qu'il n'en avait jamais montré :

— Vite, docteur ! Vite ! Je vais mourir. Il ne me reste que quelques minutes, je le sens ! Et puis, je retournerai vers la mort – ou vers quelque chose de pis ! Mouillez-moi encore les lèvres avec du brandy. J'ai quelque chose à dire avant de mourir, ou avant que mon pauvre cerveau ne soit tout à fait anéanti. Merci… C'est ce soir-là, quand vous m'avez eu quitté, après que je vous avais supplié de me laisser partir. Il m'était interdit de parler à ce moment-là mais, à part ce sentiment d'être obligé de me taire, j'étais aussi sain d'esprit que je le suis à présent. Après votre départ, j'ai souffert d'un désespoir atroce – pendant des heures entières, m'a-t-il semblé. Puis, tout à coup, le calme s'est fait en moi ; mon esprit retrouvait son équilibre, et je compris où j'étais. J'entendis les chiens aboyer derrière notre maison, mais non pas où il se trouvait !

Tandis que Renfield parlait, Van Helsing le regardait fixement sans rien trahir de ses pensées ; à un moment donné, toutefois, sa main chercha la mienne et la serra très fort.

— Continuez ! dit-il à voix basse.

— C'est alors, poursuivit Renfield, qu'il est apparu à ma fenêtre, entouré de brouillard ainsi que je l'avais déjà vu souvent auparavant ; mais cette fois, il n'avait rien d'un fantôme et ses yeux étaient effrayants comme ceux d'un homme en colère. Il riait de sa bouche rouge, et quand il se retourna pour regarder par-delà les arbres, là où les chiens aboyaient, ses dents blanches et pointues brillèrent au clair de lune. D'abord, je ne lui demandai pas d'entrer, et pourtant je savais que c'était cela qu'il voulait – c'est toujours cela qu'il veut. Mais alors, il s'est mis à me faire des promesses – non pas des promesses en paroles, mais en les réalisant à l'instant même.

— Comment cela ? fit le professeur.

— Ce qu'il promettait arrivait tout de suite, comme, par exemple, lorsqu'il envoyait des mouches dans ma chambre quand le soleil brillait : de grosses mouches aux ailes brillantes et bleues ou, la nuit, de grandes phalènes, avec des têtes de mort et des tibias dessinés sur le dos.

Van Helsing l'encouragea d'un signe de tête, tandis qu'il me murmurait à l'oreille, presque inconsciemment :

— L'*Acherontia Aitetropos du Sphinges*...

Mais Renfield poursuivait :

— Il se mit à murmurer : "Des rats, des rats, des rats ! Des centaines, des milliers, des millions de rats – et donc autant de vies. Et des chiens pour les manger, et des chats aussi. Toutes ces vies ! Tout ce sang rouge, et combien d'années de vie ; ce ne sont plus seulement des mouches bourdonnantes !" Je ris franchement, car je voulais voir de quoi il était capable. Alors les chiens hurlèrent là-bas, derrière les grands arbres, dans sa maison. Il me fit signe de m'approcher de la fenêtre ; je me levai et j'y allai. Il leva les mains comme s'il appelait quelque chose sans devoir prononcer la moindre parole. Une masse sombre s'étendit au-dessus de la pelouse, s'éleva vers nous sous la forme d'une gerbe de feu. Puis il écarta le brouillard à droite et à gauche, et j'aperçus des milliers de rats avec leurs yeux rouges flamboyants – semblables aux siens, mais plus petits. A nouveau, il leva une main, et tous s'arrêtèrent ; et j'avais l'impression qu'il me disait : "Toutes ces vies, je vous les donne, et beaucoup d'autres encore, et beaucoup plus importantes, et elles seront à vous à travers les siècles, si vous tombez à genoux et m'adorez !" Alors, un nuage rouge – de la couleur du sang – se forma devant mes yeux, et avant même que je n'eusse conscience de ce que je faisais, j'ouvris la fenêtre et je lui dis : "Entrez, Seigneur et Maître !" Tous les rats avaient disparu, mais lui, il se glissa dans la chambre bien que la fenêtre fût seulement entrouverte – exactement comme la lune s'est souvent glissée par une ouverture imperceptible, pour m'apparaître dans toute sa splendeur.

Sa voix devenait très faible ; j'humectai une fois de plus ses lèvres avec un peu de brandy, et il se remit à parler ; mais sa mémoire l'entraînant, les souvenirs qu'il évoquait l'empêchaient de suivre régulièrement le cours de son récit. Je voulus le faire revenir au point où il en était resté, mais Van Helsing me dit à l'oreille :

— Laissez-le aller… Ne l'interrompez pas. Revenir en arrière lui est impossible, et peut-être même ne pourrait-il plus rien raconter du tout une fois qu'il aurait perdu le fil de ses pensées.

— Toute la journée, j'ai attendu, croyant qu'il allait m'envoyer quelque chose. Mais non, rien… pas même une mouche à viande, et quand la lune s'est levée, j'étais en colère contre lui. Lorsque, sans même frapper, il s'est glissé par la fenêtre, pourtant fermée, je fus pris d'une véritable fureur. Il ricana ; ses yeux flamboyaient dans le brouillard. On eût dit qu'il était chez lui et que, moi, je n'existais plus. Quand il passa à côté de moi, son odeur était tout autre que d'habitude. Il me fut impossible de le retenir ; je pense que, à ce moment, Mrs Harker est entrée dans la chambre.

Arthur et Quincey quittèrent le bord du lit et vinrent se mettre derrière Renfield de sorte que celui-ci ne pouvait pas les voir ; eux, cependant, l'entendraient mieux ; ils demeuraient silencieux. Le professeur, affreusement inquiet, attendait la suite du récit ; visiblement, il s'efforçait de paraître calme.

— Quand Mrs Harker vint me voir dans l'après-midi, elle n'était plus la même. Je ne me doutai de sa présence qu'au moment où elle se mit à parler. Non, elle ne paraissait plus être la même. Je ne me sens pas attiré par les personnes pâles ; j'aime les gens qui ont beaucoup de sang, et elle, elle semblait ne plus en avoir du tout. Cela ne m'avait pas frappé au moment même, mais une fois qu'elle fut sortie, je me mis à réfléchir et, de penser qu'il lui avait sucé la vie, j'en devenais fou. Aussi quand il est venu ce soir, je l'attendais ! J'ai vu le brouillard approcher, entrer dans la chambre et je me suis préparé à l'empoigner, ce fameux brouillard ! Il paraît que les fous ont une force surnaturelle, et comme je sais que je suis fou – à certains moments tout au moins –, j'ai décidé d'user de mon pouvoir. Oui, et il le sentait, lui aussi, car il a dû sortir du brouillard pour se battre avec moi. Je tenais bon et je pensais que j'allais l'emporter – pour rien au monde je n'aurais voulu qu'il s'attaquât encore à la vie de cette jeune femme – quand mon regard rencontra ses yeux. Ils brûlaient quelque chose en moi, ma force fondit, devint pareille à de l'eau. Il m'échappa, et quand je voulus l'agripper à nouveau, il me souleva et me lança à terre. Un nuage rouge se forma devant moi, j'entendis comme un roulement de tonnerre, puis le brouillard sembla se dissiper et disparaître sous la porte.

Sa voix était de plus en plus faible, sa respiration de plus en plus difficile.

— Nous connaissons le principal, maintenant, le plus terrible... dit Van Helsing. Il est donc ici, et nous savons ce qu'il cherche. Peut-être n'est-il pas trop tard. Armons-nous, comme l'autre nuit, mais ne perdons pas de temps, pas une minute !

Il était inutile d'exprimer par des mots notre peur – notre conviction. Pour chacun de nous, la peur, la conviction étaient les mêmes. En hâte, nous allâmes chercher dans nos chambres les divers objets dont nous nous étions servis pour entrer dans la maison du comte. Le professeur avait les siens avec lui et, lorsque nous le rejoignîmes dans le corridor, il nous les montra en disant :

— Ils ne me quittent jamais ; ils ne me quitteront pas un instant avant que toute cette lamentable histoire ne soit terminée. Et vous tous, mes amis, soyez prudents ! Car, une fois encore, ce n'est pas à un ennemi d'un genre ordinaire que nous avons affaire ! Hélas ! Hélas ! Ce que cette chère madame Mina doit souffrir !

Il se tut, la voix étouffée ; et, quant à moi, je ne sais si c'était la rage ou la terreur qui me tenait haletant.

Devant la porte des Harker, nous nous arrêtâmes.

— Allons-nous l'éveiller ? demanda Quincey.

— Oui, il le faut, répliqua Van Helsing ; si la porte est fermée à clef, nous l'enfoncerons.

— Mais cela ne va-t-il pas l'effrayer terriblement ? Entrer de cette façon dans la chambre d'une dame ! dit Quincey avec le plus grand sérieux.

— Comme toujours, vous avez raison ; mais il s'agit de vie ou de mort. Un médecin peut entrer dans toutes les chambres, quand et comme il le veut ; et même si cela n'était pas vrai en général, ce le serait pour moi, ce soir. Mon ami John, je vais tourner la clenche et si la porte ne s'ouvre pas, donnez dedans un bon coup d'épaule ! Comme vous deux aussi, d'ailleurs. Allons-y !

Il tourna la clenche, mais la porte ne céda pas. Nous nous jetâmes littéralement contre elle. Elle s'ouvrit avec fracas, et, tous, nous faillîmes nous étendre tout de notre long dans la chambre. Le professeur, lui, tomba réellement, et tandis qu'il se relevait, d'abord à quatre pattes, ce que je vis, un peu plus loin, m'effraya au point que j'eus l'impression que mes cheveux se dressèrent sur ma tête et que mon cœur s'arrêta de battre.

Le clair de lune était tel que malgré l'épais store jaune descendu devant la fenêtre, on distinguait parfaitement tout dans la chambre. John Harker, étendu sur le lit qui se trouvait à côté de la fenêtre, avait le visage empourpré, et il respirait péniblement, dans une sorte de torpeur. Agenouillée sur l'autre lit, en fait sur le bord de ce lit qui était le plus proche de nous, se détachait la silhouette blanche de sa femme, et près d'elle se tenait un homme grand et mince, habillé de noir. Bien que son visage ne fût pas tourné vers nous tous, aussitôt, nous reconnûmes le comte. Dans sa main gauche, il tenait les deux mains de Mrs Harker, ou plutôt il les écartait de son buste autant qu'il le pouvait, de sorte que les bras de la jeune femme fussent entièrement tendus ; de sa main droite, il lui tenait la nuque, l'obligeant à pencher le visage sur sa poitrine. Sa chemise de nuit blanche était tachée de sang, et un filet de sang coulait sur la poitrine de l'homme, que sa chemise déchirée laissait à nu. A les voir tous deux ainsi, on imaginait un enfant qui aurait forcé son chat à mettre le nez dans une soucoupe de lait pour le faire boire. Lorsque nous nous précipitâmes tous plus avant dans la chambre, le comte tourna la tête et son visage blême prit cette apparence diabolique dont Harker parle dans son journal. Ses yeux flamboyaient de colère ; les larges narines du nez aquilin s'ouvrirent plus grandes encore et palpitaient ; les dents blanches et pointues que l'on entrevoyait derrière les lèvres gonflées d'où le sang dégoulinait, étaient prêtes à mordre comme celles d'une bête sauvage. D'un mouvement violent, il rejeta sa victime sur le lit, se retourna tout à fait et bondit sur nous. Mais le professeur, maintenant debout, tendait vers lui l'enveloppe contenant la Sainte Hostie. Le comte s'arrêta net, comme Lucy l'avait fait à la porte de son tombeau, et recula. Il ne cessa de reculer, devenant, eût-on dit, de plus en plus petit, tandis que nous, nos crucifix en main, nous avancions vers lui. Soudain, un gros nuage noir couvrit la lune, et quand Quincey donna de la lumière, nous ne vîmes plus rien d'autre qu'une légère vapeur. Tandis que, étonnés, nous regardions autour de nous, cette vapeur disparut sous la porte, laquelle, après le coup dont nous l'avions ébranlée, s'était refermée. Van Helsing, Arthur et moi, nous approchâmes alors du chevet de Mrs Harker qui, enfin, venait de reprendre son souffle et, en même temps, avait poussé un tel cri de détresse qu'il me semble qu'il résonnera à mes oreilles jusqu'au jour de ma mort. Pendant quelques secondes encore, elle resta prostrée. Son visage était effrayant – d'une pâleur d'autant plus frappante que les lèvres, le menton et une partie des joues étaient couverts de sang ; de sa gorge coulait un filet de sang ; et ses yeux étaient pleins d'une terreur folle. Bientôt, elle se couvrit le visage de ses pauvres mains meurtries qui portaient la marque rouge de l'extraordinaire poigne du comte ; l'on entendit un faible mais douloureux gémissement, et nous comprîmes que le cri poussé un peu plus tôt était seulement l'expression momentanée d'un désespoir qui n'aurait pas de fin.

Van Helsing ramena doucement la couverture sur elle, tandis qu'Arthur, après avoir un instant regardé son visage, dut sortir de la chambre. Alors le professeur me dit à l'oreille :

— Jonathan est dans un état de stupeur semblable à celui que, les livres nous le disent, le vampire peut créer. Nous ne pouvons rien pour la pauvre madame jusqu'à ce qu'elle ait repris connaissance ; mais, lui, nous devons l'éveiller.

Il trempa le bout d'une serviette dans de l'eau froide, en frappa légèrement à plusieurs reprises la joue de Harker, tandis que la jeune femme se tenait encore le visage entre les mains et sanglotait à fendre l'âme. Je levai le store et regardai par la fenêtre. La lune brillait à nouveau. Tout à coup, je vis Quincey Morris qui traversait la pelouse en courant et allait se cacher sous un gros if. Que se passait-il ? Je n'y comprenais rien. Mais au même instant, j'entendis crier Harker qui reprenait à demi conscience et je me retournai vers le lit. Sur son visage, on lisait le plus profond étonnement ; comme étourdi, il lui fallut quelques secondes pour revenir complètement à la réalité, mais alors, il se dressa sur son lit. Sa femme, que ce brusque mouvement avait distraite une seconde de son tourment, se tourna vers lui, les bras tendus, comme pour l'embrasser ; aussitôt, cependant, elle les retira, se cacha encore le visage dans les mains et se mit à trembler des pieds à la tête.

— Au nom de Dieu, s'écria Harker, que signifie tout ceci ? Docteur Seward, docteur Van Helsing, qu'est-ce donc ? Que s'est-il passé ? Mina, ma chérie, qu'y a-t-il ? Et ce sang, Seigneur !... Mon Dieu ! Aidez-nous, mais surtout aidez-la, oh ! aidez-la, implora-t-il en s'agenouillant sur son lit.

Puis, sautant à terre, il s'habilla en hâte, prêt à agir comme la situation l'exigeait.

— Qu'est-il arrivé ? Dites-moi tout ! reprit-il. Docteur Van Helsing, vous avez beaucoup d'amitié pour Mina, je le sais. Sauvez-la, je vous en supplie ! Vous le pouvez : il n'est pas trop tard ! Restez auprès d'elle pendant que, moi, je *le* poursuis !

Sa femme, malgré l'état où elle se trouvait, comprit le danger qu'il allait courir et, oubliant ses propres souffrances, lui saisit la main et cria :

— Non, non ! Jonathan ! Pour rien au monde vous ne devez me quitter. Dieu sait ce que j'ai déjà eu à endurer cette nuit ! La crainte qu'à votre tour vous soyez sa proie, je ne la supporterais plus. Restez avec moi. Restez avec ces amis qui veilleront sur vous.

Plus elle parlait, plus elle s'excitait. Lui pourtant l'écoutait ; elle l'attira vers elle, l'obligea à s'asseoir sur le bord du lit, et ne le lâcha plus.

Van Helsing et moi fîmes de notre mieux pour les calmer tous les deux. Le professeur leur montra sa petite croix d'or en leur disant avec une pondération admirable :

— Ne craignez rien, mes enfants ; nous sommes ici ; et aussi longtemps que cette petite croix est près de vous, nul malheur ne peut vous arriver. Pour cette nuit donc, vous êtes à l'abri. Gardons notre calme et réfléchissons à ce qu'il nous faut faire.

Elle continuait à frissonner et se taisait, la tête appuyée contre la poitrine de son mari. Quand elle la releva, je vis que ses lèvres avaient marqué de sang la chemise de Harker, également tachée des gouttes de sang provenant de la blessure qu'elle avait à la nuque. Dès qu'elle s'en rendit compte, elle eut un léger mouvement de recul, et dit en gémissant à travers des sanglots étouffés :

— Impure, je suis impure !... Jamais plus je ne pourrai le toucher ni l'embrasser ! Oh ! penser que c'est moi qui suis maintenant son pire ennemi, que c'est moi surtout qu'il doit craindre !

— Mais non, Mina, répondit-il avec fermeté. Pourquoi parlez-vous ainsi ? Vous entendre me fait honte, et je ne veux plus qu'il soit question de ceci entre nous. Que Dieu me juge et m'inflige des souffrances telles que je n'en ai jamais encore connues si, par ma faute, quelque malentendu nous sépare un jour !

Il la prit dans ses bras et la serra contre lui. Elle resta ainsi quelques moments, sanglotant toujours. Lui nous regardait par-dessus la tête de la jeune femme, les yeux remplis de larmes, les narines palpitantes, et les lèvres jointes, signe d'une volonté inébranlable. Finalement, les sanglots s'espacèrent, et alors Harker me dit, en s'efforçant de parler avec calme, ce qui, je le sentais, mettait à rude épreuve sa résistance nerveuse :

— Et maintenant, docteur Seward, racontez-moi comment tout cela est arrivé… Le résultat, je ne le vois que trop…

Je le mis donc au courant de tous les détails, et il m'écouta sans broncher. Mais lorsque je lui décrivis comment les mains impitoyables du comte maintenaient sa victime dans cette terrible, horrible position, la bouche collée sur la blessure de sa poitrine à lui, ses narines battirent à nouveau et ses yeux brillèrent, enflammés d'un désir de vengeance. Cependant, il ne cessait pas de caresser les cheveux en désordre de la jeune femme.

Au moment où je terminais mon récit, Quincey et Godalming frappèrent à la porte. Nous répondîmes et ils entrèrent tandis que Van Helsing m'interrogeait du regard : je compris qu'il voulait profiter de la présence de Quincey et d'Arthur pour distraire, si possible, les pensées du malheureux couple, pour que chacun d'eux ne fût plus uniquement préoccupé, elle de lui, et lui d'elle.

Je lui fis signe qu'il avait raison, de sorte qu'il demanda à nos amis où ils avaient été et ce qu'ils avaient vus.

— Je ne l'ai aperçu nulle part dans le couloir ni dans aucune de nos chambres, répondit Lord Godalming. J'ai même visité le bureau, mais, s'il y est allé, en tout cas, il n'y était plus. Pourtant, il avait…

Il s'interrompit, les yeux sur la pauvre Mrs Harker étendue dans son lit.

— Qu'alliez-vous dire, mon cher Arthur ? demanda Van Helsing. Continuez… Nous devons absolument tout savoir : c'est là notre seul espoir de salut. Parlez donc !

— Il a dû entrer dans le bureau, sans aucun doute, reprit Arthur, car tout y était sens dessus dessous. Tous les manuscrits étaient brûlés, des flammes bleues couraient encore parmi les cendres blanchâtres. Les cylindres de votre phonographe, John, avaient, eux aussi, été jetés dans le feu, et la cire avait alimenté les flammes.

Ce fut moi, ici, qui l'interrompis :

— Dieu merci ! L'autre copie est dans le coffre-fort !

Un sourire de soulagement passa sur son visage, mais il s'assombrit aussitôt.

— J'ai dégringolé l'escalier, mais rien, aucune trace de lui… Je suis entré dans la chambre de Renfield : là, rien non plus, sinon…

— Allons ! continuez ! fit Harker d'une voix étranglée.

— Sinon que le pauvre homme est mort, dit-il en baissant la tête et après s'être humecté les lèvres en y passant la langue pour pouvoir achever sa phrase.

Mrs Harker leva la tête et, nous regardant tous l'un après l'autre, elle dit gravement :

— Que la volonté de Dieu soit faite !

Pour moi, je ne pouvais m'empêcher de penser que Godalming nous cachait quelque chose ; mais comme je pressentais aussi qu'il le faisait à dessein, je ne lui posai pas la moindre question.

Van Helsing se tourna vers Morris et lui demanda :

— Et vous, mon cher Quincey, qu'avez-vous à nous raconter ?

— Peu de chose, répondit-il. Peut-être en connaîtrons-nous davantage plus tard… c'est possible… A mon avis, il faudrait savoir où le comte est allé en quittant l'établissement. Je ne l'ai pas vu ; j'ai seulement aperçu une chauve-souris qui s'envolait de la fenêtre de Renfield et qui se dirigeait vers l'est. Je m'attendais à le voir, lui, sous une forme ou sous une autre, retourner à Carfax ; mais évidemment, il est allé se réfugier dans un autre de ses repaires. Il ne reviendra pas cette nuit, car l'aube est déjà proche. C'est demain qu'il faudra agir.

Il prononça ces derniers mots les dents à demi fermées. Il y eut un silence qui dura peut-être deux minutes, et pendant lequel je croyais entendre battre le cœur de chacun de nous. C'est alors que Van Helsing, posant tendrement la main sur la tête de Mrs Harker, lui dit, avec cette bonté profonde qui lui était naturelle :

— Et maintenant, madame Mina, pauvre madame Mina, chère, chère madame Mina, expliquez-nous tout ce qui s'est passé. Dieu sait que je voudrais vous épargner cette nouvelle souffrance ; mais il est indispensable que nous sachions tout jusqu'au moindre détail. Maintenant plus que jamais, il nous faut faire vite. Nous approchons peut-être du but, et, d'autre part, l'occasion nous est peut-être donnée en ce moment d'en apprendre davantage pour enfin triompher.

Elle frissonna, et tandis qu'elle se blottissait de plus en plus contre son mari, je me rendais compte à quel point ses nerfs étaient tendus. Puis, soudain, elle releva la tête, tendit la main à Van Helsing. Il la prit, se pencha pour la baiser avec respect et la garda dans la sienne. Son autre main était enfermée dans celle de son mari qui avait passé son bras libre autour de ses épaules.

Elle attendit un moment avant de répondre ; visiblement, elle cherchait à mettre de l'ordre dans ses pensées. Puis elle commença :

— J'avais pris le soporifique que vous aviez bien voulu me donner, mais, pendant longtemps, il ne fit aucun effet. Au contraire, j'avais de moins en moins envie de dormir ; toutes sortes d'idées horribles me venaient à l'esprit, et toutes se rapportaient à la mort, aux vampires, à des souffrances, à des chagrins, à du sang.

Son mari gémit malgré lui ; mais elle se tourna vers lui et lui dit doucement :

— Ne vous tourmentez pas, mon chéri. Seulement, vous devez être très courageux et très fort pour pouvoir m'aider dans cette épreuve. Si vous saviez quel effort il me faut faire pour parler de cette horrible nuit, vous comprendriez combien j'ai besoin de votre soutien ! Bon ! Je me dis que si je voulais dormir, ma propre volonté devait entrer en jeu – en plus de la drogue. Je fis donc tout ce que je pus pour m'endormir. Et le sommeil alors a dû venir vite, car je ne me souviens plus de rien. Je ne me suis pas réveillée quand Jonathan est venu se coucher, mais seulement plus tard pour m'apercevoir qu'il était étendu à côté de moi. Et le léger brouillard blanc flottait à nouveau dans la chambre… Mais voilà que j'oublie si vous savez ce que je veux dire… Quand je vous ferai lire ce que j'ai écrit, vous verrez que j'ai déjà parlé de ce brouillard. J'éprouvai cette peur assez vague que j'avais déjà ressentie, et le sentiment d'une présence inconnue dans la chambre. Je me retournai pour éveiller Jonathan, mais en vain : je n'y parvins pas. Il dormait si profondément qu'on eût dit que c'était lui qui avait pris le soporifique, et non pas moi. Cela m'épouvanta, et je regardai tout autour de moi, me demandant déjà ce qui allait m'arriver. Alors, vraiment, je crus défaillir : à côté du lit, comme s'il venait de sortir du brouillard – ou plutôt comme si le brouillard, qui à ce moment-là s'était complètement dissipé, avait pris sa forme –, se tenait un homme grand et maigre, tout habillé de noir. Je reconnus tout de suite, d'après les descriptions qu'on avait faites de lui, le visage couleur de cire, le long nez aquilin qui se détachait dans le clair de lune comme une fine ligne blanche, les lèvres rouges entrouvertes et les dents pointues et blanches, et ces yeux flamboyants que j'avais l'impression d'avoir déjà vus quand le soleil couchant éclairait les vitraux de St Mary's Church, à Whitby. Sur son front, je reconnaissais également la balafre rouge que lui avait faite Jonathan. J'aurais voulu crier, mais la peur me paralysait. Il en profita pour me dire dans une sorte de murmure saccadé cependant qu'il désignait Jonathan du doigt :

— Silence ! Sinon c'est lui qui le payera : je lui écraserai le cerveau sous vos yeux !

Moins que jamais je n'aurais eu la force de lui répondre quoi que ce fût, ou de faire le moindre geste.

En souriant d'un air moqueur, il plaça une main sur mon épaule et, me serrant contre lui, me prit la gorge de l'autre main.

— Et maintenant, fit-il, que mes efforts soient récompensés ! Allons, soyez calme ! Ce n'est pas la première fois, ni la deuxième, que le sang de vos veines aura apaisé ma soif !

J'étais comme étourdie et, chose étrange, je n'avais nulle envie de m'opposer à son désir. Je suppose que c'est une des conséquences de l'horrible malédiction qui pèse sur ses victimes. Oh ! mon Dieu, ayez pitié de moi ! C'est alors qu'il colla ses lèvres malodorantes sur ma gorge.

Son mari, de nouveau, gémit douloureusement. Elle lui serra la main plus fort encore et le regarda avec pitié, comme si c'eût été lui qui avait enduré ce supplice.

— Ma force m'abandonnait de plus en plus, j'étais prête à m'évanouir. J'ignore combien de temps cela dura : mais il me semble qu'il se passa de longs, longs moments avant qu'il ne retirât sa bouche odieuse de laquelle dégoulinait du sang frais.

Ce souvenir l'accablait à ce point que, si son mari ne l'avait pas soutenue, elle serait retombée sur ses oreillers. Mais elle fit un immense effort et poursuivit à nouveau :

— Alors, toujours moqueur, il reprit : "Ainsi, vous aussi, vous voulez déjouer mes plans, vous vous faites la complice de ces hommes qui cherchent à m'anéantir ! Mais vous savez à présent, comme eux le savent déjà en partie et le sauront mieux encore avant longtemps, ce que l'on risque à se mettre en travers de mon chemin. Ils auraient mieux fait d'employer leur énergie à d'autres fins, plus à leur portée. Car tandis qu'ils s'ingéniaient à me faire échec – à moi qui ai commandé à des peuples entiers et combattu à leur tête pendant des siècles et des siècles avant que vos complices ne soient nés –, je ne cessais de déjouer leurs plans. Et vous, leur alliée très chère, très précieuse, vous êtes maintenant avec moi, chair de ma chair, sang de mon sang, celle qui va combler tous mes désirs et qui, ensuite, sera à jamais ma compagne et ma bienfaitrice. Le temps viendra où il vous sera fait réparation ; car aucun parmi ces hommes ne pourra vous refuser ce que vous exigerez d'eux ! Mais, pour le moment, vous méritez la punition de votre complicité. Vous les avez aidés dans leur dessein de me nuire. Eh bien ! Vous devrez désormais répondre à mon appel. Quand, en pensée, je vous crierai : «Venez», aussitôt vous traverserez terres et mers pour me rejoindre. Mais auparavant…" Il déboutonna le plastron de sa chemise et, de ses longs ongles pointus, s'ouvrit une veine de la poitrine. Lorsque le sang commença à jaillir, d'une main il saisit les deux miennes de façon à me rendre tout geste impossible, et de l'autre, il me prit la nuque et, de force, m'appliqua la bouche contre sa veine déchirée : je devais donc, soit étouffer, soit avaler un peu de… Oh ! mon Dieu, qu'ai-je fait pour devoir endurer tout cela, moi qui ai pourtant toujours essayé de marcher humblement dans le droit chemin ? Mon Dieu, mon Dieu, pitié ! Ayez pitié de mon âme en cet extrême danger, ayez pitié de ceux qui vous aiment !

Elle s'essuya les lèvres, comme pour les laver de leur impureté.

Tandis qu'elle parlait, le jour éclairait peu à peu la chambre. Harker restait immobile et ne disait rien ; mais à mesure qu'il écoutait l'affreux récit, son visage devenait de plus en plus sombre et nous nous aperçûmes bientôt qu'au-dessus du front hâlé, les cheveux avaient blanchi.

Chacun de nous, tour à tour, restera assez près de la chambre du couple infortuné pour pouvoir répondre au premier appel. Et nous espérons que bientôt nous serons à nouveau réunis pour décider ensemble d'une action immédiate.

En tout cas, je suis certain d'une chose : il est impossible que la lumière du soleil levant éclaire aujourd'hui une maison où la détresse soit plus grande.

XXII

JOURNAL DE JONATHAN HARKER

3 octobre – Je le sens : je deviendrais fou si je restais à ne rien faire ; aussi je reprends mon journal. Il est six heures ; dans une demi-heure, nous nous réunirons dans le bureau du Dr Seward et tâcherons de manger, car il nous faut prendre des forces afin de pouvoir travailler, comme les deux médecins l'ont déclaré. Car c'est aujourd'hui, Dieu le sait ! que sera exigé notre plus grand effort. J'écris au hasard de la plume, car j'aurais peur de m'arrêter, de me mettre à penser. Je note tout, les choses importantes et les autres. Qui sait ? Finalement, ce seront peut-être les plus insignifiantes en apparence qui nous apprendront le plus. En réalité, tout ce que nous avons appris jusqu'ici ne nous a servi à rien : aurions-nous pu nous trouver dans une situation plus terrible qu'aujourd'hui, Mina et moi ? Et malgré tout, nous devons garder confiance et espoir. Ma pauvre chérie vient de me dire que c'est dans le malheur que nous nous prouvons le mieux notre fidélité l'un à l'autre, et qu'il ne faut pas nous laisser décourager, que Dieu nous protégera jusqu'au bout. Jusqu'au bout ! Oh ! mon Dieu ! Jusqu'au bout de quoi ?...

Lorsque le Dr Van Helsing et le Dr Seward furent revenus de la chambre du pauvre Renfield, nous discutâmes ce qu'il nous fallait faire. D'abord Seward nous raconta que lorsque lui et le professeur étaient descendus chez Renfield, ils l'avaient trouvé étendu sur le plancher, le visage couvert de blessures et les os du dos brisés.

Le Dr Seward avait demandé au surveillant de garde dans le couloir s'il n'avait rien entendu. L'homme avoua qu'il s'était légèrement assoupi mais que, tout à coup, il avait entendu des voix dans la chambre, puis que Renfield avait crié à plusieurs reprises : "Dieu !... Dieu !... Dieu !..." Puis il avait entendu le bruit d'une chute et, accouru dans la chambre, il l'avait trouvé là, sur le plancher, exactement comme les médecins l'avaient vu. Van Helsing voulut lui faire préciser s'il s'agissait de plusieurs voix ou de la voix d'une seule personne, mais il répondit que cela lui était impossible. Au début, il lui avait semblé que Renfield n'était pas seul, qu'il y avait quelqu'un avec lui, mais comme il n'avait vu que lui dans la chambre en y entrant, il en avait conclu que personne d'autre ne s'y trouvait. Oui, il avait juré que c'était le malade qui avait lancé ce cri : "Dieu !"

Le Dr Seward nous déclara qu'il ne désirait pas pousser plus loin l'affaire : inévitablement, on parlerait de faire une enquête, et il ne servirait à rien de dire la vérité, puisque personne n'y croirait. Il jugeait qu'il pouvait, sur le témoignage du surveillant, délivrer un certificat de décès par accident, des suites d'une chute que Renfield avait faite de son lit. Au cas où le coroner l'exigerait, évidemment, il laisserait procéder à l'enquête, mais ce serait pour arriver au même résultat.

Et maintenant, qu'allions-nous faire ? L'heure cruciale avait sonné. Chacun de nous en convint : Mina devait de nouveau être des nôtres, rester au courant de tous nos agissements. Déjà elle assistait à notre réunion, et elle nous approuva tout ensemble avec courage et tristesse.

— Non, vous ne devez plus rien me cacher, dit-elle. Hélas ! J'ai déjà été tenue dans l'ignorance de trop de choses. De plus, quoi que j'apprenne, jamais je ne pourrais souffrir davantage que je n'ai souffert jusqu'à présent, que je ne souffre pour le moment ! Au contraire, je trouverai une raison d'espérer, de reprendre courage dans n'importe quel événement qui puisse arriver !

Van Helsing qui, pendant qu'elle parlait, ne l'avait pas quittée du regard, lui demanda brusquement, mais avec calme :

— Mais, chère madame Mina, n'avez-vous pas peur, après ce qui vient de se passer ?... Non pour vous, mais pour ceux qui vous sont chers ?

Ses traits se durcirent, mais ses yeux, tels ceux d'une martyre, exprimèrent la résignation du sacrifice accepté, tandis qu'elle répondait :

— Non ! Non ! Car j'ai pris ma décision !

— Votre décision ?... fit-il encore doucement.

Tous, nous nous tenions dans un silence profond ; car, tous, nous devinions à peu près ce qu'elle voulait dire. Elle répondit simplement, comme si cela allait de soi :

— Mais oui... Si je m'aperçois jamais – et je m'observerai très attentivement – que je veux du mal à quelqu'un que j'aime, je mourrai !

— Vous ne voulez pas dire que vous vous suiciderez ? reprit-il d'une voix rauque.

— Si... A moins que je n'aie un ami véritable qui veuille m'épargner l'effort d'accomplir moi-même un acte si terrible !

Elle lança au professeur un regard significatif. Pendant tout ce temps, il était resté assis ; mais il se leva alors, s'approcha de Mina, posa la main sur sa tête et dit, solennel :

— Mon enfant, vous avez cet ami, et il agirait de la sorte si vous étiez réellement en danger. Dieu m'en est témoin, je ne reculerais pas devant un tel acte, et en ce moment même, s'il le fallait. Mais, mon enfant…

Des sanglots réprimés l'empêchèrent de parler pendant quelques secondes, puis, se maîtrisant, il poursuivit :

— Il y a ici quelqu'un qui se mettra entre vous et la mort. Vous ne devez pas mourir. Aucune main ne peut vous donner la mort, et moins que toute autre, votre propre main. Jusqu'au jour où celui qui a souillé votre vie sera réellement mort, vous, vous ne pouvez pas mourir ! Car, tant qu'il est un de ces non-morts encore vivant pour le mal, votre mort vous rendrait semblable à lui. Vous devez vivre ! Vous devez lutter, lutter, combattre pour la vie, même s'il vous semble que la mort vous serait un bienfait ineffable. Vous devez combattre la Mort elle-même, qu'elle vienne à vous dans la souffrance ou dans la joie, le jour ou la nuit, que vous soyez en paix ou en danger ! Pour le salut de votre âme, je vous adjure de ne pas mourir… bien plus, de ne jamais penser à la mort, jusqu'à ce que ce monstre soit anéanti !

La pauvre chérie était pâle comme la mort même et tremblait de tout son corps. Nous nous taisions tous, et nous ne pouvions rien faire. Peu à peu, elle se calma, et, levant la tête vers le professeur, elle dit doucement, mais si tristement, en lui tendant la main :

— Je vous promets, mon cher ami, que, si Dieu veut que je vive, je m'y efforcerai jusqu'à ce qu'Il ait permis la fin de ces horreurs.

Son courage, sa bonté, nous donnaient à nous-mêmes plus de courage pour affronter tous les périls qui nous attendaient encore, nous faisaient accepter d'avance les souffrances que nous allions endurer pour la sauver.

Je lui dis que nous allions lui remettre les documents se trouvant dans le coffre-fort, ainsi que les papiers, journaux ou enregistrements dont nous pourrions avoir besoin par la suite. Et j'ajoutai que, tout en joignant à ces divers documents ceux qui pourraient encore nous parvenir, elle devait, elle, continuer à tenir son journal. La perspective d'une occupation parut lui être agréable, si toutefois l'on peut se servir du mot "agréable" lorsqu'il est question d'une affaire aussi sinistre que celle-ci.

Comme à l'accoutumée, Van Helsing avait, avant aucun de nous, réfléchi à l'ensemble de la situation telle qu'elle se présentait à l'heure même, et vu exactement ce qu'il était nécessaire de faire.

— Après notre expédition à Carfax, dit-il, nous avons peut-être eu raison de décider de ne pas toucher aux caisses qui se trouvaient là. L'eussions-nous fait, le comte aurait deviné notre intention et aurait sans aucun doute pris ses dispositions pour nous empêcher de découvrir les autres. Tandis que, maintenant, il ne se doute pas du but auquel nous voulons arriver ; il ignore même, très vraisemblablement, que nous ayons la possibilité de rendre ses repaires inefficaces, en sorte qu'il ne puisse plus s'y réfugier en sûreté. Et nous, nous sommes à présent suffisamment renseignés pour que, après avoir visité la maison de Piccadilly de fond en comble, nous soyons à même de retrouver, en outre, les autres caisses. Cette journée sera donc pour nous très importante ; d'elle peut dépendre notre victoire finale. Puisse le soleil qui se lève et voit notre malheur présent, nous protéger jusqu'à ce qu'il se couche ce soir ! Jusque-là, en effet, le monstre ne peut changer de forme ; il est emprisonné dans son enveloppe terrestre ; il lui est impossible de se volatiliser dans l'air ou de disparaître par quelque fente ou quelque fissure. S'il veut franchir une porte, il devra l'ouvrir comme n'importe quel mortel. C'est pourquoi nous avons la journée entière pour découvrir ses repaires et les détruire. De sorte que, si même nous ne l'avons pas encore capturé et anéanti ce soir, en tout cas nous l'acculerons en quelque endroit d'où il ne nous échappera plus.

Ici, je ne pus plus me taire : l'idée que nous laissions passer des minutes, des secondes dont dépendaient le bonheur et la vie de Mina, me devenait insupportable. Pendant que nous parlions, nous n'agissions pas ! Mais Van Helsing leva la main :

— Un moment, un moment, mon cher Jonathan ! dit-il. Dans cette affaire, il nous faut procéder sans hâte si nous voulons arriver promptement à nos fins. Quand le moment d'agir sera là, nous agirons ! Selon toute probabilité, songez-y, c'est dans cette maison de Piccadilly que les choses vont s'éclaircir pour nous. Le comte a peut-être acheté plusieurs autres maisons ; il doit donc posséder les actes d'achat de celles-ci, les clefs, que sais-je encore ? Il doit avoir du papier à écrire, il doit avoir son carnet de chèques… Il faut bien que tout cela soit quelque part. Pourquoi pas dans cette demeure si calme en plein Londres, où il peut entrer, d'où il peut sortir à l'heure qui lui plaît, par la porte principale ou par une autre, sans que personne le remarque dans la foule toujours nombreuse en cet endroit ? Cette maison, nous allons l'explorer ; et quand nous aurons vu ce qu'elle recèle, nous pourrons chasser notre vieux renard jusqu'à son terrier… Qu'en dites-vous ?

— Alors, partons tout de suite ! m'écriai-je. Encore une fois, nous perdons un temps précieux !

— Et comment entrerons-nous dans cette maison de Piccadilly ? me demanda le professeur, très calme et sans bouger.

— Peu importe comment ! criai-je encore. Nous entrerons de force, s'il le faut !

— Et la police ? Elle ne sera pas là – n'est-ce pas ? – et elle ne dira rien ?

Je restai interdit, puis je pensai tout à coup que s'il désirait ne pas aller là-bas sur l'heure, il avait ses raisons. Aussi répondis-je, aussi paisiblement que cela me fut possible :

— En tout cas, n'attendez pas plus qu'il n'est nécessaire. Vous savez, j'en suis certain, quel supplice j'endure !

— Oui, mon enfant, je le sais, ô combien ! Et je voudrais ne pas ajouter à votre terrible angoisse ! Mais réfléchissez : que pouvons-nous faire aussi longtemps que les rues ne sont pas remplies de monde ? Alors, oui, il sera temps d'agir. Moi-même, j'y ai beaucoup pensé, croyez-le, et il me semble que le moyen le plus simple est le meilleur de tous. Nous voulons entrer dans cette maison, mais nous n'avons pas les clefs – c'est là le problème, n'est-ce pas ?

J'acquiesçai d'un signe de tête.

— Bon. Supposez maintenant que vous soyez le propriétaire de cette maison et que, pourtant, vous ne les ayez pas, ces clefs. Que feriez-vous ?

— J'irais chercher un honnête serrurier et je lui ferais crocheter la serrure.

— Et la police n'interviendrait pas ?

— Non, si elle s'aperçoit que l'homme travaille à la demande du propriétaire lui-même.

— Ainsi donc, continua-t-il en me regardant dans les yeux, les seules choses dont on puisse douter, c'est que l'employeur soit vraiment le propriétaire et que vos policiers ne soient pas trop crédules. Vos policiers sont assurément des hommes zélés, et habiles – oh ! si habiles à deviner tout ce qui se passe dans les cœurs, qu'ils s'embrouillent parfois. Non, non, mon cher Jonathan, vous pouvez aller crocheter les serrures de cent maisons dans votre ville de Londres, ou dans n'importe quelle ville du monde ; si vous le faites convenablement, et au moment opportun, vous n'aurez aucun ennui ! Ecoutez l'histoire que j'ai lue un jour. Un monsieur possédait à Londres une magnifique demeure. Cet été-là, partant pour la Suisse où il devait passer plusieurs mois, il la ferma complètement. Il ne se passa pas longtemps avant qu'un cambrioleur s'y introduisît par une fenêtre dont il brisa les vitres et qui donnait sur le jardin. Il alla ouvrir toutes les fenêtres de la façade et ressortit par la porte principale, sous les yeux mêmes des policiers. Bientôt, il fit procéder à une vente publique du mobilier de la maison, ce qu'il annonça par une immense affiche collée sur le mur ; et, au jour dit, il fit vendre par un commissaire-priseur réputé tout ce que possédait le monsieur qui passait des vacances en Suisse. Puis, ce fut la maison elle-même qu'il vendit à un entrepreneur de bâtiments, s'arrangeant avec lui pour qu'il la démolît avant une certaine date. Et la police et vos autres autorités municipales lui facilitèrent les choses. Et lorsque le vrai propriétaire revint de Suisse, il trouva un grand trou au lieu même où s'était élevée sa maison. Mais tout s'était fait dans les règles, et ce sera dans les règles également que se passera notre affaire. Nous n'allons pas nous rendre là-bas de trop bonne heure afin de ne pas permettre aux agents de police, qui n'auraient pas alors grand-chose à penser, de juger notre présence insolite ; mais seulement après dix heures quand, au milieu de la foule, on nous prendra pour les propriétaires de la maison.

Evidemment, il avait raison, et le visage de Mina elle-même s'éclaira un peu : tous, nous éprouvions un sentiment d'espoir en écoutant la sage explication de Van Helsing.

— Une fois dans la maison, reprit-il, nous trouverons peut-être d'autres indices ; en tout cas, certains d'entre nous pourront rester là pendant que les autres iront à la recherche des caisses qui manquent encore – à Bersmondsey et à Mile End.

— Je pourrai vous être utile là-bas, déclara vivement Lord Godalming en se levant. Je vais télégraphier à mes gens de préparer voitures et chevaux.

— C'est une idée merveilleuse ! s'écria Quincey. Mais ne craignez-vous pas, mon vieil Art, que vos beaux équipages avec leurs écussons, en passant dans les chemins de Walworth ou de Mile End, n'attirent l'attention plus qu'il n'est souhaitable ? Il me semble que nous devrions plutôt prendre un fiacre, et en descendre à quelque distance de l'endroit où nous voulons aller.

— Quel être intelligent, cet ami Quincey ! dit le professeur. Il est vrai que dans ce que nous entreprenons, moins nous serons vus, mieux cela vaudra.

Mina, pour toutes choses, montrait un intérêt croissant, et je me réjouissais de constater que, par là même, elle oubliait momentanément sa terrible nuit. Son visage était pâle, très pâle, presque blême, et si aminci que les lèvres semblaient étirées, montrant davantage les dents. Je n'en ai encore rien dit, mais mon sang s'est glacé dans mes veines à la pensée de ce qui était arrivé à la pauvre Lucy après que le comte lui eut ainsi sucé le sang. Pourtant, chez Mina, on n'a nullement l'impression que les dents deviennent plus pointues ; mais peu d'heures se sont écoulées depuis l'horrible visite, et, hélas ! on peut encore redouter le pire !

Nous décidâmes qu'avant de partir pour Piccadilly, nous devions détruire le repaire du comte qui était le plus proche. Et au cas où il s'en apercevrait tout de suite, nous aurions encore l'avantage sur lui pour poursuivre notre tâche, et sa présence sous une forme purement physique pendant les heures où il ne jouissait pas de son fantastique pouvoir, nous fournirait peut-être de nouvelles indications.

Le professeur proposa que, après être allés à Carfax, nous nous rendions tous à la maison de Piccadilly ; les deux médecins et moi-même y resterions tandis que Lord Godalming et Quincey iraient détruire les repaires de Walworth et de Mile End. Il était possible, sinon vraisemblable, insista le professeur, que le comte fît une apparition à Piccadilly au cours de la journée et, s'il en était ainsi, nous aurions dès lors à lui tenir tête. De toute façon, nous serions ensemble pour le poursuivre. En ce qui me concernait, je fis une objection à ce plan : je voulais, dis-je, rester auprès de Mina pour la protéger ; mais Mina ne voulut rien entendre. Elle déclara que je serais peut-être utile pour trancher l'une ou l'autre question de droit : que, dans les papiers du comte, certains points seraient sans doute intelligibles à moi seul qui avais connu le personnage chez lui, en Transylvanie ; et que, dans tous les cas, il nous fallait être aussi nombreux que possible pour affronter la force extraordinaire du comte. Elle tint bon, et je finis par céder.

— Que vous travailliez tous ensemble, dit-elle, voilà encore pour moi une raison d'espérer. Quant à moi, je ne crains rien. L'épreuve la plus terrible est passée ; dans tout ce qui pourra arriver désormais, il y aura un peu d'espoir et de réconfort. Allez, mon chéri ! Si telle est la volonté de Dieu, il me protégera aussi bien lorsque je serai seule que lorsque l'un de vous est près de moi !

— Alors, au nom de Dieu, m'écriai-je, partons immédiatement ! Le comte peut arriver à Piccadilly plus tôt que nous ne le pensons !

— Mais non, mais non ! dit Van Helsing avec un geste de la main comme s'il voulait apaiser mon impatience.

— Comment le savez-vous ?

— Oubliez-vous, me demanda-t-il non sans qu'un sourire fugitif passât sur son visage, que cette nuit il a fait un festin et qu'il dormira tard aujourd'hui ?

L'oublier ! Aurais-je pu l'oublier ? L'oublierai-je jamais ? Aucun de nous pourra-t-il jamais oublier pareille horreur ? Mina s'efforça de rester calme ; mais sa douleur se réveilla et elle se cacha le visage entre les mains tandis qu'elle gémissait et tremblait de nouveau de la tête aux pieds.

Van Helsing, de toute évidence, n'avait pas voulu rouvrir sa blessure. Un moment, il n'avait plus pensé au rôle involontaire qu'elle tenait dans toute cette affaire, mais simplement au meilleur moyen d'arriver à ses fins. Quand il se rendit compte de ce qu'il venait de dire, il en fut lui-même épouvanté.

— Oh ! madame Mina, chère, chère madame Mina, fit-il, pardonnez-moi ! Hélas ! Moi qui vous admire, qui vous aime tant, ai-je pu être aussi étourdi ! Mais vous oublierez, n'est-ce pas ?

Tout en parlant, il s'était penché vers elle ; elle lui prit la main, et, le regardant à travers ses larmes, lui répondit :

— Non, je n'oublierai pas ; au contraire, il faut que je me souvienne ; et le souvenir que je garderai de vous sera si doux qu'il m'aidera à ne pas perdre l'autre. Maintenant, vous allez partir bientôt. Le petit déjeuner est prêt ; nous devons tous y faire honneur, car tous nous avons besoin de forces.

Ce petit déjeuner nous sembla un repas assez étrange. Nous voulions être gais, nous encourager les uns les autres, et c'était encore Mina qui montrait le plus d'entrain. Finalement, Van Helsing se leva et déclara :

— Mes enfants, l'heure décisive approche. Sommes-nous tous armés comme la nuit où nous avons visité le premier repaire de notre ennemi ? Armés pour résister à une attaque aussi bien spirituelle que physique ?

Nous le rassurâmes sur ce point.

— Parfait ! En tout cas, madame Mina, vous êtes à l'abri de tout danger jusqu'à ce que le soleil se couche, et, d'ici là, nous serons revenus… si… Mais oui, nous reviendrons ! Seulement vous aussi, malgré tout, il faut que vous puissiez arrêter l'ennemi s'il cherchait de nouveau à vous nuire. Depuis que vous avez quitté votre chambre, je suis allé y mettre certaines choses – vous savez tous lesquelles – qui l'empêcheront d'entrer. Et dès à présent, moi-même je touche votre front de ce morceau de la Sainte Hostie, au nom du Père, et du Fils, et du…

Nous entendîmes un cri épouvantable. L'Hostie avait brûlé le front de Mina comme l'eût fait un morceau de métal chauffé à blanc. Ma pauvre chérie avait pleinement compris ce que cela signifiait, aussi vite qu'elle en avait ressenti la douleur, et son cri était l'expression de la détresse infinie où elle se sentait sombrer. Il résonnait encore à nos oreilles qu'elle se jetait à genoux et gémissait, tout en ramenant sa belle chevelure sur son visage, comme le lépreux s'était voilé de son manteau :

— Impure ! Je suis impure ! Le Dieu tout-puissant lui-même fuit ma chair maudite ! Jusqu'au Jugement dernier, je porterai sur mon front ce stigmate de ma honte !

Tous, ils la regardaient, interdits. Pour moi, je m'étais jeté à côté d'elle, en proie à un affreux désespoir, et, passant mes bras autour de sa taille, je la serrai étroitement contre moi. Pendant quelques instants, nos cœurs gonflés de chagrin battirent au même rythme tandis que nos amis détournaient la tête et pleuraient en silence. Puis Van Helsing s'approcha de nous et dit d'un ton si grave que je ne pus m'empêcher de penser qu'il parlait comme s'il était inspiré :

— Il se peut, en effet, que vous ayez à porter cette marque jusqu'à ce que Dieu, au jour du Jugement dernier, décide que le temps est venu pour lui de remettre tous les péchés que ses enfants auront commis sur la terre. Oh ! très chère madame Mina, puissions-nous, nous qui vous aimons, être là pour voir la marque rouge – ce signe qui montre que Dieu sait ce qui vous est arrivé – disparaître de votre front qui redeviendra alors aussi pur que votre cœur ! Car, n'en doutons pas, cette marque s'effacera quand il plaira à Dieu de nous délivrer du lourd fardeau qui pèse sur nous. Jusqu'alors, il nous faut porter notre croix, comme Son fils a porté la sienne pour obéir à la volonté du Père. Peut-être sommes-nous les instruments de Sa volonté et devons-nous monter jusqu'à Lui, comme l'Autre – mais dans la honte, couverts de sang et de larmes, remplis de doutes et de crainte : ce qui fait toute la différence entre Dieu et l'homme.

Ses paroles nous aidèrent à nous résigner – au-delà de la résignation, l'espoir était permis. Mina et moi le sentîmes tous les deux et, en même temps, nous saisîmes chacun une main du professeur et nous nous penchâmes pour la baiser. Alors, tous, nous nous agenouillâmes pour jurer de rester unis, fidèles les uns aux autres. Nous, les hommes, nous fîmes le serment de rendre paix et bonheur à celle que, chacun à notre façon, nous aimions, tout en priant Dieu de nous assister dans notre tâche.

Il était temps de partir. Je dis adieu à Mina ; et cet instant, ni elle ni moi nous ne l'oublierons de notre vie !

Si jamais nous nous apercevons que Mina risque de devenir un vampire, ma décision est prise : elle n'entrera pas seule dans cette terrible et mystérieuse condition.

Je suppose que c'est ainsi que jadis un seul vampire en suscitait plusieurs : de même que leurs corps hideux ne trouvaient de repos que dans une terre sacrée, de même, ils se servaient de l'amour le plus pur pour grossir leurs sinistres rangs.

Nous n'eûmes aucune difficulté à entrer à Carfax : nous y trouvâmes tout exactement dans le même état que lors de notre première visite. Nous ne découvrîmes aucun papier, absolument rien qui pût être l'indice d'une présence quelconque ; dans la vieille chapelle, les grandes caisses ne paraissaient pas avoir été déplacées d'un pouce depuis que nous les avions vues.

— Mes amis, dit Van Helsing, nous avons ici un premier devoir à remplir. Nous allons rendre inefficace la terre que contiennent ces coffres, cette terre sanctifiée par de pieuses mémoires et que le monstre a fait venir d'un pays lointain pour pouvoir s'y réfugier. Cette terre, il l'a choisie précisément parce qu'elle était sanctifiée ; de sorte que c'est en nous servant de son arme à lui que nous lui infligerons sa défaite ; cette terre était consacrée à l'homme – maintenant, nous la consacrons à Dieu.

Tout en parlant, il avait tiré de son sac un tournevis et une clef universelle et, très vite, il fit sauter le couvercle d'une des caisses. La terre dégageait une odeur de moisi ; mais plus que par cette odeur, nous avions l'attention attirée par ce que faisait le professeur : il avait pris un morceau de la Sainte Hostie, il le posa respectueusement sur la terre, puis il abaissa le couvercle, et nous l'aidâmes à le visser à nouveau.

Nous ouvrîmes et refermâmes toutes les caisses l'une après l'autre, les laissant apparemment telles que nous les avions trouvées ; seulement, dans chacune d'elles, il y avait à présent un morceau de la Sainte Hostie.

La porte de la maison refermée derrière nous, le professeur s'écria :

— Voilà qui est fait ! Si nous réussissons de cette façon en ce qui concerne les autres coffres, le soleil, quand il se couchera ce soir, pourra éclairer d'une dernière lueur le front blanc et immaculé de madame Mina !

En redescendant l'allée pour nous rendre à la gare où nous devions prendre le train, nous passions devant l'établissement. Je regardai évidemment en direction de notre fenêtre et j'y vis Mina. J'agitai la main et lui fis comprendre que nous étions très satisfaits de notre travail à Carfax. A son tour, d'un signe elle m'apprit qu'elle avait saisi le sens de mon geste. Elle agita la main longtemps encore, puis, au fur et à mesure que je m'éloignais, sa silhouette s'estompa et enfin je ne la vis plus du tout. C'est le cœur gros que nous atteignîmes le quai de la gare, à l'instant même où le train allait partir.

Et c'est dans le train que j'ai écrit ces pages.

Piccadilly, midi et demi – Nous allions arriver à Fenchurch Street quand Lord Godalming me dit :

— Nous irons chercher le serrurier, Quincey et moi ; mieux vaut ne pas nous accompagner ; je pense au cas où surgirait quelque difficulté. Car les circonstances sont telles qu'il nous faudra peut-être, malgré tout, forcer la porte de cette maison ; en tant que *solicitor*, il est sans doute préférable que vous ne vous en mêliez pas !

Je voulus protester, mais il reprenait déjà :

— En outre, moins nombreux nous serons, moins on nous remarquera. Mon titre impressionnera le serrurier comme il impressionnera les agents, s'il en vient… Allez plutôt avec John et le professeur nous attendre dans Green Park, d'où vous pourrez voir la maison ; quand la porte sera ouverte et le serrurier parti, vous viendrez tous les trois nous rejoindre. Nous vous guetterons et nous vous ferons entrer.

— Excellente idée ! approuva Van Helsing, et nous nous séparâmes là-dessus, Godalming et Morris sautant dans un fiacre, et nous dans un autre. Au coin d'Arlington Street, nous descendîmes de voiture et allâmes nous promener dans Green Park. Je sentis mon cœur battre très fort lorsque j'aperçus la maison en laquelle nous mettions tant d'espoir, et qui se dressait, abandonnée à son silence sinistre, entre d'autres demeures gaies et animées. Nous nous assîmes sur un banc d'où nous ne la perdions pas de vue, et c'est en fumant des cigarettes comme de simples flâneurs que nous attendîmes l'arrivée des deux autres. Chaque minute nous semblait une éternité.

Finalement, nous vîmes une voiture s'arrêter devant la maison. Lord Godalming et Morris en descendirent avec une parfaite nonchalance, puis, du siège, un ouvrier trapu, portant des outils. Morris paya le cocher qui toucha de la main sa casquette et repartit, tandis que Godalming et l'ouvrier montaient les marches du perron. Lord Godalming montra le travail qu'il désirait voir accomplir, et l'autre commença par ôter lentement sa veste qu'il pendit à la balustrade tout en adressant quelques mots à un agent de police qui passait. Ce dernier lui répondit, et notre homme se mit à genoux, choisit parmi tous ses outils ceux qu'il lui fallait et les disposa avec ordre à côté de lui. Puis il se releva, regarda par le trou de la serrure, souffla dedans, et, se tournant vers Lord Godalming et Morris, fit une remarque ; Lord Godalming sourit, et l'ouvrier prit un énorme trousseau de clefs. Il essaya une de ces clefs dans la serrure, puis une autre, puis encore une autre. Il donna alors un léger coup d'épaule dans la porte qui s'ouvrit aussitôt, et nous les vîmes entrer tous trois dans le corridor. Nous restions assis, immobiles. Je fumais sans arrêt, tandis que Van Helsing avait laissé éteindre son cigare. Il nous fallait attendre avec patience. L'ouvrier sortit enfin et reprit son sac d'outils. Puis, tenant avec son genou la porte entrouverte, il introduisit une clef dans la serrure, l'en retira, et la tendit enfin à Lord Godalming qui lui mit dans la main quelque argent. L'homme esquissa un geste de salut, renfila sa veste, ramassa ses outils et s'éloigna. Personne ne s'était avisé de quoi que ce fût.

Lorsque l'homme fut hors de vue, nous sortîmes des jardins, traversâmes la rue, et allâmes frapper à la porte. Quincey Morris vint immédiatement nous ouvrir ; à côté de lui, Lord Godalming allumait un cigare.

— Cette maison sent terriblement mauvais, nous dit ce dernier comme nous entrions.

En effet, cela sentait terriblement mauvais – l'odeur même de la chapelle de Carfax – et notre première expérience aidant, nous ne doutions plus que nous ne fussions dans une des demeures du comte. Nous nous mîmes à explorer une pièce après l'autre, restant toujours tous ensemble, en cas d'attaque – puisque le comte aussi bien pouvait se trouver dans la maison. Dans la salle à manger, au bout du corridor, nous vîmes huit caisses, alors que nous en recherchions neuf ! Nous ouvrîmes les volets de la fenêtre qui donnait sur une cour étroite, pavée, au fond de laquelle des communs – les écuries – n'avaient, eux, aucune fenêtre, de sorte que nous ne risquions pas d'être vus. Sans perdre un instant, en nous servant des outils que nous avions apportés, nous ouvrîmes chacune des caisses pour y déposer, comme nous l'avions fait à Carfax, un morceau de l'Hostie. De toute évidence, le comte n'était pas dans la maison à ce moment-là, et nous poursuivîmes nos recherches.

Sûrs de n'avoir négligé aucun recoin de la maison, de la cave au grenier, nous en vînmes à la conclusion que tout ce qui appartenait au comte se trouvait dans la salle à manger. Nous y fûmes à nouveau pour procéder à un examen détaillé de chaque objet. Ils étaient tous disposés sur la grande table, dans une sorte de désordre étudié. Il y avait les actes notariés de l'achat de la maison de Piccadilly, ainsi que ceux des maisons de Mile End et de Bermondsey ; du papier à lettres, des enveloppes, des plumes, de l'encre. Un mince papier d'emballage préservait le tout de la poussière. Il y avait aussi une brosse à habits, une brosse à cheveux, un peigne, une cruche et une cuvette – celle-ci remplie d'eau sale et rougie comme si on y avait versé du sang. Enfin, des clefs de toutes sortes et de toutes dimensions qui étaient probablement celles des autres maisons. Dès que nous eûmes examiné ces clefs, Lord Godalming et Quincey Morris notèrent les adresses exactes des différentes maisons à Mile End et à Bermondsey, et, munis de ces clefs, partirent pour aller achever là-bas l'œuvre de destruction. Et maintenant, nous attendons leur retour… ou l'arrivée du comte.

XXIII

JOURNAL DU DR SEWARD

3 octobre – Le temps nous semblait terriblement long tandis que nous attendions le retour de Godalming et de Quincey Morris. Le professeur s'efforçait de nous distraire en occupant sans cesse notre esprit. Je devinais sa bonne intention d'après les coups d'œil que, de temps à autre, il jetait à la dérobée vers Harker. Le pauvre garçon est plongé dans un désespoir effrayant à voir. Hier, c'était un homme sûr de soi, l'air heureux, son jeune visage débordant de vitalité et d'énergie, avec des cheveux brun foncé. Aujourd'hui, c'est un vieillard épuisé et hagard, ses cheveux sont presque blancs, ses yeux brûlent au fond des orbites creuses et le chagrin a buriné son visage de rides. Son énergie est encore intacte, et même il fait penser à une flamme ardente. Là peut-être est son salut car, si tout va bien, cette énergie le fera émerger du désespoir et alors il s'éveillera à nouveau en quelque sorte aux réalités de la vie. Pauvre garçon ! Je trouvais ma propre inquiétude déjà bien pénible ; que dire de la sienne ? Le professeur comprend cela et fait donc tout ce qu'il peut pour le distraire. Ce qu'il nous disait était du plus haut intérêt.

— J'ai étudié et repris cent fois, depuis qu'ils sont parvenus entre mes mains, tous les documents relatifs à ce monstre. De plus en plus, je crois à la nécessité de l'anéantir. Partout nous voyons la preuve de ses progrès ; progrès, non seulement dans son pouvoir, mais dans la connaissance qu'il a de ce pouvoir. D'après ce que j'ai appris grâce aux recherches de mon ami Arminius de Budapest, il était de son vivant un homme remarquable, guerrier, homme d'Etat, alchimiste ; et l'alchimie représentait alors le plus haut degré de la science. Il avait une puissante intelligence, une culture sans égale, et un cœur qui ne connaissait ni peur ni remords. Il eut même l'audace d'assister aux leçons de Scholomance et ne laissa sans s'y essayer aucune branche du savoir de son époque. Aussi, en lui, le pouvoir de l'intelligence a survécu à la mort physique, bien que, semble-t-il, sa mémoire ne soit pas demeurée intacte. Pour certaines facultés de l'esprit, il n'était plus, il n'est encore qu'un enfant. Mais il progresse, et certaines choses en lui qui d'abord étaient puériles ont maintenant atteint leur état adulte. Il s'instruit par l'expérience, et non sans succès. Si nous n'avions pas croisé son chemin, il serait maintenant – et il peut encore l'être si nous échouons – le père ou le guide d'une nouvelle race d'hommes et de femmes qui suivront leur voie dans la Mort, et non pas dans la Vie.

Harker gémit et dit :

— Et toutes ces forces sont déployées contre ma bien-aimée ! Mais que sont ses expériences ? Le savoir peut nous aider à le vaincre.

— Depuis son arrivée en Angleterre, il n'a cessé d'expérimenter son pouvoir – lentement mais sûrement ; cette intelligence à la fois puissante et puérile qui est la sienne travaille sans arrêt. Il est heureux pour nous que ce soit encore pour le moment une intelligence d'enfant, car s'il avait osé dès le départ s'attaquer à certaines choses, il serait depuis longtemps hors de notre atteinte. Cependant, il est bien résolu à réussir, et un homme qui a des siècles devant lui peut se permettre d'attendre et d'avancer lentement. *Festina lente*, hâte-toi lentement, pourrait être sa devise.

— Je ne comprends pas bien, dit Harker avec découragement. Expliquez-moi cela plus clairement. Je crois que le chagrin et l'inquiétude me troublent l'esprit.

Dans un geste d'amitié, le professeur lui mit la main sur l'épaule.

— Eh bien ! mon enfant, je serai clair ! Ne voyez-vous pas que ces derniers temps, ce monstre a accru son savoir par l'expérience ? Rappelez-vous comment il s'est servi de notre malade zoophage pour pénétrer dans la maison de notre ami John, car le vampire qui, par la suite, peut entrer dans une maison quand et comme il le veut, doit, pour y pénétrer une première fois, être introduit par un familier de la maison. Mais ce n'est pas là le plus important. Ne savons-nous pas qu'au début ces grandes caisses étaient transportées par d'autres que lui ? Il ignorait alors qu'il aurait pu en être autrement. Cependant sa grande intelligence d'enfant se développait peu à peu, et il se demanda s'il ne pourrait pas lui-même transporter les caisses. Il commença par aider à ce travail, et quand il s'aperçut que cela lui était facile, il essaya de les déplacer seul. Il y réussit et dispersa ses tombes ; lui seul sait où elles sont cachées. Peut-être a-t-il l'intention de les enterrer profondément dans le sol. Comme lui seul s'en sert, la nuit ou aux moments où il peut changer de forme, cela lui convient aussi bien, et nul ne peut connaître leur emplacement. Mais, mon enfant, ne désespérez pas ! Cette science lui est venue trop tard. Déjà tous ses repaires, sauf un, sont devenus inefficaces, et, avant le coucher du soleil, le dernier le sera aussi. Alors, il n'aura plus un seul endroit où se retirer et se cacher. J'ai attendu jusqu'à ce matin afin d'en être sûr.

L'enjeu n'est-il pas encore plus important pour nous que pour lui ? D'après ma montre, il est une heure, et déjà, si tout va bien, notre ami Arthur et Quincey sont en route pour revenir ici. Nous devons aller de l'avant, lentement peut-être, mais sûrement, et ne laisser échapper aucune chance. Pensez ! Nous serons cinq quand nos amis arriveront !

Tandis qu'il parlait, un coup frappé à la porte d'entrée nous fit sursauter, le double coup du jeune employé du télégraphe. Un même mouvement nous porta tous vers le corridor et Van Helsing, levant la main pour nous imposer silence, se dirigea vers la porte et l'ouvrit. Le jeune garçon lui remit un télégramme. Le professeur referma la porte et, après avoir jeté un coup d'œil sur l'adresse, ouvrit la dépêche, et lut tout haut : "Prenez garde à D. A l'heure qu'il est, 12 h 45, il vient d'arriver en hâte de Carfax et il s'en va à toute vitesse vers le sud. Peut-être veut-il aller vous retrouver. Mina."

La voix de Jonathan Harker rompit le silence qui s'était fait.

— Maintenant, grâce à Dieu, nous serons bientôt face à face !

Van Helsing se tourna vivement vers lui et lui dit :

— Dieu agira à Sa manière et en Son temps. Pour l'instant, n'ayez pas peur, mais ne vous réjouissez pas non plus, car ce que nous souhaitons à présent pourrait nous mener à notre propre perte.

— Rien ne m'importe en ce moment, répondit Harker assez brusquement, sinon de faire disparaître cette brute de la face de l'univers, dussé-je pour cela vendre mon âme !

— Oh ! chut, chut, mon enfant, fit Van Helsing. Dieu n'achète pas les âmes de la sorte ; quant au diable, c'est un acheteur déloyal. Mais Dieu est miséricordieux et juste ; il connaît votre souffrance et votre amour pour notre chère madame Mina. Quant à elle, songez qu'elle souffrirait doublement si elle entendait ces paroles d'égarement. Ne craignez rien ; nous sommes tous voués à cette cause, et cette journée en verra le dénouement. C'est le moment d'agir. Pendant le jour, le vampire n'a d'autre pouvoir que celui d'un homme, et il ne peut changer de forme avant le coucher du soleil. Il lui faudra du temps pour arriver ici ; voyez, il est une 1 h 20, et il se passera encore du temps avant qu'il ne nous rejoigne – même s'il est plus rapide que jamais. Espérons donc que nos deux amis arriveront avant lui.

Nous tenions le télégramme de Mrs Harker depuis une demi-heure environ quand on frappa de nouveau à la porte d'entrée, cette fois doucement mais fermement. Ce coup banal, tel qu'en donnent à tout moment des milliers d'hommes, fit battre plus rapidement le cœur du professeur et le mien. Nous nous regardâmes et, ensemble, nous gagnâmes le corridor ; nous étions prêts à user de toutes nos armes – tenant les spirituelles dans la main gauche, les matérielles dans la droite. Van Helsing abaissa la clenche, ouvrit à demi la porte et se tint là, prêt à se défendre. La joie de notre cœur dut se refléter sur notre visage quand nous vîmes sur le seuil, contre la porte, Lord Godalming et Quincey Morris. Ils entrèrent rapidement, fermant la porte derrière eux, et le premier dit, tandis qu'ils avançaient dans le corridor :

— Tout va bien. Nous avons découvert deux emplacements avec six caisses de part et d'autre, et maintenant elles n'existent plus.

— Elles n'existent plus ? demanda le professeur.

— Plus pour lui !

Après un moment de silence, Quincey Morris déclara à son tour :

— Il n'y a rien à faire, sinon attendre ici. Cependant, s'il n'est pas ici à cinq heures, nous devrons partir car nous ne pouvons pas laisser Mrs Harker seule après le coucher du soleil.

— Mais il va bientôt arriver, dit Van Helsing après avoir consulté son agenda. D'après le télégramme de madame Mina, il allait vers le sud en venant de Carfax, ce qui signifie qu'il allait traverser le fleuve, et il ne peut le faire qu'à l'étale de la marée, c'est-à-dire un peu avant une heure. S'il se dirige vers le sud, nous pouvons en conclure qu'il n'a encore que des soupçons et que, de Carfax, il est allé d'abord à l'endroit où il soupçonne le moins notre intervention. Vous devez vous être trouvés à Bermondsey peu de temps avant lui. Puisqu'il n'est pas encore ici, cela prouve qu'il est allé ensuite à Mile End. Cela lui a pris quelque temps, car il lui fallait trouver un moyen de traverser le fleuve. Croyez-moi, mes amis, nous n'aurons plus longtemps à attendre. Nous devrions tenir prêt un plan d'attaque, pour ne pas risquer de perdre aucune chance. Chut ! C'est le moment ! Prenez vos armes !

Parlant à voix basse, il leva la main en guise d'avertissement ; en effet, nous entendions le bruit d'une clef glissée doucement dans la serrure de la porte d'entrée.

Je ne pouvais m'empêcher d'admirer, même en une minute aussi grave, combien un esprit supérieur s'impose de lui-même. Dans toutes nos expéditions de chasse et nos aventures de par le monde, Quincey Morris avait toujours organisé les plans d'action ; Arthur et moi avions admis implicitement de lui obéir. A présent, nous retrouvions instinctivement l'ancienne habitude. Après un rapide coup d'œil autour de la pièce, sans un mot, il nous désigna du geste nos postes respectifs. Van Helsing, Harker et moi étions juste derrière la porte de façon que, lorsqu'elle s'ouvrirait, le professeur pût la garder tandis que nous avancerions pour couper la retraite à l'arrivant. Quincey et Godalming se tenaient dissimulés, prêts à s'avancer devant la fenêtre. Nous attendions, en proie à une angoisse qui donnait aux secondes une lenteur de cauchemar. Les pas traversaient le corridor, lents et prudents. Le comte s'attendait évidemment à une attaque – ou, du moins, la craignait.

Soudain, d'un seul élan, il bondit dans la pièce, nous dépassant avant qu'aucun de nous pût avancer la main pour l'arrêter. Il y avait dans ce bond quelque chose de si félin, de si peu humain, qu'il sembla nous tirer de la stupeur causée par cette irruption. Le premier à agir fut Harker. D'un mouvement rapide, il se jeta devant la porte qui s'ouvrait sur la pièce de façade. Quand le comte nous vit, il ricana hideusement, découvrant ainsi des canines longues et pointues ; mais aussitôt l'affreux sourire fit place à un froid regard empli d'un dédain suprême. Son expression changea encore lorsque, tous ensemble, nous avançâmes vers lui. Mais, à ce moment encore, je me demandais ce que nous allions faire. Je ne savais pas si nos armes matérielles nous seraient de quelque utilité. Harker avait évidemment l'intention d'en faire l'essai, car il tenait en main son long poignard et en porta brusquement un coup furieux, extrêmement violent. Le comte ne fut sauvé que par la rapidité diabolique de son bond en arrière. Il ne s'en fallut que d'une seconde : la lame acérée aurait traversé son cœur. Au lieu de cela, la pointe coupa le tissu de son vêtement et par la déchirure s'échappèrent une liasse de billets de banque et un flot de pièces d'or.

L'expression du comte était si terrible qu'un instant j'eus peur pour Harker bien que je le visse brandir son poignard pour une nouvelle attaque. Instinctivement, je m'avançai pour le protéger, tenant le crucifix et l'Hostie dans ma main gauche. Je sentais une force puissante animer mon bras et je ne fus pas surpris de voir le monstre battre en retraite quand tous firent le même geste que moi. Il est impossible de décrire l'expression de haine et de cruauté déjouée, de colère et de rage diabolique qui parut sur le visage du comte. Son teint de cire, devenu verdâtre, contrastait avec son regard brûlant ; la balafre rouge de son front ressemblait, sur la peau livide, à une blessure fraîche. L'instant d'après, d'un souple plongeon, il se glissa sous le bras de Harker avant que celui-ci pût frapper ; il ramassa une poignée de pièces d'or sur le parquet, fila comme un trait à travers la pièce, et se jeta contre la fenêtre. Dans le fracas et parmi les éclats de verre qui brillèrent en volant tout autour de lui, il sauta dans la cour. Mêlé au bruit du verre brisé, j'entendis le tintement de l'or lorsque quelques souverains roulèrent sur les pavés. Accourus à la fenêtre, nous le vîmes se relever sans mal. Il traversa la cour, poussa la porte des écuries. Alors, il se retourna et nous cria :

— Vous croyez me faire échec ! Vous, avec vos visages pâles, alignés comme des moutons à l'abattoir ! Vous le regretterez, tous tant que vous êtes ! Vous croyez ne m'avoir laissé aucun refuge ; mais j'en ai encore. Ma vengeance ne fait que commencer. Elle se poursuit à travers les siècles, et le temps est mon allié. Les femmes que vous aimez m'appartiennent déjà, et, par elles, vous et d'autres encore m'appartiendrez – créatures désignées pour exécuter mes ordres et pour me servir quand j'aurai envie de sang. Peuh !

Avec un ricanement de mépris, il franchit vivement la porte, et nous entendîmes grincer le verrou rouillé lorsque, de l'intérieur, il le poussa. Une porte, plus loin, s'ouvrit et se referma. Le premier à parler fut le professeur tandis que, nous rendant compte de la difficulté de le suivre dans les écuries, nous revenions vers le corridor.

— Nous avons appris quelque chose, dit-il, et même beaucoup. En dépit de ses bravades, il nous craint. Sinon, pourquoi cette fuite ? Le son même de sa voix l'a trahi, ou bien mes oreilles me trompent. Pourquoi prendre cet argent ? Suivez-le vite ! Vous chassez une bête sauvage, vous en avez l'habitude ! Pour moi, je suis convaincu que rien ici ne pourrait l'aider, si même il revenait.

Tout en parlant, il mit dans sa poche l'argent qui restait, prit les titres de propriété que Harker avait laissés là, entassa tous les autres papiers dans l'âtre et y mit le feu.

Godalming et Morris s'étaient précipités dans la cour et Harker y était descendu par la fenêtre pour essayer, malgré tout, de rattraper le comte. Mais celui-ci avait verrouillé la porte de l'écurie ; le temps de forcer la porte, ils ne trouvèrent plus trace de lui. Van Helsing et moi partîmes faire des recherches derrière la maison ; mais les écuries étaient désertes. Personne n'avait vu le comte.

L'après-midi était fort avancé, le crépuscule approchait. Il nous fallut bien reconnaître que nous avions perdu la partie et acquiescer, le cœur lourd, quand le professeur nous dit :

— Retournons auprès de madame Mina – auprès de la pauvre et chère madame Mina. Nous ne pouvons plus rien faire ici et, là-bas, nous pourrons du moins la protéger. Mais pas de découragement ! Il n'y a plus qu'une caisse-refuge et nous mettrons tout en œuvre pour la découvrir. Si nous y parvenons, tout peut encore être sauvé !

Je comprenais qu'il s'efforçait de réconforter Harker. Le pauvre garçon était désespéré, de temps à autre il laissait échapper un sourd gémissement ; il pensait à sa femme.

C'est la tristesse au cœur que nous sommes rentrés chez moi. Mrs Harker nous attendait avec une apparence de joie qui faisait honneur à son courage et à son oubli d'elle-même. Quand elle vit nos visages, le sien blêmit. Pendant une ou deux secondes, elle ferma les yeux comme pour une prière intérieure, puis elle dit avec chaleur :

— Je ne pourrai jamais assez vous remercier ! Oh ! Mon pauvre chéri ! – En même temps, elle prit entre ses mains la tête de son mari et lui baisa le front, sous les cheveux gris. Reposez votre pauvre tête ici. Tout ira bien, mon chéri ! Dieu nous protégera si Sa providence le veut !

Harker gémit encore. Son immense désespoir ne trouvait plus de mots.

Nous avons soupé parce que c'est la routine, l'habitude ; et pourtant je crois que ce repas nous fit du bien à tous. Fût-ce le simple bien-être physique que procure la nourriture à des affamés (car aucun de nous n'avait rien pris depuis le petit déjeuner), ou bien fût-ce le sentiment de notre solidarité qui nous réconforta, je ne sais ; toujours est-il que nous nous sentions moins accablés et envisagions même l'avenir avec quelque espoir. Fidèles à notre promesse, nous avons raconté à Mrs Harker tout ce qui s'était passé. Si elle devint parfois pâle comme la neige au récit des dangers qui avaient menacé son mari ; si, à d'autres moments, elle rougit quand se manifestait la passion de Jonathan pour elle, elle écouta néanmoins ce récit avec calme et courage. Quand on lui dit comment Harker avait si hardiment attaqué le comte, elle saisit le bras de son mari et le tint contre elle comme si cette étreinte pouvait le protéger de toute menace. Cependant, elle garda le silence jusqu'à la fin du récit qui nous ramenait au moment présent. Alors, sans lâcher la main de son mari, elle se leva et parla. Oh ! si je pouvais décrire dignement cette scène ! Cette douce et généreuse femme, dans tout l'éclat radieux de sa jeunesse ; la balafre rouge sur son front, dont elle n'oubliait pas la présence et dont la vue nous faisait grincer des dents quand nous songions à celui qui l'avait faite ; son amour et sa douceur à elle en face de notre sombre haine ; sa tendresse et sa confiance en face de nos craintes et de nos doutes ; et nous, sachant que, s'il fallait en croire les signes, malgré toute sa bonté, sa pureté et sa foi, elle était rejetée par Dieu.

— Jonathan, dit-elle – et ce nom résonna comme une musique sur ses lèvres tant elle le prononçait avec amour et tendresse –, cher Jonathan, et vous tous, mes fidèles, si fidèles amis, je voudrais que vous gardiez une chose présente à votre esprit en ces terribles jours. Je sais que vous devez lutter, que vous devez tuer – comme vous avez tué la fausse Lucy pour que vive la vraie Lucy. Mais ce n'est pas une œuvre de haine. Le pauvre être qui a causé toute cette souffrance est le plus malheureux de tous. Songez quelle sera sa joie à lui aussi quand, son double malfaisant étant détruit, la meilleure part de lui-même survivra, son âme immortelle. Vous devez avoir pitié de lui aussi, sans que cela empêche vos mains de le faire disparaître de ce monde.

Pendant qu'elle parlait, je voyais le visage de son mari s'assombrir et se contracter, comme si la colère pénétrait jusqu'à la racine même de son être. Sans s'en rendre compte, il étreignait toujours plus fort la main de sa femme au point que ses phalanges blanchissaient. Elle ne retirait pas sa main malgré la douleur qu'elle devait éprouver – qu'elle éprouvait visiblement ; mais elle le regardait avec des yeux plus implorants que jamais. Lorsqu'elle se tut, d'un geste brusque, il se leva et s'écarta :

— Puisse Dieu le livrer entre mes mains, s'écria-t-il, pour que je détruise sa vie terrestre ! C'est ce que nous voulons. Mais si, de plus, je pouvais envoyer son âme brûler éternellement en enfer, je le ferais !

— Oh ! chut, chut, au nom du Dieu de bonté ! Ne prononcez pas de telles paroles, Jonathan, vous mon mari, ou vous m'écraserez de frayeur et d'horreur. Songez, mon chéri – j'ai pensé à cela pendant toute cette si longue journée – que… peut-être… un jour … moi aussi, je pourrais avoir besoin d'une telle pitié, et que d'autres, comme vous, avec les mêmes motifs de haine, me la refuseront peut-être ! Oh ! mon mari, mon mari, certes, je vous aurais épargné une telle pensée si j'avais pu vous convaincre autrement. Mais je prie Dieu de ne pas retenir vos paroles d'égarement, si ce n'est comme la plainte d'un cœur brisé, d'un homme épris et durement frappé. Oh ! mon Dieu, voyez ces pauvres cheveux gris, témoins de la souffrance d'un homme qui, de toute sa vie, n'a jamais fait le mal et qui a dû subir de telles épreuves !

Nous pleurions tous, nous, des hommes. Nous ne refoulions pas nos larmes, nous pleurions sans honte. Elle pleurait aussi en s'apercevant que ses sages conseils nous avaient convaincus. Son mari tomba à ses genoux, entoura sa taille de ses bras et cacha son visage dans les plis de sa robe. Sur un signe de Van Helsing, nous sortîmes de la pièce, laissant ces deux cœurs aimants seuls avec leur Dieu.

Van Helsing les a précédés dans leur chambre et a fait en sorte que tout accès y fût interdit au vampire ; puis il assura Mrs Harker qu'elle pouvait dormir en paix. Elle tâcha de se forcer à le croire et, visiblement par amour pour son mari, fit l'effort de paraître rassurée. C'était un courageux effort et je crois, je suis certain qu'il fut récompensé. Van Helsing avait placé à portée de leurs mains une sonnette dont ils pouvaient se servir en cas de danger.

Lorsqu'ils se furent retirés, Quincey, Godalming et moi nous convînmes de veiller, chacun à notre tour, afin de protéger l'infortunée jeune femme. La première garde est échue à Quincey et, quant à nous, nous devons nous coucher au plus tôt. Godalming a déjà gagné sa chambre, car il est le second à veiller. Maintenant que mon récit est achevé, je vais me coucher aussi.

JOURNAL DE JONATHAN HARKER

3-4 octobre, bientôt minuit – J'ai cru que la journée d'hier ne finirait jamais. Quelque chose me poussait à m'endormir ; une obscure confiance me disait qu'au réveil je verrais un changement et que désormais tout changement serait favorable. Avant de nous séparer, nous avons discuté de notre prochaine démarche, sans résultat. Tout ce que nous savions, c'est qu'il reste une caisse où le comte peut se réfugier et que lui seul sait où elle se trouve. S'il choisit de rester caché, il peut nous tenir en échec des années, et pendant ce temps… cette perspective est trop horrible, je n'ose l'envisager. Je ne suis sûr que d'une chose, c'est que s'il y eut jamais une femme douée de toutes les perfections, c'est bien ma pauvre chérie qui supporte ainsi ses souffrances ! Je l'aime mille fois plus encore pour la douce pitié dont elle a fait preuve hier soir, une pitié qui a fait paraître basse ma haine pour ce monstre. Assurément, Dieu ne laissera pas le monde s'appauvrir par la perte d'un tel être. J'en ai le ferme espoir. Nous allons à la dérive maintenant, et nous n'avons qu'une ancre, la foi. Dieu merci, Mina dort d'un sommeil sans rêves. J'ai peur de ce que pourraient être ses rêves, nés de ces affreux souvenirs. Elle n'a plus été si calme, que je sache, depuis le crépuscule. Alors, pour un instant, j'ai vu sur son visage une paix semblable au printemps après les giboulées de mars. Au moment même, j'ai cru que la douce lumière rose du soleil couchant se reflétait sur son visage, mais je crois maintenant que c'était une lumière intérieure... Je n'ai pas sommeil, bien que je sois épuisé, mortellement épuisé. Pourtant je dois essayer de dormir ; il faut penser à la journée de demain, et il n'y aura pas de répit pour moi tant que...

Plus tard – Je dois m'être endormi, car j'ai été réveillé par Mina qui était assise dans le lit, l'air effrayé. Je la voyais facilement car la chambre reste éclairée. Elle mit sa main sur ma bouche pour m'empêcher de parler et murmura à mon oreille :

— Ecoutez ! Il y a quelqu'un dans le couloir !

Je me levai sans bruit, traversai la chambre et ouvris doucement la porte. Dehors, Mr Morris, bien éveillé, était étendu sur un matelas. Il leva la main pour m'imposer silence et me dit à voix basse .

— Chut ! Retournez vous coucher. Tout va bien. Toute la nuit, l'un de nous veillera. Nous ne voulons courir aucun risque.

Son regard et son geste m'interdisaient de discuter, et je vins répéter ses paroles à Mina. Elle soupira et réellement une ombre de sourire passa, fugitive, sur sa pauvre figure pâlie, lorsqu'elle m'entoura de ses bras et dit doucement :

— Merci à Dieu pour la bonté et le courage de ces hommes !

Et, dans un nouveau soupir, elle se rendormit. J'écris ceci maintenant car, pas plus que tout à l'heure, je n'ai sommeil, mais je vais de nouveau tâcher de dormir.

4 octobre, au matin – Mina m'a éveillé une seconde fois pendant la nuit. Mais enfin nous avions fait tous les deux un bon somme, car le gris de l'aube naissante dessinait les rectangles des fenêtres et la flamme du gaz n'était plus qu'un faible point lumineux. Elle me dit aussitôt :

— Allez chercher le professeur. Je voudrais le voir immédiatement.

— Pourquoi ? ai-je demandé.

— J'ai une idée. Elle doit m'être venue cette nuit et a mûri sans que j'en aie conscience. Il doit m'hypnotiser avant le jour ; ainsi, je pourrai parler. Allez vite, mon chéri ; le temps presse.

Je suis sorti de la chambre ; c'était le Dr Seward qui à présent se reposait sur le matelas, et, à ma vue, il bondit sur ses pieds.

— Qu'y a-t-il ? Un nouveau malheur... commença-t-il, effrayé.

— Non, dis-je, mais Mina désire voir immédiatement le Dr Van Helsing.

— Je vais le chercher, dit-il, et il courut à la chambre du professeur.

Deux ou trois minutes après, Van Helsing, en robe de chambre, était là, tandis que Mr Morris et Lord Godalming arrivaient à la porte et questionnaient le Dr Seward.

Quand le professeur vit Mina, un sourire, un véritable sourire effaça l'inquiétude de son visage. Il se frotta les mains en disant :

— Chère madame Mina, quel changement ! Voyez, mon ami Jonathan, nous retrouvons aujourd'hui notre chère madame Mina, telle qu'elle était autrefois !

Se tournant vers elle, il ajouta gentiment :

— Et que puis-je pour vous ? Car vous ne m'avez pas appelé pour rien à pareille heure ?

— Je voudrais que vous m'hypnotisiez, expliqua-t-elle. Faites-le maintenant, avant le jour, car je sens que, maintenant, je peux parler et parler librement. Vite ! Il ne nous reste que peu de temps !

Sans un mot, il lui fit signe de s'asseoir dans le lit. La regardant fixement, il commença à exécuter des passes devant elle, du haut de la tête vers le bas, avec chaque main alternativement. Mina le regarda fixement quelques minutes ; mon cœur battait comme un marteau-pilon car je sentais qu'un instant critique approchait. Peu à peu, ses yeux se fermèrent, et elle resta assise, immobile. Seule sa poitrine, en se soulevant doucement, indiquait qu'elle était vivante. Le professeur fit encore quelques passes, puis s'arrêta ; son front était couvert de grosses gouttes de sueur. Mina ouvrit les yeux, mais elle semblait être une autre femme. Son regard était lointain et sa voix avait une tristesse rêveuse que je ne lui connaissais pas. Levant la main pour imposer le silence, le professeur me fit signe d'introduire les autres. Ils entrèrent sur la pointe des pieds, refermèrent la porte derrière eux et s'approchèrent du pied du lit, regardant Mina. Celle-ci ne semblait pas les voir, Van Helsing rompit le silence ; il parla d'un ton bas et uniforme qui ne pouvait troubler le cours des pensées de Mina.

— Où êtes-vous ?

Elle répondit d'un ton neutre :

— Je ne sais pas. Le sommeil n'a pas de place qu'il puisse appeler sienne.

Le silence dura quelques minutes. Mina était assise, rigide, et le professeur, debout, la regardait encore fixement ; les autres osaient à peine respirer. Le jour éclairait la chambre ; sans quitter des yeux le visage de Mina, Van Helsing me désigna le store, que j'allai lever. Une lumière rose inonda la pièce. Alors, le professeur reprit :

— Où êtes-vous en ce moment ?

Elle répondit avec une lenteur réfléchie ; elle semblait déchiffrer quelque chose. Je l'avais entendue parler de la sorte quand elle lisait ses notes sténographiées.

— Je ne sais pas. Tout me paraît si étrange !

— Que voyez-vous ?

— Je ne peux rien voir ; tout est sombre.

— Qu'entendez-vous ?

Sous le ton patient du professeur, on devinait sa tension d'esprit.

— Le clapotis de l'eau… tout près d'ici… et de petites vagues qui se soulèvent… je les entends au-dehors…

— Alors, vous êtes sur un bateau ?

Nous nous interrogions du regard, espérant tous saisir quelque idée l'un de l'autre. Nous avions peur de penser plus avant. La réponse vint, rapide :

— Oui !

— Qu'entendez-vous d'autre ?

— Les pas des hommes qui piétinent et s'affairent au-dessus de ma tête. Il y a un raclement de chaîne et un cliquetis sonore quand le linguet arrête le cabestan.

— Que faites-vous ?

— Je suis tranquille… oh ! si tranquille ! Comme une morte.

Elle se tut, poussa un profond soupir et elle referma les yeux.

Pendant ce temps, le soleil s'était levé ; il faisait grand jour. Le Dr Van Helsing mit les mains sur les épaules de Mina et reposa doucement la tête de la jeune femme sur l'oreiller. Elle demeura un moment étendue comme un enfant endormi puis, dans un long et nouveau soupir, elle s'éveilla et nous regarda, étonnée de nous voir tous autour d'elle. Elle dit seulement :

— Ai-je parlé dans mon sommeil ?

Elle semblait toutefois comprendre notre silence, bien qu'elle brûlât de savoir ce qu'elle avait dit. Le professeur lui répéta leur conversation, et elle eut la force de s'écrier :

— Alors, il n'y a pas un moment à perdre ! Il n'est peut-être pas trop tard !

Mr Morris et Lord Godalming s'élançaient déjà vers la porte, mais la voix calme du professeur les rappela :

— Attendez, mes amis ! Ce bateau, où qu'il soit, levait l'ancre pendant qu'elle parlait. Il y a bien des bateaux qui lèvent l'ancre en ce moment dans votre grand port de Londres. Lequel est celui que vous cherchez ? Remercions Dieu d'avoir ce nouvel indice, même si nous ne savons pas où il mène. Nous avons été aveugles parfois, aveugles comme le sont les hommes, puisque quand nous jetons un regard sur le passé, nous voyons ce qui eût été visible dès ce moment si nous avions été capables de voir ce qui était visible. Ma foi, cette phrase, c'est un vrai casse-tête, n'est-ce pas ? Nous pouvons comprendre maintenant dans quelle intention le comte a ramassé cet argent, même sous la menace du terrible poignard de Jonathan. Il voulait s'échapper, *s'échapper* d'Angleterre ! Il ne lui reste plus qu'un seul coffre dont la terre pourrait le protéger ; plusieurs hommes le traquent comme des chiens traquent un renard. Il a embarqué sa dernière caisse sur un bateau, et il quitte ce pays. Il compte nous échapper ; mais non, nous le poursuivons ! Taïaut ! comme aurait dit notre ami Arthur en endossant son habit rouge. Notre vieux renard est rusé, oui, bien rusé, et c'est aussi avec ruse que nous devons le traquer. Moi aussi, je suis rusé, et je connais nombre de ses pensées. En attendant, nous pouvons prendre quelque repos sans inquiétude, car l'eau qui nous sépare de lui, il ne désire pas la traverser ; et il ne le pourrait pas même s'il le voulait, à moins que le bateau ne touche terre, et ce n'est possible qu'à marée haute ou quand la mer est étale. Allons ! Le soleil vient de se lever ; toute la journée, jusqu'au crépuscule, est à nous. Prenons un bain, habillons-nous, avant le petit déjeuner dont nous avons tous besoin et que nous pouvons prendre à notre aise, puisque le comte n'est plus sur le même sol que nous.

Mina le regarda d'un air suppliant.

— Mais pourquoi le poursuivre encore, puisqu'il est loin de nous ? demanda-t-elle.

Il lui prit la main, la caressa affectueusement et dit :

— Ne m'interrogez pas encore. Après le déjeuner, je répondrai à toutes les questions.

Il ne voulut rien ajouter, et chacun alla s'habiller.

Après le déjeuner, Mina répéta sa question. Van Helsing la regarda un moment avec gravité, puis répondit avec tristesse :

— Parce que, chère, chère madame Mina, maintenant plus que jamais nous devons le trouver, quand bien même cette poursuite nous mènerait jusqu'en enfer.

Elle pâlit et insista :

— Pourquoi ?

— Parce qu'il peut vivre des siècles, tandis que vous n'êtes qu'une mortelle. Le temps est notre ennemi – depuis que le comte a mis cette marque sur votre gorge.

Il eut juste le temps de la retenir dans ses bras ; elle s'affaissait, évanouie.

XXIV

MESSAGE DE VAN HELSING, ENREGISTRÉ PAR LE DR SEWARD POUR JONATHAN HARKER

Il vous faut rester avec votre chère madame Mina. Nous partirons faire notre recherche, si je puis ainsi dire, car ce n'est pas une recherche, puisque nous savons déjà : nous désirons simplement avoir une confirmation. Vous, ne bougez pas et prenez soin d'elle aujourd'hui. C'est votre devoir le plus sacré. La journée présente ne peut pas le trouver ici ; mais il faut que je vous explique ce que nous quatre savons déjà. Lui, notre ennemi, est parti ; il est retourné à son château, en Transylvanie. J'en suis aussi sûr que si une grande main de feu l'avait écrit sur le mur. Il avait fait ses préparatifs et la dernière caisse de terre était prête pour être embarquée quelque part. C'est en vue de cela qu'il s'est pourvu d'argent, qu'il s'est hâté au dernier moment de peur que nous le saisissions avant le coucher du soleil. C'était son dernier espoir, sauf qu'il pouvait se cacher dans la tombe que la pauvre Miss Lucy, pensait-il, lui gardait ouverte. Mais il n'était plus temps. Après son échec, il est allé tout droit à sa ressource dernière. Il est intelligent, ô combien ! Il a compris que la partie était terminée, ici, et il a décidé de rentrer. Il a trouvé un bateau qui pourrait le ramener : il l'a pris. Il nous faut à présent découvrir le bateau ; dès que ce sera fait, nous reviendrons vous le dire et nous vous réconforterons, vous et la pauvre chère madame Mina, d'une nouvelle espérance. Tout n'est pas perdu. La créature que nous poursuivons, il lui a fallu des centaines d'années pour parvenir à Londres, et une seule journée, maintenant que nous connaissons son plan, suffit pour l'en chasser. Il est perdu, bien qu'il soit assez fort encore pour faire beaucoup de mal, sans souffrir comme nous. Mais nous sommes forts, nous aussi ; chacun de nous est résolu pour son compte et notre entente nous affermit davantage encore. Haut les cœurs, cher époux de madame Mina ! La lutte ne fait que commencer, et nous serons victorieux, aussi sûrement que Dieu siège là-haut pour veiller sur Ses enfants. Attendez donc courageusement jusqu'à notre retour.

Van Helsing.

JOURNAL DE JONATHAN HARKER

4 octobre – Quand j'ai fait entendre à Mina le message enregistré de Van Helsing, la pauvre enfant s'est rassérénée. Rien que de savoir le comte hors du pays l'a apaisée, et cette paix l'a rendue plus forte. En ce qui me concerne, depuis que ce danger horrible n'est plus actuel, j'ai peine à y croire encore. Même mes propres et terribles expériences dans le château de Dracula me paraissent un vieux rêve oublié. Ici, dans l'air vif de l'automne, au grand soleil…

Hélas ! Comment puis-je douter ? Tandis que je pense à tout ceci, mes yeux tombent sur la balafre écarlate qui abîme le front blanc de ma pauvre bien-aimée. Aussi longtemps qu'elle y sera, tout doute est impossible. Et, plus tard, son seul souvenir nous convaincra de n'avoir point rêvé. Mina et moi, nous redoutons si fort l'oisiveté que nous revenons sans cesse à nos journaux. Quoique la terrible réalité semble croître à chaque fois, la souffrance et la peur semblent en quelque sorte diminuer. Une sorte de fil conducteur se manifeste à présent, qui nous réconforte. Mina dit que peut-être nous servons d'instruments pour une œuvre qui, finalement, sera bienfaisante. Qu'il en soit ainsi ! Je veux essayer de penser comme elle. Jusqu'ici, nous n'avons jamais parlé ensemble de l'avenir. Mieux vaut attendre d'avoir vu le professeur et les autres au retour de leurs investigations.

La journée s'écoule plus rapidement que je n'aurais pensé que ce fût encore possible pour moi. Il est trois heures.

JOURNAL DE MINA HARKER

5 octobre, 5 heures après-midi – Relation de notre entretien. Présents : le professeur Van Helsing, Lord Godalming, le Dr Seward, Mr Quincey Morris, Jonathan Harker, Mina Harker.

Le professeur Van Helsing expose comment ils ont découvert le bateau sur lequel le comte Dracula s'est embarqué pour fuir, et la destination de ce bateau.

— Quand j'ai su qu'il se proposait de rentrer en Transylvanie, j'ai été sûr que ce serait par les bouches du Danube ou par quelque port de la mer Noire, puisqu'il était venu par-là. Nous avions le vide devant nous. *Omne ignotum pro magnifico*. Tout ce qui est inconnu paraît immense. Et nous avions le cœur lourd en allant à la recherche des navires partis l'autre nuit pour la mer Noire. Il s'agissait d'un voilier, d'après la déclaration de madame Mina, et ces bateaux-là sont trop peu importants pour figurer dans la liste des départs publiée par le *Times*. Lord Godalming nous a conseillé d'aller au Lloyd où est consigné chaque bateau partant, si petit qu'il soit. Nous y avons trouvé qu'un seul bateau était en partance pour la mer Noire avec la marée haute, le *Tsarine Catherine*, ancré au quai Doolittle en destination de Varna puis d'autres ports sur la remontée du Danube. "Bien, dis-je, c'est là qu'est le comte." Nous voilà partis pour le quai Doolittle où nous avons trouvé un homme dans une baraque si petite qu'il paraissait plus grand que son bureau. Nous lui avons demandé des renseignements sur les voyages du *Tsarine Catherine*. C'est un homme qui jure sans arrêt, dont le visage est écarlate et la voix tonitruante, mais il est bon diable après tout. Quincey tira pour lui de sa poche une chose qui craquait quand il la roulait et la glissa dans un petit sac caché sous son vêtement. L'autre s'est montré de plus en plus traitable et notre humble serviteur. Il nous accompagna et interrogea des hommes grossiers et irascibles, mais qui s'adoucirent eux aussi quand ils eurent cessé d'avoir soif. Ils parlèrent beaucoup de tonnerre et d'enfer, et de choses que je ne comprenais pas, mais que je devinais. Cependant, ils nous dirent tout de même tout ce que nous désirions savoir. Hier après-midi, ils ont vu arriver, vers cinq heures, un homme, en grande hâte. Un homme grand, mince et pâle, avec un grand nez et des dents blanches, blanches ! et des yeux qui semblaient flamboyer. Il était tout en noir, sauf un chapeau de paille qui ne cadrait ni avec sa personne ni avec la saison. Il distribuait de l'argent, s'enquérant à la hâte des bateaux qui partaient pour la mer Noire, et pour quel port. On l'emmena au bureau, puis au bateau ; il n'a pas voulu monter sur le pont, mais s'est tenu sur le quai, au bout de la planche d'embarquement, en priant le capitaine de venir lui parler. Le capitaine est descendu quand il a su qu'il serait bien payé et, après beaucoup de jurons, il a marqué son accord. Alors, l'homme maigre est parti, après s'être fait montrer l'endroit où il pourrait louer une carriole et un cheval. Il s'en est allé, mais pour revenir bientôt, conduisant lui-même la carriole, sur laquelle était une grande caisse qu'il mit à terre, à lui seul, et cependant il a fallu plusieurs hommes pour l'embarquer. Il donna beaucoup d'explications au capitaine sur l'endroit et la manière de placer la caisse. Le capitaine n'aimait pas ça, et jura dans toutes les langues et lui dit que si ça lui plaisait, il pouvait venir et surveiller lui-même l'embarquement de la caisse. L'autre dit que non, qu'il ne pouvait y aller à présent parce qu'il avait trop à faire. Sur quoi, le capitaine lui conseilla de se hâter – tonnerre – que son bateau partirait – tonnerre – avec la marée haute – tonnerre. Cela fit sourire l'homme maigre. Bien sûr, le capitaine partirait au moment qu'il jugerait bon ; mais il serait, lui, bien étonné, si c'était si tôt ! Le capitaine se remit à jurer, polyglottement ; l'homme maigre le salua et lui dit qu'il se permettrait de monter à bord avant le départ. Pour finir, le capitaine, plus rouge que jamais, et dans des langages de plus en plus variés, déclara qu'aucun Français ne serait le bienvenu sur son bateau… tonnerre, et enfer et que sais-je ? L'autre demanda s'il y avait aux environs une boutique où il pourrait acheter des formulaires, et s'en fut.

Personne ne sut où il est allé, car ils avaient autre chose à penser, au tonnerre et à l'enfer peut-être, car on vit bientôt que le *Tsarine Catherine* ne partirait pas au moment prévu. Une brume légère se mit à monter du fleuve, puis s'épaissit, s'épaissit jusqu'à devenir un brouillard dense qui entoura le bateau. Le capitaine continuait à jurer dans toutes les langues – tonnerre et tonnerre ! Mais que pouvait-il y faire ? L'eau montait,

montait. Le capitaine commençait à craindre de manquer le moment de la marée, et il était de fort mauvaise humeur quand, à l'instant précis où le niveau du fleuve était le plus haut, l'homme maigre arriva à la planche d'embarquement et demanda à voir où son coffre avait été garé. Sur quoi le capitaine répondit qu'il les souhaitait, lui et son coffre, au fond de l'enfer. L'homme ne prit pas cela en mauvaise part ; il descendit avec le second maître, repéra l'endroit, remonta et resta un instant sur le pont, dans le brouillard. Il a dû s'en aller tout seul, sans qu'on le voie ; à vrai dire, on ne s'est pas occupé de lui. Car le brouillard commença à se dissiper et le temps bientôt redevint clair. Tout en se désaltérant, mes nouveaux amis ont ri en racontant que les jurons du capitaine dépassaient son polyglottisme et son pittoresque habituels, et surtout lorsque, en questionnant d'autres matelots qui avaient sillonné le fleuve à ce moment, il apprit qu'ils n'avaient vu aucun brouillard autre part, excepté autour de ce quai-là. Enfin, le bateau partit à marée basse et, au matin, il était certainement loin en aval. Au moment où ils nous parlèrent, il devait être en mer.

Ainsi donc, madame Mina, nous avons un moment de répit, car notre ennemi est sur les flots, avec le brouillard à ses ordres, en route pour les bouches du Danube. Si vite qu'aille un navire, il lui faut du temps. Par voie de terre, nous le rattraperons. Notre meilleure chance sera de tomber sur lui quand il sera dans son coffre, entre le lever et le coucher du soleil. Car, à ce moment, il ne peut se défendre, et il est à notre merci. Nous avons plusieurs jours devant nous pour mettre notre plan au point. Nous savons où il va ; car nous avons vu l'armateur qui nous a montré les factures et autres papiers. Le coffre doit être débarqué à Varna, remis à un agent, un certain Ristics, qui présentera sa procuration, après quoi notre ami le capitaine aura accompli sa mission. En cas de difficulté, il nous a demandé s'il pourrait télégraphier et s'informer à Varna. Nous avons répondu négativement, car ce qui reste à faire ne concerne ni la police ni la douane ; c'est nous qui l'accomplirons, et par notre propre méthode.

Quand le Dr Van Helsing eut terminé, je lui demandai s'il était certain que le comte fût resté à bord.

— Nous en avons la preuve la plus sûre, dit-il. Votre propre témoignage, pendant votre sommeil de ce matin.

Je lui demandai encore s'il était vraiment nécessaire de donner la chasse au comte, car je redoutais de voir Jonathan me quitter, et je savais qu'il partirait certainement si les autres le faisaient. Il me répondit avec une conviction croissante, après avoir commencé de sa voix calme. Il s'anima à mesure qu'il parlait au point de nous faire sentir à la fin où résidait cette autorité personnelle qui depuis si longtemps faisait de lui un maître parmi les hommes.

— Oui, c'est nécessaire, absolument nécessaire ! D'abord, à cause de vous, ensuite, à cause de l'humanité. Ce monstre a déjà fait beaucoup de mal dans le cercle étroit où il se trouve et pendant le court délai où il n'était qu'un corps cherchant sa mesure dans l'ombre et ne la connaissant pas encore. J'ai dit tout cela à nos amis. Vous, chère madame Mina, vous l'apprendrez par l'enregistrement de John ou celui de votre mari. Je le leur ai dit : sa décision de quitter son pays stérile, peu peuplé, pour venir dans un pays nouveau où la vie humaine pullule jusqu'à ressembler à la multitude des épis, ce fut l'ouvrage de plusieurs siècles. Si un autre parmi les non-morts avait tenté cette même entreprise, tous les siècles qui furent et ceux qui seront n'y auraient peut-être pas suffi. Pour lui seul, l'ensemble des forces de la nature, mystérieuses, profondes, efficaces, ont collaboré d'une façon presque miraculeuse. L'endroit même où il a vécu, non-mort depuis tous ces siècles, est plein de bizarreries géologiques et chimiques ; de cavernes ténébreuses, de fissures qui vont on ne sait où, d'anciens volcans dont certains cratères laissent encore échapper des eaux aux propriétés étranges, des gaz qui tuent ou qui vivifient. Il y a certainement quelque chose de magnétique ou d'électrique dans certaines combinaisons de forces occultes qui travaillent d'une manière surprenante au profit de la vie physique. Et en lui-même existaient au départ certaines grandes qualités. Dans une époque dure et guerrière, on le loua d'avoir des nerfs d'acier, un esprit subtil, un cœur plus brave que nul homme au monde. Un principe vital a curieusement trouvé en lui sa forme extrême. Et de même que son corps restait vigoureux, grand, robuste, tel était aussi son cerveau. Tout cela indépendamment de l'aide démoniaque qui lui est sûrement acquise mais qui doit céder aux puissances qui viennent du bien. Et maintenant, voici ce qu'il est à notre égard. Il vous a marquée – oh ! pardonnez-moi, ma chère, si je parle ainsi : je ne le fais que dans votre intérêt... il vous a marquée de telle façon que, même sans qu'il aille plus loin, il suffit que vous viviez à votre manière habituelle, si douce, et la mort, qui est le lot commun de l'humanité, approuvée de Dieu, vous fera au jour dit semblable à lui. C'est cela qui ne doit pas être. Nous avons fait serment que cela ne serait pas. Nous sommes en cela les ministres de la volonté de Dieu. Que le monde et les hommes pour lesquels Son Fils est mort, ne soient pas livrés à des monstres dont la seule existence serait Sa honte ! Il nous a permis de sauver déjà une âme, une seule, et nous partons comme les anciens croisés afin d'en sauver davantage. Comme eux, nous partirons vers l'Orient et, comme eux, si nous tombons, ce sera pour une bonne cause.

Comme il s'arrêtait, je demandai :

— Mais le comte ne sera-t-il pas assagi par son échec ? Ayant été chassé d'Angleterre, ne l'évitera-t-il pas comme le tigre évite le village d'où on l'a rabattu ?

— Bonne comparaison, dit-il ; je l'adopte. Votre mangeur d'hommes, comme on nomme aux Indes le tigre qui a une fois goûté au sang humain, ne se soucie plus d'aucune autre proie, mais continue de rôder jusqu'à ce qu'il en ait trouvé. Celui que nous chassons de notre village est un tigre aussi, qui ne cessera de rôder. Il n'est pas de ceux qui se replient et restent à l'écart. Pendant sa vie, sa vie vivante, il passe la frontière turque et attaque sur le terrain de l'ennemi. Il peut être repoussé mais ne s'arrête pas. Il revient à la charge, encore et encore. Voyez son obstination, sa ténacité. Le jeune cerveau qui était le sien avait depuis longtemps conçu l'idée de venir dans une grande ville. Que fait-il ? Il trouve l'endroit du monde qui lui offre le plus de promesses, et aussitôt il se met délibérément à préparer les voies. Il mesure patiemment sa force et ses ressources. Il apprend des langues étrangères ; il s'initie à une autre vie de société, à un renouvellement de ses anciennes coutumes, à la politique, aux lois, aux finances, à la science, aux habitudes d'un pays nouveau, d'un peuple nouveau venu après lui. Ce qu'il en entrevoit ne fait qu'aiguiser son appétit et son désir, et mettre son esprit au diapason : car tout lui prouve combien ses suppositions étaient exactes. Il a tout accompli tout seul, tout seul, à partir d'une tombe en ruine au fond d'un pays oublié. Combien ne fera-t-il pas davantage quand le monde de la pensée s'ouvrira plus largement pour lui ?

Lui qui est capable de sourire à la mort, comme nous le connaissons, lui qui peut rayonner au milieu de maladies qui tuent des populations entières. Ah ! si un être de cette espèce venait de Dieu et non du diable, quelle force bénéfique ce serait pour notre vieil univers ! Mais nous avons pris l'engagement de libérer le monde. Notre effort doit se faire en silence, en secret ; car en cet âge de lumières, où les hommes ne croient même plus à ce qu'ils voient, l'incrédulité des sages serait sa plus grande force. Elle lui servirait de bouclier, de cuirasse et en même temps d'arme pour nous détruire, nous, ses ennemis qui sommes prêts à risquer même nos âmes pour la sécurité d'un être que nous aimons, pour le bien de l'humanité, pour l'honneur et la gloire de Dieu.

Après une discussion générale, on décida de ne rien arrêter ce soir, mais de dormir sur ces événements, et de nous efforcer de tirer au clair les conclusions nécessaires. Nous nous réunirons demain pour le petit déjeuner et, après avoir mis nos conclusions en commun, nous arrêterons un plan.

J'éprouve ce soir un repos, une merveilleuse paix. C'est comme si une présence obsédante s'était écartée de moi. Peut-être…

Mon espoir ne s'est pas accompli, ne le pouvait pas ; car j'ai vu dans la glace la marque rouge sur mon front et j'ai su que j'étais toujours impure.

JOURNAL DU DR SEWARD

5 octobre – Nous nous sommes tous levés de bonne heure, après un repos qui nous fut bienfaisant. Nous nous sommes retrouvés au déjeuner avec plus de gaieté que nul d'entre nous n'aurait cru possible d'en éprouver encore.

La nature humaine a d'extraordinaires facultés de rebondissement. Supprimez l'obstacle, quel qu'il soit, et de quelque manière que ce soit – même par la mort –, et nous voulons retrouver nos premières raisons d'espérer et de nous réjouir. Plus d'une fois, tandis que nous étions assis autour de la table, j'ouvris de grands yeux en me demandant si les événements des jours précédents n'avaient pas été un rêve. Il me fallait revoir la tache rouge sur le front de Mrs Harker pour me ramener à la réalité. Même à présent que je pèse sérieusement la question, il m'est presque impossible d'admettre que la cause de tous nos troubles continue d'exister. Même Mrs Harker, pendant de longs moments, semble perdre de vue son souci ; elle ne repense à sa terrible balafre que de temps en temps, lorsque quelque incident la lui remet en mémoire. Nous devons, dans une demi-heure, nous réunir dans mon bureau et arrêter notre plan d'action. J'y vois seulement une difficulté immédiate, qui m'est révélée par l'instinct plutôt que par la raison : je redoute qu'une cause mystérieuse ne lie la langue de la pauvre Mrs Harker. Je sais qu'elle tire des conclusions à part soi et, d'après tout ce qui s'est passé, je devine combien elles peuvent être lumineuses et exactes ; mais elle ne veut pas, ou bien elle ne peut pas, les formuler. Je m'en suis ouvert à Van Helsing, et nous devons en parler ensemble quand nous serons seuls. J'imagine que quelque chose du poison horrible qui s'est installé dans ses veines commence à la travailler. Le comte avait son intention lorsqu'il lui donna ce que Van Helsing appelle "le baptême du sang de vampire". Eh bien ! Il peut exister un poison qui se distille à partir de choses excellentes. En un âge où l'existence des ptomaïnes est un mystère, comment pourrions-nous nous étonner de quoi que ce soit ? Mais je sais une chose. Si mon instinct ne me trompe pas en ce qui concerne les silences de la pauvre Mrs Harker, notre tâche, je le répète, nous réserve une terrible difficulté, un danger inconnu. Le même pouvoir qui la contraint au silence peut aussi la contraindre à parler. Je n'ose penser plus avant, car ce serait dégrader une noble femme dans mes pensées.

Voici Van Helsing qui vient dans mon bureau avant les autres. Je vais essayer d'aborder ce sujet.

Plus tard – A l'arrivée du professeur, nous avons commenté la situation. Je me rendais compte qu'il avait en tête une chose dont il souhaitait me parler, mais qu'il hésitait à le faire. Après avoir quelque peu battu les buissons, il dit brusquement :

— Mon cher John, voici de quoi nous devons nous entretenir en tête à tête, au moins pour commencer. Nous mettrons ensuite les autres dans notre confidence…

Il s'arrêta, j'attendis. Il reprit :

— Madame Mina, notre pauvre chère madame Mina n'est plus la même.

Un frisson me parcourut à trouver une telle confirmation à mes pires terreurs. Il poursuivit :

— La triste expérience de Miss Lucy nous avertit de ne pas, cette fois, laisser les choses aller trop loin. En réalité, notre tâche est à présent plus ardue que jamais, et ce nouveau souci donne à chaque heure une importance cruciale. Je vois les caractéristiques du vampire apparaître sur son visage. C'est encore très, très peu de chose, mais visible cependant si nos yeux consentent à constater sans idée préconçue. Ses dents sont plus aiguës et son regard par moments est plus dur. Et ce n'est pas tout. Elle est trop souvent silencieuse ; il en était de même chez Miss Lucy. Elle se taisait même alors qu'elle écrivait ce qu'elle voulait qui fût connu ensuite. Ce que je crains actuellement, c'est ceci : si elle peut, en état d'hypnose, nous révéler ce que le comte voit et entend, il est tout aussi vrai que celui qui l'a hypnotisée le premier, qui a bu de son sang et lui a fait boire du sien, pourrait, s'il le voulait, la contraindre à lui révéler ce qu'elle sait.

J'acquiesçai. Il poursuivit :

— Par conséquent, pour prévenir ce danger, nous devons la tenir dans l'ignorance de nos intentions, afin qu'elle ne puisse dire ce qu'elle ne saura pas. C'est une pénible obligation, si pénible que le cœur me manque à y penser. Lorsque nous allons nous retrouver ensemble, je dois lui dire que, pour une raison que nous ne pouvons lui découvrir, elle ne peut assister à notre réunion mais qu'elle reste simplement sous notre protection.

Il essuya son front inondé de sueur à la pensée de la souffrance qu'il allait infliger à cette pauvre âme déjà si torturée. Je savais qu'il trouverait une sorte de réconfort à apprendre que j'en étais arrivé de mon côté à une conclusion identique, et qu'en tout cas je l'arracherais ainsi à la peine du doute. Je le lui dis, et le résultat fut ce que j'avais espéré.

L'heure approche de notre réunion générale. Van Helsing est sorti pour préparer l'assemblée et son pénible préambule. En réalité, je pense que son intention était de trouver un moment pour prier en silence.

Plus tard – Dès le début de la réunion, Van Helsing et moi-même avons été grandement soulagés. Mrs Harker nous faisait dire par son mari qu'elle ne se joindrait pas à nous à ce moment-là, estimant préférable que nous discutions nos projets sans que sa présence pût nous embarrasser. Le professeur et moi, nous avons échangé un rapide regard, comme délivrés d'un souci. Je pensais quant à moi que si Mrs Harker avait elle-même mesuré le danger, une grande souffrance en même temps qu'un grand péril étaient écartés tout d'un coup. Dans ces conditions, nous fûmes d'accord, par une question et une réponse que nos yeux échangèrent, et un doigt sur les lèvres, de faire le silence à propos de nos inquiétudes, jusqu'à ce que nous fussions de nouveau seuls pour en parler. Nous nous mîmes donc aussitôt à étudier notre plan de campagne. Le Dr Van Helsing résuma sommairement les faits :

— Le *Tsarine Catherine* a quitté la Tamise hier matin. A une vitesse maximum, il lui faudra trois semaines au moins pour atteindre Varna ; par terre, nous pouvons y être en trois jours. Maintenant, si nous accordons au navire un bénéfice de trois jours, grâce aux conditions atmosphériques que le comte peut procurer, nous le savons ; si nous évaluons à un jour et une nuit entière le retard qui peut nous arriver, il nous reste une marge de près de deux semaines. C'est pourquoi, afin de nous assurer une complète sécurité, il nous faut partir d'ici au plus tard le 17. Nous serons de la sorte à Varna au moins un jour avant l'arrivée du bateau, et en état de faire tous les préparatifs nécessaires. Bien entendu, nous serons tous armés – armés contre tout mal, spirituel ou matériel.

Ici, Quincey Morris intervint :

— Je crois comprendre que le loup vient d'une région où il y a des loups, et il peut y arriver avant nous. Je suppose que nous ajouterons des winchesters à notre armement. J'ai une sorte de foi en la vertu d'une winchester quand il y a aux environs des ennuis de ce genre. Vous vous rappelez, Art, quand nous avions toute cette bande à nos trousses à Tobolsk ? Que n'aurions-nous pas donné l'un et l'autre pour avoir chacun un fusil à répétition ?

— Parfait, dit Van Helsing, il y aura des winchesters. Quincey a une tête qui est toujours à la hauteur, surtout quand il s'agit de chasse, quoique ma métaphore soit plus une honte pour la science que les loups ne sont un danger pour l'homme. Au surplus, nous n'avons rien à faire ici, et comme je pense qu'aucun de nous ne connaît Varna, pourquoi ne pas y arriver plus tôt ? Le temps nous semblerait ici aussi long qu'il nous paraîtra là-bas. Cette soirée et la matinée de demain doivent suffire pour nos préparatifs ; donc, si tout va bien, nous pourrons partir tous les quatre immédiatement.

— Tous les quatre ? répéta Harker d'un air interrogateur en nous regardant l'un après l'autre...

— Certes, répondit vivement le professeur. Vous devez rester pour prendre soin de votre si douce jeune femme.

Harker demeura un instant silencieux avant de reprendre d'une voix creuse :

— Nous parlerons de cela dans la matinée. Je voudrais consulter Mina.

Il me semblait que le moment était venu pour Van Helsing de prier Harker de ne pas révéler nos plans à sa femme, mais il n'en fit rien. Je lui lançai un regard significatif et je toussai. Pour toute réponse, il posa son doigt sur ses lèvres, et s'en fut.

JOURNAL DE JONATHAN HARKER

5 octobre, après-midi – Pendant quelque temps après notre réunion de ce matin, je restai l'esprit vide. Ces nouveaux développements me laissent dans un état de stupeur où nulle pensée active ne saurait trouver place. La décision de Mina de rester à l'écart de nos délibérations me donne à réfléchir. Et comme je n'ai pu en discuter avec elle, j'en suis réduit à des suppositions. Me voici aussi éloigné que jamais de toute solution. La façon dont les autres ont pris la chose me déroute également. Quand nous avons agité le sujet pour la dernière fois, il était entendu que rien entre nous ne resterait caché. Mina dort à présent, aussi calme, aussi paisible qu'un petit enfant. Ses lèvres sont arquées, son visage rayonne de bonheur. Grâce à Dieu, il existe encore de tels moments pour elle !

Plus tard – Que tout cela est étrange ! J'étais assis, veillant sur l'heureux sommeil de Mina, et aussi prêt que possible d'être heureux moi-même. Le soir s'avançait, la terre se couvrait d'ombres à mesure que le soleil déclinait ; le silence dans la chambre me semblait de plus en plus profond. Mina ouvrit brusquement les yeux et, me regardant avec tendresse, me dit :

— Jonathan, je voudrais que vous me promettiez quelque chose sur votre honneur. Une promesse que vous me ferez à moi, mais qui sera consacrée par le sentiment que Dieu l'entend ; une promesse que rien ne devra rompre, pas même si je tombe à genoux et vous implore avec des larmes amères. Vite, il faut me la faire à l'instant !

— Mina, lui répondis-je, je ne puis vous faire sur-le-champ une promesse de ce genre. Je n'ai peut-être pas le droit de la faire.

— Mais, mon chéri, dit-elle avec une telle intensité d'âme que ses yeux furent comme des étoiles, c'est moi qui le souhaite, et non point pour moi-même. Demandez au Dr Van Helsing si je n'ai pas raison. S'il n'en convient pas, vous ferez à votre guise. Et, de plus, si vous êtes tous d'accord, plus tard, je vous rendrai votre parole.

— Je promets ! dis-je, et, pour un moment, elle parut parfaitement heureuse, quoique pour moi la balafre rouge sur son front rendît tout bonheur impossible.

Elle dit :

— Promettez-moi de ne rien me révéler de vos plans concernant la campagne contre le comte. Ni un mot, ni une allusion, ni un sous-entendu. Rien, aussi longtemps que ceci sera sur moi.

Et elle me désigna solennellement la balafre. Je compris la gravité de ses paroles, et je répétai tout aussi solennellement :

— Je vous le promets !

Et en prononçant ces mots, je sentis que depuis cette seconde une porte s'était refermée entre nous.

Même jour, minuit – Mina a été vive et gaie tout l'après-midi, si bien que nous tous en avons repris courage, comme gagnés par sa bonne humeur. Moi-même, il m'a semblé que la chape d'horreurs qui pèse sur nous s'allégeait quelque peu. Nous nous sommes retirés de bonne heure. Mina dort à présent comme un petit enfant. Comment ne pas s'étonner qu'au milieu de sa terrible angoisse, elle ait conservé sa faculté de sommeil ? Dieu en soit loué, car à ce moment du moins elle peut oublier son souci. Peut-être son exemple m'atteindra-t-il comme sa gaieté cet après-midi. Ah ! une nuit de sommeil sans rêves !

6 octobre, au matin – Autre surprise. Mina m'a réveillé tôt, à la même heure environ qu'hier, en me demandant d'aller chercher le Dr Van Helsing. J'ai pensé qu'il s'agissait d'hypnose et, sans l'interroger, je me rendis chez le professeur. Il s'attendait évidemment à une visite, car je l'ai trouvé tout habillé dans sa chambre. Sa porte était entrouverte et il avait pu entendre s'ouvrir la nôtre. Il vint aussitôt, et en entrant, il demanda à Mina si les autres pouvaient nous rejoindre.

— Non, fit-elle très simplement, ce ne sera pas nécessaire. Vous pourrez leur faire le message. Je dois vous accompagner dans votre voyage.

Comme moi, il sursauta, puis demanda, après un silence :

— Mais pour quelle raison ?

— Il faut que vous m'emmeniez. Je serai plus en sécurité avec vous, et vous également.

— Mais pourquoi, chère madame Mina ? Le soin de votre sécurité, vous le savez, est notre premier devoir. Nous affrontons un danger auquel vous êtes plus exposée qu'aucun d'entre nous, à la suite de circonstances… de choses qui se sont passées…

Il s'interrompit, embarrassé.

En répondant, elle désigna son front du doigt.

— Je sais. Et c'est pour cela que je dois partir. Je puis vous le dire à présent que le soleil se lève. Plus tard, je ne pourrais peut-être plus. Je sais que lorsque le comte me réclame, je dois obéir. Je sais que s'il m'ordonne de venir secrètement, je le rejoindrai par artifice, par tout expédient capable de donner le change – même à Jonathan.

Elle tourna vers moi un regard de détresse. Je ne pus que saisir sa main, incapable de parler, trop ému pour avoir même la détente des larmes. Elle poursuivit :

— Vous les hommes, vous êtes braves et forts. Vous êtes forts d'être ensemble, car vous pouvez défier ce qui risquerait de briser l'humaine résistance d'un gardien unique. De plus, je pourrai vous servir, car en m'hypnotisant vous pourrez apprendre de moi ce que moi-même j'ignore.

Le Dr Van Helsing dit gravement :

— Madame Mina, vous êtes, comme toujours, la sagesse même. Oui, vous nous accompagnerez et nous accomplirons cette œuvre ensemble.

Après qu'il eut parlé, Mina garda un silence si prolongé que je la regardai. Elle était retombée sur ses coussins, endormie ; elle ne se réveilla même pas lorsque je levai les stores et laissai le soleil inonder la chambre. Van Helsing me fit signe de le suivre en silence. Nous rentrâmes chez lui, où bientôt Lord Godalming, le Dr Seward et Mr Morris nous eurent rejoints. Il leur rapporta les paroles de Mina, et poursuivit :

— Nous partirons aujourd'hui même pour Varna. Nous avons à présent à tenir compte d'un élément de plus, madame Mina. Ah ! quelle âme sincère ! Ce fut une agonie pour elle de nous en avoir dit si long. Mais elle a raison, et nous avons été avertis à temps. Nous n'avons pas une chance à perdre et, à Varna, nous devons être prêts à agir dès l'arrivée du bateau.

— Que devrons-nous faire exactement ? demanda brièvement Mr Morris.

Le professeur, après un moment, répondit :

— Pour commencer, monter à bord. Puis, dès que nous aurons identifié la caisse, y poser un rameau de rosier sauvage et le fixer, car tant qu'il y sera, nul ne peut en sortir. C'est du moins ce que disent les superstitions. Et il nous faut tout d'abord nous fier aux superstitions ; elles constituaient les croyances primitives de l'homme et elles plongent encore leurs racines dans les croyances. Ensuite, dès que viendra l'occasion que nous cherchons, quand personne ne sera là pour nous voir, nous ouvrirons le coffre et… et tout ira bien.

— Je n'attendrai aucune occasion, dit Morris. Dès que je verrai la caisse, je l'ouvrirai et je détruirai le monstre, y eût-il mille hommes à me regarder et dussé-je être effacé des humains à la seconde suivante !

Un réflexe me fit lui saisir la main ; elle était aussi rigide qu'un morceau d'acier. Je crois, j'espère, qu'il comprit mon regard.

— Brave garçon ! s'écria le Dr Van Helsing. Brave garçon ! Quincey est cent pour cent un homme. Dieu l'en bénisse ! Mon enfant, croyez-moi, aucun de nous ne traînera à la besogne et ne restera court pour avoir tremblé. J'indique simplement ce que nous pouvons, ce que nous devons faire. Mais, à la vérité, comment savoir ce que nous ferons ? Il peut arriver tant de choses ; leurs détours, leurs résultats peuvent être si différents qu'il est impossible de rien dire avant l'événement. En tout cas, nous serons tous armés et quand le moment décisif sera là, notre effort ne faiblira pas. A présent, mettons nos affaires en ordre. Réglons tout ce qui concerne ceux qui nous sont chers et qui dépendent de nous. Car aucun de nous ne peut deviner quel dénouement nous attend, ni quand, ou comment il surviendra. Pour ce qui est de moi, mes dispositions sont prises et je n'ai rien d'autre à faire que d'organiser le voyage. Je vais prendre les billets et tout ce qui est nécessaire pour le départ.

Il n'y avait rien à ajouter, et nous nous séparâmes. Je vais maintenant régler mes affaires terrestres et me préparer à tout ce qui peut arriver.

Plus tard – C'est fait, mon testament est prêt, et tout le reste également. Si Mina me survit, elle est ma seule héritière. S'il en est autrement, ceux qui ont été si bons pour nous auront ce que je laisserai.

Le crépuscule approche. L'agitation de Mina attire mon attention. Il se passe, j'en suis sûr, quelque chose dans son esprit au moment exact où le soleil disparaît. Ces moments sont une épreuve pour chacun de nous, car chaque lever, chaque coucher du soleil ouvre un nouveau danger, une nouvelle souffrance, qui, Dieu le veuille, peut pourtant servir à un heureux dénouement. Je note toutes ces choses dans mon journal, puisque ma chérie n'en peut rien savoir à présent ; si un jour vient où elle pourra les connaître, elles sont prêtes.

Elle m'appelle.

XXV

JOURNAL DU DR SEWARD

11 octobre, au soir – Jonathan Harker me prie d'enregistrer ce qui suit. Lui-même, me dit-il, ne suffit pas à la tâche, et il souhaite que tout soit exactement consigné.

Aucun de nous, je pense, ne fut surpris quand nous fûmes invités auprès de Mrs Harker un peu avant le crépuscule. Nous avons été récemment amenés à comprendre que le lever et le coucher du soleil sont pour elle des moments d'une étrange libération, où son moi véritable se manifeste sans que nulle force la domine, soit pour l'empêcher d'agir, soit, au contraire, pour l'y obliger. Cet état fait son apparition environ une demi-heure ou davantage avant le lever ou le coucher du soleil, et dure jusqu'à ce que le soleil soit haut ou que les nuages s'embrasent sous les rayons qui dépassent encore l'horizon. C'est au début une sorte d'influence négative, comme si un lien était dénoué ; à quoi succède, très rapidement, une liberté absolue. Mais quand celle-ci est suspendue, le retour en arrière, la rechute, viennent très vite, précédés seulement par un intervalle de silence avertisseur.

Lorsque nous nous rencontrâmes ce soir, elle paraissait quelque peu contrainte et donnait tous les signes d'une lutte intérieure ; j'attribuai cette tension au violent effort qu'elle exigeait d'elle-même dans le premier moment où elle recouvrait sa liberté. Quelques minutes, toutefois, lui suffirent pour reprendre un contrôle total sur elle-même. Puis, faisant signe à son mari de s'asseoir à son côté sur le sofa où elle était à demi étendue, elle nous pria d'apporter des chaises près d'elle. Prenant dans les siennes la main de Harker, elle commença :

— Nous sommes ici réunis, libres, et peut-être pour la dernière fois. Cher, je sais, je sais que vous serez toujours avec moi jusqu'à la fin.

Ces mots s'adressaient à son mari dont la main, nous le voyions, serrait étroitement la sienne.

— Demain matin, reprit-elle, nous partons accomplir notre entreprise, et Dieu seul sait ce qu'elle nous réserve. Vous avez la bonté de me prendre avec vous. Tout ce que des hommes courageux peuvent faire pour une pauvre faible femme, dont l'âme est peut-être perdue – non, non, pas encore, mais en grand danger en tout cas… –, vous le ferez, je le sais. Mais souvenez-vous que je ne suis pas semblable à vous. Il y a du poison dans mon sang, dans mon âme, et j'en puis périr, à moins que quelque secours ne me vienne de vous. Ah ! mes amis, vous savez aussi bien que moi que mon âme est en péril. Je sais, il est vrai, qu'une voie reste ouverte devant moi, mais vous ne devez pas et je ne dois pas la prendre.

Elle nous jeta un regard interrogateur, le premier et le dernier étant pour son mari.

— Quel chemin ? demanda Van Helsing d'une voix rauque, quel est ce chemin que vous ne devez pas, que vous ne pouvez pas prendre ?

— Mourir sur-le-champ de ma propre main ou de celle d'un autre, avant qu'un mal plus grand soit consommé. Je sais, et vous aussi, que si j'étais morte, vous pourriez, vous voudriez libérer mon esprit immortel, comme vous l'avez fait pour ma pauvre Lucy. S'il n'y avait pour m'arrêter que la mort ou la peur de la mort, je n'hésiterais pas devant elle à présent, parmi des amis à qui je suis chère. Mais la mort n'est pas tout. Je ne puis croire qu'en mourant maintenant, avec un si grand espoir devant nous et une tâche meilleure à accomplir, je fasse la volonté de Dieu. C'est pourquoi je renonce pour ma part à la certitude du repos éternel, et je m'avance vers cette nuit qui recèle peut-être ce qu'il y a de plus noir en ce monde et dans le monde inférieur.

Nous nous taisions, comprenant d'instinct que ce n'était là qu'un prélude. Les autres visages étaient graves, tendus, celui de Harker devenait couleur de cendre. Peut-être devinait-il mieux que nous ce qui allait suivre. Elle poursuivit :

— Tel est mon apport au hochepot. (Je remarquai l'étrange terme dont elle se servit à cet endroit, et le plus sérieusement du monde.) Quel est l'apport de chacun de vous ? Vos vies, je le sais, dit-elle vivement. Tâche aisée pour des hommes braves. Vos vies viennent de Dieu et vous les Lui restituez. Mais que me donnerez-vous, à moi ?

Elle eut de nouveau le même regard interrogateur, mais en évitant cette fois les yeux de son mari. Quincey semblait la comprendre, car il acquiesça d'un mouvement de tête et le visage de Mrs Harker s'éclaira.

— Eh bien ! je vais vous dire simplement ce que je veux de vous, car rien dans notre accord ne doit rester dans l'ombre. Vous devez me promettre, chacun et tous, et même vous, mon mari bien-aimé, si l'heure vient, de me tuer.

— Quelle heure ?

Quincey avait parlé, mais d'une voix basse, étranglée.

— Celle où vous serez convaincus que le changement en moi est tel que la mort pour moi est devenue préférable à la vie. Lorsque je serai de la sorte morte selon la chair, sans attendre une seconde, percez-moi d'un pieu et coupez-moi la tête ; ou faites tout ce qu'il faudra pour que j'accède au repos !

Quincey fut le premier à se lever après un silence. Il mit un genou en terre devant elle et, lui prenant la main, dit solennellement :

— Je ne suis qu'une brute, et peut-être n'ai-je pas vécu pour être digne d'une telle distinction, mais je vous jure par tout ce que j'ai de plus sacré que, si cette heure vient jamais, je ne broncherai pas devant le devoir que vous nous imposez. Et je vous promets également que, si j'ai le moindre doute, je n'hésiterai pas : je considérerai le moment comme venu.

— Mon véritable ami ! fut tout ce qu'elle put dire au milieu de ses larmes et, s'inclinant vers lui, elle baisa sa main.

— Je prends le même engagement, madame Mina, dit Van Helsing.

— Moi aussi, dit Lord Godalming, chacun d'eux à son tour s'agenouillant pour prêter serment. Et je fis de même.

Son mari enfin se tourna vers elle, le regard perdu et le visage couvert d'une pâleur verdâtre qui atténuait la blancheur neigeuse de ses cheveux. Il demanda :

— Et moi aussi, dois-je faire cette promesse, ô ma femme ?

— Vous aussi, mon chéri, lui répondit-elle avec un immense élan de pitié dans la voix et les yeux. Vous ne devez pas reculer. Vous êtes ce que j'ai de plus proche et de plus cher ; pour moi, vous êtes le monde entier. Nos âmes sont fondues l'une dans l'autre, pour toute la vie et toute l'éternité. Songez, mon chéri, qu'il y eut une époque où des hommes braves ont tué leurs épouses et les femmes de leur famille pour leur épargner de tomber entre les mains de l'ennemi. Leurs mains n'ont pas défailli, car celles qu'ils aimaient les suppliaient de les tuer. C'est le devoir viril envers les aimées dans les jours d'épreuve atroce. Ah ! mon très cher, si je dois mourir de la main de quelqu'un, que ce soit de la main de celui qui m'aime le plus. Docteur Van Helsing, je n'ai pas oublié que, lorsqu'il s'est agi de la pauvre Lucy, vous avez témoigné une véritable pitié à celui qui l'aimait – elle rougit fugitivement, s'arrêta, et modifia sa phrase – … à celui qui avait éminemment le droit de lui conférer la paix. S'il revient une heure comme celle-là, je compte sur vous pour que mon mari se souvienne avec douceur, sa vie durant, que c'est sa main aimante qui me libéra du joug d'horreur que je portais.

— Je jure une fois encore ! dit la voix vibrante du professeur.

Mrs Harker sourit, oui, sourit vraiment, et, retombant en arrière avec un soupir de soulagement, elle reprit :

— Et maintenant, pour vous mettre en garde, un dernier mot qu'il ne faudra jamais oublier : cette heure, si elle doit un jour venir, peut surgir rapide et inattendue ; dans ce cas, ne perdez pas de temps à guetter une occasion propice. Car à ce moment, je puis être… oui, si l'heure vient, je dois être alliée contre vous à votre ennemi. Une prière encore, dit-elle avec une grande solennité ; une prière moins vitale, moins urgente que l'autre, mais c'est une faveur que je vous demande de m'accorder si vous le voulez bien.

Nous marquâmes notre accord, sans qu'un seul de nous eût dit un mot. Ce n'était pas nécessaire.

— Je vous demande de lire maintenant l'office des morts.

Un sourd gémissement de son mari l'interrompit ; elle prit sa main et la posa sur son cœur tout en continuant :

— Vous le lirez un jour sur mon corps. Quelle que soit l'issue de cette terrible aventure, ce sera une douce pensée pour nous tous, pour plusieurs du moins. Mon chéri, c'est vous, j'espère, qui le lirez ; ainsi, c'est votre voix qui le gravera dans ma mémoire pour l'éternité – quoi qu'il arrive.

— Mais, ma chérie, plaida-t-il, la mort est bien loin de vous.

— Non pas ! dit-elle, levant la main en signe d'avertissement ; je suis en ce moment plus ensevelie dans la mort que si un sépulcre terrestre pesait sur moi.

— Ma femme, dois-je vraiment lire ? demanda-t-il avant de commencer.

— Cela me fortifierait, mon époux, dit-elle, sans plus.

Et il se mit à lire lorsqu'elle lui eut tendu le livre.

Comment pourrais-je… qui pourrait décrire cette scène étrange avec sa solennité, sa sombre tristesse, son horreur, et, malgré tout, sa douceur ? Même un sceptique, qui ne voit qu'une parodie d'amère vérité dans tout ce qui est émotion sacrée, aurait senti son cœur se fondre devant ce petit groupe d'amis tendres et dévoués à genoux autour de cette femme accablée et souffrante, et en entendant la voix sensible, passionnée, de son mari tandis qu'en accents brisés par l'émotion et souvent entrecoupés, il lisait le simple et bel office des morts. – Je n'en puis plus… les mots et la voix me manquent…

Son instinct l'avait bien guidée… Si incroyable que cela puisse paraître, et nous en fûmes les premiers étonnés, ce moment nous réconforta puissamment. Et le silence qui nous prouva que Mrs Harker perdait de nouveau après la liberté de son âme, ne nous remplit pas du désespoir que nous avions redouté.

JOURNAL DE JONATHAN HARKER

15 octobre, Varna – Nous avons quitté Charing Cross dans la matinée du 12, atteint Paris la même nuit et pris les places réservées pour nous dans l'Orient-Express. Voyageant nuit et jour, nous sommes arrivés ici vers cinq heures. Lord Godalming s'est rendu au consulat, demander si aucun télégramme n'était arrivé pour nous, tandis que les autres s'installaient à l'hôtel, l'Odessus. Le voyage a pu comporter quelques incidents. J'étais trop pressé d'arriver pour en prendre souci. Jusqu'à ce que le *Tsarine Catherine* entre au port, rien dans le vaste monde n'aura pour moi le moindre intérêt. Grâce à Dieu, Mina est bien et semble être plus forte ; elle reprend des couleurs et dort beaucoup ; pendant le voyage, elle a dormi presque tout le temps. Mais aux moments qui précèdent l'aube et le crépuscule, elle est au contraire très éveillée et active. Ce sont les heures où Van Helsing a pris l'habitude de l'hypnotiser. Au début, il a éprouvé certaines difficultés et il a dû faire bien des passes ; mais à présent, elle semble céder sur-le-champ, comme par habitude, et c'est à peine s'il faut agir sur elle. A ces instants-là, il semble avoir toute autorité sur elle et ses pensées lui obéissent. Il lui demande invariablement ce qu'elle peut voir et entendre. Elle répond alors :

— Rien. Tout est noir.

Puis :

— J'entends les vagues heurter le navire et l'eau qui se brise. On tire des cordes, des voiles, les mâts grincent, et les vergues. Le vent est fort ; je l'entends dans les haubans et la proue fend l'écume.

Le *Tsarine Catherine* est évidemment encore en mer, se hâtant vers Varna. Lord Godalming rentre à l'instant, avec quatre télégrammes envoyés de jour en jour depuis notre départ et tous nous donnant le même renseignement. Le Lloyd n'a été avisé du passage du *Tsarine Catherine* en quelque lieu que ce soit. Lord Godalming avait pris ses dispositions avant de quitter Londres afin que son agent lui télégraphie de jour en jour et lui dise si le navire avait été signalé quelque part.

Nous avons dîné et nous nous sommes couchés tôt. Demain, nous devons voir le vice-consul et prendre nos dispositions, si c'est possible, pour monter à bord dès que le bateau arrivera. Notre chance serait, dit Van Helsing, que nous puissions le faire entre le lever et le coucher du soleil. Même sous la forme d'une chauve-souris, le comte ne peut traverser une eau courante par ses propres ressources. Il ne pourra donc quitter le navire. Comme il ne peut sans éveiller les soupçons – ce qu'évidemment il souhaite éviter – prendre la forme humaine, il lui faut rester dans son coffre. Si, par conséquent, nous pouvons monter à bord après le lever du soleil, il sera à notre merci, car nous pourrons ouvrir sa caisse et nous assurer de sa personne, comme on l'a fait pour la pauvre Lucy, avant qu'il ne s'éveille. La pitié qu'il peut attendre de nous ne sera pas grand-chose. Grâce au Ciel, la corruption peut tout dans ce pays, et nous avons beaucoup d'argent. Assurons-nous simplement que le bateau ne puisse accoster entre le coucher et le lever du soleil sans que nous en soyons avisés, et nous sommes sauvés. Le seigneur Portefeuille arrangera les choses, j'imagine !

16 octobre – Mina signale toujours la même chose : des vagues clapotantes, de l'eau qui se brise, de l'obscurité et du vent en poupe. Nous sommes arrivés bien à temps, et les nouvelles du *Tsarine Catherine* nous trouveront prêts. Le bateau doit passer les Dardanelles. Nous sommes donc sûrs d'entendre parler de lui.

17 octobre – Tout est fin prêt à présent, je pense, pour saluer le comte à son retour de voyage. En racontant aux affréteurs que la caisse devait contenir des objets volés à un de ses amis, Godalming a obtenu une demi-autorisation de l'ouvrir à ses risques et périls. L'armateur lui a remis un papier prescrivant au capitaine de lui accorder toute facilité pour agir à sa guise sur le bateau, et une autorisation analogue pour son agent de Varna. Nous avons vu cet agent, favorablement disposé par la courtoisie de Godalming à son égard, et nous sommes convaincus qu'il nous apportera toute l'aide qui sera en son pouvoir. Nous avons pris nos mesures pour le cas où nous parviendrions à ouvrir la caisse. Si le comte s'y trouve, Van Helsing et Seward lui couperont la tête tout en lui enfonçant un pieu dans le cœur. Morris, Godalming et moi nous préviendrons toute intervention, même s'il nous faut faire usage des armes dont nous serons pourvus. Le professeur nous assure que le corps du comte, traité de la sorte, tombera aussitôt en poussière. En ce cas, rien ne témoignera contre nous si nous venions à être soupçonnés de meurtre. Même si la chose ne se produisait pas, nous assumerions les conséquences de notre acte et peut-être, un jour, ce cahier pourrait-il servir de preuve pour s'interposer entre l'un de nous et l'échafaud. Pour moi, je serai trop heureux de saisir l'occasion si elle se présente. Nous sommes décidés à remuer ciel et terre pour assurer notre succès. Nous nous sommes arrangés avec certains officiels afin d'être avertis par messager spécial dès que le *Tsarine Catherine* sera en vue.

24 octobre – Toute une semaine d'attente. Un télégramme chaque jour pour Godalming, répétant la même histoire : "Aucune nouvelle encore." La réponse de Mina pendant l'hypnose est invariablement : "Clapotis de vagues, coups d'eau, grincements de mâts."

TÉLÉGRAMME DE RUFUS SMITH, LLOYD, LONDRES
POUR LORD GODALMING,
AUX BONS SOINS DE S.M.B.*, VICE-CONSUL, VARNA

"24 octobre, *Tsarine Catherine* signalé ce matin aux Dardanelles."

JOURNAL DU DR SEWARD

24 octobre – Combien je regrette de n'avoir pas mon phonographe. Rien ne m'ennuie comme d'écrire mon journal à la plume, mais Van Helsing dit qu'il le faut. Nous avons eu un accès de folle agitation quand ce matin Godalming a reçu le télégramme du Lloyd. Je sais à présent ce que les soldats peuvent éprouver en entendant le signal de l'attaque. Seule de nous tous, Mrs Harker ne donne aucune marque d'émotion, car nous eûmes soin de lui laisser tout ignorer et de ne rien lui laisser voir de notre impatience. Autrefois, j'en suis sûr, elle aurait tout remarqué, quelque peine que nous eussions prise pour dissimuler, mais, sous ce rapport, elle a beaucoup changé

* Sa Majesté britannique. *(N.d.E.)*

depuis les trois dernières semaines. Une léthargie s'étend sur elle ; quoiqu'elle semble forte et bien portante et qu'elle ait repris ses anciennes couleurs, Van Helsing et moi nous ne sommes pas satisfaits. Nous parlons souvent d'elle, sans du reste en rien dire aux autres. Ce serait briser le cœur – et sûrement les nerfs – du pauvre Harker que de lui laisser deviner nos soupçons. Van Helsing examine attentivement, me dit-il, ses dents tandis qu'elle est en état d'hypnose, assurant qu'aussi longtemps qu'elles ne deviennent pas plus aiguës, il n'y a pas danger urgent d'une transformation. Si cette transformation s'amorçait, il faudrait prendre des mesures. Nous savons ce qu'elles seraient, quoique nous n'échangions pas nos pensées à ce sujet. Aucun de nous ne reculera devant la tâche, si affreuse qu'elle puisse être. Euthanasie est un mot excellent et réconfortant ! J'ai de la reconnaissance pour celui qui l'a inventé.

Il y a environ vingt-quatre heures de mer des Dardanelles jusqu'ici, à l'allure que le *Tsarine Catherine* a pratiquée depuis Londres. Le bateau devrait donc arriver demain matin ; comme ce ne peut être plus tôt, nous avons décidé de nous retirer et de nous lever à une heure afin d'être prêts.

25 octobre, midi – Aucune nouvelle de l'arrivée du bateau. Le message de Mrs Harker au cours de la transe est le même que d'habitude, de telle sorte que nous pouvons apprendre quelque chose d'un moment à l'autre. Nous sommes dans la fièvre, à l'exception de Harker, qui reste calme. Ses mains sont d'un froid de glace et, tout à l'heure, je l'ai trouvé aiguisant le grand couteau gurkha qu'il ne quitte plus. Vilaine perspective pour le comte, la pointe de ce Kukri touchant sa gorge, et enfoncée par cette main résolue et glaciale !

Van Helsing et moi, nous sommes aujourd'hui quelque peu inquiets au sujet de Mrs Harker. Elle est tombée un peu avant midi dans une sorte de léthargie qui ne nous plaît pas : nous n'en avons rien dit aux autres, mais nous nous en attristons. Elle avait été très agitée toute la matinée, de telle sorte que nous fûmes d'abord contents de savoir qu'elle se reposait. Lorsque cependant son mari nous dit en passant qu'elle dormait si fort qu'il ne pouvait la réveiller, nous sommes entrés dans sa chambre pour en juger par nous-mêmes. Elle respirait naturellement et semblait si bien, si paisible, que nous sommes tombés d'accord pour penser que rien ne pouvait lui être plus bienfaisant que le sommeil. Pauvre petite, elle en a long à oublier ! Rien d'étonnant si le sommeil, qui le lui permet, lui est propice.

Plus tard – Notre sentiment était exact, car lorsqu'elle se réveilla après avoir dormi plusieurs heures, elle parut plus animée, mieux portante qu'elle n'a été depuis bien des jours. Au crépuscule, elle fit son habituel rapport sous hypnose. Où qu'il soit sur la mer Noire, le comte se hâte vers son but. Vers son jugement, oh ! j'y compte bien !

26 octobre – Une journée encore sans nouvelles du *Tsarine Catherine*. Il devrait être ici à présent. Il navigue toujours *quelque part*, assurément, car Mrs Harker au cours de sa transe, à l'aube, a répété ce qu'elle dit chaque jour. Il est possible que le navire soit immobilisé momentanément par du brouillard. Quelques steamers arrivés hier soir ont signalé des îlots de brume à la fois au nord du port et au sud. Nous devons poursuivre notre guet, car le bateau peut être annoncé d'un moment à l'autre.

27 octobre, midi – Etrange. Aucune nouvelle du navire attendu. Mrs Harker, hier soir et ce matin, a dit comme d'habitude : "Vagues clapotantes, coups d'eau", tout en ajoutant : "Les vagues sont très faibles." Londres télégraphie invariablement : "Rien à signaler." Van Helsing, terriblement inquiet, vient de me dire qu'il redoute à présent que le comte nous ait échappé. Il ajouta avec intention :

— Je n'aime pas cette léthargie de madame Mina. Les âmes et les souvenirs peuvent faire d'étranges choses en cours d'hypnose.

J'étais sur le point de lui demander davantage quand, d'un signe de la main, il m'avertit de me taire, car Harker entrait. Nous essayerons ce soir d'obtenir que Mrs Harker nous en dise plus long au cours de la transe.

TÉLÉGRAMME DE RUFUS SMITH, LONDRES,
A LORD GODALMING
AUX SOINS DE S.M.B., VICE-CONSUL, VARNA

"28 octobre, *Tsarine Catherine* signalé à l'entrée du port de Galatz aujourd'hui à une heure."

JOURNAL DU DR SEWARD

28 octobre – Quand nous parvint ce télégramme annonçant l'arrivée du navire à Galatz, le choc fut pour nous moins violent qu'on aurait pu le croire. Sans savoir d'où, ni quand, ni comment, viendrait le coup, nous nous attendions à quelque chose de surprenant. Le retard de son arrivée à Varna avait convaincu chacun de nous que les événements ne se dérouleraient pas exactement comme nous l'avions prévu. Il nous restait simplement à apprendre sur quel point se ferait la déviation. Ce fut néanmoins une surprise. La nature, je suppose, compte sur ce fond d'espérance qui nous fait croire malgré nous-mêmes que les choses seront comme elles devaient être et non comme nous savons qu'elles seront. Le transcendantalisme est un fanal pour les anges, même si ce n'est qu'une allumette pour l'homme. Ce fut une étrange expérience où chacun de nous réagit à sa façon. Van Helsing leva les bras au ciel comme pour s'expliquer avec le Tout-Puissant mais sans dire un mot, et, un instant après, il se ressaisit, le visage calme. Lord Godalming devint très pâle et s'assit, la respiration entrecoupée. J'étais à demi étourdi, mon regard allait de l'un à l'autre. Quincey Morris resserra sa ceinture de ce mouvement rapide que je connais si bien ; au temps de nos excursions et de nos chasses, cela signifiait : "Il faut agir." Mrs Harker devint pâle comme une morte, et la balafre sur son front parut brûlante, mais elle joignit doucement les mains comme si elle priait. Harker souriait, oui, il souriait du sombre sourire amer de celui qui n'espère plus rien ; mais en même temps ce sourire démentait ses paroles, car ses mains cherchaient d'instinct la poignée de son grand couteau Kukri et s'y cramponnaient.

— Quand part le prochain train pour Galatz ? demanda Van Helsing à la cantonade.

— A 6 h 30, demain matin.

Nous sursautâmes, car la réponse venait de Mrs Harker.

— Comment, bon Dieu, le savez-vous ? demanda Art.

— Vous oubliez – ou peut-être vous n'avez jamais su – que j'ai la passion des trains. Chez nous, à Exeter, j'avais pris l'habitude d'étudier les horaires afin d'aider mon mari. Cela me parut souvent si utile que je continue à le faire. Je savais que si nous étions obligés d'aller au château de Dracula, nous devrions passer par Galatz ou en tout cas par Bucarest, et c'est pourquoi j'ai appris soigneusement les horaires. Il n'y a malheureusement pas grand-chose à apprendre, car le seul train, demain, part à l'heure que j'ai dite.

— Quelle femme étonnante ! murmura le professeur.

— Ne pourrions-nous faire chauffer un train spécial ? demanda Lord Godalming.

Van Helsing secoua la tête.

— J'ai peur que non. Ce pays ne ressemble ni au vôtre ni au mien. Si même nous avions un train spécial, il n'arriverait probablement pas avant l'autre. Sans compter que nous avons des préparatifs à faire. Il nous faut réfléchir et nous organiser. Ami Arthur, allez à la gare, prenez les billets et arrangez tout afin que nous soyons prêts à partir demain matin. Ami Jonathan, allez au bureau maritime et obtenez de ce bureau des lettres pour son agent de Galatz, avec le droit de faire enquête sur le bateau, exactement comme nous l'avions ici à Varna. Quincey Morris, allez trouver le vice-consul et obtenez son appui auprès de son collègue de Galatz afin qu'il aplanisse notre route et que nous ne perdions pas de temps une fois que nous serons sur le Danube. John restera avec madame Mina et moi pour délibérer. Car vous pourrez être retenus. Peu importe le moment du crépuscule, puisque je suis ici auprès de madame Mina.

— Et moi, dit-elle gaiement, plus semblable à son ancienne personnalité qu'elle ne l'avait été depuis longtemps, j'essayerai de vous aider de diverses manières en pensant et en écrivant pour vous comme j'en avais l'habitude. Quelque chose en moi se modifie étrangement, et je me sens plus libre que je ne l'ai été depuis longtemps. Le visage des trois jeunes hommes s'éclaira dès qu'ils crurent comprendre ce que signifiaient ces mots. Mais Van Helsing et moi échangeâmes un regard sérieux et inquiet. Sur le moment, nous ne fîmes cependant aucun commentaire.

Lorsque le trio fut parti accomplir sa mission, Van Helsing pria Mrs Harker d'examiner les exemplaires des journaux et de prendre pour lui celui que Harker avait tenu pendant son séjour au château. Elle nous quitta. Dès qu'elle eut refermé la porte, il me dit :

— Vous avez la même idée que moi. Parlez !

— Il y a quelque chose de changé, une espérance qui me donne mal au cœur, car elle peut nous induire en erreur.

— D'accord. Savez-vous pourquoi je lui ai demandé d'aller chercher le manuscrit ?

— Non, si ce n'est peut-être pour avoir une occasion de me voir seul à seul.

— C'est vrai en partie, mon cher John. En partie seulement. J'ai quelque chose à vous dire. Mon ami, je vais prendre un grand, un terrible risque. Au moment où madame Mina a prononcé ces mots qui tiennent notre esprit en suspens, une inspiration m'est venue. Il y a trois jours, au cours de l'hypnose, le comte lui a député son esprit afin de lire en elle ou, plus exactement, il l'a appelée afin qu'elle le vît dans sa caisse de terre sur le bateau, au milieu des vagues, au moment où il est libéré par l'aube et par le crépuscule. Il a appris, à ce moment, que nous étions ici. Car elle, qui peut aller et venir, avec des yeux pour voir et des oreilles pour entendre, a plus à raconter que lui dans son cercueil. Il fait en ce moment un effort suprême afin de nous échapper. Pour l'instant, il n'a pas besoin d'elle, convaincu dans son immense savoir qu'elle se rendra à son appel. Mais il a coupé la communication, il a détendu son pouvoir sur elle afin qu'elle ne revienne plus vers lui. Voilà, oui, voilà pourquoi j'espère que nos cerveaux d'hommes qui ont si longtemps appartenu à l'humanité et qui n'ont point perdu la grâce divine, l'emporteront sur son cerveau d'enfant, enfermé depuis des siècles dans la tombe et incapable d'arriver à notre niveau, borné qu'il est à des travaux égoïstes et par conséquent mesquins. Voici madame Mina. Pas un mot concernant sa transe ! Elle n'en sait rien ; elle en serait abattue, désespérée, au moment où nous avons besoin de tout son espoir, de tout son courage, de tout son cerveau comparable à celui d'un homme, mais qui est celui d'une douce femme, douée de plus, d'une force que le comte lui a transmise et qu'il ne peut lui retirer tout d'un coup, même s'il imagine le contraire. Silence ! Laissez-moi parler et vous comprendrez. John, mon ami, dans quelle terrible impasse nous sommes ! J'ai peur comme jamais je n'ai eu peur. Nous ne pouvons que nous fier à Dieu. Silence, la voici.

Je crus que le professeur allait s'effondrer en une crise nerveuse, comme celle qu'il eut lors de la mort de Lucy ; mais un grand effort lui permit de se ressaisir et il était totalement maître de lui quand entra Mrs Harker, sereine, heureuse, et occupée d'un travail qui semblait lui faire oublier son malheur. Elle remit aussitôt un paquet de feuilles dactylographiées à Van Helsing qui les considéra attentivement, son visage s'éclairant à mesure qu'il lisait. Puis il dit, tenant les pages entre le pouce et l'index :

— Ami John, vous qui avez déjà une si grande expérience, et vous aussi, chère madame Mina, qui êtes jeune, voici une leçon pour nous : ne craignons jamais de penser fortement. Une demi-idée bourdonne souvent dans mon cerveau, mais autrefois j'avais peur de lui laisser perdre ses ailes... Maintenant, mieux informé, je remonte à l'endroit d'où cette demi-idée m'est venue, et je découvre que c'est tout autre chose, une idée véritable, même si elle est encore trop jeune pour se servir de ses petites ailes. Oui, elle est semblable au vilain petit canard de mon ami Hans Andersen ; ce n'est pas du tout une idée-canard, mais une grande idée-cygne qui vogue noblement sur ses grandes ailes lorsque le moment vient d'en faire l'essai. Je vous lis ce que Jonathan a écrit : "... à celui de ses descendants qui, bien plus tard, fit à nouveau passer le fleuve à ses troupes, pour envahir la Turquie ? Qui, ayant battu en retraite, revint cependant plusieurs fois à la charge, seul, et laissant derrière lui le champ de bataille où gisaient ses soldats, parce qu'il savait que, finalement, à lui seul, il triompherait ?" Qu'est-ce que cela nous apprend ? Pas grand-chose ? Non ! L'esprit-enfant du comte ne voit rien, c'est pourquoi il parle si librement. Votre esprit adulte ne voit rien, le mien non plus... en tout cas pas jusqu'à présent... Non ! Mais voici un autre mot d'une personne qui parle sans réfléchir parce qu'elle non plus ne sait pas ce que cela signifie, ce que cela *peut* signifier. De même, voilà des éléments au repos ; mais que le mouvement de la nature les entraîne et les mette en contact, et, pouf ! jaillit un éclair de lumière, vaste comme le ciel, qui aveugle et tue et détruit, mais qui révèle la terre ici-bas sur des lieues et des lieues. N'est-ce pas ainsi ? Bon. Je m'explique. D'abord, avez-vous étudié la philosophie du crime ? Oui et non. Vous, John, oui, car elle est comprise dans l'étude de la folie. Vous, madame Mina, non, car le crime ne vous concerne pas, sauf qu'il vous a concernée une seule fois. Mais votre esprit va son droit chemin et raisonne du particulier à l'universel. Il y a chez les criminels une particularité si constante, en tout pays, en toute époque, que même la police qui ne sait pas grand-chose de la philosophie, est arrivée empiriquement à l'affirmer. Le criminel s'obstine sur un crime unique, du moins le vrai criminel qui semble prédestiné au crime et ne poursuit rien d'autre. Le criminel n'a pas un cerveau complètement adulte. Il est lucide, habile, plein de ressources. Mais en ce qui concerne le cerveau, sa croissance n'est pas complète. Sous bien des rapports, il est resté au stade de l'enfant. Or, notre criminel est prédestiné au crime ; son cerveau est demeuré infantile, car c'était un enfantillage, ce qu'il a fait. Le petit oiseau, le petit poisson, le petit animal ne s'instruisent pas en vertu de principes, mais par l'expérience. Et ce qu'ils apprennent leur sert de tremplin pour en faire davantage. Donnez-moi un point d'appui, disait Archimède, et je soulèverai le monde. Le premier essai est le point d'appui grâce auquel un cerveau d'enfant devient adulte ; et jusqu'au moment où il se propose d'en faire davantage, il recommence chaque fois ce qu'il a fait auparavant. Ma chère, je vois que vos yeux se sont ouverts et que l'éclair illumine pour vous des lieues de pays !

En effet, Mrs Harker battait des mains et ses regards brillaient. Il poursuivit :

— Maintenant, parlez. Dites-nous, à nous les froids savants, ce que vous voyez avec vos yeux si brillants.

Il lui prit la main tandis qu'elle parlait, le pouce et l'index lui tenant l'artère, instinctivement, inconsciemment, je pense.

— Le comte est un criminel du type criminel, dit-elle. Nordau et Lombroso le mettraient dans cette catégorie, et parce que criminel, son esprit est resté imparfait. C'est pourquoi, si une difficulté se présente, il cherche la solution dans la routine. Sa seule ressource est son passé. La seule page que nous en connaissions – et de sa propre bouche – nous apprend qu'une fois déjà, dans une mauvaise passe, comme dirait Mr Morris, il rentra dans son pays après avoir tenté d'en envahir un autre et là, sans renoncer à son objectif, se prépara à une nouvelle tentative. Il revint à la charge, mieux équipé, et gagna la partie. C'est ainsi qu'il parvint à Londres pour conquérir un pays nouveau. Il fut vaincu, et quand tout espoir fut perdu, que son existence même fut en danger, il s'enfuit par mer pour rentrer chez lui, juste comme autrefois il avait passé le Danube pour revenir de Turquie.

— Très bien, très bien, ô dame intelligente, s'écria Van Helsing avec enthousiasme en s'inclinant pour lui baiser la main.

Un instant après, aussi calme que s'il avait donné une consultation dans la chambre d'un malade, il se tourna vers moi :

— Soixante-douze pulsations, pas plus, et dans une telle excitation ! J'ai bon espoir.

Puis, s'adressant à nouveau à elle, il reprit avec impatience :

— Mais poursuivez, poursuivez. Vous pouvez en dire davantage si vous voulez. N'ayez aucune crainte. John et moi nous savons ; moi, en tout cas, et je vous dirai si vous êtes dans le vrai. Parlez sans peur !

— J'essayerai, mais pardonnez-moi si je semble ne parler que de moi.

— Non, ne craignez rien. Vous devez parler de vous, puisque c'est à vous que nous pensons.

— Eh bien ! en tant que criminel, il est égoïste. Comme son intelligence est étroite et son action fondée sur l'égoïsme, il se borne à un seul objectif et n'y admet aucun remords. De même qu'il repassa le Danube, laissant massacrer ses hommes, de même, à présent, il songe à se mettre à l'abri et le reste ne l'intéresse plus. C'est pourquoi son égoïsme libère quelque peu mon âme du pouvoir terrifiant qu'il avait pris sur moi pendant la nuit sinistre. Grâces en soient rendues au Dieu de miséricorde ! Mon âme est plus libre qu'elle ne l'a été depuis cette nuit affreuse. Une seule crainte me hante encore : dans une transe, dans un rêve, a-t-il pu employer à ses fins une connaissance venue de moi ?

Le professeur se leva.

— Il l'a fait, dit-il. Et c'est ainsi qu'il nous a laissés ici, à Varna, tandis que le bateau qui l'emportait fonçait dans une colonne de brouillard vers Galatz où, n'en doutons pas, il avait tout préparé afin de nous échapper. Mais son cerveau d'enfant n'a pas vu au-delà. Et il peut se faire, comme le veut toujours la Divine Providence, que ce que le malfaiteur a considéré comme son bien devienne son suprême malheur. Le chasseur se prend à son propre lacet, dit le grand Psalmiste. En effet, à présent qu'il se croit libéré de toute poursuite de notre part et qu'il nous a échappé avec tant d'heures d'avance sur nous, son égoïste cerveau d'enfant va lui conseiller de prendre du repos. Il pense, de plus, que puisqu'il a coupé son esprit du vôtre, vous ne savez plus rien de lui. Et là gît son erreur. Le terrible baptême de sang qu'il vous a infligé vous laisse libre d'aller en pensée vers lui, ainsi que vous l'avez déjà fait, quand le soleil se lève et se couche. A ces moments-là, c'est à ma volonté que vous obéissez, non à la sienne. Ce pouvoir, pour votre bien et celui d'autrui, vous l'avez gagné en souffrant par ses mains. Ce don est d'autant plus précieux qu'il l'ignore et que, pour se préserver, il s'est coupé de toute connaissance relative à nous. Nous, en revanche, nous ne sommes pas égoïstes et nous croyons que Dieu est avec nous à travers toute cette noirceur et ces heures sombres.

Nous poursuivrons ce monstre. Nous ne flancherons pas, même si nous sommes en danger de devenir semblables à lui. Mon cher John, ceci fut un grand moment, fort important pour nous. Faites-vous scribe et consignez tout cela, afin qu'au retour des autres, leur mission faite, vous puissiez le leur faire connaître, et qu'ils sachent ce que nous savons.

J'ai donc écrit en les attendant, et Mrs Harker a tout tapé à la machine, du moins à partir du moment où elle nous a apporté le journal de son mari.

XXVI

JOURNAL DU DR SEWARD

29 octobre – J'écris ceci dans le train entre Varna et Galatz. Hier soir, nous nous sommes réunis peu avant le coucher du soleil. Chacun de nous a de son mieux accompli sa tâche. Si la réflexion, l'audace, l'occasion nous servent, nous sommes prêts et pour le voyage qui doit nous mener jusqu'au château même de Dracula et pour la tâche qui nous attend à Galatz. A l'heure habituelle, Mrs Harker se prépara à son effort hypnotique ; Van Helsing mit plus de temps et eut plus de peine cette fois à la faire entrer en transe. Elle se met généralement à parler dès le premier signe ; mais le professeur dut l'interroger, et de la façon la plus précise, avant d'apprendre quoi que ce fût. La réponse vint enfin :

— Je ne distingue rien. Nous sommes immobiles. Il n'y a pas de clapotis, mais un remous continuel et doux de l'eau contre l'amarre. J'entends des voix d'hommes qui appellent, de près, de loin, ainsi que le glissement, le grincement des rames sur les tolets. On tire quelque part un coup de feu ; l'écho semble venir de très loin. Des pas résonnent sur ma tête ; on traîne des cordes, des chaînes. Qu'est-ce donc ? Voilà un rayon de lumière. Je sens sur moi un souffle de vent.

Elle n'en dit pas plus. Elle s'était redressée, comme si on la poussait, du sofa où elle était étendue, et levait les deux mains, les paumes tournées vers le haut, comme pour soutenir un fardeau. Van Helsing et moi, nous nous regardâmes, car nous comprenions. Quincey levait légèrement les sourcils en la regardant fixement, tandis que la main de Harker se crispait instinctivement sur la poignée de son kukri. Il y eut une longue pause. Nous savions tous que le temps s'écoulait où elle aurait pu nous parler, mais nous sentions qu'il était inutile de dire quoi que ce fût. Elle se leva brusquement, ouvrit les yeux, et demanda doucement :

— Aucun de vous ne veut une tasse de thé ? Vous devez être si fatigués !

Nous ne pouvions que lui faire plaisir, et nous acceptâmes. Elle s'affaira pour se procurer du thé. Van Helsing dit quand elle fut sortie :

— Mes amis, vous avez compris. *Il* est près d'une côte. Il a quitté son coffre de terre. Mais il lui faut gagner le rivage. Pendant la nuit, il peut se cacher n'importe où. Mais s'il n'est pas transporté à la côte ou si le bateau ne la touche pas, il ne pourra pas l'atteindre. Dans une telle circonstance, il peut, la nuit, changer de forme, sauter ou voler vers le rivage, comme il l'a fait à Whitby. Mais si le jour vient avant qu'il ait accosté, il n'échappera que s'il est transporté. Et s'il l'est, les douaniers peuvent découvrir ce que contient la caisse. En conclusion, s'il n'arrive pas à gagner la terre cette nuit, ou avant l'aube, un jour entier est perdu pour lui et nous pouvons alors arriver à temps. Car s'il ne s'échappe pas pendant la nuit, nous l'approcherons en plein jour, enfermé dans son coffre et à notre merci. Il n'ose pas se révéler sous sa nature véritable, éveillé, visible, de peur d'être découvert.

Il n'y avait rien à ajouter. Nous attendîmes donc patiemment, jusqu'à l'aube, le moment où Mrs Harker pourrait nous apprendre quelque chose.

A la pointe du jour, nous nous apprêtions à écouter, le souffle coupé par l'anxiété, ce qu'elle répondrait au cours de la transe. L'hypnose fut encore plus longue à s'établir que précédemment. Et lorsqu'elle se produisit, si peu de minutes nous séparaient du plein lever du soleil que le désespoir nous prit. Van Helsing mettait toute son âme dans son effort. Elle répondit enfin, obéissant à sa volonté :

— Tout est obscur. J'entends le clapotis de l'eau, à mon niveau, et du bois qui craque sur du bois.

Elle n'en dit pas plus, et un soleil rouge apparut. Il nous faut attendre jusqu'à ce soir.

Et c'est ainsi que nous avançons vers Galatz dans une attente angoissée. Nous devons y arriver entre deux et trois heures du matin. Mais depuis Bucarest nous avons trois heures de retard, de sorte que nous n'arriverons sans doute que bien après le lever du soleil. Deux messages hypnotiques de Mrs Harker pourraient donc encore nous parvenir. L'un d'eux, tous les deux peut-être, peuvent jeter quelque lumière sur les événements.

Plus tard – Encore un coucher de soleil, qui, heureusement, est survenu en un moment où rien ne nous distrayait. S'il avait coïncidé avec un arrêt dans une gare, nous n'aurions pu nous assurer le calme et la solitude nécessaires : Mrs Harker était encore moins disposée que le matin à se soumettre à l'hypnose. Je crains de voir son don de déchiffrer les sensations du comte disparaître juste au moment où nous en avons le plus besoin. Jusqu'à présent, elle s'est bornée au cours de la transe aux faits les plus simples, ce qui, en se prolongeant, pourrait finalement nous induire en erreur. Si je pouvais penser que le pouvoir du comte sur elle décline en même temps que son don de voyance, j'en serais heureux, mais je doute que ce soit le cas. Lorsqu'elle parla enfin, ce fut en ces termes énigmatiques :

— Quelque chose disparaît. Je sens passer sur moi comme un vent glacial. J'entends au loin des bruits confus ; on dirait des hommes qui parlent une langue étrangère, une cascade furieuse et des loups qui hurlent.

Elle s'arrêta, secouée par un frisson qui s'accrut pendant quelques secondes jusqu'à ce qu'enfin elle tremblât, comme frappée de paralysie. Elle ne répondit plus aux questions impérieuses du professeur. Au réveil, elle était glacée, épuisée, prostrée, mais maîtresse de son esprit. Elle ne se rappelait rien, mais elle voulut savoir ce qu'elle avait dit. Lorsqu'elle l'apprit, elle y réfléchit profondément, longtemps, et en silence.

30 octobre, 7 heures du matin – Nous approchons à présent de Galatz, et, plus tard, je manquerai peut-être de temps pour écrire. Nous avons tous guetté ce matin l'arrivée de l'aube. Sachant qu'il lui est chaque jour plus difficile d'obtenir l'hypnose, Van Helsing commença ses passes plus tôt que d'habitude, sans résultat toutefois jusqu'au moment normal où elle céda avec une peine croissante, une minute avant l'apparition du soleil. Sans perdre de temps, le professeur lui posa des questions auxquelles elle répondit avec une égale promptitude.

— Tout est noir. J'entends le remous de l'eau au niveau de mon oreille et du bois qui craque sur du bois. Plus bas, du bétail, loin. Il y a aussi un autre bruit, bizarre. . on dirait…

Elle s'interrompit, très pâle, et pâlissant de plus en plus.

— La suite, la suite ! Parlez, je vous l'ordonne ! s'écria Van Helsing d'une voix déchirante, et son regard était désespéré car le soleil levant teintait de rouge jusqu'au pâle visage de Mrs Harker.

Elle ouvrit les yeux, et nous tressaillîmes quand elle dit, doucement et d'un air extrêmement inquiet :

— Professeur, pourquoi demander de moi ce que vous savez m'être impossible ? Je ne me rappelle rien !

Puis, voyant l'étonnement sur nos visages, elle reprit :

— Qu'ai-je dit ? Qu'ai-je fait ? Je ne sais rien, sinon que j'étais couchée là, à demi endormie, et que je vous entendais dire : "La suite ! Parlez, je vous l'ordonne !" C'était si étrange de vous entendre me commander comme si j'étais un enfant coupable !

— Mais, madame Mina, répondit-il tristement, c'est une preuve, si tant est qu'il en faille une, de l'amitié et du respect que j'ai pour vous. En effet, un mot dit pour votre bien, prononcé plus sérieusement que jamais, paraîtra nécessairement étrange, du seul fait qu'il exprime un ordre adressé à celle à qui je suis fier d'obéir.

Coups de sifflets. Nous approchons de Galatz. Nous sommes sur des braises à force d'anxiété et d'impatience.

JOURNAL DE MINA HARKER

30 octobre – Mr Morris m'a emmenée à l'hôtel où nos chambres avaient été retenues par télégramme. Il est celui dont on peut le mieux se passer, étant donné qu'il ne parle aucune langue étrangère. Les forces furent distribuées comme à Varna, à ceci près que ce fut Lord Godalming qui se rendit chez le vice-consul, son rang pouvant servir de garantie auprès d'un personnage officiel, dans l'extrême urgence où nous sommes. Jonathan et les deux médecins s'en furent à l'agence maritime pour avoir quelque nouvelle au sujet du *Tsarine Catherine*.

Plus tard – Lord Godalming est de retour. Le consul est absent, le vice-consul est malade. Les affaires courantes sont expédiées par un employé qui s'est montré très bien disposé, offrant de faire tout ce qui est en son pouvoir.

JOURNAL DE JONATHAN HARKER

30 octobre – A neuf heures, le Dr Van Helsing, le Dr Seward et moi-même sommes allés chez Mackenzie & Steinkoff, agents de la firme Hapgood de Londres. En réponse à une demande de Lord Godalming, ils avaient reçu un télégramme de Londres, les invitant à nous témoigner toute la déférence possible. Ils furent plus que courtois, plus qu'obligeants, et nous emmenèrent séance tenante à bord du *Tsarine Catherine* qui était à l'ancre dans le port fluvial. Nous vîmes le capitaine, un nommé Donelson, qui nous raconta son voyage. Il nous dit que de toute sa vie, il n'avait eu meilleure traversée.

— Voilà, dit-il, ça nous a même effrayés, car nous nous attendions à devoir payer ça par un sale coup de malchance, afin de revenir à une juste moyenne. Ce n'est pas prudent de naviguer de Londres à la mer Noire avec le vent en poupe, comme si le diable en personne vous soufflait dans les voiles pour ses fins personnelles. Et avec ça, pas moyen de voir rien du tout. Chaque fois que nous approchions d'un navire, ou d'un port, ou d'un cap, un brouillard nous tombait dessus et voyageait avec nous, et quand il se levait et que nous pouvions découvrir le pays, il n'y avait plus qu'un damné vide. Nous avons passé Gibraltar sans pouvoir nous signaler. Et quand nous sommes arrivés aux Dardanelles, où nous devions attendre une autorisation de passer, nous n'avons jamais été à portée d'être arrêtés. J'ai d'abord pensé à diminuer la pression et à louvoyer jusqu'à ce que le brouillard ait disparu, mais, après tout, j'ai réfléchi que si le diable s'était mis en tête de nous amener en mer Noire dans un temps record, il le ferait, que nous le voulions ou non. Une traversée rapide, ce n'était pas pour nous desservir auprès de la compagnie, ni pour gêner nos affaires. Et le vieux Satan qui aurait accompli ses fins personnelles nous saurait gré de ne pas l'avoir contrecarré.

Ce mélange de bonhomie et de roublardise, de superstition et d'astuce commerciale excita Van Helsing, qui dit :

— Mon ami, le diable est plus malin que certains ne le pensent, et il sait à qui il parle !

Le compliment ne déplut pas à l'autre, qui poursuivit :

— Après le Bosphore, les hommes ont commencé à ronchonner. Les Roumains vinrent me trouver pour me demander d'envoyer par-dessus bord une grande caisse qui avait été chargée par un drôle de vieil homme, juste au moment où nous quittions Londres. Je les avais vu reluquer le gars et lever deux doigts à son approche, pour se garder du mauvais œil. Les superstitions des étrangers, ce qu'elles peuvent être ridicules ! Je les ai renvoyés à leur boulot en deux temps trois mouvements. Mais tout juste après, un coup de brouillard nous tombe dessus, et je me demande s'il n'y avait pas quelque chose de vrai dans ce qu'ils disaient, quoique je n'aie rien contre la grande caisse. Bon, on avance, et comme le brouillard ne cesse pas de cinq jours, je laisse le vent nous porter ; car si le diable voulait arriver quelque part, eh bien ! il n'y avait qu'à le laisser faire. Et s'il ne le voulait pas, de toute façon, nous garderions un œil attentif. Eh bien ! nous avons eu bonne route et eau profonde tout le temps. Et, avant-hier, quand le soleil levant a percé le brouillard, nous nous sommes retrouvés sur le fleuve, juste en face de Galatz. Les Roumains étaient furieux et voulaient, ni cric ni crac, que je lance la caisse dans l'eau. J'ai dû discuter avec eux à coups d'anspect, et quand le dernier a débarrassé le plancher en se tenant la tête à deux mains, je les avais persuadés que, mauvais œil ou pas mauvais œil, les biens et la confiance de mes employeurs étaient mieux à leur place dans mes mains qu'au fond du Danube. Remarquez qu'ils avaient amené la caisse sur le pont, tout prêts à l'expédier, et qu'elle portait l'indication : *Galatz par Varna*. Je voulais la laisser là jusqu'après le déchargement dans le port, pour m'en débarrasser tout d'un coup. Nous n'avons pas beaucoup déblayé ce jour-là et nous avons dû rester toute une nuit à l'ancre. Mais au petit matin, une heure avant le lever du soleil, un homme est venu à bord avec une procuration, envoyée d'Angleterre, pour recevoir une caisse adressée au comte Dracula. Sûr que l'affaire le concernait. Ses papiers étaient en règle. J'étais content de me débarrasser de cette damnée chose, car je commençais moi-même à ne plus me sentir tranquille. Si le diable a embarqué du bagage dans mon bateau, c'est ça et rien d'autre !

— Comment s'appelle celui qui en a pris livraison ? demanda Van Helsing dominant son impatience.

— Je vous le dis tout de suite…

Et, descendant dans sa cabine, il en ramena un reçu signé *Emmanuel Hildesheim, Burgenstrasse, 16*.

Nous ne pûmes rien tirer de plus du capitaine, et nous le quittâmes en le remerciant.

Nous avons trouvé Hildesheim à son bureau, un juif avec une trogne de mouton et un fez. Son exposé fut ponctué d'espèces trébuchantes, ces virgules étant apportées par nous, et, avec quelque profit pour lui, il nous dit ce qu'il savait et qui se révéla peu compliqué, mais capital. Il avait reçu une lettre de Mr de Ville, de Londres, le priant de prendre réception, si possible avant le lever du soleil, afin d'éviter la douane, d'une caisse qui arriverait à Galatz sur le *Tsarine Catherine* ; il devait la donner en charge à un certain Petrof Skinsky, qui était en relation avec des Slovaques, lesquels trafiquaient sur le fleuve et jusqu'au port. Il avait reçu pour sa peine un billet anglais dont la Banque internationale du Danube lui avait donné aussitôt la contre-valeur en or. Il avait conduit Skinsky au bateau et lui avait remis la caisse, afin d'éviter des frais de factage. Il n'en savait pas plus.

Nous voilà en quête de Skinsky, mais sans parvenir à le trouver. Un de ses voisins, qui ne semble pas le porter dans son cœur, déclare qu'il est parti avant-hier, mais on ne sait où ; nouvelle confirmée par son logeur, à qui un messager a remis la clef de la maison et le prix du loyer en monnaie anglaise. Cela s'est passé entre dix et onze heures, la nuit dernière. Nous nous retrouvons à un point mort.

Tandis que nous bavardons, arrive en courant, hors d'haleine, quelqu'un qui crie que le corps de Skinsky a été découvert à l'intérieur du cimetière de Saint-Pierre, la gorge ouverte comme par un animal sauvage. Nos interlocuteurs s'élancent pour aller voir ce spectacle d'horreur, tandis que les femmes s'écrient : "C'est un Slovaque qui a fait ça !" Nous nous dérobons, de peur d'être impliqués dans l'affaire, et retardés.

De retour à l'hôtel, nous étions incapables d'arriver à aucune conclusion précise. Nous sommes tous convaincus que le coffre poursuit son chemin, par eau, mais vers où ? C'est ce qu'il nous reste à découvrir. C'est le cœur lourd que nous avons retrouvé Mina. Une fois réunis, nous nous sommes demandé s'il fallait lui communiquer les dernières nouvelles. Comme tout semble désespéré, c'est notre dernière chance, si précaire qu'elle soit.

JOURNAL DE MINA HARKER

30 octobre, au soir – Ils étaient si fatigués, si recrus, si découragés, qu'il n'y avait rien à faire avant qu'ils n'eussent pris un peu de repos. Je les ai donc priés d'aller s'étendre une demi-heure en me laissant consigner tout ce qui s'est passé jusqu'ici. Quelle reconnaissance j'éprouve envers l'homme qui a inventé la machine à écrire transportable et envers Mr Morris qui m'a procuré celle-ci ! J'aurais perdu le fil de mes idées si j'avais dû me servir d'une plume…

Tout est fini. Pauvre cher, très cher Jonathan, que n'a-t-il pas souffert, que ne doit-il souffrir à présent ! Il est couché sur le sofa, respirant à peine, son corps est comme paralysé, ses sourcils sont froncés, son visage est contracté par la souffrance. Pauvre chéri ! Il réfléchit peut-être. Sa figure m'apparaît toute ridée par son effort de concentration. Que je voudrais pouvoir lui être de quelque secours ! Je ferai ce que je pourrai.

A ma demande, le Dr Van Helsing m'a remis toutes les notes dont je n'avais pas encore pris connaissance. Pendant qu'ils se reposent, je veux les lire attentivement et peut-être arriver ici à quelque conclusion. J'essayerai de suivre l'exemple du professeur et de réfléchir sur les faits qui sont devant moi, sans aucun préjugé.

Je crois, avec l'aide de Dieu, avoir fait une découverte. Il me faut des cartes que j'examinerai soigneusement…

Oui, je suis de plus en plus sûre que je ne me trompe pas. Ma nouvelle solution est prête. Je vais réunir mes amis, et la leur dire. Ils en jugeront. Soyons précise. Chaque minute est précieuse.

AIDE-MÉMOIRE DE MINA HARKER INSÉRÉ DANS SON JOURNAL

Point de départ pour l'enquête. Le problème, pour le comte Dracula, est de revenir chez lui.

a) Il doit y être *transporté* par quelqu'un. Cela est évident, car s'il avait le pouvoir de se déplacer à son gré, il pourrait le faire sous la forme d'un homme, ou d'un loup, ou d'une chauve-souris, ou autrement. Il redoute évidemment d'être découvert ou gêné, dans l'état vulnérable où il se trouve, enfermé dans son coffre entre le lever et le coucher du soleil.

b) Comment peut-il être transporté ? Procédons par éliminations successives.

I. *Par la route.* Cela comporte d'infinies difficultés, surtout pour sortir des villes.

a) Il y a les gens ; les gens sont curieux et cherchent à savoir. Un signe, un soupçon, un doute concernant le contenu du coffre, et le voilà perdu.

b) Il y a ou il peut y avoir des employés de la douane et de l'octroi à affronter.

c) Ses poursuivants peuvent être sur ses traces. C'est là sa crainte majeure ; et c'est pour éviter de se trahir qu'il a écarté, dans la mesure où il l'a pu, même sa victime – moi !

II. *Par chemin de fer.* Là, personne pour veiller sur le coffre qui risque d'être retardé, et tout retard serait fatal avec des ennemis sur ses traces. Assurément, il pourrait échapper pendant la nuit, mais que deviendrait-il s'il était laissé dans un endroit inconnu, sans refuge où il puisse se dérober ? Telle n'est pas son intention, et ce n'est pas non plus un risque qu'il puisse accepter de courir.

III. *Par eau.* C'est le moyen le plus sûr, sous un rapport, et le plus dangereux sous un autre. Sur l'eau, il est sans pouvoir, excepté pendant la nuit. Et même alors, il ne peut faire surgir que du brouillard, des tempêtes, de la neige et ses loups. Et s'il y avait un naufrage, les eaux vivantes l'engloutiraient sans qu'il puisse rien faire, et il serait perdu. Il pourrait amener le vaisseau sur la côte, mais si le pays lui était hostile, et qu'il ne fût pas libre de s'y mouvoir, sa position encore une fois serait désespérée.

S'il est sur un bateau, il nous faut à présent déterminer sur quelle eau ce bateau navigue.

Notre premier objectif doit être de préciser ce qu'il a fait jusqu'à présent ; cela nous éclairera sur ce qu'il lui reste à faire.

D'abord, considérons ses actes à Londres comme une partie de son plan d'ensemble, quand chaque minute comptait pour lui et qu'il devait tirer parti de tout.

Ensuite, des faits que nous connaissons, essayons de déduire ce qu'il a fait ici.

Pour commencer, il a évidemment voulu arriver à Galatz. L'ordre concernant Varna était pour nous dérouter si nous apprenions qu'il avait quitté l'Angleterre et cherchions à savoir pour quelle destination. Son but unique, immédiat, était de nous échapper. La preuve en est l'instruction incluse dans la lettre à Emmanuel Hildesheim de dégager la caisse et de l'enlever *avant le lever du soleil* – et aussi l'ordre donné à Petrof Skinsky. Là, nous ne pouvons que deviner. Une lettre ou un message doit avoir existé, puisque Skinsky est allé de lui-même trouver Hildesheim.

Jusque-là, ses plans ont réussi, nous le savons. Le *Tsarine Catherine* a fait un voyage prodigieusement rapide, à tel point que le capitaine Donelson en a conçu des soupçons. Mais sa superstition jointe à sa roublardise ont fait le jeu du comte ; il a couru, vent en poupe, à travers le brouillard et le reste, et il est arrivé à l'aveuglette à Galatz. Les dispositions du comte se sont prouvées efficaces. Hildesheim dégagea le coffre, l'emporta et le transmit à Skinsky. Skinsky s'en chargea – et nous perdons ici la piste. S'il y avait une douane ou un octroi, on les a évités.

Maintenant, demandons-nous ce que le comte a fait après son arrivée, à terre, à Galatz.

La caisse a été remise à Skinsky avant l'aube. Au lever du soleil, le comte pouvait apparaître sous sa forme véritable. Demandons-nous pourquoi Skinsky fut choisi comme auxiliaire. D'après le journal de mon mari, Skinsky est en relation avec les Slovaques qui trafiquent sur le fleuve en amont du port. Et la remarque que le meurtre est l'œuvre d'un Slovaque, prouve ce que l'on pense généralement de ces gens. Le comte voulait qu'on ne l'approchât point.

Voici ma conjecture. Le comte décida, à Londres, de rentrer dans son château par eau, cette voie étant la plus sûre et la plus secrète. Les Tziganes l'en avaient fait sortir et l'avaient probablement donné en charge à des Slovaques qui avaient amené les caisses à Varna, d'où elles avaient été embarquées pour Londres. Le comte connaissait ainsi les personnes capables de lui organiser ce service. Lorsque le coffre fut à terre, il en sortit avant le lever ou après le coucher du soleil et donna ses instructions à Skinsky pour que le chargement fût assuré d'une rivière à l'autre. Cela fait, et sûr que tout allait bien, il crut effacer ses traces en assassinant son agent.

Après avoir examiné la carte, je conclus que la rivière la plus commode à remonter pour les Slovaques est ou bien le Prut ou bien le Seret. Je vois dans les notes qu'au cours de ma transe j'ai entendu des vaches meugler, de l'eau tourbillonner au niveau de mes oreilles, et du bois craquer. Le comte dans son coffre était alors sur une rivière dans une barque non pontée, propulsée probablement à la rame ou à la perche, car il y a des hauts-fonds et il faut aller contre le courant. Le bruit serait différent si on le descendait.

Naturellement, ce n'est peut-être ni le Seret ni le Pruth, mais nous pouvons arriver à le savoir. De ces deux rivières toutefois, c'est sur le Prut que la navigation est la plus aisée, mais le Seret, à Fundu, reçoit la Bistritza qui coule autour du col de Borgo. La boucle qu'elle y fait est le point le plus rapproché du château de Dracula que l'on puisse atteindre par eau.

JOURNAL DE MINA HARKER (SUITE)

Quand j'eus fini de lire, Jonathan me prit dans ses bras et m'embrassa. Les autres me serrèrent les mains et le Dr Van Helsing déclara :

— Une fois de plus, notre chère madame Mina s'avère notre guide. Ses yeux ont vu quand les nôtres étaient aveugles. Nous avons retrouvé la piste et si nous parvenons à rejoindre notre ennemi en plein jour, sur l'eau, notre tâche est accomplie. Oui, il a une avance sur nous, mais il lui est impossible de se hâter ; comment oserait-il quitter son cercueil ? Ceux qui le convoient auraient des soupçons, et, au premier soupçon, on le jetterait dans la rivière où il périrait. Il le sait et n'osera pas. Et maintenant, tenons notre conseil de guerre ; car il nous faut sur-le-champ savoir ce que chacun de nous devra faire.

— Je vais me procurer une vedette et me mettre à ses trousses, dit Lord Godalming.

— Et moi, des chevaux pour le suivre sur la rive, s'il venait à accoster, annonça Mr Morris.

— Bien, reprit le professeur. Vous avez tous deux raison, mais aucun de vous ne peut partir seul. Il vous faut la force si on vous oppose la force. Le Slovaque est robuste et agressif, et il a de bonnes armes.

Tous les hommes sourirent, car ils transportaient un petit arsenal.

— J'ai apporté quelques winchesters, dit Mr Morris. Ce sont des armes commodes en cas d'attaque en masse, et il y aura peut-être des loups. Vous vous souvenez que le comte a pris certaines précautions. Il a formulé des exigences que Mrs Harker n'a pu entendre ou comprendre complètement. Nous devons nous tenir prêts à toute éventualité.

— Je pense, intervint le Dr Seward, que je ferais mieux d'accompagner Quincey. Nous sommes habitués à chasser ensemble et, à deux, bien armés, nous aurons raison de toute attaque. Et il ne faut pas non plus que vous soyez seul, Art. Il faudra peut-être combattre les Slovaques, et un mauvais coup – je n'imagine pas que ces gaillards aient des fusils – détruirait tous nos plans. Nous ne devons cette fois rien laisser au hasard, et nous ne devrons nous arrêter que lorsque la tête du comte aura été séparée de son corps et que nous serons sûrs qu'il n'y a plus de réincarnation possible pour lui.

Il regardait Jonathan en parlant ainsi et Jonathan me regardait, et je me rendais compte que mon pauvre chéri était tourmenté. Bien sûr, il souhaitait rester auprès de moi ; mais ceux qui seraient à bord de la vedette auraient toutes chances de détruire le… vampire. (Pourquoi ai-je hésité à écrire le mot ?) Il se tut un moment, et, pendant ce silence, le Dr Van Helsing parla :

— Mon cher Jonathan, ceci, pour deux raisons, est votre lot. D'abord, vous êtes jeune et brave et capable de vous battre, et toutes nos énergies sont nécessaires pour le coup final. De plus, c'est à vous qu'il appartient de détruire celui… cette chose… qui vous a tant fait souffrir, vous et les vôtres. En ce qui concerne madame Mina, n'ayez rien à craindre ; je prendrai soin d'elle autant que je le pourrai. Je suis vieux. Mes jambes ne sont plus aussi rapides qu'autrefois ; je ne suis pas habitué à de longues chevauchées, ni à me battre à main armée. Mais je suis capable de mourir, s'il le faut, aussi bien qu'un jeune homme. Que je vous dise maintenant ce que je souhaite. Vous, Lord Godalming et l'ami Jonathan, vous remonterez la rivière sur votre vedette rapide, tandis que John et Quincey surveilleront la rive en cas de débarquement ; moi, pendant ce temps, j'emmènerai madame Mina au cœur même du pays ennemi. Pendant que le vieux renard est lié dans sa caisse, flottant au gré du courant d'où il ne peut atteindre la terre, où il n'ose pas soulever le couvercle de son cercueil de peur que ses convoyeurs slovaques, dans leur épouvante, ne le fassent périr – nous allons suivre la route que suivit Jonathan, de Bistritz jusqu'à Borgo, et trouver notre chemin jusqu'au château de Dracula. Le pouvoir hypnotique de madame Mina nous viendra sûrement en aide et nous trouverons notre chemin – qui autrement nous resterait obscur, inconnu – après le premier lever du soleil qui suivra notre arrivée à cet endroit fatal. Il y a gros à faire et d'autres lieux à purifier, afin que ce nid de vipères soit effacé du monde…

Jonathan l'interrompit fiévreusement :

— Quoi, professeur Van Helsing ? Auriez-vous l'intention d'amener Mina, dans son triste état et touchée comme elle l'est par cette maladie du diable, jusqu'à la gueule de ce piège de la mort ? Pour rien au monde ! Ni pour le Ciel ni pour l'Enfer !...

Il resta un instant sans voix, puis il reprit :

— Savez-vous ce que c'est que cet endroit ? Avez-vous vu ce repaire d'infernale horreur ? Où même le clair de lune est peuplé de formes effrayantes ? Où chaque grain de poussière qui tourbillonne dans le vent est l'embryon d'un monstre dévorant ? Avez-vous senti les lèvres du vampire sur votre gorge ?

Il se détourna vers moi, et comme son regard tombait sur mon front, il leva les bras au ciel avec un cri :

— Ah ! mon Dieu, qu'avons-nous fait pour être accablés par cette épouvante ?

Et il se laissa tomber sur le sofa, ne pouvant supporter sa souffrance davantage. La voix du professeur nous calma. Elle était douce, claire, vibrante.

— Mais, mon ami, si je souhaite me rendre à cet affreux endroit, c'est justement pour en sauver madame Mina. L'amener dans le château ? Dieu m'en préserve ! Une besogne, une besogne abominable doit y être accomplie que ses yeux ne verront pas ! Nous autres hommes, tous sauf Jonathan, nous avons constaté ce qui reste à faire avant que ce lieu puisse être purifié. Remarquez que nous sommes terriblement acculés. Si le comte nous échappe cette fois-ci – et il est fort, et intelligent, et rusé –, il peut décider de s'endormir pour cent ans ; et alors, notre très chère – il me prit la main – devrait à son heure venir lui tenir compagnie et deviendrait semblable à ces autres créatures que vous, Jonathan, vous avez vues. Vous nous avez décrit leurs lèvres avides ; vous avez entendu leur rire de ribaudes tandis qu'elles saisissaient le sac remuant de vie que le comte leur avait lancé. Vous frissonnez ? Je comprends cela ! Pardonnez-moi la peine que je vous fais ; elle était nécessaire, mon ami, n'est-elle pas cruelle cette exigence ? Pourtant, si besoin en est, je donnerai ma vie pour y répondre. Si quelqu'un doit se rendre en ce lieu pour y rester, c'est moi qui dois y aller… pour leur tenir compagnie.

— Faites comme vous voudrez, dit Jonathan avec un sanglot qui le secoua tout entier. Nous sommes dans les mains de Dieu !

Plus tard – Quel réconfort de voir au travail ces hommes si courageux ! Une femme pourrait-elle ne pas aimer des hommes si sérieux, si sincères, si braves ! Il me faut admirer aussi le pouvoir de l'argent. Que ne peut-il réaliser lorsqu'il est bien employé ? Et quel mal il peut faire dans le cas opposé ! Je suis si reconnaissante à Lord Godalming d'être riche, et à lui et à Mr Morris, qui aussi a tant d'argent, de le dépenser avec une telle largesse. S'ils ne l'avaient point fait, notre petite expédition n'aurait pas pu prendre le départ, ni si rapidement, ni si bien équipée. C'est pour dans une heure. Il n'y a pas trois heures que les rôles ont été répartis entre nous, et voici que Lord Godalming et Jonathan ont une jolie vedette à vapeur, prête à démarrer au premier signal. Le Dr Seward et Mr Morris ont une demi-douzaine de beaux chevaux, bien harnachés. Nous sommes pourvus de toutes les cartes, et tous les instruments nécessaires. Le professeur Van Helsing et moi partons cette nuit à 11 h 40 pour Veresti où nous nous procurerons une voiture pour gagner le col de Borgo. Nous emportons beaucoup d'argent liquide puisque nous devons acheter une voiture et des chevaux. Nous conduirons nous-mêmes, n'ayant personne à qui nous confier dans cette affaire. Le professeur connaît quantité de langues et tout ira bien de ce côté. Nous sommes tous armés. J'ai même un revolver de gros calibre. Jonathan n'a été tranquille qu'en me voyant armée comme les autres. Hélas, il est une arme que je ne puis porter comme les autres : la cicatrice de mon front m'en empêche. Le cher Dr Van Helsing me réconforte en me disant que celle que j'ai sera bien utile s'il y a des loups. Le temps devient d'heure en heure plus froid et des averses de neige vont et viennent comme pour nous avertir.

Plus tard – Il m'a fallu tout mon courage pour dire adieu à mon bien-aimé. Nous ne sommes pas sûrs de jamais nous revoir. Mina, courage ! Le professeur te regarde fixement, comme pour te mettre en garde contre toute faiblesse. L'heure n'est pas aux larmes, à moins que Dieu n'autorise enfin des larmes de joie.

JOURNAL DE JONATHAN HARKER

30 octobre, pendant la nuit – J'écris ceci à la lumière que laisse passer la porte de la chaudière de la vedette. Lord Godalming active la chauffe. Il connaît la manœuvre pour avoir eu pendant des années une vedette à lui sur la Tamise et une autre sur les lacs du Norfolk. Après avoir étudié mes cartes, nous avons finalement adopté la conjecture de Mina : si c'est une voie navigable qui doit ramener clandestinement le comte à son château, la seule possible est le Seret, puis la Bistritza à partir de son confluent. Nous avons admis que l'endroit le meilleur pour traverser le pays entre la rivière et les Carpates devait se trouver aux environs du 47e degré de latitude nord. Nous pouvons sans crainte forcer la vitesse pendant la nuit : l'eau est profonde et la distance entre les bancs est suffisante pour qu'on puisse, même la nuit, pousser les feux. Lord Godalming me conseille de dormir un moment, car il suffit qu'un de nous veille. Mais comment trouver le sommeil lorsque je pense au terrible danger qui menace ma chérie qui s'avance à présent vers cet horrible endroit ? Mon seul réconfort est de me dire que nous sommes dans les mains de Dieu. Sans cette certitude, le plus simple serait de mourir pour être libéré de ce tourment. Mr Morris et le Dr Seward sont partis avant nous pour leur longue chevauchée. Ils suivront la rive droite en remontant vers l'intérieur du pays, de façon à tenir une bonne étendue de la rivière sous leur regard et à s'épargner d'en côtoyer les sinuosités. Ils ont deux cavaliers qui conduisent leurs chevaux de rechange, quatre en tout pour les premières étapes, afin de ne pas attirer l'attention. Lorsqu'ils renverront ces hommes, et ce sera bientôt, ils s'occuperont eux-mêmes des chevaux. Un moment peut venir où nous devrons nous joindre à eux et, ainsi, nous pourrons tous être montés. Une des selles a un arçon de corne, mobile, et pourra aisément être mise en ordre pour Mina, si besoin en est.

Terrible aventure que la nôtre ! Nous fonçons dans l'obscurité ; le froid qui semble monter de la rivière pour nous transpercer et toutes ces mystérieuses voix de la nuit autour de nous, c'est peu de dire que nous en sommes profondément impressionnés, tandis que nous dérivons vers des lieux, vers des chemins inconnus, vers un univers de choses épouvantables. Godalming ferme la porte de la chaudière.

31 octobre – Toujours la même poursuite. Le jour est venu. Godalming s'est endormi et je veille. La matinée est glaciale ; la chaleur du foyer nous fait du bien quoique nous ayons de lourdes pelisses. Nous avons dépassé quelques allèges mais aucune n'avait à bord un coffre de la dimension de celui que nous cherchions. Nous épouvantions les hommes en tournant vers eux notre lampe électrique ; ils tombaient à genoux et se mettaient à prier.

1er novembre, au soir – Rien de neuf aujourd'hui. Nous n'avons rien découvert de ce que nous cherchons. Nous suivons maintenant la Bistritza : si notre supposition est fausse, nous avons perdu toutes nos chances. Nous avons examiné tous les esquifs, grands et petits. Ce matin, un équipage nous a pris pour un bateau du gouvernement et nous a traités en conséquence. Cela nous parut un moyen de faciliter les choses ; aussi, à Fundu, où la Bistritza se jette dans le Seret, nous nous sommes procuré un pavillon roumain que nous arborons à présent. Le tour a réussi pour tous les bateaux que nous avons visités. On nous a témoigné les plus grands égards sans opposer la moindre objection à nos questions. Quelques Slovaques nous ont parlé d'un grand bateau qui les avait dépassés, à une vitesse plus grande que la normale, avec à bord un équipage double. Cela s'était passé avant Fundu, de telle sorte qu'ils n'auraient pu dire si le bateau avait pris la Bistritza ou continué à remonter le Seret. Aucune nouvelle, à Fundu, d'un bateau de cette espèce ; il doit y avoir passé pendant la nuit. J'ai sommeil ; c'est peut-être le froid qui commence à m'affecter, et la nature exige du repos de temps en temps. Godalming insiste pour prendre la première veille. Dieu le bénisse pour sa bonté à l'égard de ma pauvre Mina !

2 novembre, au matin – Il fait grand jour. Mon bon compagnon n'a pas voulu me réveiller. Ç'aurait été un péché, dit-il, tant je dormais paisiblement, oubliant tout mon tourment. J'ai l'impression d'avoir été vilainement égoïste en dormant si longtemps. Mais il a eu raison, car ce matin je suis un autre homme, capable tout ensemble de veiller sur la machine, de gouverner et de faire le guet. Ma force et mon énergie me sont revenues, je le sens. Je me demande où Mina est à présent, où est Van Helsing. Ils ont dû arriver à Veresti mercredi vers midi. Il leur aura fallu quelque temps pour se procurer une voiture et des chevaux. Si donc ils ont été bon train, ils doivent être à présent au col de Borgo. Dieu les conduise, Dieu les aide ! Je tremble en pensant à ce qui peut arriver. Que n'est-il possible d'aller plus vite ! Mais les moteurs ronflent et donnent tout ce qu'ils peuvent. Comment se poursuit l'avance du Dr Seward et de Mr Morris ?… De très nombreux ruisseaux, dirait-on, descendent des montagnes vers cette rivière, mais aucun d'eux ne semble très important – aujourd'hui du moins, car ils doivent être redoutables en hiver et après la fonte des neiges – et les cavaliers ne doivent pas avoir rencontré de grands obstacles. J'espère les retrouver avant d'arriver à Strasba. Car si à ce moment nous n'avons pas rejoint le comte, nous devrons en délibérer ensemble.

JOURNAL DU DR SEWARD

2 novembre – Trois jours sur la route, sans nouvelles, et y en eût-il eu que je n'aurais pas eu le temps d'écrire, car chaque moment est précieux. Nous ne nous sommes arrêtés que pour laisser reposer les chevaux ; mais, tous deux, nous supportons admirablement l'épreuve. Nos aventures d'autrefois nous ont été très utiles ; sans elles, aurions-nous été à même d'entreprendre celle-ci ? Il nous faut poursuivre. Nous ne nous sentirons heureux que lorsque nous reverrons la vedette.

3 novembre – On nous dit à Fundu que la vedette a pris la Bistritza. Si seulement il pouvait faire moins froid ! De la neige semble s'annoncer et, si elle tombe dru, elle nous arrêtera. Dans ce cas, nous nous procurerons un traîneau et nous progresserons à la mode russe.

4 novembre – On nous dit aujourd'hui que la vedette a été retenue par une avarie survenue tandis qu'elle fonçait pour remonter les rapides. Les bateaux slovaques les remontent aisément, aidés par une corde et en gouvernant savamment. Quelques-uns avaient passé peu de temps auparavant. Godalming est un mécanicien amateur et, bien entendu, c'est lui qui a remis la vedette en état. Ils ont finalement réussi à remonter les rapides, avec l'aide des gens du pays, et ils ont repris leur poursuite. Je doute que l'accident ait fait du bien au bateau. Les paysans nous ont dit que lorsque la vedette s'est retrouvée en eau calme, elle a eu plusieurs arrêts pendant le temps qu'elle fut en vue. Il nous faut forcer l'allure. Notre aide peut être nécessaire avant qu'il soit longtemps.

JOURNAL DE MINA HARKER

31 octobre. Nous sommes arrivés à midi à Veresti. Le professeur me dit que ce matin à l'aube, il a eu peine à m'hypnotiser et que je n'ai pu dire autre chose que : "Obscurité, calme." Il est sorti acheter une voiture et des chevaux, avec l'intention d'acquérir si possible des chevaux de renfort, afin de pouvoir les changer en route. Nous avons un peu plus de soixante-dix milles à faire. Le pays est plaisant et fort intéressant. Si seulement la situation était différente, qu'il serait agréable de voir tout cela ! Si Jonathan et moi nous faisions la route ensemble, quel plaisir ce serait ! Nous arrêter, voir des gens, apprendre quelque chose sur leur façon de vivre, nous remplir l'esprit et la mémoire de toute la couleur et du pittoresque de cette contrée sauvage et splendide, de ce peuple étrange ! Mais, hélas !…

Plus tard – Le Dr Van Helsing est de retour. Il a acheté la voiture et les chevaux. Nous allons prendre un repas et nous mettre en route dans une heure. La patronne de l'auberge nous prépare un énorme panier de provisions, de quoi nourrir, dirait-on, une compagnie de soldats. Le professeur l'encourage et me dit à l'oreille que nous serons peut-être une semaine entière sans trouver d'autre nourriture convenable. Lui aussi est allé aux achats et il a fait envoyer ici un magnifique assortiment de couvertures et de fourrures. Aucun risque que nous souffrions du froid.

Dans un moment nous serons partis. Je tremble en pensant à ce qui nous attend. Oui, vraiment, nous sommes dans les mains de Dieu. Lui seul sait ce qui arrivera et je l'implore, de toute la force de mon âme si accablée, si humiliée, de veiller sur mon mari bien-aimé, quoi qu'il arrive. Que Jonathan sache que je l'ai aimé et honoré au-delà de tout ce que je puis dire et que ma pensée suprême, celle qui exprime ma profonde vérité, sera toujours pour lui.

XXVII

JOURNAL DE MINA HARKER

1er novembre – Nous avons voyagé tout le jour, et à bonne allure. Les chevaux semblent comprendre qu'ils sont bien traités, et font sans se plaindre toute leur étape dans le meilleur temps. Les avoir déjà échangés si souvent et retrouver toujours la même bonne volonté nous encourage à penser que l'expédition sera aisée. Le Dr Van Helsing est économe de paroles ; il dit aux fermiers qu'il se hâte vers Bistritz et les paie bien pour l'échange des chevaux. Nous recevons de la soupe chaude, ou du café, ou du thé, et nous voilà partis. Le pays est charmant, plein d'admirables points de vue, et les gens sont courageux, robustes, simples, et dotés, semble-t-il, des meilleures qualités. Ils sont *très, très* superstitieux. Dans la première maison où nous fîmes halte, quand la femme qui nous servait vit la balafre sur mon front, elle se signa et tendit deux doigts dans ma direction, pour écarter le mauvais œil. Je pense qu'elle prit la peine de mettre un supplément d'ail dans notre nourriture, et je ne puis supporter l'ail. J'évite depuis lors d'enlever mon chapeau ou mon voile, grâce à quoi j'échappe à leurs soupçons. Nous avançons rapidement. Comme nous n'avons pas de cocher qui raconterait des histoires aux étapes, nous laissons le scandale derrière nous ; néanmoins, j'imagine que tout le long de notre route nous inspirerons la peur du mauvais œil. Le professeur semble infatigable ; il n'a pris aucun repos de la journée entière, bien qu'il m'ait fait dormir assez longtemps. Au coucher du soleil, il m'hypnotisa et je lui répondis, paraît-il, comme à l'ordinaire : "Obscurité, clapotis de l'eau, craquements de planches." C'est donc que notre ennemi est toujours sur l'eau. La pensée de Jonathan me fait trembler, quoique en ce moment je ne redoute rien ni pour lui ni pour moi. J'écris ceci en attendant dans une ferme que l'on ait préparé les chevaux. Le Dr Van Helsing dort enfin ; le pauvre cher homme paraît maintenant très fatigué, et vieux, et tout gris, mais sa bouche a le pli le plus ferme du conquérant, et, même dans son sommeil, il respire la décision. Lorsque nous serons partis, je prendrai les rênes pour qu'il puisse se reposer. Je lui dirai que nous avons encore plus d'une journée à voyager et qu'il ne s'agit pas qu'il se trouve épuisé au moment où toute son énergie sera nécessaire… Tout est prêt. Nous allons reprendre la route.

2 novembre, au matin – J'ai réussi : nous nous sommes toute la nuit relayés sur le siège. Voici le jour, brillant mais froid. L'air est étrangement lourd ; je dis *lourd*, faute de trouver un terme plus exact ; je veux dire que tous deux nous nous sentons oppressés. Il fait très froid, et seules nos chaudes fourrures nous donnent du confort. A l'aube, Van Helsing m'a hypnotisée ; je lui répondis, dit-il : "Obscurité, craquements de planches et grondements d'eau." C'est donc que la rivière change d'aspect à mesure qu'ils en remontent le cours. J'espère que mon bien-aimé ne sera pas en danger… pas plus qu'il ne faudra… Mais nous sommes dans les mains du Seigneur.

2 novembre, au soir – Avancé sans répit. Le paysage s'élargit ; les grands contreforts des Carpates qui, à Veresti, nous semblaient si éloignés et si bas sur l'horizon, font mine à présent de se rassembler autour de nous et de nous barrer la route. Nous semblons pleins d'optimisme ; chacun de nous, je crois, fait effort pour réconforter l'autre, et, par là même se réconforte lui-même. Le Dr Van Helsing dit que nous atteindrons le col de Borgo au lever du soleil. Il y a peu de chevaux dans cette contrée et le professeur est d'avis que les derniers que nous avons acquis devront nous accompagner jusqu'au bout, car nous ne pourrons pas nous en procurer d'autres. Il en a pris deux en supplément, si bien que maintenant nous allons à grandes guides. Ces chers chevaux, qu'ils sont bons et patients ! Aucun trafic ne nous gêne, si bien qu'il m'est très facile de conduire. Nous arriverons au col au petit jour ; nous ne désirons pas que ce soit plus tôt. C'est pourquoi nous avons pu nous mettre à notre aise et nous reposer à tour de rôle. Que nous apportera la journée de demain ? Nous approchons de l'endroit où mon pauvre chéri a tant souffert. Dieu nous accorde de trouver la bonne direction ! Qu'Il daigne veiller sur mon mari et sur tout ceux que nous aimons et qui courent un si terrible danger ! Pour ce qui est de moi, je ne suis pas digne qu'Il me regarde. Hélas ! Je suis impure à Ses yeux et le resterai jusqu'à ce qu'Il veuille me permettre de me tenir devant Lui à l'égal de ceux qui n'ont point encouru Sa colère.

MÉMORANDUM D'ABRAHAM VAN HELSING

4 novembre – Ceci est destiné à mon vieux, à mon fidèle ami John Seward, docteur en médecine de Purfleet,

Londres, pour le cas où je ne le reverrais plus. Il trouvera ici une explication. Le matin est là ; j'écris près du feu que j'ai entretenu pendant toute la nuit avec l'aide de madame Mina. Il fait froid, froid, si froid que le lourd ciel gris est plein de neige. Lorsqu'elle tombera, ce sera pour rester tout un hiver sur ce sol qui durcit pour la recevoir. Madame Mina semble en être affectée. Pendant toute la journée d'hier, sa tête lui a semblé si pesante qu'elle était toute différente d'elle-même. Elle dort, elle dort, elle dort ! Elle, si active d'ordinaire, hier, elle a passé le jour entier à ne rien faire. Elle a même perdu son bon appétit. Elle n'a rien consigné dans son petit agenda, elle qui utilise si fidèlement chaque moment de répit pour se mettre à écrire. Quelque chose me murmure à l'oreille que tout n'est pas en ordre. Hier soir, cependant, elle a recouvré sa vivacité. Sa longue sieste pendant le jour l'avait délassée, remise ; elle était redevenue aimable et gaie. Comme le soleil se couchait, j'ai tenté de l'hypnotiser, mais hélas ! sans résultat. Chaque jour a vu diminuer mon pouvoir, et, cette nuit, il m'a totalement fait défaut. Que la volonté de Dieu soit donc faite, quelle qu'elle soit, et qu'elles qu'en doivent être les conséquences !

Que je reprenne maintenant la suite des événements. Madame Mina ayant interrompu sa sténographie, il faut que j'y supplée, si ennuyeuse, si démodée que soit ma méthode, afin que nulle de nos journées ne manque d'être rapportée.

Nous arrivâmes au col de Borgo hier matin au moment où le soleil se levait. Dès que je vis s'annoncer l'aurore, je me préparai à la séance d'hypnotisme. Nous arrêtâmes la voiture et nous descendîmes pour éviter d'être dérangés. Je fis un lit avec des fourrures : madame Mina s'y étendit, prête comme de coutume pour le sommeil hypnotique ; mais celui-ci vint plus lentement. La réponse fut encore : “Obscurité, eaux tourbillonnantes.” Sur quoi, elle se réveilla, gaie, rayonnante. Poursuivant notre chemin, nous eûmes rapidement passé le col. Alors, l’ardeur de madame Mina devint brûlante. Une puissance nouvelle la guidait manifestement, car elle désigna une route et dit :

— Voilà le chemin.

— Comment le reconnaissez-vous ?

— Tout naturellement, répondit-elle.

Et après un silence, elle ajouta :

— Mon Jonathan n’y a-t-il point passé ? N’a-t-il pas écrit la relation de son voyage ?

Cela me sembla d’abord étrange, mais je m’avisai bientôt qu’il n’existe qu’une seule route vicinale de cette espèce. Elle n’est que peu usitée, très différente de la voie charretière qui va de la Bukovine à Bistritza, qui est plus large, empierrée et beaucoup plus suivie. Nous descendîmes ce chemin. Quand nous en rencontrons d’autres – étaient-ce même des chemins ? Nous n’en étions pas sûrs, car ils sont mal entretenus et un peu de neige y est tombée – les chevaux s’y retrouvent, et eux seuls. Je leur laisse la bride sur le cou et ils avancent patiemment. Nous reconnaissons peu à peu tout ce que Jonathan a consigné dans son admirable journal. Nous continuons d’avancer pendant des heures et des heures, interminablement. Au début, j’ai enjoint à madame Mina de dormir ; elle a essayé et y est parvenue. Elle dormait tout le temps, si bien qu’à la fin je me sentis venir une inquiétude et je tentai de la réveiller. Mais elle continua de dormir, quelque effort que je fisse. Je tiens à éviter de la brusquer, car je sais qu’elle a beaucoup souffert et qu’un somme de temps en temps ne peut que lui faire du bien. J’ai dû m’assoupir également, car, soudain, je me sentis coupable, comme si j'avais fait je ne sais quoi. Je me retrouvai tout droit sur le siège, rênes en mains, et les bons chevaux allant leur train, tout comme auparavant. Madame Mina dormait toujours. Le soleil n'était plus loin de son coucher ; il jetait sur la neige une large vague jaune, et l'ombre que nous faisions était grande, longue, là où la montagne devient escarpée. Car nous ne cessions de monter, de monter ; oh ! que tout est donc ici sauvage et rocheux, comme si nous étions au bout du monde !

C'est à ce moment que je réveillai madame Mina, cette fois sans grande difficulté. J'essayai alors de la replonger dans le sommeil hypnotique, mais elle ne s'endormit pas et se comporta comme si je n'existais pas. J'essayai encore et encore, et, finalement, nous nous trouvâmes, elle et moi, dans l'obscurité. Je m'aperçus que le soleil était couché. Madame Mina se mit à rire ; je me retournai et la regardai. Elle était à présent tout à fait réveillée, et je ne lui avais plus vu une aussi bonne mine depuis cette nuit où nous sommes entrés pour la première fois dans la maison du comte, à Purfleet. J'en fus surpris, et en ressentis un certain malaise. Mais elle était si épanouie, si affectueuse, si pleine d'attentions pour moi, que mon inquiétude se dissipa. J'allumai un feu, car nous avons avec nous une provision de bois ; elle prépara un repas tandis que je dételais les chevaux et les attachais à l'abri en leur donnant à manger. Quand je revins vers le feu, notre dîner était prêt. Je voulus la servir, mais elle me dit en souriant qu'elle avait déjà mangé : elle avait si faim qu'elle n'avait pu m'attendre. Je n'aimais pas cela, et de grands doutes me vinrent, dont je préférai ne rien dire de peur de l'alarmer. C'est elle qui me servit, et je dînai seul, après quoi nous nous enveloppâmes dans les fourrures pour nous étendre près du feu, et je l'invitai à dormir tandis que je veillerais. Mais voilà que j'oublie que j'ai à veiller, et lorsque brusquement je m'en souviens, je la regarde aussitôt : je la vois paisiblement étendue, mais éveillée et fixant sur moi des yeux si brillants ! La chose se reproduisit une fois, deux fois, aussi ai-je fait plus d'un somme quand le matin arrive. Je tentai alors de l'hypnotiser ; mais, hélas ! elle eut beau fermer docilement les yeux, elle n'arriva pas à dormir. Le soleil se leva et monta au ciel, et c'est à ce moment que le sommeil tomba sur elle, trop tard, mais si lourdement qu'il n'y eut pas moyen de la réveiller et que je dus la soulever et la placer tout endormie dans la voiture, une fois les chevaux harnachés et prêts pour le départ. Madame Mina dort toujours, et, dans son sommeil, elle paraît mieux portante, et elle a le teint plus coloré qu'auparavant. Cela ne me dit rien de bon. J'ai peur, j'ai peur, j'ai peur. J'ai peur de tout, même de penser. Mais il me faut aller jusqu'au bout. La partie que nous jouons a la vie ou la mort pour enjeu, et peut-être davantage. Nous ne pouvons reculer.

5 novembre, au matin – Il faut que je raconte chaque détail avec exactitude ! Car bien que vous et moi nous ayons vu ensemble beaucoup de choses étranges, vous pourriez partir de l'idée que moi, Van Helsing, suis fou – que tant d'horreurs et une si longue tension nerveuse ont fini par déranger mon cerveau.

Nous avons voyagé toute la journée d'hier, nous rapprochant des montagnes à travers un pays de plus en plus sauvage et désert. Il y a là de profonds, d'effrayants précipices, et beaucoup de cascades, comme si la nature venait parfois tenir là son carnaval. Madame Mina ne cessa de dormir. J'avais faim cependant, et j'ai mangé, sans parvenir à la réveiller, même pour lui faire partager mon repas. Alors me vint la crainte que le charme fatal de l'endroit ne pesât sur elle, souillée comme elle l'est par ce baptême du vampire. "Bien, me dis-je, s'il faut qu'elle dorme tout le jour, il faudra bien aussi que je me prive de sommeil pendant toute la nuit." Comme nous avancions sur une mauvaise route, une route construite grossièrement à l'ancienne mode, malgré moi je penchai la tête en avant, et m'endormis. Quand je me réveillai avec, à nouveau, le sentiment de ma faute et du temps écoulé, ce fut pour trouver madame Mina toujours endormie et le soleil très bas. Mais tout avait changé. Les redoutables montagnes paraissaient plus lointaines et nous étions près du sommet d'une colline escarpée, surmontée d'un château semblable à celui dont Jonathan parle dans son journal. La joie et l'angoisse me saisirent en même temps, car maintenant, pour le meilleur et pour le pire, le dénouement est proche. J'éveillai madame Mina et, une fois de plus, j'essayai de l'hypnotiser, mais sans succès, hélas ! sinon trop tard. Alors, avant que la grande obscurité ne tombât sur nous – car même après le coucher du soleil les cieux renvoyaient sur la neige les rayons de l'astre disparu, et un vaste clair-obscur régna pendant quelque temps –, je dételai les chevaux et leur donnai à manger dans l'abri que je pus trouver. Puis, j'allumai un feu, à côté duquel j'installai madame Mina, bien réveillée à présent et plus charmante que jamais, confortablement assise parmi les couvertures. Je préparai un repas qu'elle refusa de prendre, disant simplement qu'elle n'avait pas faim. Je n'insistai pas, sachant que ce serait inutile. Pour moi, je mangeai, car j'avais à préparer mes forces à toute éventualité. Alors, rempli de terreur à la pensée de ce qui pouvait arriver, je traçai un cercle, assez vaste pour qu'elle y fût à l'aise, autour du point où madame Mina était assise et, sur le cercle, je répandis une hostie en la brisant en fines parcelles de façon que tout fût bien protégé. Pendant tout ce temps, elle resta assise, silencieuse, aussi immobile qu'une morte ; son visage devenait de plus en plus pâle, pâle comme la neige, et elle ne disait rien. Mais lorsque je m'approchai, elle s'accrocha à moi et je sentis que la pauvre âme était secouée de la tête aux pieds par un tremblement qui brisait le cœur. Je lui demandai enfin, lorsqu'elle se fut apaisée :

— Ne voulez-vous pas vous approcher davantage du feu ?

En effet, je désirais voir de quoi elle était capable. Elle se leva docilement mais, au premier pas, elle s'arrêta et resta immobile comme si elle était enchaînée.

— Pourquoi n'avancez-vous pas ? insistai-je.

Elle hocha la tête et, revenant à sa place, s'y rassit. Puis, me regardant avec des yeux dilatés, comme un dormeur que l'on réveille, elle dit simplement :

— Je ne peux pas ! Et elle demeura muette.

J'en fus heureux, car je savais que ce qu'elle ne pouvait pas, aucun de ceux que nous redoutions ne le pouvait davantage. Quelque danger que courût son corps, son âme était sauve.

Mais les chevaux s'étaient mis à hennir en tirant sur leurs longes, jusqu'à ce que j'aille tout près d'eux pour les rassurer. Lorsqu'ils sentirent mes mains sur eux, ils les léchèrent en hennissant tout bas en signe de satisfaction et ils restèrent tranquilles quelque temps. Je dus plusieurs fois venir les calmer au cours de la nuit, avant cette heure glaciale où le pouls de la nature bat le plus faiblement. Au moment le plus froid, le feu commença de mourir, et je m'apprêtai à le ranimer, car la neige tombait à grands coups dans un brouillard glacé. Malgré l'obscurité, on y voyait un peu, comme c'est toujours le cas lorsqu'il y a de la neige. Les rafales de flocons et les tourbillons de brume prenaient la forme, semblait-il, de femmes aux vêtements traînants. Tout était mort, lugubre, silence ; les chevaux hennissaient en baissant la tête, comme s'ils redoutaient le pire. Je fus pris de terreur, d'une épouvantable terreur, jusqu'au moment où je me rappelai la sécurité que me donnait le cercle qui m'entourait. Je me mis aussi à penser que mes fantasmes venaient de la nuit, de l'obscurité, de la fatigue que j'avais endurée, et de ma terrible anxiété. Etait-ce le souvenir de toutes les horreurs traversées par Jonathan qui me rendait fou ? Oui, la neige et le brouillard tournaient maintenant en rond jusqu'à me faire apercevoir dans l'ombre ces femmes qui, disait-il, l'auraient embrassé. Les chevaux se blottissaient davantage et gémissaient de peur, comme des hommes qui souffrent. Mais l'égarement que donne la frayeur ne les décidait pas à s'échapper. Je craignais pour ma chère madame Mina, lorsque ces figures étranges se mirent à tourner plus près de nous, mais elle restait tranquillement assise et me souriait. Lorsque je voulus me diriger vers le feu pour l'alimenter elle me retint et murmura d'une voix semblable à celles que l'on entend en rêve, tant elle était faible :

— Non, non, ne sortez pas du cercle. Ici, vous êtes en sûreté !

Je me tournai vers elle, et lui dis, mes yeux dans les siens :

— Mais vous ? C'est pour vous que j'ai peur !

Sur quoi, elle rit, d'un rire bas et irréel.

— Peur pour moi ? Pourquoi ? Personne au monde n'est plus que moi à l'abri de leurs poursuites.

Je m'interrogeais encore sur le sens de ses paroles quand un coup de vent fit rejaillir la flamme et je vis sur son front la balafre rouge. Alors, hélas, tout devint clair pour moi. Du reste, j'aurais bientôt tout compris, car les tournoyantes figures de brouillard et de neige se rapprochaient, restant toutefois à l'écart du cercle sacré. Puis elles commencèrent à se matérialiser – si Dieu ne m'a pas privé de ma raison, car je les voyais de mes yeux – jusqu'à ce que fussent devant moi, en chair et en os, ces trois femmes que Jonathan vit dans la chambre quand elles s'apprêtèrent à lui baiser la gorge. Je reconnus les formes arrondies, ondoyantes, les yeux brillants et durs, les dents blanches, le teint vermeil, les lèvres voluptueuses. Elles souriaient à la pauvre madame Mina ; leur rire venait à nous à travers le silence de la nuit ; elles s'enlacèrent et la désignèrent en disant, de ces voix si doucement cristallines que Jonathan avait décrites comme ayant une suavité intolérable :

— Viens avec nous, notre sœur, viens, viens !

Epouvanté, je me tournai vers madame Mina, mais de joie mon cœur bondit comme le feu. Car la terreur de son doux regard, sa répulsion, son horreur, racontaient une histoire qui me remplit le cœur d'espérance. Dieu soit loué : elle n'était pas une des leurs ! Je pris quelques-unes des bûches qui étaient près de moi, et, tenant en évidence une hostie, j'avançai vers elles dans la direction du feu. Elles reculèrent à mon approche, en riant de leur rire bas et sinistre. J'alimentai le feu sans plus les craindre, car je savais que nous étions en sûreté à l'intérieur de notre rempart. Armé comme je l'étais, il leur était impossible d'approcher, ni moi-même, ni madame Mina tandis qu'elle était à l'intérieur du cercle, incapable d'ailleurs d'en sortir comme elles d'y pénétrer. Les chevaux avaient cessé de gémir et gisaient muets sur le sol ; la neige tombait doucement sur eux, faisant d'eux comme un monticule blanc. Je savais que pour les pauvres bêtes toute terreur était finie. Nous restâmes ainsi jusqu'à ce que la rougeur de l'aurore commençât de percer la tristesse de la neige. J'étais navré, effrayé, accablé de douleur et d'angoisse. Mais la vie me revint à mesure que le rayonnant soleil se mit à monter sur l'horizon. Dès son lever, les horribles fantômes s'évanouirent dans les tourbillons de la neige et du brouillard. Les ombres ondoyantes, transparentes, se déplacèrent dans la direction du château et s'y perdirent.

Je me tournai instinctivement, maintenant que l'aurore était là, vers madame Mina, avec l'intention de l'hypnotiser. Mais un profond sommeil l'avait subitement saisie et je ne pus l'en éveiller. J'essayai de l'hypnotiser tout endormie. Mais elle ne me donna aucune réponse.

Le moment de me mettre en route me fait peur. J'ai entretenu le feu. J'ai vu les chevaux : tous sont morts. Ma journée sera chargée. J'attendrai jusqu'à ce que le soleil soit déjà haut ; car, là où je dois aller, il y aura peut-être des endroits où le soleil me sera une sûreté, même si la neige et le brouillard viennent l'obscurcir. Mon déjeuner va me réconforter, puis j'irai vers ma terrible besogne. Madame Mina dort toujours, et paisiblement, Dieu soit loué !

JOURNAL DE JONATHAN HARKER

4 novembre, au soir – Terrible contretemps pour nous, cet accident survenu à la vedette. Sans cela, nous aurions rattrapé le bateau depuis longtemps et ma chère Mina serait libre. J'ose à peine penser à elle qui traverse les bois autour de cet affreux endroit. Nous avons trouvé des chevaux, nous suivons les traces du monstre. Je note ceci pendant que Godalming se prépare. Nous avons nos armes. Les Tziganes, s'ils veulent se battre, auront à se tenir sur leurs gardes. Ah ! si seulement Morris et Seward étaient avec nous ! Mais il nous faut espérer. Et si je ne puis en écrire davantage, adieu Mina ! Dieu vous bénisse et vous protège !

JOURNAL DU DR SEWARD

5 novembre – L'aurore nous a révélé les Tziganes, s'éloignant de la rivière et conduisant leur charrette à vive allure en l'entourant de très près. Il tombe une neige légère et l'air est étrangement excitant. C'est peut-être tout subjectif, mais notre propre découragement a quelque chose de bizarre. J'entends au loin hurler des loups, la neige les fait descendre des montagnes et ils nous menacent de tous côtés. Les chevaux vont être prêts, et nous allons partir. Au bout de notre chevauchée, il y a la mort de quelqu'un. Dieu seul sait qui, où, quand et comment…

MÉMORANDUM DU DR VAN HELSING

5 novembre, après-midi – Du moins suis-je sauf, et j'en remercie Dieu en tout cas, bien que l'épreuve ait été terrible. Laissant madame Mina endormie à l'intérieur du cercle sacré, je m'acheminai vers le château. J'avais pris à Veresti un marteau de forgeron et l'avais mis dans la voiture. Il me vint à point. Toutes les portes étaient ouvertes, mais je les arrachai à leurs gonds rouillés, de peur que quelque malintentionné ou quelque accident fâcheux les refermât et m'empêchât de ressortir. J'étais instruit par l'amère expérience de Jonathan. Les termes de son journal me revenaient à l'esprit pour me guider vers l'antique chapelle où je savais que ma tâche m'attendait. L'air était étouffant, comme traversé d'une fumée de soufre qui, par moments, me donnait le vertige. Etaient-ce mes oreilles qui bourdonnaient ou des loups qui hurlaient au loin ? La pensée de ma chère madame Mina me mit alors dans une détresse indicible : j'étais tenu par la tenaille du dilemme. Je n'avais pas osé l'amener ici, je l'avais laissée à l'abri du vampire, dans le cercle sacré. Mais les loups ! Je décidai que mon devoir était ici, et que, pour les loups, nous devrions nous incliner si telle était la volonté de Dieu. De toute manière, il fallait choisir entre la mort et la liberté, et j'avais choisi pour ma jeune amie. En ce qui me concernait, le choix était aisé : le tombeau du vampire me paraissait pire que la gueule du loup. Je poursuivis donc mon entreprise.

Je savais que j'avais au moins trois sépulcres à découvrir – trois sépulcres habités. Et je me mis en devoir de chercher, de chercher, tant que j'en découvre un… Elle était étendue dans son sommeil de vampire, si pleine de vie et de voluptueuse beauté que je frissonnai comme si je venais perpétrer un crime. Ah ! je n'en doute pas : autrefois, quand existaient de telles choses, plus d'un homme, prêt à accomplir une tâche analogue à la mienne, sentit finalement le cœur puis les nerfs lui manquer. Et il dut attendre, attendre, attendre, si bien que la beauté fascinante de la jeune non-morte finit par l'hypnotiser ; et il s'attarde, s'attarde, et le soleil se couche, et le vampire a cessé de dormir. Et la jolie femme ouvre ses beaux yeux qui sont pleins d'amour ; la bouche voluptueuse s'offre à un baiser – et l'homme est faible. Une victime de plus est promise au bercail du vampire ; une de plus pour grossir l'armée sinistre, effrayante, des non-morts !...

Oui, c'est bien une sorte de fascination qu'a exercée sur moi la seule vue de cette femme, étendue là dans une tombe usée par le temps et lourde de la poussière des siècles, et malgré cette horrible odeur qui doit être celle des repaires du comte. Oui, j'étais ému, moi, Van Helsing, malgré ma décision prise et ma haine si bien motivée – possédé d'un tel désir d'ajourner mon projet, qu'il paralysait mes facultés et entravait jusqu'à mon âme. Etaient-ce le manque de sommeil normal et l'étrange touffeur de l'air qui commençaient à avoir raison de moi ? Je me sentais à coup sûr sombrer dans le sommeil, le sommeil éveillé de celui que domine une douce fascination, quand soudain me parvint, à travers l'atmosphère pacifiée par la neige, une plainte longue et basse, si remplie de souffrance pitoyable que je me ressaisis comme à l'appel d'un clairon. Car la voix que j'avais entendue était celle de ma chère madame Mina.

Alors je rassemblai mes forces pour en finir avec l'horrible tâche et, en descellant des pierres tombales, je découvris une autre des trois sœurs, celle qui avait aussi les cheveux sombres. Je n'osai pas m'attarder à la contempler comme j'avais fait pour la première, craignant de me sentir de nouveau envoûté. Je poursuivis ma recherche jusqu'à ce que j'eusse trouvé sous une tombe large, élevée, destinée, semblait-il, à un être très aimé, cette autre sœur blonde que moi aussi, après Jonathan, j'avais vue se dégager du brouillard. Elle était si charmante, d'une beauté si radieuse, si exquisement voluptueuse, que je sentis le profond instinct masculin qui nous pousse à chérir, à protéger un être de l'autre sexe, remplir ma tête du vertige d'une nouvelle émotion. Mais, grâce à Dieu, la plainte venue de l'âme de ma chère madame Mina n'était pas éteinte dans mes oreilles et, avant que l'envoûtement agît davantage sur moi, je m'étais raidi pour mon affreux travail. Bientôt, j'eus exploré toutes les tombes de la chapelle, me semblait-il, et comme nous n'avions vu autour de nous, dans la nuit, que trois fantômes de non-morts, je supposai qu'il n'en subsistait pas davantage. Mais il restait un grand sépulcre plus seigneurial que tous les autres, immense, et de nobles proportions, portant un seul nom :

DRACULA

C'était donc là que le roi-vampire abritait sa non-mort, telle était la demeure à laquelle tant d'autres êtres étaient destinés. Le fait qu'elle était vide confirmait ce que je savais déjà. Avant de commencer à rendre ces femmes à leur moi trépassé, sinistre ouvrage, je déposai dans le tombeau de Dracula des parcelles de la Sainte Hostie, et ainsi l'en chassai, non-mort, pour toujours.

Alors devait commencer ce rôle effrayant devant lequel je reculais. N'eussé-je eu qu'un seul coup à frapper, c'eût été relativement aisé. Mais trois ! Recommencer deux fois encore cet acte d'horreur ! Car si ç'avait été affreux pour la douce Miss Lucy, que serait-ce quand il s'agirait de ces êtres étranges qui survivaient depuis des siècles et à qui la fuite du temps avait donné un surcroît de vigueur, et qui, si elles le pouvaient, défendraient leur absurde vie ?

Ah ! mon ami John ! n'était-ce pas la tâche d'un boucher ? Si je ne m'étais pas raidi par la pensée d'une autre mort et d'une vie prise dans un tel étau d'épouvante, jamais je n'aurais pu aller jusqu'au bout. J'en tremble encore, et cependant, jusqu'à ce que tout fût terminé, mes nerfs, Dieu soit loué, tinrent bon ! J'avais vu l'apaisement du premier visage, une félicité qui se répandait fugitivement sur lui juste avant la dissolution suprême, comme pour attester que l'âme avait été conquise : sans cela, jamais je n'aurais pu poursuivre cette boucherie. Je n'aurais pu endurer l'horrible crissement du pieu quand il pénétrait dans les chairs, ni le sursaut de la beauté torturée, les lèvres couvertes d'une écume sanglante. J'aurais fui épouvanté, laissant l'œuvre inachevée. Mais elle est finie ! Ces pauvres âmes, je puis maintenant les plaindre et pleurer, en pensant à chacune d'elles, telle que je l'ai vue, pacifiée dans le plein sommeil de la mort, une seconde avant de disparaître. Oui, cher John, il en fut ainsi au moment même où mon couteau eut coupé chaque tête, avant que le corps commençât à se réduire pour retourner à sa poussière originelle, comme si la mort ajournée depuis des siècles avait enfin affirmé ses droits en disant hautement : "Me voici."

Avant de quitter le château, j'en assurai les issues de façon que le comte n'y puisse plus jamais rentrer, non-mort.

Peu après que je fus revenu dans le cercle où dormait madame Mina, elle se réveilla et s'écria en me voyant, d'une voix douloureuse, que j'en avais trop enduré.

— Venez, dit-elle, quittons cet affreux endroit. Allons rejoindre mon mari qui, je le sais, se dirige vers nous.

Elle était amaigrie, pâle, épuisée. Mais son regard était pur et brillant. Je fus heureux de constater sa pâleur et son malaise, tant mon esprit était obsédé par l'horreur toute récente du sommeil vermeil des vampires.

C'est ainsi que, pleins de confiance et d'espoir mais d'inquiétude aussi, nous partîmes vers l'est pour retrouver nos amis – et *lui*, lui dont madame Mina affirme qu'elle sait qu'il vient à notre rencontre.

6 novembre – L'après-midi était avancé quand le professeur et moi nous partîmes vers l'est d'où je savais que Jonathan venait vers nous. Nous n'allions pas vite, quoique le chemin descendît rapidement la colline, car nous devions emporter de lourdes couvertures, n'osant pas envisager de rester sans protection dans le froid et la neige. Il nous fallait aussi nous charger d'une partie de nos provisions ; nous étions en effet au milieu d'une solitude désolée et, dans la mesure où nous pouvions percer le rideau de la neige, nous ne découvrions pas la moindre habitation. Nous n'avions pas fait un mille que la difficulté de la marche me força à m'asseoir pour me reposer. Derrière nous, la ligne claire du château de Dracula se détachait sur l'horizon. Nous étions si bien descendus de la colline qui le supporte qu'il semblait dominer de beaucoup les Carpates. Nous le découvrions dans toute sa grandeur, perché à mille pieds sur le sommet d'un pic et, semblait-il, un abîme s'étendait entre lui et l'escarpement de la montagne voisine. L'endroit avait quelque chose de sauvage, d'insensé. Nous entendions le lointain hurlement des loups. Ils étaient encore à bonne distance, mais leurs cris, bien qu'étouffés par la neige tombante, étaient pleins de terreur. A voir le Dr Van Helsing se mettre en quête, je pouvais comprendre qu'il cherchait un point stratégique où une attaque nous trouverait moins exposés. La route raboteuse continuait à descendre ; nous la distinguions malgré la neige accumulée.

Au bout d'un instant, le professeur me fit signe et je me levai pour aller le rejoindre. Il avait trouvé un endroit admirable, une sorte d'excavation dans le roc, avec une entrée semblable à un vestibule entre deux avancées. Il me prit la main et m'y fit pénétrer.

— Voyez, dit-il, vous serez en sûreté ; et si les loups viennent, je pourrai les affronter un à un.

Il apporta nos fourrures à l'intérieur, aménagea pour moi un nid confortable, sortit quelques provisions et me força à y toucher. Mais je ne pus manger ; rien que d'essayer m'inspirait une telle répulsion que malgré mon désir de lui faire plaisir je ne pus m'y contraindre. Il parut fort triste, mais ne me fit aucun reproche. Il sortit ses jumelles de leur étui et, debout sur le rocher, scruta l'horizon. Soudain, il s'écria :

— Regardez, madame Mina ! Regardez !

Je bondis, et me dressai debout à côté de lui. Il me tendit les jumelles. La neige à présent tombait plus épaisse et tourbillonnait avec violence, car le vent s'élevait. Les rafales avaient cependant des moments de répit pendant lesquels je pouvais voir à bonne distance. De la hauteur où nous nous trouvions se découvrait un vaste horizon. Dans le lointain, au-delà de la longue plaine neigeuse, je pouvais distinguer la rivière déroulant comme un ruban les courbes et méandres de son cours. En face de nous et pas bien loin – de fait, si près que je m'étonnai que nous n'en eussions rien vu plus tôt – venait un groupe d'hommes montés qui allaient bon train. Au milieu du groupe avançait un chariot, un long camion de roulage qui tanguait, comme un chien qui fait aller la queue, à chaque inégalité de la route. Ce groupe se détachait si nettement sur la neige que je reconnaissais parfaitement, à leurs vêtements, des paysans ou des Bohémiens.

Sur le chariot, se trouvait un grand coffre rectangulaire. Mon cœur bondit en le voyant, car je sentais approcher le dénouement. Bientôt le jour allait tomber, et je savais trop bien que, dès le coucher du soleil, la Chose qui en ce moment y était enfermée, retrouverait sa liberté et sous une forme quelconque échapperait à toute poursuite. Dans ma terreur, je me retournai pour regarder le professeur, mais je vis avec consternation qu'il avait disparu. Un instant après, cependant, il était à mes pieds, ayant décrit autour du rocher un cercle analogue à celui qui nous avait protégés la nuit précédente. L'ayant terminé, il s'assit à mon côté, en disant :

— Du moins ici n'aurez-vous rien à craindre de *lui*.

Il me reprit les jumelles et, profitant de l'accalmie suivante qui laissait libre l'horizon devant nous, il ajouta :

— Voyez, ils se hâtent, ils fouettent les chevaux et vont le plus vite possible.

Après une pause, il poursuivit d'une voix sourde :

— Ils luttent de vitesse avec le soleil… Peut-être arriverons-nous trop tard ! Que la volonté de Dieu soit faite !

Une nouvelle rafale effaça tout le paysage mais fut de courte durée, et, une fois encore, les jumelles explorèrent la plaine. Alors, vint un cri soudain :

— Regardez ! Regardez là-bas ! Deux cavaliers suivent à toute vitesse, venant du midi. Ce sont sûrement Quincey et John. Prenez les jumelles. Regardez tout de suite, avant que la neige revienne !

Je regardai. Ces deux hommes, en effet, pouvaient être le Dr Seward et Mr Morris. J'étais sûre, en tout cas, qu'aucun d'eux n'était Jonathan. Mais, en même temps, je *savais* que Jonathan n'était pas loin. Un peu plus au nord de l'endroit où se trouvaient les deux cavaliers, j'aperçus alors deux autres hommes qui galopaient à bride abattue. Aussitôt, je reconnus Jonathan et je supposai naturellement que l'autre était Lord Godalming. Eux aussi avaient pris en chasse le char et son escorte. Lorsque je le dis au professeur, il lança un "hourrah" digne d'un écolier et, après avoir regardé attentivement jusqu'à ce qu'une rafale bouchât la vue, il posa son fusil Winchester, prêt à servir, contre l'avancée, à l'entrée de notre abri.

— Ils convergent tous vers le même point, dit-il. Le moment venu, nous aurons les Bohémiens tout autour de nous.

Je préparai mon revolver, car tandis que nous parlions, le hurlement des loups s'était rapproché et accru. Une nouvelle accalmie nous permit de regarder de nouveau. Etrange spectacle que celui de ces lourds flocons tombant si près de nous tandis que le soleil au loin gagnait en éclat en descendant derrière les lointains sommets. En balayant l'horizon avec les jumelles, je distinguais çà et là des points noirs qui se déplaçaient, par groupes de deux, trois, ou davantage – les loups se rassemblaient pour la curée.

Chaque minute de notre attente nous semblait un siècle. Le vent soufflait maintenant par rafales violentes, chassant furieusement la neige et l'accumulant autour de nous en bancs circulaires. Parfois nous ne distinguions plus notre bras étendu, mais parfois aussi, quand le vent balayait nos environs en grondant sourdement, il clarifiait l'espace au point de nous laisser découvrir les lointains. Depuis si longtemps, nous étions habitués à surveiller le coucher et le lever du soleil que nous en savions le moment à une seconde près ; et nous savions que dans peu de temps il allait disparaître. Sans nos montres, nous n'aurions jamais cru qu'il s'était passé moins d'une heure depuis que nous étions là à guetter dans notre abri rocheux les trois groupes qui s'avançaient dans notre direction. Le vent avait redoublé, venant plus constamment du nord. Il semblait avoir écarté de nous la neige, qui ne tombait plus si ce n'est par brèves rafales. Nous distinguions maintenant nettement les membres de chaque groupe, les poursuivis et les poursuivants. Les premiers semblaient ne pas s'apercevoir qu'on leur donnait la chasse, ou du moins ne s'en point soucier ; et cependant, ils forçaient l'allure tandis que le soleil descendait vers les crêtes.

Tandis qu'ils se rapprochaient, le professeur et moi nous nous tenions blottis derrière notre rocher, nos armes prêtes. Il était visiblement décidé à ne pas les laisser passer. Aucun d'eux ne semblait soupçonner notre présence.

Deux voix brusquement crièrent : "Halte !" L'une était celle de mon Jonathan, rendue aiguë par l'émotion. L'autre, celle de Mr Morris, avait lancé cet ordre avec une calme résolution. Même sans comprendre les paroles, les Bohémiens ne pouvaient se méprendre sur le ton, en quelque langue que ce fût. Ils retinrent instinctivement leurs chevaux, et aussitôt Lord Godalming et Jonathan furent sur eux d'un côté, le Dr Seward et Mr Morris de l'autre. Le chef des Tziganes, un splendide garçon qui sur son cheval semblait un centaure, leur fit signe de reculer, et, avec colère, jeta à ses compagnons l'ordre d'avancer. Ils lâchèrent la bride à leurs chevaux qui firent un bond en avant. Mais les quatre hommes braquèrent leurs fusils et leur commandèrent de s'arrêter, de façon telle qu'ils ne pouvaient se méprendre. Au même moment le Dr Van Helsing et moi nous sortîmes de derrière le rocher, nos armes dirigées vers eux. Se voyant encerclés, ils serrèrent les brides et s'arrêtèrent. Leur chef se tourna vers eux et leur dit un mot, sur quoi chacun prit son arme, couteau ou pistolet, et se tint prêt à l'attaque. Le tout se dénoua en quelques minutes.

Le chef, d'un mouvement rapide, dégagea son cheval et l'amena en tête, et, montrant le soleil – maintenant tout près des cimes – et puis le château, dit quelque chose que je ne pus comprendre. En réponse, chacun de nos quatre alliés sauta de son cheval, et s'élança vers le chariot. La vue de Jonathan dans un tel danger aurait dû me faire trembler, mais l'ardeur de la bataille me possédait aussi bien que les autres. Je n'éprouvais aucune crainte, seulement un désir sauvage, passionné, d'agir. Devant nos mouvements rapides, le chef des Bohémiens donna un nouvel ordre. Ils se groupèrent aussitôt autour du char en une sorte d'entreprise désordonnée, se bousculant dans leur ardeur à exécuter son ordre.

Au milieu de cette mêlée, je voyais Jonathan d'un côté, Quincey de l'autre, se frayer un chemin vers le char ; il leur fallait à tout prix terminer leur tâche avant le coucher du soleil. Rien ne semblait capable de les arrêter ni même de les gêner. Ces armes braquées, l'éclat des couteaux, les hurlements des loups, ils ne semblaient pas même s'en aviser. L'impétuosité de Jonathan, et sa volonté visiblement irréductible, parurent intimider ceux qui lui tenaient tête ; ils cédèrent instinctivement et lui livrèrent passage. Une seconde lui suffit pour bondir sur le char, pour saisir avec une vigueur incroyable le grand coffre et le lancer par-dessus bord sur le sol. En même temps, Mr Morris avait forcé le passage de son côté. Pendant que, le souffle coupé, je suivais Jonathan du regard, j'avais vu Mr Morris pousser désespérément son avance ; les couteaux des Tziganes l'entouraient d'éclairs tandis qu'il se frayait un passage et lui infligeaient des coups qu'il parait avec son couteau de chasse. Je crus d'abord que lui aussi était en sûreté. Mais lorsqu'il s'élança vers Jonathan, qui avait sauté du char, je vis sa main gauche se crisper sur son flanc et le sang jaillir entre ses doigts. Malgré cela, il continua, et lorsque Jonathan, avec l'énergie du désespoir, attaqua un côté du coffre pour en déclouer le couvercle avec son grand couteau kukri, il s'en prit rageusement à l'autre avec son coutelas. Sous l'effort des deux hommes, le couvercle céda peu à peu ; les clous s'arrachèrent avec un brusque gémissement, et ce qui fermait le coffre fut lancé à terre.

Se voyant menacés par les fusils, et à la merci de Lord Godalming et du Dr Seward, les Bohémiens avaient renoncé à toute résistance. Le soleil était très bas et les ombres sur la neige étaient longues. Je vis le comte étendu dans le coffre, sur le sol ; des parcelles de bois avaient volé sur le corps lorsque la caisse avait été lancée à bas du char. Le comte était mortellement pâle, semblable à une image de cire. Ses yeux rouges avaient l'affreux regard vindicatif que je ne connaissais que trop bien.

Comme je le regardais, ses yeux aperçurent le soleil déclinant et son regard haineux eut une lueur de triomphe. Mais, à la seconde même, surgit l'éclat du grand couteau de Jonathan. Je jetai un cri en le voyant trancher la gorge. Et au même moment, le coutelas de Mr Morris pénétra en plein cœur.

Ce fut comme un miracle : oui, devant nos yeux et dans le temps d'un soupir, le corps tout entier se réduisit en poussière et disparut.

Pour la joie de ma vie entière, au moment de la dissolution suprême, une expression de paix se répandit sur ce visage où jamais je n'aurais cru que pût apparaître rien de tel.

Le château de Dracula se détachait à présent sur le ciel rouge, et la lumière du couchant dessinait chaque pierre de ses créneaux rompus.

Voyant en nous la cause de l'extraordinaire disparition du mort, les Bohémiens firent demi-tour et, sans un mot, s'enfuirent comme si leur vie en dépendait.

Ceux qui n'étaient pas montés sautèrent sur le chariot en criant aux cavaliers de ne pas les abandonner. Les loups, qui s'étaient retirés à bonne distance, suivirent leurs traces, nous laissant seuls.

Mr Morris était tombé sur le sol, appuyé sur un coude, serrant de la main son flanc d'où le sang jaillissait toujours entre ses doigts. Je courus à lui, car le cercle sacré avait cessé de m'enfermer. Les deux médecins firent de même. Jonathan s'agenouilla derrière lui et le blessé laissa tomber sa tête sur son épaule. Avec un faible effort, il prit en soupirant ma main dans celle des siennes qui n'était pas souillée. Mon angoisse devait se refléter sur mon visage, car il me sourit en disant :

— Je suis trop heureux d'avoir pu servir à quelque chose. Oh ! Dieu, s'écria-t-il tout à coup en se redressant à grand-peine pour me désigner, ceci vaut bien que je meure ! Voyez, voyez !

Le soleil maintenant rasait la crête et ses feux rouges tombaient sur mon visage qui était éclairé d'une lumière vermeille. D'un mouvement spontané, les hommes tombèrent à genoux, et un grave *Amen* leur vint à tous tandis qu'ils suivaient du regard le doigt du mourant qui disait :

— Grâces soient rendues à Dieu : tout ceci n'a pas été vain ! Voyez, la neige n'est pas plus pure que son front. La malédiction est effacée.

Et, à notre immense chagrin, il mourut : toujours souriant, silencieusement, en parfait gentleman.

NOTE

Voilà sept ans que nous avons passé à travers les flammes. Et nous sommes quelques-uns à jouir d'un bonheur qui, pensons-nous, vaut les souffrances qu'il a coûtées. Notre fils est né au jour anniversaire de la mort de Quincey Morris, joie de plus pour Mina et moi. Elle garde, je le sais, la secrète conviction que quelque chose de l'esprit de notre héroïque ami a passé en notre enfant. Nous lui avons donné les noms de tous ceux de notre petit groupe, mais c'est Quincey que nous l'appelons.

L'été dernier, nous avons fait un voyage en Transylvanie et traversé la région qui fut et qui reste emplie pour nous d'ineffaçables et terribles souvenirs. Nous ne pouvions croire que les choses que nous avions vues de nos propres yeux, entendues de nos oreilles eussent été vivantes et réelles. Toute trace en avait été effacée. Mais le château était toujours debout, dominant une étendue de désolation.

Au retour, nous avons reparlé du vieux temps, vers lequel nous pouvons tous regarder sans désespoir, car Godalming et Seward sont tous deux mariés et heureux. J'ai repris les papiers que je gardais dans le coffre-fort depuis notre premier retour, il y a si longtemps. Chose curieuse, dans l'ensemble des témoignages qui composent le dossier, c'est à peine s'il y a une pièce authentique : rien que des dactylogrammes, sauf le dernier agenda de Mina, de Seward, et le mien, et le mémorandum de Van Helsing. Le souhaiterions-nous, que nous ne pourrions demander à personne d'accepter ces textes comme les preuves d'une histoire si fantastique. Van Helsing avait pris notre fils sur ses genoux, et il a tout résumé en disant :

— Qu'avons-nous besoin de preuves ? Nous ne demandons à personne de nous croire. Ce garçon saura un jour quelle femme courageuse est sa mère. Déjà il connaît quelles sont sa douceur et son amour. Il comprendra plus tard que quelques hommes l'ont aimée et, pour son salut, ont beaucoup osé.

Jonathan Harker.

TABLE

BABEL

Extrait du catalogue

256. MOHAMMED DIB
Le Talisman

257. ASSIA DJEBAR
Les Alouettes naïves

258. VINCENT BOREL
Un ruban noir

259. RENÉ DESCARTES
La Recherche de la vérité

260. GEORGES-OLIVIER CHÂTEAUREYNAUD
Les Messagers

261. HENRY JAMES
Le Motif dans le tapis

262. JACQUES GAILLARD
Rome, le temps, les choses

263. ROBERT LOUIS STEVENSON
L'Etrange Affaire du Dr Jekyll et de Mr Hyde

264. MAURICE MAETERLINCK
La Mort de Tintagiles

265. FRANÇOISE DE GRUSON
La Clôture

266. JEAN-FRANÇOIS VILAR
C'est toujours les autres qui meurent

267. DAGORY
Maison qui pleure

COÉDITION ACTES SUD – LABOR – LEMÉAC

Ouvrage réalisé
par l'Atelier graphique Actes Sud.
Achevé d'imprimer
en mai1997
par **Bussière Camedan Imprimeries**
à Saint-Amand-Montrond
sur papier des
Papeteries de Jeand'heurs
pour le compte des
éditions ACTES SUD
Le Méjan
Place Nina-Berberova
13200 Arles.

N° d'éditeur : 2540
Dépôt légal
1re édition : juin 1997
N° impr. 1/1254